Bärbel Muschiol

Rocker und Mädchen

verführt, geküsst, geliebt

Klarant Verlag

Klarant Verlag, www.klarant.de
ISBN: 978-3-96586-786-4
1. Auflage, 2023
Umschlagabbildung: Klarant Verlag unter Verwendung von shutterstock-Bildern.

Printed in the EU.

Besuchen Sie uns im Internet: www.klarant.de

Klarant Verlag

Book is

Loading...

Bad Biker for you
Please wait …

Bärbel Muschiol wurde 1986 in Weilheim, Oberbayern, geboren. Glücklich verheiratet lebt und arbeitet sie mit ihrem Mann und ihren zwei Kindern heute noch immer im tiefsten Bayern. Im Genre Erotik und in der Belletristik hat sich die Autorin mittlerweile einen festen Platz in den Bestsellerlisten geschaffen.

Blind Date mit einem Rocker

Prolog

Der Präsident des Wild Bones Motorcycle Clubs

„Sag einfach, dass wir zusammen waren, das wird reichen. Wenn die Bullen weitere Fragen stellen, verlang nach einem Anwalt oder zick einfach ein bisschen rum. Das kannst du eh am besten!"

Kaum dass ich den letzten Satz ausgesprochen habe, wird mir klar, dass ich mir damit selbst ins Bein geschossen habe.

Verdammt!

„Nur damit ich das richtig verstehe? Du willst, dass ich dir ein Alibi gebe? Du willst, dass ich behaupte, dass wir zusammen waren, was ich immer wollte – du aber nicht – und dann nennst du mich im selben Atemzug eine Zicke?"

Wunderbar, sie hats verstanden.

„Gut, wenn das erledigt ist, kannst du gehen."

Anstatt aufzustehen und ihren Arsch aus dem Büro zu bewegen, bleibt sie einfach sitzen und verschränkt ihre Arme in einer entschlossenen Geste vor der Brust.

Fuck!

Es wäre auch zu schön gewesen, wenn dieses Gespräch einfach verlaufen wäre.

„Noch Fragen?"

Sie schüttelt lachend den Kopf.

„Schon klar, du bist der Präsident. Du bist es nicht gewöhnt, nett zu sein oder Bitte zu sagen. Du brichst einfach ein paar Knochen und wedelst mit der Waffe herum und die Menschen machen, was du willst. Aber das klappt bei mir nicht, Griffin."

Sarah tippt sich mit dem Zeigefinger gegen die rot angemalten Lippen.

„Ich gebe dir jetzt mal einen Tipp. Wenn du jemanden um einen Gefallen bittest, solltest du dich dabei nicht wie ein totales Arschloch aufführen!"

Zorn flutet meinen Verstand.

Diese Wirkung hat Sarah schon immer auf mich gehabt.

Jedes Mal, wenn ich sie sehe, überkommt mich früher oder später das Bedürfnis, meine Finger um ihren Hals zu legen und sie zu erwürgen.

Bloody Hell!

Der einzige Grund, warum ich dem Drang noch nicht nachgegeben habe, ist der, dass sie eine Frau ist, und ich töte keine Frauen. Nicht mal wenn sie so lästig und anstrengend sind wie die kleine Schwester meines Vizepräsidenten.

Okay. Gut. Ich lege die Karten auf den Tisch, wäre sie nicht Kanes Schwester, hätte ich eine Ausnahme gemacht und sie doch erwürgt.

Aber da sie meinem Stellvertreter gehört, werde ich sie nicht anrühren.

Auf. Keine. Beschissene. Art. Und. Weise.

Und da kann ihr Arsch noch so rund sein.

Sarah ist eine Granate!

Ihr kleiner, kurviger Körper würde mich durchaus für ihre große Klappe entschädigen.

Aber das Eigentum eines anderen *Wild Bones* zu ficken, war noch nie eine gute Idee.

Das bringt nur Blut und Leichen.

„Wärst du kein Mädchen, würdest du jetzt an deinem eigenen Blut ersticken."

Anstatt sich vor mir zu fürchten, wie es jeder nur halbwegs intelligente Mensch tun würde, schenkt sie mir ein zuckersüßes Lächeln.

„Aber ich bin ein Mädchen. Ein Mädchen, das eine verdammt lange Zeit in dich verknallt war."

Jep, das weiß ich!

„Das mit dir und mir wäre nie gut gegangen."

In ihrem Blick erkenne ich einen Hauch Verletzlichkeit, der mir verrät, dass Sarah nicht annähernd so tough ist, wie sie es der Welt glauben machen will.

„Stimmt. Ich bin zu gut für dich. Das habe ich mittlerweile auch erkannt. Trotzdem lasse ich dich nicht einfach so in den Knast wandern. Ich gebe dir dein Alibi, aber das kostet dich was."

War ja klar.

Nichts auf dieser beschissenen Welt ist umsonst.

Ich mache es ihr nach, verschränke die Arme vor der Brust und kneife die Augen zusammen.

„Was willst du?"

Für einen Moment gibt sie vor, nachdenken zu müssen.

Das ist lachhaft.

Ich würde mein Bike darauf verwetten, dass sie, schon bevor sie in dieser hautengen Lederhose in mein Büro spaziert ist, wusste, dass diese Konversation früher oder später an diesen Punkt gelangen würde, und ich bin mir scheißsicher, dass Sarah genau weiß, was sie von mir verlangen wird.

Was ein Miststück!

„Ich will ein Date!"

Niemals! Fuck! Niemals!

Selbst in tausend Jahren wäre ich nicht auf die Idee gekommen, dass sie nun wieder mit diesem Scheiß anfängt.

„Ich dachte, mit dem Thema wären wir durch, Süße?“

Sie nickt.

„Sind wir auch.“

„Was soll dann dieser Date-Schwachsinn? Wenn du essen gehen willst, bitte. Ich lade dich ein. Aber es ist kein Date. Du und ich, das harmoniert nicht. Wir würden uns schon nach wenigen Tagen gegenseitig töten wollen.“

Ihre Lippen zucken.

Und auch wenn das, was ich gerade gesagt habe, der Wahrheit entspricht, kann ich nicht anders, als mir vorzustellen, wie sie aufsteht, meinen Schreibtisch umrundet, vor mir auf die Knie geht, meine Hose öffnet und an meinem Schwanz lutscht.

Sie würde mir die Eier kneten und ich ihre Kehle ficken.

Es wäre gut.

So gut, dass ich sie schon nach wenigen Minuten meinen Saft schlucken lassen würde.

Holy Shit!

„Es wäre ein Blind Date.“

Ihre Worte lassen den Porno in meinem Schädel platzen.

Ich verstehe nur Bullshit!

„Hör auf, meine Nerven zu strapazieren, und gib mir einfach das beschissene Alibi. Wenn du sagst, was ich will, schulde ich dir was.“

Es ist offensichtlich, dass ihr der Gedanke, dass ich in ihrer Schuld stehe, mehr als gut gefällt.

„Richtig. Du schuldest mir ein Blind Date mit meiner besten Freundin Charlotte.“

Never!

„Bist du jetzt völlig durchgedreht?“

Ihre grauen Augen funkeln übermütig. Ich erkenne sofort, dass es ihr Ernst ist und dass sie sich nicht davon abbringen lassen wird!

„Wenn dir diese Charlotte wichtig ist, dann tust du ihr das nicht an. Du kennst mich, Sarah. Ich bin kein Märchenprinz und garantiert nicht die richtige Gesellschaft für kleine Mädchen wie dich und deine Freundinnen.“

Plötzlich ist sie todernst. Sämtliche Heiterkeit ist aus ihrer Mimik verschwunden.

„Genau darum geht es ja. Ein böser Rockerpräsident ist genau das, was Charly jetzt braucht.“

Das klingt nicht gut.

„Worauf willst du hinaus?“

Anstatt mich aufzuklären, zuckt sie nur mit den Schultern.

„Ich verschaffe dir ein Alibi, sodass dich die Bullen nicht für den Doppelmord drankriegen, und du gehst mit meiner Freundin schick essen. Abgemacht?“

Irgendetwas stimmt mit dieser Charly nicht.

So wie ich die Sache einschätze, bedeutet diese Frau nichts als Ärger.

Aber da ich keine andere Wahl habe, lasse ich mich auf den Deal ein.

Wie schlimm kann es schon sein, mich mit dieser Frau zu treffen und ihr dabei zuzusehen, wie sie in ihrem Salat rumstochert und wahrscheinlich nicht mal genug Mut hat, mir in die Augen zu sehen?

Im besten Fall sieht sie meine Kutte und rennt schreiend davon.

Fuck!

So betrachtet könnte das vielleicht sogar ganz lustig werden.

Ich stehe auf und strecke dem nervigsten Menschen auf diesem Planeten meine Hand entgegen.

„Abgemacht.“

Sarah macht sich nicht mal die Mühe, ihre Freude zu verbergen, und gibt ein lautes Jauchzen von sich. Dann schlägt sie ein und tänzelt zur Türe.

Mein Blick fällt auf ihren Arsch. *Holy Shit!*

So nervig Sarah auch sein mag, der wäre definitiv einen Fick wert.

Erst als sie auf den Flur raus verschwunden ist, wird mir klar, dass sie selbst absolut nichts von dieser Vereinbarung hat.

Gar nichts. Im Gegenteil.

Obwohl ich mir sicher bin, dass sie immer noch auf mich steht, hat sie darum gekämpft, dass ich mich mit einer anderen Frau treffe.

Das passt nicht zusammen – das passt nicht zu ihr. Sarah ist alles, aber garantiert nicht selbstlos.

Mit einem unterdrückten Fluch folge ich ihr.

„Sarah!“

Sie stoppt und dreht sich zu mir um.

„Was ist los, Griffin?“

„Warum tust du das?“

„Was?“

Sie scheint ehrlich verwirrt zu sein.

„Warum ist es dir so wichtig, dass ich diese Charlotte treffe?“

Anstatt mir sofort zu antworten, lehnt sie sich an die Wand und scheint ihre nächsten Worte genau abzuwägen.

„Du weißt, wie ich zu dir stehe, Präs?“

„Tue ich.“

Ein trauriges Lächeln huscht über ihr schönes Gesicht.

„Du magst keiner von den Netten sein, aber du gehörst auf jeden Fall zu den Guten. Auch wenn du das nicht wahrhaben willst."

Interessante Ansichtsweise.

„Was hat das mit deiner Freundin zu tun?"

Sarah stemmt sich von der Wand ab und sieht mich direkt an.

„Charly braucht dich wesentlich dringender als ich."

Damit verschwindet sie und lässt mich mit einem fetten Fragezeichen im Kopf stehen.

Was hat das denn nun wieder zu bedeuten?

Genervt zünde ich mir eine Kippe an, gehe zur Bar, bestelle mir einen Wodka und sehe ungeduldig dabei zu, wie die Tussi hinter der Bar ihn aus dem Eisschrank holt, viel zu langsam den blauen Deckel abschraubt und dann die klare Flüssigkeit in ein Glas füllt.

Ungeduldig fordere ich sie auf, einfach die Flasche dazulassen.

Dann kippe ich mir den Inhalt des Glases in die Kehle und fülle es sofort wieder auf.

Dieses Mal mache ich es so voll, dass ein Teil des Alkohols über den Rand schwappt.

Es ist mir egal!

Ein Alibi für ein Blind Date?

Verflucht!

Das. Kann. Doch. Echt. Nicht. Wahr. Sein.

Kane, der sich bis jetzt bei den Billardtischen im hinteren Bereich des großen Hauptraums des *Wild Bones Motorcycle Clubs* aufgehalten hat, kommt mit einem Queue in der Hand auf mich zu.

„Was ist los, Alter? Du siehst scheiße aus."

„Deine Schwester ist los."

Auf seiner Stirn bilden sich zwei tiefe Falten.

„Was hat sie jetzt wieder angestellt? Lass mich raten. Eine Bank überfallen? Das Weiße Haus in die Luft gejagt? Oder nein, warte. Sie hat aus Versehen das Ende der Welt heraufbeschworen. Richtig?"

Fast!

„Sie gibt mir das Alibi."

Die Info scheint meinen VP nur wenig zu beeindrucken.

„Sag ich doch. Sarah mag kompliziert sein, aber sie würde den Club oder dich nie im Stich lassen."

Mag sein.

„Sie hat eine Bedingung gestellt."

Kane wirkt überrascht.

„Welche?"

„Sie wollte ein Date."

Er wirkt fassungslos.

„Shit! Ich dachte eigentlich, sie wäre über dich hinweg."

„Das Date war nicht für sie, sondern für eine ihrer Freundinnen."

Sein Lachen bringt mich dazu, die Faust zu ballen.

„Das muss nicht schlecht sein. Glaube mir. Die meisten Mädchen, mit denen sie so abhängt, sind echt heiß!"

Kann sein. Ist mir aber drecksegal.

Fuck!

Ich bin der Präsident der verdammten *Wild Bones*, ich habe keine Blind Dates.

Das ist eher was für Loser, die es ohne diesen bekloppten Datescheiß nicht schaffen, eine Tussi zu finden, in die sie ihren Schwanz schieben können. Und damit hatte ich weiß Gott noch nie Probleme.

„Das ist ein Kindergarten."

Kanes Mundwinkel ziehen sich nach unten.

„Was ist? Traurig, dass das Date nicht mit meiner Schwester ist?"

Noch bevor er weiß, wie ihm geschieht, habe ich ihm den verdammten Queue abgenommen, ihn mittig auseinandergebrochen und ihm das Holz über den Schädel gezogen.

Kane geht getroffen zu Boden, bleibt dort jedoch nicht lange, sondern springt nach einem kurzen Moment der Desorientiertheit wieder auf und sieht mich wütend an.

„Bist du bescheuert, Präs?"

Bin ich. Und wütend und frustriert und genervt, weil ich zu einem verfluchten Blind Date muss, auf das ich null Bock habe.

„Wehr dich!"

Mein Stellvertreter zögert.

Ich greife ihn erneut an.

Seine Wut siegt.

Anstatt sich von mir zu Brei schlagen zu lassen, holt er ebenfalls aus. Ich blocke seinen Hieb ab, was ihm ein dreckiges Grinsen entlockt.

„Wollen wir mal sehen, wie oft dir das noch gelingt."

„Immer!"

Fünf Minuten später weiß ich, dass ich damit falschlag. Meine Rippen schmerzen, genau wie mein rechter Arm. Kane hat ein paar gute Treffer gelandet, doch schlussendlich, entscheide ich den Fight für mich, indem ich das zersplitterte Ende des Holzes an seinen Hals drücke. Eine ruckartige Bewegung und das wars mit ihm.

Er weiß, dass er geschlagen ist, und lässt seinen Teil des Queues fallen.

„Gewonnen!"

„Du bist so ein kranker Bastard!“

„Sag mir was Neues.“

Der Wodka und der Kampf erzielen die gewünschte Wirkung.

Ich fühle mich sofort besser.

Besonders als ich in Sarahs weit aufgerissene Augen sehe.

Sie wusste schon immer, dass ich gefährlich bin. Wie gefährlich scheint sie allerdings erst jetzt zu verstehen.

Ob sie nach dem, was sie gerade beobachtet hat, immer noch scharf darauf ist, dass ich mich mit ihrer Freundin treffe?

Ich gebe ihr die Möglichkeit, zu mir zu gehen und sich die Sache mit dem Blind Date noch mal anders zu überlegen. Sie. Tut. Es. Nicht.

Was mir verrät, dass es hier um mehr als ein beschissenes Dinner bei Kerzenschein geht.

Diese Charlotte, oder Charly, wie Sarah sie nennt, muss irgendwelche Probleme haben und Sarah hofft, dass ich diese, warum auch immer, aus der Welt schaffen werde.

Aber damit liegt sie falsch.

Fucking falsch.

Ich bin nicht Superman – ich bin kein Held, sondern ein *Wild Bones*.

Ich bin keiner, der die Welt rettet, ich gehöre zu denen, die sie brennen sehen wollen.

1. Kapitel

Das Mädchen, das absolut keinen Bock auf irgendeinen Kerl hat ...

„Wenn du dir mein Auto leihen willst, musst du Ja sagen."

An dem köstlichen Weißwein nippend, versuche ich aus Sarahs Gesichtsausdruck schlau zu werden. Sie hat etwas vor, das kann ich ihr an der Nasenspitze ablesen.

Die Frage ist nur, was?

Die Art, wie sie mich angrinst, dieses Funkeln in den Augen ...

Ich kenne sie gut genug, um zu wissen, dass sie mich zu irgendetwas bringen will, zu dem ich ganz sicher Nein sagen würde, und darum kommt sie mir jetzt mit diesem Sag-Mal-Ja-Quatsch.

Das kann nichts Gutes bedeuten.

Mist!

Ich brauche ihr Auto wirklich.

Was soll ich denn jetzt tun?

Zu irgendetwas Ja sagen, wovon ich nicht weiß, was auf mich zukommt, oder besser doch auf das Auto verzichten? Letzteres ist keine Option. Immerhin habe ich Scott versprochen, dass ich diesen Sonntag aus unserer gemeinsamen Wohnung ausziehe.

Was eh schon beschissen genug ist.

Scott und ich waren glücklich. Ehrlich. Es war alles gut. Wir haben unsere gemeinsame Zukunft geplant und sogar übers Heiraten gesprochen.

Ich wäre nie in meinem Leben auf die Idee gekommen, dass unsere Glücksblase so schnell platzen könnte.

Aber dann hat es wie aus dem Nichts geknallt oder besser gesagt, Scott hat mir eine geknallt und all meine Träume sind im Bruchteil einer Sekunde geplatzt.

Ich bin nicht naiv. Ich weiß, dass eine Beziehung aus Höhen und Tiefen besteht und dass man nicht wegen irgendeiner Kleinigkeit aufgeben darf.

Aber eine Ohrfeige ist keine Kleinigkeit.

Scott hat sich natürlich sofort bei mir entschuldigt, er hat hundert Mal beteuert, wie leid es ihm tut und mich angefleht, ihm zu verzeihen.

Scheiße!

Ich bin beinahe weich geworden.

Verurteilt mich bitte nicht. Mir ist mehr als bewusst, dass ein Mann, der einmal eine Frau schlägt, eine Grenze überschritten hat, und dass die

Wahrscheinlichkeit, dass er es wieder tun wird, hoch ist. Trotzdem ist es mir nicht leichtgefallen, das gemeinsame Leben, das wir uns im vergangenen Jahr aufgebaut haben, wegen dieser einen Ohrfeige aufzugeben.

Eine Stimme in meinem Kopf hat mich gefragt, ob ich wegen eines Fehlers, der nur eine Sekunde gedauert hat, bereit bin, zwölf Monate Glück in die Tonne zu werfen.

Ich war echt versucht, Scott zu verzeihen.

Nach dem Vorfall waren wir noch eine Woche zusammen. Eine Woche, in der er mich mit roten Rosen und Pralinen überschüttet hat.

Doch das Vertrauen ist wie eine Glasvase, wenn sie zerstört wurde, kann sie repariert und geklebt werden, aber sie wird eben nie mehr ganz, sie wird nie mehr wie vorher sein.

Am siebten Tag, nachdem er mich ins Gesicht geschlagen hatte, haben wir uns erneut wegen irgendeiner Kleinigkeit in die Haare gekriegt, und auch wenn er dieses Mal nicht seine Hand gegen mich erhoben hat, habe ich die ganze Zeit damit gerechnet, dass er es tun wird. Und das war dann auch der ausschlaggebende Grund für mich, warum ich Schluss gemacht habe.

Ein zerstörtes Vertrauen ist schlimm genug. Aber Angst?

Oh nein. Angst hat in einer Beziehung nun wirklich nichts zu suchen.

Ich bin gegangen und Scott ist ausgeflippt.

Scheiße!

Er ist so ausgerastet, dass ich kurz davor war, die Polizei zu rufen.

Das Einzige, was mich davon abgehalten hat, die 911 zu wählen, ist die Tatsache, dass Scott ebenfalls ein Polizist ist und dass seine Kollegen immer auf seiner Seite stehen werden.

Mit Sarahs Hilfe habe ich eine schöne kleine Wohnung im Osten von Seattle gefunden und ich freue mich schon total darauf, dort einzuziehen und einen Neubeginn zu starten.

Ohne meinen Ex und ohne die Angst, dass er erneut die Kontrolle verliert und gewalttätig wird.

Kurz nachdem ich mit Scott zusammengekommen bin, ist mein alter VW Beatle kaputtgegangen. Eine Reparatur wäre einfach zu teuer gewesen. Scott hatte mir damals netterweise angeboten, dass ich sein Auto haben kann.

Ich fand das Angebot super und habe es natürlich angenommen, aber jetzt, wo wir nicht mehr zusammen sind, kann ich schlecht weiter mit seinem Wagen durch die Gegend fahren.

Wie ihr also seht, brauche ich Sarahs riesigen Audi Q7.

Mit diesem Schlachtschiff wären die paar Sachen, die ich mitnehme, sofort aus der alten Wohnung in meine neue gebracht.

Grrrr ...

Es ist zum Verrücktwerden.

„Kannst du mir nicht einfach sagen, was du als Gegenleistung von mir willst, und gut ists? Ich habe echt keinen Nerv für diese Spielchen."

Sarah lacht und schüttelt den Kopf.

„Nein. Wo bleibt denn dann der Spaß?"

Mein mehr als mürrisches „Welcher Spaß?" überhörend, schenkt sie sich noch etwas von dem Wein ein und sieht mich über das Glas hinweg an.

„Vertraust du mir?"

Ich nicke.

„Mehr als jedem anderen Menschen."

Und das ist nicht gelogen. Sarah ist meine älteste und beste Freundin, und auch wenn ich den *Wild Bones Motorcycle Club*, zu dem sie wegen ihres Bruders, der der Vizepräsident dieser Rocker ist, gehört, nicht so ganz verstehe, weiß ich, dass ich mich zu 100 Prozent auf sie verlassen kann.

Verflucht!

Ich würde ja gerne etwas Schlechtes über diesen MC sagen. Aber wer bin ich, über Männer zu urteilen, die ich nicht kenne?

Davon abgesehen habe ich die Wohnung, für die ich erst vor Kurzem den Mietvertrag unterschrieben habe, nur wegen Sarahs weitreichenden Beziehungen über den *Wild Bones Motorcycle Club* bekommen.

Auch wenn es die Politiker und die Cops nie zugeben würden, haben hier in Seattle die *Wild Bones* das Sagen. Diese Biker stehen über dem Gesetz, oder besser gesagt, sie leben nach ihren ganz eigenen Regeln.

Dank den vielen Geschichten, die mir Scott über besagte Rocker erzählt hat, weiß ich, dass dieser Club sein Geld mit illegalem Glücksspiel, Mord, Waffen- und Drogenhandel, Schutzgelderpressung und Prostitution verdient.

Diese Männer sind also keine netten Chorknaben, sondern echte Kriminelle. Scott hat sie gehasst, er hat immer gesagt, dass er, wenn sich ihm jemals die Chance bietet, nicht zögern und möglichst viele von diesen Bikern erschießen würde.

Das ist die eine Seite ...

Aber dann ist da eben noch Sarah, die ganz anders über den Club spricht.

Sie liebt nicht nur Kane, ihren Bruder, sondern auch die ganzen anderen Rocker, und verbringt unglaublich viel Zeit hinter der hohen Mauer, die das Clubhaus von der restlichen Welt abschirmt.

Für eine lange Zeit hat sie unheimlich für Griffin, den Präsidenten der *Wild Bones*, geschwärmt. Aber daraus ist nie etwas geworden.

So wie ich Scott kenne, hat er bei seinen gruseligen Geschichten über den MC ordentlich übertrieben. Und Sarah wird im Gegensatz zu ihm wohl eher untertrieben haben. Die Wahrheit liegt also irgendwo zwischen dem, was Scott mir gesagt, und dem, was mir meine Freundin erzählt hat.

Die *Wild Bones* sind ein Teil dieser Stadt und ich habe keine Probleme mit ihnen. Trotzdem habe ich Sarah noch nie in den Club begleitet.

Früher habe ich mich einfach nicht getraut und dann, na ja ... dann war ich mit Scott zusammen und als die Freundin eines Polizisten wäre es wegen Gründen, die auf der Hand liegen, sicherlich keine gute Idee gewesen, einen Motorcycle Club zu besuchen.

Inzwischen bin ich etwas offener geworden. Aber da ich die letzten hundert Mal, als sie mich eingeladen hat, sie zu begleiten, Nein gesagt habe, hat sie irgendwann verständlicherweise damit aufgehört, mich zu fragen, ob ich mit will.

Egal. Zurück zum Thema.

Ich kenne Sarah gut genug, um zu wissen, dass sie nur das Beste für mich will.

Das Problem ist nur, das Sarah eine ganz andere Sicht auf die Welt hat als ich.

„Wenn du mein Auto willst, musst du Ja sagen!“

Sie bleibt hart und ich verstehe einfach nicht, was sie damit bezwecken will.

„Das ist Erpressung, das ist dir schon klar, oder?“

Anstatt ein schlechtes Gewissen vorzutäuschen, zuckt sie einfach nur mit den Schultern.

„Sag Ja und alle deine Probleme lösen sich in Luft auf ...“

All meine Probleme?

Das wäre zu schön, um wahr zu sein.

„Wenn ich also Ja sage, was würde dann passieren?“

Ihre Mundwinkel ziehen sich siegessicher nach oben.

„Dann würdest du meinen Wagen kriegen und auf ein Blind Date gehen.“

Ein was? *Oh Gott!* Niemals ...

„Bitte sag mir, dass ich mich gerade verhört habe.“

„Hast du nicht. Aber keine Sorge. Der Mann, den ich für dich ausgesucht habe, ist der absolute Oberhammer. Er ist die Crème de la Crème des anderen Geschlechts und er passt absolut perfekt zu dir!“

Jetzt mache ich mir erst recht Sorgen.

„Ich kenne deinen Männergeschmack, Süße, und darum weiß ich auch, dass wir nie das Problem haben werden, dass wir uns gegenseitig die Kerle wegschnappen.“

Sarah steht auf Biker.

Auf große, starke, muskulöse Biker mit einer Vorliebe für Messer und Waffen, die kein Problem damit haben, Gesetze zu brechen.

Ich hingegen bevorzuge einfache, normale Männer. Männer mit einem festen Job, einer Krankenversicherung und einer Zukunft, die keine Gefängnisaufenthalte beinhaltet.

Und was hat mir das gebracht?

Genau! Nichts als Scheiße!

„Sorry, wenn ich das jetzt so sage, aber ich bin nicht diejenige von uns, die mit einem frauenschlagenden Cop zusammen war.“

1:0 für sie.

„Dass du das jetzt sagst, ist unfair.“

„Nein Charly, es ist die gottverdammte Realität.“

Wütend leere ich mein Glas in einem Zug und knalle es dann auf ihren viereckigen, wie einen Eiswürfel aussehenden Wohnzimmertisch.

„Okay, ich sage Ja, du leihst mir dein Auto und ich gehe zu dem Blind Date, aber glaub ja nicht, dass daraus mehr werden kann. Ganz egal, was für einen Mann du auch für mich ausgesucht hast. Es wird nichts an der Tatsache ändern, dass ich fürs Erste die Schnauze voll von der Männerwelt hab!“

Anstatt sich von meiner Ansage abschrecken zu lassen, kichert sie nur leise vor sich hin.

„Keine Sorge! Das sagst du nur, weil du keinen blassen Schimmer hast, welches Prachtexemplar ich für dich klargemacht habe.“

Klargemacht?

Die ungewöhnliche Wortwahl lässt mich aufhorchen.

„Oh bitte, sag mir nicht, dass du den armen Mann ebenfalls erpresst hast, damit er sich mit mir trifft?“

Ein Blind Date an sich ist ja schon schlimm, aber eines, auf das der Kerl gar keinen Bock hat. Hilfe!

Das wäre einfach zu peinlich.

„Armer Mann?“

Sarah äfft mich nach und prustet dann los, sie muss so hart lachen, dass ihr der Wein aus der Nase spritzt und sie aussieht wie ein See-Elefant auf Koks.

„Glaube mir. Er mag alles sein, aber ganz gewiss nicht arm."

Und wie soll ich das jetzt wieder verstehen?

Dass er reich ist? Oder dass er durchaus in der Lage ist, sich gegen ein Miststück, wie meine beste Freundin eins ist, durchzusetzen?

Nach Luft schnappend beruhigt sie sich langsam wieder, wischt sich mit dem Ärmel die Tränen aus den Augen und grinst.

„Also ist es abgemacht? Am Freitag triffst du dich mit deinem Blind Date und am Sonntag bekommst du mein Auto."

Ich habe keine andere Wahl ...

„Abgemacht."

Sie klatscht begeistert in die Hände.

„Du wirst sehen. Du wirst mir so verdammt dankbar sein."

Ach ja?

„Werde ich das?"

„Wirst du. Er ist der Mann aller Männer."

Das bezweifle ich.

Der Mann aller Männer ist Jason Momoa, das steht spätestens seit Aquaman fest.

Moment mal ... M.O.M.E.N.T

Bis jetzt hat Sarah nur einen Mann so bezeichnet, und das war der Präsident des *Wild Bones Motorcycle Clubs*, auf den sie eine lange Zeit so scharf war.

Aber sie wird mich wohl kaum mit dem Kerl verkuppeln wollen, den sie eigentlich für sich will. Oder?

Nein. Ganz bestimmt nicht.

Außerdem kann ich mir nicht vorstellen, dass sich ein Rockerpräsident auf so etwas Bescheuertes wie ein Blind Date einlässt.

Typen wie er haben wahrscheinlich an jedem Finger fünf hübsche Tussis, die sich darum schlagen, ihm jeden noch so versauten Wunsch von den Augen ablesen zu dürfen.

Wetten?

Der Abend wird immer feucht-fröhlicher, und anstatt nach Hause zu meinem wütenden Ex zu fahren, beschließe ich, bei Sarah auf der Couch zu schlafen.

Gott!

Ich kann es kaum erwarten, endlich wieder eine eigene Wohnung zu haben.

Um dieses Ziel zu erreichen, treffe ich mich doch gerne mit einem fremden Typen.

Außerdem hat Sarah nicht festgelegt, wie lange das Date gehen soll.

Wenn der Kerl wirklich eine totale Null ist, verschwinde ich nach der Vorspeise einfach und behaupte, dass es irgendeinen familiären Notfall gibt.

Das wäre zwar gemein, aber es wäre noch viel gemeiner, die Zeit von einem Mann zu verschwenden und ihm vielleicht sogar Hoffnungen zu machen, wo es keine gibt.

2. Kapitel

Der Präsident des Wild Bones Motorcycle Clubs

„He Präs. Lass uns ins *‚Flamingo'* fahren, nach dem Rechten sehen und uns ein paar nette Bitches schnappen. Ich brauch 'nen Fick oder meine Eier platzen."

Kane lehnt an der Wand, fasst sich mit einer Hand in den Schritt, um seine Aussage zu unterstreichen, und raucht dabei einen Joint. Der süße, unverkennbare Geruch des Marihuanas steigt mir in die Nase.

„Ich kann nicht."

Fuck!

„Was? Wieso? Was ist wichtiger als ein Nuttenqualitätstest?"

„Es ist Freitag."

Die Stirn meines VPs legt sich in Falten.

„Jep, na und?"

Verdammt!

Der Wichser hat es echt vergessen ...

„Heute ist das beschissene Blind Date, zu dem mich deine Schwester gezwungen hat."

Die Verwirrung rutscht ihm vom Gesicht und weicht einem breiten Lächeln.

„Ja, stimmt! Oh, das wird ein Spaß."

Für ihn vielleicht. Für mich ist es die Hölle.

„Sarah ist die Ausgeburt des Teufels!"

Sein gebrummtes „Wem sagst du das," geht in Reece Lachen unter.

Der Sergeant at Arms nimmt Kane die Haschzigarette ab und klemmt sie sich zwischen die Lippen, um einen tiefen Zug zu nehmen.

„Sag nicht, dass du da echt hingehst, Bro."

„Was bleibt mir anderes übrig?"

„Nutten testen!"

Die Antwort kam von Kane, dem es kaum gelingt, seine Erheiterung zu verheimlichen.

„Geht nicht. Ich habe dem Biest, das sich deine Schwester nennt, mein Wort gegeben."

Und auf das ist Verlass. Immer.

Selbst wenn es dabei um so einen Dreck wie eine Verabredung mit einer Tussi geht, die ich nicht kenne.

Was ein Witz!

„Der Präsident der *Wild Bones* geht zu einem Blind Date. Die Welt geht vor die Hunde."

Kane schüttelt mit gespielter Dramatik den Kopf, ich bin kurz davor, mein Messer zu ziehen und ihn vom Hals bis zum Schwanz aufzuschlitzen.

Das Einzige, was mich davon abhält, ist die Sauerei, die das geben würde.

„Wer Brüder wie euch hat, braucht keine Feinde mehr!“

Kane und Reece grinsen sich blöd an.

„Es ist Freitag, Zeit für den Nuttenqualitätstest. Hast du Bock?“

Der Sergeant gibt Kane seinen Joint zurück und nickt.

„Aber logo. Echte Männer ficken, Schlappschwänze daten.“

Mit einem Fluch drehe ich mich zu den beiden Clowns um, ziehe meine Waffe, entsichere sie und lege den Finger auf den Abzug.

„Verpisst euch!“

Die beiden lachen nur noch lauter und ziehen sich langsam zurück.

„Komm schon, Präs. Du würdest doch nie auf einen von uns schießen. Du liebst uns. Schon vergessen?“

Jep. Im Moment scheine ich das wirklich vergessen zu haben.

„Verpisst euch endlich, bevor ich ernst mache!“

Die beiden verschwinden den Flur entlang und lassen mich mit meiner schlechten Laune allein zurück.

Klasse!

Während die zwei Trolls losziehen und sich ein paar Schlampen schnappen, kann ich mich mit irgendeiner Zicke rumärgern, die ganz offensichtlich nicht in der Lage ist, sich selbst einen Mann zu angeln.

Was. Eine. Scheiße

Frustriert stecke ich meine Beretta wieder weg, schnappe mir mein Handy und lese die eben eingegangene Textnachricht, in der die Adresse des Restaurants steht, in dem ich ihre Freundin treffe.

Bullshit!

>> Woran erkenne ich die Tussi? <<

Ihre Antwort kommt sofort.

>> Sieh dich einfach nach der schönsten Frau im Raum um. <<

Sehr witzig!

Meine Finger tippen ein >> Fick dich! <<

>>Nett! Ist das deine Art, mir für das Alibi zu danken? Wären dir zwanzig Jahre Knast lieber gewesen? <<

Im Moment? Ja verdammt!

Die beiden Wichser kaltzumachen, hat sich gut angefühlt.

Echt gut.

Die Russen wollten uns über den Tisch ziehen, sie dachten, sie wären schlauer als der Club. Ihr Plan war es, das Geld für die drei Dutzend von uns georderten AKs zu kassieren, aber die Ware nicht zu liefern.

Kane hat von Anfang an geahnt, dass Anatolij etwas vorhat, und ihn beobachtet.

Als klar war, dass Anatolij die Hardware nicht liefert, sind Kane und Reece in die angebliche Übergabe geplatzt. Anatolij und sein Cousin waren dumm genug, ihre Waffen zu ziehen, also habe ich sie erschossen.

So einfach.

Dass dieser Vorfall solche Wellen schlagen würde, konnte ich damals nicht ahnen.

Fuck!

Anscheinend gab es einen Zeugen, einen Typen, der alles mit eigenen Augen beobachtet hat und dumm genug war, zu den Bullen zu rennen.

Es gab eine Gegenüberstellung und der Wichser hat mich erkannt.

Ich war am Arsch, zumindest bis Sarah auf der Bühne erschienen ist und glaubhaft versichert hat, dass wir die Nacht zusammen verbracht haben.

Sarah hat keine Vorstrafen und ist nicht polizeibekannt. Ihr Wort hat Gewicht.

Sie hat mir buchstäblich den Arsch gerettet.

Ich schulde ihr meine Freiheit. Sie hätte mehr von mir verlangen können als dieses beschissene Date. Zukünftig werde ich besser aufpassen, damit ich kein zweites Mal in so eine Situation gerate.

Ich sehe an mir herunter. Auf meinen Boots entdecke ich eingetrocknete Blutflecken. An meinem Oberschenkel befindet sich mein Dolch, ein weiterer befindet sich hinten an meinem Gürtel.

Dazu die Waffe, die sich in dem Holster unter meiner Kutte befindet.

Ich bin fertig.

Zumindest ist die schwarze Jeans sauber.

Mehr kann mein Blind Date nun wirklich nicht von mir erwarten.

Nach einem Blick auf die Uhr zünde ich mir eine Kippe an, klemme sie mir in den Mundwinkel und mache mich auf den Weg, meine Schuld zu begleichen.

Fuck!

Kane und Reece ficken irgendwelche Schlampen, und ich?

Daran darf ich jetzt nicht denken. Nicht jetzt!

Ein guter Fick wäre genau das gewesen, was ich heute gebraucht hätte.

Manchmal hilft einfach nur eine feuchte Muschi, manchmal ist das alles, was ein Mann braucht, um nicht durchzudrehen!

Anstatt zu der Bar zu gehen, die sich in der kompletten rechten Seite des Hauptraums des Clubs befindet, und dort zu versacken, ignoriere ich die Whiskyflaschen, die meinen Namen brüllen, marschiere raus auf den Hof und fülle meine Lungenflügel mit der kalten Nachtluft.

Es ist Oktober, in wenigen Wochen wird Schnee fallen und die Straßen bedecken. Dann wird es fast unmöglich, mein Bike zu nehmen.

Bloody Hell!

Ich hasse den Winter.

Ich hasse ihn genau wie Blind Dates.

3. Kapitel

Das Mädchen, das sich über eine Kerze am Tisch ärgert ...

Eigentlich war ich fertig, eigentlich hätte ich nur noch die Türe hinter mir zuziehen und gehen müssen. *Eigentlich* ...

Aber dann ist Scott nach Hause gekommen, er hat mich in meinem Kleid gesehen und ist ausgeflippt. Er wollte wissen, warum ich mich so schick angezogen und warum ich meine Lippen rot angemalt habe? Er wollte alles wissen und ich, na ja ...

Dumm wie ich war, habe ich es ihm einfach gesagt.

Ich meine, warum hätte ich lügen sollen?

Wir sind nicht mehr zusammen, ich ziehe in zwei Tagen aus.

Ich hätte mir nie im Leben vorstellen können, dass er so ausflippt und vor Eifersucht beinahe durchdreht.

Er hat zum Schreien angefangen, mich eine untreue Schlampe genannt und mir vorgeworfen, dass ich ihm seinen *‚kleinen Ausrutscher'*, wie er die Ohrfeige gerne nennt, nur nicht verzeihe, weil ich längst einen anderen Mann kennengelernt habe.

Scheiße! So ist es nicht. Und selbst wenn, würde es ihn einfach nichts angehen.

Denn ein Schlag ins Gesicht ist alles, nur kein *‚kleiner Ausrutscher'*, er ist geschmacklos, zu viel und mehr als unangemessen. Je lauter er wurde, umso stärker wurde meine Angst.

Dann ist er endgültig durchgedreht, hat mich am Handgelenk gepackt und entschlossen Richtung Schlafzimmer gezerrt.

Mir ist kotzübel geworden. Mittlerweile traue ich Scott einfach alles zu.

Ehrlich. Einfach. Alles.

Seine Finger lagen wie ein Schraubstock um mein Gelenk, es hat echt wehgetan.

Für einen Moment dachte ich, es würde brechen. Erst als ein besorgter Nachbar an der Türe geklopft und gefragt hat, ob alles okay ist, hat Scott mich losgelassen.

Das war meine Chance.

So schnell ich konnte, habe ich mir eine Jacke und meine Handtasche geschnappt und bin zur Tür raus.

Jetzt stehe ich vor dem Restaurant, in dem ich verabredet bin, und würde am liebsten davonlaufen.

Mein schönes, scheinbar perfektes Leben ist einfach so in seine Einzelteile zerbrochen, und ich soll mich nett lächelnd mit irgendeinem Typen treffen, den ich überhaupt nicht kenne. Das ist doch scheiße!

Am liebsten würde ich mein Handy aus der Tasche holen und Sarah darüber informieren, dass sie das verdammte Date absagen muss.

Aber was dann?

Wo soll ich hin?

Nach Hause ganz bestimmt nicht. Natürlich könnte ich mich auch mit Sarah treffen. Aber es ist Freitag Abend, was bedeutet, dass sie sicherlich bei den *Wild Bones* ist, und na ja ... Ich glaube nicht, dass diese Rocker heute Nacht die richtige Gesellschaft für mich sind.

Ein psychopathischer Polizist reicht mir völlig, da brauche ich nicht auch noch bis an die Zähne bewaffnete Kriminelle, die ihre Gesetzlosigkeit stolz zur Schau stellen.

Und außerdem habe ich echt einen Riesenhunger.

Seit ich heute Morgen aufgewacht bin, konnte ich an nichts anderes denken als daran, dass ich mich heute Abend (also jetzt) mit einem wildfremden Mann treffen werde.

Himmel!

Ich war so aufgeregt und nervös, dass ich keinen Bissen runtergekriegt habe, und das rächt sich jetzt. Mein Magen knurrt so laut, als hätte ich eine wütende Raubkatze im Bauch.

Mein Hunger und die Tatsache, dass ich nicht weiß, wohin, sprechen definitiv für das Date. Also warum sollte ich es nicht einfach durchziehen, und wer weiß?

Vielleicht werde ich ja positiv überrascht und Sarah ist gelungen, woran ich bis jetzt gescheitert bin: meinen persönlichen Mister Right zu finden.

Tief einatmend streiche ich mir meine langen, braunen Locken aus der Stirn, straffe die Schultern und betrete das Restaurant.

Es ist elegant eingerichtet, mit schwarzen Tischen, auf denen weiße Vasen stehen, in denen einsame rote Rosen ein wenig Romantik versprühen. Die Einrichtung ist minimalistisch und modern und gefällt mir sofort.

Der Geruch von Knoblauch und frischen Kräutern wie Rosmarin und Thymian liegt in der Luft und lässt mir das Wasser im Mund zusammenlaufen.

Selbst wenn der Typ ein totaler Loser ist, wenn das Essen so gut schmeckt, wie es riecht, war der Abend kein totaler Reinfall.

Eine Bedienung kommt auf mich zu und begrüßt mich freundlich. Sie fragt mich, ob ich reserviert habe, und ich nenne ihr Sarahs Nachnamen.

Sie wirft einen kurzen Blick in ein dickes, in Leder eingeschlagenes Buch, das für mich wie eine Märchensammlung aussieht, führt mich an einen abgelegenen Tisch, auf dem nicht nur eine Rose, sondern auch eine Kerze steht.

Verdammt!

Das ist der einzige Tisch mit Kerze und ich weiß sofort, dass dafür Sarah verantwortlich ist. Wäre sie jetzt hier, würde ich sie erwürgen.

Für manche Frauen mag so ein, von ihrer besten Freundin arrangiertes Blind Date nichts Ungewöhnliches sein. Aber für mich ist es die Hölle!

Ich lerne meine Männer gerne auf die altmodische Art kennen. Persönlich.

Ich halte nichts von diesen Internetbekanntschaften.

Für mich muss es auf den ersten Blick funken.

Am liebsten wäre es mir, wenn ich einem Mann durch Zufall begegne, wenn sich unsere Blicke ungewollt treffen und dann ... Dann ist da dieses Kribbeln im Bauch. Dieses intuitive Interesse, diese einmalige Chemie, die ihn und mich dazu bringt, den Alltag und alles um uns herum zu vergessen und den ersten Schritt zu machen.

Dieses Gefühl im Bauch, die Aufregung und die Hoffnung ...

Das alles gehört für mich einfach dazu.

Vielleicht bin ich ja auch eine hoffnungslose Romantikerin. Und obwohl das durchaus sein könnte, stört mich diese verdammte Kerze so sehr, dass ich mich am liebsten vorbeugen und sie auspusten würde.

Den Impuls unterdrückend, gebe ich der Bedienung meinen Mantel, sie nimmt ihn mir ab, ihr Blick fällt auf mein Handgelenk und ihr Mund klappt auf.

Irritiert sehe ich an meinem Arm nach unten und verstehe nun, was sie so überrascht hat. Der dunkelblaue Kreis, der wie ein Armband mein Handgelenk schmückt.

Nur dass es sich dabei nicht um blaue Saphire handelt, sondern um Hämatome, die ich meinem netten Ex zu verdanken habe.

Mein gezischtes „Scheiße“ bringt die Frau dazu, verlegen wegzusehen und Richtung Garderobe zu verschwinden.

Prima. Danke Scott! Vielen Dank.

Obwohl die Stelle, an der er mich gepackt hat, echt wehtat, habe ich ihr keine Beachtung geschenkt. Ich war viel zu versessen darauf, so schnell wie möglich das Weite zu suchen und aus der Wohnung rauszukommen, bevor der Nachbar wieder weg ist und ich mit Scott erneut alleine gewesen wäre.

Mit einem frustrierten *„Hmpf!“* setze ich mich auf den schwarzen Stuhl, lege den Kopf in den Nacken und schließe kurz die Augen.

Wenn ich den heutigen Abend irgendwie rumbringe, kriege ich am Sonntag das Auto und dann kann ich endlich mit Sack und Pack in meine neue Wohnung ziehen. In meine ganz eigene Wohnung, in der ich vor Scott und all den anderen Arschlöchern, die es auf der Welt noch so gibt, sicher bin.

Noch bevor ich die Augen wieder öffne, spüre ich, dass ich nicht mehr alleine bin.

Die feinen Härchen in meinem Nacken stellen sich warnend auf, mein Puls schnellt in die Höhe und meine Lippen beginnen seltsam zu prickeln.

Nervös blinzle ich unter halb gesenkten Lidern raus und zucke, als ich sehe, wer genau vor meinem Tisch steht, erschrocken zusammen.

Oh nein. Niemals.

Das kann einfach nicht wahr sein.

Ich meine, ich traue Sarah wirklich alles zu, absolut alles, aber das ist dann doch zu viel.

Das würde sie mir doch nie antun.

Oder?

Warum sollte sie auch?

Ich meine, dieser gut zwei Meter große, massive, muskulöse und mit einer ledernen Kutte bekleidete Rockerpräsident ist doch genau der *Wild Bone*, den sie immer für sich wollte.

Warum sollte sie mich jetzt also mit ihm verkuppelt wollen?

Das kann nicht sein.

Nie.

In der Hoffnung, dass mir meine Fantasie einen Streich spielt, kneife ich die Augen so fest es geht zusammen, zähle stumm bis drei und reiße sie in der Hoffnung, dass der Präsident des gefährlichsten Motorcycle Clubs des Landes nur eine Fata Morgana war, wieder auf.

Zu meinem Verdruss hat sich der mächtige Biker jedoch nicht wie durch ein Wunder in Luft aufgelöst. Oh nein! Er steht noch immer groß und stark direkt vor mir und sieht mich aus funkelnden Iriden an.

„Das wäre auch zu schön gewesen."

Der Präsident legt den Kopf leicht schief und mustert mich interessiert.

„Was wäre zu schön gewesen?"

Verflucht!

Habe ich das wirklich laut ausgesprochen?

„Dass du dich in Luft auflöst."

Ups! Oh verdammt!

Das hätte ich auch irgendwie netter formulieren können.

Anstatt mir meine Direktheit übel zu nehmen, lässt sich der riesige, schwere Biker auf den neben ihm stehenden, ziemlich zerbrechlich wirkenden Stuhl fallen, dann lehnt er sich zurück und unterzieht mich einer weiteren, noch gründlicheren Musterung, die dafür sorgt, dass es mir den Atem verschlägt.

Seine Augen sind braun wie Karamell und strahlen nicht nur eine unglaubliche Härte aus, sondern sie wirken auf mich auch so, als ob sie für ihr Alter schon viel zu viel Blut, Leid und Gewalt gesehen hätten.

Der Rockerpräsident ist ganz anders, als ich ihn mir immer vorgestellt hatte. Er ist größer, massiver und attraktiver. Bedeutend attraktiver, als ich es für möglich gehalten hätte.

Selbst die Narbe an seinem Hals, die sich Richtung Brustkorb windet, schreckt mich nicht ab, genauso wenig wie der große, für alle Ewigkeit auf seinen Kehlkopf tätowierte Skull. Dicke Bartstoppeln zieren seine markante Kieferpartie. Zu meiner Überraschung hat der Biker volle, sinnliche Lippen, die so gar nicht zu dem ansonsten so harten Erscheinungsbild passen wollen. Hohe Wangenknochen, eine gerade Nase und streng wirkende Augenbrauen runden das Gesamtbild ab.

Er trägt eine schwarze Hose, schwere Stiefel und dazu einen dunkelgrauen Hoodie, über dem sich die obligatorische Weste befindet, die ihn als Präsidenten der *Wild Bones* kennzeichnet.

Ich nehme mir noch eine Sekunde länger Zeit, um ihn zu betrachten.

Gepflegte Finger, breite Schultern und braune Haut.

Huiuiuiuiuiui ...

Doch das Beeindruckendste an ihm ist nicht seine stattliche Körpergröße, und es sind auch nicht die vielen Muskeln, die keinen Zweifel daran lassen, dass er es gewöhnt ist, seinen Willen mit Gewalt durchzusetzen. Oh nein. Es ist diese natürliche Arroganz, die ihm aus jeder Pore dringt. Es ist die Macht, die ihn wie ein unsichtbares Magnetfeld umgibt, und die keinen Zweifel daran lässt, wer und was er ist. Dieser Biker wirkt heroisch und befehlsgewohnt und ich frage mich instinktiv, wie schön es wäre, mir seine Kraft nur für einen Tag ausleihen zu können. Oder für eine Stunde.

Es wäre sicher ein erhabenes Gefühl, Scott gegenüberzutreten und mich nicht mehr vor ihm fürchten zu müssen.

Mein Blick wird wie magnetisch von dem Mund des Präsidenten angezogen und ich frage mich ungewollt, wie es sich wohl anfühlen würde, von ihm geküsst zu werden.

Warm? Fest? Leidenschaftlich?

Über mich selbst verwundert zwinge ich mich, ihm wieder in die Augen zu sehen, und stelle entsetzt fest, dass er sehr wohl bemerkt hat, dass ich kurz abgelenkt war.

Scheiße!

Das ist peinlich.

Mindestens so peinlich wie diese blöde Kerze auf dem Tisch.

Ein Blind Date mit einem Rocker ...

Danke, liebes Schicksal!

Das war nun wirklich das Letzte, was ich gebrauchen konnte.

4. Kapitel

Der Präsident des Wild Bones Motorcycle Clubs

Beim Blut meiner Feinde!

Sarah hat gesagt, ich müsste mich nur nach der schönsten Frau im Restaurant umsehen, und genau das habe ich getan.

Fuck!

Mein Date, also diese Frau mit den braunen Locken und den blauen Augen hat etwas an sich, das mich dazu bringt, sie mir nackt vorzustellen.

Nackt mit gespreizten Beinen an mein verfluchtes Bett gefesselt!

Sie zu ficken, war nicht der Plan.

Als ich hier angekommen bin, wollte ich sofort wieder verschwinden.

Dieser Laden ist nichts für mich. Tischdecken und Blumenvasen?

Ich bevorzuge Waffen und Handgranaten!

Ein Hotdog oder irgendetwas Schnelles, was ich im Stehen essen kann, wäre mir lieber. Kerzen, Rosen und der ganze andere Schwachsinn, das ist einfach nichts für mich.

Die Frau sieht mich an, sie starrt mir auf die Lippen und mir wird heiß.

Es ist offensichtlich, dass sie im Moment nicht gerade daran denkt, aufzustehen und die Flucht zu ergreifen und das, obwohl sie gehofft hatte, dass ich mich in Luft auflöse.

Ich dachte mir schon, dass Sarah ihrer Freundin nicht gesagt hat, mit wem sie ihr Date hat.

Als sie mich sah, war sie geschockt. Das war fast schon witzig. Zumindest wäre es witzig gewesen, wenn mein Schwanz zu diesem Zeitpunkt nicht längst beschlossen hätte, sie ficken zu wollen. Das schwarze Kleid schmiegt sich eng an ihre Kurven, und ich ärgere mich, dass ich nicht vor ihr hier war.

Dann hätte ich hier sitzen und sie auf mich zukommen sehen können.

Dann hätte ich die Möglichkeit gehabt, sie im Ganzen zu betrachten. So muss ich mich mit ihren vollen Titten, die rund und weich ihren Ausschnitt füllen, zufriedengeben, und das, obwohl ich mir sicher bin, dass ihr Arsch mindestens genauso geil ist wie ihr Gesicht.

Dieses Mädchen ist die perfekte Kombination aus süß und sexy, und allein bei dem Gedanken, ihre schicken Tittchen zu ficken, ziehen sich meine Hoden puckernd zusammen.

Echt schade, dass ich sie mir nicht als Vorspeise auf den Tisch legen, ihr Kleid hochschieben und mich durch ihre heiße Muschi lecken kann.

Ich will sie kosten, lecken, mich an ihrer Klit festbeißen und sie dazu bringen, mich um Gnade anzuflehen. Aber wie das *Expect-no-mercy-Patch*, das mein Leder ziert, schon verrät, gewähre ich keine Gnade, und darum würde ich weitermachen und mit meiner Zunge immer wieder durch ihre Falten fahren, bis sie direkt an meinem Mund zum Orgasmus kommt, und dann würde ich jeden Tropfen, der aus ihr heraussickert, kosten und schlucken.

Fuck!

Wir haben noch nicht mal was zum Trinken bestellt und ich habe sie gedanklich bereits gefickt.

Scheiße, Sarah!

Was hast du dir nur dabei gedacht, mich zu diesem fucking Date zu zwingen?

Die Frau mir gegenüber scheint zu ahnen, was in meinem Schädel vorgeht, sie senkt verlegen den Blick und streift sich die Haare aus dem Gesicht. Dabei fällt mein Blick auf den Kranz dunkelblauer Flecken, der ihr zartes Handgelenk umschließt.

Jetzt ergibt das, was Sarah gesagt hat, auch endlich einen Sinn.

Ihre hübsche Freundin steckt in Schwierigkeiten und Sarah wusste genau, dass sie mir gut genug gefällt, um neugierig zu werden.

Die kleine Schwester meines Vizepräsidenten hat mir eine Falle gestellt und in der Sekunde, in der meine Hand vorschnellt, um den Arm meiner Verabredung einzufangen, ist sie zugeschnappt.

Das Mädchen zuckt erschrocken zusammen, ist aber schlau genug, sich nicht gegen meinen festen Griff zu wehren. Ich halte sie fest und dosiere meine Kraft, um ihr nicht wehzutun.

„Wer war das?"

Ihr Blick huscht zu mir.

Ich starre sie an, beobachte mit fest zusammengebissenen Zähnen und pochendem Schwanz, wie sie sich mit der Zungenspitze über die Unterlippe leckt.

Oh ja. Dieses Mädchen interessiert mich mehr als genug, um auf eine Antwort zu bestehen.

Erst als ich mir sicher bin, dass sie die Hand nicht zurückzieht, lockere ich meinen Griff, sodass ich mir die blutunterlaufenen Fingerabdrücke, die ihre Haut zieren, genauer ansehen kann.

Als die Minuten verstreichen und sie mir nicht sagt, was ich wissen will, hake ich nach.

„Wer war das?"

Sie sieht mich an.

„Meinst du nicht, dass wir uns erst mal vorstellen sollten, ehe du mir Fragen stellst, deren Antworten dich nichts angehen?"

Oh! Sie ist schlagfertig. Das gefällt mir.

Ich steh auf Frauen, die Mut haben.

Sie verwandeln sich im Bett zu echten Wildkatzen.

„Ich bin Griffin!"

Sie sieht mich überrascht an.

„Charlotte!"

„Jetzt, wo wir das geklärt haben, kannst du mir ja antworten!"

„Wie gesagt. Es geht dich nichts an."

Vielleicht ist sie sogar ein wenig zu mutig.

Es gibt nicht viele Menschen, die es wagen, sich mir zu widersetzen, und es gibt noch weniger, die diese Respektlosigkeit überleben.

Die Bedienung taucht auf, sie hält zwei Karten im Arm und fragt uns, was wir trinken wollen.

Ich bestelle mir ein Bier, Charlotte einen Weißwein.

Währenddessen lasse ich ihren Arm nicht los.

Wer auch immer sie so hart angefasst hat, wird das früher oder später bereuen. Und mein stetig steigendes Interesse an Charlotte verrät mir, dass es eher früher sein wird.

Sehr viel früher, als es dem Bastard recht sein wird.

Die Bedienung legt, bevor sie verschwindet, um unsere Getränkebestellung auszuführen, die Karten auf den Tisch, und ich denke, dass es nicht schadet, wenn ich das ebenfalls tue.

Spielchen waren noch nie mein Ding.

„Nenn mir den Namen und ich schwöre dir, dass er dir nie wieder wehtun wird."

In ihrem Blick erkenne ich, dass sie für einen kurzen Moment versucht ist, nachzugeben.

Warum sie es schlussendlich doch nicht tut, ist mir ein Rätsel.

Die meisten Frauen warten nur darauf, dass wie aus dem Nichts ein strahlender Retter auftaucht, um sie zu beschützen.

„Wieso interessiert es dich, wer mir wehtut?"

Gute Frage.

„Weil du mich interessierst. Mehr als erwartet. Außerdem scheinst du Sarah wichtig zu sein ..."

Ich zucke nichtssagend mit den Schultern und streiche mit der Daumenkuppe über die Stelle an ihrem Handgelenk, an dem ich spüren kann, wie sich ihr Puls regelrecht überschlägt.

Mein Finger ist rau, ihre Haut ist samtweich.

„Ich interessiere dich?"

Ihre Frage ist eher ein Quietschen.
„Überrascht dich das?“
Sie nickt.
„Warum?“
„Na, weil du du bist, und ich ich bin, und na ja eben wegen des Offensichtlichen. Deine Kutte und die Art, wie du lebst, und wie ich lebe, das ist anders. Wir sind anders, irgendwie unterschiedlich und wir kennen uns nicht.“
Fuck, was?
„Sorry Baby, aber ich habe kein Wort verstanden.“
Eine leichte Röte überzieht Charlottes Gesicht. Ich habe Mitleid mit ihr und lasse ihre Hand los, sie zieht sie sofort zurück und versteckt den Ring aus Blutergüssen unter dem Tisch.
Das Bier und der Wein werden gebracht. Ich ignoriere das Glas und trinke direkt aus der Flasche.
Während ich große Schlucke nehme, nippt sie ganz vornehm an dem Wein.
Wie eine echte Lady.
„Wissen Sie schon, was Sie zu essen bestellen möchten?“
Die Bedienung geht mir auf die Nerven. Sie stört. Ich will mit der Frau, die ein Rätsel für mich darstellt, allein sein.
Wir haben noch keinen Blick in die Karte geworfen und ich für meinen Teil werde das auch nicht tun.
„Haben Sie Steak?“
Die Bedienung nickt.
„Dann ein großes Steak. Blutig. Mit Pommes oder Kartoffeln als Beilage.“
Charlotte beobachtet mich interessiert und ich würde mein Bike darauf verwetten, dass sie ebenfalls schon darüber nachgedacht hat, wie es wäre, wenn ich sie einfach über den Tisch ziehe, auf meinen Schoß setze und ficke.
„Und was ist mit Ihnen?“
Charlotte wirkt irritiert, dann überrascht sie mich, in dem sie sich genau das Gleiche bestellt wie ich.
Vielleicht ist sie einfach zu durcheinander, um zu wissen, was sie tut?
Ich frage nach.
„Sicher, dass du ein blutiges Steak willst?“
Sie nickt.
„Was? Wäre es dir lieber, wenn ich eine dieser Tussis wäre, die den ganzen Abend lang Kalorien zählt und in einem blöden Salat rumstochert, ohne wirklich etwas zu essen?“

Fuck nein!
„Ich war nur verwundert."
Und das ist die Wahrheit.
„Ich passe in kein Klischee."
Oh yeah, das ist mir auf den ersten Blick schon aufgefallen.
Die Bedienung verschwindet, ich sehe Charlotte an und sie schweigt.
Reden wird überbewertet – ficken nicht.
Zuerst zupft sie nervös an der vor sich liegenden Serviette herum, dann kippt sie ihr Weinglas in sich rein. Fast so, als ob sie hoffen würde, dass ihr der Alkohol dabei hilft, sich in meiner Gegenwart zu entspannen.
Als sie mich das nächste Mal ansieht, fange ich ihren Blick ein und sorge so dafür, dass sie nicht sofort wieder wegsieht.
„Was machst du beruflich?"
Fuck! Was?
Hat sie mich gerade echt gefragt, was ich arbeite?
Ist die Kutte, die ich trage, nicht offensichtlich genug?
„Ich bin der Präsident eines OMCs, ich habe keinen anderen Beruf."
Das scheint sie zu verwundern.
„Was bedeutet OMC?"
„Outlaw Motorcycle Club."
„Und wofür steht das Outlaw?"
„Für gesetzlos. Wir leben, wie es uns gefällt, und scheißen auf die Gesellschaft."
Meine Ehrlichkeit scheint sie zu überraschen. Was ich witzig finde.
Ihr leises „Öhm ja" bringt mich dann wirklich zum Lachen.
„Wie verdienst du dein Geld, Mädchen?"
Das *Mädchen* scheint sie zu stören, doch sie sagt nichts.
„Ich bin Kindergärtnerin."
Natürlich ist sie das. *Verdammt!*
Sie ist schön und sexy, süß, mutig und verletzlich und sie arbeitet mit Kindern.
Diese Frau ist alles, nur nicht die Richtige für mich. Ein Mann wie ich würde eine Frau wie sie nur kaputtmachen.
Also warum zur Hölle hat Sarah darauf bestanden, dass ich mich mit ihr treffe?
Nur wegen den blauen Flecken?
Wohl kaum.
Ich kenne die kleine Schwester meines Vizes.
Da muss mehr dahinterstecken. Viel mehr!
Die Bedienung geht an uns vorbei, ich bestelle für Charlotte mehr Wein und für mich ein zweites Bier.

Der Abend hat gerade erst begonnen, er ist noch lang und ich habe es überraschenderweise nicht eilig, von hier zu verschwinden ...

Wenn ich das nächste Mal auf mein Bike steige, weiß ich, wer das Mädchen angegriffen hat. So viel steht fest.

5. Kapitel

Das Mädchen, das zu schnell zu viel Wein getrunken hat ...
Oder das Mädchen, das wilden Sex in einer dreckigen Gasse hat ...
Oder das Mädchen, das auf ihren Ex trifft.
***Hach* ... Es gibt bei diesem Kapitel einfach zu viele Möglichkeiten, also lest und entscheidet selbst, welche Überschrift am besten zutrifft.**

Die nächste Stunde vergeht wie im Flug. Wobei ich mir nicht mal sicher bin, ob es eine Stunde ist, denn um ehrlich zu sein, habe ich bis jetzt nicht das geringste Bedürfnis verspürt, auf die Uhr zu sehen.

Was normalerweise ein Zeichen dafür ist, dass das Date gut läuft.

Auch meinen Plan, einen familiären Notfall vorzutäuschen, habe ich längst verworfen. Dieser Rocker ist eine wirklich amüsante Gesellschaft. Er ist nicht nur groß und attraktiv, oh nein, er ist auch noch lustig und intelligent.

Nach dem dritten Glas Wein bin ich lockerer geworden und nach dem vierten haben sich meine Vorurteile irgendwann in Luft aufgelöst.

Ich kann immer noch nicht fassen, dass ich den Präsidenten der *Wild Bones* gefragt habe, was er beruflich macht.

Ich meine, Scheiße!

Das liegt wohl auf der Hand, oder?

Inzwischen kann ich verstehen, warum Sarah über eine so lange Zeit so verrückt nach diesem Mann war.

Er ist perfekt – zumindest, wenn man über die Tatsache, dass er ein gesetzloser Biker ist, großzügig hinwegsieht.

Aber wer bin ich, ihn zu verurteilen? Ich meine, ich bin, beziehungsweise war mit einem Polizisten zusammen und das hat mich auch nicht davor gerettet, mir eine Ohrfeige einzufangen. *Verflucht!*

Keine Ahnung, wie ich darauf komme, aber ich glaube nicht, dass Griffin seine Freundin schlagen würde. Und das, obwohl so etwas wie Gewalt garantiert auf seiner Tagesordnung steht.

Mag sein, dass ich zu sehr in Klischees denke, aber diese *Wild Bones* sind nicht gerade für ihre Zärtlichkeit bekannt.

Zärtlichkeit?

Über die Richtung, die meine Gedanken einschlagen, verwundert, unterdrücke ich ein Kichern.

Dieser Rockerpräsident wirkt auf mich einfach nicht wie ein Mann, der es nötig hat, eine Frau zu schlagen.

Er wirkt auf mich eher wie ein Kerl, der sich seine Freundin einfach unter den Arm klemmt und ins Bett träg, um ihr die Seele aus dem Leib zu vögeln.

Jep! Ich glaube, multiple Orgasmen sind eher die Art, wie er sich im Falle eines Falles seine Freundin gefügig macht.

Bei Scott bin ich nicht immer gekommen, er war nicht gerade eine Granate im Bett.

Ich wette mit euch, das wäre bei diesem Rocker anders.

Ganz anders.

Griffin ist aufmerksam. Also zumindest, wenn es darum geht, mein ständig leeres Weinglas auffüllen zu lassen.

Wenn er so weitermacht, bin ich am Ende des Abends, wenn das Date vorbei ist, sturzbetrunken.

Oh weia!

Was, wenn das sein Plan ist?

Was, wenn er vorhat, mich abzufüllen und dann zu vögeln?

Würde ich Nein sagen?

Ich sollte! So viel steht fest.

Aber würde ich es auch?

Ich glaube nicht.

Ich meine, wann hat eine Frau wie ich schon mal die Chance, einen Mann wie ihn abzubekommen? Und gehört ein netter, unbedeutender Abschiedsfick zu einem guten Blind Date nicht dazu?

Die Bedienung bringt erneut etwas Wein.

Ich sehe Griffin an und erwische ihn dabei, wie er mich anstarrt.

Der personifizierte Teufel und heißer als die Hölle!

Ob er ein Sixpack hat? Ganz bestimmt.

Männer wie er kommen schon mit Bauchmuskeln auf die Welt.

„Hat Ihnen das Steak geschmeckt?"

Ich war so auf den Mann mir gegenüber konzentriert, dass ich ihre Anwesenheit völlig ausgeblendet habe und jetzt überrascht zusammenzucke.

„Oh ja, es war sehr gut."

So gut, dass ich mit meinem schneller fertig war als der große, böse Rockerpräsident mit dem seinen. Was ihn ziemlich erstaunt hat.

Kaum dass die Bedienung weg ist, sehe ich den Biker wieder an und kneife die Augen zusammen.

„Kann das sein, dass du mich betrunken machen willst?"

Seine Mundwinkel ziehen sich auf eine sexy Art und Weise nach oben.

„Wie kommst du darauf?"

„Na, weil du mein Glas immer wieder auffüllen lässt."

Anstatt mich auszulachen, bleibt er ernst und beugt sich langsam zu mir vor. Sein Leder knarzt dabei leise, fast so, als würde es mich daran erinnern wollen, mit wem genau ich es zu tun habe.

Ich komme ihm instinktiv entgegen, erwidere seinen eindringlichen Blick so tapfer wie möglich, und beginne vor Nervosität auf meiner Unterlippe herumzukauen.

Was hat dieser Rocker nur an sich, dass ich in seiner Gegenwart wieder und wieder an Sex denken muss?

Wilden, schmutzigen, harten, grenzgenialen Sex. Mit an den Haaren ziehen, kratzen, beißen und schreien ...

„Wenn ich dich nehme, dann nur, wenn du bei Sinnen bist. Ich will, dass du kapierst, was ich mit dir anstelle, dass du spürst, was ich mit dir mache, und dass du mehr willst. Mehr als von jedem anderen Mann vor mir."

Halleluja!

Das nenne ich mal eine Ansage.

Um mich selbst zu retten, beschließe ich, das Thema zu wechseln.

„Seit wann bist du Präsident?"

Griffins dunkle Augen funkeln belustigt. Fast so, als ob er meine Strategie durchschaut hätte. *Himmel!*

Überhaupt ist dieser Rocker kein Kerl, dem man leicht etwas vormachen kann.

Ich würde eine Wette darüber abschließen, dass er ganz genau weiß, wie viele andere Personen sich in dem Restaurant befinden, wie viele Männer und wie viele Frauen.

Er hat sicherlich längst abgecheckt, wie viele ihm davon gefährlich werden könnten. Keiner. Und wie viele Ausgänge der Laden hat.

Es ist nicht so, dass er sich die ganze Zeit ständig paranoid umsieht. Im Gegenteil. Alles an ihm ist selbstsicher.

Trotzdem wirkt er auf mich wie ein Mann, der gerne alles kontrolliert und im Griff hat.

„Bist du ein Kontrollfreak?"

Die Frage kommt mir über die Lippen, bevor ich es verhindern kann.

Verdammter Wein!

Fasziniert beobachte ich, wie an seinem eckigen Kiefer ein Muskel zu zucken beginnt.

„Ich sage, wo es langgeht. Immer."

Warum überrascht mich das nicht?

„Das ist dann wohl ein Ja."

Dazu sagt er nichts, sondern deutet mit einem Nicken auf die Flecken an meinem Handgelenk.

„Ich kann dir helfen."

Wämmm!

Dieses Mal hat er das Thema gewechselt.

„Ich falle nicht in deinen Aufgabenbereich, Präsident."

Meine wachsende Nervosität herunterschluckend, streiche ich mir die Haare hinters Ohr. Griffins Nasenflügel blähen sich, fast so, als würde er meinen Geruch in sich aufsaugen.

„Das kann sich jederzeit ändern."

Zuerst kapiert mein in Pinot Grigio schwimmendes Hirn nicht, was er meint, dann wird es mir auf einen Schlag klar.

Der Präsident der *Wild Bones* hat mir gerade gesagt, dass er mich jederzeit zu seinem Aufgabengebiet erklären kann.

Huiuiuiuiuiui ...

Mein Unterleib zieht sich erregt zusammen. Mein Herz gerät aus dem Takt und stolpert orientierungslos in meinem Brustkorb herum.

Hilfe!

Anstatt meine Angst siegen zu lassen, füttere ich meine Neugierde.

„Und wie würde das dann aussehen?"

Unter dem Tisch presse ich in der Hoffnung, das Kribbeln zwischen meinen Beinen zu lindern, die Schenkel zusammen.

Es bringt nichts. Dieser Rocker spricht eine Seite von mir an, von der ich dachte, dass sie dank Scott in den einhundertjährigen Dornröschenschlaf gefallen wäre.

Aber das ist sie nicht und ich habe keine Ahnung, wie ich mit der Art, wie ich auf diesen *Wild Bones* mit dem schwarzen Totenkopf am Hals reagiere, umgehen soll.

„Du willst wissen, was passiert, wenn ich mich dazu entscheide, dass ich dich für mich will?"

Ohhhha ... Wenn er das so formuliert, klingt das ziemlich heftig!

Das ist der landesweit gefürchtete Präsident eines Outlaw Motorcycle Clubs und nicht das Model aus der neuen Waschmittelwerbung. Natürlich ist das heftig. Was hast du denn gedacht du naive Kuh?! Immerhin ist das derselbe Kerl, den dein Ex – der übrigens ein Cop ist – bei der ersten Gelegenheit erschießen wollte. Schon vergessen?

Mein Unterbewusstsein klingt ziemlich genervt. Ich blende es einfach aus. Immerhin war es die Stimme in meinem Kopf, die mir dazu geraten hat, bei Scott einzuziehen.

Was bedeutet, dass die letzte so richtig beschissene Entscheidung meines Lebens auf ihr Konto geht und nicht auf das meine.

Über mich selbst verwundert, schüttle ich den Kopf und richte meinen Fokus wieder auf den Biker vor mir.

„Ja, will ich. Ich will es wissen.“

Anstatt mir sofort zu antworten, presst er die Lippen zusammen, sodass sie einen dünnen Strich bilden, und sieht mich nachdenklich an.

„Du treibst ein gefährliches Spiel, Baby.“

Kann sein.

Vielleicht. Schon möglich.

„Das liegt am Wein.“

Er schmunzelt, auf seiner linken Wange bildet sich ein sexy Grübchen.

Echt jetzt? Reicht es nicht, dass er groß, stark und muskulös ist? Muss er jetzt auch noch Grübchen haben? Das Leben ist manchmal echt unfair.

„Schieb es nicht auf den Wein, du weißt genau, was du tust!“

Okay, er hat recht, ich weiß es und ich genieße es.

Um ehrlich zu sein, habe ich keine Ahnung, wann ich mich das letzte Mal so lebendig gefühlt habe wie in diesem Moment.

Es ist eine Ewigkeit her …

Er fängt meinen Blick ein, ich halte ihm stand.

Er flucht derb, dann streicht er sich mit der linken Hand durch seine kurzen braunen Haare.

Ich weiß nicht, wie wir an diesen Punkt gekommen sind.

Ich weiß nicht, wie es weitergeht oder wie der Abend endet.

Aber ich weiß, dass ich Griffins Nähe genieße und dass ich mich bei diesem gefährlichen Rocker ziemlich wohl fühle.

Und ganz ehrlich? Damit hatte ich nun wirklich nicht gerechnet.

Griffin scheint eine Entscheidung zu treffen, der Ausdruck in seinen Augen ändert sich im Bruchteil von einer Sekunde von interessiert zu entschlossen.

„Wenn ich entscheiden würde, dass ich dich für mich beanspruchen will, würde ich deine Welt auf den Kopf stellen. Ich würde dich packen, über meine Schulter werfen und zu meinem Bike tragen. Draußen würde ich dir die Zunge in den Hals schieben, um meinen ersten Hunger zu stillen. Dann würde ich dich auf meine Maschine setzen, in meinen Club bringen und so lange ficken, bis dich deine Beine nicht mehr tragen.

Danach würdest du mir brav den Namen von dem Wichser nennen, der dich verletzt hat, und ich würde auf die Jagd gehen ...“

Oh. Mein. Gott.

Ich weiß nicht, was mich mehr umhaut, seine Direktheit, das Ficken oder der Teil mit der Jagd. Ich denke, alles zusammen ... Alles zusammen ist schuld, dass mein Hirn kurz vor einem Blackout steht.

Dummerweise muss ich mir eingestehen, dass mich seine Androhung, oder wie man das auch immer nennen soll, nicht annähernd so abschreckt, wie es das im besten Fall sollte.

„Ist das deine Art, mit mir zu flirten?“

„Ich flirte nicht, Charlotte. Ich nehme in Besitz!“

Halleluja!

Verzweifelt greife ich mir den Wein, trinke ihn aus und kämpfe gegen die Bilder an, die seine Worte in meinem Kopf entstehen lassen, und die sich zu einer Art Kurzfilm zusammengesetzt haben.

Mein Slip wird feucht, noch feuchter, als er es eh schon ist.

„Ich denke, wir sollten das Thema wechseln.“

Ein wölfisches Lächeln erhellt seine sonst so ernst wirkenden Gesichtszüge.

„Angst?“

Ich schüttle den Kopf.

„Nein. Wohl eher Interesse.“

Mist! Das hätte ich nicht sagen sollen.

Mir wird erst klar, welchen Fehler ich begangen habe, als Griffin ein wildes Knurren von sich gibt, in seine Kutte fasst und ein dickes Bündel grüner Scheine rausholt.

Das müssen locker tausend, wenn nicht sogar zweitausend Dollar sein, und er trägt die einfach so mit sich rum?

Wow! Die Geschäfte des Clubs scheinen ja wirklich gut zu laufen.

Griffin zögert nicht, legt zwei Hundert-Dollar-Scheine auf den Tisch, steht dann langsam auf und sieht mich an.

„Öhm ... Ähm ... Ich ...“

Meine kognitiven Fähigkeiten scheinen mir irgendwann in den letzten zehn Sekunden abhandengekommen zu sein.

Der Präsident umrundet den Tisch, packt mich an den Schultern, zieht mich hoch und streift mit seiner Nase über meinen Scheitel. Fast so, als würde er an mir schnuppern, dann reißt er mich so plötzlich von den Füßen, dass ich ein leises Quietschen ausstoße, und wirft mich wie angekündigt über seine massive Schulter.

Die Welt kippt, ich verliere die Orientierung und bekomme nur am Rand mit, wie uns die Menschen an den restlichen Tischen interessiert beobachten.

Klasse!

Fehlt nur noch, dass einer sein Handy zückt, es filmt und dann auf TikTok einstellt, wie der Präsident der *Wild Bones* eine Frau entführt.

Eine, die nicht mal daran denkt, sich zu wehren.

Griffin trägt mich mühelos aus dem Restaurant, wobei seine warme Hand auf meinem Hintern landet und mich so vor einem Sturz bewahrt.

Draußen angekommen entdecke ich eine große, wunderschöne Harley am Straßenrand stehen. Der Rocker marschiert direkt auf das Motorrad zu, vor ihm angekommen bleibt er stehen, tätschelt mir ein letztes Mal den Hintern und lässt mich dann langsam an sich herabgleiten. Erst als sich unsere Münder auf gleicher Höhe befinden, stoppt er die Abwärtsbewegung. Meine Füße baumeln noch immer in der Luft.

In seinen starken Armen komme ich mir klein und weiblich vor, ich beschließe, dass ich dieses Gefühl mag. Genau wie alles andere, was dieser Biker in mir auslöst.

„Wenn ich dich jetzt küsse, ficke ich dich auch. Ich bin nicht wie die Typen, mit denen du dich sonst triffst. Wenn ich etwas will, nehme ich es mir."

Ohweia ...

„Und was willst du?"

Ich kenne die Antwort. Der Ausdruck in seinen Augen lässt keinen Spielraum für irgendwelche Zweifel. Doch ich will es trotzdem hören, ich muss es hören, sonst kann ich es nicht glauben.

„Dich, Baby. Heute Nacht will ich dich."

Heilige Scheiße!

Und dann macht er seine Drohung war, schiebt mir seine Zunge in den Mund und stillt seinen Hunger.

Seine Lippen sind warm und fest.

Der Kuss ist anders als alles, was ich kenne, er kommt einer Eroberung gleich. Dieser Rocker bittet nicht um Einlass oder um Erlaubnis, er nimmt sich, was er braucht, teilt meine Lippen und beansprucht meinen Mund wie ein Pirat die Gewässer der Karibik. Griffin ist wild und heroisch, er überwältigt mich. Es dauert ein paar Herzschläge lang, bis ich den Schock darüber, dass das gerade wirklich passiert, überwunden habe, mich an seinen mächtigen Schultern festkralle und ihn zurückküsse.

Der viele Wein verleiht mir den Mut, den ich dazu brauche, und die Belohnung, die mich erwartet, ist unglaublich: der Kuss meines Lebens.

Unglaublich.

Ich bin vierundzwanzig Jahre alt und hatte schon so einige Affären und Beziehungen, und trotzdem fühlt es sich an, als wäre dies das erste Mal, dass ich einem Mann nahe komme.

So wie mit diesem Biker war es noch nie. Das Blut in meinen Adern beginnt heiß zu werden, meine Brüste fühlen sich schwer und warm an und meine Nippel ziehen sich erregt zusammen. Immer mehr

Feuchtigkeit sammelt sich an meiner Mitte und ich bin kurz davor, den Präsidenten anzuflehen, mich hier und jetzt zu nehmen.

Was mich verwundert, denn ich war noch nie ein Fan von Sex in der Öffentlichkeit.

Seine Finger schieben sich unter meine Haare, legen sich um meinen Nacken und halten mich in Position. Dann drückt er meinen Kopf bestimmend nach links, um den Kuss noch zu vertiefen.

Halleluja!

Ich vergesse zu atmen, ich vergesse zu denken – ich vergesse einfach alles um mich herum. In meinem Kopf dreht sich alles, in meinem Bauch flattern tausend kleine Schmetterlinge.

Als Griffin meinen Mund freigibt, halte ich meine Augen noch eine Weile geschlossen und bin total durcheinander.

„Das wollte ich schon seit der ersten Sekunde mit dir machen."

Echt?

„Du meinst, als ich mich darüber geärgert habe, dass du dich nicht in Luft aufgelöst hast?"

Er nickt und ich kichere.

Griffin hingegen bleibt ernst. Ernst und angespannt.

Dann stellt er mich auf meinen eigenen Füßen ab, fast so, als ob er mir die Möglichkeit geben wollte, die Flucht anzutreten.

„Letzte Chance, Nein zu sagen, Mädchen."

Will ich das?

Sollte ich das?

Es wäre definitiv vernünftiger, dem Rockerpräsidenten zu widerstehen und mich auf etwas anderes zu konzentrieren. Hundewelpen und Katzenbabys zum Beispiel.

Das Problem ist nur, dass ich Versuchungen noch nie besonders gut widerstehen konnte.

Ich gehöre eher zu den Frauen, die sich kopfüber ins Chaos stürzen und anschließend alles bereuen ...

Aber wie könnte ein Kerl wie Griffin ein Fehler sein?

Ich meine, er ist ja nur kriminell und macht keinen Hehl daraus, dass er sich aus der Gesellschaft und deren Gesetzen nichts macht.

Er trägt eine Kutte und fährt ein riesiges Motorrad, während er so viel Bargeld mit sich herumträgt, wie ich in zwei Monaten auf mein Konto überwiesen kriege.

Er. Ist. Der Anführer. Der. *Wild Bones*.

Der gottverdammte Präsident!

Wie könnte so ein Mann ein Fehler sein?

Ironie off

Aber was soll ich tun? Nein sagen?

Es heißt doch immer, dass wir uns hin und wieder etwas gönnen sollen.

Ich meine klar, eigentlich sind damit neue Schuhe, eine Handtasche oder vielleicht sogar eine Tafel Schokolade gemeint. Aber warum kann es in meinem Fall nicht einfach mal ein knapp zwei Meter großer, tätowierter und ziemlich grimmig dreinschauender Rockerpräsident sein?

Nach der ganzen Scheiße mit Scott habe ich mir dieses Leckerchen wirklich verdient.

Mein Blick fällt auf den Skull an seiner Kehle, gleitet dann an seinem massiven Brustkorb hinab, bis zu dem Bund seiner Hose.

Was sich wohl darin verbirgt?

Dick oder dünn? Lang oder kurz?

Ich will es wirklich, wirklich wissen.

Dieser *Wild Bones* ist wie eine dieser Wundertüten, die ich als kleines Mädchen so geliebt habe.

„Fuck Baby! Ja oder nein?"

Ich zwinge meinen Blick wieder nach oben, sehe ihm direkt in die Augen, mache einen Schritt auf ihn zu. Jetzt sind wir uns wieder so nah wie vorhin, als er mich in seinem starken Arm gehalten und besitzergreifend an sich gepresst hat.

Übermütig und angetrunken wie ich bin, fasse ich ihm frech in den Schritt und stöhne fast vor Zufriedenheit, als meine Finger auf seine dicke, lange und ziemlich beeindruckende Erektion stoßen.

Oh ja! Es besteht kein Zweifel.

Der Präsident will mich.

Immer mutiger werdend, beginne ich mit den Fingern durch den Denimstoff hindurch über seinen Schwanz zu reiben und werde mit einem atemlosen Zischen belohnt.

„Bist du des Wahnsinns, Mädchen?"

Vielleicht ...

„Finde es doch heraus."

Griffin zögert kurz, dann packt er mich grob.

Doch zu meiner Überraschung setzt er mich nicht auf sein Motorrad, sondern trägt mich über den im Dunkeln liegenden Parkplatz, an den hell erleuchteten Fenstern des Restaurants vorbei, zu der schmalen Gasse, die sich direkt daneben befindet und durch die man schneller Richtung Stadtzentrum laufen kann. Der Stein riecht feucht, irgendwo raschelt ein Tier. Es ist mir völlig egal.

Allein hätte ich den Teufel getan und wäre nie, niemals und unter keinen Umständen in diesen nur schlecht, beziehungsweise gar nicht beleuchteten Durchgang gelaufen.

Da könnte ich mich auch gleich als die nächste Jane Doe auf den kalten Tisch in irgendeiner Leichenhalle legen.

Doch mit Griffin fühle ich mich vollkommen sicher.

Es hat auf jeden Fall seine Vorteile, wenn man sich mit dem gefährlichsten Raubtier der Stadt eingelassen hat.

Sein gezischtes „Fuck! Ich will dich, Baby!“ ist das Letzte, was er sagt, bevor er seinen Mund grob auf den meinen knallt und mir einen wilden Kuss schenkt.

Er stellt mich ab, packt mich am Arsch und hebt mich in einer neuen Position wieder hoch. Ich reagiere sofort, schlinge meine Beine um seine Taille und vergrabe meine Finger in dem weichen Leder, das seine Schultern bedeckt.

Seine Fingerspitzen kriegen meinen Slip zu fassen, einen Atemzug später liegt er in Fetzen auf dem Kopfsteinpflaster neben seinen schweren Stiefeln.

Mein erschrockenes Keuchen vermischt sich mit seinem lustvollen Brummen.

Griffins Hände schieben sich nach oben. Der Rocker knetet meinen Arsch, seine rauen Daumenkuppen teilen meine Falten und treffen auf die verräterische Feuchtigkeit, die aus mir heraustropft.

„Du bist nass. Richtig nass!“

Was soll ich dazu sagen, leugnen würde jetzt auch nichts mehr bringen.

„Und du bist hart. Passt doch perfekt.“

Er nickt. Und dringt dann mit seinem Finger in mich ein. Zuerst nur wenige Zentimeter tief. Er reizt die Millionen von Nervenenden, die sich an meinem Eingang befinden so lange, bis ich mir sicher bin, allein davon zu kommen. Dann rammt er seinen Daumen tief und kraftvoll in mich und ich schreie.

Vor meinen weit aufgerissenen Augen zucken bunte Punkte.

Griffins zweiter Daumen folgt dem ersten. Die Dehnung ist unglaublich, mir wird heiß und mein mit Weißwein verdünntes Blut rauscht durch meine Ohren.

Ich verliere den Bezug zur Wirklichkeit, presse mich seinen Fingern entgegen und will mehr – viel mehr. Genau genommen will ich alles, und zwar sofort.

Mein gewispertes „Fick mich“ hallt durch die schmale Gasse und entlockt dem Rocker einen Fluch.

„Fuck! Ich kenne mich mit Dates zwar nicht aus, aber ich bin mir sicher, dass ein schneller Fick in einer dreckigen Gasse nicht unbedingt der Höhepunkt des Abends ist, den du verdient hast, Charlotte."

Gott! Das ist ja süß ...

„Sag bloß, der Rockerpräsident hat so etwas wie ein Gewissen."

Seine Augen funkeln in der Dunkelheit, ich lasse meine Hände nicht nur unter seine Kutte, sondern auch unter seinen Hoodie gleiten und jauchze beinahe verzückt auf, als ich auf fein definierte Bauchmuskeln treffe.

Ein Sixpack! Jackpot! Wusste ich es doch!

Die Muskeln beginnen unter meinen Fingern zu zucken, sie spannen sich an und versteinern.

„Ich werde nicht sanft sein."

Perfekt!

„Sehr gut. Denn ich brauche es hart und tief."

Griffins „Du machst mich fertig, Mädchen" ist das Letzte, was er sagt, ehe er regelrecht über mich herfällt, sich an meiner Unterlippe festbeißt und mich immer schneller fingert. Ich stöhne. Er flucht. Ungeduldig öffne ich seinen Gürtel, mache mich an seiner Hose zu schaffen und habe das Gefühl, sterben zu müssen, wenn ich ihn nicht gleich in mir spüre.

Dank der Position, in der wir uns befinden, schaffe ich es nicht, seine Jeans nach unten zu ziehen. Griffin kapiert, dass er mich kurz loslassen muss, zieht seine Finger aus mir heraus und stellt mich mit sichtbarem Widerwillen ab.

Ich muss mich an der Mauer, gegen die er mich bis eben gedrückt hatte, abstützen, weil meine Beine so zittern.

Ohne seinen Blick von mir zu lösen, reißt er seine Hose runter, vergräbt dann seine Faust in meinen Haaren, wirbelt mich herum und drückt mein Gesicht gegen die Wand.

„Streck mir deinen Arsch entgegen!

Ich tue es sofort, einen Atemzug später knallt seine Hand auf meinen Po.

Der Schlag war fest und tut weh, doch mein Körper reagiert ganz anders als erwartet auf den Hieb. Anstatt Angst verspüre ich nichts als Lust.

„Stell dich auf die Zehenspitzen."

Ich tue es, doch es hilft nicht viel.

Er ist zu groß und ich bin zu klein. Also geht er leicht in die Hocke, richtet seinen Penis aus und bringt sich hinter mir in Position.

„Nimmst du die Pille?"

Ich nicke, dann spüre ich die runde, dicke Spitze seines Gliedes auch schon zwischen meinen Falten.

„Stütz dich ab."

Ich tue es und er stößt zu.

Sein Eindringen ist kein langsames Herantasten und auch keine sanfte Eroberung, sondern ein Angriff auf meine Muschi.

Himmel!

Er stößt so fest zu, dass ich nach vorne katapultiert werde und meine Wange über den rauen Stein rutscht.

Ich schreie, er stöhnt und drückt sich noch einen Zentimeter weiter in mich herein.

Das Gefühl ist unglaublich, die Dehnung ist mehr, als ich aushalten kann.

Tränen steigen mir in die Wangen.

Es ist beinahe zu viel. Aber eben nur beinahe ...

Griffin scheint zu spüren, dass sein Schwanz fast zu groß für mich ist, er fasst nach vorne, findet zielsicher meinen Kitzler und beginnt diesen zu reiben.

Die Pein verwandelt sich mit jedem weiteren Atemzug mehr und mehr in Lust.

Meine Knie zittern und seine dicken Hoden pressen sich von hinten an meinen Po.

Oh mein Gott!

Das ist Sex.

Echter, richtiger unverfälschter Sex, so wie er immer sein sollte.

Vor meinen Augen wird es schwarz, mein Blickfeld engt sich ein.

„Atme, Baby."

Ich bemerke erst, dass ich vergessen habe, Luft zu holen, als Griffin mir befiehlt, genau das zu tun.

Ohweia! Ich war so auf das Gefühl, das sein Schwanz in mir auslöst, konzentriert, dass ich einfach nicht daran gedacht habe, weiterzuatmen.

Sein gebrummtes: „Du machst mich fertig, Kleines" geht beinahe in meinem Keuchen unter.

„Bereit?"

Ich nicke, mehr kann ich nicht tun.

Mir hat es buchstäblich die Sprache verschlagen.

Alles, was ich tun kann, ist, mich auf die Reibung zu konzentrieren, die tief in meinem Inneren stattfindet.

Sein Glied ist so dick, dass ich jede Erhebung und jede Ader spüren kann, und er ist so unfassbar tief in mir, dass ich beim besten Willen nicht bestimmen kann, wo er aufhört und ich anfange.

Wenn ich mich nicht an der Mauer abstützen müsste, um nicht zu fallen, würde ich mir eine Hand auf den Bauch legen, um zu prüfen, ob ich ihn spüren kann.

Griffin wickelt sich meine Locken um seine Faust, reißt meinen Kopf brutal nach hinten und beginnt mich nach allen Regeln der Kunst zu ficken.

Der Rhythmus, den er vorgibt, ist alles verzehrend.

Ehrlich. Und so sehr ich es auch versuche, ich schaffe es nicht, mich aus eigener Kraft auf den Füßen zu halten.

Er bemerkt es, schlingt seinen linken Arm um meinen Bauch und hält mich aufrecht.

Ich spüre die harten Muskeln in seinem Unterarm und genieße seine Kraft.

Wir ficken nicht – er fickt mich.

Er nimmt sich, was er braucht, er benutzt mich ganz nach seinem Belieben und ich kann nichts anderes tun, als mich ihm zu unterwerfen. Ich komme mir vor wie sein Spielzeug.

Das sollte mich stören. Tue es aber nicht.

So etwas habe ich noch nie erlebt. Nicht mal annähernd.

Ich finde nicht mal einen Vergleich, der beschreiben kann, wie ich mich fühle.

„Gib mir mehr. Ich will alles. Halte dich nicht zurück."

Der Rockerpräsident zögert, ich presse mich ihm auffordernd entgegen.

„Ich will dich nicht kaputtmachen, Mädchen."

„Wirst du nicht."

Er zögert noch immer und behält seinen stetigen Rhythmus bei.

„Gib mir alles, was du hast."

„Dann wirst du zerbrechen."

Ich schüttle den Kopf. Mehr Aufforderung braucht der Rocker nicht.

Seine Hüften hämmern nach vorne, all seine Muskeln sind angespannt.

Ich bin zwischen ihm und der Mauer gefangen und spüre, wie der erste Orgasmus über mir hereinbricht.

Der Höhepunkt ist nicht sanft, und er kommt auch nicht in Wellen.

Er ist wie der Sex. Gnadenlos und atemberaubend.

Einzig Griffins Arm hält mich aufrecht, während eine unglaubliche Lust durch meinen Kreislauf spült. Ich höre mich selbst schreien. Griffin löst seine Hand aus meinen Haaren und hält mir den Mund zu.

Die Geste hat etwas Dominantes. Er kontrolliert mich. Benutzt mich. Fickt mich.

Ich kann kaum noch atmen, mein Hirn hat seine Arbeit schon vor Minuten eingestellt.

Alles, worauf ich mich konzentrieren kann, ist, wie seine Hüfte vorstößt und wie sein Schwanz wieder und wieder bis zum letzten Millimeter in mir versinkt und dabei mein Inneres nach seinen Bedürfnissen formt.

Der erste Orgasmus wird von einem weiteren abgelöst.

Danach kommt noch einer und noch einer ...

Griffin hingegen macht immer weiter. Der Biker ist unersättlich. Wie eine Maschine pumpt er in mich hinein und zeigt dabei kein Anzeichen von Schwäche.

Es ist fast so, als könnte er nicht genug von mir kriegen.

„Du bist der Hammer, Baby. So eng, so heiß, so perfekt! Ich habe noch nie so was Geiles wie deine Pussy an meinem Schwanz gespürt."

Und er beweist es, indem er noch schneller wird, mich noch härter gegen die Wand presst und die Hand, die eben noch vor meinem Mund lag, in mein Kleid schiebt und meine Brüste zu kneten beginnt.

Seine Finger finden meine Nippel, zupfen und zwirbeln sie leicht, lassen dann von ihnen ab und schlingen sich um meinen Hals.

Spätestens jetzt wäre dann der Moment gekommen, in dem ich es mit der Angst kriegen sollte.

Doch anstatt mich zu fürchten oder um Gnade zu betteln, atme ich flacher, als er fester zudrückt, und schließe die Augen, als ein weiterer Höhepunkt seine Fühler nach mir ausstreckt und mich mit sich reißt.

Das Wissen, dass ich dem Rockerpräsidenten voll und ganz ausgeliefert bin, hat auf meinen Verstand dieselbe Wirkung wie ein Streichholz auf einen Benzinkanister.

Ich stehe lichterloh in Flammen, presse mich den kraftvollen Stößen entgegen und wimmere, als die Krone seines Gliedes mit voller Wucht gegen meine Gebärmutter knallt.

Der Schmerz ist intensiv und dennoch auf eine verbotene Art und Weise gut.

Beim nächsten Stoß versuche ich ihm auszuweichen, doch schon beim nächsten drücke ich mich ihm auch schon wieder willig entgegen.

Keine Ahnung wie lange es noch so geht, oder wie oft ich noch komme.

Aber gerade als ich mir sicher bin, das Bewusstsein zu verlieren, stößt Griffin ein lautes Brüllen aus, zuckt ein letztes Mal vor und pumpt seinen heißen Samen in meinen Schoß.

Wir sind aufs Innigste miteinander verbunden, er ist so tief in mir wie nur möglich, während sein Samen mein Inneres flutet und meinen wunden Kanal regelrecht ausspült.

Ich fühle mich roh und wund an und es ist absolut perfekt.

Einzig seine großen Hände halten mich aufrecht. Sein Gesicht drückt sich von hinten gegen meinen Nacken. Rau und feucht findet seine Zunge meinen Hals – ich erschaudere.

Dann beißt Griffin zu. Nicht sanft, nicht nett oder verspielt, sondern so wie ein Wolf in ein Lamm beißt, wenn er es bei lebendigem Leib fressen will.

Ich schreie, er stöhnt und beginnt an der gepeinigten Stelle zu saugen.

Der Schmerz verwandelt sich in ein dumpfes Pochen und ich drücke mich ihm entgegen.

Irgendwann löst er seinen Mund von dem meinen und raunt mir ein „Braves Mädchen“ ins Ohr.

Bis zu diesem Moment war ich stolz darauf, eine emanzipierte, selbstständige und erwachsene Frau zu sein. Doch das ändert sich gerade. Jetzt will ich einfach nur das Mädchen des Rockers sein. Das brave Mädchen, das sich in einer engen Gasse so hart ficken lassen hat, dass es aus eigener Kraft nicht mehr stehen kann, und das es sofort wieder so machen würde, wenn es der Präsident von ihm verlangt.

In der Sekunde, in der er sich langsam aus mir herauszieht, zucke ich schmerzerfüllt zusammen.

Diese Art von Sex ist mein Körper einfach nicht gewöhnt.

Doch ich bereue nichts. Gar nichts.

Dafür war es einfach zu gut.

Erst als er komplett aus mir herausgeglitten ist, löst sich der Arm, der sich wie ein Schraubstock um meine Mitte gelegt hat. Er dreht mich zu sich um, sieht mir in die Augen und drückt mich dann bestimmend auf den Boden. Ich lasse es zu, meine Knie landen auf dem feuchten Asphalt. Einen Atemzug später spüre ich die Spitze seines dicken Penis an meinen Lippen. Zu meiner Überraschung ist er immer noch hart und geschwollen. Der Outlaw scheint noch nicht genug von mir zu haben.

„Mund auf!“

Es klingt nicht nett oder wie eine Bitte, sondern wie ein Befehl. Mein Kiefer klappt augenblicklich nach unten.

Griffins Finger vergraben sich in meinen Locken, er hält bestimmend meinen Kopf fest, während er sich Stück für Stück in meinen Mund schiebt.

Sein Penis ist so dick, dass ich ihn noch ein bisschen weiter aufmachen muss, damit er problemlos noch etwas mehr zwischen meine Lippen rutschen kann.

Ich spüre, wie er an meinem Gaumen entlang immer tiefer in meinen Rachen gleitet.

Spitze Steinchen drücken sich in meine Knie. Es ist egal. Alles ist egal. Alles außer der Präsident vor mir, dessen Schwanz nun so tief in meinem Hals steckt, dass ich würgen muss. Tränen sammeln sich in meinen Augen. Doch ich weiche ihm nicht aus, sondern drücke mich von selbst seinem Glied entgegen.

Er stöhnt und knurrt und flucht. Entschlossen, ihn in die Knie zu zwingen, wenn auch nur im übertragenen Sinne, umfasse ich seine prallen Hoden, ziehe leicht an ihnen und lasse die Bälle darin zwischen meinen Fingern hin und her rollen.

Das bringt's!

Ein Ruck geht durch seinen massiven Körper, die Oberschenkel direkt vor mir spannen sich an. Er stößt zu: ein Mal, zwei Mal, drei Mal ... dann landet heißes, salziges Sperma auf meiner Zunge. Ich schlucke es und der Rocker scheint endlich genug zu haben.

Mit einem „Deine Lippen sind genauso geil wie deine Pussy!" zieht er sich aus meinem Mund und stützt sich an der Mauer neben sich ab.

Bevor ich auf wackeligen Beinen aufstehe, schiebe ich seinen Hoodie hoch, lecke über die Rillen seiner Bauchmuskeln und koste den herben Geschmack des Mannes, der mich völlig außer Gefecht gesetzt hat.

Heilige Scheiße!

Dieses Blind Date war um einiges besser, als ich es jemals für möglich gehalten hätte.

Weitaus besser als alle Dates, die ich jemals hatte, zusammengenommen. Und das liegt nicht an dem guten Essen oder dem Wein. Das liegt an der Gesellschaft. Es liegt an dem Mann mit der Kutte, mit der Kutte, auf dem sich der Aufnäher befindet, der ihn als Präsident des *Wild Bones Motorcycle Clubs* auszeichnet.

Erst als ich jeden einzelnen Hügel, aus dem sein Sixpack besteht, geküsst habe, stehe ich schwankend auf und sehe Griffin plötzlich unsicher an.

„Das war nett."

Dem Biker fallen fast die Augen aus dem Kopf.

„Nett? Bullshit Baby! Ich hab dir fast die Seele aus dem Leib gefickt."

Jep, hat er, aber das muss ich ja nicht zugeben.

Das Ego dieses Rockers ist schon groß genug, es muss nicht noch mehr aufgeblasen werden.

„Wie gesagt, ich fand es wirklich nett!"

Dank dem blau-roten Licht, das wie aus dem Nichts auftaucht und die Gasse erhellt, sehe ich, wie er die Stirn in Falten legt.

„Nett also? Ja?"

Ich nicke. „Ja."

Er nickt ebenfalls und brummt dabei irgendetwas, was ich nicht verstehe. Das bunte Licht wird heller und mein beinahe ins Koma gevögelter Verstand braucht eine Minute, um zu verstehen, was es bedeutet.

„Du hast während des *netten Ficks* so laut geschrien, dass jemand die Bullen gerufen hat."

Wegen der Art wie er das *netten Ficks* betont, verziehen sich meine Lippen zu einem breiten Grinsen.

„Tja. Dann hättest du mir halt eher den Mund zuhalten sollen."

Keine Ahnung, warum oder was das über mich aussagt, aber das hat mich unheimlich angeturnt.

Sein strenger Blick bohrt sich in den meinen, dann bedenkt er mich mit einem wölfischen Grinsen.

„Beim nächsten Mal, Baby. Beim nächsten Mal ... Jetzt bringe ich dich erst mal von hier weg."

Irgendwie gehe ich davon aus, dass er mich in die entgegengesetzte Richtung der Polizei führt, doch stattdessen greift er sich meine Hand und wir gehen direkt auf die Cops zu.

Das ist nicht gut.

Es sollte mich nicht wundern, dass der Präsident auf Konfrontation aus ist, aber das tut es.

Meine Gedanken überschlagen sich. Und mit jedem Schritt, den wir weiter auf den Einsatzwagen, der mitten auf dem Parkplatz steht, zugehen, wächst die Panik.

Hat Scott heute Dienst?

Wenn ja, wie hoch sind die Chancen, dass er jetzt hier ist?

Zu hoch! Eindeutig zu hoch! Entschlossen bleibe ich stehen, Griffin bemerkt mein Zögern und stoppt ebenfalls.

„Was ist los?"

„Das ist die Polizei und du bist ein *Wild Bone* und wir hatten gerade in aller Öffentlichkeit Sex. Meinst du nicht, dass es besser wäre, wenn wir uns davonschleichen?"

Die Tatsache, dass wir vielleicht gleich meinem Ex, bei dem ich noch wohne, gegenüberstehen könnten, verschweige ich lieber.

Das alles ist auch so schon kompliziert genug.

Griffin ist intelligent, er würde keine Sekunde brauchen, um zu verstehen, dass die blauen Flecken an meinem Handgelenk von dem Polizisten stammen.

Und das würde dann alles, nur nicht gut ausgehen.

Allein die Erinnerung daran, wie pechschwarz seine Augen geworden sind, als er die Hämatome entdeckt hat, lässt mich erschaudern.

Griffin mag ein gesetzloser Biker sein, aber bei Gewalt Frauen gegenüber scheint er keinen Spaß zu verstehen.

Was ihm in meinen Augen einen weiteren dicken Pluspunkt einbringt.

Himmel hilf!

Je mehr ich über den Rockerpräsidenten erfahre, umso mehr kann ich verstehen, dass Sarah so lange in ihn verknallt war.

„Du sagst es, Baby, ich bin ein *Wild Bone,* aber nicht irgendeiner, ich bin der verdammte Präsident und ich gehe keiner Konfrontation aus dem Weg. Niemals! Kapiert?"

Ich nicke und gebe ihm so zu verstehen, dass ich es tatsächlich kapiert habe.

„Okay, gut. Dann lass uns das durchziehen."

Griffin schmunzelt, nickt und beugt sich zu mir nach unten, um mir einen Kuss auf die Stirn zu hauchen.

„So mag ich das, Baby."

Öhm ja, ich auch … Glaube ich ...

Meine Hoffnungen, dass es vielleicht nicht Scott ist, werden in dem Moment zerstört, als ich an der Seite des Rockers die Gasse verlasse und ein Polizist aussteigt.

Dank dem grellen, ständig rotierenden Licht sehe ich meinen Ex nicht sofort. Erst als er auf uns zukommt, erkenne ich die Gangart und erhalte so die Bestätigung, dass das Universum einen echt schrägen Humor hat.

Der Polizist erkennt den Mann neben mir und zieht blitzschnell seine Waffe.

Oh ja, das passt ganz prima. Zu Hause einen auf dicken Macker machen und seine Freundin schlagen und während des Dienstes ein echter Feigling sein.

Griffin hat nichts getan, was Scott provoziert haben könnte, und dennoch liegt sein Finger garantiert auf dem Abzug.

Frustriert und genervt stelle ich mich vor den Rockerpräsidenten und so zwischen die Mündung der Waffe und meinem Date.

Das ist keine gute Idee, Charlotte.

Ehrlich nicht.

In dem Fall könnte mein Unterbewusstsein sogar recht haben. Aber das ist mir egal.

Sobald Scott mich erkennt und kapiert, was der Biker und ich gerade getan haben, wird er ausflippen und ich will nicht, dass der Rocker angeschossen wird, nur weil mein Ex ein eifersüchtiges Arschloch ist.

Griffin, der nicht ahnen kann, dass ich den Polizisten, der auf ihn zielt, kenne, stößt einen Fluch aus, hebt mich blitzschnell hoch und stellt mich hinter sich ab.

„Bist du bescheuert, Kleines?"
„Nein, bin ich nicht."
„Gut, dann bleib gefälligst hinter mir. Wenn es sein muss, fange ich mir heute Nacht eine Kugel ein, aber gewiss nicht du!"
Wirklich sehr edelmütig.
„Du verstehst nicht ..."
Griffin lässt mich nicht aussprechen, sondern hält mir stattdessen wütend den Mund zu.
Und ich stelle fest, dass mir das nur beim Sex gefällt.
„Ich bin groß und du bist winzig. Ich beschütze dich und nicht andersherum!"
Das ist echt süß, aber na ja ... Er weiß halt immer noch nicht, dass das nicht einfach nur irgendein Polizist ist, sondern mein bescheuerter Ex-Freund.
Was ein blöder Mist!
Da habe ich einmal in meinem Leben wilden, harten, orgastischen Sex in der Öffentlichkeit, ein verdammtes Mal, und dann ruft das gleich die Cops auf den Plan.
„Hände über den Kopf!"
Scott klingt entschlossen, aber nicht wütend.
Was bedeutet, dass er mich noch nicht erkannt hat.
Griffin behält die Hände unten und mir wird so langsam klar, dass das hier ein echt übles Ende nehmen könnte ...

6. Kapitel

Der Präsident des Wild Bones Motorcycle Clubs

Bullshit!

Wie konnte dieser eigentlich harmlose Abend nur so aus dem Ruder laufen?

Der Plan war, zu diesem Blind Date zu gehen, meine Pflicht zu erfüllen und mich so schnell wie nur irgend möglich wieder zu verpissen.

Und was habe ich getan?

Ich treffe auf das süßeste Mädchen des Planeten, verpasse ihm viel zu viel Wein, locke es in eine dunkle Gasse und ficke es, als würde mein verdammtes Leben davon abhängen.

Ich habe die Kleine mithilfe meines Schwanzes fertiggemacht.

Charlotte konnte, nachdem ich mich aus ihr rausgezogen habe, kaum stehen, und was mache ich? Ich drücke sie auf den Boden und schiebe ihr meinen Penis in den Mund.

Läuft bei mir, würde ich sagen ...

Ich war schon immer ein Arschloch.

Aber das ist sogar für mich ein ganz neues Niveau.

Doch es ging mir gar nicht um mich, oder darum, dass ich unbedingt eine zweite Runde zwischen ihren vollen, roten Lippen gebraucht habe.

Ich wollte einfach nur, dass sie von oben bis unten voll von mir ist.

Ich wollte, dass diese faszinierende Frau mein Sperma in ihrer Pussy, in ihrem Bauch und in ihrem Mund hat. Ich wollte, dass sie mir gehört, obwohl das absolut nicht der Fall ist! Ich ficke nie ohne Gummi. Nie.

Und doch habe ich es heute Nacht getan und es hat sich so verflucht gut und richtig angefühlt, dass ich es wieder tun werde.

Charlotte gehört mir.

Zumindest wenn ich Scott Wilson davon abhalten kann, mir eine Kugel zu verpassen.

Dieser hinterhältige Drecksack hat es seit einer Ewigkeit auf den Club abgesehen.

Er ist wie eine beschissene Zecke. Egal wie oft ich ihn schon rausgerissen habe, er beißt sich immer wieder an uns fest.

Bis jetzt habe ich versucht, das Problem, das er für die *Wild Bones* darstellt, ohne Blutvergießen zu regeln. Doch jetzt, wo ich in den Lauf seiner Dienstwaffe sehe, erkenne ich, dass das ein Fehler war.

Der Bulle muss sterben, aber nicht unbedingt jetzt, wo eine zitternde Charlotte hinter mir steht.

Fuck!

Ein Polizistenmord ist immer mit einem gewissen Risiko behaftet.

Doch in diesem Fall nehme ich das gerne in Kauf.

Meine Gedanken gleiten zurück zu Charlotte.

Dieses Mädchen hätte etwas Besseres verdient als einen harten Fick in einer dreckigen Gasse. Ein weiches Bett wäre durchaus ein Anfang gewesen.

Und was biete ich ihr?

Ein Happy End mit einer Knarre im Gesicht.

Verflucht, ich bin ein echter Wichser.

Mir des verängstigten Mädchens in meinem Rücken durchaus bewusst, ignoriere ich Wilsons Befehl, die Hände über den Kopf zu nehmen, und mache stattdessen einen großen Schritt auf ihn zu.

Es ist genau wie ich dachte, Charlotte ist eine echte Wildkatze beim Sex. Sie ist laut, sie schreit und stöhnt. Das gefällt mir. Ich mag keine Frauen, die stumm wie Fische sind, während ich sie mit meinem Schwanz bearbeite.

Dumm nur, dass ihr Kreischen ausgerechnet die Bullen auf den Plan gerufen hat.

„Hände hoch! Sofort!"

Mein gezischtes „Fick dich, Bastard!" ist zu leise, als dass er es hören könnte.

„Willst du mir echt Ärger machen, Wilson?"

„Es ist ein Notruf eingegangen. Eine Frau hat geschrien."

Oh, und wie sie das hat ...

„Das tun Frauen manchmal."

„Es klang schmerzerfüllt."

Jetzt muss ich echt lachen.

„Wer auch immer angerufen hat, hat einfach keine Ahnung, wie sich ein guter Fick anhört!"

Der Polizist reißt die Augen auf.

Yeah Mann, so sieht es aus.

„Willst du mich jetzt verhaften, weil ich ein Mädchen gegen eine Wand gepresst genommen habe, oder was soll diese Scheiße?"

Besagtes Mädchen räuspert sich und kommt auf mich zu.

Nicht gut!

Hat Charlotte denn überhaupt keinen Selbsterhaltungstrieb?

Anscheinend nicht. Sonst wäre sie mit mir nie in die dunkle Gasse gegangen.

Frustriert und genervt drehe ich mich zu ihr um. Mir ist mehr als bewusst, dass Wilson noch immer die Knarre in der Hand hält.

„Komm schon, Scott. Lass es gut sein. Hier ist nichts passiert, was dich etwas angehen würde."

Charlotte stellt sich neben mich.

Mir fällt auf, dass sie das Arschloch beim Namen nennt, der Klang ihrer Stimme verrät mir, dass sich die beiden kennen.

Gespannt wie der Cop reagiert, drehe ich mich wieder zu ihm um. Der Ausdruck auf seinem hässlichen Gesicht kommt purem Entsetzen gleich.

„Du? Du hast dich also für ihn so schick gemacht? Du hast mich nach unserem Streit sitzen gelassen, um dich mit dem Präsidenten zu treffen?"

Scott Wilson fallen beinahe die Augen aus dem Kopf.

Ich beobachte Charlotte ganz genau und bemerke, wie sie sich unsicher über das Handgelenk mit dem Kranz aus blauen Flecken reibt.

„Mit wem ich mich treffe, geht dich nichts mehr an. Wir sind nicht mehr zusammen. Schon vergessen? Ich ziehe am Sonntag aus und dann sind wir ein für alle Mal miteinander fertig."

In meinem Schädel macht es Klick und ich kapiere, was hier abgeht.

Die beiden waren ein Paar. Dieses wunderschöne Mädchen hat tatsächlich mal dem Bastard in der Uniform gehört. Es wohnt sogar noch bei ihm!

Ich. Kann. Es. Nicht. Fassen.

Wut steigt in mir auf. Sie richtet sich jedoch nicht gegen Charlotte, sondern einzig und allein gegen den Polizisten, der sie anscheinend verletzt hat.

Dieser Typ hat eine Frau wie sie nicht verdient. Nicht mal ansatzweise. Und trotzdem hat er es gewagt, ihr wehzutun.

Fuck!

Fuuuccckkkk!

Danke Sarah. Ernsthaft. Danke.

Die Schwester meines Vizepräsidenten hätte mich ruhig vorwarnen und mir sagen können, dass ich mich mit der Ex eines Cops treffe. Dann wäre ich vorsichtiger gewesen. Was nicht bedeutet, dass ich sie nicht gefickt hätte, sondern einfach nur, dass ich es nicht hier in der verdammten Gasse getan hätte.

Wilson kommt auf uns zu, mir ist durchaus bewusst, dass er den Finger immer noch am Abzug hat.

Für ihn wäre es ein Leichtes, zuerst Charlotte und dann mich zu erschießen, und es dann so hinzudrehen, dass es so aussieht, als ob ich das Mädchen auf dem Gewissen und er mich dann in purer Notwehr erschossen hätte.

Und bei Gott!

Ich traue diesem Wichser alles zu,

Sogar das!

„Du bist nichts weiter als eine untreue Hure!“

Charlotte zuckt getroffen zusammen. Ich sehe die Fassungslosigkeit in ihren Augen und erkenne, dass sie das, was Wilson sagt, echt verletzt.

Allein. Dafür. Lasse. Ich. Das. Schwein. Ausbluten.

Keine Ahnung, wieso mir diese Frau so unter die Haut geht oder woher das Bedürfnis kommt, sie zu beschützen.

Aber es ist da und es ist stark und ich kann und werde es nicht ausblenden.

Scott Wilson ist ein toter Mann – er weiß es nur noch nicht.

In der Sekunde, in der eine einzelne Träne aus ihrem Augenwinkel rinnt, reicht es mir endgültig.

Das hier ist unsere Nacht. Wir haben ein Date und alles lief perfekt, bis dieser Wichser hier aufgetaucht ist und damit angefangen hat, mit seiner Waffe rumzufuchteln.

Entschlossen die Scheiße hier abzukürzen und Charlotte wieder glücklich zu machen (keine Ahnung, seit wann ich Wert darauf lege, Mädchen zum Lächeln zu bringen), marschiere ich mit großen Schritten auf den Bullen zu, balle die rechte Hand zur Faust und lasse sie mit voller Wucht in dessen Gesicht krachen.

Wilson kippt um wie ein gefällter Baum.

Aus seiner Glock löst sich ein Schuss – ich habe keine Ahnung, wo der verdammte Blindgänger eingeschlagen ist. Es ist mir auch egal.

Das Einzige, woran ich denken kann, ist, dem Wichser, der das Mädchen zum Weinen gebracht hat, die Fresse zu polieren.

Voller Zorn trete ich die Waffe aus seiner Hand, beuge mich dann zu ihm herab, packe ihn am Kragen und schlage erneut zu. Das Knacken seines brechenden Nasenbeins ist wie Musik für meine Ohren. Blut spritzt. Er schreit und jammert.

„Das war ein tätlicher Angriff auf einen Polizisten!“

Es war ja so klar, dass er mir mit dieser Scheiße kommt.

„Welcher Polizist?“ Während ich ihm die Frage stelle, nehme ich ihm die Dienstmarke ab, die an seinem Gürtel befestigt war, und werfe sie in einem hohen Bogen durch die Dunkelheit. „Ich sehe hier leider keinen! Ich sehe nur ein Arschloch, das es wagt, schöne Frauen zu beleidigen und zu verletzen!“

Wilson sieht mich aus furchtgeweiteten Augen an.

Er hat also endlich verstanden, dass er nur noch am Leben war, weil ich es so wollte, und nicht, weil ihn die Dienstmarke vor mir beschützt hat.

So ein Verlierer! Ehrlich!

Typen wie er sind den Dreck unter meinen Stiefeln nicht wert.

„Ich werde dir sagen, wie es jetzt weitergeht. Du hältst deine verdammte Fresse, richtest deine Nase und lässt Charlotte in Ruhe. Wenn ich erfahre, dass du sie noch mal angefasst, oder auch nur angesehen hast, steche ich dir die Augen aus und stopfe sie dir so tief ins Maul, dass du an ihnen erstickst. Kapiert?"

Er nickt panisch, Blut spritzt – ich bin zufrieden.

Tief einatmend drehe ich mich zu meinem Date um und gehe irgendwie davon aus, dass es in typisch weibliche Hysterie verfallen wird.

Doch anstatt mich anzuschreien oder mir dumme Fragen zu stellen, wie zum Beispiel die: *Wie ich das nur tun konnte?*, ist Charlotte erstaunlich ruhig.

Sie steht schön und still hinter mir und ich erkenne, wie sich ihre Mundwinkel leicht nach oben biegen.

Ihr geflüstertes „Danke!" geht mir unter die Haut.

„Nicht dafür."

„Doch, genau dafür. Dafür und für den ganzen Abend. Das war mit Abstand das beste Date, das ich je hatte! Ehrlich!"

Bullshit!

Dieser Moment wird als der Moment, in dem mir klar geworden ist, dass ich meiner zukünftigen Old Lady begegnet bin, in die verdammte Geschichte eingehen.

Den heulenden Cop zu meinen Füßen ausblendend, reiche ich ihr meine Hand, Charlotte ergreift sie und ich ziehe sie ganz dicht an mich heran. So dicht, dass ich ihren süßen Geruch einatme und mich selbst an ihr rieche.

Hölle! Das gefällt mir. Das gefällt mir genauso gut wie das Wissen, dass ihre Pussy und ihr Bauch voll von meinem Samen sind.

Scott Wilson, das Arschloch, ist zum Glück erst auf der Bildfläche aufgetaucht, als ich meinen Samen in das schönste Mädchen des Planeten gepumpt und es somit längst als das meine markiert hatte.

Klein und warm legen sich Charlottes Finger auf meine Schultern, sie sieht unter halb gesenkten Lidern zu mir hoch. Ihre Zunge schnellt vor und sie leckt sich über die Unterlippe, auf der längst nicht mehr so viel Farbe zu sehen ist wie vor dem Blowjob in der Gasse.

Mir gefällt der Gedanke, dass mein Schwanz rundum damit beschmiert ist.

Und ihm scheint es auch zu gefallen, immerhin drückt er sich ungeduldig gegen meine Jeans, fast so, als ob ich das Mädchen nicht erst vor wenigen Minuten hart gefickt hätte.

„Das Date ist noch nicht zu Ende, Baby.“

Wenn Charlotte denkt, dass ich sie einfach so zurück in die Wohnung gehen lasse, in der sie noch immer zusammen mit Scott wohnt, täuscht sie sich. Heute Nacht bleibt sie bei mir und morgen sehen wir weiter. Wenn ich das richtig verstanden habe, zieht sie Sonntag um und ich weiß jetzt schon, dass sie einen ganzen Motorcycle Club hat, der ihr dabei zur Hand geht.

Scott mag es nicht wahrhaben wollen, aber heute Nacht hat er Charlotte ein für alle Mal an mich verloren ...

7. Kapitel

Das Mädchen, das zum ersten Mal einen Fuß in den Wild Bones Motorcycle Club gesetzt hat ...

Oh mein Gott!

Ich kann es immer noch nicht fassen!

Griffin, der Präsident der *Wild Bones,* hat einfach so einen Polizisten niedergeschlagen.

Direkt. Vor. Meinen. Augen.

Mit einem einzigen Hieb hat er Scott auf den Boden befördert.

Was ich mehr als beeindruckend finde.

Ehrlich!

Schon verrückt.

Seit Scott mir eine verpasst hat, habe ich mich echt vor ihm gefürchtet. Er kam mir so groß und stark vor ... Und jetzt? Die Ereignisse der heutigen Nacht haben mir vor Augen geführt, dass mein Ex weder groß noch stark ist, sondern klein und schwach.

Er ist ein verdammter Wurm und der Rocker ein großer starker Löwe!

Allein wenn ich daran denke, dass er Scott seine geliebte Dienstmarke abgenommen hat, könnte ich einen Lachanfall kriegen.

Seine Marke ist Scotts ganzer Stolz, ohne die hat er nichts mehr vorzuweisen und nichts mehr, hinter dem er sich verstecken kann.

Scheiße! Allein für diese Aktion würde ich den Rockerpräsidenten am liebsten abknutschen.

Aber warum würde?

Ich kann es einfach tun!

Anstatt mich brav vom Präsidenten weiter zu seinem Motorrad führen zu lassen, bleibe ich stehen, sodass er sich mir mit fragend hochgezogener Augenbraue zuwendet. Ohne zu zögern schlinge ich meine Arme um seinen virilen Nacken, stelle mich auf die Zehenspitzen und drücke ihm einen Kuss auf das Kinn.

Weiter hoch komme ich leider nicht – nicht mal auf Zehenspitzen. Dafür ist der Präsident einfach zu groß.

Zuerst wirkt er verwundert, dann erkennt er die Einladung in meinem Blick und beugt sich mit einem animalischen Brummen zu mir nach unten.

Ich nutze die Gelegenheit und küsse ihn direkt auf den Mund.

Er reißt sofort die Kontrolle an sich, übernimmt die Führung und fährt mit seiner Zunge durch die Höhle meines Mundes ...

Mir verschlägt es den Atem. Die Schmetterlinge in meinem Bauch verlieren die Orientierung und krachen wild mit den Flügeln schlagend ineinander.

Zack – Bumm – Bäng.

Meinem Verstand gehen die Lichter aus. Scott ist vergessen. Alles ist vergessen.

Das Einzige, woran ich noch denken kann, ist der Biker, dessen Finger sich in meinen Locken vergraben und der seine Lippen auf die meinen pinnt, als würde sein verdammtes Leben davon abhängen.

Als er mich wieder freigibt, schnappe ich japsend nach Luft.

„Das war wow."

Sein Lachen hallt in meinem Unterleib wider.

Obwohl ich wund bin, würde ich ihn am liebsten sofort wieder in mir spüren.

„Komm mit in den Club. Bleib die Nacht bei mir."

Woooowwww ...

Unter normalen Umständen würde ich Nein sagen. Ich gehe nie beim ersten Date mit einem Typen ins Bett. Nie. Schon gar nicht, wenn das Date von meiner Freundin organisiert wurde, die mich quasi dazu gezwungen hat.

Aber was soll ich jetzt noch Nein sagen?

Ich meine, erstens ist an diesem Blind Date mit diesem Rocker nichts normal, und zweitens hatten wir schon längst Sex.

Es ist also definitiv zu spät, um so zu tun, als ob ich schwer zu haben wäre ...

Immerhin hatte mich der Präsident schon. Und das auf eine verstörend gute Art und Weise!

„Du willst, dass ich mit dir komme?"

Das ist so unglaublich, dass ich es einfach noch mal hören muss, nur um sicherzugehen, dass ich nicht träume.

„Will ich!"

„Okay."

In seinen schokobraunen Augen blitzt es kurz auf, dann hebt er mich hoch und trägt mich die letzten Schritte zu seinem Motorrad.

Einer wunderschönen, großen, schwarzen Harley mit einem silbernen Skull auf dem Tank. Der Totenkopf ist mit dem an seiner Kehle identisch.

„Warum hast du überall diese Totenköpfe?

Griffin lacht, fast so, als ob ich einen Witz gemacht hätte, dabei war meine Frage durchaus ernst gemeint.

„Er ist das Colour des Clubs."

„Das Colour?“

Er nickt.

„Das sind unsere Club-Farben.“

Er dreht sich um und erlaubt mir einen Blick auf seinen massiven Rücken.

Auf seiner Weste entdecke ich denselben Skull.

Er nimmt beinahe seine komplette Rückseite ein.

Darüber steht in geraden Lettern: WILD BONES und darunter MOTORCYCLE CLUB.

Heilige Scheiße!

Haltet mich ruhig für bescheuert. Ich wusste natürlich von Anfang an, auf wen ich mich da eingelassen habe, aber es wird mir erst jetzt, wo ich die Aufnäher betrachte, so richtig bewusst.

Bevor ich noch weitere Fragen diesbezüglich stellen kann, hebt er mich auch schon hoch und setzt mich auf den weichen Ledersitz.

„Das machst du gern, oder?“

Griffin runzelt die Stirn.

„Was?“

„Mich einfach hochheben und dahin tragen, wo du mich haben möchtest.“

Er überlegt kurz, dann grinst er mich frech an und nickt.

„Jetzt, wo du es sagst, ja. Es ist praktisch, dass du so klein bist. Ich könnte dich einfach unter meinen Arm klemmen und behalten.“

Klein? „Ich bin knapp 1,70 Meter groß.“ Das ist nicht klein.

„Sag ich doch. Klein.“

Seine Grübchen kommen zum Vorschein, ich unterdrücke ein sehnsüchtiges Seufzen.

Zum ersten Mal in meinem Leben verstehe ich, warum Frauen, wenn sie einen Sänger anhimmeln, ihre BHs und Slips auf die Bühne werfen.

Mir geht es bei Griffin ganz genauso.

Ich will in seiner Nähe nackt sein. Ich will ihm etwas vor die Nase halten, das nach mir riecht, damit er die Witterung aufnehmen und mich immer und überall finden kann, um harten, wilden Sex mit mir zu praktizieren.

Scheiße!

Ich bin am Arsch. Und wollt ihr wissen, wie ich zu dieser Schlussfolgerung komme?

Ich sage es euch. Ganz einfach, weil ich ihn am liebsten in meinem Arsch hätte.

Dieser Mann ist wie eine Torte mit Sahnetopping. Er ist die gottverdammte Kirsche auf dem Eisbecher, die Nuss in der Praline – der König dieser Stadt und er will, dass ich die Nacht mit ihm verbringe.

Das ist einfach zu gut, um wahr zu sein.

Bevor er mir seinen Helm aufsetzt und den Verschluss einrasten lässt, werfe ich einen Blick zu dem immer noch mitten auf dem Parkplatz stehenden Streifenwagen.

Scott sitzt auf dem Boden davor und hält sich die gebrochene Nase.

Noch vor wenigen Wochen hätte ich Mitleid mit ihm gehabt. Jetzt hingegen verspüre ich nichts als Schadenfreude.

Ich meine, was stellt er sich denn so an?

Es war doch nur ein *‚kleiner Ausrutscher'*.

Richtig?

„Aber wenn du mir deinen Helm gibst, dann hast ja du keinen mehr."

Griffin scheint meine Sorge nicht ernst zu nehmen.

„Na und?"

„Was, na und? Auf einem Motorrad zu fahren, ohne die passende Schutzkleidung zu tragen, ist gefährlich."

Sage ich und betrachte dabei mein kurzes Minikleid und die hochhackigen Schuhe, die so gar nicht zu der fetten Harley Davidson passen wollen.

Sein Blick folgt dem meinen, er betrachtet meine weit geöffneten Schenkel, seine Nasenflügel blähen sich wie die Nüstern eines wilden Hengstes.

Und mir fällt wieder ein, dass mein Höschen unser Stelldichein nicht überlebt hat. Es liegt noch irgendwo in der Gasse. Griffin betrachtet meine nackte Muschi, streckt die Hand nach mir aus und streicht mit seinen rauen Fingerkuppen über meine empfindlichen Falten.

Das leise Seufzen, das mir entweicht, verrät dem Biker, dass ich es kaum erwarten kann, erneut mit ihm Sex zu haben. Anstatt von mir abzulassen, wird er forscher, teilt meine Schamlippen und dringt mit seinem Mittelfinger bis zum Anschlag in mich ein.

Himmel und Halleluja!

Das sollte sich nicht so gut anfühlen ...

„Vertraust du mir, Mädchen?"

Alles, was ich über diesen Mann weiß, ist, dass er kriminell und gesetzlos ist, dass er eine Horde gefährlicher Biker anführt, vögelt wie der Teufel höchstpersönlich, seinen Finger in mir hat und kein Problem damit, einen Cop zu verprügeln.

Und was tue ich? Ich nicke.

„Ja, das tue ich."

„Gut. Ich brauche keinen Helm, dein Kopf ist viel wichtiger als der meine. Und ich schwöre dir, dass du in meiner Nähe immer sicher sein wirst. Ich passe auf dich auf. Immer. Selbst dann, wenn ich dich in einer engen, dreckigen Gasse gefangen halte und mich bis zum letzten Millimeter in dich ramme!"

Das ist fast schon romantisch, also zumindest auf eine düstere, raue Weise.

Rockerromantisch ...

Mit diesen Worten zieht er seinen Finger aus mir heraus und lässt mich feucht und zitternd sitzen. Dann schwingt er sich vor mir auf das Motorrad, fasst nach hinten, packt sich meine Hände und zieht sie nach vorne zu seinem Bauch.

„Festhalten!"

Ich tue es. Er knurrt zufrieden und startet mit einem kraftvollen Tritt den Motor.

Die Maschine macht einen Satz nach vorne, ich kralle mich noch etwas mehr an ihm fest und ühle mich so lebendig wie seit einer Ewigkeit nicht mehr.

Wow!

Ich glaube, ich hatte fast vergessen, wie schön und abenteuerlich es sein kann, zu leben.

Wir fahren an Scott vorbei, ich winke ihm fröhlich zu und weiß, dass ihn das viel mehr aufregt, als wenn ich ihm den Mittelfinger gezeigt hätte.

Dann brausen wir in die dunkle Nacht davon und der Fahrtwind wird zu meinem neuen besten Freund.

Auf einem Motorrad zu sitzen ist ganz anders, als ich es mir vorgestellt hatte.

Das Vibrieren zwischen meinen Beinen, der Rockerpräsident vor mir, die Geschwindigkeit und der Nervenkitzel ...

Ich finde es toll und hoffe, dass Griffin mich noch viele Male bei sich mitnimmt.

Nach knapp zwanzig Minuten kommen wir in der Straße, in der sich das Clubhaus der *Wild Bones* befindet, an.

Meine Nerven machen einen Hüpfer, und auch wenn es lächerlich ist, immerhin habe ich schon mit dem Rocker vor mir geschlafen (falls man das, was wir in der Gasse getrieben haben, so nennen kann), bin ich plötzlich ganz schrecklich nervös.

Sarah hat mich schon hundert Mal hierher eingeladen. Aber ich habe immer Nein gesagt.

Vielleicht weil es mir einfach vorherbestimmt war, heute Nacht zusammen mit Griffin diese Grenze zu überschreiten?

Ich weiß es nicht. Was ich aber weiß, ist, dass der Club ganz anders ist, als ich es mir vorgestellt habe.

Wenn wir etwas über Dracula lesen, denken wir an Särge, hölzerne Kreuze, schaurige Friedhöfe, lange Fangzähne, rotes Blut und frischen Knoblauch. Bei mir war es, was die *Wild Bones* angeht, so ähnlich. Ich habe im Zusammenhang mit dem MC immer herumliegende Waffen, abgetrennte Körperteile und Leichen assoziiert.

Aber damit lag ich zu meinem Glück falsch.

Hier sind keine Leichen und auch von herumliegenden Köpfen, Händen und Füßen fehlt jede Spur.

Dafür brennen in alten, verrosteten Ölfässern lodernde Feuer. Laute Musik schallt aus versteckten Boxen. Hübsche Frauen, die noch weniger anhaben als ich, stolpern in High Heels über den unebenen Boden und harte Kerle mit Bärten und jeder Menge Tattoos halten Bierflaschen in den Händen, während sie sich unterhalten.

Das alles ist erschreckend normal.

Mal ganz abgesehen von den bewaffneten Wächtern am Tor, den fein säuberlich aufgereihten Motorrädern, die mit dem Hinterreifen zuerst vor dem würfelförmigen Gebäude geparkt wurden und dem Natodraht, der auf der meterhohen und endlos langen Mauer, die das Gelände der Biker vor der restlichen Welt abschirmt, liegt und Unbefugte davon abhalten soll, einfach über die Steine zu klettern.

Auf den ersten Blick entdecke ich nichts, was mich in Angst und Schrecken versetzt, doch der Eindruck täuscht. Wetten?

Das hier ist schließlich der *Wild Bones Motorcycle Club*.

Der Präsident parkt sein Bike nicht in der Reihe, sondern direkt vor dem Eingang.

Das Recht des Anführers nehme ich mal an.

Kaum dass er abgestiegen ist, kommen uns zwei seiner Männer entgegen.

Sie mustern uns interessiert, ihre Blicke kleben voller Neugierde an mir fest.

„Fuck! Ist heute Weihnachten, oder warum macht uns das Schicksal so ein Geschenk?"

Das kam von Kane, dem großen Bruder meiner Freundin, der einen Vizepräsidenten-Aufnäher an seinem Leder trägt.

Er ist groß, schlank und muskulös. Während mich Griffin an einen starken Grizzly erinnert, wirkt Sarahs Bruder eher wie ein Puma auf mich. Schnell, wendig, kraftvoll und gefährlich. Seine langen braunen

Haare hat er in seinem Nacken zu einem Zopf zusammengebunden, in seinen Augen schimmert Interesse.

Mir wird klar, dass ich noch immer ohne Höschen und mit weit geöffneten Beinen auf einem Motorrad sitze, und steige unbeholfen ab.

Griffin stützt mich, als ich beinahe falle, was den Vizepräsidenten eine Augenbraue in die Höhe ziehen lässt.

Der Mann mit dem Sergeant-at-Arms-Abzeichen schmunzelt.

„Es muss fast Weihnachten sein, Bruder. Immerhin scheint unser Präs sein Geschenk schon ausgepackt zu haben."

Warum Weihnachten? Wir haben Oktober.

Ich verstehe kein Wort.

Sind das irgendwelche Codewörter?

Griffin lacht und schickt die beiden mit einem „Verpisst euch!" davon.

Die beiden trollen sich, aber nicht, ohne mir einen letzten Blick zuzuwerfen.

Klasse!

„Was war das gerade eben?"

Der Präsident zögert, es ist offensichtlich, dass er mir nicht antworten will.

„Du bist die erste Frau auf meinem Bike."

Er sagt das fast schon mürrisch.

Ich verstehe das Problem nicht.

„Na und?"

Jetzt sieht er mich an.

„Na und? Fuck! Das bedeutet etwas."

Ach ja.

„Und was?"

„Komm, ich bring dich rein. Willst du was trinken?"

Und damit zieht er mich ins Innere des Clubhauses der *Wild Bones* und somit in eine völlig andere Welt.

Mir fällt sehr wohl auf, dass er vom Thema ablenkt. Aber ich lasse ihm das durchgehen, hauptsächlich, weil ich gar nicht mehr damit fertig werde, mich umzusehen.

Mehrere Poolbillardtische stehen unter grünen Glaslampen, Flipperautomaten blinken und dudeln vor sich hin. Unzählige der Rocker sitzen an einer langen Bar, die meisten von ihnen haben fast nackte Frauen auf ihren Beinen sitzen. Einer von ihnen hat seine Hand sogar in ihren Rock geschoben, was niemanden zu stören scheint. Und das, obwohl ich ihr lustvolles Seufzen bis zu mir rüber hören kann.

Halleluja!

Von Sarah fehlt jede Spur. Worüber ich fast froh bin.

Ich glaube, ich kann meiner besten Freundin jetzt nicht gegenübertreten.

Nicht ohne Slip und frisch gevögelt. Sie würde mir sofort ansehen, was zwischen mir und dem Präsidenten Bruder passiert ist und mir tausend Fragen stellen, Fragen, auf die ich beim besten Willen keine Antworten weiß.

„Willst du was trinken?"

Ich habe gar nicht bemerkt, dass Griffin mich beobachtet.

„Nein danke."

„Gut. Ich will dich auch viel lieber ficken, als dich an die Bar zu setzen."

Und damit hebt er mich auch schon wieder hoch, wirft mich über seine Schulter und platziert seine große Pranke auf meinem Arsch, damit mein Kleid nicht verrutscht und der Welt einen Blick auf meinen nackten Hintern gewährt.

„Du musst wirklich damit aufhören, ich habe Füße."

Er lacht, stellt mich jedoch nicht ab, sondern trägt mich einen dunklen, nicht beleuchteten Flur entlang. Eine Frau kommt aus einer Türe links oder rechts von mir raus, so kopfüber hängend kann ich das nicht genauer sagen. Sie sieht mich, erkennt mich und lacht.

„Charlotte?"

Oh nein! *Bitte, bitte, bitte nicht.*

„Die Frage, wie das Date lief, kann ich mir wohl schenken."

Griffin bleibt nicht stehen und sie macht keine Anstalten, uns zu folgen. Dann höre ich Schlüssel, eine Türe geht auf und meine Freundin verschwindet aus meinem Blickfeld.

Dann knallt die Türe zu und ich bin mit Griffin allein.

„Wo sind wir?"

„Bei mir!"

Also in der Höhle des Löwen ...

„Und was machen wir hier?"

„Ich ficke dich und du lässt dich von mir ficken!"

Genial wie einfach.

„Und dann?"

„Dann bleibst du bis Sonntag bei mir und ich helfe dir dabei, von diesem Wichser wegzukommen."

Klingt gut.

„Und dann?"

Er lacht, weil ich meine Frage wieder und wieder erneut stelle.

„Dann behalte ich dich."

„So einfach?"

Er nickt.
„So fucking einfach!“
Mir ist klar, dass es eigentlich tausend gute Gründe gibt, warum ich ihm widersprechen sollte. Dummerweise will mir im Moment leider kein einziger einfallen!

8. Kapitel

Der Präsident des Wild Bones Motorcycle Clubs

Warme Lippen auf meiner Haut, kleine Hände, die meine Oberschenkel umfassen und eine Zunge, die jeden Tornado in den Schatten stellt.

Charlotte saugt an meinem Schwanz und neckt den kleinen Schlitz an der Spitze, fast so, als ob sie es kaum erwarten könnte, endlich meinen Samen schlucken zu dürfen.

Die Versuchung ist groß.

Ich will auf ihrer Zunge kommen. Ich will es fucking wirklich. Aber ich muss auch ihre heiße Pussy an meiner Härte spüren, sonst drehe ich durch.

Diese Frau ist anders, der Sex mit ihr ist anders ...

Es fühlt sich so an, als ob ich die letzten Jahre nur versucht hätte, meinen Hunger zu stillen, als wären diese ganzen dummen Bitches, die ich gefickt habe, nichts weiter als Zeitverschwendung gewesen, eine Art Überbrückung, bis endlich Charlotte in mein Leben tritt und mir gibt, was ich brauche, wonach ich mich verflucht noch mal verzehre.

Nähe. Zwischen uns ist eine Nähe, die ich nicht beschreiben kann.

Sie anzuschauen, tut fast schon weh, sie einzuatmen ist wie Balsam für meine schwarze Seele, und sie berühren zu dürfen mein verdammtes Paradies.

Gottverdammt!

Ihre Locken um meine Finger wickelnd, drücke ich sie ein letztes Mal bis zum Anschlag auf meinen Schwanz. Sie schluckt jeden Zentimeter, ich stoße mit der Hüfte vor und genieße ihr leichtes Würgen, dann reiße ich ihren Kopf nach oben, sie japst nach Luft und ich werfe sie neben mir auf das Bett, dann stehe ich auf, stelle mich an die Kante, umfasse ihre Knöchel, ziehe ihre Beine nach oben, und bringe mich vor ihrem nassen Loch in Position.

Dann stoße ich zu und werde mit einem lauten Schrei belohnt.

Dieses Mal muss ich ihr nicht den Mund zuhalten, dieses Mal besteht nicht die Gefahr, dass ein dummer Bulle auftaucht und mir wegnehmen will, was ab jetzt mir gehört.

Charlotte windet sich, sie presst sich fester auf meinen Schwanz, beißt sich auf die Unterlippe und verzieht das Gesicht, als die Spitze meines Gliedes gegen einen Punkt in ihrem Inneren stößt, der ihr wehzutun scheint. Ich will mich zurückziehen, doch sie schüttelt verzweifelt den Kopf.

„Nein, bleib. Das ist so gut. Sooo verdammt guuuuut!“

Ihr Wunsch ist mir Befehl.

Sie kreischt. Und ich stoße noch etwas fester zu.

Es dauert keine Minute, bis sie von einem heftigen Orgasmus durchgeschüttelt wird.

Ich beiße die Zähne zusammen und will mich zurückhalten, doch ich kann nicht. Dafür fühlt sich ihre Möse einfach zu fantastisch an.

Schub für Schub pumpt mein Samen aus mir heraus, landet in ihrem Schoß und macht mich glücklich.

Dann breche ich auf ihr zusammen, rolle von ihr runter, ziehe sie in meine Arme und presse mich an ihren Rücken. So bleiben wir liegen. Kommen wieder zu Atem und versuchen das, was da zwischen uns passiert, zu verstehen.

Es gelingt mir nicht.

Und das ist okay.

Ich muss es nicht verstehen, ich muss es nur für mich beanspruchen und behalten. Der Rest ist unwichtig. Charlotte gehört mir.

Ende der Geschichte.

Epilog

Das Mädchen, das erkannt hat, dass Rocker viel besser sind als dumme Prinzen.

Harten Sex zu haben, bevor man umzieht, ist keine gute Idee.

Woher ich das weiß? Na ja ... Ich habe es ausprobiert und kann kaum laufen.

Griffin ist unersättlich.

Er bekommt einfach nie genug davon, mit mir zu schlafen, am liebsten hätte er seinen Schwanz den ganzen Tag in mir. Aber das geht nicht. Nicht heute zumindest.

Denn es wird Zeit, das vergangene Kapitel meines Lebens abzuschließen und in die Zukunft zu blicken.

Mein Ex ist überhaupt nicht aufgetaucht. Ich denke, die letzte Begegnung mit den Präsidenten reicht ihm für sein ganzes Leben.

Vielleicht ist er auch immer noch damit beschäftigt, seine Dienstmarke zu suchen?

Wer weiß das schon? Mir ist es jedenfalls egal.

Scott kann sich zum Teufel scheren. Ich habe viel zu viel Zeit mit diesem Idioten verschwendet.

Schon verrückt. Als ich Sarah um ihr Auto gebeten habe, war ich mir sicher, dass ich den Umzug alleine schaffen muss.

Damit lag ich falsch. So falsch, dass es kaum falscher geht.

Denn jetzt laufen gut ein Dutzend Kutten tragende Rocker an mir vorbei und schaffen alles, was ich mitnehmen will, in einen großen Truck, den Griffin besorgt hat.

Das Auto, wegen dem ich mich auf das Blind Date überhaupt erst eingelassen habe, steht vor dem Club.

Es war nicht nötig.

Das Schicksal hält manchmal schon die tollsten Überraschungen für uns bereit.

Ein Blind Date mit einem Rocker hat ausgereicht, um mein ganzes Leben auf den Kopf zu stellen.

Der Präsident der *Wild Bones* ist der festen Überzeugung, dass ich ihm gehöre, und ich werde ihm da nicht widersprechen. Dafür fühlt sich das, was da zwischen uns ist, einfach zu gut an. Aber ich werde mir Zeit lassen und nichts überstürzen.

Im Moment fühle ich mich wie auf Wolke sieben und ich kann nur hoffen, dass das auch so bleibt.

Sarah, die neben mir steht und eine Zigarette raucht, grinst mich zufrieden an.

„Wenn ich gewusst hätte, dass es so endet, hätte ich dich viel schneller zu einem Blind Date mit Griffin gezwungen."

Ich fasse mir ein Herz und spreche aus, was mir schon die letzten Tage Kopfzerbrechen bereitet.

So toll und faszinierend ich den Präsidenten auch finde, Sarah ist mir wichtiger und wenn auch nur die geringste Chance besteht, dass die Beziehung zwischen Griffin und mir meine Freundschaft mit ihr gefährdet, werde ich den Rocker zum Mond schießen.

„Bist du dir sicher, dass das für dich okay ist? Ich meine, du wolltest so lange Zeit etwas von ihm und jetzt sind er und ich ... Du weißt, was ich meine. Geht das echt für dich okay? Wenn nicht, dann mache ich Schluss. Ehrlich. Aber erst, wenn er und seine Jungs das Sofa runtergeschleppt haben, das ist nämlich echt höllisch schwer und das schaffen du und ich nie allein in meine neue Wohnung."

Sie sieht mich an und lacht.

„Wenn es für mich nicht okay wäre, dann hätte ich dich wohl kaum zu einem Blind Date mit ihm überredet."

Klingt logisch. Trotzdem muss ich ganz sicher sein.

„Ehrlich?"

Sie nickt.

„Ganz ehrlich. Versprochen! Ich war eine lange Zeit in ihn verknallt. Aber er sieht in mir nur die kleine Schwester seines Stellvertreters. Also musste ich über ihn hinwegkommen."

Das ist hart.

„Es tut mir leid."

Sie schenkt mir ein Lächeln.

„Muss es nicht. Ich habe da jemanden kennengelernt ..."

Das haut mich von den Socken.

„Wen? Einen *Wild Bone*?"

„Ja. Aber keinen aus Seattle. Sondern einen Nomad."

Einen was?

„Sorry, ich verstehe kein Wort."

„Einen *Wild Bone* ohne feste Ortszugehörigkeit. Er gehört keinem Chapter an, sondern fährt durchs ganze Land, um Aufträge zu erledigen."

Okay.

„Und kenne ich ihn?"

Sie schüttelt den Kopf.

„Wohl kaum. Selbst wenn er da wäre, hättest du ihn nicht zu Gesicht bekommen. Du kommst ja kaum aus Griffins Bett raus."

Da ist was Wahres dran.

„Das ist nicht meine Schuld. Es ist nur so dass ..."

Sie hält mich mit einem „Stopp!" davon ab, weiterzureden.

„Nur weil ich euch verkuppelt habe und ich mich freue, dass du ihn abgekriegt hast, wenn ich ihn schon nicht haben konnte, bedeutet das noch lange nicht, dass ich bis ins Detail wissen will, was ich alles verpasse."

Jetzt bin ich diejenige, die lachen muss.

„Danke für alles."

Sie zieht mich in eine feste Umarmung.

Zwei der vorbeigehenden Biker stoßen einen lauten Pfiff aus. Ich ignoriere sie einfach und danke dem Universum für diese tolle Freundin und für den Rockerpräsidenten, der sich viel zu schnell, viel zu sehr in mein einsames Herz geschlichen hat.

Womit habe ich dieses Glück nur verdient?

Um mich zu revanchieren, fasse ich einen Entschluss.

Ganz egal in wen Sarah sich auch verknallt hat, wenn ich irgendetwas tun kann, um ihr dabei zu helfen, dass sie endlich den Mann kriegt, den sie will, werde ich es ohne zu zögern tun.

Wenn ich eine Sache durch Scott gelernt habe, dann dass das Leben kein Märchen ist. Es kommt keine gute Fee, die uns unsere Wünsche erfüllt.

Wir Frauen müssen selbst für unsere Träume kämpfen, wir dürfen uns nicht unterkriegen lassen und müssen uns verdammt noch mal nehmen, was wir wollen ...

Zur Not auch in einer dunklen, schmuddeligen Gasse ...

Dass wir alle Prinzessinnen sind, ist klar, das Dumme ist nur, dass es auf dieser Welt einfach keine Prinzen gibt. Aber dafür gibt es Rocker, und lasst euch eins gesagt sein, die sind sowieso so verdammt viel besser, als es alle Prinzen dieser Welt jemals sein könnten ...

Wie um meinen Gedankengang zu bestätigen, taucht Griffin wie aus dem Nichts vor mir auf, zieht mich in seine starken Arme und schenkt mir einen märchenhaften Kuss.

Einen von diesen, die ich so liebe und die nach Whisky, Verheißung, Verlangen und Hoffnung schmecken, und von denen ich einfach nie genug kriegen werde ...

Schwanger von einem Rocker

1. Kapitel

Das Mädchen, das ungewollt auf dem Schoß eines Fremden landet ...

Scheiße, bin ich betrunken!

Ich hatte nicht vor, mich heute so wegzukippen, ehrlich nicht, aber dann habe ich meine beste Freundin in dem Leder des Präsidenten des *Wild Bones Motorcycle Clubs* gesehen und mir sind die Sicherungen durchgebrannt.

Verdammt!

Es ist toll, dass Griffin sie zu seiner Old Lady ernannt hat.

Die beiden sind glücklich, so verflucht glücklich, dass ich kotzen könnte, und wenn ich weiter so viel Tequila und Bier in mich reinschütte, werde ich das auch.

Ich bin eine echt beschissen schlechte beste Freundin! Eigentlich wäre es meine Aufgabe, mich für die beiden zu freuen, besonders weil sie nur dank mir zusammengekommen sind.

Hätte ich den Präsidenten nicht zu dem Blind Date mit Charlotte gezwungen, wären sie sich wahrscheinlich nie begegnet und ich hätte vielleicht doch eine Chance gehabt, in Griffins Bett zu landen.

Schwachsinn!

Wem versuche ich da eigentlich etwas vorzumachen?

Euch oder mir?

Uns beiden wahrscheinlich. Denn wenn ich ganz ehrlich sein soll, habe ich all die Jahre, die ich in den Präsidenten verliebt war, einfach nur meine Zeit verschwendet.

Griffin ist toll. Sehr toll! So toll, dass jede Frau, die ihn sieht, sofort ein feuchtes Höschen bekommt und an Sprühsahne, Schokosirup und zerknautschte Bettlaken denkt.

Es hat eine kleine Ewigkeit gedauert, bis mir klar wurde, dass er in mir nie etwas anderes sehen wird als die kleine Schwester seines Stellvertreters.

Durch Kane, meinen Bruder und gleichzeitig Vizepräsidenten der *Wild Bones* hier in Seattle, bin ich überhaupt erst in den Club gekommen. Nur durch ihn bin ich in diese aus Waffen, Kutten, Morden und falschen Alibis bestehende Welt gerutscht, und jetzt, wo ich erst mal mit beiden Beinen in ihr drinstecke, will ich sie nicht mehr verlassen.

Mir gefällt es bei den Rockern, mir gefällt ihre Loyalität und wie sie leben.

Als Clubhure, Bitch, Nutte oder wie auch immer man die vielen nackten Tussis, die hier auf der Suche nach ihrem Traumprinzen durch die Gegend stolpern, nennt, würde es mir nicht gefallen. Aber dank Kanes Position genieße ich einen gewissen Respekt, der es mir ermöglicht, mich hier frei zu bewegen, ohne ständig von irgendeinem Typen angegrabscht zu werden.

Scheiße!

Mein Bruder würde ausflippen, wenn mich einer seiner Brüder anfasst.

Er ist kein Psycho oder so, aber wenn es um mich geht, versteht er keinen Spaß.

Und genau das macht es mir auch so schwer, einen Mann zu finden, der mich vögelt und der mir dabei hilft, über die äußerst beschissene Tatsache hinwegzukommen, dass ich meine beste Freundin mit dem einzigen Mann verkuppelt habe, der mich je interessiert hat.

Was ein Witz! Ich befinde mich zwischen lauter Männern, die alle nur ans Ficken denken, doch keiner versucht, mir an den Arsch zu fassen.

Das ist doch echt zum Heulen!

Entschlossen diese ganze himmelschreiende Ungerechtigkeit in noch mehr Tequila zu ertränken, stolpere ich zur Bar und lasse den Prospect dahinter wissen, dass er mir sofort die ganze Flasche und am besten eine komplette Zitrone hinstellen soll.

„Ach ja und ein Salzstreuer wäre auch nicht schlecht!"

Doch anstatt mir meine Wünsche zu erfüllen, sieht er sich suchend um.

Ich weiß genau, dass er nach meinem Bruder Ausschau hält, um sich von ihm die Erlaubnis zu holen, mir trotz meines deutlichen Schwipses noch mehr Alkohol zu geben.

„Sei nicht so ein verdammtes Weichei und gib mir den verdammten Tequila!"

Um ihm klarzumachen, wie ernst ich es meine, hänge ich noch ein „Sofort!" hinten dran und sehe zu den Billardtischen, die sich im hinteren Bereich des großen Hauptraums des Clubs befinden.

Dort steht meine beste Freundin in der Kutte des Präsidenten, die sie als sein Eigentum auszeichnet, und lächelt.

Verdammt!

Griffin tut echt so, als würde Charlotte ihn abzocken. Dabei weiß ich genau, dass er sie einfach nur gewinnen lässt.

Der Präsident gewinnt immer. Egal bei was. Und genau das macht ihn ja auch so anziehend. Er ist ein verfluchter Alpha, und ich stehe nun mal auf große, starke Männer, die wissen, was sie wollen, und die kein Problem damit haben, es sich einfach zu nehmen.

Macht ist sexy.

Genau wie Muskeln.

Der Prospect sieht sich noch immer nach dem VP um, ich kann nicht anders und knurre ihn wütend an.

„Wird das heute noch was, oder muss ich mich selbst bedienen?“

Er sagt nichts und das ist auch gut so.

Ich habe absolut kein Problem damit, ihm die Augen auszukratzen.

Liebeskummer ist einfach scheiße!

Wobei es kein wirklicher Liebeskummer ist, also nicht im klassischen Sinne. Denn tief in meinem Herzen wusste ich schon seit einer langen Zeit, dass aus Griffin und mir nichts werden konnte. Mich hat der Arsch nie gewinnen lassen. Nie.

Ich bin keine verdammt gute beste Freundin.

Charlotte hat einen Beschützer gebraucht und ich habe ihr einen verschafft.

Ihr Ex war ein gewalttätiger Cop und nur ein Mann wie der Präsident, oder wie mein Bruder, hätten ihr helfen können. Na gut, vielleicht hätte ihr auch Reece, der Sergeant at Arms der *Wild Bones*, zur Rettung eilen können, aber der hat die dumme Angewohnheit, alles und jeden, der ihn blöd anschaut, zu töten. Und ein toter Polizist macht einfach viel mehr Arbeit und Ärger als einer, der sich einfach nur vor Angst in die Hose scheißt.

Alles, was ich wollte, war, dass Scott Wilson meine beste Freundin in Ruhe lässt und sie nie, nie wieder schlägt oder anderweitig verletzt, und das habe ich geschafft.

Also liebes Schicksal?

Wo ist meine Belohnung?

Dummerweise funktioniert die Welt nicht so, wie ich sie gerne hätte.

Denn wenn sie es täte, dann hätte ich den sexy Nomad, von dem ich Charlotte erzählt habe, nicht erfunden. Dann würde es ihn wirklich geben und er würde mich jetzt packen, über seine Schulter werfen, irgendwohin tragen und mir die Seele aus dem Leib vögeln. Er würde absolut alles tun, um dafür zu sorgen, dass ich den Präsidenten vergesse und mich in ihn verliebe.

Aber. Es. Gibt. Ihn. Nicht. Und das ist einfach sooooo deprimierend.

Ihr wollt wissen, warum ich meine beste Freundin belogen habe?

Ganz einfach. Weil ich ihr glaubhaft versichern musste, dass es mir überhaupt nichts ausmacht, dass sie jetzt mit Griffin zusammen ist.

Ich wollte den beiden nicht im Weg stehen, ich wollte, dass sie glücklich sind.

Das Problem ist nur, dass Charlotte eine viel bessere Freundin ist als ich, und dass sie Griffin in die Wüste geschickt hätte, wenn sie wüsste, dass ich ihn noch immer für mich will. Charlotte ist selbstlos, sie hat ein großes Herz und sie würde nie etwas tun, was mich unglücklich macht, selbst wenn sie dafür auf den Mann verzichten müsste, in den sie sich auf den ersten Blick verliebt hat.

Ich musste also lügen, um mich selbst und um sie zu schützen.

Trotzdem wünschte ich mir, dass es den Nomad gibt, dass es überhaupt irgendjemanden geben würde, zu dem ich gehen und auf dessen Schoß ich mich setzen könnte.

Single zu sein ist ätzend.

Besonders jetzt, wo der bescheuerte Prospect mir nicht gibt, was ich haben will.

„Wo ist dein verfluchtes Problem, Arschloch? Gib mir meinen Tequila oder ich schwöre dir, ich besorge mir eine Waffe und schieße dir den Schwanz weg."

Der Anwärter reißt erschrocken die Augen auf, dann gibt er endlich nach.

Was ein Weichei. Wenn er sich von einer Frau wie mir einschüchtern lässt, dann sollte er besser sein Leder ablegen und sich verpissen.

Wild Bones haben vor gar nichts Angst. Vor nix. Schon gar nicht vor frustrierten, angetrunkenen Mädchen, die nicht mal eine Waffe haben, sondern sich erst noch eine besorgen müssten.

Es geht bergab mit der Männerwelt ...

Zufrieden schütte ich mir etwas Salz auf den Handrücken, lecke es ab, trinke den Schnaps und beiße zum Schluss in den Zitronenschnitz.

Die Säure explodiert auf meiner Zunge, während die klare Flüssigkeit meine Kehle in Flammen aufgehen lässt.

Gott, das tut so gut.

Ich wiederhole den Vorgang wieder und wieder und je mehr ich trinke, umso besser geht es mir. Und zum Schluss freue ich mich sogar wirklich für Charlotte und den Präsidenten.

Ich scheine mich so sehr zu freuen, dass mir vor lauter Glück mein Gleichgewichtssinn abhandenkommt.

Huiuiuiuiuiui ... Das ist nicht gut.

Gar nicht gut.

Um mich herum dreht sich alles.

Ich sehe mich nach Kane um, mein Blick verschwimmt.

Ich kneife die Augen zusammen und entdecke ihn etwas abseits auf einem der Sofas sitzen.

Zumindest denke ich, dass er es ist.

Die irgendwie unscharfen Konturen seines Gesichts passen schon mal. Genau wie seine Statur und sein Körperbau.

Wenn ich es bis zu ihm rüber schaffe, bin ich in Sicherheit.

Ich kenne ihn, er wird mich hoch in sein Zimmer tragen und ins Bett legen.

Nicht bereit, meinen schwer erkämpften Tequila zurückzulassen, schnappe ich mir die Glasflasche, rutsche vom Barhocker und visiere mein Ziel an.

Der Boden unter meinen Füßen fühlt sich an, als würde er sich bewegen. Als würde er Kreise drehen und mich so zum Tanzen auffordern wollen.

Aber nach Tanzen steht mir jetzt nun wirklich nicht der Sinn.

Außerdem entspricht der hämmernde Beat, der aus den Boxen dröhnt, nun wirklich nicht meinem Geschmack.

Tief einatmend kneife ich die Augen zusammen und laufe los.

Endlich komme ich bei der Sitzgruppe an.

Erleichtert lasse ich mich auf Kane sinken, schließe die Augen und lege meinen Kopf auf seine Schulter.

Der vertraute Geruch von Mann, Leder und Schießpulver steigt mir in die Nase und beruhigt mich sofort.

Mein Bruder ist der einzige Mensch auf der Welt, auf den ich mich zu 100 Prozent verlassen kann. Er ist meine Familie und mein Leben und ich würde wirklich alles tun, nur damit es ihm gut geht. Kane passt, seit ich denken kann, auf mich auf. Wirklich schon immer.

Wir hatten es nicht leicht. Als Kinder sind wir von einer Pflegefamilie in die andere gekommen und mussten früh lernen, dass sich die schlimmsten Monster hinter freundlichen Gesichtern verstecken.

Eines Nachts, ich erinnere mich daran, als wäre es gestern gewesen, kam mein derzeitiger Pflegevater in mein Zimmer, er stieg zu mir ins Bett und hat mich angefasst. Ich war damals vierzehn, Kane war zwanzig.

Er war gerade den *Wild Bones* beigetreten und hat nicht mehr bei der Familie gewohnt.

Ich weiß nicht mehr genau wie, aber ich habe es wie durch ein Wunder aus dem Bett geschafft und bin so schnell ich konnte davongelaufen.

Am Club angekommen habe ich meinem Bruder erzählt, was passiert ist – einen Tag später war mein Pflegevater tot.

Er wurde ohne Kopf und ohne Schwanz in einem Waldstück aufgefunden.

Sein Mörder wurde nie gefasst.

Kane hat bis heute kein Wort darüber verloren und ich habe nie nachgefragt, aber ich weiß, dass er sich um das Schwein gekümmert und so nicht nur mich, sondern auch alle anderen Mädchen auf dieser Welt beschützt hat.

So ist mein Bruder.

Er ist knallhart und gefährlich, und obwohl er ein echt böser Biker ist, gehört er für mich definitiv zu den Guten.

Tief einatmend nehme ich einen Hauch Minze wahr. Das ist neu. Das gefällt mir. Erschöpft erlaube ich mir eine kurze Pause. Wenn ich nur ein paar Minuten hier sitze, geht es mir bestimmt gleich wieder besser.

2. Kapitel

Der Nomad, der den Wild Bones in Seattle beitreten will ...

Laute Musik, nackte Nutten und jede Menge Alkohol.

Das Chapter der *Wild Bones* hier in Seattle war schon immer etwas Besonderes.

Fuck!

Ich habe keine Ahnung, wann ich das letzte Mal hier war, es muss eine Ewigkeit her sein.

Trotzdem war für mich eine Sache schon immer klar.

Wenn ich das Leben auf den Straßen dieses Landes jemals aufgebe, dann gehe ich nach Seattle und versuche hier mein Glück.

Zayn, der Vollstrecker, sitzt mir gegenüber, die ausgestreckten Beine lässig an den Knöcheln überkreuzt, ein Bier in der Hand und den Blick prüfend auf mich gerichtet.

Um hierbleiben zu können, brauche ich seine Unterstützung, genau wie die des Sergeants.

Reece ist ein misstrauischer Mann, er hasst Fremde und würde sie alle am liebsten von der Nase bis zum Schwanz aufschlitzen, um herauszufinden, was sie verbergen.

Was ein Glück, dass wir uns nicht fremd sind.

Wir kennen uns seit einigen Jahren. Bei unserer letzten Begegnung habe ich ihm den Arsch gerettet. Er steht in meiner Schuld und jetzt ist der Moment gekommen, in dem er diese begleichen kann.

„Jetzt ist es also so weit?“

Ich nicke. Er weiß genau, warum ich hier bin.

„Sieht so aus.“

Er rümpft die Nase und zündet sich einen Joint an.

Süß und würzig steigt mir der Geruch von dem brennenden Gras in die Nase.

„Wieso? Was veranlasst dich dazu, dein Leben auf der Straße aufzugeben?“

Fuck!

Dafür gibt es viele Gründe.

„Ich werde nicht jünger.“

Das bringt den Vollstrecker zum Lachen.

„Da ist was Wahres dran.“

Zayns Blick gleitet zu dem an der Bar sitzenden Mädchen, das lautstark eine Flasche Tequila einfordert.

Es ist schön. So verdammt schön, dass es mich wundert, dass es kein Leder trägt, das sie als Eigentum eines *Wild Bones* auszeichnet.

„Warum hat sie keinen Mann?"

Des Enforcers Augen zucken zu mir.

„Sie hat einen Bruder."

Interessant.

„Und wo ist er? Scheiße, die Kleine hat genug. Sie kann sich ja kaum noch auf dem Hocker halten."

Reece bleckt die Zähne und sieht ebenfalls zu dem Mädchen.

„Sarah macht, was sie will. So war sie schon immer."

Er klingt weder resigniert noch verärgert. Wenn überhaupt, höre ich etwas, das nach Belustigung klingt, in seiner Stimme mitschwingen.

„Und wer passt auf sie auf?"

„Wir alle."

Die Antwort kam von Zayn, der Reece die Haschzigarette abnimmt und seine Lunge mit dem dichten Qualm füllt.

Der Anwärter, der hinter der Bar steht, zögert. Er hat genau wie ich erkannt, dass Sarah längst genug hatte und eigentlich ins Bett gehört.

Er sieht sich hilfesuchend um, dann wird sie laut und er gibt nach.

Diese Frau weiß, was sie will, so viel steht fest.

Ihre langen dunklen Haare fallen ihr in leichten Wellen über den Rücken. Der Stofffetzen, der ihren Arsch bedeckt, zieht meinen Blick auf sich.

Wäre sie meine Schwester, würde ich ihr nicht erlauben, sich so anzuziehen.

Was mich zu der Schlussfolgerung bringt, dass ihr Bruder entweder ein Loser ist, der es nicht schafft, sich durchzusetzen, oder aber, dass er so mächtig ist, dass er sich sicher sein kann, dass niemand sein kleines Schwesterchen anfasst, ganz egal wie aufreizend sie auch angezogen sein mag.

Mir gefällt keine der beiden Optionen.

„Wenn du sie fickst, bist du ein toter Mann."

Reece grinst blöd und nippt an seinem Bier.

„Wer sagt, dass ich sie ficken will?"

Bevor ich die Augen endgültig von ihr abwende, schenke ich dem schmalen Streifen nackter Haut, der zwischen ihrem Rock und ihrem Top hervorblitzt, meine gesamte Aufmerksamkeit.

Der Sergeant at Arms schüttelt den Kopf.

„Du fickst sie bereits mit deinen Augen."

Das lässt sich nicht leugnen. Und mein Schwanz wäre mehr als bereit, ins Spiel einzusteigen.

„Jetzt, wo ich beschlossen habe, sesshaft zu werden, wäre eine Old Lady eine nette Sache."

Meine Augen huschen wieder zu dieser Sarah.

Ich erwische sie dabei, wie sie sich etwas Salz vom Handrücken leckt und anschließend die Shots wegkippt, als wären sie Wasser.

Das gefällt mir nicht.

„Eine Old Lady kann eine nette Sache sein, aber glaube mir, Sarah hat zu viel Feuer im Arsch, als dass sie sich jemals einem Mann unterwerfen würde."

Wer spricht von unterwerfen?

„Ich steh drauf, wenn Frauen etwas wilder sind."

Reece und Zayn fallen in ein kollektives Lachen.

„Deine Chancen, dass du bleiben darfst, stehen gut. Versau es dir nicht, indem du die falsche Pussy fickst."

Ich ficke, wen ich will.

„Schon gut. Ich hab nicht vor, rüberzugehen und sie von der Bar zu pflücken."

Reece wirkt erleichtert, Zayn eher amüsiert.

„Warum fragst du uns nicht einfach, wer ihr Bruder ist?"

Genervt sehe ich zu Zayn und halte seinem herausfordernden Blick stand.

„Ganz einfach, weil es mir egal ist! Wenn ich eine Frau will, dann will ich sie und dann interessiert es mich einen Dreck, mit wem sie verwandt ist. Ganz davon abgesehen, scheint er sich wenig für seine Schwester zu interessieren, sonst wäre er längst eingeschritten."

Zayn wird von einer Sekunde auf die andere todernst.

„Wenn Kane dich gehört hätte, wärst du ein toter Mann."

Kane? *Fuck!*

„Euer VP ist ihr Bruder?"

Der Vollstrecker füllt seine Lunge ein letztes Mal mit dem warmen Rauch, ehe er den Joint an Reece zurückgibt und aufsteht.

„Ist er. Und er versteht keinen Spaß, wenn es um seine Schwester geht. Also sei vorsichtig."

Reece und ich sehen Zayn nach.

„Zayn hat nicht übertrieben. Wenn du an deinem Schwanz hängst, lass die Finger von Sarah. Das Mädchen bedeutet nur Ärger und Komplikationen."

Damit lässt er mich ebenfalls allein sitzen.

Die Warnungen sind angekommen.

Verdammt!

Ich kehre der Straße den Rücken, weil ich ein einfaches, angenehmes Leben haben will. Auf Ärger und Komplikationen kann ich gut verzichten. Davon hatte ich genug für vier Leben.

Trotzdem! *Fuck!*

Trotzdem kann ich nicht verhindern, dass meine Augen zurück zu dem Mädchen in dem viel zu kurzen Rock gleiten.

Kanes Schwester, verdammt!

In den Jahren, die ich für meinen Club auf der Straße unterwegs war, bin ich vielen Frauen begegnet. Hunderten, und einen Großteil davon habe ich gefickt. Keiner von ihnen ist es gelungen, mich zu faszinieren. Die meisten von ihnen haben mich nicht interessiert, sie waren einfach nur eine kurzweilige Ablenkung von all dem Töten und Blutvergießen. Sie waren ein netter Zeitvertreib. Mehr auch nicht.

Bei Sarah hingegen ...

Keine Ahnung, woher die Gewissheit kommt, aber sie könnte das Potenzial haben, mein Interesse für mehr als nur eine Nacht zu wecken.

Wie ich darauf komme?

Keine Ahnung.

Vielleicht ist ihr kurzer Rock schuld, oder vielleicht ist es die Art, wie sie den Anwärter hinter der Bar klargemacht hat, was Sache ist?

Vielleicht bin ich auch einfach nur müde und ich bilde mir etwas ein, was überhaupt nicht ist?

Wie auch immer.

Ich werde einfach hier sitzen und mich damit zufriedengeben, sie anzuschauen.

Wenn sie zu mir kommt ... *Fuck!*

Dann werde ich mir eine Kostprobe gönnen.

Nur einen kleinen Happen, um herauszufinden, wie sie schmeckt.

Kaum dass ich diesen Entschluss gefasst habe, dreht Sarah sich plötzlich um und sieht sich solange suchend um, bis ihr Blick auf mir liegen bleibt. Sie zieht die Nase kraus, legt den Kopf leicht schief und mustert mich eingehend. Dann rutscht sie etwas unbeholfen vom Barhocker, natürlich nicht ohne die Tequilaflasche mitzunehmen, und gerät, kaum dass ihre Füße den Boden berühren, gefährlich ins Wanken.

Den Impuls, aufzuspringen und zu ihr zu gehen, unterdrückend, warte ich gespannt ab, was passiert.

Zu meiner Überraschung steuert das Mädchen direkt auf mich zu.

Ungefähr auf der Hälfte der Strecke sieht es so aus, als ob es stürzen würde, doch dann fängt es sich wieder und setzt seinen Weg fort.

So unbeholfen Sarah sich auch bewegen mag, ihr Gesicht und ihr Körper sind der Hammer.

Sie ist klein, hat perfekte Kurven, einen prachtvollen Arsch, wohlgeformte Beine und was am wichtigsten ist, dicke Lippen. Lippen, die geradezu darum betteln, sich um meinen Schwanz zu schließen.

Schritt für Schritt kommt sie mir immer näher und näher, und ehe ich weiß, was Sache ist, bleibt sie kurz direkt vor mir stehen, ehe sie sich einfach auf meinen Schoß fallen lässt und ihren Kopf an meiner Schulter ablegt.

Was zur Hölle?

Ihr warmer Atem streift über meinen Hals, mir wird heiß und mein Schwanz wird hart.

Und als ob das alles noch nicht schlimm genug wäre – schlimm auf eine verdammt beschissen gute Art – beginnt sie mit ihrem runden Arsch auf mir herumzurutschen.

Sie findet eine gemütliche Sitzposition und bewegt sich dann nicht mehr.

Dezent überfordert bleibt mir nichts anderes, als einfach ruhig dazusitzen und darauf zu warten, was als Nächstes passiert.

Bullshit!

Nicht sicher, was ich von der Sache halten soll, lege ich meine Arme um die Frau, vergrabe meine Nase in ihren weichen Haaren und fülle meine Lungenflügel mit dem süßen Duft ihres Körpers.

Es ist unglaublich. Aber sie riecht noch besser, als sie aussieht.

Reece kommt zurück, lässt sich auf den Sessel mir gegenüber fallen und zieht fragend eine Augenbraue in die Höhe.

„Scheiße, Bruder! Hast du uns gerade nicht zugehört?"

Sehr witzig.

Er mustert die Frau in meinen Armen und schüttelt dann langsam den Kopf.

„Du bist am Arsch, Alter."

„Du kannst sie mir gerne abnehmen."

Ein lautes Lachen bricht aus ihm heraus.

„Vergiss es! Ich hänge an meinem Schwanz und an meinem Leben."

Da geht es mir nicht anders.

Trotzdem weiß ich nicht, wie ich reagiert hätte, wenn er sie mir tatsächlich weggenommen hätte. Eventuell hätte ich ihm einfach die Nase oder doch gleich das Genick gebrochen?

Sarahs Gewicht auf meinen Beinen zu haben, sollte mir nicht so gut gefallen, es sollte in mir nicht die Frage aufwerfen, wie es wohl wäre, eine Frau wie sie mein Eigen nennen zu können?

Und dennoch frage ich mich genau das: Ich frage mich, wie es wohl wäre, hier in Seattle zu bleiben, ein Zuhause zu haben und eine Frau wie sie in meinem Bett zu wissen.
„Du musst sie schnellstens loswerden, Bro."
Ach, was er nicht sagt.
„Und wie?"
Seine einzige Antwort ist ein Schulterzucken.
„Denk dir was aus."
Wichser!
„Wo ist Kane?"
„Der ist vor knapp einer Stunde mit irgendeiner Tussi losgezogen."
Das sind gute Nachrichten.
„Ich bringe das Mädchen ins Bett."
„In dein eigenes?"
Dem Sergeant fallen fast die Augen aus dem Kopf.
„Hast du einen besseren Vorschlag?"
„Aye. Steh auf, leg Sarah auf den Sessel und verpiss dich."
Das gefällt mir nicht.
Reece bemerkt mein Zögern und reibt sich mit der Hand über den Nacken.
„Weißt du was, Mason? Tu, was du nicht lassen kannst. Sie ist nicht meine Schwester. Wenn ich Kane wäre, hätte ich die Kleine besser unter Kontrolle. Das schwöre ich dir!"
Damit verpisst er sich und lässt mich mit dem Mädchen allein.
Was ein Arschloch!
Wenn Sarah meine Schwester wäre, würde ich ebenfalls nicht zulassen, dass sie sich so wegkippt. Und ich würde nicht wollen, dass sie allein, schutzlos und betrunken, an einem Ort wie diesen, auf einem versifften Sessel liegt, wo sie jeder angaffen kann.
Mit einem Fluch stehe ich auf und drücke Sarah besitzergreifend an meine Brust. Die Tequilaflasche rutscht ihr aus der Hand und fällt mit einem Krachen zu Boden.
Scherben surren durch die Luft, der Alkohol bildet direkt vor meinen Stiefeln eine Pfütze.
Mit dem Mädchen im Arm mache ich mich auf den Weg in den ersten Stock, in dem sich die Gästezimmer befinden, darunter auch das, in dem ich mich einquartiert habe. Noch bevor ich einen Fuß auf die unterste Stufe setzen kann, stellt sich mir Griffin in den Weg.
Der Präsident mustert das total betrunkene Mädchen in meinen Armen, stößt ein Zischen aus und sieht mich dann warnend an.
„Was soll das werden, Mason?"

Gute Frage.

„Die Kleine ist völlig hinüber. Sie braucht einen Ort, an dem sie sich ausruhen kann."

Er nickt zustimmend.

„Und wo soll dieser Ort sein?"

An seiner Stimme erkenne ich, dass er sich noch nicht sicher ist, was er von dieser Situation halten soll.

Damit sind wir schon mal zwei.

„In meinem Zimmer oben."

Seine Augen werden zu dünnen Strichen.

„Was hast du mit ihr vor?"

„Nichts!" Und das ist nicht gelogen. „Ich saß mit Reece und Zayn zusammen, ehe sie plötzlich wie aus dem Nichts aufgetaucht ist und sich auf meinen Schoß gesetzt hat."

Seine Old Lady taucht neben ihm auf.

Sie ist schön, aber nicht so schön wie Sarah.

Ihr Blick gleitet von Sarah zu mir, sie entdeckt das *Nomad-Patch* auf meiner Kutte und ihre Mundwinkel biegen sich nach oben. Dann stellt sie sich auf die Zehenspitzen und flüstert ihrem Mann etwas ins Ohr.

Ich verstehe nicht, was sie sagt, aber es bringt Griffin dazu, mit einem Brummen auf die Seite zu treten und mir Platz zu machen.

„Wenn du ernsthaftes Interesse daran hast, dich meinem Chapter anzuschließen, solltest du diese Situation nicht zu deinem Vorteil ausnutzen. Verstanden?"

Die Message war deutlich.

Wir nicken uns zu, dann verschwindet er zusammen mit seiner Lady zurück zu den Billardtischen.

Interessant.

Ich würde mein Bike darauf verwetten, dass er mir Sarah nur wegen dem, was ihm seine Lady ins Ohr geflüstert hat, nicht abgenommen hat.

Das Mädchen in meinen Armen bewegt sich leicht, ihre Hand schiebt sich unter mein Leder und ihre Lippen öffnen sich.

So fucking schön ...

Ohne den Blick von ihrem geöffneten Mund abzuwenden, trage ich sie die Treppe nach oben, auf direktem Weg in mein Zimmer und stelle mir dabei unentwegt vor, wie es wohl wäre, meinen Schwanz auszupacken und ihn ihr bis zum Anschlag in den Mund zu schieben.

Sarah würde würgen und weinen, sie würde zicken und gegen mich ankämpfen. Aber dann, wenn sie den ersten Schock überwunden hätte, würde sie es gut finden und mir den Blowjob des Jahrhunderts verpassen.

Ich wette, sie hat keine Probleme mit dem Deep Throat, und ich wette, sie würde meinen Samen schlucken.

Jeden. Verdammten. Tropfen.

Oben angekommen trage ich sie den Flur entlang, stoße mit dem Fuß die Tür auf und bringe sie in das geschätzt dreißig Quadratmeter große Zimmer, in dem es nichts weiter gibt als ein Bett und einen alten Holzstuhl.

Anstatt sie sofort abzulegen, behalte ich sie noch einen Augenblick länger in den Armen, ihre Augen öffnen sich einen Spalt breit.

Sie sind so blau wie der verdammte Himmel an einem schönen Sommertag.

„Du bist nicht mein Bruder."

Sarah klingt überrascht und verwirrt.

„Nein, der bin ich nicht."

Zum Glück. Ansonsten müsste ich mir wegen der enormen Latte in meiner Hose auch ernsthafte Sorgen machen.

„Wo ist Kane?"

„Keine Ahnung."

„Du siehst fast so aus wie er. Aber du riechst anders. Mehr nach Minze."

Nicht sicher, was ich dazu sagen soll, sehe ich einfach nur dabei zu, wie sie sich über die Unterlippe leckt, und folge dabei mit den Augen der Bewegung ihrer kleinen, rosanen Zungenspitze.

Holy Shit!

Warum kann sie jetzt nicht an meinem verfluchten Schwanz lecken?

Ich bin so erregt, es würde nicht lange dauern. Sie müsste einfach nur ein oder zwei Mal über die komplette Länge züngeln. Von der Wurzel über die Basis bis zum Schaft.

Und dann würde ich ihr mein heißes Sperma ins Gesicht spritzen und dabei zusehen, wie es ihr von der Nasenspitze tropft.

Aus reinem Selbstschutz zwinge ich mich dazu, sie endlich auf das Bett zu legen und einen Schritt zurückzutreten.

Abstand. Ich brauche Abstand, ehe ich etwas verdammt Dummes tue.

Wie sie zu packen und so lange zu ficken, bis ihr in Tequila schwimmender Verstand kapiert hat, dass ich alles, absolut alles nur nicht ihr Bruder bin.

Sarah bemerkt meinen Rückzug und sieht mich fragend an.

„Wohin gehst du?"

„Nach unten." *Damit ich nicht wie eine Bestie über dich herfalle und innerhalb weniger Minuten besinnungslos ficke.*

„Warum?"

Sie wirkt ehrlich verwirrt."
„Du bist betrunken."
Sie überlegt kurz, lächelt und nickt zustimmend.
„Bin ich."
„Eben, und darum lasse ich dich allein."
„Wieso allein? Ich hasse es, alleine zu sein ..."
Ihre Lippen bilden einen süßen Schmollmund, meine Hoden ziehen sich pochend zusammen.
Wie es wohl wäre, wenn sie nur meine Eichel in den Mund nehmen und daran nuckeln würde? Allein die Vorstellung reicht aus, um mich beinahe wie ein Teenager in meiner Jeans kommen zu lassen.
Gott verdammt!
Was ist nur los mit mir?
„Kannst du nicht bei mir bleiben?"
„Ernsthaft?"
Sie nickt, ihre Augen gleiten prüfend über meine Weste.
Sarah liest meine Patches, kaum dass sie bei dem *Nomad* ankommt, runzelt sie die Stirn.
Seltsam. Was hat das zu bedeuten?
Erst Griffins Lady und jetzt sie?
„Du kennst mich nicht, Mädchen."
„Na und?"
Verwirrung steht ihr ins Gesicht geschrieben.
„Ich könnte gefährlich für dich sein."
Das bringt sie zum Schmunzeln.
„Oder aber ich bin gefährlich für dich. Hast du etwa Angst, Nomad?"
Fuck!
Ja, habe ich.
Ich habe Angst davor, was ich mit ihr mache, wenn ich die Kontrolle verliere.
„Du bist diejenige, die sich fürchten sollte."
„Tue ich aber nicht. Also was ist? Legst du dich zu mir?"
„Und dann?"
Sie überlegt kurz, dann legt sie sich auf den Rücken und ehe ich auch nur erahnen kann, was sie vorhat, zieht sie sich den Rock aus und wirft ihn auf den Boden.
Heilige! Scheiße!
Das nur noch mit einem winzigen, pinken String bedeckte Dreieck zwischen ihren Schenkeln zieht meinen Blick wie magisch an.
„Was soll das werden, Mädchen?"
Ihr Lachen hallt durch das Zimmer.

„Ich will, dass du mich fickst."

Und. Ich. Will. Sie. Ficken.

Ich glaube, ich wollte noch nie etwas dringender wie meinen Schwanz in diese Frau zu schieben.

Aber nicht unter diesen Umständen. Wäre sie nicht die kleine Schwester des Vizepräsidenten, sondern einfach nur irgendeine unbedeutende Clubhure, würde ich nicht zögern. So aber?

Das könnte meinen Tod bedeuten!

„Du bist betrunken."

Sarah nickt.

„Bin ich, aber nicht so sehr, um nicht zu wissen, was ich gerade von dir verlange, aber betrunken genug, um so richtig hemmungslos zu sein. Du darfst alles mit mir machen, was du willst. Absolut alles ... Es gibt nur eine Bedingung."

Noch bevor ich mir auf die Zunge beißen kann, höre ich mich selbst fragen: „Welche?"

„Ich brauche einen Orgasmus. Lass mich kommen und ich gehöre die ganze Nacht dir."

Wie um ihre Worte zu bestätigen, winkelt sie die Knie an und lässt dann langsam ihre Beine auseinander fallen.

Jesus!

Der pinke Stoff gibt sein Bestes, aber er hat keine Chance, die weichen und frisch rasierten Falten des Mädchens zu bedecken. Im Gegenteil, das Ding verschwindet regelrecht zwischen ihren Schamlippen, fast so, als würde er mir zeigen wollen, wo sich der verfluchte Eingang befindet.

Ich sollte es nicht tun. Ich sollte es nicht wollen.

Ich sollte sie nicht wollen, aber ich tue es.

Fuck!

Nicht mal ein beschissener Heiliger könnte dieser Versuchung widerstehen und ich bin vieles, aber ganz bestimmt kein Heiliger, und ich gehöre auch nicht zu den Guten.

Ich bin der verdammte Bösewicht, wegen dem Frauen nachts ihre Türen abschließen, ich bin das Monster, das im Auftrag seines Clubs so viele Morde begangen hat, dass es den Überblick verloren hat, wie viele Menschen durch seine Hände gestorben sind.

Sarah ist süß und unschuldig. Sie hat einen Mann mit einer Zukunft verdient.

Und im Moment habe ich keine.

Es steht ja noch nicht mal fest, ob ich in Seattle bleiben kann.

Ein Wort von ihrem Bruder und ich kann mich verpissen!

Was noch ein weiterer Grund ist, wegen dem ich diese Frau unter keinen Umständen ficken sollte.

Wie gut, dass ich das weiß, und wie schlecht, dass es mir egal ist.

Sarah dauert das zu lang, anstatt abzuwarten, wie ich mich entscheide, richtet sie sich auf die Knie auf, wankt dabei leicht und kichert leise.

Dann krabbelt sie wie eine Katze auf mich zu, den Arsch in die Höhe gestreckt und den Blick auf meinen Hosenbund gerichtet.

„Komm schon, Nomad. Fick mich einfach. Ich verspreche dir, es wird auch nicht wehtun."

Ihr Kichern wird lauter.

Miststück!

„Sollte diesen Satz nicht eigentlich ich zu dir sagen?"

In ihren Augen blitzt pure Belustigung.

„Ist mir egal, was du zu mir sagst. Hauptsache du holst endlich deinen Schwanz raus."

„Wirklich sehr romantisch, Mädchen."

„Scheiß auf die Romantik. Mit dem Mist habe ich längst abgeschlossen."

Und das aus dem Mund einer Frau?

Interessant.

Sarah kommt bei mir an, macht sich an meinem Gürtel zu schaffen, öffnet ihn, drückt anschließend den silbernen Knopf meiner Jeans durch das Loch und leckt sich dabei die Lippen.

„Bloody Hell, Weib!"

Mein Ausruf bringt mir einen amüsierten Blick ein. Und noch während sie mir tief in die Augen schaut, gleitet ihre Hand in meine Hose.

Sie packt mich am Schwanz und stöhnt zufrieden, als sie spürt, wie hart ich für sie bin.

„Wusste ich es doch." Zufriedenheit schwingt in ihrer Stimme mit. „Ich wusste, dass du zwischen den Beinen hast, was ich so dringend brauche."

Ihre gierigen kleinen Finger schieben sich in den Eingriff meiner Shorts, umfassen meinen nackten Schwanz und beginnen über die komplette Länge zu reiben.

Mir wird heiß. Mir wird kalt. Mir wird verflucht noch mal alles ...

Das Mädchen weiß, wie es läuft, so viel steht fest ...

Mit knirschenden Zähnen betrachte ich ihre wunderschönen Gesichtszüge, während sie mir einen wichst, und frage mich, ob diese Frau mein Untergang oder meine Rettung sein wird.

Ich tippe auf Ersteres. Es ist mir egal.

Sie hat mich an den Eiern, und das nicht nur im übertragenen Sinn.

„Du bist des Wahnsinns, Baby."

Sie nickt und macht keine Anstalten, meinen Schwanz wieder loszulassen. Im Gegenteil, anstatt Gnade walten zu lassen, rubbelt sie immer schneller und schneller über meine Härte, drückt die runde Spitze leicht zusammen und leckt sich gierig die Lippen, als sie die Tropfen bemerkt, die aus dem Schlitz perlen.

„Du willst mich!"

Sarah klingt zufrieden.

„Jeder Mann würde dich wollen."

Etwas, das verdächtig nach Schmerz aussieht, huscht über ihre Mimik. So schnell der Ausdruck da war, ist er auch schon wieder weg.

Habe ich mir das nur eingebildet, oder hat es wirklich jemand gewagt, der kleinen Schwester des Vizepräsidenten das Herz zu brechen?

Wenn ja, muss dieser Typ ziemlich bescheuert sein.

Ich bin kein Einstein. Meine Stärke ist nicht das Denken, sondern das Handeln, und trotzdem ist mir zu 100 Prozent bewusst, dass diese Frau der Hammer ist.

Sie ist mehr als das und das sogar betrunken.

„Lass mich deinen Schwanz lutschen."

Diese fünf Worte lassen sämtliche Gedanken in meinem Hirn wie Wasserbomben zerplatzen.

Das Einzige, was bleibt, ist das Gefühl, einen Fuß in das verfluchte Paradies gesetzt zu haben. Das und die Gewissheit, dass ich dem Wichser, der Sarah verletzt hat, das Genick brechen werde, wenn ich jemals das Glück haben sollte, ihm über den Weg zu laufen.

Ihr findet das hart?

Ist es nicht. Glaubt mir. Ich habe schon wegen weniger getötet.

Sarah zerrt ungeduldig meine Hose nach unten und befreit meinen Schwanz.

In der Sekunde, in der ihre weichen, feuchten Lippen die Krone umschließen, geben meine Beine beinahe nach.

Vor meinen Augen wird es schwarz und in meinem Schädel breitet sich eine angenehme Stille aus. Eine Stille, nach der ich nur zu schnell süchtig werden könnte ...

3. Kapitel

Das Mädchen, dessen Lüge zur Wahrheit wurde ...

Warum zum Teufel haben die Dinge, die garantiert falsch sind, die Angewohnheit, am meisten Spaß zu machen?

Betrunken mit einem Typen Sex zu haben, den man nicht kennt, war noch nie eine gute Idee.

Ehrlich. Noch. Nie.

Aber sie ist eine ganz beschissene Idee, wenn es sich bei dem Typen um einen Nomad der *Wild Bones* handelt.

Nomads sind anders als alle anderen Member. Sie sind nicht einfach heimatlos und somit auch ruhelos. Oh nein. Sie sind wesentlich brutaler, extrem gnadenloser und deutlich gefährlicher als alle anderen. Sie sind es gewöhnt, zu kämpfen, und sie sind es gewöhnt, zu töten.

Und die Aufnäher auf der Kutte dieses Nomads verraten mir, dass er verdammt gut darin ist, ein Nomad zu sein.

Das *Dequiallo-Patch* steht dafür, dass er kein Problem damit hat, Polizisten zu verprügeln oder zu töten, und das Expect-no-Mercy erklärt sich wohl von selbst.

Das alles ist mit einem GFBD garniert.

Das GFBD steht für: God forgives, Bones don't!

Und dann kommen da noch die drei weißen Striche dazu, die seine rechte Schulter zieren.

Sie stehen für die Jahre, die er bereits für den Club im Knast war.

Drei Jahre Gefängnis, das ist nicht besonders lang, aber eben auch kein Kurztrip.

Die Zeit hinter Gittern verändert Männer.

Gerade solche, die so freiheitsliebend sind wie die des *Wild Bones Motorcycle Clubs*.

Das alles in Kombination verrät mir eine Menge über den Biker, dessen Jeans ich nach unten ziehe. Und was soll ich sagen?

Er ist genau die Art von Mann, für die ich eine Schwäche habe.

In der Sekunde, in der ich sein beachtliches Glied aus der Jeans befreie und die dicken, violetten Adern betrachte, die sich über die gesamte Länge ziehen und sich in der runden Wulst der Eichel verlieren, läuft mir das Wasser im Mund zusammen.

Der Alkohol sorgt dafür, dass sich alles um mich herum dreht, also kneife ich die Augen zusammen und versuche so das Karussell zu stoppen.

Dann mache ich den Mund auf und sauge den anbetungswürdigen Schwanz des Nomads ein kleines Stück zwischen meine Lippen. Er ist dick und hart und schmeckt nach Pfirsich. Das weiche Fleisch verwöhnend, beginne ich zu saugen, umspiele mit meiner Zungenspitze das kleine Frenulum an der Unterseite und werde mit einem lustvollen Stöhnen belohnt.

Zuerst gelingt es dem Nomad, stillzuhalten, doch dann vergräbt er seine Finger in meinen Haaren und beginnt ungeduldig an ihnen zu ziehen.

Ich keuche, schnappe ein letztes Mal nach Luft und tue dann, worum er mich wortlos bittet, ich lasse seinen Schwanz immer tiefer und tiefer an meinen Gaumen entlang in meinen Hals gleiten, schlucke brav jeden harten Zentimeter und beginne, als er zur Hälfte in mir steckt, zu saugen. Sein Stöhnen verwandelt sich in ein wildes Knurren, die Muskeln in seinen Beinen spannen sich an, während sein Geschmack auf meiner Zunge explodiert. *Himmel!*

Das ist gut. *So verdammt gut* ... und genau das, was ich heute Nacht brauche.

Ich will nicht an Griffin denken, oder daran, dass ich ihn mit meiner besten Freundin verkuppelt habe. Ich will einfach nur mit einem Mann zusammen sein und kommen. Ich brauche einen Orgasmus, oder mein Hirn explodiert bald.

Mehr als zufrieden damit, dem Rocker den Schwanz zu lutschen, konzentriere ich mich so lange einzig und allein auf diese Aufgabe, bis er auf meiner Zunge zu zucken beginnt.

Und gerade als ich damit rechne, dass er mich seinen Samen schlucken lässt, zieht er sich ruckartig aus meinem Mund und sieht mich aus zusammengekniffenen Augen an.

„Langsam, Mädchen."

Ich lecke mir über die Lippen.

„Mir hat schnell ganz gut gefallen."

„Dann wird das, was jetzt folgt, hoffentlich kein Problem für dich."

Noch bevor ich den Sinn dieses Satzes verstehe, hat er mich auch schon gepackt, mein Top zerfetzt, mir den BH ausgezogen und mich aufs Bett geschupst.

Einen Atemzug später ist er plötzlich über mir, ich spüre, dass seine Jeans an den Kniekehlen hängt, er hat sich nur die Schuhe ausgezogen.

An sich kein Thema. Aber verdammt!

Da ich unbedingt wissen will, was sich unter seiner Kutte verbirgt, schiebe ich ihm das Leder von den breiten Schultern und ziehe anschließend die Heckler & Koch, die unter seiner Kutte in einem Holster steckt, heraus.

Als er die Waffe in meiner Hand entdeckt, runzelt er die Stirn.

Ich lege sie beiseite, was ihn erleichtert ausatmen lässt.

Echt jetzt?

Was hat er denn gedacht, was ich mache?

Ihm eine Kugel in den Kopf jagen, während er mich bumst?

Männer haben manchmal schon komische Gedanken.

„Was ist los? Hast du etwa Angst vor einem Mädchen?"

„Schöne Frauen mit Waffen sind gefährlich."

„Schöne Frauen sind immer gefährlich. Aber keine Sorge, solange du mich gut fickst, lasse ich dich am Leben."

An seinen Lippen zupft ein Lächeln.

„Wirklich sehr nett von dir."

„Nett ist mein zweiter Vorname."

Unser kleiner Schlagabtausch macht mir klar, dass ich zwar schon seinen Schwanz im Mund hatte, aber noch gar nicht in Erfahrung gebracht habe, wie er heißt.

„Sag mir deinen Namen."

Anstatt mir zu antworten, senkt der Nomad den Kopf, zieht seine Zunge über mein Schlüsselbein und beginnt an meinem Nippel zu saugen.

Gott fühlt sich das gut an.

Seine Zunge leckt über das empfindliche Fleisch, dann lässt er mich seine Zähne spüren und es scheint eine Verbindung zwischen meiner Brustwarze und meiner Klitoris zu entstehen. Keuchend presse ich den Rücken durch, biete mich ihm an und stöhne erleichtert, als eine seiner Hände zwischen meine Schenkel gleitet.

Der Nomad umfasst besitzergreifend meine Pussy, teilt meine Schamlippen und beginnt mit den Fingerspitzen über meinen Kitzler zu reiben. Der Alkohol in meinen Adern wirkt wie ein Brandbeschleuniger auf meine Lust.

In meinem Bauch explodieren unzählige, winzig kleine Molotowcocktails, verrückterweise bin ich bereits kurz davor zu kommen.

Meine Beine zucken und meine Zehenspitzen rollen sich ein.

Dann rammt er zwei seiner langen Finger in mich hinein, krümmt sie leicht und trifft zielsicher auf den empfindlichen Punkt, direkt über meinem Schambein.

Das kommt so überraschend, dass ich nicht verhindern kann, dass mir ein lauter Schrei über die Lippen kommt.

Heilige Verdammnis!

Das ist gut – *sooooo gut* – und genau das, was ich brauche.

Seine Zähne schaben über mein Schlüsselbein, finden meine Kehle und beißen sich fest.

„Yeah Baby. Zeig mir, was du willst!“

Ich tue es, presse mich seiner Hand entgegen und schließe die Augen.

Der Druck in meinem Bauch wächst und wächst, er wird beinahe unerträglich und dann passiert es.

Ich explodiere.

Oder besser gesagt, ich implodiere. Denn das, was mit mir passiert, findet rein in meinem Inneren statt. Meine Muskeln ziehen sich um die noch immer in mir steckenden Finger zusammen.

Der Rocker stöhnt, zieht seine Hand weg und verpasst meinen empfindlichen Falten einen harten Klaps.

„Fuck, du bist so verflucht eng.“

Jep. Das liegt daran, dass ich einfach schon viel zu lange keinen Sex mehr hatte.

Ich habe viel zu viel Zeit meines Lebens damit verschwendet, in Griffin verliebt zu sein. Aber das hat jetzt ein Ende!

Scheiß auf den Präsidenten. Solange es Kerle wie diesen Nomad gibt, ist die Welt doch ganz in Ordnung. Mein Verstand wird klarer, ich öffne die Augen und erkenne, dass es mir immer noch nicht gelungen ist, den Mann auf mir auszuziehen.

„Ich will dich nackt.“

Seine Pupillen weiten sich. Zuerst bin ich mir sicher, dass er mir widersprechen, seinen Schwanz packen und ihn einfach in mich reinstoßen wird. Doch dann richtet er sich zwischen meinen gespreizten Beinen zu seiner vollen Größe auf, umfasst den Saum des Hemds und zieht es sich in einer fließenden Bewegung über den Kopf.

Pure Männlichkeit füllt mein Sichtfeld.

Muskeln, Tattoos, Narben und dunkle Haare.

Der Nomad ist nicht so massiv wie der Präsident, er ist vom Körperbau eher wie mein Bruder. Kein Wunder, dass ich die beiden in meinem Suff verwechselt habe.

Selbst seine langen kaffeebraunen Haare hat er, genau wie Kane, im Nacken zu einem Zopf zusammengebunden.

Der Nomad ist stark und muskulös, aber auch geschmeidig wie eine Raubkatze.

Alles an ihm ist straff und beeindruckend. Seine rechte Schulter ist mit schwarzer Tinte überzogen, ich erkenne einen Kompass, überkreuzte

Revolver, eine Art brennende Landkarte und drei unterschiedlich große, fünfzackige Sterne.

Die einzelnen Motive ergeben ein wunderschönes Gesamtbild. Wären sie auf Papier und nicht auf die Haut dieses *Wild Bones* gezeichnet worden, wäre es ein verdammtes Kunstwerk. Um seinen virilen Hals baumelt eine schwarze Kette, an der sich eine Art Zahn befindet.

„Was ist das?“

„Mein Talisman.“

Mehr sagt er nicht, aber ich verstehe auch so, dass er diese Kette nicht oft abzulegen scheint.

Auf seiner Brust erkenne ich eine lange, schief nach unten laufende Narbe.

De Hand nach ihr ausstreckend, streiche ich mit der Spitze meines Zeigefingers über das tote Gewebe.

„Die Scheiße hat mich beinahe ins Grab gebracht.“

„Aber du bist noch hier.“

Er nickt.

„Aye, und ich habe vor, es auch zu bleiben.“

Auch wenn er Seattle mit keinem Wort erwähnt hat, verstehe ich, dass er dieses Chapter meint. Der Nomad hat also vor, Wurzeln zu schlagen.

Das gefällt mir.

Sein Kopf senkt sich zu mir herab, und gerade als ich mir sicher bin, dass er mich küssen wird, hält er inne und sucht meinen Blick.

„Mason.“

Ich verstehe nicht sofort, was er meint.

„Was?“

„Mein Name ist Mason und ich will, dass du ihn schreist, wenn du kommst!“

Er bewegt seine Hüfte. Sein bis jetzt gegen meinen Oberschenkel gepresster Schwanz rutscht vor meine Mitte.

„Mason ...“

Er nickt, dann dringt er mit einem harten, gnadenlosen Stoß bis zum Anschlag in mich ein.

Mein Inneres wird auseinander gedrückt.

Er ist so dick, dass ein leichter Schmerz entsteht.

Die Dehnung ist unglaublich. So unglaublich, dass es mir den Atem verschlägt.

Ich schreie aber nicht seinen Namen. Was den Rocker dazu bringt, sich zurückzuziehen und sich erneut in mir zu vergraben.

Wow. Halleluja!

Ich bin so ausgefüllt, dass ich jede Ader und jede Erhebung spüre. Es ist, als würden wir miteinander verschmelzen.

Das Karussell beginnt sich wieder zu drehen, nur dieses Mal in eine andere Richtung.

Entschlossen mir alles zu nehmen, was der Nomad zu bieten hat, schlinge ich meine Beine um seine Taille, ziehe ihn so noch etwas fester in mich hinein und lege meine Arme um seinen Nacken.

Sein Mund knallt auf den meinen, unsere Zungen finden sich, dann schnappt er sich meine Unterlippe und beißt sich an ihr fest.

Währenddessen arbeiten seine Hüften immer weiter.

Sie stoppen nicht – kein einziges Mal, sondern hämmern unaufhörlich in mich hinein.

Das bittersüße Ziehen, das sich in meiner Mitte ausbreitet, und das dumpfe Pochen in meinem Kitzler sind die ersten Vorboten des Glücks.

„Du bist der Hammer, Mädchen."

Stoß!

„Deine süße, enge Fotze ist das reinste Paradies."

Stoß!

„Dich zu ficken ist unglaublich."

Stoß!

Um ihm zu zeigen, wie unglaublich es sein kann, spanne ich meine Scheidenmuskeln an und quetsche seinen Schwanz.

Jetzt kommt ihm nur noch ein lustvolles Zischen über die Lippen.

Mason, der sich bis jetzt anscheinend noch zurückgehalten hat, gibt alles.

Er hämmert in mich hinein, stiehlt mir mit seiner Zunge geschickt den Atem und schenkt mir den seinen dafür.

Ich verliere nicht nur den Verstand, sondern auch die Kontrolle, zerkratze ihm den Rücken und wölbe mich ihm entgegen.

„Sarah ..."

Mason brummt meinen Namen, als wäre er ein Gebet, als könnte er ihm die Erlösung schenken, die er so dringend benötigt.

Er positioniert uns um, jetzt sitzen wir plötzlich, ich auf seinem Schwanz – wir sind uns Auge in Auge gegenüber. Seine Arme winden sich um meinen Rücken, er hält mich so bestimmend fest, als ob er befürchten würde, dass mich ihm jemand stehlen will.

Der Moment ist so intim und intensiv, dass ich es nicht schaffe, seinem Blick standzuhalten.

Also weiche ich ihm aus, erhebe mich auf die Knie und beginne, ihn zu reiten.

Auf und ab, erst langsam, dann schneller. Wieder und wieder und immer wieder.

Seine großen Hände umfassen meine Mitte, er hebt mich leicht an, hilft mir den Rhythmus zu halten und zieht mich jedes Mal, wenn er nach oben stößt, mit aller Kraft nach unten.

In dieser Stellung dringt er noch ein perfektes bisschen tiefer in mich ein und trifft direkt auf meinen G-Punkt.

Es ist gut. So gut, dass es keine Minute dauert, ehe ich von einem weiteren Orgasmus überwältigt und hinfort gerissen werde.

Ich schreie erneut, und dieses Mal seinen Namen.

„Mason!"

Er knurrt zustimmend, ich breche erschöpft zusammen. Die Härte in mir verrät mir, dass er noch lange nicht genug von mir hat.

Sein bestimmender Griff ist das Einzige, was mich noch aufrecht hält, meine Muskeln fühlen sich an wie Gummi.

Kraftlos lasse ich zu, dass er mich benutzt, wie er es braucht. Er fickt mich. Er nimmt mich, als wäre ich eine Puppe, die nur dazu geschaffen wurde, ihm Befriedigung zu verschaffen.

Dann, eine wunderbare Ewigkeit später, spannen sich all seine Muskeln an und werden hart wie Stein, sein Penis beginnt tief in mir zu wachsen, er wird noch länger und dann passiert es.

Heißer Samen flutet mein Inneres, er überschwemmt meine zitternden Nerven und legt sich wie Balsam über mein wundes Fleisch.

Mein Kopf sackt auf seine Schulter, ich berge mein Gesicht an seinem Hals, atme seinen wunderbaren Geruch ein und genieße den Hauch von Minze, den seine verschwitzte Haut ausstrahlt, und der sich für immer in meiner Nase festsetzt.

Mason ... Mason ... Mason ...

Der Name hallt in einer Endlosschleife in meinem Kopf wider.

Auch wenn es dem Nomad vielleicht nicht bewusst ist, aber er hat die Einsamkeit, die sich wie ein treuer Begleiter in mir eingenistet hat, einfach so vertrieben.

Dank ihm fühle ich mich schön und weiblich und zutiefst befriedigt, und ich will, dass dieses Gefühl für immer bleibt.

Wenn möglich würde ich es in Flaschen abfüllen, sodass ich mir jeden Tag ein paar Schlucke davon gönnen kann.

Das ist es, was ein Mann in einer Frau auslösen kann ...

Und das ist es, was ich für immer will.

„Du hast Glück." Ich räuspere mich, als ich bemerke, wie rau und heiser meine Stimme klingt. „Ich werde dich nicht erschießen müssen."

Masons kraftvolles Lachen hallt durch den leeren Raum.

„Na, da habe ich aber noch mal Glück gehabt, Honey."

„Hast du."

Seine Faust vergräbt sich in meinen Haaren, er zieht meinen Kopf nach hinten, sodass er mir direkt in die Augen schauen kann.

„Das war unglaublich, Sarah."

Ja, das war es.

Vor allem, weil ich in meiner Not einen perfekten, sexy Nomad erfunden hatte, und der jetzt, wie durch ein Wunder, in mein Leben getreten ist.

Heilige Scheiße!

Ich hoffe wirklich, das hat etwas zu bedeuten.

4. Kapitel

Der Nomad, der den Wild Bones in Seattle beitreten will ...

Mit dem Rücken am Kopfende des Bettes lehnend, eine Kippe in der Hand, betrachte ich das schlafende Mädchen neben mir.

Es ist schön, so schön, dass es mir schwerfällt, den Blick abzuwenden.

Nach dem wirklich unglaublichen Fick haben wir uns noch kurz unterhalten, ehe Sarah erschöpft neben mir eingeschlafen ist.

Sie ist nackt.

Ein wohlgeformter Schenkel liegt leicht angewinkelt auf der Bettdecke, ihr Hintern ist meinen hungrigen Blicken ausgeliefert, während ihre leisen Atemzüge die Stille füllen.

Sarah hat eine Hand unter ihr Gesicht gelegt und ihre Lippen sind leicht geöffnet.

Im Schlaf sieht sie unheimlich verletzlich und jung aus, und zu dem Drang, mich erneut in ihrem winzigen Körper zu vergraben, mischt sich das Bedürfnis, diese Frau zu beschützen. Wobei, wem mache ich da eigentlich etwas vor?

Dieses Bedürfnis war von Anfang an da, seit der ersten Sekunde ...

Fuck!

Wenn ich es nicht besser wüsste und wenn ich an so etwas Triviales wie Vorherbestimmung glauben würde, könnte ich fast meinen, dass mir das Schicksal höchstselbst dieses süße, kleine Ding auf den Schoß gesetzt hat.

Ganz nach dem Motto: *Du suchst nach dem Sinn in deinem Leben, Mason? Hier bitte schön. Jetzt hast du einen!*

Aber so funktioniert die Welt nicht.

Zumindest nicht meine.

Sarah ist nicht mein verdammtes Schicksal, sondern einfach nur ein Mädchen mit einer Schwäche für Tequila, das seine Grenzen nicht kennt. Und das hier ist auch nicht der Basar der Wünsche, sondern nichts weiter als ein verfickter Motorcycle Club.

Ein betrunkenes Mädchen und ein *Wild Bone*, wie ich einer bin, ergeben kein beschissenes Happy End, sondern einfach nur einen guten Fick.

Ende der Geschichte.

Aber wenn das so ist? Warum fühlt es sich dann ganz anders an?

Warum hat sich die kleine Schwester des Vizepräsidenten von all den Männern, die sich heute Nacht hier im Clubhaus befinden, ausgerechnet mich ausgesucht?

Warum hat sie sich auf meinen Schoß gesetzt?
Das muss doch etwas bedeuten?
Oder nicht?
Fuck!
Ich weiß es nicht.
Ich weiß ja noch nicht mal, ob ich will, dass es etwas bedeutet.
Schon richtig, ich will das *Nomad-Patch* endlich ablegen, aber das bedeutet noch lange nicht, dass ich bereit bin, mir eine Hausmaus zu suchen, die mir das Bett warmhält und mir jede verfluchte Nacht, wenn ich heimkomme, nervige Fragen stellt.
Sarah ist nicht einfach nur irgendein Mädchen, mit dem ich meinen Spaß haben kann. Sie gehört dem Vizepräsidenten, und wenn ich nicht aufpasse, kann mich diese Scheiße hier meinen Kopf kosten.
Kaum dass mir dieser Gedanke durchs Großhirn gezuckt ist, schwingt die Türe auf und knallt mit einem lauten Krachen gegen die Wand dahinter.
Ich springe instinktiv auf, um nach meiner Waffe zu suchen. Doch die Heckler & Koch ist nicht in meiner Nähe.
Zuletzt hatte Sarah meine Knarre in der Hand.
Fuck! Das kann doch echt nicht wahr sein ...
„Noch eine Bewegung und du bist ein toter Mann!“
Mit einem Zischen sehe ich zu den vor Wut bebenden Vize, der mit einem sowjetischen Sturmgewehr direkt auf meine Brust zielt.
Die Kalaschnikow liegt locker in seinen Händen, ich zweifle keine Sekunde daran, dass er seine Drohung, ohne mit der Wimper zu zucken, wahr macht. Über Kane sind einige brutale Geschichten im Umlauf. Bei den meisten Männern werden die Dinge, die über ihn erzählt werden, aufgebauscht und übertrieben. Aber Fuck! Nicht so bei dem Vizepräsidenten der *Wild Bones*. Bei ihm werden eher ein paar blutige Details weggelassen, allein schon deswegen, damit sich niemand beim Erzählen übergeben muss.
Seine vor Wut funkelnden Augen zucken zu seiner nackten Schwester, die tief und fest schlafend neben mir liegt und mir dabei ihren Arsch entgegenstreckt.
Den Arsch, den ich bis Sonnenaufgang noch mit meinem Schwanz füllen wollte.
„Du beschissener Wichser, was hast du dir nur dabei gedacht, sie anzufassen?“
Kane lässt seine angespannte Nackenmuskulatur knacken.
Ein falsches Wort von mir und ich bin – wie er es schon angedroht hat – ein toter Mann.

Griffin steht neben seinem Stellvertreter und reibt sich mit der flachen Hand über die Stirn. Seine Augen legen sich auf Sarahs nackte Rundungen, es ist offensichtlich, dass ihm gefällt, was er sieht. Zorn kocht in mir hoch.

Anstatt mich wie befohlen still zu verhalten, stoße ich einen Fluch aus, schnappe mir die Decke und schütze das Mädchen vor den neugierigen Blicken.

Des Vizes Stirn legt sich in Falten.

„Steh auf."

Ich tue es. Was bleibt mir auch anderes übrig.

„Du hast meine betrunkene Schwester gefickt!"

Habe ich.

„Das war nicht der Plan. Zuerst wollte ich sie nur in ein Bett bringen."

Kane lacht höhnisch.

„Und was dann? Ist dein Schwanz ausgerutscht und aus Versehen in meiner Schwester gelandet?"

Nicht wirklich ... *Verdammt!*

Der Präsident lacht laut und freudlos.

Mir ist bewusst, dass ich in einer echt beschissenen Lage stecke.

„Ich habe sie nicht ausgenutzt, wenn es das ist, was du befürchtest."

„Ich fürchte gar nichts, Arschloch! Der Einzige, der hier Angst haben sollte, bist du!"

Angst? Nein.

Angst habe ich keine. In den letzten Jahren hat man mir so oft eine Knarre an den Schädel gehalten, dass es ein Wunder ist, dass ich noch am Leben bin.

Selbst wenn ich gewusst hätte, wie diese Nacht für mich endet, hätte ich es nicht geschafft, Sarah zu widerstehen.

Dafür ist sie einfach zu schön, zu verflucht sexy.

Das Mädchen hat mir keine andere Wahl gelassen, als es zu ficken. Aber das werde ich ihrem Bruder gewiss nicht auf die Nase binden.

„Erlaube mir eine Frage."

Er nickt.

Mir ist klar, dass ihm nicht gefallen wird, was er gleich zu hören bekommt.

„Du stürmst wie ein Irrer hier rein, um deine Schwester zu retten, und das, obwohl sie nicht gerettet werden muss. Sie ist sicher bei mir. Vollkommen sicher. Aber vorhin, als sie sich einfach so auf meinen Schoß gesetzt hat, warst du nicht da. Du hast auch nicht verhindert, dass sie so viel trinkt, dass sie sich einem fremden Nomad an den Hals wirft.

Du. Warst. Nicht. Da. Als dich deine Schwester gebraucht hat. Welche Entschuldigung hast du dafür?“

Kane platzt. Stürmt auf mich zu, holt aus und lässt den Griff seiner AK 47 gegen meine Stirn krachen.

In meinem Schädel knirscht es. Ein heftiger Schmerz explodiert hinter meinen Augen. Für einen Moment wird alles schwarz. Doch dann fange ich mich wieder.

Ich schaffe es sogar, mich auf den Füßen zu halten und nicht zu Boden zu gehen.

Zur Hölle!

Ich bin verdammt noch mal noch nicht fertig mit Kane ...

Selbst auf die Gefahr hin, dass er erneut zuschlägt, rede ich einfach weiter.

„Wäre ich ein anderer, wäre es jetzt zu spät. Sarah hätte vergewaltigt und verletzt werden können! Es war deine Aufgabe, sie zu beschützen!“

Der in mir aufkochende Zorn, versengt mich regelrecht.

Herr Gott!

Warum halte ich nicht meine verdammte Fresse?

Die Situation ist schon beschissen genug!

Kane ist der Vizepräsident des Chapters. Sein Platz ist sicher. Ich hingegen bin ein Nomad, der hier in Seattle aufgenommen werden will. Was jetzt, wo ich Sarah gebumst habe, schwer genug wird. Aber dem VP auch noch zu beleidigen und ihm vorzuwerfen, dass er auf seine Familie nicht gut genug aufgepasst hat, hilft mir bestimmt nicht dabei, meinen Kopf aus der Schlinge zu ziehen.

Ich sollte mich entschuldigen und auf das Beste hoffen. Vielleicht sollte ich dem Vize anbieten, mir ins Bein zu schießen, damit er sich besser fühlt. Es gibt viele Möglichkeiten, die Sache zu klären. Ihn anzupissen ist keine.

„Dafür verpasse ich dir eine Kugel!“

Jep, das ist keine sonderliche Überraschung.

„Aber nicht hier, nicht in Sarahs Nähe. Wenn du mich verfehlst, könntest du aus Versehen sie treffen, und dann müsste ich dich töten!“

Der Präsident sieht mich verwundert an, sein Stellvertreter hingegen knirscht mit den Zähnen.

Er scheint nicht zu kapieren, dass es mir hier um nichts anderes als um das Wohl seiner Schwester geht.

Was ein Arschloch!

Anstatt auf mich zu hören, hebt er die AK und legt den Finger auf den Abzug.

Gerade als ich mir sicher bin, dass meine letzte Sekunde geschlagen hat, greift Griffin ein, legt seine Hand auf das Gewehr und drückt den Lauf wieder nach unten.

„Warte Bro. Er hat recht."

Kane wirbelt zu Griffin herum.

„Womit?"

Die Stimmung ist angespannt. Die Luft so dick, dass ich sie kaum atmen kann. Sarah hingegen scheint nichts von dem Bullshit, den ihre Anwesenheit in meinem Bett losgetreten hat, mitzukriegen.

Sie schläft tief und fest. Und das ist auch gut so.

Sollte ihr Bruder mir in den Schädel schießen, soll sie nichts davon mitkriegen.

Ein Kopfschuss ergibt eine höllische Sauerei, das würde sie nur verstören.

Das Letzte, was ich will, ist, dass sie wegen meinem Tod auf der Couch eines Seelenklempners landet.

Ihr Leben scheint auch so schon kompliziert genug zu sein.

„Womit hat dieser Bastard recht."

Der Präsident sieht kurz zu mir, dann zu dem Mädchen.

„Mit allem."

Kane flucht.

Ich bin mir fast sicher, dass er seinem Gegenüber eine verpassen wird.

Die beiden starren sich wütend an. Dann gibt Kane zu meiner Überraschung nach, presst die Lippen zusammen und schließt für eine Sekunde die Augen.

„Du kennst Sarah, Bro. Du weißt, wie sie ist. Sie zieht Gefahren wie magnetisch an und sie schafft es mit besorgniserregender Zuverlässigkeit, sich in Schwierigkeiten zu bringen."

Der Vize atmet so tief ein, dass sich sein Brustkorb wölbt, dann dreht er sich wieder zu mir um.

„Hast du sie zu irgendetwas gezwungen?"

Soll das ein Scherz sein?

„Wenn, war es wohl eher andersherum."

Der Präsident gibt ein unterdrücktes Lachen von sich. Gefolgt von einem gebrummten: „Warum überrascht mich das nicht?"

Kane hingegen reibt sich erschöpft über den Nacken.

Sein „Dieses Mädchen macht mich fertig" trieft nur so vor Resignation.

„Wenn sie aufgewacht ist und deine Geschichte bestätigt, sehe ich davon ab, dir den Schädel von den Schultern zu blasen."

Wie nett.

„Was, wenn ich sie wieder ficken will?"

Die nun eintretende Stille verheißt nichts Gutes.
„Dann bist du ein toter Mann."
Alles klar.
„Gut. Dann nimm die Waffe hoch, Vize. Knall mich ab, solange sie noch schläft, denn sobald sie wach ist, werde ich sie hinten auf mein Bike setzen, zum Frühstück einladen und anschließend hart ficken."
Der Präsident mustert mich überrascht.
„Bist du bescheuert, Nomad?"
„Muss wohl so sein."
Immerhin bin ich gerade dabei, mir mein eigenes Grab zu schaufeln.
Aber dieser Kane muss wissen, woran er ist.
Fuck!
Sarah ist der Hammer und ich habe nicht vor, mich von ihr fernzuhalten. Nicht nach dem, was letzte Nacht zwischen uns gewesen ist.
„Willst du echt so unbedingt sterben?"
Der Vize klingt genauso überrascht wie Griffin.
„Nein. Was ich will, ist deine Schwester!"
Somit wären alle Zweifel ausgeräumt.
Teufel noch eins!
Es war nicht geplant, mir sofort nach meiner Ankunft in Seattle einen Haufen Probleme einzufangen. Aber es ist, wie es ist, und daran kann ich nichts ändern.
Sarah hat sich auf meinen Schoß gesetzt, sie hat mich auserwählt. Ich habe sie gebumst und sie hat meinen Namen geschrien, als sie kam.
Für mich eine klare Sache – das Mädchen gehört ab jetzt mir!
„Sarah ist mein Eigentum. Verstanden? Meins! Und ich erlaube dir nicht, sie jemals wieder anzufassen."
Aye, das dachte ich mir schon.
„Darum sage ich dir ja, dass du es zu Ende bringen solltest, solange sie noch schläft. Beseitige meine Leiche und erzähl ihr, wenn sie wach ist, dass ich abgehauen bin. Ich bin ein Nomad. Jeder weiß, dass wir kommen und gehen. Sie wird dir glauben und sie wird mich hassen. Problem gelöst."
Ich zucke mit den Schultern und grinse ihn breit an.
Ich habe recht. Der Plan ist gut. Und jeder von uns weiß das.
„Warum Sarah?"
Auf diese Frage habe ich keine Antwort.
„Warum nicht?"
Griffin kneift sich mit zwei Fingern in den Nasenrücken.
Kane hingegen starrt mich einfach nur wütend und fassungslos an.

„Du bist total bescheuert, Alter."

„Das ändert nichts an den Tatsachen. Töte mich oder akzeptiere, dass ich der Mann bin, der deine Schwester fickt."

„Du hast echt Eier."

Habe ich und wenn er mich nicht abknallt, wird Sarah in wenigen Stunden an genau diesen lutschen.

Wir starren uns an. Körperlich sind wir uns ebenbürtig. Hätte er keine Waffe, würde das einen langen, fairen Kampf bedeuten.

„Du meinst es echt ernst?"

Ich nicke.

„Tue ich."

Kane sieht zu dem schlafenden Mädchen hinter uns, es gibt ein leises Schnarchen von sich, was den Präsidenten zum Lachen bringt.

„Bist du bereit, dir das Recht, meine Schwester anfassen zu dürfen, zu verdienen?"

Meine Neugierde ist geweckt.

Nur weil ich keine Angst vor dem Tod habe, bedeutet das noch lange nicht, dass ich heute Nacht sterben will.

„Sprich weiter."

„Du willst das *Nomad-Patch* von deinem Leder schneiden und du willst hierbleiben. So weit, so gut. Das hätte echt klappen können, hättest du nicht die falsche Frau gefickt. Aber jetzt haben sich die Dinge geändert. Du warst ehrlich und hast kein Geheimnis daraus gemacht, dass du, wenn wir dir erlauben zu bleiben, am Arsch meiner Schwester kleben wirst. Dafür respektiere ich dich. Ehrlich. Aber du musst auch meinen Standpunkt verstehen. Sarah ist eine tickende Zeitbombe. Sie zieht Probleme an wie die Motten das Licht. Und es ist meine Aufgabe, sie zu beschützen. Wenn du sie wieder bumsen willst, dann nur mit guten Absichten. Und selbst wenn du die hast, muss ich sichergehen, dass du imstande bist, sie zu beschützen. Zur Not auch vor sich selbst."

Mit einem Nicken gebe ich ihm zu verstehen, dass ich ihm bis hier folgen konnte.

Er holt tief Luft, fast so, als ob er selbst nicht glauben kann, was er als Nächstes sagen wird, und nimmt die Kalaschnikow wieder runter.

„Ich gebe dir eine Aufgabe und wenn du die zu meiner Zufriedenheit erledigst, hast du meinen Segen. Dann werde ich am Tisch für deine Aufnahme stimmen und zukünftig kein Problem damit haben, dass du meine Schwester in dein Bett holst."

Holy Fuck!

Damit hat er mein Interesse definitiv geweckt.

„Was für eine Aufgabe?"

Der Vize sieht zu seinem Präsidenten, die beiden tauschen sich wortlos aus.

Ich ahne, dass der VP es mir nicht leicht machen wird.

„Fahr nach Vancouver und erledige die Russen, die unsere Waffenlieferung gestoppt haben. Sorg dafür, dass sich die Pipeline wieder öffnet. Und wir haben einen Deal."

Gott verdammt!

Er hätte mir genauso gut befehlen können, wie Jesus übers Wasser zu gehen.

Dafür bräuchte man eine Armee.

Was er verlangt, ist für einen Mann beinahe unmöglich.

Aber eben nur beinahe, und daher nehme ich sein Angebot an.

„Abgemacht."

Er wirkt überrascht, wir besiegeln unseren Pakt mit einem Händedruck.

Griffin sieht seinen Vize an.

„Du hättest ihn genauso gut gleich erschießen können. Das, was du von ihm verlangst, kommt aufs Gleiche raus."

Kane grinst zufrieden und zuckt mit den Schultern.

„Wer weiß?! Wunder geschehen immer wieder. Richtig, Arschloch?"

Ich ignoriere Kane, wende mich ein letztes Mal zu Sarah um und spüre instinktiv, dass dieses Mädchen das Risiko wert ist.

Keine Ahnung, weshalb ich bereit bin, für Sarah durch die verfluchte Hölle zu marschieren, aber ich werde es tun und mir damit nicht nur die Frau, sondern auch einen Platz im Chapter der *Wild Bones* hier in Seattle sichern.

Entschlossen sammle ich meine Sachen ein, finde meine Heckler & Koch und ziehe mich an.

Dann folge ich Griffin und Kane nach unten in das Büro des Präsidenten.

Die beiden geben mir die nötigen Informationen, wie Namen etc., die ich brauche, um den Auftrag zu erledigen. Dann gehe ich raus auf den Hof zu meinem Bike.

Auch wenn es nicht gesagt wurde, ist mir durchaus klar, dass ich hier erst wieder erwünscht bin, wenn ich die Russen dazu gebracht habe, die Lieferungen an den *Wild Bones Motorcycle Club* wieder aufzunehmen.

Es ist weit nach Mitternacht, im Osten färbt sich der Himmel grau. Nicht mehr lange und die Sonne wird aufgehen.

Hinter mir werden Schritte laut, Kane folgt mir.

„Dir ist klar, dass der Trip deinen Tod bedeutet?"

„Das ist nicht sicher."

An der Art, wie sich seine Mundwinkel nach oben ziehen, erkenne ich, dass er sich sicher ist, dass er der festen Überzeugung ist, dass wir uns nie wiedersehen und dass er auf diesem Weg seine Schwester vor mir in Sicherheit gebracht hat.

„Es ist höchstwahrscheinlich und das reicht mir aus, um heute Nacht gut schlafen zu können."

„Fick dich, Kane."

Er lacht.

Meine Faust will in sein Gesicht. Der einzige Grund, aus dem ich mich beherrsche, ist der, dass ich vorhabe, hierher zurückzukommen und mir ein Leben aufzubauen. Und das klappt besser, wenn ich mir nicht von vornherein schon Feinde geschaffen habe.

„Pass gut auf Sarah auf, während ich weg bin. Besser als heute Nacht! Ich kämpfe nicht für eine Pussy, damit dann ein anderer Mann in deren Genuss kommt."

Sein selbstsicheres Grinsen verschwindet, jetzt ist er derjenige, der seine Finger zur Faust ballt.

„Mach dir keine Gedanken über meine Schwester, du solltest dir lieber überlegen, wie du die kommenden Tage überlebst."

Deswegen mache ich mir keine Sorgen.

Gar keine.

Seit ich das Leder der *Wild Bones* angelegt habe, habe ich so viel Scheiße erlebt, dass es für drei Leben reicht. Dieses Mal ziehe ich los, um etwas für mich zu erkämpfen. Für mich und nicht für den Club.

Wenn ich dabei draufgehen sollte, dann ist es so.

Aber ich muss es zumindest versuchen.

„Sag Sarah, dass ich in einer Woche wieder da bin."

An seiner Mimik kann ich erkennen, dass er das garantiert nicht tun wird.

Fuck! Kane ist ein Arschloch. Aber es geht hier immerhin um seine kleine Schwester, also muss er das sein. Würde das Mädchen mir gehören, würde ich mich nicht anders verhalten.

Wütend und zugleich frustriert richte ich den Blick auf das Fenster, hinter dem das Mädchen, dessen Arsch mir eine Menge Ärger eingebracht hat, friedlich schläft, und knirsche mit den Zähnen. Dann steige ich auf mein Bike, klappe den Ständer ein, starte mit einem Kick den Motor und drehe am Gas.

Ich komme zurück.

Ich erledige den Auftrag und komme zurück.

So. Fucking. Einfach.

5. Kapitel

Das Mädchen, das sich nicht sicher ist, wie viel Realität und wie viel Traum gewesen ist ...

Mein Schädel brummt und meine Kehle fühlt sich rau an.

Scheiß Tequila!

Die Kopfschmerzen so gut es geht ignorierend, öffne ich die Augen und stelle überrascht fest, dass ich nicht in meinem eigenen Bett liege.

Das ist nicht mein Bett.

Gott verdammt! Wo bin ich?

Nicht sicher, was ich von der ganzen Sache halten soll, sehe ich mich prüfend um.

Wenn ich nicht ganz falschliege, ist das eines der Zimmer, die der Club für Übernachtungsgäste bereithält.

Weiße Wände, ein dreckiges Fenster, ein dunkler Boden, ein alter Stuhl und ein Bett.

Das wars ...

Nicht sicher, wie ich hierher gekommen bin, drehe ich mich auf die Seite und zucke, als ich spüre, wie wund ich zwischen den Schenkeln bin, zusammen.

Entsetzt fasse ich mir zwischen die Beine, spüre die klebrige Feuchtigkeit und lecke mir über die trockenen Lippen.

Eine Welle bestehend aus Erinnerungen bricht über mir zusammen und ich ziehe mir beschämt die Decke über den Kopf.

Die Bar, der viele Alkohol ... Der Geruch von Minze und der Nomad ...

Heilige Scheiße!

Mein Gedächtnis weist ein paar Lücken auf, aber ich habe genug Fantasie, um sie zu füllen. Ich erinnere mich an seine Lippen, an seinen Schwanz und daran, dass es ihm nicht so ganz recht war, dass ich seine Waffe in der Hand hatte. Verdammt!

Ich weiß auch noch genau, welche Patches sein Leder geziert haben und dass wir zusammen gelacht haben.

Scheiße! Ich erinnere mich auch noch genau daran, wie fantastisch die Orgasmen waren, die er mir geschenkt hat.

Das Einzige, was mir partout nicht mehr einfallen will, ist sein Name.

Mit einem Ruck setze ich mich auf, die Welt kippt und um mich herum beginnt sich alles zu drehen.

Frustriert lasse ich mich zurück auf das Bett sinken, in dem noch immer ein Hauch seines Geruchs festhängt, eine Mischung aus Mann und Minze, und schließe die Augen.

Um das Karussell in meinem Kopf, das sich immer schneller und schneller zu drehen scheint, zu stoppen, lasse ich einen Fuß aus dem Bett hängen, aber es hilft nicht.
Das dumme Ding will sich einfach nicht anhalten lassen.
Wenn ich diesen Tag überlebe, trinke ich nie wieder auch nur einen Tropfen Alkohol.
Das schwöre ich euch.
Nie wieder.
Die Zeit verstreicht, ich schlafe wieder ein und als ich die Augen das nächste Mal öffne, fehlt von dem Nomad noch immer jede Spur.
Alles klar, jetzt weiß ich zumindest, woran ich bin.
Mir ist sehr wohl bewusst, dass das hier ein Outlaw Motorcycle Club ist und dass die Wahrscheinlichkeit, dass ich hier meinen Mister Perfect finde, gegen null tendiert.
Aber ein Mädchen darf wohl noch hoffen, oder?
Vielleicht lag es am Alkohol, oder vielleicht habe ich es mir auch nur eingebildet. Doch ich hätte schwören können, dass da etwas zwischen uns war, etwas, das über den Sex hinausgegangen ist. Eine gewisse Nähe, eine Verbindung oder so etwas ...
Dass er sich einfach so aus dem Bett geschlichen und verpisst hat, schmerzt mehr, als ich es mir eingestehen will, und das, obwohl ich mich nicht mal mehr an seinen bescheuerten Namen erinnern kann.
Klasse! Wirklich ganz prima, Sarah.
Das hast du mal wieder toll hingekriegt.
Mein megafieses Unterbewusstsein ausblendend, kämpfe ich gegen die in mir aufsteigende Traurigkeit an und verbiete es mir, an Griffin und Charlotte zu denken.
Es war meine Idee, den Präsidenten mit meiner besten Freundin zu verkuppeln, und jetzt muss ich mit dem Ergebnis leben.
Gott!
Es stört mich nicht mal so sehr, dass ich Griffin nicht für mich habe.
Das mit uns hätte wahrscheinlich eh nie geklappt.
Wir schaffen es keine Stunde, uns im selben Zimmer aufzuhalten, ohne uns dabei an die Kehle gehen zu wollen.
Ich bin nicht richtig eifersüchtig auf Charlotte. Soll sie den sturen, bockigen und heroischen Präsidenten der *Wild Bones* doch behalten. Sondern was ich mir wünsche, ist das, was die beiden miteinander haben.
Diese Verbindung, das Glück ...
Ich wünsche mir einen Mann, der mich genauso ansieht wie Griffin Charlotte.

Oh ja und das klappt bestimmt, wenn du sturzbetrunken mit irgendwelchen Typen in die Kiste springst ...

Und wieder blende ich die Stimme in meinem Kopf aus.

Mich selbst fertigzumachen, ist reine Zeitverschwendung. Wobei ich mir für die Tatsache, dass wir, dem Kleben zwischen meinen Beinen nach, kein Kondom verwendet haben, sehr wohl am liebsten eine klatschen würde.

Ich nehme zwar die Pille, aber nicht besonders zuverlässig.

Erst letzte Woche habe ich sie zweimal vergessen, was ich allerdings nicht so schlimm fand, immerhin hatte ich ja eh keinen Sex.

Im Flur draußen werden Stimmen laut. Gespannt halte ich den Atem an, doch die Männer gehen weiter. Niemand klopft an die Türe, keiner kommt mit einem dampfenden Kaffee, einem Aspirin und frischen Brötchen zu mir ans Bett.

Ich bin allein. Wie immer.

Schniefend stehe ich auf, mein Magen rebelliert und ich muss kotzen.

Und während ich mich fühle wie zerkaut und ausgespuckt, kann ich an nichts anderes als an den Nomad mit den faszinierend schönen Tattoos und den silbergrauen Augen denken, der mir für kurze Zeit das Gefühl gegeben hat, etwas Besonderes zu sein, ehe er sich klammheimlich verpisst hat.

Männer sind doch alle gleich.

Sie sind alle Arschlöcher! Sie wollen ihren Spaß und wenn sie den bekommen haben, schleichen sie sich davon.

Und der Nomad bildet da keine Ausnahme.

Warum sollte er auch?

Es ist ja nicht so, dass die letzte Nacht wie in einem Märchen abgelaufen wäre, denn ich kenne keins – wirklich kein einziges – in dem die schöne Prinzessin sturzbetrunken war, als sie zum ersten Mal ihrem stattlichen Prinzen begegnet ist.

Mein Magen beruhigt sich endlich etwas, sodass ich meine Sachen aufheben und mich anziehen kann.

Ich muss nach Hause, ich brauche dringend eine Dusche, eine Kopfschmerztablette und jede Menge Koffein.

Auf Zehenspitzend und in der Hoffnung, weder meinem Bruder noch Griffin über den Weg zu laufen (die beiden müssen nun wirklich nicht wissen, dass ich die Nacht mit irgendeinem Nomad verbracht habe), schleiche ich mich die Treppe runter und zucke erschrocken zusammen, als ich die beiden Kaffee trinkend an der Bar sitzend vorfinde.

Sie unterhalten sich, neben Kanes Bein lehnt eine Kalaschnikow an der Vertäfelung des Tresens.

Upsi! Habe ich irgendetwas verpasst?

Die beiden wirken auf mich nicht so, als ob sie in dieser Nacht besonders viel Schlaf abbekommen hätten.

Für einen Moment spiele ich mit dem Gedanken, den beiden *‚Guten Morgen'* zu sagen, verwerfe den aber schnell wieder und setze meinen Plan, mich unbemerkt davonzuschleichen, fort.

Wenn mein Bruder mich so sieht, wird er Fragen stellen.

Fragen, auf die ich ihm definitiv keine Antworten geben will.

Mit rasendem Puls und angehaltenem Atem tripple ich auf Zehenspitzen weiter Richtung Türe. Und gerade als ich denke, ich schaffe es, dreht Kane sich mit einem lauten Knurren zu mir um.

„Guten Morgen, Schwesterherz."

Scheiße! Erwischt!

„Guten Morgen."

Frustriert kneife ich die Augen zusammen und bete um ein Wunder.

Warum bin ich kein Alien? Dann könnte ich mich jetzt bestimmt unsichtbar zaubern oder ich hätte andere magische Superkräfte. Vielleicht könnte ich auch die Zeit zurückdrehen, dann könnte ich den wilden, fantastischen Sex mit dem Nomad ungeschehen machen. Wobei ich das wahrscheinlich gar nicht würde.

Ich hatte diese Orgasmen echt dringend nötig.

Mich in Luft auflösen zu können, würde mir fürs Erste absolut reichen.

„Täusche ich mich oder wolltest du dich gerade davonschleichen?"

Hmmmm ... Lass mich nachdenken. Er täuscht sich nicht. Aber das werde ich ihm mit Sicherheit nicht auf die Nase binden.

„Ihr habt so vertieft gewirkt, ich wollte euch einfach nicht stören."

An Kanes Gesichtsausdruck kann ich ablesen, dass er mir kein Wort glaubt. Mein Bruder hatte schon immer das fragwürdige Talent, mich zu durchschauen.

Glaubt mir. Es ist echt zum Kotzen, wenn einen der große Bruder jede Lüge an der Nasenspitze ablesen kann.

„Ach so. Wie nett. Und ich dachte schon, du willst abhauen, bevor ich auf den Typen zu sprechen komme, den du letzte Nacht gefickt hast."

Gott verdammte Scheiße!

Er weiß es. Aber woher?

Es ist ja nicht so, dass ich ein Schild um den Hals trage, auf dem in dicken, fetten Buchstaben geschrieben steht, dass ich Sex mit irgendeinem Nomad hatte, dessen Name ich mir nicht mal merken konnte.

Der mir aber seltsamerweise trotzdem nicht aus dem Kopf gehen will.

Ehrlich. Dass er einfach so abgehauen ist, schmerzt mehr, als es das sollte.

Ich kenne ihn ja gar nicht.

Vor letzter Nacht sind wir uns noch nie begegnet.

Also warum tut es dann so weh?

Wahrscheinlich, weil ich einen sexy Nomad erfunden hatte und ich mir dann, als er wie durch ein Wunder aufgetaucht ist, eingeredet habe, dass das etwas zu bedeuten hat. Dass das etwas bedeuten *muss*.

Schön blöd, ich weiß ...

Aber einsame Frauen machen nun mal verrückte Dinge.

Besonders, wenn sie dumm genug sind, den Mann, den sie eigentlich für sich wollen, mit einer anderen Frau zu verkuppeln.

„Sarah, verdammt!"

Kane scheint irgendetwas zu mir gesagt zu haben, aber ich war so in meine Gedanken vertieft, dass ich ihn einfach nicht gehört habe.

„Was, verdammt? Musst du so schreien? Ich glaube, mir platzt gleich der Schädel."

„Falls du auf der Suche nach Mason bist, muss ich dich enttäuschen. Der ist längst weg."

In Kanes Augen funkelt etwas Dunkles, Böses, das mich einen Schritt zurückweichen lässt.

Irgendetwas ist letzte Nacht vorgefallen.

Aber was?

„Mason?"

„Ja, Mason ..." Jetzt rutscht mein Bruder von seinem Barhocker und kommt mit der dampfenden Kaffeetasse in der Hand auf mich zu. An ihm ist definitiv etwas Bedrohliches. „... oder willst du mir vielleicht weismachen, dass du dich nicht an den Mann erinnern kannst, für den du letzte Nacht die Beine gespreizt hast?"

Ich werde meinem eh schon wütenden Bruder besser nicht auf die Nase binden, dass ich mich tatsächlich nicht mehr an dessen Namen erinnern konnte.

Kane ist auch so schon aufgebracht genug.

Entschlossen, keine Furcht zu zeigen, drücke ich die Schultern durch und halte seinem zornigen Blick stand.

Griffin, der an der Bar sitzen geblieben ist, beobachtet die Szene mit zuckenden Mundwinkeln. Ich ignoriere den Präsidenten. Es reicht mir vollkommen, mich mit dessen Stellvertreter herumzuärgern.

„Mit wem ich Sex habe, geht dich nichts an!"

Auf Kanes Stirn tritt eine Ader hervor.

„Ach nein?"

Anstatt mich anzubrüllen, wird seine Stimme immer leiser. Das ist kein gutes Zeichen. Ich kenne meinen Bruder, wenn er still wird, gibt es meistens Tote.

„Nein. Ich maße mir ja auch nicht an, mich in dein Liebesleben einzumischen. Oder?“

Sein Kiefer zuckt.

„Was daran liegt, dass ich kein Liebesleben habe, Schwester. Ich ficke irgendwelche Nutten. Mehr nicht.“

Na prima!

„Und das ist jetzt also besser, ja?“

Er nickt, ohne zu zögern.

„Ist es. Weil ich im Gegensatz zu dir kein Risiko eingehe. Ich bin der Mann und nicht die Frau.“

Na und?

„Was soll das denn jetzt für ein Machoscheißdreck sein?“

Ich beobachte entsetzt, wie sich seine Hände zu Fäusten ballen. Und auch wenn ich mir theoretisch sicher bin, dass er mich nie, niemals schlagen würde, steigt etwas, das sich verdächtig nach Furcht anfühlt, in meinem Inneren auf.

„Das ist kein Machoscheißdreck, das ist der kleine, aber feine Unterschied, den ich dir gerade klarzumachen versuche. Wenn ich eine Frau ficke, gehe ich kein Risiko ein. Sie hingegen schon. Wenn ich wollte, könnte ich sie töten, ich könnte sie verletzen oder zu Dingen zwingen, die sie nicht will ...“

Er reibt sich über die Stirn und flucht dabei leise.

„Worauf ich hinauswill, ist, dass Männer nie die Opfer sind. Mädchen wie du hingegen schon.“

Okay. So langsam kapiere ich, worauf er hinauswill.

Kane ist nicht einfach nur wütend, er ist besorgt ...

„Aber ich war kein Opfer. Ich wollte es.“

Seine Nasenflügel blähen sich.

„Das will ich nicht hören! Fuck! Du bist meine Schwester, verdammt! Du solltest solche Dinge nicht wollen. Allein wenn ich mir vorstelle, dass du Sex hast, drehe ich beinahe durch.“

Das bringt mich zum Lachen.

„Dann stell es dir doch einfach nicht vor.“

Griffin, der uns noch immer beobachtet, wirkt amüsiert.

Schön, dass er Spaß hat.

Den Abstand zwischen meinem Bruder überwindend, schlinge ich meine Arme um seine Mitte und lehne mich an ihm an.

„Du bist alles, was ich habe, Kane. Alles. Und ich liebe dich über alles. Aber ich brauche mehr. Ich will einen Mann, der mir gehört und dem ich gehöre. Ich will glücklich sein. Verstehst du?"

Das Knurren, das sich jetzt aus seiner Kehle löst, klingt nicht mehr so wütend wie noch vor wenigen Minuten.

E scheint sich zu beruhigen.

„Das verstehe ich ja. Trotzdem. Mir gefällt das nicht, Sarah."

„Was ein Pech, dass ich darauf keine Rücksicht nehmen kann."

Dazu sagt er nichts. Dafür zieht er mich ganz fest an sich ran und legt sein Kinn auf meinem Scheitel ab.

„Wie auch immer, dieser beschissene Nomad wird dir auf jeden Fall nicht mehr zu nahe kommen. Dafür habe ich gesorgt."

Er hat was?

Kaum dass es die Bedeutung seiner Worte in mein verkatertes Hirn geschafft hat, löse ich mich von ihm.

Mein Blick fällt auf die Kalaschnikow, die noch immer an der Bar lehnt.

Ich kapiere langsam, warum ich heute Morgen alleine aufgewacht bin.

Letzte Nacht ist irgendetwas passiert, Kane hat zu dem Nomad irgendetwas gesagt, was diesen in die Flucht geschlagen hat.

Gott verdammt!

Verdammte Scheiße!

Das darf doch einfach nicht wahr sein.

„Was hast du getan?"

Auf der Stirn meines Bruders bilden sich zwei tiefe Falten.

„Ich habe dich beschützt."

Na klasse!

„Und was ist, wenn ich gar nicht beschützt werden wollte?"

„Dann ist das dein Pech. Du bist die einzige Familie, die ich noch habe, und darum werde ich nicht zulassen, dass dir irgend so ein herumreisender Bastard das Herz bricht."

So edel Kanes Motive auch gewesen sein mögen, der Drang, ihn zu schlagen, wird beinahe übermächtig.

„Und was, wenn ich sein Herz gebrochen hätte. Schon mal daran gedacht, Bruder?"

Kane schüttelt entschieden den Kopf.

„Ich kenne dich, Kleines. Ich kenne dich besser als jeder andere Mensch auf der Welt, und genau deswegen weiß ich, dass es so gekommen wäre, wie ich es gesagt habe."

Wie kann man nur so arrogant sein?

„Na, dann pass mal gut auf und hör genau zu, was ich dir jetzt zu sagen habe: Solltest du dich jemals wieder ungefragt in mein Leben einmischen, wirst du das bitter bereuen. Das verspreche ich dir!"

Anstatt auf seine Antwort zu warten, renne ich regelrecht aus dem Clubhaus. Trotzdem kriege ich sehr wohl noch mit, wie er überrascht die Augen aufreißt.

Ich hoffe, er hat kapiert, dass ich das absolut ernst gemeint habe.

Sollte er es jemals wieder wagen, einen Mann aus meinem Bett zu jagen, werde ich kein Wort mehr mit ihm reden.

Himmel!

Ich habe es so satt, allein zu sein.

Zu Hause angekommen steige ich unter eine heiße Dusche und gehe in den nächsten vier Wochen allem, was auch nur irgendwie mit dem Club zu tun hat, aus dem Weg.

Keine Partys, keine Besuche, nichts.

Kane hat zwar ein paar Mal angerufen, aber ich habe ihn einfach ignoriert. Genau wie Charlotte. Früher hätte ich sie zu mir eingeladen, wir hätten uns irgendeinen doofen Mädchenfilm mit beschissener Handlung aber sexy Schauspielern angeschaut und ich hätte ihr mein Herz ausgeschüttet.

Aber das kann ich jetzt nicht mehr. Nicht, nachdem sie mit dem Präsidenten zusammen ist. *Verdammt!*

Sie zu dem Blind Date mit dem Präsidenten zu überreden, war echt die beschissenste Idee, die ich jemals hatte!

Mit Abstand die beschissenste. Und als ob das alles noch nicht schlimm genug wäre, habe ich mir auch noch irgendeine blöde Grippe eingefangen.

Morgens ist mir kotzübel, ich bin einfach immer müde und ich fühle mich wie von einem Laster überfahren.

6. Kapitel

Der Nomad, der den Wild Bones in Seattle beitreten will ...

Mein Plan war, nach fucking Vancouver zu fahren, die Russen aufzuspüren, mir den Anführer zu schnappen und ihm das Genick zu brechen.

Wobei es auch okay für mich gewesen wäre, ihm eine Kugel zu verpassen oder ihm einfach die Kehle aufzuschlitzen.

In dieser Hinsicht wäre ich wirklich sehr flexibel gewesen, Hauptsache der verdammte Russe, der entschieden hat, den *Wild Bones* keine Waffen mehr zu liefern, wäre am Ende tot gewesen.

Über die kanadische Grenze zu fahren, war einfach, genau wie die Russen aufzuspüren.

Es ist ja nicht so, als würden sich die Wodkasäufer verstecken.

Sie tanzen auf den verdammten Straßen und führen sich auf wie die Könige der Welt.

Aber das sind sie nicht, sie sind nichts als Dreck unter meinen Stiefeln, und wenn ich mit ihnen fertig bin, werden sie das wissen.

Dann werden sie verstanden haben, dass der *Wild Bones Motorcycle Club* das Sagen hat, und dass es ein verdammter Fehler war, sich mit diesem anzulegen.

Hätte ich Verstärkung, würden die Dinge einfacher liegen.

Aber ich habe keine. Ich bin allein und genau darum bin ich jetzt schon seit knapp einem Monat in Vancouver, ohne das Geringste erreicht zu haben.

Anatolij, der Vorgänger von Boris, dem jetzigen Boss der Russen, ist durch die Hand des Clubs gestorben. Genau wie dessen Cousin.

Es herrscht viel böses Blut.

Sobald mich diese Arschlöcher in meiner Kutte sehen, bin ich ein toter Mann.

Kane wusste das, und aus genau diesem Grund hat er mich ja überhaupt erst hierher geschickt.

Er konnte mir, dank meiner Clubzugehörigkeit, nicht einfach so eine Kugel in den Schädel jagen, er konnte mich nicht einfach töten, obwohl er genau das wollte, und darum hat er mich auf diese Selbstmordmission geschickt.

Der Vizepräsident will mich loswerden und seine Schwester in Sicherheit wissen.

Was ein Bullshit!

Als ob ich für Sarah eine Gefahr darstellen würde.

Dank der Situation, in der ich gerade feststecke, und meinem Wunsch, mich den *Wild Bones* in Seattle anzuschließen und sesshaft zu werden, hatte ich im Grunde genommen keine andere Wahl, als nach Kanada zu fahren und dafür zu sorgen, dass sich die Waffenpipeline wieder öffnet.

Hätte ich mich geweigert, wäre ich als Feigling dagestanden. Kane und Griffin hätten nie für meine Aufnahme gestimmt und ich wäre dazu verdammt gewesen, weiterhin als Nomad durchs Land zu streifen, oder mich einem anderen Chapter anzuschließen. Ich will aber kein anderes. Ich wollte schon immer nach Seattle und jetzt, wo ich Sarah begegnet bin, will ich es erst recht.

Kane ist ein Wichser.

Er denkt, dass ich scheitern und draufgehen werde.

Aber. Das. Wird. Nicht. Passieren.

Niemals!

Der Tod und ich sind alte Freunde, es wird der Tag kommen, an dem er mich holen wird, aber der liegt in ferner Zukunft. Die letzten eineinhalb Wochen habe ich damit verbracht, Boris und seine Männer zu beobachten.

Sie sind sich uneinig.

Anatolijs Tod hat die Gruppe gespalten. Soweit ich das bis jetzt herausgefunden habe, gibt es zwei Lager. Die einen sind nur aufs Geld aus, sie sind wütend, dass die Geschäftsbeziehung zu den Rockern abgebrochen ist und ihnen so ein Großteil der Einnahmen fehlt.

Die anderen hassen den Club und sind froh darüber, dass die Zusammenarbeit beendet wurde.

Boris gehört zu der Gruppe, die den MC hassen, was für mich bedeutet, dass er wegmuss.

Solange er der Anführer ist, wird es mir nie gelingen, die Russen dazu zu bringen, uns wieder ihre Waren zu verkaufen.

Mein neuer Plan ist also denkbar simpel. Ich muss Boris genauso wie seine treuen Anhänger beseitigen und hoffen, dass der nächste Russe, der sich den Siegelring an den Finger steckt, clubfreundlicher gesinnt ist. Und falls nicht. Tja! Dann muss er ebenfalls sterben und der nächste wieder und der darauffolgende wieder.

Und das wird so lange gehen, bis entweder ich erwischt werde oder bis endlich ein Russe an der Macht ist, der bereit ist, die Geschäftsbeziehungen zum *Wild Bones Motorcycle Club* wiederzubeleben.

Boris zu töten, ist ein riskantes Spiel, für das ich im schlimmsten Fall mit meinem Leben bezahle.

Doch meine Zukunftspläne sind jedes Risiko wert ...

Ich werde es schaffen. Ich werde Boris beseitigen und dafür sorgen, dass ich mit einer Wagenladung Waffen vor den Toren des Clubs stehe, und dann kann sich Kane ins Knie ficken, dann schnappe ich mir seine Schwester, setze sie auf meinen Schoß und werde meinen Schwanz so tief in ihre enge Möse schieben, dass sie meinen Namen schreit.

Oh holy fuck ja!

Der Sieg wird süß sein.

Sehr süß und ich werde ihn voll und ganz auskosten.

Doch bis ich meinen Triumph mit dem schönsten Mädchen, das mir jemals begegnet ist, feiern kann, muss noch einiges getan werden.

Heute ist Mittwoch und dank meinen Beobachtungen weiß ich, dass Boris in weniger als dreizehn Minuten in seinen Wagen steigen und zu seiner Lieblingsnutte fahren wird.

Natalie ist ein schönes Mädchen, sie ist blutjung und unschuldig und ich hoffe wirklich, dass sie die Nacht überleben wird.

Der Mittwoch scheint der einzige Tag zu sein, an dem Boris ohne seinen Leibwächter unterwegs ist. Zumindest war das die letzten Wochen so, bleibt mir nur zu hoffen, dass es wieder so ablaufen wird. Und wenn ja, dann muss es heute passieren.

Vancouver hängt mir zum Hals raus.

Ich habe schon genug meiner Zeit verschwendet.

Ich will zurück, ganz egal, wie hoch der Preis dafür auch sein wird.

Sollte Natalie, die kleine Nutte, sich einmischen und versuchen, Boris zu retten, wird sie zum Kollateralschaden.

Normalerweise töte ich keine Frauen.

Ich mag ein Killer sein, aber ich bin kein Monster.

Doch dieses Mal steht für mich und für den Club zu viel auf dem Spiel.

Ausnahmen bestätigen die Regeln, doch hoffentlich nicht heute Nacht.

Angespannt beobachte ich, wie Boris in seinen Porsche steigt und losfährt, ich hefte mich an ihn dran, lasse dabei jedoch genug Abstand, um dafür zu sorgen, dass er mich nicht bemerkt. An einer Kreuzung verliere ich ihn aus den Augen, was kein Problem darstellt, immerhin kenne ich sein Ziel.

Der verdammte Russe tickt wie ein beschissenes Uhrwerk.

Er steht jeden Morgen zur selben Uhrzeit auf und er isst jeden Tag um Punkt zwölf im gleichen Restaurant zu Mittag.

Fuck!

Er sitzt dabei sogar immer am selben Tisch.

Dafür, dass er so mächtig ist, führt er ein verflucht langweiliges Leben.

Ein Leben, das ich mit ein bisschen Glück noch heute beenden werde.

Boris parkt direkt vor dem Gebäude, in dem er sein Freudenmädchen untergebracht hat, steigt aus und wirft einen nervösen Blick über seine Schulter direkt in meine Richtung.

Ob er mich bemerkt hat?

Hoffentlich nicht.

So wie ich das sehe, ist er einfach nur ein paranoides Arschloch, das instinktiv spürt, dass ihm jemand auf den Fersen ist.

Sein Pech!

Wenn er Glück hat, läuft es gut für ihn, und er kommt ein letztes Mal zum Schuss, ehe ich den Abzug drücke und ihm die Lichter ausblase.

Tot beim Ficken. Es gibt schlimmere Arten, diese Welt zu verlassen.

Ich warte, bis er das Haus betreten hat, zünde mir eine Kippe an, fülle meine Lunge mit dem warmen Rauch und zähle langsam bis hundert.

Dann schnippe ich den glühenden Stummel auf die Straße, steige von meinem Bike und überquere die Straße.

Das Schloss der Haustüre ist schnell geknackt.

Dank meiner Recherche weiß ich, dass sich Natalies Wohnung im zweiten Stock ganz rechts befindet.

Die ersten Stufen nehmend, ziehe ich vorsichtshalber meine Waffe und lausche in die Stille.

Alles ist ruhig. Alles ist genau, wie es sein sollte.

Die Welt dreht sich einfach weiter und das Universum interessiert sich einen Dreck für das, was ich gleich tun werde.

Vor besagter Wohnungstüre bleibe ich stehen, atme tief ein und warte erneut so lange, bis die Stimmen im Inneren leiser werden.

Erst als ich mir sicher bin, dass Boris voll und ganz auf die Nutte konzentriert ist, knacke ich auch dieses Schloss.

Die Türe springt mit einem leisen Schnappen auf.

Es wird ernst.

Bis jetzt haben die Russen von meiner Anwesenheit keine Notiz genommen.

Sie leben wie die Maden im Speck und sind sich ihrer Sache einfach viel zu sicher.

Sie gehen nicht davon aus, dass die *Wild Bones* noch immer eine Gefahr für sie darstellen.

Sehr nachlässig, wenn man bedenkt, was mit Anatolij und dessen Cousin passiert ist.

Aber egal. Das ist nicht mein Problem.

Das Lachen einer Frau dringt durch die kleinen Räume, ich folge ihm den engen Flur entlang bis zum Schlafzimmer.

Die Türe steht offen und erlaubt mir einen Blick auf einen runden Apfelpo, in dessen prallen Backen ein schwarzer String verschwindet.

Diese Natalie ist schön, aber selbst der Anblick ihres halb nackten Körpers schafft es nicht, ein gewisses Mädchen mit einer Vorliebe für Tequila aus meinem Schädel zu verbannen.

Bloody Hell!

Ich sitze hier irgendwo in fucking Kanada und riskiere Kopf und Kragen für ein Mädchen, das sich, wenn es dumm läuft, nicht mal mehr an mich erinnert.

Und selbst wenn Sarah unsere gemeinsame Nacht nicht vergessen hat, bedeutet das noch lange nicht, dass sie an mich denkt.

Es ist durchaus möglich, dass ich für sie nichts weiter als ein kleiner Spaß war.

Ein Fehler, den sie im Suff begangen hat, und von dem sie nichts weiter wissen will.

Entschlossen verbanne ich die kleine Schwester des Vizepräsidenten aus meinem Hirn, schließe kurz die Augen und lenke meinen Fokus auf das Wesentliche: Einen Mann zu töten und dabei selbst am Leben zu bleiben.

Boris sagt etwas auf Russisch, die Schlampe sinkt brav vor ihm auf die Knie und macht sich daran, seine Hose zu öffnen.

Der Wichser steht mit dem Rücken zu mir, ich warte noch einen kurzen Moment ab, genau so lange, bis die Frau seinen Schwanz herausgeholt und hart gemacht hat.

In genau der Sekunde, in der sie ihn in den Mund nehmen will, trete ich hervor, hebe den Arm und drücke ab. *Peng!*

Die Kugel bohrt sich in seinen Hinterkopf, das Hohlmantelgeschoss leistet gute Arbeit und lässt seinen Schädel wie einen Luftballon platzen.

Knochensplitter, Hirnmasse und Haare fliegen durch die Luft und verteilen sich wie menschliches Konfetti im Raum.

Die Nutte kreischt entsetzt und lässt sich auf den Boden fallen.

Ihr Arsch streckt sich in die Höhe, es wäre so leicht, mich hinter ihr in Position zu bringen und sie zu ficken.

Doch ich will nicht.

Ich will sie nicht.

Ich will Sarah.

Halleluja!

Ich bin so was von erledigt!

Mit einem Fluch stecke ich die Waffe wieder ein, wende mich ab und starre prompt in den tödlichen Lauf einer Kalaschnikow.

Gott verdammte Scheiße!

Es wäre aber auch beinahe zu leicht gewesen.

Der Typ, der mir die AK ins Gesicht hält, grinst breit.

Er scheint über Boris Tod nicht sonderlich traurig zu sein, was mir Hoffnung macht.

„Hallo, Arschloch."

Nett.

Ich gehe nicht auf seine Begrüßung ein.

Ein Abschied wäre mir lieber.

„Was willst du von mir?"

„Antworten."

„Antworten für welche Fragen?"

Seine Mundwinkel zucken, er sieht mich prüfend an, dann nimmt er die AK runter und nickt, fast so, als ob er sich eine Meinung zu mir gebildet hätte.

„Bist du im Auftrag deines Clubs hier, oder war das eine persönliche Angelegenheit?"

„Wieso persönlich?"

„Einen Mann beim Ficken zu töten, ist persönlich."

Damit könnte er recht haben.

„Hier ging es rein ums Geschäft."

Die Antwort scheint ihm zu gefallen.

„Dein Club will Waffen. Richtig?"

„So sieht es aus."

Die Nutte hinter mir jammert und schreit noch immer, das ist nicht gut.

Sie sollte besser still sein.

Für gewöhnlich hinterlasse ich keine Zeugen. Und ich bin mir sicher, dass der Russe mir gegenüber es genauso sieht.

Wäre sie keine Frau, wäre sie längst tot.

„Was seid ihr bereit zu zahlen?"

Dazu hat Griffin mir nichts gesagt. Also entscheide ich selbst.

„Den Marktpreis plus drei Prozent."

Mein Gegenüber denkt nach.

„Was, wenn ich einverstanden bin?"

Dann wäre das fucking perfekt.

Ich sehe demonstrativ auf seinen Finger, an dem kein Siegelring zu sehen ist. Er kapiert sofort, worauf ich hinauswill, lacht laut, sagt etwas in seiner Muttersprache und geht an mir vorbei, zu der hysterischen Nutte und dem kopflosen Boris.

Er packt die heulende Bitch am Kopf und dreht den so weit nach links, bis ihr Genick bricht.

Welch eine Verschwendung ...

So sehr mich der Tod des Mädchens auch stört, ist es nicht meine Aufgabe, sie zu rächen.

Hier geht es ums Geschäft. Und den Russen, der gerade dabei ist, sich selbst zu Boris Nachfolger zu ernennen, Vorwürfe wegen einer toten Nutte zu machen, würde mir nicht dabei helfen, mein Ziel zu erreichen. Also schlucke ich meinen Zorn runter, beobachte den Wichser dabei, wie er den schweren goldenen Ring von Boris lebloser Hand streift, ihn kurz betrachtet und ihn sich selbst anzieht.

Dann kommt der Typ, den ich in den letzten Wochen überhaupt nicht auf dem Schirm hatte, zu mir zurück und streckt mir besagte Hand entgegen.

„Wir haben einen Deal, Rocker."

Ich zögere nicht und schlage ein.

„Fahr zu deinem Präsidenten und sag ihm, er kann mir seine Wunschliste schicken."

Fuck!

Kann es jetzt, nach einem verdammt langen Monat, wirklich so einfach sein?

„Die Krone gehört dir?"

Er versteht die Metapher und sieht mich abschätzend an.

Holy Shit!

Wie gerne würde ich ihm ebenfalls in den Schädel schießen.

Allein schon dafür, dass er die Schlampe getötet hat.

Die Frau war wehrlos, sie hat weder eine Gefahr für ihn noch für unsere wiederbelebte Geschäftsbeziehung dargestellt.

Doch in diesem Fall geht es nicht um meine persönlichen Interessen. Es geht um den Club und darum, dass diese Scheiße meine goldene Eintrittskarte ist.

„Die Krone wird sich meinem Kopf anpassen."

Mehr muss ich nicht wissen. Unfassbar, ich hatte mich darauf eingestellt, mindestens eine Handvoll Russen zu töten.

Und jetzt soll einer reichen?

Von mir aus! Ich werde mich nicht beschweren.

Für mich konnte dieser Tag nicht besser laufen, zumindest dann nicht, wenn es dem Arschloch vor mir gelingt, den Ring an seinem Finger zu behalten.

„Du kannst dich auf Kostja verlassen."

Gott, wie sehr mir Menschen, die von sich in der dritten Person reden, auf den Sack gehen.

Was soll das? Ich meine, wieso?

Egal. Ich verlasse ohne einen Blick zurück das Haus, gehe zu meinem Bike und ziehe dabei mein Handy aus der Tasche. Für einen Moment bin ich versucht, Griffin anzurufen und ihm die frohe Botschaft sofort mitzuteilen.

Doch dann beschließe ich, es nicht zu tun.

Ich freue mich viel zu sehr auf Kanes dummes Gesicht, wenn ich vor den Toren des Clubs stehe und er erkennt, dass sein Plan nicht aufgegangen ist. Dass ich nicht gescheitert bin, sondern dass ich Erfolg hatte, und dass seine süße, kleine Schwester von nun an mir gehört.

7. Kapitel

Das Mädchen, das längst verstanden hat, dass es keine einfache Grippe ist ...

Fassungslos starre ich auf den angepinkelten Schwangerschaftstest und kann nichts gegen die erneute Welle Übelkeit tun, die in mir aufsteigt.

Das kann nicht sein.

Das darf nicht sein.

Es war doch nur ein Mal Sex!

Um mich herum beginnt sich alles zu drehen.

Du hättest einfach nur zuverlässiger die verdammte Pille schlucken müssen.

Die Stimme in meinem Kopf hat recht, aber das ändert jetzt auch nichts mehr an der Tatsache, dass ich von dem Nomad, den mein Bruder mithilfe seiner Kalaschnikow ganz offensichtlich für immer verscheucht hat, schwanger bin.

Du kannst abtreiben.

Ja na klar, ich kann auch zum Mond fliegen ...

Bis zu diesem Moment war mir nicht bewusst, dass mein Unterbewusstsein ein Arschloch ist.

Doch jetzt weiß ich es.

Mag sein, dass dieses Baby nicht geplant war, und dass es zu einem echt beschissenen Zeitpunkt in meinem Leben kommt, aber eine Abtreibung kommt nicht infrage.

Niemals.

Keine Ahnung, weshalb ich so entschieden gegen einen Schwangerschaftsabbruch bin, aber allein bei dem Gedanken daran, dem winzigen Wesen in meinem Bauch zu schaden, stellen sich mir sämtliche Haare auf.

Ich bin erledigt.

Kane wird ausflippen, er wird Amok laufen und irgendetwas zu Kleinholz schlagen.

Ich kenne meinen Bruder.

Vielleicht ist es ganz gut, dass Mason bereits über alle Berge ist und inzwischen achtundzwanzig Tage Vorsprung hat.

Wäre er noch in der Nähe, würde Kane ihn unter Garantie den Schwanz abschneiden.

Himmel!

Vielleicht ist diese Schwangerschaft daran schuld, dass ich den Nomad einfach nicht vergessen konnte?

Ich war in unserer ersten, einzigen und letzten Nacht total betrunken.

Es ergibt also überhaupt keinen Sinn, dass ich ihn vermisse und Tag und Nacht an ihn denken muss. Außer natürlich es liegt an den Hormonen, die diese Schwangerschaft in mir freisetzt. Ist das möglich?

Kann das sein?

Keine Ahnung! Woher soll ich das wissen?

Ich war noch nie schwanger. Aber diese Hormonsache ist auf jeden Fall logischer als die Liebe auf den ersten Blick oder der ganze andere romantische Schwachsinn, mit dem ich mir die vergangenen vier Wochen zu erklären versucht habe, was mit mir los ist.

Hölle!

Ich träume sogar von dem verdammten Nomad und das kann einfach nicht gesund sein.

Frustriert sehe ich meinem Spiegelbild in die Augen und hoffe darauf, dass es zu reden anfängt und mir die Lösung für diesen Schlamassel verrät.

Aber es bleibt stumm. Es ist genauso ratlos wie ich.

Klasse.

Ganz große Klasse!

Mit Tränen in den Augen gehe ich ins Wohnzimmer, schnappe mir, ohne groß darüber nachzudenken, mein Handy und rufe Charlotte an.

Mag sein, dass sie Griffins Old Lady ist, aber sie ist verflucht noch mal auch meine beste Freundin und genau die brauche ich jetzt, ganz egal wie kompliziert unsere Freundschaft in der letzten Zeit auch gewesen sein mag.

Sie geht nicht ran. *Scheiße!* Ich drücke die Wahlwiederholung, lasse es gefühlt eintausend Mal läuten. Doch keine Reaktion.

Ich brauche eine Zigarette!

Aber das geht nicht. Ich bin schwanger.

Zum Glück war mir die letzte Woche so schrecklich schlecht, dass ich kaum geraucht habe.

Das Letzte, was ich will, ist, meinem Baby irgendwie zu schaden.

Oh Hilfe!

Ab jetzt sollte ich weniger Junk Food, sondern mehr Gemüse essen.

Stimmt es, dass gerade die ersten Wochen die wichtigsten für die Entwicklung des Babys sind?

Wenn ja, dann habe ich die ersten vier schon mal voll gegen die Wand gefahren.

Panik steigt in mir auf?

Was, wenn ich schon am Anfang alles falsch gemacht habe?

Stopp! Stopp! Stopp!

Durchdrehen ist keine Option.

Tief durchatmend schnappe ich mir meine Handtasche und meine Autoschlüssel und mache mich auf den Weg zu den *Wild Bones*.

So ungern ich meinen Bruder auch sehen will – wenn ich Charly nicht erreiche, muss ich sie eben suchen. Außerdem kann ich dem verdammten Club nicht ewig aus dem Weg gehen.

Dafür sind mir die Rocker einfach zu wichtig.

Schniefend wische ich mir die Tränen aus den Augen, laufe in die Tiefgarage, steige in meinen Ford und fahre los.

Ich habe die letzten vier Wochen nichts anderes gemacht, als mich selbst zu bemitleiden und die Männerwelt zu verfluchen. Es wird höchste Zeit, die Dinge endlich wieder in die Hand zu nehmen. Ich brauche meine beste Freundin und ich brauche jede Menge Obst und Gemüse. Mag sein, dass dieses Kind nicht geplant war und dass sich der Vater längst aus dem Staub gemacht hat, aber das ändert nichts daran, dass ich die beste Mutter aller Zeiten werde.

Kanes und meine leiblichen Eltern waren beschissen, genau wie die vielen Pflegefamilien, in denen wir untergebracht wurden.

Ich werde es besser machen. Meinem Baby wird es an nichts fehlen. Es wird glücklich sein – das schwöre ich euch bei allem, was mir heilig ist.

Zwanzig Minuten später komme ich endlich am Clubhaus an. Noch bevor ich aus dem Wagen steige, lasse ich meinen Blick über die ordentlich in Reih und Glied geparkten Motorräder schweifen und stelle erleichtert fest, dass weder Griffin noch mein Bruder da ist. Sehr gut.

Nur weil ich bereit bin, mit Charly darüber zu reden, bedeutet das noch lange nicht, dass ich schon genug Mut habe, um meinem Bruder mitzuteilen, dass er Onkel wird.

Schon gar nicht solange immer noch die Gefahr besteht, dass er loszieht, um den Nomad zu töten. Was mich zu einem weiteren wichtigen Punkt bringt.

Wenn Kane weiß, wo Mason sich aufhält, muss er mir die Adresse geben.

Wie ich ihn dazu bringe, weiß ich allerdings noch nicht.

Mag sein, dass wir nur eine gemeinsame Nacht hatten, und es mag auch sein, dass mich der Nomad längst vergessen hat. Aber ich finde, er muss wissen, was los ist.

Wie er sich verhält und was dann passiert, kann ich nicht beeinflussen. Doch daran, dass er es erfahren muss, besteht für mich kein Zweifel.

Ich muss es zumindest versuchen, für mich und für mein Baby.

Damit zumindest eine winzig kleine Chance besteht, dass es mit seinem Vater aufwachsen kann.

Noch immer mehr als durcheinander steige ich aus und mache mich auf die Suche nach Charly. Es ist schönstes Wetter, die Sonne lacht und das bunte Laub des Herbstes raschelt leise im Wind.

Eigentlich könnte alles perfekt sein ... *Eigentlich* ...

Da ich sie weder auf dem Hof noch im großen Hauptraum des Clubs entdecken kann, mache ich mich auf den Weg zu Griffins Wohnung, die sich im Erdgeschoss, hinter den Büros und Lagerräumen befindet.

Unsicher hebe ich die Hand, klopfe gegen die Türe und bin mir nicht sicher, ob ich will, dass sie da ist.

Sie ist da. Die Türe öffnet sich und dann stehen wir uns gegenüber. Früher waren wir uns so nah, dass kein Blatt Papier zwischen uns gepasst hätte, doch jetzt fühlt es sich so an, als würde sich ein ganzer Wald zwischen uns befinden.

Trotzdem muss sie nur einen Blick auf mich werfen, um zu wissen, dass etwas nicht stimmt.

Sorge zeichnet ihre feinen Gesichtszüge.

Mit ihren langen, hellbraunen Locken und den großen blauen Augen, ist sie eine echte Schönheit. Kein Wunder, dass Griffin sich sofort in sie verliebt hat.

„Was ist los, Sarah?"

Mir kommen erneut die Tränen.

„Können wir reden?"

Sie nickt, tritt beiseite und gibt mir so zu verstehen, dass ich reinkommen soll.

Wir setzen uns ins Wohnzimmer und ich muss fast lachen, als ich die bunten, mit Blumen bestickten Kissen auf der schwarzen Ledercouch des Präsidenten entdecke.

Charlys Einfluss ist unübersehbar. An den Fenstern hängen beige Vorhänge, es gibt einen farblich dazu passenden Teppich, genau wie gesund aussehende Topfpflanzen und Duftkerzen.

„Sag nichts. Bei den Kissen ist Griffin beinahe ausgeflippt."

Jetzt muss ich wirklich lachen.

„Oh ja, das kann ich mir vorstellen. Wie hast du ihn dazu gebracht, sie nicht sofort zu erschießen?"

„Kissen kann man nicht erschießen."

„Oh doch. Griffin schon."

Sie lehnt sich schmunzelnd zu mir rüber.

„Ich hab ihm einfach einen geblasen. Griffin mag ein großer, böser Biker sein, aber im Grunde genommen ist er leicht zu beeinflussen."

Sie zwinkert mir verschwörerisch zu und nach all der Zeit fühlt es sich zwischen uns beiden endlich wieder so an wie früher. Vor dem Blind Date und bevor sie sich den Mann geschnappt hat, den ich für eine so lange Zeit für mich wollte.

Doch dann wird ihr klar, was sie gesagt hat, und sie macht ein trauriges Gesicht.

„Es tut mir leid. Ehrlich Sarah, ich sollte so etwas nicht zu dir sagen, nicht, wo du doch in Griffin verknallt warst."

Und zack ... Da ist er wieder, der ganze verdammte Wald, der uns trennt und der mir das Gefühl gibt, meine beste Freundin verloren zu haben.

„Früher konnten wir über alles reden. Ach Quatsch! Früher **haben** wir über alles geredet und ich will, dass es wieder so wird. Ich vermisse dich, Charly."

Sie schnieft und schnappt sich meine Hand.

„Ich dich auch, Süße."

Erleichterung strömt durch meine Adern.

„Können wir dann bitte wieder wie früher sein? Dieses ganze Griffinding macht mich noch fertig."

An der Art, wie sie unsicher auf ihrer Unterlippe herumkaut, kann ich erkennen, dass sie sich nicht sicher ist, ob das eine gute Idee ist.

„Ich will nichts mehr von Griffin. Das schwöre ich dir."

„Wegen des Nomads?"

Ja. Wegen des Nomads, den ich erst erfunden habe, und der dann plötzlich wie durch ein Wunder wahr geworden ist, nur um mich in einer von Tequila durchtränkten Nacht zu schwängern.

Heilige Scheiße!

Ich habe es echt voll versaut!

„Sicher?"

Sie scheint noch immer nicht überzeugt zu sein, also lasse ich einfach die Bombe, wegen der ich hergekommen bin, platzen.

„Ich bin schwanger."

Charlotte reißt entsetzt die Augen auf.

„Schwanger wie Baby?"

Sehr witzig.

„Schwanger wie: *Ich habe meine Pille nicht richtig genommen und hatte Sex*."

Ihr gezischtes „Ach du Scheiße!" passt gut zu dem, was mir durch den Kopf geht.

„Und wer ist der Vater?"

„Na, der Nomad."

Plötzlich verliert ihr Gesicht die Farbe.
„Du meinst den Nomad, den dein Bruder nach Vancouver geschickt hat, um die Sache mit den Russen im Alleingang zu klären?"
Er hat was?
Kane hat waaassssss?
Das kann nicht sein. Nie.
Ich glaube, ich muss Charlotte falsch verstanden haben.
Denn das würde mein Bruder nie tun.
Aye, er kann ein echtes Arschloch sein, aber das ist zu heftig. Besonders weil der Nomad ein *Wild Bone* ist und Kane nie einen Clubbruder in den sicheren Tod schicken würde.
Nie. Selbst dann nicht, wenn er Sex mit mir hatte.
Mir wird schlecht.
„Bitte sag mir, dass ich dich falsch verstanden habe."
„Hast du nicht."
Sie wirkt blass und schuldbewusst.
„Woher weißt du das eigentlich? So etwas ist eine Clubangelegenheit, die geht dich gar nichts an."
Mist! Das klang jetzt heftiger als beabsichtigt.
Es ist nur so ungewohnt, dass meine Freundin, die nie, niiieee etwas mit dem *Wild Bones Motorcycle Club* zu tun haben wollte, plötzlich besser über interne Dinge Bescheid weiß als ich.
„Sorry, das sollte nicht so harsch klingen."
„Schon gut. Ich verstehe, dass du aufgebracht bist."
Aufgebracht ist die Untertreibung des Jahres. Die Russen sind brutale Bastarde und seit Griffin zwei von ihnen kaltgemacht hat, ist die Lage mehr als nur angespannt.
„Also, woher weißt du das alles?"
„Griffin."
Mir fallen fast die Augen aus dem Kopf.
„Der Präsident erzählt dir Clubangelegenheiten?"
Sie nickt und ich habe keine Ahnung, was ich davon halten soll.
„Mir scheint es fast so, als ob du den Präsidenten um deinen Finger gewickelt hast."
Charlotte zwinkert mir zu.
„Habe ich. Oder besser gesagt haben er und ich eine Vereinbarung. Du kennst mich, Sarah. Ich komme mit vielen Dingen klar, aber Unwissenheit gehört nicht dazu. Wenn ich nicht weiß, was los ist, mache ich mir Tausende Gedanken und komme dabei fast um vor Sorge. Also haben wir vereinbart, dass er schonungslos ehrlich zu mir ist. Wenn ich

ihn etwas frage – und das überlege ich mir vorher ganz genau – antwortet er mir."

Sie erzählt das so, als wäre es das Selbstverständlichste auf der Welt.

Was es aber nicht ist.

Ehrlich nicht.

Es ist noch gar nicht so lange her, da hat der Präsident einen *Wild Bone* in die Notaufnahme geprügelt, weil er zu viel geredet hat. Und jetzt das?

Halleluja!

Das sagt viel darüber aus, wie nah sich meine Freundin und der Präsident stehen.

„Egal, lenk nicht ab. Zurück zum Thema. Seit wann weißt du, dass du schwanger bist?"

„Seit gefühlt zehn Minuten. Ich habe den Test gemacht, das Ergebnis gesehen und bin sofort zu dir gefahren. Ohne dich stehe ich das nicht durch."

Sie lächelt mich an.

„Freut mich zu hören."

Es freut mich, dass ich hier bin. Bei ihr.

Für eine Weile war ich mir nicht sicher, ob unsere Freundschaft eine Chance hat.

Aber jetzt weiß ich, dass wir wieder zueinanderfinden werden.

„Was hast du jetzt vor?"

„Ich werde Mason finden und ihm sagen, dass ich schwanger bin."

„Du willst es also behalten?"

Ihre Frage überrascht mich.

„Ja, natürlich. Und du wirst die Taufpatin. Verstanden?"

Sie nickt.

„Etwas anderes hätte ich eh nie zugelassen."

„Hast du eine Ahnung, wie ich Mason erreichen kann?"

Charlotte schüttelt den Kopf.

„Nein. Rede mit deinem Bruder."

Keine gute Idee.

„Du meinst den, den ich am liebsten umbringen würde."

„Ich meine den einzigen, den du hast."

Wie nett, dass sie mich daran erinnert.

„Sobald er erfährt, dass ich schwanger bin, wird er ausflippen und Amok laufen."

Kaum dass meine Stimme verhallt ist, tönt ein dunkles, ziemlich wütend klingendes „Allerdings!" durch den Raum.

Scheiße!

Ich wirble entsetzt herum und sehe nicht nur Kane, sondern auch Griffin im Türrahmen stehen. Während der Präsident eher überrascht wirkt, sieht mein Bruder aus, als würde er gleich in die Luft gehen.

Gott verdammt!

Unsicher springe ich von der Couch, sein Blick gleitet an mir herab. Ich bemerke erst jetzt, dass ich meine Hände instinktiv in einer schützenden Geste auf meinen Bauch gelegt habe.

Egal wie chaotisch mein Leben auch sein mag, meine Mutterinstinkte funktionieren, was mich irgendwie beruhigt.

„Wer ist der Vater?"

Seine donnernde Stimme lässt mich zusammenzucken. Griffin erkennt, dass sein Vize kurz davor ist durchzudrehen und packt Kane sicherheitshalber am Arm.

Zum ersten Mal in meinem Leben habe ich wirklich Angst vor Kane.

„Du willst wissen, wer der Vater ist? Ja? Bitte ... Du hast ihn zu den Russen geschickt, du blöder Wichser."

Die Augen des Präsidenten flackern zu Charlotte.

Ups! Das hätte sie mir wohl nicht verraten sollen.

Egal. Darauf kann ich jetzt keine Rücksicht nehmen.

„Du hast dir von diesem Nomad ein Kind andrehen lassen?"

„Habe ich. Und es geht dich verdammt noch mal nichts an."

Das scheint Kane anders zu sehen. Er reißt sich von Griffin los und marschiert auf mich zu. Ich warte gar nicht erst, bis er bei mir ankommt, sondern trete die Flucht an. Renne in den Flur und raus aus der Wohnung. Mein Bruder folgt mir, doch der Präsident stellt sich ihm in den Weg und verschafft mir so einen Vorsprung.

Danke Griffin!

Ich weiß nicht, ob Kane mir echt was tun würde, oder ob er mich einfach nur aus nächster Nähe anschreien will.

Doch mir fehlt der Mut, um es herauszufinden.

Draußen im Hof angekommen laufe ich so schnell ich kann zu meinem Wagen, nur um festzustellen, dass ich die Schlüssel, genau wie meine Handtasche, drinnen auf der schwarzen Couch mit den bunten Kissen vergessen habe.

Scheiße! Scheiße! Scheiße!

Kann in meinem Leben nicht einmal was so laufen, wie ich mir das wünsche?

Nur ein verfluchtes Mal?

Anscheinend nicht. Denn noch bevor mir eine Notfallstrategie eingefallen ist, steht Kane auch schon groß und vor Zorn zitternd vor mir.

Am Tor werden Motorengeräusche laut, doch mein Bruder füllt mein Sichtfeld komplett aus, sodass ich nicht sehen kann, wer kommt oder geht. Es spielt auch keine Rolle, denn ich habe gerade ganz andere Probleme als meine Neugierde.

„Wie konntest du nur so dumm sein, Sarah?"

Darauf fällt mir keine passende Antwort ein.

Irgendwie war ich naiv genug, zu hoffen, dass mein Bruder anders reagiert und mir seine Unterstützung zusichert, anstatt mir Vorwürfe zu machen und mich anzuschreien.

„Dieses Baby war nicht geplant. Okay? Es ist einfach passiert. So was kommt vor, wenn man Sex hat."

Seine Mimik verdüstert sich.

„Eben. Und darum solltest du keinen haben."

Ja natürlich.

„Ach und das sagst ausgerechnet du? Wo du doch jedes Wochenende unzählige der Clubbitches fickst? Dass ich nicht lache."

In Wirklichkeit ist mir jedoch einfach nur zum Heulen zu Mute.

Kane rauft sich die Haare, wobei sich sein Zopf löst, sodass sie ihm wild auf die breiten Schultern fallen.

Das Motorengeräusch wird lauter. Was bedeutet, dass jemand gekommen und nicht gefahren ist.

„Du weißt, wer wir sind. Du und ich, wir sind völlig kaputt. Wir hatten nie eine richtige Familie. Woher sollen wir wissen, wie so etwas funktioniert?"

Blöde Frage.

„Zumindest weiß ich schon mal, was ich nicht falsch machen werde. Nämlich mein Baby im Stich lassen!"

Seine Nasenflügel blähen sich. Das Brummen des Motorrads verstummt. Eine unglaubliche Stille legt sich über den Hof.

„Bist du dir sicher, dass dieses Kind von dem Nomad ist?"

Obwohl er versucht, seine Stimme ruhig zu halten, spricht er vor Wut so laut, dass ihn einfach jeder im Umkreis von einer halben Meile hören kann.

Prima!

Ich habe also jede Menge Zeugen für meine Schmach.

„Ja, weil ich seit einer Ewigkeit mit niemandem sonst Sex hatte!"

„Du kennst diesen Wichser doch gar nicht."

Na und?

„Aber ich dachte, dass ich dich kenne, ich dachte, dass ich mich auf dich verlassen kann, Bruder. Doch damit habe ich mich anscheinend getäuscht! Dieses Kind war nicht geplant, es ist einfach passiert und mir ist selber klar, dass das nicht der perfekte Zeitpunkt ist. Aber ich werde es behalten und eine gute Mutter sein, und wenn du dich weiter wie ein Arschloch aufführst, wirst du keinen Platz im Leben dieses Babys haben. Verstanden?"

Seine so vertrauten Augen werden schwarz wie die Nacht und seine Körperhaltung ist mehr als bedrohlich.

„Soll das eine Drohung sein, Sarah?"

„Nein, eine Tatsache!"

„Das wirst du noch bitter bereuen ..."

Bevor er weiterreden kann, ertönt das vertraute Klicken, das entsteht, wenn eine Waffe entsichert wird.

„Der Einzige, der etwas bereuen wird, bist du, wenn du nicht sofort von meinem Mädchen weggehst, Kane!"

Wämmmmm! Mason ...

Die Stimme erkenne ich sofort, sie hat mich bis in meine Träume verfolgt und sich für immer in mein Hirn gebrannt.

Kane reißt die Augen auf, er ist mindestens so überrascht wie ich.

Anstatt auf den Nomad zu hören, bleibt mein Bruder einfach stehen. Eine Sekunde später taucht Mason hinter ihm auf und mein Bruder hat dessen Waffe direkt am Kopf.

„Zwing mich nicht, abzudrücken."

Kane sieht mich an, dann beißt er die Zähne so fest zusammen, bis sogar ich seinen Kiefer knacken höre, und tut wie ihm befohlen.

Mason drängt ihn beiseite, sieht mich besorgt an, packt mich und zieht mich an seinen starken Körper.

Dann nimmt er seine Heckler & Koch wieder runter und lässt sie unter seiner Kutte verschwinden.

„Dafür werde ich dich töten."

Mein Bruder klingt entschlossen, was Mason jedoch wenig beeindruckt.

Was bedeutet, dass er entweder lebensmüde, verrückt oder einfach nur fest entschlossen ist. Ich hoffe auf Letzteres. Die ersten beiden Punkte wären nicht so gut.

„Nein, wirst du nicht! Du hast mich nach fucking Vancouver geschickt, um die Scheiße mit den Russen zu klären, und genau das habe ich getan. Boris ist tot. Und sein Nachfolger wird die Lieferungen wieder aufnehmen. Dafür wirst du mit Ja stimmen, wenn es um meinen Wechsel in dieses Chapter geht, und du wirst meine zukünftige Old Lady in Ruhe lassen. Solltest du ihr jemals wieder zu nahe kommen, oder sie und mein ungeborenes Kind bedrohen, bist du ein toter Mann!"

Oh Hilfe!

Ich glaube, dieser Mann ist verrückt, lebensmüde und wild entschlossen.

Er ist alles auf einmal und ich weiß wirklich nicht, ob das gut ist!

Kane, der Mason bis eben noch hasserfüllt angeschaut hat, spuckt neben seinen Stiefeln auf den Boden, schüttelt ungläubig den Kopf und stößt dann ein lautes Zischen aus.

„Respekt, Bro. Respekt! Du hast echt Eier, das muss ich dir lassen."

Der Hass, den ich bis eben noch in seinen Augen erkennen konnte, löst sich nach und nach auf.

„Vielleicht habe ich dich unterschätzt. Vielleicht bist du doch in der Lage, auf meine Schwester aufzupassen."

Wie bitte?

Sind jetzt einfach alle verrückt geworden?

Der Drang, Kane meinen Mittelfinger ins Gesicht zu strecken, wird beinahe übermächtig und gerade als ich ihm nachgeben will, dreht sich mein Bruder einfach um und marschiert davon. *Halleluja!*

Ich sehe ihm nach, bis er im Clubhaus verschwindet, dann wende ich mich Mason zu, dem Nomad, der in nur einer Nacht mein ganzes Leben auf den Kopf gestellt hat.

Scheiße! Scheiße! Scheiße!

Warum muss er nur so verdammt attraktiv sein?

„Du bist also schwanger?"

Ich nicke. Zum Sprechen bin ich gerade nicht in der Lage.

„Und du bist dir sicher, dass es von mir ist?"

Ich nicke wieder.

Mason flucht, schüttelt den Kopf und sieht mich dabei unverwandt an.

„Gut. Dann ist es entschieden."

Was? Mehr als nur ein bisschen verwirrt kneife ich die Augen zusammen.

„Was ist entschieden?"

„Dass du mir gehören wirst!"

Gott verdammt!

Wenn mein Leben weiter solche Wendungen nimmt, kriege ich noch ein Schleudertrauma oder so was ...

„Und was ich davon halte, willst du nicht wissen?"

Anstatt sofort zu antworten, bückt er sich, zieht einen Arm an meinen Kniekehlen entlang und hebt mich mühelos hoch. Jetzt liege ich strampelnd in seinen Armen und bestehe darauf, sofort runtergelassen zu werden.

Anstatt auf mich zu hören, drückt mich der Nomad nur noch fester an seinen massiven Brustkorb, sodass ich mich kaum noch bewegen kann.

Dann schleppt er mich wie ein Jäger seine Beute an einer breit grinsenden Charlotte vorbei ins Clubhaus und hoch in das Zimmer, in dem wir eine Nacht verbracht und unser Kind gezeugt haben.

Als mir klar wird, dass ich eh keine Chance gegen ihn habe, gebe ich einfach auf, lege meinen Kopf an seine Schulter und lasse zu, dass er die Kontrolle übernimmt.

Ganz ehrlich?

Ich hatte keine Ahnung, wie er reagieren wird, wenn er erfährt, dass er Vater wird.

Es war alles möglich. Absolut alles.

Ich meine, er ist ein Nomad. Und die sind bekannt dafür, härter, wilder und unberechenbarer zu sein als alle anderen Rocker.

Dass er mich jetzt lautstark vor allen für sich beansprucht und sich meinem Bruder gegenüber behauptet hat, beeindruckt mich. Genau wie die Tatsache, dass er kein Problem damit hatte, einen Vizepräsidenten der *Wild Bones* mit der Waffe zu bedrohen, nur um mich zu beschützen.

Jetzt mal unter uns ...

Wie seht ihr das?

Ich finde, es hätte durchaus schlimmer kommen können.

8. Kapitel

Der Nomad, der den Wild Bones in Seattle beitreten will ...

Schwanger!

Sarah ist schwanger! Von mir!

Sie trägt mein Baby in sich! Meins!

Meins. Meins. Meins.

Das ist alles, woran ich denken kann. Dass ich die Frau will, stand für mich seit unserer ersten und einzigen Nacht fest. Und der Entschluss, sie für mich zu beanspruchen, ist während der Zeit in Vancouver nicht ins Wanken geraten, sondern nur noch stärker geworden. *Bloody Hell!*

Ich konnte an nichts anderes als an diese Frau denken.

Und jetzt?

Kaum dass ich zurück bin, erfahre ich, dass sie von mir schwanger ist.

Das ist heftig.

So heftig, dass ich es kaum glauben kann.

Aye, ich wollte der Straße den Rücken zu kehren und sesshaft werden. Es war mein Plan, nach Seattle zu kommen, hier aufgenommen zu werden und mir ein schönes Mädchen zu suchen, das ich behalten und lieben kann.

Ein Kind stand nicht auf meinem Plan.

Aber jetzt, wo es so ist, soll mich das nicht schocken.

Wenn ich eine Sache in all den Jahren als Nomad gelernt habe, dann, dass das Leben immer wieder Überraschungen für uns bereithält.

Manche sind gut und andere können den Tod bedeuten.

Dass Sarah schwanger ist, gehört definitiv zu den guten Überraschungen.

Es geht alles verdammt schnell. Aber damit komme ich klar.

Das ist besser, wie wenn gar nichts vorwärtsgeht und ich ewig auf der Stelle treten würde.

Meine Instinkte haben mich noch nie betrogen, sie waren das Einzige, worauf ich mich schon immer verlassen konnte.

Und genau diese Instinkte brüllen mir zu, dass dieses wunderschöne Mädchen, das wie eine Puppe in meinen Armen liegt, mir gehört.

Für immer.

Oben in dem Gästezimmer angekommen, setze ich sie auf das Bett, das während meiner Abwesenheit frisch bezogen wurde, umfasse sanft ihr wunderschönes Gesicht und sehe ihr tief in die Augen.

„Ich habe an jedem verdammten Tag an dich gedacht."

Und das ist die Wahrheit.

„Ich konnte dich auch nicht vergessen.“

Das ist ebenfalls die Wahrheit.

In ihren novembergrauen Augen erkenne ich nichts als Aufrichtigkeit.

„Dann lass es uns versuchen. Zusammen. Für dich. Für mich. Für unser Baby.“

Noch nie zuvor war mir etwas so ernst wie das.

Um ihr zu zeigen, dass ich keine Zweifel hege und dass ich es wirklich will, lege ich meine Hand auf ihren noch flachen Bauch und stelle so den ersten Kontakt zu meinem Kind her.

Anstatt mich abzuwehren, bedeckt sie die meine mit der ihren und hält mich so fest.

Ich fange ihren Blick ein, fordere ihre Lippen für mich und beanspruche jeden ihrer Atemzüge.

Ihr Mund ist warm und weich wie Seide und schmeckt nach dem gottverdammten Paradies. Ich hatte keine Ahnung, was mich nach meiner Rückkehr in Seattle erwarten würde, aber bei allen *Wild Bones*, damit – mit diesem Wunder – hatte ich garantiert nicht gerechnet ...

9. Kapitel – etwas später

Das Mädchen, das endlich den Rocker kriegt, den es verdient hat!

Warme Hände streichen über meine Haut, liebkosen meine Brüste und bedecken besitzergreifend meinen runden Bauch.

Seit Mason aus Vancouver zurückgekommen ist, sind drei Monate vergangen. Drei Monate, die zu den schönsten meines Lebens gehören.

Seit ich denken kann, habe ich mir gewünscht, glücklich zu sein, einen Mann zu finden, der mich liebt und den ich liebe, und einfach ein schönes Leben zu führen.

Schon verrückt, dass viel zu viel Tequila, eine Verwechslung und ein Nomad dazu nötig waren, um mir meinen Wunsch zu erfüllen. Das Leben nimmt manchmal seltsame Wendungen und auch wenn wir sie am Anfang nicht verstehen, hilft es, darauf zu vertrauen, dass am Ende alles gut werden wird.

Und genau das tue ich ...

Ich vertraue Mason und dem Schicksal. Ich vertraue darauf, dass unsere Geschichte ein verdammt süßes Happy End bekommen wird. Ein Happy End mit zehn winzigen Fingern und zehn winzigen Zehen, ein Happy End, das uns schlaflose Nächte und ein erfülltes Leben schenken wird.

Gott! Ich bin so verliebt, so unfassbar sehr, dass es mir beinahe Angst macht.

Vor einer gefühlten Ewigkeit, die in Wirklichkeit noch gar nicht so lange her ist, war ich der festen Überzeugung, dass ich den Präsidenten liebe und ich konnte nicht verstehen, warum das Schicksal ihn mir nicht einfach mit einer großen, roten Schleife verpackt ins Bett legt.

Erst dank des Nomads, der längst keiner mehr ist, erkenne ich, dass das Schicksal recht behalten hat und dass ich falschlag.

Griffin ist für Charlotte vorbestimmt gewesen und Mason für mich.

Selbst Kane hat endlich verstanden, dass Mason der Richtige für mich ist.

Mein Bruder hat sich bei mir dafür entschuldigt, dass er so ausgeflippt ist, doch ich konnte ihm noch nicht verzeihen.

Bis zwischen uns wieder alles so wie früher ist, wird es noch etwas Zeit brauchen.

Aber wisst ihr was? Das ist okay.

Denn wir haben alle Zeit der Welt und genau die müssen wir genießen, wir müssen sie mit den Menschen verbringen, die uns glücklich machen und die wir lieben.

Alles andere ist nebensächlich.

Masons Lippen bedecken die meinen, er schenkt mir einen allumfassenden Kuss, der mir den Atem raubt und streicht dann mit seinem Mund zu meinem Ohr.

„Ich liebe dich, Honey. Und ich liebe unseren Sohn."

Mir geht das Herz auf.

Diese Schwangerschaft mag vielleicht nicht geplant gewesen sein, aber sie ist das Beste, was mir je passiert ist.

„Und was, wenn es eine Tochter wird?"

Mason schüttelt brummend den Kopf.

„Nein, es ist ein Junge, das kann ich spüren."

Wie um seine Worte zu verdeutlichen, drückt er seine großen Hände fester auf meinen Bauch. Wenn er nur wüsste, wie recht er mit seiner Vermutung hat.

Im Gegensatz zu mir wollte er sich überraschen lassen.

Ich hingegen musste einfach wissen, was wir bekommen, und habe bei der letzten Untersuchung meinen Arzt gefragt.

Und es ist ein Junge ... Ein wunderschöner, perfekt entwickelter, kerngesunder kleiner Junge, der unser Glück vollkommen machen wird.

„Und was ist, wenn es doch eine Tochter ist?"

Himmel!

Ich kann es einfach nicht lassen, meinen Mann zu ärgern.

„Dann werde ich sie mindestens so sehr lieben wie dich und dir schon nächstes Jahr erneut einen dicken Bauch verpassen."

Wow!

Noch ein Kind?

„Reicht dir ein Baby denn nicht?"

„Oh doch ..." Seine Zähne finden mein Ohrläppchen, er knabbert leicht daran und bringt mich zum Erschaudern.

„Aber wenn wir eine Tochter bekommen, und sie so schön, wild und unberechenbar wird wie ihre Mutter, brauche ich dringend einen Sohn zur Unterstützung."

Noch während er spricht, bewegt er seine Hüften und dringt kraftvoll, jedoch kontrolliert in mich ein, er füllt mich aus und lässt mich spüren, wie sehr ich die Seine bin.

Sein harter Schwanz dehnt mich, ich schnappe nach Luft und kralle mich an seiner Kutte fest, die ihn als Member der Seattle *Wild Bones* auszeichnet.

Ich bin *Schwanger von einem Rocker*, und was das bedeutet, hätte ich mir niemals vorstellen können ...

Denn verdammt noch mal, es bedeutet pures Glück!

Verrückt nach einem Rocker

Prolog

Das Mädchen, das von einem Rocker vernascht wird ....

Der Geruch von Leder und Mann umgibt mich und macht mich ganz trunken vor Lust.

Raue Fingerspitzen streichen über mein Schlüsselbein, während sich scharfe Zähne in meiner Unterlippe vergraben.

Mir ist heiß, es ist eng und dunkel.

Verdammt!

Ich hatte nicht geplant, mit einem Rocker in einem Schnapslager Sex zu haben - es ist einfach passiert.

Wenn ich die letzten Stunden so Revue passieren lasse, kann ich nicht genau sagen, wann die Ereignisse des Abends außer Kontrolle geraten sind.

Zuerst war alles ganz harmlos, zumindest so harmlos wie ein Junggesellinnenabschied nun mal sein kann.

Als wir im *Danger Zone* angekommen sind, haben wir mit Wein begonnen und sind dann ziemlich schnell auf farbenfrohe Cocktails, die mit süßen kleinen Schirmchen dekoriert waren, umgestiegen. Dass der Barmann sexy und die Braut in ihrer letzten Nacht in Freiheit zum Flirten aufgelegt ist, kam erschwerend hinzu.

Aber na ja ...

Sechs angetrunkene Frauen in Partystimmung und ein legendärer Nachtclub, der den *Wild Bones* gehört, ergeben eben eine explosive Kombination.

Der *Wild Bones Motorcycle Club* ist so ziemlich jedem Menschen im Umkreis von 1000 Meilen ein Begriff. Diese Rocker leben nicht nur hier in Seattle, oh nein, sie kontrollieren die Stadt. Wie genau sie an die Macht gekommen sind, weiß ich nicht und es ist mir auch ziemlich egal. Aber ich schätze, dass sie nicht einfach *bitte, bitte* gesagt haben, sondern dass sie den Bürgermeister und den Polizeichef mit irgendetwas erpressen oder besonders Letzteren ganz einfach auf irgendeine Art und Weise bedrohen.

Wie auch immer ...

Da ich weder die Bürgermeisterin noch die Polizeichefin von Seattle bin, geht mir das ziemlich am Arsch vorbei.

Was mich viel mehr interessiert, ist, wie es passieren konnte, dass ich jetzt, halb nackt mit einem dieser kuttentragenden Rocker in diesem Lager gelandet bin?

Die Frage huscht nur so lange in meinem Kopf herum, bis besagter *Wild Bone* meinen Rock nach oben schiebt, meinen Slip zerfetzt, geschickt meine Schamlippen teilt und mit zwei seiner langen Finger tief in mich eindringt.

Mein Stöhnen wird von seinem zufriedenen Knurren übertönt.

„Fuck, Sweetheart, du bist nass und eng. Deine Möse kann es kaum erwarten, von mir gefickt zu werden."

Meinem von Alkohol, Lust und Endorphinen durchtränkten Gehirn ist durchaus aufgefallen, dass das nicht sonderlich romantisch war ...

Aber hey, schon okay.

Ich stehe schließlich nicht mit dem Vizepräsidenten des *Wild Bones Motorcycle Clubs* in dem verdammten Schnapslager, weil ich auf schöne Worte und Rosen aus bin, sondern weil ich Sex will.

Guten, harten Sex ohne irgendwelchen Schnickschnack, ohne falsche Versprechungen, dumme Hoffnungen oder vorgespielte Gefühle.

Hier geht es nur darum, dass dieser Biker groß, stark und muskulös genug ist, mich zu packen, an die Wand zu pinnen und so hart zu bumsen, dass ich meinen eigenen Namen vergesse. Dass ich den seinen nicht kenne, stört mich wenig. Hauptsache, er hat einen dicken, langen Schwanz und genug Kenntnisse über die weibliche Anatomie, dass er den G-Punkt nicht nur für eine unnütze Erfindung der Sex-Toy-Industrie hält, sondern durchaus in der Lage ist, diesen zu finden.

„Fick mich, Rocker!"

Sein kraftvolles Lachen hallt in dem beengten Raum, dessen Wände mit Regalen vollgestellt sind, wider.

Die Holzbretter biegen sich dank der unzähligen Spirituosenflaschen. Whisky, Wodka, Wein und jede Menge anderer Alkohol wartet hier nur darauf, endlich getrunken zu werden.

Der einzige freie Platz ist der zwischen Wand und Tür, und genau an das Stück Mauer hat mich der Vizepräsident mit dem Rücken festgenagelt.

„So schön und so ungeduldig."

Das Kreischen und Lachen meiner Freundinnen dringt zu uns herein und bringt mich zum Schmunzeln - Melanies Junggesellinnenabschied ist definitiv ein kleines bisschen außer Kontrolle geraten. Aber das ist okay, genau genommen muss es sogar so sein. Immerhin wird sie in zwei Tagen Ben, den schrecklichen Banker, heiraten und dann steht ihr ein trostloses und langweiliges Leben bevor. Ich kann bis heute nicht verstehen, warum sie sich in den Kopf gesetzt hat, ausgerechnet mit diesem Mann den Bund der Ehe einzugehen.

Und zu meinem Glück muss ich das ja auch gar nicht.

Melanie bevorzugt die Sicherheit, sie will keine Risiken - sie braucht kein Abenteuer, sondern Beständigkeit. Und Ben ist die personifizierte Beständigkeit.

Dieser Kerl ist wie ein Uhrwerk. Jeder seiner Tage hat den gleichen Ablauf ...

Ich würde mein letztes Geld darauf verwetten, dass er sogar zu den Männern gehört, die ihre Unterhosen bügeln und die Kondome nach Geschmack und Farbe sortieren. Wobei ich befürchte, dass Ben für Gummis, die nach Schokolade schmecken oder vielleicht sogar Noppen haben, viel zu verklemmt ist.

Wenn ich eine bessere Freundin wäre, hätte ich Melanie mit dem Vizepräsidenten der *Wild Bones* in das Lager geschickt, damit sie zumindest ein letztes Mal ihren Spaß und guten Sex hat, ehe sie in der Trostlosigkeit versinkt.

Das Problem ist nur, dass ich dafür einfach viel zu egoistisch bin ...

Seit der Vize zusammen mit einer Handvoll seiner Clubbrüder das *Danger Zone* betreten hat, konnte ich meine Augen kaum von ihm abwenden.

Zuerst sind die Biker direkt zur Bar gegangen, um einen Whisky zu trinken, dann sind sie durch eine schwarze Türe verschwunden und für gut eine Stunde weggeblieben, aber dann, na ja ... dann kann der Vizepräsident zurück, hat seine Hand um meinen Oberarm geschlungen und mich hinter sich hergezerrt.

Wir haben kaum ein Wort miteinander gewechselt, geschweige denn uns einander vorgestellt. Ein Blick in seine verstörend silbergrauen Augen hat gereicht, um zu wissen, dass etwas zwischen uns beiden passieren wird.

Normalerweise bin ich kein Fan von One-Night-Stands. In diesem speziellen Fall mache ich jedoch gerne eine Ausnahme.

Einen Biker wie ihn trifft man schließlich nicht alle Tage.

Seine Finger stoßen tiefer, dann beginnen sie sich zu bewegen und meine Gedanken zerplatzen. Die Reibung, sein warmer Atem, der mein Gesicht streift und das Gefühl seines sich wieder und wieder anspannenden Bizeps unter meiner Hand ...

Halleluja!

Das ist gut.

So gut, dass ich nicht will, dass er jemals wieder aufhört.

Hitze steigt an meiner Wirbelsäule nach oben und setzt meine Nervenbahnen in Brand.

Der Rocker stößt tiefer in mich, krümmt seine Finger und lässt mich so beinahe kommen.

Mein Schrei hallt von den Wänden wider, es fühlt sich so an, als ob ich jede Sekunde in tausend Teile zerspringen würde.

Fest entschlossen, die Gelegenheit zu nutzen und mir so viel wie nur möglich von dem Rocker zu nehmen, schicke ich meine Hände auf Reisen und zucke entsetzt zurück, als meine Finger unter seine Kutte gleiten und auf eine Waffe stoßen.

Heilige Scheiße!

Keine Ahnung, warum es mich so überrascht, dass der Vize von einem der gefährlichsten Rockerclubs des Landes bewaffnet ist. Eigentlich hätte ich damit rechnen müssen, trotzdem löst die Anwesenheit der Pistole einen leichten Anflug von Panik in mir aus.

„Bleib ruhig, Mädchen. Ich habe nicht vor, dich zu erschießen."

Er klingt amüsiert und seine Augen funkeln belustigt.

„Das ist nicht witzig."

Der Biker widerspricht mir sofort.

„Doch, ist es."

Ich versuche, ihn mit einem wütenden Blick zu bedenken, was dank der Tatsache, dass seine Finger wieder und wieder auf diesen ganz besonders empfindlichen Punkt in meinem Inneren treffen, ziemlich erschwert wird.

Auf einen Mann böse zu sein, der weiß, wo sich mein G-Punkt befindet und diesen mit erschreckender Zielgenauigkeit trifft, ist nicht so leicht, wie es das eigentlich sein sollte.

„Wenn du mich für so gefährlich hältst, warum hast du dann zugelassen, dass ich deinen Rock hochschiebe und dich mit den Fingern ficke?"

Eine äußerst berechtigte Frage, auf die ich dummerweise keine Antwort parat habe.

„Halt den Mund und gibt mir einfach, was ich brauche!"

Seine Mundwinkel zucken, dann schiebt er einen weiteren seiner Finger in mich rein und bringt mich so zum Wimmern.

„Du willst es hart und schmutzig?"

Scheiße, ja!

„Will ich!"

Er nickt, dann verändert sich seine Mimik und auf einen Schlag wirkt er wie ein Soldat, der eine Mission zu erfüllen hat.

Vor einer Sekunde war da noch eine gewisse Verspieltheit in seinem Blick, jetzt erkenne ich nichts als Entschlossenheit.

Mit einem Ruck drängt er seine Finger bis zum Anschlag in mich hinein, dann knallt sein Mund auf den meinen und seine Zunge bringt meinen Verstand zum Erliegen.

Die Art, wie er mich festhält, verändert sich. Bis eben hatte ich noch das Gefühl, dass ich die Sache abbrechen könnte, wenn ich wollte, dass ich einfach nur nein sagen hätte müssen und der Rocker hätte aufgehört.

Jetzt bin ich mir da nicht mehr so sicher.

Etwas, das sich nach Furcht anfühlt, vermischt sich mit der Erregung, die wie flüssiges Dynamit durch meine Adern rauscht und dem Moment eine gewisse Schärfe verleiht.

„Du willst also von einem *Wild Bone* gefickt werden? Du willst in der Zukunft behaupten können, zumindest ein Mal in deinem Leben richtig gut gebumst worden zu sein?“

Plötzlich sind seine Finger verschwunden, sein Mund findet erneut den meinen und der Kuss, den er mir schenkt - oder viel besser *verpasst* - ist hart und wild.

Meine Unterlippe platzt auf, der kupferne Geschmack von Blut bedeckt meine Zunge.

Ich sollte es zu grob finden, ich sollte mich wehren – doch anstatt die Reißleine zu ziehen, genieße ich seine besitzergreifend zupackenden Hände.

Erst als wir beide atemlos sind und sich meine Lippen dick und geschwollen anfühlen, lässt er von mir ab, stellt mich auf meine Beine und wirbelt mich herum.

Nach Luft schnappend, fülle ich meine Lunge mit Sauerstoff und zittere vor Erwartung und Ungeduld.

„Stütz dich an der Mauer ab.“

Ich tue es, höre das Klirren seines Gürtels und weiß, was gleich passieren wird.

Mein Blutdruck schnellt in die Höhe und meine Sinne spielen verrückt.

Dank meiner wachsenden Nervosität beginnt es in meiner Mitte wie verrückt zu kribbeln, fast so als ob ich einen ganzen Schwarm Bienen in meinem Bauch hätte.

Die Jeans des Rockers fällt nach unten, sein Knie drängt sich von hinten zwischen meine Schenkel und öffnet mich für das, was gleich kommen wird.

Mit seiner rechten Hand streicht der Vizepräsident fast schon zärtlich über meinen Hintern, ehe sie zwischen meinen Pobacken nach unten gleitet und auf meine empfindlichen Falten trifft.

Ich zittere und schließe die Augen.

Es sollte sich nicht so verflucht gut anfühlen, diesem *Wild Bone* so nahe zu sein, und das bringt mich ganz durcheinander.

Es gibt Standard-Sex und es gibt Welten verändernden Sex und das hier ist definitiv Letzteres.

Und das weiß ich, obwohl ich seinen Schwanz noch nicht mal ansatzweise in mir hatte.

Allein das Vorspiel ist schon so viel besser als alles, was ich bisher erlebt habe, und das in einer staubigen Kammer irgendeiner Diskothek.

Schon verrückt ...

„Beine breit. Streck mir deinen Arsch entgegen."

Ich tue, ohne zu zögern, was er von mir verlangt. Einen Atemzug später spüre ich die runde Spitze seines Gliedes an meinem Schenkel und lasse den Kopf keuchend in den Nacken fallen.

Seine Faust findet meine Haare, er wickelt sie sich um die Hand und reißt meinen Kopf so noch etwas weiter zurück, während er sich zeitgleich hinter mir in Position bringt und sich mit einem kraftvollen Stoß bis zum Anschlag in mir vergräbt.

Das Gefühl, das sein Penis in mir auslöst, als er meine Falten teilt und sich seinen Weg tief in mich hineinbahnt, hat beinahe ausgereicht, um mich kommen zu lassen.

Sein gezischtes „so verdammt eng!" passt hervorragend zu dem „so unglaublich groß!", das unausgesprochen auf meinen Lippen liegt.

Mit einem Ruck drückt er seine Hüften nach vorne und schiebt sich noch ein winziges, jedoch perfektes bisschen weiter in mich rein.

Ich kann nicht mehr atmen, ich kann nicht mehr denken – sondern nur noch fühlen.

„Bist du bereit?"

Ich nicke. Und ein paar Herzschläge später erkenne ich, dass ich keine Ahnung hatte, was auf mich zukommt.

Jeder noch so kleine Muskel in dem massiven Körper des Vizepräsidenten spannt sich an und scheint nur noch ein Ziel zu kennen: mich zu bumsen.

Er bewegt sich wie eine Maschine, hält mich dabei gnadenlos fest und drängt sich bei jedem Vorstoß immer noch etwas weiter in mich hinein.

Ich schreie, winde mich und presse mich seinem Penis entgegen. Das nächste Mal stößt er besonders weit in mich, ich zucke zusammen, er bemerkt es und knurrt leise.

„Was ist los, Mädchen? Hast du dir etwa zu viel gewünscht?"

Ich schüttle den Kopf und komme ihm bei seinem nächsten Eindringen tapfer entgegen.

Dieses Mal touchiert die runde Spitze seines Gliedes diesen einen, empfindlichen Punkt, den er vorhin noch mit seinen Fingerkuppen bearbeitet hat und schickt mich so über die Grenze des Erträglichen.

Ich zittere, meine Knie knicken ein und vor meinen weit aufgerissenen Augen drehen sich wie in einem Kaleidoskop bunte Lichter.

Der Biker flucht, schlingt blitzschnell seinen muskulösen Arm um meine Hüfte und hält mich so in Position, während er sich wieder und immer wieder in mir vergräbt.

Ich verliere den Bezug zur Realität, die Welt kippt und meine Emotionen fahren Achterbahn.

„Deine Pussy ist enger als die Faust Gottes."

Mein ausgeknocktes Gehirn stellt sich kurz die Frage, woher zur Hölle er das denn wissen will, doch dann gleitet seine linke Hand unter mein Top, findet meine Brust und zwickt mich in den Nippel.

Die Lust, die gerade in meinem Inneren explodiert ist, baut sich von neuem auf.

Sein Gesicht schiebt sich von hinten neben das meine, während er mich mit seinem mächtigen Körper gegen die Wand presst und mich seine Überlegenheit spüren lässt.

Rau und kratzig streichen seine Bartstoppeln über meine Wange, während ich zwischen Heiß und Kalt gefangen bin.

„Sag mir, dass du noch nicht genug hast, bettle mich an, dich weiter zu ficken."

Ich tue es, ohne nachzudenken und ohne zu zögern, die Worte verlassen meinen Mund wie von selbst.

Des Rockers gezischtes „braves Mädchen", wird von einem tiefen Stoß begleitet.

Er zupft immer fester an meiner Brustwarze und dreht sie leicht.

Leise keuchend wackle ich mit meinem Po, entlocke dem ach so mächtigen Biker dabei ein leises Zischen und lächle zufrieden.

„Du kleines Biest."

Seine Hand legt sich auf meinen Bauch, fast so, als ob er ertasten wollte, wie weit er in mir ist.

Der DJ dreht die Musik lauter, so dass die harten Beats durch die dünne Türe zu uns hereindringen. Der *Wild Bone* nimmt den schnellen, harten Rhythmus wieder auf und hämmert sich so kraftvoll in mich rein, dass es nicht lange dauert, bis ich erneut laut schreiend komme.

Doch das scheint ihm noch immer nicht zu reichen.

Anstatt von mir abzulassen, vergräbt er seine Nase in meinen Haaren, atmet tief ein und umfasst mit beiden Händen besitzergreifend meine Hüfte, ehe er einfach immer weiter und weitermacht.

Der Vizepräsident ist unersättlich und seine schiere Kraft sorgt dafür, dass unzählige Miniorgasmen wie Granaten in mir detonieren. Erst als ich wirklich nicht mehr kann und meine Stimme schon ganz heiser vom Schreien ist, lässt er mich los, zieht sich blitzschnell aus mir heraus und spritzt auf meinem Hintern ab. Ich spüre, wie sein warmer Samen Schub für Schub auf meinem Po landet und lehne meine Stirn gegen die kalte Mauer.

Mit schnell kommendem Atem verreibt er in einer primitiven Geste sein Sperma auf meiner Haut und markiert mich so als seine Beute.

Es sollte mich stören - tut es aber nicht.

Im Gegenteil, das ist mit das Heißeste, was ich je erlebt habe.

Der Rocker, das Schnapslager und dieser Sex, werden mir garantiert für immer in Erinnerung bleiben.

1. Kapitel

Der Vizepräsident des Wild Bones Motorcycle Clubs

Nachdenklich betrachte ich den vor mir von der Decke baumelnden Russen und frage mich, was das nach Pfirsich duftende Mädchen aus dem *Danger Zone* wohl gerade macht?

Ob es wieder mit seinen Freundinnen unterwegs ist?

Vielleicht ist es auch einfach zuhause geblieben und lackiert sich die Zehennägel.

Oh ja. Es hat auf mich definitiv den Eindruck gemacht, als ob es zu der Gruppe von Frauen gehörte, die großen Wert darauf legen, ihre Zehen mit bunten Farben anzumalen.

Welche Farbe es wohl wählen würde?

Rosa vielleicht?

Oder Blau? Auf jeden Fall etwas mit Glitzer!

Wie es wohl wäre, an ihrem kleinen Zeh zu lutschen?

Ich würde ihn in den Mund nehmen, leicht darauf herumknabbern und ihr gleichzeitig meinen Daumen in den Arsch schieben.

Ja. *Fuck!* Ja, das wäre gut.

Sie würde jammern und behaupten, dass es weh tut, doch in Wirklichkeit könnte sie es kaum erwarten, dass ich sie mir auf den Schoß setze und den Finger gegen meinen Schwanz eintausche.

Diese Fremde war ein echtes, richtiges Mädchen. So mit Kreischen und Stöhnen, mit Zittern und Betteln. Ihr Hinterteil war rund und weich und ihre Möse eng und heiß.

Und sie war schön, wirklich verdammt schön. Es hat nur einen Blick auf ihr hübsches Gesicht gebraucht, um mich den Entschluss fassen zu lassen, sie zu ficken.

Um sie herum waren jede Menge anderer Tussis, eine davon hatte sogar einen langen weißen, ziemlich zerfetzten Schleier auf dem Kopf. Die Frauen hatten Spaß und waren schon ziemlich betrunken, wie es sich eben für einen Junggesellinnenabschied gehört. Griffin, Zayn, Tate, Reece und ich waren in jener Nacht jedoch geschäftlich im *Danger Zone*.

Wir hatten schon länger den Verdacht, dass ein paar Dealer von außerhalb heimlich in unseren Straßen und Nachtclubs Drogen vertickt haben, doch wir hatten keine Beweise. Außerdem hatten sich die Schweine so geschickt angestellt, dass wir keinen von ihnen erwischen konnten.

Konnten - Vergangenheitsform.

Denn in dieser Nacht ist es Reece, unserem Sergeant at Arms, tatsächlich gelungen, einen von den Wichsern bei frischer Tat zu ertappen.

Er hat nicht lang gefackelt, den Typen einkassiert und in den Keller unterhalb des *Danger Zone* verfrachtet. Genau genommen in den versteckten Bereich, in dem wir einen Großteil unserer Waffen und das Koks lagern, das wir einmal monatlich von den Mexikanern geliefert kriegen.

Wie auch immer, die Details sind unwichtig ...

Das Einzige, worauf es ankam, war, dass ich an diesem Abend da war, um einen Mann zu foltern, um ihn zum Reden zu bringen und ihn anschließend zu töten.

Und Fuck! Genau das habe ich auch getan und so sind wir auf den Kerl, der jetzt von der Decke baumelt, gekommen. Und während der ganzen Aktion konnte ich an nichts anderes als an das Mädchen mit dem schönen Gesicht und den großen Augen denken.

Als die Arbeit dann erledigt und die Leiche fein säuberlich in eine Plastiktüte eingewickelt war, bin ich nach oben gegangen, um mir die Frau zu packen, die mir ins Auge gefallen war.

Zu meinem Glück hatte sie nichts gegen einen schnellen, harten Fick in einem der Schnapslagerräume einzuwenden, und zehn Minuten später habe ich mit leeren Eiern und einem zufriedenen Grinsen im Gesicht das *Danger Zone* verlassen, um meinen Brüdern zum Clubhaus zu folgen.

Der Sex war gut, verdammt gut. So gut, dass ich vergessen habe, mich nach dem Namen des Mädchens zu erkundigen.

Und jetzt? Jetzt denke ich ununterbrochen an eine Frau, deren Arsch ich mit meinem Samen eingerieben habe, und deren Identität ich nicht kenne.

Seattle mag uns gehören, aber die Stadt ist zu groß, um mich ohne Anhaltspunkte auf die Suche nach einer Frau zu machen, von der ich nichts weiß, außer dass sie beim Ficken die süßesten Geräusche macht, die ich jemals gehört habe.

Zayn, der Enforcer der *Seattle Wild Bones* hat mir den genialen Tipp gegeben, die Kleine einfach zu vergessen, und glaubt mir, wenn es einfach wäre, hätte ich das längst.

Und obwohl diese Begegnung inzwischen vierzehn Tage her ist, stehe ich jetzt hier, betrachte den an Ketten baumelnden Typen und frage mich, mit welcher verdammten Farbe sich das Mädchen die Füße anmalt, anstatt die Befragung fortzusetzen und endlich herauszufinden, woher die Bastarde die Drogen haben, die sie in unserem Revier verkaufen.

Was ein beschissener Witz!

Ich bin der Vizepräsident dieses Motorcycle Clubs, wenn es ein Problem gibt, muss ich konzentriert und fokussiert sein und alles in meiner Macht Stehende tun, um besagtes Problem aus der Welt zu schaffen.

Und was tue ich?

Mann, Mann, Mann ...

Ich träume von einer Frau und stelle mir vor, wie ich ihr meinen Finger in den Arsch schiebe, ehe ich sie hart ficke.

„Hey Kane, machst du heute noch weiter oder sollen wir hier stehen und warten, bis das Arschloch eines natürlichen Todes stirbt?"

Zayn sieht mich fragend an.

Meine Faust will in sein Gesicht.

Shit!

Seit wann bin ich so reizbar?

Ich weiß es. Seit mir klar geworden ist, dass ich das Mädchen wiedersehen will.

Der Vollstrecker stemmt sich von der Wand ab, kommt auf mich zu und deutet auf das Messer in meiner Hand.

„Soll ich übernehmen, damit du weiter an die heiße Pussy von neulich denken kannst, oder bringst du das hier zu Ende?"

Ich habe zwar gerade daran gedacht, ihn zu schlagen, wollte es aber nicht wirklich tun. Nicht bis zu der Sekunde, in der er angefangen hat, von der Pussy zu reden, die mich noch in den Wahnsinn treibt. „Nimm nicht ihre Pussy in den Mund."

Er lacht, der Typ der halb bewusstlos und blutend vor mir an der Decke hängt, stöhnt gequält.

„Ich hatte ihre Pussy doch gar nicht im Mund. Aber wenn sie so gut ist, dass sie dich zwei verflucht lange Wochen verfolgt, sollte ich sie vielleicht tatsächlich mal probieren."

Wie um seine Worte zu unterstreichen, lässt er seine Zunge vorschnellen und tut so, als würde er eine unsichtbare Muschi lecken.

Das reicht!

Ehrlich! Zu viel ist zu viel!

Um die Hände frei zu bekommen, ramme ich den Dolch mit voller Wucht in den Oberschenkel des Arschlochs, das vor mir hängt. Der Kerl schreit und beginnt sich dank des Stoßes im Kreis zu drehen.

Ich blende ihn aus, balle die Fäuste und gehe auf Zayn zu.

„Du willst also mein Mädchen fressen?"

Er weicht einen Schritt zurück und schüttelt sichtlich amüsiert über meinen Zorn den Kopf.

„Reg dich ab, Bro. Die Kleine ist ja nicht mal hier. Und selbst wenn sie es wäre, ist sie weit davon entfernt, dein Mädchen zu sein. Du steigerst dich da in irgendetwas rein und wenn du so weitermachst, verlierst du noch den Verstand. Am besten bringst du das hier zu Ende, oder du überlässt den Bastard einfach mir, gehst ins *Flamingo* und fickst dir dein Hirn wieder klar. Was mit dir abgeht, kann man ja kaum mit ansehen."

Ach, kann man das nicht?

Interessant.

„Ich will aber keine dummen Nutten und ich will auch nicht, dass du so über das Mädchen sprichst."

Zayn sieht mich überrascht an, dann stößt er einen lauten Pfiff aus.

„Du willst keine Nutten?"

Ich schüttle entschieden den Kopf.

„Dann steht es um dich noch viel schlimmer, als ich dachte."

Mein gezischtes „Halt endlich dein Maul!" schüchtert ihn nicht so ein, wie ich das gerne möchte.

Zayn ist so groß wie ich, jedoch bedeutend schwerer. Er hat den Körperbau eines Boxers und kein Problem damit, seine Kraft zu seinem Vorteil zu nutzen.

Ich bin schlanker als er, trotzdem würde ich ihn in einem fairen Kampf fertigmachen.

Was er an Masse hat, gleiche ich mit Geschwindigkeit wieder aus.

„Glaubst du wirklich, dass es dir dabei hilft, dich besser zu fühlen, wenn ich dir die Scheiße aus dem Leib prügle?"

„Nein."

Ich schüttle den Kopf.

„Ich fühle mich besser, wenn ich dir die Scheiße aus dem Leib geprügelt habe."

Purer Spott zeichnet seine Mimik.

„Du glaubst also allen Ernstes, dass du es mit mir aufnehmen kannst, Kane?"

Ich glaube es nicht nur, ich weiß es.

„Das werden wir ja gleich herausfinden!"

Und noch bevor er ahnt, was Sache ist, habe ich ihm meine Faust gegen das Kinn geschlagen.

Zayn stolpert überrascht ein paar Schritte zurück, sieht mich verärgert an und stößt einen Fluch aus. Dann geht er zum Angriff über und landet ebenfalls ein paar gute Treffer.

Ich spucke Blut - zumindest ist kein Zahn dabei - und blende den pochenden Schmerz aus.

„Na, was ist jetzt? Wolltest du mich angreifen oder hattest du einfach nur vor, dir die Fresse polieren zu lassen?“

Was ich wirklich vorhabe, liegt auf der Hand: Das Mädchen finden, an ihrem Zeh lutschen und ihr den Finger in den Arsch stecken.

Aber bis es so weit ist, muss ich noch ein paar Dinge erledigen. Wie zum Beispiel unseren Vollstrecker in seine Schranken weisen ...

„Hör zu, hör einfach auf über meine Pussy zu reden und entschuldige dich, dann sehe ich vielleicht davon ab, dir eine neue Nase zu verpassen.“

Anstatt mich ernst zu nehmen, beginnt Zayn wie ein Irrer zu lachen.

„Du bist verrückt, VP.“

Fuck, ja das bin ich! Verrückt nach einem Mädchen, das ich kaum kenne, aber längst gefickt habe.

„Punkt eins: Die Pussy gehört nicht dir, es ist durchaus möglich, dass jetzt in diesem Moment gerade irgendein anderer Typ die Frau vögelt, und Punkt zwei: Es gibt nichts, wofür ich mich entschuldigen müsste.“

Und damit besiegelt er seinen Untergang.

Anstatt mich weiter mit ihm über etwas zu streiten, was ihn einen verdammten Dreck angeht, hole ich aus und breche ihm wie angekündigt die Nase.

In dem Moment, in dem ihm das Blut aus dem Gesicht spritzt und meine Finger bedeckt, fühle ich mich augenblicklich besser.

Nennt mich ein Arschloch!

Es ist mir egal.

Es spielt keine Rolle, dass ich das Mädchen nicht kenne und dass ich seinen Namen nicht weiß. Es ist egal, ich werde trotzdem nicht zulassen, dass sich einer meiner Brüder sein Maul über es zerreißt.

„Verflucht! Bist du bescheuert, Kane? Du hast mir echt die Nase gebrochen.“

Zu meiner Belustigung klingt Zayn tatsächlich überrascht.

„Ich hatte dich gewarnt.“

Er wirft mir einen wütenden Blick zu, umfasst sein schief stehendes Nasenbein und beißt die Zähne zusammen, als er es mit einem Ruck wieder in die richtige Position schiebt.

„Das war doch alles nur ein Witz!“

Für ihn vielleicht. Für mich hingegen ist diese Angelegenheit todernst!

„Falls es dir nicht aufgefallen ist, mir ist gerade nicht zum Lachen.“

Damit wende ich ihm den Rücken zu, verpasse dem noch immer von der Decke hängenden Dealer einen Schubs, und warte, bis er sich so lange gedreht hat, bis ich ihm direkt ins Gesicht schauen kann.

Sein Auge ist zugeschwollen, seine Lippe dick und blutig und an seinem Oberkörper habe ich längst mein Messer gewetzt.

Seine Weigerung, mit mir zu reden und dem Club zu verraten, wer hinter der Sache steckt, geht mir nicht nur auf die Nerven, sondern bringt ihm auch meinen Respekt ein.

Männer, die wissen, was Loyalität bedeutet, gibt es immer seltener. Und die, die sogar unter größtem Schmerz loyal bleiben, sind eine aussterbende Sorte.

Schade, dass er sich für die falsche Seite entschieden hat, als einer von uns hätte er es weit bringen können. Doch statt für das Leder hat er sich für das Dealen entschieden und somit sein Todesurteil unterzeichnet.

„Bist du endlich bereit, mir zu sagen, was ich wissen will, oder sollen wir noch ein Tänzchen wagen?"

Noch bevor er etwas sagt, legen sich meine Finger um den vertrauten Griff des Messers, das noch immer in seinem Bein steckt und ziehe es langsam aus seinem Fleisch.

Er brüllt und zappelt, doch es bringt nichts.

„Also, was ist jetzt?"

Rotz läuft aus seiner Nase, unter seinem Fuß hat sich längst eine rote Pfütze gebildet.

Er weiß genauso gut wie ich, dass er diesen Raum niemals lebend verlassen wird. Die Frage ist nur, ob er schnell stirbt oder langsam, quälend langsam ...

„Fick dich, Biker."

Ah, wie nett ...

„Wo versteckt ihr eure Ware? Wer ist dein Boss?"

Ich habe diese Fragen schon gut ein Dutzend Mal gestellt, jedoch nie die gewünschten Informationen erhalten.

Die Türe zum Bunker, dem fensterlosen Kellerraum, der sich direkt unter Griffins Büro befindet, geht auf und der Präsident kommt herein.

„Was ist? Habt ihr endlich Fortschritte gemacht?"

Griffin bemerkt das blutverschmierte Gesicht des Vollstreckers und meine aufgeplatzte Lippe und zieht fragend eine Augenbraue in die Höhe.

„Was ist denn hier passiert? Sagt mir ja nicht, dass euch das gefesselte Arschloch so erwischen konnte."

Er betrachtet unseren Gefangenen interessiert.

Der Vollstrecker spuckt auf den Boden und wirft mir einen zornigen Blick zu.

„Das war dein Vize, ich hab den Fehler gemacht, die Pussy des Mädchens in den Mund zu nehmen."

Und er hat den Fehler gerade wiederholt.
Meine Faust will erneut in sein Gesicht.
Griffin, der sofort kapiert, um welches Mädchen es geht, sieht mich nachdenklich an.
„Echt jetzt? Immer noch?"
Soll das ein Scherz sein?
Ausgerechnet er wagt es, so erstaunt zu tun?
„Was, wenn jemand über die Pussy von deiner Lady sprechen würde, was dann, Präs?"
Die Antwort kann ich auf seinem Gesicht ablesen.
Pure Mordlust spiegelt sich in seine dunklen, braunen Augen.
„Dann wäre er ein toter Mann."
„Eben."
„Nichts eben! Du kannst das nicht vergleichen. Charlotte ist mein Eigentum und dieses Mädchen ist eine Fremde."
Stimmt. In dem Punkt hat er recht.
„Na ja, das erklärt, warum unser Vollstrecker noch am Leben ist, oder etwa nicht?"
Würde das Mädchen mir gehören und Zayn hätte so von ihr gesprochen, würde er jetzt mit gebrochenem Genick in der Ecke liegen. Aber dieses Mädchen gehört mir nicht und darum habe ich mich, freundlich wie ich bin, damit zufriedengegeben, ihm das Nasenbein zu zerschmettern.
„Oh ja du bist ein echter Sonnenschein, Bruder."
Entnervt sehe ich wieder zu dem Bastard, der sich weigert, mir zu sagen, was ich seit knapp zwei Stunden wissen will.
„Letzte Worte?"
Der Dealer kapiert, dass er es zu weit getrieben hat und reißt angsterfüllt die Augen auf.
In der Sekunde in der er den Mund öffnet, um etwas zu sagen, erreichen meine Nerven ihr Ende.
Ohne auf den Scheiß zu warten, den er von sich geben will, lasse ich den Arm vorschnellen und schneide ihm die Kehle durch.
Anstatt der berühmten letzten Worte ertönt nur ein lautes Gurgeln, das mit jedem meiner Atemzüge leiser wird.
Eine knappe Minute später ist der Mann tot und ich bin hier fertig.
Ich wische mein Messer an seiner Hose ab und marschiere an Griffin vorbei.
Ich brauche Whisky. Sofort.
„Die letzten Worte heißen so, weil es die letzten sind. Man sollte also auch die Möglichkeit haben, sie auszusprechen."

Frustriert sehe ich Griffin an.

„Der Wichser hatte jetzt zwei Stunden Zeit zu reden, zwei verfickt lange Stunden und er hatte sich dazu entschieden zu schweigen. Wenn er jetzt noch was sagen wollte, war das einfach sein Pech!"

Damit lasse ich den Präsidenten stehen und mache mich auf den Weg nach oben.

Gott! Ich habe so was von die Schnauze voll von diesem Scheiß!

Im Weggehen höre ich noch, wie sich die beiden unterhalten.

„Seine Laune wird immer schlechter, wir müssen dieses Mädchen finden, ehe unser Vize noch den Verstand verliert."

Das kam von Griffin.

„Wenn du mich fragst, ist es dafür längst zu spät, Bruder."

Dann lachen die beiden und für den Bruchteil einer Sekunde bin ich versucht umzudrehen und zwei weitere Kehlen aufzuschlitzen.

Dass ich es nicht tue, liegt einzig und allein daran, dass sie recht haben ...

Fuck!

Ich habe längst den Verstand verloren und schuld daran ist dieses verflucht schöne Mädchen, an dessen Zehen ich lutschen und dem ich meinen Daumen in den Arsch schieben will.

2. Kapitel

Das Mädchen, das durch Zufall ihren Prince Charming wiedertrifft ...

Seit der kleinen Nummer im Schnapslager sind dreizehn Tage vergangen. Dreizehn Tage, an denen ich nichts anderes tun konnte, als an den Vizepräsidenten des *Wild Bones Motorcycle Clubs* zu denken.

Melanie hat Ben längst geheiratet und die Geschehnisse des Junggesellinnenabschieds sollten endlich in den Hintergrund treten. Ich meine, diese Nacht ist vorbei.

Sie war feuchtfröhlich, lustig und unvergesslich und gehört der Vergangenheit an. Genau wie der verdammte Rocker.

Mein Hirn hat das längst verstanden, mein Herz oder besser gesagt, meine Klitoris jedoch leider nicht.

Bis jetzt dachte ich wirklich, dass ich eine intelligente, selbstständige und emanzipierte Frau bin und dass ich mit meinen dreiundzwanzig Jahren sehr wohl weiß, welche Männer gut und welche schlecht sind. Dass ich unterscheiden kann zwischen gut zu ficken und gut zu heiraten. Es gibt geheimnisvolle Kerle, die sind gut, um mit ihnen Spaß und Sex zu haben, aber für Zukunftspläne absolut untauglich. Die berühmt-berüchtigten Bad Boys eben. Und dann gibt es die anständigen Männer, mit denen wir Frauen ein Haus kaufen, Kinder kriegen und alt werden können.

Die Good Boys ...

Wie? Von den Good Boys habt ihr noch gar nichts gehört?

Seht ihr? Das bestätigt nur meine Theorie, dass wir Frauen verrückt genug sind, uns immer und immer wieder auf die Bad Boys einzulassen, obwohl wir eigentlich wissen, dass sie uns die Herzen brechen.

Die Good Boys, die für weiße Gartenzäune, süße Babys und Eheringe stehen, sind nicht halb so populär wie die wirklich bösen Jungs, die uns zu wildem Sex in irgendwelchen Getränkelagern verführen und uns schmutzige Dinge ins Ohr flüstern, während sie uns multiple Orgasmen bescheren.

Die guten Jungs sind nicht aufregend, sie sind nicht gefährlich und schon gar nicht geheimnisvoll, und darum auch bedeutend weniger interessant.

Scheiße!

Ich bin *verrückt nach einem Rocker*, obwohl ich es eigentlich besser wissen sollte. Bis jetzt konnte ich mich glücklicherweise davon abhalten, zum Clubhaus der *Wild Bones* zu fahren, an das Tor zu klopfen und mich nach dem Vizepräsidenten zu erkundigen. Ich meine, was wenn er sich gar nicht mehr an mich erinnert? Oder wenn für ihn unser kleines Stelldichein nicht halb so gut gewesen ist wie für mich?

Es ist durchaus möglich, dass ich für ihn nur eine von vielen war, und dass er sich täglich einfach irgendeine Frau gönnt, die er, kaum dass er sie gevögelt hat, wieder vergisst.

Wenn ich ihn suche, könnte ich mich dabei völlig lächerlich machen, und darauf kann ich gut verzichten. Ehrlich.

Mein Leben ist auch so schon kompliziert genug.

Mein Chef ist in mich verknallt, weswegen mich meine Chefin hasst. Mein Bruder hat beschlossen, nach Thailand auszuwandern, und meine Eltern drehen gerade völlig am Rad und denken darüber nach, nach Europa auszuwandern.

Meine Katze frisst meine Topfpflanzen und mein Nachbar stand neulich nackt vor meiner Haustüre, um mich nach zwei Eiern zu fragen. Was ich sehr irritierend fand, denn als er mich das fragte, starrte ich gerade angewidert auf die seinen.

Keine Ahnung, was ihn zu dieser Aktion verleitet hat, aber an der Größe seiner Pupillen konnte ich erkennen, dass er sich irgendetwas eingeschmissen haben musste.

Und als ob das noch nicht alles crazy genug wäre, hat mich nun auch noch mein Vermieter zum Essen eingeladen.

Was nicht gut ist. Denn wenn ich nein sage, ist er vielleicht wütend auf mich, und kommt auf den Gedanken, mir das Leben schwer zu machen oder die Miete zu erhöhen und wenn ich ja sage, macht er sich im schlimmsten Fall falsche Hoffnungen.

Dazu kommt noch mein Ex-Freund Adrian, der aus heiterem Himmel beschlossen hat, dass wir es doch noch mal miteinander versuchen könnten. Was ziemlich überraschend kommt, denn das letzte Mal, als ich ihn gesehen habe, lag er mit zwei drallen Blondinen im Bett, wovon eine seine Cousine Heather aus Florida war.

Wie ihr seht, habe ich also auch ohne diesen Rocker weiß Gott genug Probleme ...

Das Letzte, was ich brauche, ist ein kuttentragender, bewaffneter Biker, der zu einem der berühmt-berüchtigtsten Motorcycle Clubs des Landes gehört. Einem Club, dem nachgesagt wird, dass er mit Waffen, Drogen, Glücksspiel und Prostitution sein Geld verdient, und der kein Problem damit hat, Staatsanwälte verschwinden zu lassen, Richter zu bedrohen und Politiker zu schmieren.

Prinzipiell ist mir das auch alles klar - mehr als klar.

Aber da ist eben auch diese eine, fiese Stimme in meinem Kopf, die mir zuflüstert, dass es eine ganz grandiose Idee wäre, noch mal mit diesem *Wild Bone* Sex zu haben. Und wenn auch nur, um herauszufinden, ob der Fick mit ihm wirklich so gut war, wie ich ihn in Erinnerung habe.

Nein. Nein. Nein.

Das werde ich nicht tun. Auf keinen Fall.

Auf gar keinen Fall.

Mein Handy vibriert, ich ziehe es heraus. Die eingegangene Textnachricht stammt von Melanie und besteht eigentlich nur aus einem Foto und einem Satz.

Das Bild zeigt den Vizepräsidenten der *Wild Bones,* wie er auf seiner schwarzen Harley durch die Stadt fährt und dabei so verdammt gut aussieht, dass ich am liebsten über das Display meines Handys lecken würde.

>>Heute Nacht ist bei den Rockern Party - also schnapp ihn dir, Tiger.<<

Die Nachricht ist eindeutig!

Meine Freundin scheint sich mit dem Teufel verbündet zu haben. Anders kann ich mir nicht erklären, warum mir ausgerechnet Melanie, die den langweiligsten Typen auf dem Planeten Erde geheiratet hat, vorschlägt, mich auf eine verdammte Biker Party zu schleichen.

>>Nein. Ich bin fest entschlossen, diesen Rocker zu vergessen!<<

Die drei Punkte, die auf ihrer Seite des Chatverlaufs angezeigt werden, zeigen mir, dass sie bereits eine Antwort tippt.

>> Ja, genau, und die Erde ist eine Scheibe. Jetzt, wo ich verheiratet bin, musst du für uns beide Spaß haben. Enttäusch mich nicht, Emma.<<

Echt jetzt?

Meine Antwort ist kurz und besteht nur aus einem Wort.

>>Miststück!<<

Sie schickt mir einen lachenden Smiley und ich stecke das Telefon wieder weg.

Keine Ahnung, was ich davon halten soll, dass sie mir ausgerechnet in der Sekunde, in der ich beschließe, den Biker zu vergessen, die Info schickt, dass heute Nacht bei den *Bones* eine wilde Party stattfindet.

Ist das die Art des Schicksals, mir mitzuteilen, dass ich die falsche Entscheidung getroffen habe, oder hat der Teufel einfach nur einen beschissenen Humor?

Da beides möglich ist, habe ich keine Ahnung, was ich jetzt tun soll!

Meiner Entscheidung treu bleiben oder alles riskieren, mich sexy anziehen und mich auf die Suche nach dem heißesten Typen des ganzen Universums machen?

Da heute mein freier Tag ist, erledige ich zunächst alles, was ich mir vorgenommen habe.

Einkaufen, Wohnungsputz, Wäsche ...

Um 15:00 Uhr bin ich noch fest entschlossen, dass ich nicht gehe. Um 15:05 Uhr sieht das allerdings schon ganz anders aus. Um 16:09 Uhr stehe ich vor meinem Kleiderschrank und suche mir ein passendes Outfit raus, das ich um 17:10 Uhr wieder in den Schrank räume.

Zu behaupten, dass ich hin und hergerissen bin, wäre die Untertreibung des Jahrhunderts.

Für gewöhnlich weiß ich immer ganz genau, was ich will, doch in diesem Fall bin ich wankelmütiger als das Wetter, was mir tierisch auf die Nerven geht.

Um mich selbst zu beruhigen, gehe ich in die Küche, hole mir ein Bier aus dem Kühlschrank und leere es in Rekordgeschwindigkeit.

Kaum dass die Dose in der Tonne gelandet ist, nehme ich mir ein zweites.

Mein leerer Magen hält das für keine gute Idee, meine Nerven hingegen schon. Bis 19:00 Uhr habe ich mich noch drei Mal umentschieden und mich bei einem Online-Dating-Portal angemeldet, um mich abzulenken.

Und was soll ich sagen? Die Männer, die zur Verfügung stehen, machen mir Angst.

Entweder wirken sie schrecklich selbstverliebt oder aber sie sind so unattraktiv, dass ich inzwischen mit dem Gedanken spiele, einfach lesbisch zu werden.

Was ist da nur los?

Wo sind all die guten Männer hin?

Ich kenne die Antwort.

Entweder sie sind schwul oder vergeben oder aber sie sind attraktiv und schlau genug, dass sie es gar nicht nötig haben, sich auf so einer bescheuerten Plattform anzumelden.

Mit einem frustrierten Seufzen klappe ich das Notebook zu und schließe die Augen.

Bis ich dem Rocker im *Danger Zone* begegnet bin, war ich vollkommen zufrieden mit meinem Leben. Ich war Single und glücklich damit und jetzt?

Jetzt trinke ich Adrians letzte Bierbestände, obwohl ich Weißwein definitiv bevorzugen würde, und melde mich auf irgendwelchen Dating-Plattformen an.

Und wozu das Ganze?

Um einen Rocker zu vergessen, der zu 100 % längst nicht mehr an mich denkt.

Das ist armselig. Wirklich verdammt armselig.

Und was, wenn er dich ebenfalls nicht vergessen konnte?

Die Stimme in meinem Kopf gibt nicht auf.

Geh zu der Party, finde den Vizepräsidenten, und wenn er dich vergessen hat, vergiss ihn ebenfalls. Und wenn nicht, dann schnapp dir den Biker, ehe er dir von irgendeiner anderen Tussi weggenommen wird.

Mein in Bier schwimmendes Gehirn hält den Plan für eine gute Idee.

Was dafür sorgt, dass ich um 21:22 Uhr erneut vor meinem Kleiderschrank stehe und den Rock anziehe, den ich eigentlich längst wieder weggeräumt hatte.

Verdammt!

Wenn das so weitergeht, drehe ich noch durch.

Um kurz nach zehn stehe ich dann vor den weit geöffneten Toren des *Wild Bones Motorcycle Clubs* und bin mir ganz sicher, dass ich verrückt geworden bin.

Obwohl der schwarze Lederrock, den ich anhabe, der kürzeste ist, den ich besitze, komme ich mir im Vergleich zu den anderen Frauen, die hier herumlaufen, vor, als würde ich eine Nonnenkluft tragen.

Scheiße! Die Tussi vor mir trägt nichts weiter als einen Bikini.

Einen Bikini und das im November!

Ist das zu fassen?

Bis jetzt hat es zwar dieses Jahr noch keinen Schnee gegeben, aber na ja, warm ist trotzdem etwas anderes. Der Herbst ist so gut wie vorbei und der Winter steht längst vor der Türe.

Allein wenn ich ihren fast nackten Arsch ansehe, läuft es mir eiskalt den Rücken runter.

Plötzlich unsicher mit meinem Outfit, sehe ich prüfend an mir herab.

Meine High Heels sind schwarz, die Netzstrumpfhose, schmiegt sich wie eine zweite Haut an meine Beine. Dazu trage ich die rote Korsage, die ich mir letztes Jahr für Halloween gekauft und noch nie getragen habe. Meiner Meinung nach passt sie perfekt in einen Outlaw Motorcycle Club.

Ich sehe heiß aus. Sehr heiß.

Jetzt muss ich nur noch den Vizepräsidenten finden und herausfinden, wie er reagiert, wenn er mich sieht.

Allein bei der Vorstellung, ihm gegenüberzustehen, ihn zu sehen und den unverkennbaren Geruch von Mann, Leder und Motoröl, der ihm anhaftet, wieder einatmen zu können, verursacht mir Herzrasen.

Scheiße!

Würde es einer von meinen Freundinnen so gehen, würde ich sie verarschen und es Liebe auf den ersten Fick nennen. Aber jetzt, wo ich in dieser seltsamen Situation feststecke, finde ich das alles plötzlich gar nicht mehr so lustig.

Tief einatmend, straffe ich die Schultern und riskiere einen Blick auf den Wachmann, der keine zwei Meter entfernt neben mir steht und mich interessiert mustert.

Er ist groß, muskulös und viel zu jung.

Ich schätze ihn auf zwanzig, und obwohl uns damit nur drei Jahre trennen, kommt er für mich nicht in Frage. Wie die meisten Frauen bevorzuge ich ältere Männer, Ende zwanzig, Anfang dreißig. Jünger geht auf gar keinen Fall.

Und selbst wenn das Alter kein Problem darstellen würde, hätte ich ein echtes Problem mit dem Maschinengewehr, das gut sichtbar über seiner rechten Schulter hängt.

Holy Shit!

Muss das sein?

Das hier ist Amerika und nicht irgendein Kriegsgebiet am Arsch der Welt.

Er kommt auf mich zu und lächelt mich schief an.

„Willkommen im *Wild Bones Motorcycle Club*, Baby."

Oh wie charmant ...

„Öhm, danke."

Die Musik ist so laut, dass ich ihn kaum hören kann.

Für eine Weile betrachte ich sein attraktives Gesicht, dann rutschen meine Augen auf seine Weste runter und mir fällt auf, dass sie sich ziemlich von der des Vizepräsidenten unterscheidet, denn sie ist bis auf den Prospect-Aufnäher auf seiner Brust leer.

Komisch.

Was das wohl zu bedeuten hat?

Vielleicht hätte ich meiner Neugierde nachgeben und den Motorcycle Club doch einfach mal googeln sollen?

Ein wenig Hintergrundinformationen hätten sicher nicht schaden können. Aber dafür ist es jetzt zu spät.

„Suchst du wen Bestimmten oder willst du einfach nur deinen Spaß?"

Beides. Irgendwie. Wobei Ersteres natürlich mehr zutrifft, aber das werde ich dem Kerl hier garantiert nicht verraten. Das Letzte, was ich will, ist, dass dem Vizepräsidenten zugetragen wird, dass sich hier irgendwo eine Verrückte herumtreibt, die nach ihm sucht.

„Wenn du deinen Spaß willst, dann warte auf mich. Um zwölf ist Wachablösung."

Oha ... Ich habe das Clubgelände gerade erst betreten und hätte schon ein Date, falls man das, was mir der Kerl da anbietet, überhaupt so nennen kann.

„Warum Wachablösung? Ich meine, wozu stehst du überhaupt mit diesem Ding hier? Es ist ja nicht so, dass Seattle ein besonders gefährliches Pflaster ist. Oder?"

Der Maschinenpistolencowboy zündet sich eine Zigarette an und mustert mich nachdenklich.

„Bist du ein Cop?"

Zuerst bin ich mir sicher, dass ich mich verhört haben muss, dann bricht ein schallendes Lachen aus mir heraus.

„Ist die Frage ernst gemeint?"

Er nickt und wirkt dabei auf einmal sehr misstrauisch.

„Bist du einer? Trägst du ein Mikro zwischen deinen netten Titten?"

Echt jetzt?

„Hör zu, ich bin einfach nur hier, um etwas zu trinken und ein wenig die Sau rauszulassen, okay?"

Zu meinem Pech scheint er mir das nicht zu glauben.

„Du verheimlichst etwas."

Ja, und zwar, dass ich auf der Suche nach dem Vizepräsidenten bin, aber das tut nichts zur Sache.

In genau der Sekunde, in der ich mich von ihm abwenden und ihn einfach stehen lassen will, schießt seine Hand vor. Er packt mich grob am Arm, seine Finger schließen sich so fest um mein Handgelenk, dass es sich so anfühlt, als würde es gleich brechen.

Heilige Scheiße!

„Du bist ein Bulle, ich kann es riechen!"

„Nein, bin ich nicht, und jetzt lass mich los, ehe ich laut nach Hilfe schreie!"

Meine Drohung entlockt ihm nur ein müdes Lächeln.

„Und was glaubst du wohl, wer dir hier zu Hilfe eilen wird, Bitch?"

So tapfer wie nur möglich schlucke ich meine wachsende Angst runter und sehe dem Idioten tief in die Augen.

„Erst Bulle und jetzt Bitch? Du musst dich schon entscheiden, für welches Gewerbe ich arbeite! Bin ich jetzt ein Gesetzeshüter oder eine billige Schlampe?"

Entsetzt beobachte ich wie sich seine Nasenflügel blähen, dann beugt er sich zu mir runter und grinst mich hämisch an.

„Das soll der Präsident entscheiden. Aber ich kann dir nur raten, eine Hure zu sein, denn die werden hier nur gefickt, Cops hingegen ..."

Er bringt den Satz nicht zu Ende und das ist auch gar nicht nötig. Ich weiß auch so, dass Polizisten, die dem *Wild Bones Motorcycle Club* zu nahe kommen, in der Regel spurlos verschwinden.

„Ich trage weder eine Marke noch eine Waffe. Ich bin keine Polizistin, sondern einfach nur zum Spaß hier."

Sein gezischtes „Ja, von wegen!" verrät mir, dass er mir kein Wort glaubt.

Verdammt!

Was soll ich denn jetzt machen?

Die Wache zerrt mich gnadenlos durch die Menschenmenge Richtung Haupthaus. Je mehr ich mich wehre, umso schmerzhafter wird sein Griff.

„Lass mich sofort los, Arschloch!"

Er ignoriert mich einfach und würdigt mich keines Blickes.

„Ich sagte, lass mich los!"

Wieder keine Reaktion. Wir kommen an einem Ölfass vorbei, aus dem Flammen hochschlagen.

Das flackernde Feuer taucht alles in seinem Umkreis in ein oranges Licht, während die aus den Boxen hämmernde Musik von Minute zu Minute lauter zu werden scheint.

Einige der Frauen versuchen zu den harten Rhythmen zu tanzen, während ihnen bärtige Typen in schwarzen Kutten zujubeln.

Einige von ihnen sind über und über tätowiert.

Andere tragen nicht nur dicke Bärte, sondern auch silbrige Narben im Gesicht.

Und es ist nur allzu offensichtlich, dass sie nicht zu der Sorte von Männern gehören, die ein Problem damit hätten, eine Polizistin zu töten.

Oh. Mein. Gott.

Wo bin ich da nur reingeraten?

Danke, Melie!

Ich hätte niemals hierherkommen dürfen. Niemals!

Aber für diese Erkenntnis ist es zu spät.

Ich bin hier und jetzt gibt es kein Zurück mehr.

Als wir uns der offen stehenden Türe nähern, und er kurz davor ist, mich ins Clubhaus zu ziehen, schüttle ich entschieden den Kopf.

„Ich geh da nicht rein."

„Doch, das wirst du. Die Frage ist nur, ob du jemals wieder rausgehen wirst. Oder ob du als in einen Plastiksack gewickelte Leiche herausgetragen wirst."

Oh, das sind ja wirklich tolle Aussichten ...

Der Stimme in meinem Kopf hat es die Sprache verschlagen, und das ausgerechnet jetzt, wo ich dringend einen rettenden Lösungsvorschlag gebrauchen könnte.

Einer der Rocker kommt auf uns zu. Er sieht den Wachmann und dass er mich festhält, dann gleitet sein Blick zu mir.

Heilige Scheiße!

In seinen Augen erkenne ich nichts als Dunkelheit.

Der Enforcer-Aufnäher, der sein Leder ziert, macht mir nicht gerade Hoffnung.

„He Zayn, wo ist der Präs?"

„Warum bist du nicht auf deinem Posten, Prospect?"

Allein an der Art, wie der Enforcer mit besagtem Prospect spricht, verrät mir, dass er von meinem Entführer oder Geiselnehmer - was auch immer zutrifft – nicht gerade sonderlich viel zu halten scheint.

„Ich glaube, die Schlampe ist ein Bulle."

Der Enforcer, der anscheinend Zayn heißt (was ein komischer Name) mustert mich nun eindringlicher.

„Und wie kommst du zu der Annahme?"

„Sie hat mir Fragen gestellt."

Von wegen.

Es wird Zeit, die Sache klarzustellen.

„Ich habe einfach nur wissen wollen, warum ein Rockerclub mitten in Seattle eine Wache braucht, die ein verdammtes Maschinengewehr über der Schulter hängen hat."

Seine Pupillen sind schwarz wie die Nacht und seine Iriden hart wie Stein.

Dieser Mann mag äußerlich wie ein Mensch wirken, doch tief in seinem Inneren ist er ganz klar ein Monster.

„Der Club mag es nicht, wenn Fragen gestellt werden."

„Ja, das ist mir aufgefallen."

Seine Mundwinkel ziehen sich nach unten.

„Zu viel Neugierde kann tödlich sein, Mädchen."

Ich versuche es wirklich - ehrlich, ich gebe mir wirklich größte Mühe das „Fick dich!“, das mir über die Lippen kommt, zurückzuhalten.

Zu meinem Pech gelingt es mir nicht.

Aber zu meinem Glück scheint es Zayn ziemlich egal zu sein, was ich zu sagen habe.

„Wie sicher bist du dir, dass sie ein Cop ist?“

Während er spricht, rutscht sein Blick zu meinem Busen, der dank der Korsage ansehnlich nach oben gedrückt wird.

Verdammt!

„Sicher genug, um sie zum Präsidenten zu bringen. Er soll entscheiden, wie es mit ihr weitergeht.“

Das. Ist. Nicht. Gut.

Wobei? Vielleicht ja doch!

Wo der Präsident ist, kann dessen Vize schließlich nicht weit sein.

Und wegen des Vizepräsidenten bin ich ja schließlich hier.

Er wird bestätigen können, dass ich keine Polizistin bin.

Vorausgesetzt, er erinnert sich überhaupt noch an dich!

Es war ja so klar, dass sich die Stimme in meinem Kopf ausgerechnet jetzt zu Wort melden muss.

Der Enforcer scheint über die Situation nachzudenken.

So lachhaft.

„Es ist euch beiden aber schon klar, dass es echt lächerlich ist, dass sich zwei so große Biker, wie ihr es seid, wegen einer harmlosen Frau wie mir beinahe in die Hose scheißen?“

Der Prospect holt aus, doch kurz bevor seine Hand in meinem Gesicht landet, fängt Zayn sie ab.

„Bring sie zu Griffin und fass sie nicht an. Verstanden?“

Der Prospect nickt mürrisch, dann setzt er seinen Weg fort, zieht mich hinter sich her und zerrt mich trotz meines lautstarken Protests in das verdammte Clubhaus des *Wild Bones Motorcycle Clubs*.

Was für eine verfluchte Scheiße!

Ich bin auf diese Party gegangen, weil ich den Vizepräsidenten wiedersehen und nicht, weil ich auf Nimmerwiedersehen verschwinden wollte.

Als ungeklärte Vermisstenanzeige zu enden war nie mein Plan.

Das Innere des Clubs ist genau so, wie ich es mir vorgestellt hatte, dunkel und kalt. Viel Beton, viel Holz, viele Biker.

Dazu kommt eine lange Bar, an der alle Plätze besetzt sind, ich entdecke mehrere Billardtische, Flipperautomaten, von der Decke hängende Sandsäcke und unzählige nackte Tussis.

Je weiter ich in diese gefährliche Welt hineingezogen werde, umso sicherer bin ich mir, dass ich in irgendeinem Paralleluniversum gelandet bin.

Ein Pärchen hat unweit von mir Sex. Von ihm sehe ich nichts weiter als seinen nackten Arsch und die für die *Wild Bones* so typische Kutte. Der Skull mit den Knochen, der als das allgemeine Zeichen der Rocker bekannt ist, bedeckt den massiven Rücken des Mannes. Seine Jeans hängt an den Kniekehlen, während seine Hüften wieder und wieder vorstoßen und die Frau, die komplett hinter ihm verschwunden ist, zum Schreien bringen.

Die beiden scheinen von dem, was um sie herum passiert, nichts mitzukriegen.

Uhhhhh ....

In genau dieser Stellung hat mich auch der Vizepräsident genommen und mein Körper erinnert sich nur zu gut daran, wie es sich angefühlt hat, ihn in mir zu haben und um seinen Schwanz herum zu kommen.

Zwischen meinen Schenkeln wird es feucht.

Trotz der Angst vor dem, was gleich mit mir passieren wird, kann ich nicht verhindern, dass ich das Gleiche will, was die Frau da gerade bekommt.

Guten. Harten. Sex.

Vor lauter Starren stolpere ich über meine eigenen Füße.

Gott, wie peinlich!

Seit wann beobachte ich gerne Leute, die es miteinander treiben?

Und seit wann zum Teufel erregt mich die Vorstellung von einer schnellen Nummer in der Öffentlichkeit?

Was zur Hölle ist nur los mit mir?

Der Prospect führt mich einen langen Gang entlang, dann bleiben wir vor einer geschlossenen Türe stehen.

Seine geballte Faust knallt gegen das Holz.

Ich zucke erschrocken zusammen.

Was auch immer jetzt gleich passieren wird - wenn ich nicht genau aufpasse, was ich sage, werde ich nie wieder Tageslicht sehen.

Eine unangenehme Gänsehaut rieselt an meinem Rückgrat nach unten, mir wird heiß und kalt. Ich friere und schwitze gleichzeitig, während ich erneut versuche, mich aus dem harten Griff zu befreien.

Es gelingt mir nicht. Die Türe geht auf, und ich stehe plötzlich dem Präsidenten der *Wild Bones* gegenüber.

Wobei *gegenüberstehen* nicht das richtige Wort ist. Ich meine, Scheiße! Dieser Kerl ist größer als ein verdammter Bär und füllt mein Sichtfeld komplett aus.

Seine eindrucksvollen Bizepse sprengen beinahe die Ärmel seines überraschend weißen Shirts. Sein mächtiger Oberkörper scheint ebenfalls nur aus Muskeln zu bestehen.

Wobei die unglaubliche Kraft, die dieser Präsident haben muss, nicht das Angsteinflößendste an ihm ist, es ist die ungefilterte Autorität, die ihm aus jeder Pore zu dringen scheint. Sie sorgt dafür, dass ich mir beinahe in die Hose mache.

Dieser Mann ist es gewohnt, dass sein Wort Gesetz ist.

Was er sagt, gilt. Immer.

Halleluja!

„Was ist los, Red?"

Red? Echt jetzt?

Das ist ja ein noch viel merkwürdigerer Name als Zayn.

Der Prospect wirkt plötzlich nicht mehr annähernd so selbstsicher.

Interessant.

„Erst einen auf dicken Macker machen und Frauen schlagen wollen, und dann vor dem Präsidenten den Mund nicht aufkriegen. Wirklich sehr heldenhaft."

Red sieht mich wütend an, der Präsident hingegen zieht nur fragend eine Augenbraue in die Höhe.

„Und wer bist du?"

„Emma."

Und trotz der Tatsache, dass der Oberrocker echt furchteinflößend ist, halte ich ihm grüßend meine Hand entgegen.

Er sieht sie an, dann schaut er mir wieder in die Augen.

Nach kurzem Zögern ergreift er sie. Sein Händedruck ist fest und stark, genau wie es sein soll.

„Und was machst du in meinem Club, Emma?"

Seltsam. Ich glaube, ich mag ihn.

Im Gegensatz zu dem Prospect hat der Präsident zumindest Manieren.

Für einen Moment überlege ich, was ich sagen soll, doch noch bevor ich ihm erklären kann, dass ich hier bin, weil ich seinen Vizepräsidenten suche, fällt mir der bescheuerte Prospect ins Wort.

Was vielleicht ganz gut ist. Ich meine, was, wenn ich gestehe, dass ich den Vize nicht mehr vergessen kann und mich der Vize wohl längst vergessen hat.

Das wäre echt scheiße peinlich.

Lieber blamieren als sterben!

Da ist was Wahres dran. Zum ersten Mal seit einer Ewigkeit muss ich meinem Unterbewusstsein zustimmen.

Und während Red seinen Präsidenten über seinen Verdacht, dass ich eine verdeckte Ermittlerin bin, informiert, wird der Ausdruck in dessen Augen immer dunkler.

Zum Schluss sind seine Iriden genauso kalt wie die des Enforcers.

Was definitiv kein gutes Zeichen ist.

Kein. Gutes. Zeichen.

Verdammt! Verdammt! Verdammt!

„Hol Kane."

Der Prospect nickt und eilt davon. Ich nutze meine Chance, drehe mich um und renne, so schnell ich kann, davon.

Damit scheint der Präsident nicht gerechnet zu haben, denn ich schaffe es tatsächlich den langen, nur schwach beleuchteten Gang entlang, zumindest bis ich in eine harte, warme Mauer laufe, die wie aus dem Nichts aufgetaucht ist.

Ich pralle von ihr ab und gerade ins Straucheln.

Mir wird sämtliche Luft aus der Lunge gequetscht und dann kippe ich dank meinen sexy High Heels, die eher dazu gedacht sind einen gewissen Vizepräsidenten einzufangen anstatt vor einem Präsident wegzulaufen, einfach nach hinten um ...

Mein entsetzter Schrei wird von einem wilden Knurren begleitet, wie aus dem Nichts tauchen große Hände auf und stoppen meinen freien Fall.

Mit einem Ruck werde ich an die massive Mauer gezogen - meine Füße baumeln in der Luft.

Völlig außer Atem und mit rasendem Herzen sehe ich nach oben und erlebe ein verdammtes Déjà-vu.

Dunkelheit, feste Muskeln, starke Hände und diese unglaublichen silbergrauen Augen ...

Heilige Scheiße!

3. Kapitel

Der Vizepräsident des Wild Bones Motorcycle Clubs

Meine Laune ist beschissen.

Die Musik ist zu laut, der Whisky zu warm und die Nutten sind mir zu gierig.

Ich verspüre nicht das geringste Interesse, eine von ihnen vor mir auf den Boden zu drücken, um sie an meinem Schwanz lutschen zu lassen.

Vielleicht sollte ich mir irgendeine Aufgabe suchen?

Arbeiten hat mir schon immer dabei geholfen, meine Gedanken zu ordnen.

Das Problem ist nur, dass es nichts zu ordnen gibt.

Ich weiß, was ich will, aber nicht, wo ich es finden kann!

Dieses verdammte Mädchen aus dem *Danger Zone* hat meine Gedanken vergiftet. Es will mir einfach nicht mehr aus dem Kopf gehen.

Wenn ich nur wüsste, wo es ist ... *Holy Shit!*

Aber ich weiß es nicht.

Was ein Witz!

Bis jetzt hat mich keine Frau genug interessiert, um sie ein zweites Mal zu ficken, geschweige denn mir wegen ihr den Kopf zu zerbrechen.

Und jetzt renne ich seit fast vierzehn Tagen wie ein Idiot durch die Gegend, weil ich dumm genug war, das Mädchen, das mich fasziniert, einfach nur zu ficken und laufen zu lassen. Anstatt es mir zu packen, in mein Bett zu schleppen und dort für immer gefangen zu halten.

Fuck!

Fuuuccckkkk!

Das darf doch echt nicht wahr sein.

Zayn kommt auf mich zu und wenn ich es nicht besser wüsste, könnte ich dank seiner finsteren Mimik echt denken, dass seine Laune noch beschissener ist wie die meine.

„Was los, Bro?“

Er reibt sich über die Stirn und zündet sich anschließend eine Kippe an, ehe er mir antwortet.

„Der bescheuerte Prospect ist los.“

„Red?“

„Jep, genau der.“

Der Kerl ist wirklich keine Leuchte und ich bezweifle stark, dass er genug Grips hat, um das Anwärterjahr zu überleben.

Er ist impulsiv und dumm. Im Nachhinein habe ich keine Ahnung, warum wir ihm jemals die Chance gegeben haben, sich zu beweisen.

Wenn es nach mir gegangen wäre, hätten wir ihm das Leder längst wieder abgenommen.

Aber Griffin will, dass Red das Jahr durchzieht und *fuck*, Griffin ist der Boss.

„Was hat er jetzt schon wieder angestellt?"

Den warmen Rauch inhalierend lässt er seine Nackenwirbel knacken.

„Er hat irgendeine Tussi einkassiert, die verrückt genug war, dem paranoiden Schwein ein paar Fragen zu stellen, und ist jetzt der festen Überzeugung, dass sie eine verdeckte Ermittlerin ist."

Jesus!

Eine Polizistin auf einer unserer Partys hat uns gerade noch gefehlt.

Hier laufen so einige Dinge, die nicht für die Augen und die Ohren des Gesetzes gedacht sind. Ganz davon abgesehen, halten sich hier momentan einige Bones auf, die per Haftbefehl gesucht werden.

„Wie siehst du die Sache?"

Den Rauch Richtung Himmel blasend sieht er mich an.

„Keine Ahnung. Das soll Griffin entscheiden. Wenn sie ein Cop ist, muss sie sterben. So einfach."

Was ein Pech, dass einfach manchmal ganz schön kompliziert sein kann.

„Wo ist der Idiot jetzt?"

„Der Präs ist in seinem Büro, also wird Red da auch hin sein."

Kann nicht schaden, mir die Angelegenheit mal anzusehen.

„Okay, danke."

„Wenn du schlau bist, hältst du dich da raus, Kane."

Mit dem Zeigefinger auf das *Vizepräsidenten-Patch,* das meine Kutte ziert, tippend, mache ich ihm klar, dass es fürs Raushalten längst zu spät ist.

Er lacht und zieht weiter, während ich den Weg zum Büro einschlage.

Kaum dass ich die Hälfte hinter mich gebracht habe, prallt etwas kleines Weiches gegen mich, etwas das nach Pfirsich duftet und einen Schrei ausstößt.

Ein Schrei, der nach einer Frau klingt.

Im Halbdunkel sehe ich, wie sie fällt, und greife instinktiv nach ihr, bevor sie zu Boden gehen kann.

Keine Ahnung, wann mein Hirn kapiert hat, dass es sich bei der Frau um genau die handelt, die mir seit dreizehn verdammt langen Tagen nicht mehr aus dem Kopf gehen will. Mein Schwanz hingegen erkennt sie in genau der Sekunde, in der ich sie schützend an meine Brust ziehe und meine Nase dabei über ihre Stirn streift.

Wie soll ich das, was da in meinem Schädel abgeht, beschreiben? Dieses Mädchen passt einfach so fucking gut in meine Arme, dass mir schwindelig wird.

Wir sind wie zwei verfluchte Puzzleteile, die perfekt ineinander passen.

Wie Tag und Nacht - wie Mann und Frau.

Meine. Frau.

Das zufriedene Knurren, das sich aus meiner Kehle löst, vermischt sich mit ihrem Schrei.

Meins. Meins. Meins. Meins.

Ich habe keine verfluchte Ahnung, was die Frau, nach der ich demnächst die verdammte Stadt abgesucht hätte, hier im Wild Bones Motorcycle Club zu suchen hat, aber jetzt, wo sie schon mal da ist, werde ich sie bestimmt nicht mehr so einfach gehen lassen.

Sie hebt den Kopf, unsere Blicke begegnen sich und mein Herz steht still.

So unfassbar schön!

Mein Schwanz drückt sich hart und bereit gegen den unnachgiebigen Stoff meiner Jeans und ich glaube, dass ich sie hier auf der Stelle gefickt hätte, wenn nicht Griffin mit einem mörderischen Gesichtsausdruck auf uns zugekommen wäre.

„Du kommst genau richtig, VP. Wir haben ein Problem."

Der Club hat immer irgendwelche Probleme, ich denke, der Tag, an dem wir mal keine haben, wird unser Untergang sein.

Doch zu meinem Glück interessiert mich der Scheiß gerade absolut nicht.

Das Einzige, worum ich mich heute noch kümmern werde, ist die nach reifen Pfirsichen duftende Schönheit in meinen Armen.

„Ist mir egal. Hol dir jemand anderen, der dir dabei hilft. Ich habe heute Nacht schon was anderes vor."

Nämlich das Mädchen ficken. Wieder und wieder und wieder und wieder, so lange, bis ich vor Erschöpfung zusammenbreche. Und selbst dann kann mich wahrscheinlich nichts davon abhalten, die Frau zu lecken und zu küssen und einfach nur festzuhalten.

„Wir haben vielleicht einen Spitzel im Club."

Griffin klingt ernst.

„Ist mir egal."

Er brummt etwas, das sich verdächtig nach „blöder Wichser!" anhört, aber selbst das interessiert mich nicht.

„Alles klar, dann verschwinde, aber lass die Frau hier."

Irritiert sehe ich ihn an.

„Nein, das werde ich nicht."
Auf seiner Stirn bilden sich zwei tiefe Falten.
„Aber du musst."
„Niemals. Erinnerst du dich an die Frau aus dem *Danger Zone*?"
Er nickt.
„Was ist mir ihr?"
„Ich habe sie gerade gefunden!"
Der Präsident braucht eine Minute, um zu verstehen, was ich damit meine, dann weiten sich seine Augen.
„Was? Die Bullenschlampe ist dein Fick aus dem Lager?"
Bullenschlampe?
Jetzt brauche ich einen Moment, bis ich merke, was für eine Scheiße hier abläuft.
„Du denkst, dass das Mädchen hier ein Cop ist?"
Er nickt ernst.
Nein, das kann nicht sein.
Entsetzt sehe ich zu dem Mädchen, das in meinen Armen hängt. Was läuft hier gerade falsch?.
„Denk doch mal nach, Kane! Wie groß ist die Wahrscheinlichkeit, dass du die Kleine, die du im *Danger Zone* gebumst hast, durch Zufall hier auf einer Clubparty wiedertriffst?"
Ziemlich gering.
Die Frau in meinen Armen zappelt, sie will runtergelassen werden., Ich gebe nach und stelle sie widerwillig auf ihre Füße. Kaum dass sie steht, zieht sie sich die Absatzschuhe aus, wirft sie vor sich auf den Boden, verschränkt dann die Arme in einer kämpferischen Geste vor ihrer Brust und sieht mich herausfordernd an.
Dabei werden ihre kleinen, festen Tittchen nach oben gedrückt, was wiederum zur Folge hat, dass mein Hirn beinahe einen Blackout erleidet.
Bloody Hell!
Solange ich ihren Duft in meiner Nase habe, kann ich nicht denken.
„Wie wäre es, wenn ihr Arschlöcher mich einfach mal fragt, weswegen ich hier bin, anstatt mutwillige Spekulationen anzustellen? Uns Frauen kann man nicht nur ficken, mit uns kann man auch reden. Wisst ihr?"
Griffin wirkt wütend, hält sich jedoch angesichts meiner sichtbaren Bereitschaft, die Frau zu beschützen, zurück.
Gut so.
Solange nicht zweifelsfrei feststeht, dass sie ein Cop ist, wird ihr keiner auch nur ein Haar krümmen. Und selbst wenn sich der Verdacht bestätigt, zweifle ich stark daran, dass mein Beschützerinstinkt nachlässt.

Sie. Gehört. Mir.
Ende der Geschichte.
„Also gut. Warum bist du hier, Mädchen?"
„Mein Name ist Emma und nicht Mädchen." Ihr Blick huscht zwischen Griffin und mir hin und her. „Und ich bin hier, weil ich den Vizepräsidenten gesucht habe."
Bämmmmm!
In meiner Brust wird es ganz warm.
Sie hat mich also ebenfalls nicht vergessen.
„Und warum hast du nach ihm gesucht?"
Eine leichte Röte überzieht ihre Wangen.
„Ganz einfach, weil das, was wir hatten, gut war. Mehr als gut. Und ich mehr will ..."
Wenn mein Schwanz zustimmend nicken könnte, würde er das jetzt tun. Doch stattdessen wird er einfach immer härter und härter.
Der Präsident scheint ihr zu glauben, dennoch zieht er misstrauisch seine linke Augenbraue in die Höhe.
„Warum hast du dem Prospect dann Fragen gestellt, deren Antworten dich nichts angehen?"
Emma schüttelt den Kopf.
„Soll das ein Scherz sein? Ich habe im Spaß wissen wollen, warum man mitten in Seattle bei einer Party mit einem Maschinengewehr bewaffnet Wache steht. Mehr nicht."
Und deswegen der ganze Aufriss?
Ich sehe zu Griffin, der mindestens so genervt aussieht wie ich.
„Woher hätte ich wissen sollen, dass mich das gleich zum Feind macht?"
Die Frau kommt nicht aus unserer Welt, genauso wenig wie Charlotte, die Old Lady unseres Präsidenten. Nachdem er sie in den Club gebracht hat, hat sie ebenfalls eine Million Fragen gestellt, aber niemand wäre auf die Idee gekommen, ihr zu unterstellen, dass sie ein Bulle ist. Klar. Charlotte ist die beste Freundin meiner Schwester. Aber trotzdem. Frauen sind von Natur aus neugierige Wesen, die nun mal Dinge, die sie nicht verstehen, erklärt haben wollen. Ich kann daran nichts Schlimmes finden.
Nichts Schlimmes und auch nichts Verdächtiges!
„Ist damit die Sache geklärt?"
Ich gehe davon aus, dass Griffin ja sagt, doch stattdessen reibt er sich über den Nacken und deutet mit einem Nicken auf ihre Titten.
„Noch nicht, Ich will erst sehen, ob sie verkabelt ist. Wenn sie kein Mikro trägt, gehört sie ganz dir!"

Emma sieht mich geschockt an.
Das Blut in meinen Adern wird zu Eis.
„Wenn ihr denkt, dass ich mich vor euch ausziehe, liegt ihr falsch."
Oh, mir gefällt, dass sie Feuer im Arsch hat.
„Du hast dich schon vor mir ausgezogen. Schon vergessen?"
Ihre Augen bohren sich in die meinen. Wenn Blicke töten könnten, würde ich jetzt reglos auf dem Boden liegen.
„Habe ich nicht. Du hast mich gefickt. Aber du hast mich nicht ausgezogen!"
Stimmt. *Fuck!* Stimmt.
„Das wird sich gleich ändern."
„Nein wird es nicht. Falls ich wirklich Interesse an dir hatte, und das ist ein großes *falls*, hat sich das dank der Scheiße, die ihr mit mir abgezogen habt, erledigt."
Das sehe ich anders.
Ganz anders.
„Du bist hier, weil du von mir gefickt werden wolltest!" Ich gehe auf sie zu, sie weicht unsicher einen Schritt zurück. Ein Hauch Furcht mischt sich zu dem Pfirsichduft, der mich beinahe sabbern lässt. Ich bin kurz davor, wie ein Wolf die Zähne zu fletschen.
„Und genau das werden wir gleich tun. Ich werde dich packen, beißen und bis zum Anschlag mit meinem Schwaz füllen. Du wirst meinen Namen schreien und ich werde in dir abspritzen. Aber bevor wir spielen, muss ich prüfen, ob du ein verdammtes Mikro trägst."
Sie schüttelt den Kopf, ich ignoriere ihre Abfuhr und dränge sie an die Wand. So gefangen, ballt sie die Fäuste, so als ob sie gegen mich ankämpfen wollte.
Was ich echt süß finde.
Was will sie mir schon tun?
Sie ist winzig im Vergleich zu mir ...
„Wenn du mich schlägst, pass auf, dass du dir dabei nicht weh tust."
Griffin lacht, Emma faucht wie eine wütende Katze.
„Rühr mich an und ich schlage dich."
Oh, ich zittere schon vor Angst.
Amüsiert betrachte ich ihre geballten Fäuste und stelle fest, dass sie es falsch macht. Genau wie fast alle Frauen auf dem Planeten hat sie den Daumen in der Faust, was nicht gut ist. Sollte sie hart zuschlagen, wird sie ihn sich brechen.
„Warte, Süße, mache es so." Ich löse ihre Finger und zeige ihr, wie es richtig geht. „Jetzt kannst du mich schlagen, wenn du willst."
Meine Hilfsbereitschaft bringt mir einen verunsicherten Blick ein.

„Seid ihr alle verrückt geworden?"

Dazu sage ich nichts, sondern löse schweigend die Verschnürung ihrer Korsage und achte darauf, so vor ihr zu stehen, dass der Präsident keinen Blick auf mein Eigentum erhaschen kann. Und dieses Mädchen ist mein Eigentum. Es weiß es nur noch nicht.

Mit jeder Öse, die ich freilege, geht mein Atem schneller und mein Schwanz wird härter. Das weiche Fleisch ihrer Bürste quillt regelrecht hervor und ich bin kurz davor einen verfluchten Herzinfarkt zu erleiden.

Noch nie zuvor in meinem Leben wollte ich etwas so dringend wie die Frau, die sich in meine Welt gewagt hat, um mich zu suchen ...

Ihre Nippel sind rosa, ihre Haut ist weiß und es befindet sich kein Mikro zwischen den weichen Hügeln, in denen ich unbedingt meine Zähne vergraben will.

Holy Shit!

Selbst wenn da ein Mikro gewesen wäre, hätte ich niemals zugelassen, dass Griffin sie anpackt. Ich hätte sie beschützt und dafür gesorgt, dass sie sicher von hier verschwinden kann.

Dieses Mädchen ist ein Schatz.

Mein Schatz ... *Fuck!*

Ich klinge schon wie dieses hässliche Wesen aus *Herr der Ringe,* das ständig rohen Fisch frisst und wegen des verdammtes Rings wahnsinnig geworden ist.

4. Kapitel

Das Mädchen, die rosa Giraffe und der Rocker ...

Wollen die mich eigentlich total verarschen?

Ich bin hierhergekommen, weil ich auf der Suche nach dem Vizepräsidenten war, ich wollte Spaß und Sex und phänomenale Orgasmen, und was ist jetzt?

Jetzt stehe ich in einem dunklen Flur, während der Vize, dessen Namen ich endlich kenne, mich nach einem Mikro oder so etwas absucht.

„Vielleicht habe ich ja auch eine Waffe in meiner Muschi versteckt. Oder mir meine angebliche Dienstmarke in den Hintern geschoben. Willst du da auch mal nachsehen?“

Meine Stimme trieft nur so vor Ironie, doch das scheint dem Rocker, der meine Brüste anstarrt, als wären sie das siebte Weltwunder, irgendwie zu entgehen.

„Du willst, dass ich in deinen Arsch schaue?“

Verdammt, nein!

„Ich will, dass du dich ins Knie fickst!“

Der Präsident, der sich irgendwo hinter Kanes massivem Rücken befindet, beginnt laut zu lachen, Kane hingegen sieht mich einfach nur aus dunklen Augen an.

Seine Nasenflügel sind gebläht und an seinem Kiefer zuckt ein Muskel.

Mag sein, dass es nicht so besonders schlau ist, Männer wie ihn zu reizen, aber ich kann nicht anders.

Diese Rocker scheinen mehr Muskeln als Verstand zu haben, anders kann ich mir das, was hier gerade abgeht, einfach nicht erklären.

Ohne den Blick auch nur eine Sekunde von mir abzuwenden, beugt Kane sich zu mir runter, bringt sein Gesicht ganz nah vor das meine und umfasst grob mit seiner rechten Hand meinen Hals.

Er drückt nicht zu, ich kann durchaus atmen, trotzdem ist die Geste ganz klar dominierend.

Der *Wild Bone* will mich einschüchtern, aber das kann er vergessen.

„Ich werde dich ficken. Die. Ganze. Restliche. Nacht.“

Na, von wegen.

„Vor einer halben Stunde hätte ich dir das sogar noch erlaubt. Aber jetzt nicht mehr. Jetzt werde ich meine Korsage wieder zumachen und nach Hause gehen. Sucht euch eine andere Frau für den Schwachsinn, der in euren paranoiden Köpfen vorgeht.“

Das wütende Knurren, das er als Antwort von sich gibt, würde wesentlich besser zu einem wütenden Wolf passen, als zu einem Menschen. Es verrät mir, wie primitiv diese Typen doch alle sind, was mich zum Lachen bringt.

Was eine Scheiße!

Und ich dachte echt, ich würde hier bei den Rockern mit ein bisschen Glück meinen Prince Charming finden.

Aber damit lag ich wohl falsch! Total falsch!

Verdammt!

„Ich glaube, dein Mädchen ist angepisst, Bro."

Kane sieht mich weiterhin unverwandt an.

„Ach, was du nicht sagst, Präs."

Seine langen Finger umschließen noch immer meinen Hals, während sich meine Brüste dem Rocker entgegenstrecken.

„Willst du einen Tipp?"

Der Präsident klingt ganz klar belustigt.

Schön, dass zumindest einer von uns seinen Spaß hat.

„Nein. Verpiss dich!"

Kane spricht durch zusammengebissene Zähne.

„Ich gebe ihn dir trotzdem. Wenn Charly wütend ist, ficke ich sie einfach so lange, bis sie vergessen hat, sauer auf mich zu sein. Glaube mir, das funktioniert immer."

Oh ... da ist ja einer ein richtiger Beziehungsspezialist.

Mein zorniges „Sex ist keine Lösung!", bringt die beiden Biker zum Lachen.

Der Präsident verschwindet und lässt mich mit seinem Vize allein.

Verflucht! Das ist nicht gut.

Absolut gar nicht gut.

„Mag sein, dass Sex keine Lösung ist, aber er ist immerhin ein Anfang."

Kanes Stimme klingt dunkel und erregt, er presst sich an mich. Meine Nippel scheuern über das glatte Leder seiner Weste, während er die harte Beule, die sich in seiner Hose befindet, gegen meinen Bauch drückt und sich an mir reibt.

„Lass das gefälligst!"

Himmel, selbst mir fällt auf, wie zickig ich klinge. Aber das ist nach den Vorfällen der letzten halben Stunde sicherlich keine Überraschung.

„Was soll ich lassen, Baby?"

Arghhh.... Dieser Kerl treibt mich in den Wahnsinn! Zuerst beschuldigt er mich, ein Polizeispitzel zu sein, und jetzt tut er so, als ob nichts gewesen wäre.

Ganz ehrlich?

Als ich hierhergekommen bin, in den *Wild Bones Motorcycle Club,* hatte ich keine Ahnung, was mich erwartet. Aber ich hatte irgendwie mit etwas anderem als mit falschen Verdächtigungen und Leibesvisitationen gerechnet.

„Zuerst einmal sollst du mich nicht Baby nennen, mein Name ist Emma - du darfst ihn benutzen. Und zweitens wirst du mich heute Nacht nicht ficken! Verstanden?“

Der arme, böse Vizepräsident kapiert, dass ich es ernst meine, und wirkt plötzlich wie ein kleiner Junge, dem man sein Lieblingsspielzeug weggenommen hat.

Tja! Pech gehabt.

So etwas passiert, wenn man sich wie ein Arschloch aufführt.

Sein gezischtes, „das werden wir ja sehen“, bringt mich dazu, seine Hand wegzuschlagen und meine Korsage zu schließen.

„Wir werden gar nichts sehen, ich lass mich doch von euch Idioten nicht verarschen.“

Kaum dass meine Brüste wieder aufgeräumt sind, werden Schritte laut.

Der bescheuerte Prospect, der mir diesen ganzen Ärger überhaupt erst eingebrockt hat, kommt auf uns zu und sieht mich hasserfüllt an. Dann gleitet sein Blick zu Kane.

„Ah, da bist du ja, VP, ich habe dich schon überall gesucht. Aber wie ich sehe, hast du die Bullenschlampe schon gefunden.“

Okay. Jetzt reicht's! Genug ist genug!

Noch bevor ich überhaupt weiß, was ich tue, noch bevor Kane irgendwie reagieren kann, balle ich die Faust, so wie er es mir vorhin gezeigt hat, marschiere auf das Arschloch zu, hole aus und schlage mit aller Kraft zu – mit wirklich der ganzen Kraft, die ich irgendwie aufbringen kann. Und es fühlt sich gut an. Sehr gut. Besonders als ich zufrieden beobachte, wie der Kerl ins Wanken gerät und gegen die Wand hinter seinem Rücken stolpert.

Meine Hand tut höllisch weh und Kane hatte recht, wäre mein Daumen in meiner Faust gewesen, hätte ich ihn mir gebrochen.

Die Hand kurz ausschüttelnd, überwinde ich nun auch die restliche Distanz zu dem Prospect, hebe mein Knie und ramme es ihm mit voller Wucht in die Eier.

Er jault und schreit, sackt auf die Knie und hält sein Gemächt fest, so als ob er befürchten würde, dass es kaputt ist.

Was mir ein zufriedenes Grinsen entlockt.

Oh ja, Rache ist süß ...

„Wenn du mir jemals wieder blöd kommst, zermatsche ich dir deinen Schwanz! Verstanden?“

Er nickt. Täusche ich mich etwa, oder rinnen ihm tatsächlich ein paar Tränen aus den Augen?

Ich empfinde kein Mitleid. Gar keins.

Kane, der mich beobachtet hat, kommt lachend auf mich zu.

„Fuck, Baby! Du bist ja echt ’ne Wahnsinnsbraut.“

Er will mir seinen Arm um die Schultern legen, ich ducke mich weg und mache mich auf die Suche nach meinen Schuhen.

Der *Wild Bones Motorcycle Club* ist nun wirklich kein Ort, an dem ich barfuß durch die Gegend laufen will. Außerdem waren die Heels echt teuer, noch mal kann ich mir die nicht leisten ...

Mit so viel Würde wie nur möglich schlüpfe ich in sie hinein, schüttle meine noch immer schmerzende Hand aus und begebe mich Richtung Ausgang.

Der Vizepräsident folgt mir, gerade als ich an der Bar vorbei will, packt er mich von hinten und hält mich bestimmend fest.

„Stopp!“

Ich versuche ihn abzuschütteln, doch sein Griff ist zu fest.

„Stopp, Emma!“

Der Klang, den seine raue Stimme angenommen hat, ist mehr als nur ein bisschen bedrohlich.

„Was willst du?“ Ich frage ihn das, ohne mich zu ihm umzudrehen.

Gott! Ich bin noch immer so wütend!

„Was ich will?“

Er klingt beinahe fassungslos.

„Seit unserem Fick im *Danger Zone* sind dreizehn verflucht lange Tage vergangen, dreizehn Tage, an denen ich ständig an dich denken musste. Bullshit! Ich war kurz davor, die ganze verdammte Stadt nach dir abzusuchen. Und jetzt tauchst du wie aus heiterem Himmel in meinem Club auf und denkst, dass ich dich einfach so davonlaufen lasse? Niemals! Kapierst du? Niemals! Das kannst du vergessen, Mädchen. Schrei mich an, schlag mich, tu, was du willst, damit es dir besser geht, dann klettere auf meinen Schoß und lass dich von mir ficken. Ich brauche dich, Emma. Wenn ich nicht bald meinen Schwanz in dich reinschieben kann, drehe ich noch durch.“

Wow!

Das war so was von gar nicht romantisch, dass es das fast schon wieder doch ist.

Fast wie ein Witz, der so schlecht war, dass man lachen muss, obwohl er eigentlich gar nicht zum Lachen war.

Wenn ihr versteht, was ich meine?!

Egal!

Wie auch immer, ich bin kurz davor nachzugeben.

Immerhin bin ich wegen Orgasmen hier und die habe ich noch nicht bekommen.

Mit einem Zischen drehe ich mich zu dem Vizepräsidenten um.

„Glaubst du echt, dass du einfach so leicht aus der Nummer wieder rauskommst?“

Kane sieht mich zerknirscht an und ist dabei so süß, dass ich mich echt am liebsten auf seinen Schoß gesetzt hätte.

Aber stopp!

So leicht lasse ich ihn nicht davonkommen.

Denn auch wenn die Welt, in der er lebt, gefährlich und irgendwie wahnsinnig ist, bin ich verdammt noch mal verrückt nach diesem Rocker.

Wenn ich jetzt also stur bleibe und gehe, bestrafe ich mich damit selbst, in dem ich mir wegnehme, was ich seit knapp zwei Wochen so dringend haben möchte.

Wenn es mir möglich wäre, den Rocker zu vergessen, hätte ich das längst. Ich habe es weiß Gott lang genug versucht. Aber es hat nicht geklappt und genau deswegen bin ich ja hier ... Weil ich ihn will, weil ich mehr von ihm brauche als diese eine Nacht im Schnapslager.

„Ich tue, was du willst, Baby.“

Was ich will?

Er nickt. Auf dem Bartresen steht eine Flasche Jack Daniels, ich bin frech genug, sie mir einfach zu nehmen, setze sie an und genehmige mir ein paar große Schlucke.

Der Alkohol brennt sich seinen Weg in meinen Magen und lässt mich laut rülpsen.

Falls Kane mein wenig damenhaftes Benehmen stört, lässt er es sich nicht anmerken.

„Sag mir, was ich tun muss, damit du mir verzeihst, und ich mache es.“

Mir kommt da eine Idee ... Aber Scheiße!

Kann ich wirklich so gemein sein?

Für Melanies Junggesellinnenabschied hatte ich zum Spaß so lustige Aufklebe-Tattoos besorgt. Ihr wisst schon, solche, die man nass macht, auf seine Haut drückt und die dann da für ein paar Tage bleiben.

Eines davon war eine große, überdimensionale rosa Giraffe mit einer langen Zunge, die eine Herzsonnenbrille getragen hat, an der zwei pinke Herzen befestigt waren.

Das Motiv war lustig und gleichzeitig echt hässlich und wir haben Melanie dazu gebracht, dass wir es ihr auf den Arsch kleben durften.

Na ja ... Wie sich herausgestellt hat, war die angegebene Haltbarkeit des Klebetattoos nicht ganz richtig angegeben, denn statt zwei Tagen hat die Giraffe knapp eine Woche ihren Hintern geziert.

Was bedeutet, dass Ben in ihrer Hochzeitsnacht, als er seine Braut in den Hintern gevögelt hat, ständig die Giraffe vor Augen hatte.

Die Mädels und ich haben uns, als Melanie uns das erzählt hat, köstlich amüsiert.

Und wie es der Zufall will, habe ich noch eine solche Giraffe übrig. Und da der Rocker vor mir im Gegensatz zu seinen Clubbrüdern überhaupt keine Tattoos aufweisen kann (zumindest keine, die ich, solange er angezogen ist, sehen kann), könnte er meiner Meinung nach durchaus noch eines gebrauchen.

Ein rosa-pinkes, mit Herzen und einer Giraffe, die der Welt die Zunge rausstreckt. Und wenn er sich darauf einlässt, na ja … dann könnte ich ihm den Scheiß von heute Abend vielleicht verzeihen.

„Du machst alles, was ich will?“

Kane bemerkt mein Grinsen, bleckt die Zähne, flucht und besiegelt mit einem Nicken seinen Untergang.

„Okay. Ich will, dass du dir ein rosa Giraffentattoo auf den Arsch machst. Eins mit Herzen und jeder Menge anderem peinlichen Kram. Und die Giraffe streckt jedem die Zunge raus. Verstanden?“

Irgendwie habe ich damit gerechnet, dass er sich weigert oder zumindest kurz zögert, doch stattdessen stimmt er sofort zu.

„Abgemacht. Aber dafür gehörst du mir.“

Öhm ...

„Definiere das genauer.“

„Na, ganz einfach. Du sagst mir, wo du wohnst, damit ich dich ab jetzt problemlos wiederfinden kann. Wir treffen uns, so oft es geht, und wir ficken. Wieder und wieder und wieder.“

Jep!

Darüber muss ich gar nicht erst lange nachdenken.

Die Definition gefällt mir.

„Abgemacht.“ Um unseren Deal zu besiegeln, strecke ich ihm meine Hand entgegen, er schlägt ein und nimmt mir den Whisky ab. Eine Sekunde später baumle ich mit dem Kopf nach unten an seinem Rücken und komme nicht gegen das laute Lachen an, das in meiner Kehle aufsteigt.

Heilige Scheiße!

Der Vizepräsident der *Wild Bones* hat mich einfach so über seine Schulter geworfen!

5. Kapitel

Der Vizepräsident des Wild Bones Motorcycle Clubs

Bloody Hell!

Eine Giraffe auf meinem Arsch?

Das ist alles? Mehr will sie nicht?

Damit kann ich leben. Ich lasse mir diese verdammte Giraffe auf den Arsch tätowieren, obwohl ich absolut kein Fan von Tattoos bin. Im Gegensatz zu meinen Brüdern habe ich kaum Tinte auf meiner Haut.

Bis auf den Skull der *Bones,* der mein linkes Schulterblatt ziert, bin ich der Tattoomaschine bis jetzt aus dem Weg gegangen. Aber für dieses Mädchen mache ich mit Freuden eine Ausnahme. Hauptsache am Ende gehört es mir!

Emma ist unglaublich!

Sie ist mutig und taff und sexy und furchtlos und ein kleines bisschen verrückt.

Anstatt in Panik zu geraten oder auszuflippen, hat sie Griffin und mir die Stirn geboten. Sie hat dem beschissenen Prospect, dem ich ebenfalls noch ein paar Knochen brechen werde, gezeigt, was Sache ist. Sie hat ihm eine verpasst und ihm das Knie in die Hoden gerammt. Emma mag aussehen wie eine süße Puppe, doch in Wirklichkeit ist sie eine echte Raubkatze.

Und das gefällt mir. Mehr als das ... Es turnt mich unheimlich an.

Der *Wild Bones Motorcycle Club* ist kein Ponyhof. Wer hier zurechtkommen will, muss sich durchsetzen. Und damit hat Emma schon mal keine Probleme.

Und das ist gut.

Denn ich bin fest entschlossen, sie zu behalten.

Bis jetzt habe ich nie mit dem Gedanken gespielt, mir eine Frau aufs Bike zu setzen - denn das bedeutet etwas in meiner Welt.

Es bedeutet, dass die Frau mir gehört und ich ihr und das wir zusammengehören.

Fuck!

Für Emma bin ich bereit, es zu versuchen. Ich muss, mir bleibt gar keine andere Möglichkeit, denn die letzten zwei Wochen haben mir bewiesen, dass ich diese Frau nicht einfach so vergessen kann. Ich kann sie gar nicht vergessen. Weder einfach noch sonst wie.

Ich musste ständig an sie denken.

Zur Hölle!

Ich träume sogar von ihr. Und das will was heißen, denn bevor ich ihr begegnet bin, hatte ich keine Träume.

Meine Nächte waren schwarz, so schwarz wie meine Zukunftsprognosen.

Doch dank diesem sexy Mädchen ist endlich etwas Farbe in mein Leben gekommen.

Entschlossen, mir zu nehmen, was ich so dringend brauche, trage ich meine Beute den langen Gang entlang, an Griffins Büro vorbei bis zu dem kleinen Apartment, das sich direkt neben des Präsidenten Wohnung befindet, und in das ich an dem Tag, an dem ich zum Vizepräsidenten gewählt wurde, gezogen bin.

Es ist klein und nichts Besonderes. Aber es hat ein Bett und in genau dem werde ich Emma die nächsten vierundzwanzig Stunden gefangen halten.

Ich werde sie so oft und so lang ficken, bis ich endlich wieder klar denken kann, dann werde ich die verdammte Giraffe auf meinem Arsch verewigen und dann, oh ja, dann werde ich alles in meiner Macht Stehende tun, um Emma für mich zu gewinnen.

Ich bin bereit, zu tun, was immer nötig ist, damit sie bei mir bleibt ...

Damit sie mich genauso sehr will, wie ich sie!

6. Kapitel

Das Mädchen, das versteht, dass sich das Paradies inmitten eines höllischen Motorcycle Clubs befindet ...

Wir stehen uns nackt gegenüber, unsere Klamotten liegen überall auf dem Boden verstreut - wir haben sie uns regelrecht vom Leib gerissen. Unser beider Atem kommt schnell, ich fühle mich erhitzt und kribbelig und kann es nicht glauben, dass ich immer noch hier bin, anstatt laut schreiend die Flucht angetreten zu haben.

Heilige Scheiße!

Ich muss verrückt sein. Falsch! Ich bin verrückt, verrückt nach einem Rocker.

Anders kann ich mir nicht erklären, dass ich in den silbrigen Augen des Vizepräsidenten der *Wild Bones* versinke und ihn heiser anflehe, mich zu berühren.

Seine Mimik ist hart, genau wie der Rest seines Körpers.

Er wirkt angespannt und konzentriert, fast so als ob er sich mit aller Macht davon abhalten müsste, wie eine hungrige Bestie über mich herzufallen.

Dabei will ich gar nicht, dass er sich zurückhält.

Ich will, dass er mich anfasst, dass er mich packt, küsst, beißt und fickt.

Ich will alles und ich will es von ihm!

„Wenn du wüsstest, was ich in meinem Kopf schon alles mit dir gemacht habe, würdest du mich um Gnade anbetteln, Süße."

Ich lächle ihn an, lasse meine Augen an seinem kantigen Kiefer nach unten gleiten, hinab zu seinem massiven Brustkorb und sauge jedes noch so kleine Detail in mich ein.

Die kleine Narbe auf seinen Rippen, das Muttermal an seinem Schlüsselbein - einfach alles.

Seine Haut ist straff und fest und bis jetzt konnte ich kein einziges Tattoo entdecken. Was seltsam ist, denn viele seiner Clubbrüder tragen die schwarze Tinte sogar in ihren Gesichtern. Doch dieser Rocker hier ist anders und ich spüre, dass das nicht nur auf seinen Körper, sondern auch auf seine Seele zutrifft.

Erst als ich mir sicher bin, dass ich nichts verpasst habe, schweift mein Blick weiter.

Die hügelige Landschaft seiner Bauchmuskeln lässt mir das Wasser im Mund zusammenlaufen. Einfach alles an diesem Biker ist maskulin und sexy.

Jackpot, Baby!

Ich muss der Stimme in meinem Kopf zustimmen. Dieser Vizepräsident ist definitiv der attraktivste Mann auf diesem Planeten.

Und er ist bereit, sich für dich eine pinke Giraffe auf den Arsch zu kleben.

Jep, ist er! Und das ist fast noch besser als das Sixpack, das ich gerade so atemlos betrachte.

Halleluja!

Ob das mit uns eine Zukunft hat?

Wenn ja, flippe ich aus vor Freude und wenn nicht, dann ist es auch okay. Hauptsache, ich bekomme noch ein paar Mal den grenzgenialsten Sex aller Zeiten.

Ich setze meine visuelle Reise fort und betrachte die Adern, die sich gut sichtbar auf seiner Haut abzeichnen und mich von seinen Bauchmuskeln immer weiter südwärts leiten. Was ich dann sehe, bringt mein Herz aus dem Takt.

In einem Nest krauser Haare reckt sich mir der schönste, längste und dickste Penis entgegen, den ich jemals gesehen habe.

Er ist hart und leicht nach oben gebogen und auf der saftigen Krone perlt ein cremiger Tropfen.

Direkt darunter befinden sich pralle Hoden zwischen trainierten Oberschenkeln.

Der Hunger, der sich in mir ausbreitet, kann nur von einer einzigen Person gestillt werden: dem Vizepräsidenten der *Wild Bones*.

Leise stöhnend strecke ich die Hand nach seiner Erektion aus, berühre sanft den mit Samt überzogenen Stahl und werde mit einem wilden Fauchen belohnt.

„Fuck! Du bringst mich noch um, Mädchen."

Na, das will ich doch nicht hoffen.

„Ich dachte, ihr *Wild Bones* wärt unsterblich?"

Das bringt ihn zum Lachen.

„Nur weil wir schwer zu töten sind, bedeutet das nicht, dass es nicht machbar ist. Es kommt nur auf die richtigen Waffen an."

Interessant.

„Und welche Waffen wären das?"

Seine Iriden funkeln wie die Sterne des Nachthimmels.

„Die Waffen einer Frau."

Dem drängenden Hunger, der in mir wütet, nachgebend, lasse ich mich auf die Knie sinken, streiche mit den Fingern über die komplette Basis und hauche einen federleichten Kuss auf den kleinen Schlitz an der Spitze seiner Erektion.

Kanes gefluchtes „Du wirst mein Untergang sein, Emma.“, verleiht mir den Mut, den ich brauche, um den Mund zu öffnen und die seidige Spitze einzusaugen.

Gott!

Sein herber Geschmack von Mann und Lust explodiert auf meiner Zunge und lässt mich immer noch mehr wollen.

Gierig lasse ich ihn an meinem Gaumen entlang in meinen Hals gleiten, stütze mich dabei nach Halt suchend an seinen Beinen ab und schließe vertrauensvoll die Augen.

Keine Ahnung, woher die Gewissheit, dass ich bei diesem Rocker in Sicherheit bin, kommt. Aber sie ist da und ich vertraue ihr. Ich vertraue ihm.

Seine Finger vergraben sich in meinem Haaren, er packt fest zu und hält mich besitzergreifend in Position, während er mit seiner Hüfte vorstößt und sich so tiefer in meinem Rachen vergräbt.

„So gut ... So eng ...“

Er klingt so atemlos, wie ich mich fühle.

Süchtig nach mehr, beginne ich ihn oral zu verwöhnen. Zügle über die Unterseite seines dicken Schwanzes und massiere ihn zeitgleich mit meinen Lippen.

Kane stöhnt laut und flucht.

Entschlossen, ihm alles zu geben, was er braucht, verpasse ich ihm den Blowjob seines Lebens.

So weit es sein fester Griff zulässt, wippe ich mit meinem Kopf vor und zurück.

Wir finden den perfekten Rhythmus.

Ich lasse seinen Schwanz beinahe komplett aus mir herausgleiten, lecke über die Spitze, genieße sein Gewicht auf meiner Unterlippe und nehme ihn dann wieder bis zum letzten Millimeter in mir auf.

Unser Spiel ist dekadent und verrucht und turnt mich unheimlich an.

Feuchte Hitze sammelt sich zwischen meinen Schenkeln, in meinem Bauch fliegen tausend Schmetterlinge wild durcheinander, während sich meine Brüste schwer und voll anfühlen.

Die Muskeln unter meinen Fingern spannen sich an, genau wie sein Sixpack, das ich wieder und wieder mit meiner Nase streife.

Auch die Geräusche, die der Rocker von sich gibt, verändern sich. Sie werden dunkler, kraftvoller und tiefer. Ich bin mir ziemlich sicher, dass er in meinem Mund kommen wird, und ich bin bereit, seine Leidenschaft zu schlucken.

Jeden. Einzelnen. Tropfen.

Doch Kane überrascht mich, indem er sich zurückzieht, mich packt, hochreißt und nach einem besitzergreifenden Kuss auf das Bett wirft.

Ich falle weich, einen Atemzug später ist der harte Rocker auf mir, teilt mit seinem Knie meine Schenkel und dringt mit einer fließenden Bewegung tief in mich ein.

Die Welt steht still.

Ich kann nichts mehr sehen, ich kann nicht denken, sondern nur noch fühlen. Mein ganzes Sein ist auf den Mann fokussiert, der mir, während er mich fickt, rau ins Ohr knurrt, wie sehr er mich will.

Und es ist ein Fick, es ist kein einfacher Sex. Kein durchschnittliches Rein und Raus - es ist so viel mehr, dass ich es kaum beschreiben kann.

Kane verändert bei jedem Vorstoß den Winkel. Immer nur um ein paar Grad, aber doch so viel, dass er all meine inneren Nervenbahnen in Brand setzt und unzählige Miniorgasmen in mir auslöst.

Ich zittere, bebe, schwitze und stöhne.

Wann immer ich nach Luft schnappe, stößt er etwas härter zu, so als wäre es sein Ziel, mich zum Schreien zu bringen.

„Sag meinen Namen!"

Ich höre seine Forderung, doch ich kann ihr nicht nachkommen, dafür ist die Lust, die mich gefangen hält, einfach zu stark.

„Sag meinen Namen, Emma."

Den Mund öffnend, will ich tun, was er verlangt, doch dann fasst er beinahe zeitgleich zwischen uns und beginnt über meinen Kitzler zu kreisen.

Das. War's. Ich zerplatze vor Glück und vor Lust.

Der Druck in meinem Inneren nimmt stetig zu, seine Zähne schnappen nach meiner Unterlippe. Er beißt mich, zwickt mir in den Kitzler und stößt mit seiner Härte bis zur Grenze in mich hinein.

Zuerst sind da nur diese leichten Wellen, die sich in Rekordgeschwindigkeit in einen Tsunami verwandeln und mich mit sich aufs offene Meer reißen. Ich treibe dahin, tauche ab und verliere mich in einer Welt aus Sehnsucht und Befriedigung.

Der Vizepräsident auf mir scheint noch nicht genug zu haben. Anstatt langsamer zu werden, verdoppelt er die Geschwindigkeit, mit der er mich nimmt, die gedämpften Geräusche, die er dabei von sich gibt, klingen mehr nach einem wilden Tier als nach einem Menschen. Seine Hände umschließen meine Taille, graben sich an ihr fest und halten mich grob in Position, damit ich bei seinen harten Stößen nicht auf der Matratze nach oben geschoben werde.

„Ich. Brauche. Dich." Er holt tief Luft. „Ich. Will. Dich!" Wir verschmelzen wieder und wieder und wieder miteinander. „Ich. Behalte. Dich."

Mein Herz schwillt an, es wird zuerst ganz warm, dann heiß und schlussendlich verliebt es sich in den Rocker, den ich dreizehn lange Tage einfach nicht vergessen konnte ...

Oh Scheiße!

Das war nicht der Plan. Ganz und gar nicht.

Aber was hatte ich erwartet?

Dass wir Feinde werden?

Oder dass sich die Anziehung, die zwischen uns seit der ersten Sekunde geherrscht hat, plötzlich in Luft auflöst?

Ich bin hierhergekommen, weil ich mehr von dem Vizepräsidenten wollte. Und jetzt habe ich dieses *Mehr* bekommen und es fühlt sich einfach nur unglaublich gut an.

Gut und richtig und einfach perfekt.

Kane ist unersättlich, ich komme erneut und erst als die Kontraktionen in meinem Inneren nachlassen, spüre ich, wie alles an ihm hart wie Stein wird, sein Schwanz beginnt zu zucken und dann passiert es, sein heißer Samen füllt mich aus.

Er markiert mich von innen als die Seine und ich habe absolut nichts dagegen.

Oh ja, ich bin definitiv verrückt nach diesem Rocker.

Erst als sich sein Atem wieder etwas beruhigt hat, sieht er auf mich herab. Unsere Blicke versinken ineinander und die Schmetterlinge in meinem Bauch drehen total durch.

„Du bist der Hammer, Baby!"

Ich komme nicht gegen das breite Lächeln an, zu dem sich meine Lippen verziehen.

Und das ist okay, Kane kann ruhig sehen, wie glücklich er mich macht.

„Denk dran, wenn du wissen willst, wo ich wohne und wie du mich wiederfinden kannst, muss die Giraffe auf deinen Arsch."

Der Rocker nickt ernst.

„Keine Sorge, Süße. Ich steh zu meinem Wort."

Damit zieht er sich langsam aus mir heraus und ich zucke leicht zusammen.

Es ist nicht so, dass es weh tut, aber na ja, wir waren nicht gerade vorsichtig oder langsam.

„Alles gut bei dir?"

Seine Sorge bestätigt mich darin, dass dieser sonst so gnadenlose Biker tatsächlich mein lang gesuchter Prince Charming sein könnte.

„Ja, mir geht es bestens."

Kane brummt zufrieden, legt sich neben mich, zieht mich in seine starken Arme und hält mich besitzergreifend fest. Durch das geschlossene Fenster dringt der Beat der hämmernden Musik zu uns herein. Der DJ scheint noch etwas lauter aufgedreht zu haben. Doch das stört uns nicht. Wir befinden uns in einer Art Blase, unserer eigenen Blase des Glücks.

7. Kapitel

Der Vizepräsident des Wild Bones Motorcycle Clubs

Es ist kurz nach drei, der Lärm ist verstummt, im Hof ist es ruhiger geworden.

Das Mädchen in meinen Armen ist längst eingeschlafen.

Nachdenklich betrachte ich sein wunderschönes Gesicht, spure mit der Fingerkuppe die vollen Lippen nach und erinnere mich daran, wie fantastisch es sich angefühlt hat, mit meinem Schwanz zwischen diesen roten Lippen zu stecken.

Oh ja ... Emma ist perfekt.

So perfekt, dass es mir fast schon Angst macht.

Daran, dass ich dieses Mädchen behalten werde, besteht für mich kein Zweifel.

Emma hat mir ihren Preis genannt, und ich bin mehr als bereit, ihn zu bezahlen.

Ich senke den Kopf und streife mit der Nase über ihre Stirn, atme tief ein und inhaliere ihren Duft. Dann steigt ich aus dem Bett und mache mich auf die Suche nach Tate, unseren Kassenwart und Tätowierer.

Er ist der einzige Mensch, den ich kenne, der niemals Alkohol trinkt. Was bedeutet, dass er, falls er sich noch auf dem Gelände des Clubs aufhält, durchaus in der Lage sein sollte, mir die verdammte Giraffe auf den Arsch zu tätowieren. Bei Sonnenaufgang ist das blöde Vieh fertig und dann gibt es für Emma keinen Grund mehr, mir nicht ihren vollständigen Namen und ihre Adresse zu verraten.

Ich lasse diese Frau nicht mehr entkommen.

Unter. Keinen. Verfluchten. Umständen.

Tate sitzt mit Jacob, dem Road Captain unseres Chapters, auf einer Bank vor einem der brennenden Ölfässer.

„Hey Bro, hast du eine Minute?“

Er nickt und kommt auf mich zu.

„Was kann ich für dich tun, VP?“

„Du musst mir einen Gefallen tun.“

„Was für einen?“

„Ich brauche ein Tattoo.“

Seine Augen werden groß. Meine Antwort scheint ihn zu überraschen. Kein Wunder: Ich hasse Nadeln jeglicher Art. Brich mir ein paar Knochen, schieß mir in den Bauch. Alles kein Thema. Ich werde es überleben. Aber Nadeln? Diese Dinger hat der Teufel höchstpersönlich erfunden.

„Bist du nüchtern?“

Er mustert mich skeptisch.

„Schmerzhaft nüchtern.“

„Welches Motiv?“

Wenn ich ihm das sage, wird er garantiert noch mehr an meiner Zurechnungsfähigkeit zweifeln. Aber daran kann ich nichts ändern.

Es ist wie es ist. Verrückt! Und das ist gut so.

„Eine Giraffe in Pink. Mit rausgestreckter Zunge ...“ Ich versuche, mich an alles, was Emma gefordert hat, zu erinnern.

„Ach ja, und ein paar Herzen.“

Unserem Kassenwart klappt der Kiefer nach unten.

„Willst du mich verarschen, Bro?“

„Nope. Aber du hast den Platz erraten, wo das Vieh hinsoll.“

„Auf deinen Arsch?“

Er klingt fassungslos.

Ich nicke und verkneife mir ein Schmunzeln.

Allein sein Gesichtsausdruck gerade wird die Schmerzen wert sein.

„Hör zu. Wenn du nichts getrunken hast, dann hast du irgendetwas genommen. Du bist nicht bei Sinnen, Alter. Und ich habe keine Lust, dass du mir in ein paar Stunden eine Kugel verpasst, wenn du wieder ganz du bist, und herausfindest, was ich dir angetan habe.“

Das bringt mich zum Lachen.

„Keine Sorge. Ich weiß, wie bescheuert das ist. Aber alles im Leben hat seinen Preis. Und ich bin bereit, diesen zu bezahlen.“

Tate stößt ein lautes „Fuck!“ aus und sieht mich zweifelnd an.

„Geht es um das Mädchen, das Red für einen Bullen gehalten hat?“

„Geht es.“

Etwas, das nach Verständnis aussieht, huscht über seine Mimik.

„Du willst es behalten, richtig?“

Ich nicke. Was soll ich auch groß dazu sagen.

Außerdem bin ich längst ein paar Schritte weiter, denn sobald die Giraffe meinen Arsch ziert, werde ich mich auf die Suche nach dem Prospect machen und ihm unmissverständlich zu verstehen geben, was passiert, wenn man die Frau, die ich für mich will, bedroht.

Aber alles schön der Reihe nach.

„Bist du bereit?“

Tate wirkt nicht überzeugt.

„Vielleicht solltest du darüber nachdenken?“

„Nein.“

Er zögert und gibt mit einem Zischen nach.

„Du bist der Vizepräsident.“

Richtig. Mein Wort ist Befehl. Selbst wenn es um rosa Tiere geht, die eher in einen Zoo und nicht auf meinen Arsch gehören.

„Bin ich!“

„Dann komm mit. Ich müsste noch rosa Tinte von Sarahs Schmetterling da haben.“

Überrascht sehe ich ihn an.

„Sarahs Schmetterling? Wovon zur Hölle sprichst du?“

Panik blitzt in seinen blauen Augen auf.

„Sie hat sich letzte Woche ein Tattoo stechen lassen.“

„Und warum weiß ich davon nichts?“

Fuck! Sie ist meine kleine Schwester.

„Ohne meine Erlaubnis hättest du das nicht tun dürfen.“

Tate weicht einen Schritt zurück.

„Sie gehört jetzt Mason. Und er hat es erlaubt.“

Bloody Hell!

Daran, dass mein geliebtes Schwesterchen jetzt einem anderen Mann gehört, muss ich mich erst noch gewöhnen.

Mason ist ein verfickter Nomad, oder zumindest war er es, ehe ich ihm einen Auftrag gegeben habe, der ein verfluchtes Selbstmordkommando war.

Er hätte dabei draufgehen müssen.

Zumindest wollte ich, dass genau das passiert.

Doch er hat überlebt, kam zurück und hat sich meine schwangere Schwester geschnappt.

Allein dafür, dass er ihr ein Kind gemacht hat, würde ich ihm am liebsten das Genick brechen.

Aber dann würde meine Nichte oder mein Neffe ohne Vater aufwachsen, und das ist das Letzte, was ich will.

Denn ganz egal, was ich von Mason auch halten mag, er scheint Sarah und das Baby wirklich zu lieben.

Und das sollte er auch. Wenn ich jemals mitkriege, dass er sie schlecht behandelt, ist er ein verflucht toter Mann!

Und dann kann ihn die Wild Bones Kutte oder die Tatsache, dass ich eigentlich keine Clubbrüder töte, auch nicht mehr retten. Wenn es um Sarah geht, verstehe ich keinen Spaß.

Gar keinen. Und *Fuck*!

Bei Emma wird es genauso werden, das spüre ich.

Ich spüre es in meinem Herzen und in meinem Schwanz.

Dieses Mädchen hat mich voll an den Eiern.

In dem sterilen Zimmer ziehe ich meine Hose aus, lege mich auf die Liege und schließe die Augen.

„Also was willst du auf deinem Hintern, Kane?“

„Eine rosa Giraffe, mit rausgestreckter Zunge und irgendwelchen Herzen. Lass deiner Fantasie freien Lauf, Hauptsache meine zukünftige Old Lady ist glücklich.“

So jetzt ist es raus.

Ich habe es das erste Mal laut ausgesprochen. Damit ist es mehr oder weniger offiziell. Seltsam.

Emma als mein Eigentum zu beanspruchen fühlt sich verdammt gut an.

Selbst dann noch, als die Maschine zu surren beginnt und die Nadel das erste Mal auf meine Haut trifft.

Eine Stunde später bin ich fertig und gehe zurück in mein Apartment. Nicht direkt, erst mache ich noch einen Abstecher zu unserem übereifrigen Prospect.

Emma ist inzwischen aufgewacht, sie sitzt mit verwuschelten Haaren und verträumtem Blick in meinem Bett und sieht mich aus ihren wunderschönen Augen an.

„Wo warst du?“

„Mein Versprechen einlösen.“

Sie runzelt die Stirn, so als ob sie nicht verstehen würde, wovon ich rede.

„Was meinst du?“

„Die Giraffe.“

Ihre Mundwinkel ziehen sich nach oben.

„Und du bist echt bereit, das durchzuziehen?“

Fuck!

„Für dich mache ich alles!“

Sämtliche Erheiterung verschwindet aus ihrem Gesicht.

„Wie meinst du das?“

„Genauso wie ich es sage.“

Emma schluckt, ich gehe vor ihr in die Hocke, jetzt befinden wir uns auf Augenhöhe.

„Daran, dass ich dich will, habe ich letzte Nacht keinen Zweifel gelassen. Ich bin verrückt nach dir, Baby. Ehrlich! Ich schwöre dir, ich will dich so sehr, dass es schmerzt. Und das im wahrsten Sinne des Wortes.“

Um ihr zu zeigen wie ernst mir das mit uns ist, stehe ich wieder auf, öffne den Gürtel und lasse die Hosen unter, dann drehe ich mich um und zeige ihr die gut fünf Zentimeter große pinke Giraffe, die nun für alle Ewigkeit meine linke Arschbacke ziert.

„Du hast deinen Preis genannt, und ich habe ihn mit Blut und Tinte bezahlt. Nach den Gesetzen meiner Welt gehörst du damit mir, Emma!“

Anstatt etwas zu sagen, zieht sie nur scharf den Atem ein.

„Du hast dich für mich tätowieren lassen?“

Täusche ich mich oder klingt sie verwundert?

„Das ist doch das, was du wolltest?“

Über die Schulter hinweg werfe ich ihr einen Blick zu und sehe, wie sie fassungslos den Kopf schüttelt.

Shit!

Irgendetwas läuft hier falsch.

Sie steht auf und beugt sich vor, um meine neue Tätowierung zu bestaunen.

Dabei streicht ihr warmer Atem über meinen Arsch.

Mein Schwanz wird sofort hart.

„Kane ...“ Sie bricht ab und fängt von vorne ab. „Kane, ich kann nicht glauben, dass du das getan hast! Bist du wahnsinnig? Ich habe von einem Aufklebetattoo gesprochen. Ich würde doch nie verlangen, dass du dir für dein restliches Leben eine rosa Giraffe auf dem Allerwertesten verewigen lässt.“

Bullshit! Was? Waasssss?

„Wovon sprichst du?“

Sie runzelt die Stirn. Und sieht noch immer ungläubig auf meinen Po.“

„Na von den Dingern aus der Drogerie, die man sich nur zum Spaß macht und die nach einer Woche oder zwei wieder abgehen.“

Gottverdammt!

„Echt jetzt?“

Sie nickt und beginnt zu lachen.

„Ich wäre doch nie im Leben auf die Idee gekommen, dass du das ernst meinst!“

Tja. Das nenne ich mal ein tierisches Missverständnis.

Mit einem Ruck ziehe ich die Jeans wieder an, schließe den Gürtel und richte meine Erektion zurecht.

Ja, ich will sie ficken. Aber das will ich immer. Jetzt müssen wir erst reden und ein paar Dinge klarstellen und dann werde ich mir ihre heiße, enge Pussy gönnen und in ihr verarbeiten, dass ich mir wegen eines Missverständnisses ein pinkes Giraffentattoo habe stechen lassen.

Fuuuck!

So wie ich Tate kenne, hat er es längst herumerzählt. Unser Kassenwart konnte noch nie besonders gut die Fresse halten.

Wahrscheinlich macht sich längst der gesamte Club über mich lustig. Aber das ist mir egal!

Total egal!

Missverständnis hin oder her, Hauptsache, Emma kapiert, ***wie*** ernst es mir mit ihr ist.

Das zwischen uns ist endgültig!

Genauso endgültig wie der verfluchte Giraffenkopf mit der rausgestreckten Zunge.

Kaum dass mein Gürtel geschlossen ist, packe ich mir Emma, ziehe sie zu mir heran und platziere meine Hände auf ihrem Arsch.

„Der hier gehört ab jetzt mir! Du gehörst ab jetzt mir! Ich habe getan, was du wolltest und jetzt wird es Zeit für meine Belohnung."

Sämtliche Erheiterung weicht aus ihrem Gesicht. Sehr schön. Sie kapiert, was die Stunde geschlagen hat.

„Von welcher Belohnung sprichst du?"

„Von dir. Du bist meine Belohnung, Baby. Ich will dich, ich brauche dich. Lass uns herausfinden, was das zwischen uns ist und bleib bei mir."

Sie wirkt überrascht.

„Du willst mich?"

Fuck!

„Hast du das erst jetzt kapiert?"

Sie nickt.

Ich muss lachen.

„Teufel noch eins, Baby? Ich habe einen verdammten Giraffenkopf auf dem Arsch und das auch noch in Rosa. Welchen Beweis brauchst du noch?"

Ihre Lippen zucken, mein Schwanz tut es ebenfalls.

„Du meinst also, dass wir es miteinander versuchen sollten?"

Ich nicke ernst.

„Aye, genau das meine ich."

Freude blitzt in ihren kaffeebraunen Iriden auf.

„Und was ist mit dem Prospect, der mich für einen Polizeispitzel hält?"

„Der ist kein Problem mehr."

„Sicher?"

„Ganz sicher. Er hat seine Lektion erhalten."

Mehr sage ich nicht. Sie wird es verstehen, sobald sie ihn das nächste Mal sieht. Drei ausgeschlagene Zähne und ein gebrochenes Handgelenk können schlecht fehlinterpretiert werden.

Ich war mehr als deutlich. Der ganze Club weiß jetzt, dass diese Frau mir gehört und dass ich, wenn es um sie geht, keinen Spaß verstehe.

Ihr gewispertes „Ich will dich, das mit uns", macht mich zum glücklichsten Mann auf dieser beschissenen Welt.

Es ist gut, dass sie freiwillig bleibt, denn so wird sie nie erfahren, dass ich ihr gar keine andere Möglichkeit gelassen hätte.

Emma gehört mir. Jetzt und für alle Ewigkeit ...

Mein Blick gleitet nach unten, ich sehe ihre nackten Füße und betrachte ihr bunten, in zehn verschiedenen Rottönen leuchtenden Zehennägel.

Fuck! Wusste ich es doch!

Dieses Mädchen wird jede Menge Licht und Farben in mein Leben bringen.

Mein in Rosa verzierter Arsch ist das beste Beispiel dafür ...

8. Kapitel

Das Mädchen, der Rocker mit dem pinken Tattoo am Arsch und ein Kuss, der das Glück besiegelt ...

Ich kann immer noch nicht fassen, dass er das echt getan hat.

Ich meine, heilige Scheiße! Wegen mir trägt der Vizepräsident des *legendären Wild Bones Motorcycle Clubs* eine rosa Giraffe auf dem Arsch.

Und nicht nur das, da sind auch noch Herzchen.

Himmel!

Das Motiv unterscheidet sich ein bisschen von dem, was wir Melanie verpasst haben, aber das macht nichts. Das von Kane ist fast noch besser.

Was er getan hat, ist ein Beweis dafür, wie ernst er es mit mir meint, und dass ich mehr für ihn bin, als einfach nur irgendeine Tussi, die er ficken und dann weiterschicken will.

Als ich letzte Nacht hierhergekommen bin, war ich mir nicht sicher, was mich erwartet. Und ob mich der Rocker, nach dem ich verrückt bin, vielleicht schon vergessen hat.

Und jetzt?

Jetzt hat sich alles geändert.

Der nächste Morgen bringt einen neuen Tag und der hält eine völlig neue Zukunft für mich bereit. Eine Zukunft mit Kane, mit dem Biker, dessen Lippen das unausgesprochene Versprechen besiegeln, das wie Feenstaub zwischen uns liegt.

Der Vizepräsident, die rosa Giraffe und ich ... mehr brauche ich nicht, um dieser Geschichte ein dickes **Happy End** zu verpassen!

Geküsst von einem Rocker

1. Kapitel

Das Mädchen, das es so leid ist, ungeküsst zu sein ...

„Es geht immer nur um Sex, es geht immer nur darum, möglichst schnell das zu kriegen, was der Körper braucht. Aber wo ist denn da die Romantik? Ich vermisse das Langsame, das Sinnliche. Berührungen, Küsse, eben das ganze Programm, das meiner Meinung nach dazugehört. Aber die Männer von heute sind so ungeduldig. Ich meine, kaum dass wir Mädchen unsere Schlüpfer ausgezogen haben, stecken sie quasi schon bis zu den Eiern in uns drinnen."

Mir geht die Luft aus, also atme ich tief ein und ignoriere die indignierten Blicke der Leute, die um uns herum stehen. Die Schlange in einer Supermarktkasse ist vielleicht nicht unbedingt der beste Ort, um sich über solche Themen zu unterhalten. Aber das ist mir egal. Ich muss meinen Ärger rauslassen. Sofort. Sonst platze ich ...

„Ich meine, was soll dieses ganze Gevögel, wenn man sich dabei nicht küsst?"

Mia, meine allerbeste Freundin, sieht mich aus zusammengekniffenen Augen an und zuckt nichtssagend mit den Schultern.

„Dann sag den Männern doch einfach, dass du geküsst werden willst."

Echt jetzt?

„Wie verdammt unromantisch ist das denn bitte? Außerdem muss ich ihnen ja sonst auch nicht sagen, was sie zu tun haben. Den Akt an sich haben sie ja alle toll drauf. Himmel Herr Gott! Ich erwarte ja kein stundenlanges Vorspiel oder so was. Verstehst du? Ich kann mich nicht mal mehr daran erinnern, wann ich das letzte Mal zum Orgasmus gekommen bin oder wann mir einer Blumen geschenkt hat. Ich will doch einfach nur geküsst werden. Und nein, Küsse gehören zu den wenigen Dingen, die wir Frauen nicht lautstark einfordern sollten. Sie sind etwas, das wir geschenkt bekommen ... Eine Art Wertschätzung, verstehst du?"

Doch zu meinem Pech scheint Mia mich nicht zu verstehen, genauso wenig wie der gut fünfzig Jahre alte Mann vor mir, der mich mit hochgezogener Augenbraue und strengem Blick mustert.

Mir doch egal!

Ich wette mit euch, dass er ebenfalls zu der Sorte von Typ gehört, der zu blöd ist, seine Geliebte zu küssen.

Wütend wie ich bin, schiebe ich den Hauch von Schamgefühl, das sich in mir ausbreiten wollte, beiseite und sehe ihn herausfordernd an.

„Ja, Sie haben schon richtig gehört, unsere Lippen sind nicht nur zum Blasen da!"

Erbost dreht er sich um, was mich zum Lachen bringt!

Scheiße!

Kaum geht es um Sex, kaum traut sich eine Frau, sich laut darüber zu äußern, laufen alle rot an und tun so, als ob ich eine Todsünde begangen hätte.

Was ein Witz!

Wie kann man nur so prüde sein?

Alle Welt tut es. Jeder. Wirklich ausnahmslos jeder. Selbst die meisten Priester, und das, obwohl sie von sich behaupten, dass sie ihr Leben im Zölibat verbringen.

Aber keiner will ehrlich und offen darüber reden.

Woran liegt das?

Ich meine, die Weltbevölkerung wird von Jahr zu Jahr größer und all diese Kinder fallen schließlich nicht vom Himmel.

Also, wo ist das Problem?

Mia, der es inzwischen zu viel geworden ist, boxt mir aufgebracht gegen die Schulter und gibt mir so zu verstehen, dass ich die Klappe halten soll.

„Lass uns woanders darüber reden, ehe wir hier noch Hausverbot kriegen. Das ist der einzige Supermarkt im Osten von Seattle, in dem es das Cookie Dough von *Ben & Jerry's* gibt. Wenn wir hier rausfliegen, muss ich zehn Minuten mit dem Bus bis zur nächsten Filiale fahren, und das ist mir echt zu viel Theater."

Wirklich?

„Dir ist dein Eis wichtiger als meine Probleme? Na, du bist mir ja eine schöne Freundin."

Sie hat zumindest genug Anstand, etwas schuldbewusst zu wirken.

„Nein. Es geht nicht nur um mein Eis, sondern auch darum, dass uns schon alle anschauen."

Klasse!

Ganz große Klasse!

Frustriert kneife ich die Augen zusammen.

Ich weiß ja, dass sie recht hat. Ehrlich, ich weiß es. Aber das alles ist so unfair!

Es gibt einfach gewisse Dinge, die wir Frauen uns nicht selber kaufen sollten, dazu gehören zum Beispiel rote Rosen, und es gibt Dinge, um die wir in einer perfekten Welt nicht bitten müssen – wie Küsse oder Orgasmen.

„Okay. Ist ja gut. Ich hör schon auf. Aber erst, wenn du zugibst, dass ich recht habe. Komm schon, Mia. Wann wurdest du das letzte Mal so richtig geküsst? Und ich meine nicht so ein kurzes, unbedeutendes

Lippen-auf-Lippen-Gedrücke. Sondern einen echten, richtigen, wahnsinnig guten Kuss. Einen, der dir den Atem geraubt und der dein Herz zum Durchdrehen gebracht hat?"

Sie denkt kurz nach und schüttelt den Kopf.

„Du meinst einen Schmetterlingskuss?"

Verwirrt sehe ich sie an?

„Was ist ein Schmetterlingskuss?"

„Na ja einer, der dafür sorgt, dass tausend bunte Flattermänner in deinem Bauch zum Leben erwachen und einen Looping nach dem anderen fliegen."

„Ja, genau so einen meine ich."

Ihre Mimik wird traurig."

„Der letzte ist schon ewig her."

Wow.

„Dann stimmst du mir zu?"

„Ja, natürlich stimme ich dir zu. Es geht immer nur um Sex. Sex. Sex. Aber das ist kein Thema, das hier an einer Supermarktkasse besprochen werden sollte."

Das sehe ich anders.

Frustriert genug, um es mit der ganzen Welt aufzunehmen, stelle ich mich auf die Zehenspitzen und sehe mich um.

Hier sind mindestens genauso viele Männer wie Frauen.

Perfekt.

„Lass uns eine Umfrage starten."

Mia sieht mich besorgt an.

„Was auch immer du vorhast, lass es! Denk an mein Eis."

Ich denke an ihr Eis, aber das kann mich nicht davon abhalten, auf das Laufband der Kasse zu klettern, die Schultern durchzudrücken und in die Hände zu klatschen.

„Alle mal hergehört ..." Mia bedeckt ihr Gesicht mit den Fingern und es ist offensichtlich, dass sie am liebsten davonlaufen würde.

Was sie wahrscheinlich auch tun würde, wenn nicht plötzlich die Tür aufgehen und eine Gruppe breitschultriger, Kutten tragender *Wild Bones* den kleinen Laden betreten würde. Die Biker sehen mich auf dem Kassenband stehen und ziehen fragend eine Augenbraue in die Höhe. Anstatt ihren Einkauf zu starten, bleiben sie gespannt, was jetzt kommt, einfach stehen.

Ihre Anwesenheit bringt mich kurz aus dem Konzept.

Der vorderste von ihnen, er hat kurze schwarze Haare, eisblaue Augen und eine gebogene Narbe auf der Stirn, fängt meinen Blick ein.

Es ist offensichtlich, dass er dabei ist, die Lage einzuschätzen und sich fragt, ob ich nicht mehr alle Tassen im Schrank habe.

Entschlossen fortzufahren, räuspere ich mich leise und zwinge mich, meinen Blick von seinen überraschend vollen Lippen abzuwenden.

Hohe Wangenknochen, eine gerade Nase und mit Tattoos überzogene Hände ...

Die schwarze Waffe, die gut sichtbar vorne in seinem Hosenbund steckt, rundet das Bild des gewaltbereiten Outlaws wunderbar ab. Genau wie die schweren Stiefel an seinen Füßen und die silberne Harley Davidson, die ich durch die Fensterscheibe erkenne.

Wetten, er gehört auch zu den Männern, die keine Ahnung davon haben, was wir Frauen wirklich brauchen, und die längst verlernt haben, wie man richtig küsst?

Mein Zorn kocht beinahe über ...

„Ich weiß, ihr alle habt es sicherlich eilig nach Hause zu kommen. Aber es geht um ein wirklich wichtiges Thema und darum möchte ich euch bitten, kurz bei meiner Umfrage teilzunehmen."

Obwohl ich meine Worte an alle richte, sehe ich den Rocker dabei weiterhin unverwandt an. Der viele Weißwein, den ich zum Abendessen hatte, beziehungsweise aus dem mein Abendessen bestanden hat, steigt mir zu Kopf, ich verliere kurz mein Gleichgewicht und falle dabei beinahe von dem blöden Laufband.

Mia sieht mich besorgt an.

„Komm da runter!"

Das kam von dem Mittfünfziger vor mir.

„Was soll diese Scheiße?"

Die nett formulierte Frage kommt von der ziemlich überarbeitet aussehenden Verkäuferin.

„Ich will von euch wissen, genauer gesagt von den anwesenden Frauen, wann ihr das letzte Mal so richtig geküsst worden seid? Ich meine, so richtig! So, dass euch Hören und Sehen vergangen ist und dass sich eure Lippen danach so angefühlt hätten, als wären sie im Paradies gewesen?"

Die nun eintretende Stille wird nur von einem amüsiert klingenden „Fuck!" unterbrochen. Und ich weiß, auch ohne in die Richtung der *Wild Bones* zu sehen, dass es von dem Biker mit den gespenstisch blauen Augen gekommen ist.

„Kommt schon, Ladys? Wann hat euch euer Mann, Freund oder Liebhaber das letzte Mal so geküsst, wie ihr es verdient habt?"

Die anwesenden Kerle wirken schuldbewusst, während die Frauen tatsächlich über meine Frage nachzudenken scheinen.

Von etwas weiter hinten ruft mir eine meiner Geschlechtsgenossinnen zu, dass die Männer von heute einfach nicht mehr richtig küssen können, und da sie damit wahrscheinlich recht hat, stimme ich ihr traurig zu.

„Ganz genau, und das ist das Problem. Die Kerle von heute haben verlernt, richtig zu küssen, und das ist unsere Schuld. Wir haben es ihnen in der Vergangenheit einfach viel zu leicht gemacht. Und genau deswegen ist es unsere Aufgabe, ihnen klarzumachen, dass wir mehr verdient haben als einen schnellen Fick."

Mia, die inzwischen so rot angelaufen ist wie eine Tomate, sieht mich genervt an, während mir immer mehr Frauen zustimmen.

Ein junger Typ, ich schätze ihn auf Anfang zwanzig, brüllt mir zu, dass ich eine betrunkene Schlampe bin, und damit hat er gar nicht mal so unrecht. Ich bin leicht angetütert, aber noch lange nicht betrunken.

Zumindest nicht betrunken genug, um die Sache einfach gut sein zu lassen.

Und dass es jetzt so weit gekommen ist, ist streng genommen nicht meine Schuld, sondern die meines letzten Dates, denn nur wegen seiner Unfähigkeit stehe ich jetzt hier.

Dank ihm ist mir bewusst geworden, dass ich schon verdammt lange nicht mehr richtig geküsst wurde.

Verdammt!

Wo sind nur all die guten Männer hin?

Die, die wissen, was eine Frau will und braucht, und die in der Lage sind, es ihr auch zu geben?

Denkt doch nur mal an all die vielen Märchen, die uns in unserer Kindheit vorgelesen wurden.

In all diesen Geschichten haben es gut küssende Prinzen geschafft, ihre vergifteten oder von einer bösen Hexe in den hundertjährigen Schlaf gezwungene Prinzessinnen zu retten.

Schneewittchen und Dornröschen sind jedoch nur zwei Beispiele ...

Es gibt noch so viele mehr!

Einer der anwesenden Kerle motzt die Kassiererin an, dass sie gefälligst was unternehmen soll, doch die hebt in einer hilflosen Geste die Hände.

Ich habe fast schon etwas Mitleid mit ihr.

„Kann mal jemand die Polizei rufen?"

Die Frage stammt doch tatsächlich von einer Frau. Aber wie kann das sein?

Versteht sie nicht, worum es mir geht?

Oder ist es ihr schlichtweg egal, dass sie höchstwahrscheinlich für den Rest ihres Lebens nie richtig geküsst werden wird?

Bin ich denn echt die Einzige, die es vermisst, so richtig geküsst zu werden?
Anscheinend.
Wie traurig.
„Ich gehe hier erst wieder runter, wenn ihr mir recht gebt.“
Hoffnungsvoll lasse ich meinen Blick über die Anwesenden schweifen und stelle dabei fest, dass ein paar Teenager ihr Handy gezückt und mich die ganze Zeit über gefilmt haben.
Ganz toll!
„Komm schon, Mädchen, geh da runter oder wir rufen wirklich die Cops.“
Frustriert und traurig schüttle ich den Kopf.
Die Welt ist ein echt schrecklicher Ort geworden ...
Meine Augen rutschen zu den noch immer an der Tür stehenden *Wild Bones*.
Mister Geisterauge wirkt belustigt, zumindest sind seine Mundwinkel leicht nach oben gebogen.
Aber was hat das bei einem Rocker wie ihm schon zu bedeuten?
Der *Wild Bones Motorcycle Club ist* nicht gerade für seinen Humor bekannt, sondern eher dafür, mit seinen Feinden kurzen Prozess zu machen.
Einer der anderen Kuttenträger sieht nervös aus dem Fenster, schaut dann zu mir und raunt dem Biker, der noch immer meinen Blick gefangen hält, etwas ins Ohr.
Der scheint anderer Meinung zu sein und schüttelt den Kopf.
Dann setzt sich besagter Rocker in Bewegung, bahnt sich einen Weg durch die schaulustige Menge und kommt selbstbewusst auf mich zu.
Schweigend bleibt er direkt vor mir stehen, streckt mir seine ziemlich große und mit schwarzer Tinte überzogene Hand entgegen und fordert mich so wortlos auf, zu ihm runterzukommen. Doch ich denke nicht im Traum daran, meine kleine Supermarktrevolution so schnell zu beenden.
„Was? Wirst du mich erschießen, wenn ich einfach bleibe, wo ich bin?“
In seinen gebirgsbachblauen Iriden blitzt es kurz auf.
Sein gebrummtes: „Glaube mir, ich habe schon für weniger getötet“, lässt mir die Haare zu Berge stehen.
Heilige Scheiße!
Das glaube ich ihm sofort.
Sein Motorradclub ist für seine Brutalität und für seine Gnadenlosigkeit bekannt.
„Ich bleibe, wo ich bin!“

Der Weißwein scheint mir mehr Mut zu verleihen, als gut für mich ist.

Die Teenager sind immer noch dabei, alles zu filmen.

„Was jetzt, Mädchen? Ich dachte, du willst geküsst werden?“

Oh und wie ich das will ...

Mehr als alles andere auf der Welt!

„Ach, und du glaubst, dass du in der Lage bist, mich zufriedenzustellen?“

Die Tatsache, dass ich gerade lautstark seine Fähigkeiten angezweifelt habe, scheint ihn nicht zu stören. Im Gegenteil.

Das breite Grinsen in seinem Gesicht verrät mir und allen Anwesenden, dass der Biker von seinen Fähigkeiten überzeugt ist.

Arroganter Mistkerl!

„Komm runter und finde es heraus, Mädchen!“

Ich zögere noch immer, die Kassiererin mischt sich ein.

„Was jetzt? Erst große Töne spucken und dann nicht genug Mut haben, einen *Wild Bones* zu küssen?“

Sie lacht schadenfroh und ich kapiere, dass ich in Zugzwang gerate.

Mein Blick gleitet zu seiner noch immer ausgestreckten Hand – heilige Scheiße!

Was soll ich denn jetzt tun?

Liebes Schicksal, musstest du mir wirklich einen *Wild Bone* schicken?

Hätte es in ganz Seattle keinen harmloseren Mann gegeben?

Nicht sicher, was ich jetzt machen soll, sehe ich zu Mia, die mir daraufhin ein „Tu's nicht“ zuflüstert. Der Rocker hört es, bedenkt sie mit einem tadelnden Seitenblick und schaut dann wieder in meine Richtung.

„Was ist, Kleine? Willst du geküsst werden oder willst du es nicht?“

Oh, und wie ich will!

Verflucht!

Ich schätze in der ganzen Stadt gibt es keine Frau, die sich nicht schon mal vorgestellt hat, von einem dieser großen, starken, muskelbepackten und legendären *Wild Bones* geküsst zu werden.

Ich tippe, dass sich jedes weibliche Wesen zwischen sechzehn und sechzig in einer einsamen, kalten Nacht schon mal die Frage gestellt hat, wie diese wilden Kerle schmecken und ob sie sich genauso aufregend anfühlen, wie sie aussehen?!

„Was jetzt? Ich hab nicht die ganze Nacht Zeit, Baby!“

Ach nein?

Weil man als gesetzesloser Biker auch so viele wichtige Termine hat?

Dass ich nicht lache.

Für eine kurze Weile sehe ich ihn einfach an und mustere seine sinnlichen Lippen.

Und da ich zu meinem Pech Herausforderungen noch nie besonders gut widerstehen konnte, lege ich nach kurzem Zögern meine Hand in die seine und lasse zu, dass er mir vom Band hilft.

Der Rocker hebt mich mühelos nach unten und hält mich an seine massive Brust gedrückt fest. Meine Füße baumeln in der Luft, unsere Blicke verschmelzen und mein Herz beginnt in einem gnadenlosen Staccato gegen meine Rippen zu klopfen.

Wenn es einen Fluchtweg hätte, würde es sich einfach auf und davon machen.

Es würde zum Verräter werden, nur um sich vor dem Kommenden zu schützen ...

In meinem Kopf beginnt sich alles zu drehen, meine Gedanken spielen verrückt und das Atmen fällt mir schwer.

Himmel!

Er hat noch nicht mal versucht, mich zu küssen, und ich bin schon völlig durcheinander.

Was unter Garantie an dem herben, zutiefst maskulinen Geruch liegt, der den Rocker umgibt. Eine Mischung aus Mann, Benzin, Zitrone und Rauch ...

Sehr lecker. Mir läuft das Wasser im Mund zusammen ...

Würde es von dieser Geschmacksrichtung eine Eissorte geben, würde ich sie mir sofort kaufen. Sie wäre garantiert besser als Mias heiß geliebtes Cookie Dough.

Allein die Vorstellung bringt mich zum Lachen, was den Rocker die Stirn runzeln und mich streng ansehen lässt.

„Du findest die Vorstellung, von mir geküsst zu werden, also lustig?"

Oh nein, zu meinem Pech finde ich sie mehr als erregend.

„Ich finde es lustig, dass du es bis jetzt nicht einfach getan hast. Hast du etwa Angst, dass du meinen Ansprüchen nicht gerecht werden könntest, Biker?"

Das Knurren, das sich als Antwort auf meine Frage aus seiner Kehle löst, sorgt dafür, dass sich die feinen Härchen auf meinen Armen aufstellen.

Uiuiuiuiuiui ...

„*Wild Bones* kennen keine Angst!"

Ja genau, und Elefanten können fliegen.

„Wenn das so ist, worauf wartest du dann noch?"

Mehr Herausforderung ist nicht nötig.

In der einen Sekunde starrt er mich noch aus seinen gespenstisch schönen Augen an, in der nächsten windet er sich meine Haarsträhnen um die Faust, zerrt meinen Kopf grob nach hinten, sodass ein leichter Schmerz entsteht, und streicht wie zur Versöhnung mit seinen warmen, festen Lippen über die meinen. Der Griff, mit dem er mich in Position hält, ist grob und brutal, doch das, was er mit seinem Mund macht, entschädigt mich für alles.

Für. Absolut. Wirklich. Alles.

Für jedes schlechte Date meines Lebens und für all die beschissenen Küsse, die ich über mich ergehen lassen musste.

Dieser Rocker ist wie die Entschädigung Gottes für Teufels Plan.

Wobei es eher andersherum sein muss, immerhin ist dieser Mann, dessen Zunge so geschickt meine Lippen teilte und in mich eindrang, ein *Wild Bone* und somit wohl eher eine Ausgeburt der Hölle als des Paradieses.

In der Sekunde, in der unsere Lippen endgültig und vollkommen miteinander verschmelzen, ist es nicht mehr von Bedeutung, ob dieser Rocker jetzt aus dem Himmel oder aus der Hölle kommt, das Einzige, was noch für mich zählt, ist, dass er nie wieder aufhört, mich zu küssen.

Er stiehlt mir den Atem und schenkt mir dafür den seinen, während er die Höhle meines Mundes erkundet, mit seiner Zunge tiefer in mich eindringt und die meine zu einem wilden, leidenschaftlichen Tanz auffordert.

Mir wird heiß, mein Herz rast und meine Sinne spielen verrückt, während er den Griff in meinen Haaren festigt, meinen Kopf nach links kippt und unser Zungenspiel auf dekadente Art und Weise vertieft.

Ich zerfließe, zwischen meinen Schenkeln wird es feucht und meine Brustwarzen ziehen sich erregt zusammen.

Die Tatsache, dass wir mitten in einem verdammten Supermarkt an der Kasse stehen, und dass uns gut und gerne ein Dutzend Personen beobachtet, tritt in den Hintergrund und wird absolut unwichtig.

Von mir aus könnte jetzt die ganze Welt untergehen und es wäre mir egal ...

Mias verdammte Schmetterlinge erwachen in meinem Bauch zum Leben, sie strecken ihre farbenfrohen Flügel aus, beginnen zu flattern und drehen ihre Runden, ehe sie einen Looping nach dem anderen schlagen und mir ein leises Seufzen entringen.

So. Etwas. Habe. Ich. Noch. Nie. Erlebt.

Ehrlich nicht.

Süchtig nach mehr schlinge ich meinen Arm um den virilen Nacken des Bikers, halte mich an ihm fest und spüre, wie er mich etwas weiter hochhebt und auf das Kassenband setzt.

Er tritt zwischen meine Beine, die ich ihm instinktiv um seine Mitte schlinge und ihn so für alle Zeit festzuhalten versuche.

Wenn es nach mir ginge, müsste dieser Kuss nie enden.

Nie. Nie. Mals.

Neben uns räuspert sich jemand leise – es ist mir egal.

Alles, was für mich zählt, ist der Rocker zwischen meinen Schenkeln und seine Hand, die über meinen Rücken nach unten gleitet und die ich mir auf meinem Hintern wünsche.

Wenn es so etwas wie Zungensex gäbe, dann hätte ich den gerade.

Aber das hier ist kein Sex, es ist einfach nur der verdammt noch mal beste Kuss, den ich jemals hatte, und ich will nicht, dass er jemals endet.

„Fuck Sergeant! Wenn du die Tussi ficken willst, bitte. Aber muss das unbedingt hier sein?"

Die dunkle, amüsiert klingende Männerstimme dringt in mein aus Zuckerwatte und rosa Wolken bestehendes Gehirn ein und erinnert mich daran, wo wir sind und dass es da wahrscheinlich immer noch diese Teenager gibt, die das alles filmen.

Den Rocker scheint das jedoch nicht zu stören, anstatt aufzuhören, beißt er sich kurz an meiner Unterlippe fest, verwöhnt dann die gepeinigte Stelle und spurt mit seiner Zunge die Konturen meines Mundes nach.

Sein Atem kommt mindestens so schnell wie meiner, während sich alles um mich herum zu drehen scheint.

Doch dieses Karussell habe ich nicht dem Weißwein in meinen Adern zu verdanken, sondern einzig und allein dem *Wild Bone*, der seine Stirn gegen die meine lehnt und dabei ein leises „Bloody Hell!" von sich gibt.

„Das war verflucht gut, Mädchen."

War es. Der Biker hebt den Kopf, um mich besser ansehen zu können. Seine Faust ist noch immer in meinen Haaren vergraben und meine Lippen kribbeln, als hätte sie jemand mit Brause eingerieben.

„War das jetzt der Kuss, den du wolltest?"

Es war sogar mehr als das – viel mehr, um genau zu sein.

Bis eben wusste ich nicht mal, dass so etwas wie Zungensex überhaupt möglich ist.

Noch immer verwirrt und von dem Erlebten mehr als durcheinander, nicke ich dem Rocker vor mir zu und streiche mit der Spitze meines Zeigefingers über meine geschwollenen Lippen.

„Bist du bereit, es zu Ende zu bringen?"

Wie bitte?

Nicht sicher, was er meint, blinzle ich ein paar Mal und versuche, mein ausgeknocktes Gehirn wieder zum Laufen zu bringen.

„Jetzt, wo das geklärt ist, können wir da endlich unseren Einkauf bezahlen, oder was?“

Der Mann neben mir zerstört mit seiner Ungeduld unseren Moment. Zustimmendes Gemurmel wird laut.

Der *Wild Bone* grinst mich breit an, hebt mich vom Kassenband und macht so Platz.

„Also, was ist jetzt, Mädchen, bist du bereit, zu Ende zu bringen, was wir gerade angefangen haben?“

Wie um sein Angebot zu unterstreichen, pinnt er mich gegen eine der Säulen, die im Süßigkeitengang, der sich direkt neben der Kasse befindet, steht, und beginnt seinen Unterleib an dem meinen zu reiben.

Die harte Beule, die sich in seiner Jeans befindet, lässt keinen Zweifel daran, dass ihm der Kuss mindestens so gut gefallen hat wie mir.

Nicht sicher, was ich verstörender finde, dass ein Member des *Wild Bones Motorcycle Clubs* gerne fremde Frauen in Supermärkten küsst, oder dass mich einer der Biker unverhohlen zum Sex auffordert, starre ich ihn mit offen stehendem Mund an und überlege, was ich tun soll.

Ja sagen und vielleicht den besten Sex meines Lebens haben, oder Nein sagen und es für den Rest meines Lebens bereuen?

Ich muss euch, glaube ich, nicht sagen, dass ich natürlich zu Option eins tendiere.

Als ich nicht sofort antworte, stellt er mich mit einem Fluch ab, meine eigenen Füße berühren den Boden, ich wanke leicht.

Was entweder an meinem übermäßigen Weißweinkonsum liegt oder an den Endorphinen, die wie eine Droge durch meinen Kreislauf pumpen.

Der Biker packt mich und sieh mich fragend an.

Ich kichere leise.

„Das ist der Wein.“

„Du hast getrunken?“

Ich nicke. Er lacht.

„Alles klar. Ich mag betrunkene Mädchen. Also, wie sieht es aus? Bist du bereit, mit mir mitzukommen?“

So eine Chance bietet sich einer Frau wie mir nur einmal im Leben.

Nur. Ein. Verdammtes. Mal.

Und darum werde ich sie ergreifen, ganz egal wie unvernünftig das auch sein mag.

Ein Mann, der so küssen kann, kann doch gar nicht sooo gefährlich sein, oder?

Oder?

Hmmm ...

Wobei es wohl eher so sein wird, dass Männer, die wie der Teufel küssen, auch mindestens so gefährlich sind wie der Fürst der Finsternis.

„Wenn ich mit dir komme, bringst du mich danach heim?“

Die Pupillen des Rockers weiten sich.

„Ehrensache.“

Wow!

„Dann komme ich mit.“

Er wirkt zufrieden, in seinen Geisteraugen, die mich an die der Weißen Wanderer aus Game of Thrones erinnern, lodert ein blaues Feuer.

„Gut. Du hattest eh nie eine Wahl.“

„Was?“

Anstatt mir seine Aussage zu erklären, greift er an meinem Gesicht vorbei, schnappt sich einen Twixriegel aus dem Regal und reißt die goldene Verpackung mit seinen Zähnen auf.

Mit der Aufforderung, diesen zu essen, hält er mir den Schokoriegel unter die Nase.

Verwirrt sehe ich ihn an.

Was soll das?

Ist das eine Art Balzritual unter Bikern?

Füttert man die Frau seines Begehrens zuerst mit Schokolade, ehe man sie vögelt?

„Danke, aber ich habe keinen Hunger.“

„Hier geht es nicht um Hunger, sondern darum, dass du getrunken hast. Wenn du was isst, wird es dir bald besser gehen. Ich habe keinen Bock, dass du mir vom Bike fällst.“

Vom Bike?

Scheiße!

Ich habe überhaupt nicht daran gedacht, was es bedeutet, wenn ich mich dazu entschließe, mit dem *Wild Bone* mitzugehen.

„Aber ich bin noch nie auf einem Motorrad gesessen.“

Das scheint den Rocker irgendwie zu gefallen. An seinen Augenwinkeln bilden sich kleine Fältchen. Wie alt er wohl ist? Definitiv älter als ich. Wenn ich schätzen würde, dann wahrscheinlich so Mitte bis Ende dreißig. Ich bin vierundzwanzig.

Das würde also gut passen. Ich bevorzuge ältere Männer, die wissen, was sie wollen, und wie der Hase läuft. Und dem Kuss nach weiß es dieser Rocker ganz genau.

„Freut mich, wenn ich dein Erster bin. Und jetzt iss!"

Der Ton, den er anschlägt, ist herrisch und befehlsgewohnt und geht mir durch Mark und Bein.

Noch bevor ich weiß, was ich da eigentlich mache, beiße ich in das verdammte Twix, was mir ein „Braves Mädchen" einbringt.

Kaum dass ich den ersten Bissen runtergeschluckt habe, schnappt er sich meine Hand und zieht mich Richtung Ausgang. Obwohl die anderen Kunden so tun, als wären sie froh darüber, endlich ihre Einkäufe erledigen zu können, hat bis jetzt keiner von ihnen den Supermarkt verlassen. Stattdessen tun sie so, als würden sie ihre Sachen einpacken, doch in Wirklichkeit wollen sie einfach nur wissen, was als Nächstes passiert.

Wer kann ihnen das verübeln? Mir geht es nicht anders ...

Die Verkäuferin starrt den Biker mit offenem Mund an, während Mia fassungslos wirkt.

Der *Wild Bone* greift sich in die Tasche und schmeißt mit den Worten „Für das Twix" einen Fünfdollarschein auf das Kassenband.

Dann peilt er den Ausgang an und zerrt mich dabei gnadenlos hinter sich her.

„Warte, Samantha!"

Mia rennt uns nach, drückt sich an den anderen Rockern vorbei und zieht mich an der Schulter zurück.

„Du willst doch jetzt nicht echt mit diesem Typen mitgehen, oder?"

Doch, will ich.

Mein „Keine Sorge. Mir passiert schon nichts" bringt den Rocker, der mich beinahe um den Verstand geküsst hat, zum Lachen. Er wendet sich zu meiner besten Freundin um und schenkt ihr ein charmantes Lächeln, bei dem zwei Grübchen auf seinen Wangen entstehen.

Wow!

Ein Outlaw Biker mit Grübchen?

Danke liebes Schicksal. Die Sache wird echt immer besser ...

„Deine Freundin ist bei mir sicher."

Es ist offensichtlich, dass Mia ihm kein Wort glaubt.

„Ja genau. Genauso sicher wie eine Maus in der Falle." Sie sieht mich warnend an.

„Du weißt schon, was mit der Maus passiert, oder?" Die Frage scheint rein rhetorisch gewesen zu sein, denn bevor ich was erwidern kann, redet sie einfach weiter.

„Sie schnappt nach dem verführerischen Käsestückchen und bricht sich dabei das Genick."

Uns beiden ist mehr als klar, dass der *Wild Bone* mit dem Sergeant-at-Arms-Aufnäher auf der Brust in dieser Geschichte der Käse ist und ich die blöde Maus. Aber ich bin mehr als bereit, das Risiko einzugehen.

Ich meine, Scheiße!

Er. Kann. Küssen.

„Wenn du damit andeuten willst, dass ich Frauen das Genick breche, solltest du besser deine Zunge hüten."

Die um uns herumstehenden Rocker beginnen zu lachen, was Mia nur noch wütender macht.

„Wenn du mit ihm mitgehen willst, bitte schön ... Aber wenn du nicht um Punkt neun Uhr morgen früh mit frischen Brötchen vor meiner Tür stehst, werde ich die Cops rufen."

Bei den letzten Worten sieht die den Sergeant fast schon provozierend an, was diesem jedoch nur ein müdes Lächeln entlockt.

„Mach kein Theater, Püppchen. Deine Freundin ist bei Reece vollkommen sicher."

Das kommt von dem *Wild Bone* mit dem Enforcer-Abzeichen auf der Weste und noch bevor seine Stimme verhallt ist, hat Mia auch schon ausgeholt und ihm eine geklatscht.

„Nenn mich nicht Püppchen, Arschloch!"

Damit dreht sie sich um und verschwindet hüftschwingend im Supermarkt.

Respekt.

Der gefährliche Biker, der absolut nicht damit gerechnet hat, eine Ohrfeige einzukassieren, sieht ihr mit weit aufgerissenen Augen nach. Für einen Moment befürchte ich schon, dass er ihr folgen und sie für diese freche Aktion bestrafen wird, doch dann beginnt er schallend zu lachen.

„Holy Shit! Die Weiber auf dieser Welt werden immer verrückter!"

Während er das sagt, zwinkert er mir zu, dann wendet er sich ab, schwingt sich auf sein Bike und zündet sich eine Zigarette an ...

2. Kapitel

Der Sergeant at Arms des Wild Bones Motorcycle Clubs

Nicht sicher, ob das eine weise Entscheidung ist, betrachte ich das vor mir stehende Mädchen und verkneife mir einen Fluch.

Es ist schön, es ist wild, es ist sexy und es ist verrückt genug, sich in einem Supermarkt auf das Laufband einer Kasse zu stellen und sich darüber zu beschweren, dass die Männer von heute nicht mehr küssen können.

Fuck!

Diesen Vorwurf konnte ich einfach nicht auf mir sitzen lassen.

Besonders nicht, weil das Mädchen, das ihn ausgesprochen hat, so verflucht süß ist, dass ich allein davon, es anzusehen, einen Zuckerschock bekommen müsste.

Holy Shit!

Mir eine Frau zu schnappen, war das Letzte, was ich heute Nacht vorhatte. Besonders weil der eigentliche Grund, aus dem ich zusammen mit meinen Brüdern den verdammten Laden betreten habe, der ist, dass wir chlorhaltiges Putzmittel kaufen wollten. Und zwar jede Menge davon.

Das Verhör, das ich vorhin durchgeführt habe, ist etwas außer Kontrolle geraten.

Wenn ich gewusst hätte, dass ich den Wichser töte, hätte ich ihn im Bunker ausgefragt. Der unterirdisch gelegene Raum, der sich in einem unserer Nachtclub befindet, wurde extra dafür ausgestattet. In ihm sind nicht nur die Wände und der Boden, sondern auch die Decke komplett gefliest. Es gibt einen Ablauf in der Mitte des fensterlosen Raums, und das einzige Möbelstück, das sich darin befindet, ist ein verrosteter alter Stuhl, dessen Beine einbetoniert wurden.

Was unter gewissen Umständen verflucht praktisch sein kann.

Der Bunker ist für spezielle Unterhaltungen, bei denen schon von vornherein feststeht, dass einer der Gesprächspartner nicht überleben wird, ausgestattet.

Doch in diesem Fall war ein Mord nicht vorgesehen.

Der eigentliche Plan war, den verfluchten Dealer nur zu befragen, aber dann hat er angefangen, Sarah, die kleine Schwester von Kane, unserem Vizepräsidenten, zu bedrohen, und ich bin ausgeflippt.

Sarah gehört zum Club. Sie ist nicht einfach nur irgendein Mädchen, das sich hin und wieder bei uns aufhält, sondern sie ist Familie und das nicht nur, weil sie Kanes Schwester und Masons Old Lady, sondern weil sie ein Teil unserer Welt ist.

Dass sie noch dazu im siebten Monat schwanger ist, hat mir nicht gerade dabei geholfen, ruhig zu bleiben.

Ich habe den beschissenen Bastard regelrecht zerfetzt. Sein rechtes Auge klebte, als ich mit ihm fertig war, rechts von mir an der Wand.

Fuck!

Fuuuck!

Welcher normale Mann bedroht eine schwangere Frau?

Mag sein, dass ich ein Monster bin, mag sein, dass ich ein gesetzloser Biker bin, aber selbst ich habe moralische Grenzen, an die ich mich halte. Und dieser Hurensohn hat sie zu seinem Pech überschritten.

Wie auch immer ...

Anstatt so viel Bleichmittel, wie der Laden hergibt, zu kaufen, stehe ich jetzt mit einer Frau namens Samantha am Straßenrand und frage mich, was zur Hölle mit mir los ist.

„Willst du uns sagen, was hier abgeht, Bruder?"

Jacob, der Road Captain des Seattle Chapters der *Wild Bones*, sieht mich breit grinsend an.

„Hier geht gar nichts ab."

Sein „Tzzz ... Tzzz ... Tzzzz ..." verrät mir, dass er mir kein Wort glaubt.

„Warum hast du uns denn nicht gesagt, dass du auf der Suche nach einer neuen Hausmaus bist, Alter? Wir hätten dir doch geholfen."

Das hätte mir gerade noch gefehlt.

„Keine Hausmaus. Nur Spaß!"

Jacob schüttelt den Kopf, was Tate, unseren Kassenwart, dazu bringt, sich einzumischen.

„Spaß? Bullshit Reece, die Kleine sieht mir eher nach jeder Menge Ärger aus. Lass sie da. Ich schwöre dir, Spaß kannst du auch einfacher haben."

Das Mädchen dreht sich aufgebracht zu Tate um.

„Woher willst du Idiot bitte wissen, wie viel Spaß man mit mir haben kann?"

Tate wirkt amüsiert.

Die kleine Tigerin hat die Krallen ausgefahren ...

„Du hast recht. Ich weiß es nicht. Aber weißt du was, du bläst mir einen und dann kann ich die ganze Sache besser beurteilen. Abgemacht?"

Gespannt, wie sie reagiert, sehe ich sie an. Das Mädchen bleibt völlig cool und schenkt unserem Kassenwart einen mitleidigen Blick.

„Sorry, aber das geht nicht."

Er wirkt überrascht.
„Und warum nicht?"
Aye, das würde ich auch nur zu gerne wissen.
Nicht weil ich will, dass sie an Tates Schwanz nuckelt. Oh nein. Ganz bestimmt nicht! Sondern weil ich will, dass sie vor mir auf die Knie geht, den Mund weit aufsperrt und mir erlaubt, ihr bildhübsches Gesicht zu ficken.
„Na ja, ich habe da so eine Phobie."
„Oh, und welche?"
Tate wirkt irritiert.
In den Augen der Kleinen blitzt es amüsiert auf.
„Die Angst, Kleinteile zu verschlucken!"
Sie sagt das so trocken und ernst, dass ich nicht sofort kapiere, dass das ein verdammter Witz sein soll, ein Witz, der ganz klar auf Tates Kosten geht.
Doch dann wirds mir klar, und ich kann nicht anders, als zu lachen.
„Kleinteile zu verschlucken?" Zayn gackert wie ein Huhn und verschluckt sich dabei am Rauch seiner Zigarette. Der Einzige, der es nicht so besonders lustig findet und die Frau zornig anstarrt, ist Tate.
Kein Wunder.
Immerhin wurde sein bestes Stück gerade als Kleinteil bezeichnet.
Zur Hölle!
Die Kleine hat echt Mut!
Das muss ich ihr lassen. Mut und ein freches Mundwerk, das sie in meiner Welt durchaus in Schwierigkeiten bringen könnte.
Vielleicht wäre es besser, die Sache hier und jetzt enden zu lassen?
Fuck! Nein!
Dafür will ich sie viel zu dringend an meinem Großteil lecken lassen, wenn ihr versteht, was ich meine?!
„Du kleine Schlampe."
Ich stelle mich schützend hinter das Mädchen und gebe Tate so zu verstehen, dass er cool bleiben soll und dass ich nicht zulassen werde, dass er ihr auch nur ein Haar krümmt.
„Mein Name ist Samantha, und hey, es stört mich nicht, wenn du ihn benutzt."
Jacobs Grinsen wird immer breiter, genau wie das von Jumper, unserem neuen Prospect, der sich bis jetzt im Hintergrund gehalten hat.
Jacobs Telefon beginnt zu läuten, er geht mit einem „Hey Präs" ran. Griffin wird es sicherlich nicht gefallen, zu hören, dass ich den beschissenen Dealer zerfetzt habe, anstatt ihm Informationen zu entlocken.

„Wir waren gerade dabei, Chlor zu besorgen ...“ Stille, seine Augen zucken zu mir. „Aye, die Sache ist ein kleines bisschen außer Kontrolle geraten.“ Wieder hört er zu, was Griffin ihm zu sagen hat. Dann biegen sich seine Mundwinkel nach oben und mir wird klar, was gleich kommt. Ich versuche, ihn mit einem Knurren in Kombination mit einem warnenden Kopfschütteln davon abzuhalten. Es bringt nichts ...

„Das kann noch dauern, Reece ist gerade dabei, sich eine Maus zu besorgen.“

Dafür. Bringe. Ich. Ihn. Definitiv. Um.

„Ob wir bei einer Zoohandlung sind?“

Das Arschloch hat doch tatsächlich genug Mut, mich anzusehen und dabei fragend eine Augenbraue in die Höhe zu ziehen.

„Nee. Er besorgt sich eher so eine Art zweibeinige Hausmaus.“

Meine Faust will unbedingt in sein blöd grinsendes Gesicht.

Nicht bereit, mir den Abend von diesen Idioten versauen zu lassen, setze ich dem Mädchen namens Samantha meinen Helm auf, stelle die Riemen ein und lasse den Verschluss einrasten.

„Komm Baby, wir verschwinden.“

Noch bevor sie es sich anders überlegen und Nein sagen kann, hebe ich sie mühelos hoch und setze sie auf den Sattel meines Bikes.

„Wohin?“

Sie sieht mich aus großen Augen an und versucht, sich irgendwo festzuhalten.

Mag sein, dass sie nicht betrunken ist, aber sie hat sichtbar zu viel getrunken. Ihr Gleichgewichtssinn ist echt im Eimer.

Das in Kombination mit der Tatsache, dass sie noch nie auf einem Bike gesessen hat, könnte interessant werden.

„Zum Club.“

Ihre Pupillen weiten sich.

„Zum *Wild Bones Motorcycle Club*?“

„Nein, zum *Einhörner-reiten-für-Anfänger-MC*!“

Für einen Moment wirkt Samantha etwas verwirrt, dann lächelt sie mich frech an.

„Du hättest mich beinahe drangekriegt.“

„Ach ja? Und was hat mich verraten?“

„Der Totenkopf auf deinem Leder. Wäre er ein Einhorn gewesen und hättest du ein wenig Glitzer dabei, hätte ich dir fast geglaubt.“

Gespielt überrascht sehe ich sie an und beginne mit übertriebener Hektik meine Taschen abzutasten.

„Scheiße! Ich hab das Glitzer vergessen. Wie konnte mir das nur passieren?“

Samantha schürzt die Lippen, ich erinnere mich nur zu gut daran, wie perfekt es sich angefühlt hat, sie zu küssen.

Mein Schwanz pumpt sich mit Blut voll. In meinem Großhirn läuft ein Miniporno, in dem ich sie packe, ihr die Klamotten vom Leib reiße, sie über mein Bike beuge und tief und hart ficke. Sie kommt laut schreiend vor mir, was mir die Möglichkeit gibt, sie auf die Knie zu zwingen und ihr zu befehlen, den Mund aufzumachen. Sie tut es, ohne zu zögern, und einen Atemzug später lutscht sie meinen Schwanz, fast so, als würde ihr verdammtes Leben davon abhängen.

Die Fantasie ist so detailgetreu und intensiv, dass ich ihre vollen, weichen Lippen beinahe an meinen Eiern spüren kann.

Jesus!

Wenn es sich schon so gut anfühlt, sie gedanklich zu ficken, wie fantastisch muss es dann erst in echt sein?

„Hast du gerade einen Schlaganfall oder warum starrst du mich so merkwürdig an?“

Oh ja, sie hat auf jeden Fall eine große Klappe und ich kann es kaum erwarten, ihr diese zu stopfen!

Bevor ich mit meiner Beute davonfahre, weise ich meine Brüder an, sich um die Sauerei zu kümmern und endlich etwas Bleiche zu besorgen.

Fuck!

Manchmal ist es durchaus von Vorteil, der drittranghöchste *Bone* hier in Seattle zu sein ...

3. Kapitel

Ein Mädchen, ein Rocker und der Fahrtwind ...

Warme, feste Muskeln, dazu ein breiter Rücken, glattes Leder und der kühle Fahrtwind, der mit meinen Haaren spielt und mir die Gerüche der Stadt ins Gesicht bläst.

Oh wow!

Reece dreht am Gas, die Maschine macht einen Satz nach vorne, es fühlt sich fast so an, als würde die Harley die Straße verschlingen, als würde der *Wild Bone*, an dessen Rücken ich mich schmiege, mich mit jeder Umdrehung der beiden Reifen tiefer in ein spannendes Abenteuer hineinziehen.

Der Himmel über unseren Köpfen wirkt wie schwarzer Samt, die Sterne funkeln wie Diamanten, während die Lichter der Stadt die Straßenschluchten beleuchten ...

Das kraftvolle Vibrieren zwischen meinen Schenkeln lässt mich schlucken.

Ganz ehrlich?

Das Motorrad fühlt sich an wie ein überdimensionales Liebesspielzeug, das mich zum Erröten bringt, was der Biker vor mir zum Glück nicht sehen kann.

Heilige Scheiße!

Als ich auf das Kassenband gestiegen bin, um meinem Frust Luft zu machen, wäre ich nie auf die Idee gekommen, welche verrückten Konsequenzen das nach sich ziehen könnte.

Ich meine, ich sitze auf dem Motorrad eines *Wild Bones*, und das nicht nur einfach von irgendeinem, oh nein, sondern auf dem des Sergeant at Arms.

Das ist einfach unglaublich!

Ehrlich!

Wir rasen die Pike Street entlang, biegen mehrmals rechts ab und halten uns dabei nicht wirklich an die Geschwindigkeitsbegrenzungen. Überhaupt scheinen die Verkehrsregeln für diesen *Wild Bone* nicht wirklich wichtig zu sein.

Reece fährt schnell, selbstsicher und scheint irgendwie immer Vorfahrt zu haben. Doch trotz seines aggressiven Fahrstils hat keiner der anderen Verkehrsteilnehmer den Mut, ihn anzuhupen.

Kein Wunder!

Niemand ist so blöd, sich mit einem Member des legendären *Wild Bones Motorcycle Clubs* anzulegen. Schon gar nicht wegen so etwas

Lapidarem wie die Vorfahrt oder die eventuell rote Ampel, die für den Rocker vor mir, aus welchem Grund auch immer, grün gewesen zu sein scheint.

Er fährt, wie er küsst – selbstsicher und leidenschaftlich – und wenn er so auch noch vögelt – na dann halleluja!

Dann steht mir eine sagenhafte Nacht bevor.

Zu meinem Pech kommen wir viel zu schnell vor den geschlossenen Toren des Clubs an.

Sehr schade, von mir aus hätten wir noch ewig durch die Nacht rasen können ...

Reece stoppt. In der Sekunde, in der eine mit einem Maschinengewehr ausgestattete Wache in meinem Sichtfeld auftaucht, schießt mein Puls in die Höhe.

Scheiße!

Was soll das?

Ich meine, wo sind wir hier? Das ist doch immer noch Seattle, richtig?

Und warum muss mitten in Seattle ein Typ mit einem riesigen Gewehr über der Schulter herumlaufen?

Das hier ist nicht Afghanistan oder so ...

Sondern unsere geliebte Stadt mitten in Amerika.

Keine Ahnung, warum mich das schwarze Maschinengewehr so viel mehr stört als die Waffe, die der Sergeant at Arms vorne in seinem Hosenbund stecken hat.

Aber es ist so!

Ich wusste, bevor ich zu dem Rocker auf die Maschine gestiegen bin, dass diese Kerle keine harmlosen Kuschelbären, sondern gefährliche Outlaws sind, die sich nicht ans Gesetz halten und nach ihren ganz eigenen Regeln spielen. Aber eine Sache zu wissen und sie dann mit den eigenen Augen zu sehen, ist noch mal was ganz anderes. Glaubt mir.

Der Typ mit dem Maschinengewehr öffnet uns im Laufschritt das Tor, Reece gibt Gas und Schwups, einen Atemzug später stehe ich nicht mehr vor dem gefährlichsten Rockerclub des Landes, sondern stehe mitten drinnen.

Mir wird heiß, mir wird kalt und leise Zweifel werden laut.

War es wirklich eine gute Idee, hierher zu kommen?

Noch bevor ich eine Antwort auf die Frage gefunden habe, reiht Reece sein Bike in die lange Reihe bereits geparkter Harleys (es sind wirklich nur Harleys) ein und klappt mit seinem Fuß den Ständer aus. Das Motorrad kippt leicht, ich kralle mich instinktiv etwas fester an den Biker vor mir, was ihn zum Lachen bringt.

Dabei spannen sich die Hügel seiner Bauchmuskeln an und werden unter meinen, an seiner Vorderseite verkrampften Händen ganz fest.

Muskeln. Muskeln. Muskeln.

Dieser Sergeant hat zu 100 Prozent ein Sixpack, was mich zurück zu meiner Frage bringt.

Ja verdammt! Es war eine scheiß geniale Idee, hierher zu kommen.

Einen Typen mit einem Sixpack zu finden, ist schon höllisch schwer, aber einen zu finden, der küssen kann wie der Höllenfürst höchstpersönlich und der noch dazu ein Sixpack hat, ist noch viel, viel, viel schwerer.

Also ja!

Es war die richtige Entscheidung, all meinen Mut zusammenzukratzen und zu dem Sergeant at Arms auf das Motorrad zu steigen.

Anstatt abzusteigen, bleibe ich einfach sitzen, lasse meine Finger unter das Shirt des Bikers gleiten und versuche, nicht zusammenzuzucken, als sie erst gegen den Griff seiner Waffe stoßen, ehe sie auf warme, feste Haut und harte Hügel, die aus purer Kraft bestehen, treffen.

Der Bauch dieses Bikers ist genauso perfekt unterteilt wie eine Tafel Schokolade. In der Mitte geht eine lange Rille, von der nach links und rechts Abzweigungen weggehen.

Die Augen schließend, lehne ich meine Stirn zwischen seine Schultern, während ich mir die Freiheit herausnehme, ihn schamlos abzutasten, und mache dabei eine interessante Entdeckung, jedes Mal, wenn meine Fingerspitzen Richtung Hosenbund gleiten, werden die Muskeln des Bikers härter und aus seiner Kehle löst sich ein animalisches Knurren.

„Was hast du vor, Mädchen?“

„Ist das nicht offensichtlich?“

Er flucht.

„Du spielst mit dem Feuer.“

Oh ja ...

„Und ich kann es kaum erwarten, mich daran zu verbrennen.“

Reece hört meine Worte, umfasst blitzschnell meine beiden Handgelenke und schwingt sich in einer fließenden Bewegung von dem Motorrad.

Kaum dass er weg ist und ich seine Wärme nicht mehr spüre, überzieht eine unangenehme Gänsehaut meine Arme.

Jetzt steht er groß und stark direkt vor mir, während ich immer noch mit weit gespreizten Beinen auf seinem Bike sitze und zu ihm nach oben sehe.

„Wenn du es dir anders überlegen willst, dann ist das deine letzte Möglichkeit.“

Auf meiner Unterlippe herumkauend, betrachte ich seine markanten Gesichtszüge und seine vollen Lippen.

„Soll das eine Art versteckte Warnung sein?"

Er nickt.

„Nicht versteckt."

„Stimmt, sie war deutlich."

Er nickt erneut.

„Also, was ist? Willst du davonlaufen, Mädchen, oder bist du bereit, die Sache durchzuziehen?"

Heilige Scheiße!

Ein Teil meines Gehirns weiß, dass es besser, dass es schlauer wäre, die Flucht anzutreten. Aber ein anderer Teil, der, der mit meiner Klitoris verbunden ist, hat nicht vor, einen Schritt durch das, mittlerweile wieder geschlossene Tor zu machen, solange ich nicht bekommen habe, weswegen ich hier bin: Hammergeilen Sex!

Die Tragik meines Lebens besteht ja darin, dass ich theoretisch wüsste, wann ich besser die Klappe halten sollte ... Und dann höre ich mich reden.

So ist es jetzt auch.

„Ich will nicht davonlaufen, Sergeant. Ich will, dass du mich packst, über deine breite Schulter wirfst, irgendwohin trägst, wo wir alleine sind, und mich fickst. Tief. Hart. Gründlich. Ich will einen *Wild Bone* reiten!"

Es wäre garantiert besser gewesen, still zu sein und den vor mir stehenden Rocker mit dem Schokoladentafelbauch nicht auch noch zu reizen.

Aber ich bin nun mal ich ... Und darum ziehe ich den Tiger im übertragenen Sinn am Schwanz, anstatt seine Käfigtüre zu verschließen und mich in Sicherheit zu bringen.

„Du willst mich reiten?"

In seinen eisblauen Augen lodert ein gefährliches Verlangen.

„Will ich!"

Für die Dauer eines Herzschlags sieht er mich abwägend an, dann werde ich plötzlich gepackt und hänge eine Sekunde später auch schon mit dem Kopf nach unten an seiner Schulter.

Die Welt kippt, dann trägt er mich davon ...

Und auch wenn ich alles verkehrt herum sehe, hält mich das nicht davon ab, mich neugierig umzuschauen. In verrosteten Ölfässern lodern orange Feuer. Hier und da stehen Stühle und Bänke, auf einigen sitzen massive Rocker mit zerbrechlich wirkenden Tussis auf dem Schoß. Sie trinken Bier oder Whisky aus Flaschen, unterhalten sich, fluchen laut und tätscheln dabei die prallen Brüste der Frauen, die sie sich für die anstehende Nacht reserviert haben.

Die Männer sind tätowiert und bewaffnet und die Frauen stark geschminkt und so gut wie nackt.

Reece geht auf eine offen stehende Doppeltüre zu und das Letzte, was ich sehe, ehe wir im Clubhaus verschwinden, ist die mit der Maschinenpistole ausgestattete Wache am Tor, die es nicht leid wird, die Dunkelheit vor den Stahlstangen nach einer drohenden Gefahr abzusuchen.

Was ich irgendwie witzig finde, denn die gefährlichsten Männer der Stadt befinden sich definitiv hinter dem Tor und nicht davor.

4. Kapitel

Der Sergeant at Arms des Wild Bones Motorcycle Clubs

Ich kann mich nicht daran erinnern, Samantha in eines der Gästezimmer getragen oder sie ausgezogen zu haben.

Ich weiß nicht mehr, wie wir hierher gekommen sind oder warum ich verdammt noch mal noch immer meine Jeans und Stiefel anhabe.

Und. Es. Ist. Mir. Auch. Egal.

Denn alles, was in diesem Moment zählt, ist, dass sich die weichsten, schönsten, heißesten und nassesten Lippen dieses Planeten in genau dieser Sekunde um meinen Schwanz schließen und zu saugen beginnen.

Bloody. Holy. Fuck!

Es fühlt sich so an, als wäre ich gestorben und in den verdammten Himmel gekommen. Einzig das Wissen, das für mich längst ein Platz in den Tiefen der Hölle reserviert wurde, verrät mir, dass ich noch am Leben sein muss.

Wobei, da ist diese Hitze, die durch die Spitze meiner Erektion, die Basis entlang und an meiner Wirbelsäule nach oben steigt. Heißer kann das verfluchte Fegefeuer auch nicht sein. Samanthas Zunge bespielt die empfindliche Unterseite meines Schwanzes – vor meinen Augen wird es schwarz.

Vielleicht ist es doch die Hölle?

Vielleicht werde ich für alle Zeit hier stehen, ohne jemals abspritzen zu können?

Schwachsinn!

Mit einem Fluch reibe ich mir über die Augen, sehe nach unten und betrachte das vor mir kniende Mädchen, das mir mit voller Hingabe den Schwanz lutscht.

Das, was sie mit mir macht, fühlt sich so unglaublich an, dass ich kurz davor bin, meine Hände in ihren langen, weichen Haaren zu vergraben und ihren Kopf nach hinten zu ziehen, weil ich es einfach nicht länger aushalte.

Es ist so gut, dass es wehtut.

So gut wie noch nie ... Und das will was heißen, denn seit dem Tag, an dem ich das Leder anzog, lagen so einige Frauen vor mir auf den Knien.

Wie um mir zu beweisen, dass sie die Göttin der Blowjobs ist, schiebt sie sich langsam, jedoch stetig immer tiefer auf mein Glied, schluckt jeden noch so harten Zentimeter und sieht mich dabei unverwandt an.

Jede andere Frau hätte längst gestoppt oder zum Würgen angefangen. Sie jedoch nicht. Oh nein, Samantha macht weiter und weiter, bis mein Schwanz vollends zwischen ihren dicken Lippen verschwunden ist.

Das ist einfach zu gut, um wahr zu sein!

Ohne nachzudenken strecke ich meine Hand nach ihrem Hals aus, winde meine Finger um ihre Kehle und drücke zu.

Ich muss wissen, wie tief ich in ihr bin, ich muss spüren, wie weit meine Härte in sie hineinreicht.

Samantha lässt mich gewähren, presst den Mund zusammen und schiebt sich noch ein winziges bisschen weiter vor.

Meine Knie werden weich und die Muskeln in meinen Oberschenkeln hart.

Der Drang, ihren Mund zu ficken, wird beinahe übermächtig.

Holy Shit!

Diese Frau ist mein Kryptonit, aber im positiven Sinne.

Sie bringt mich nicht um – auch wenn es sich gerade so anfühlt – sondern sie macht mich stärker.

Fuck!

Ich bin nicht Superman. Ich versuche nicht die Welt zu retten – ich gehöre nicht zu den Guten, sondern zu den Bösen, und trotzdem würde ich in diesem Augenblick einfach alles tun und alles geben, nur damit Samanthas Mund für alle Zeit an meinem Schwanz bleibt.

Mit einem Fluch vergrabe ich meine rechte Faust in ihren Haaren und schaffe es gerade so, dem Drang, sie mit aller Kraft gegen mich zu drücken, zu widerstehen.

Anstatt ihren Kopf zu lenken, halte ich ihn einfach nur in Position, während ich mit meiner Hüfte vorstoße und ihre Zunge ficke.

Ich wiederhole den Vorgang wieder und wieder. Ihre Lippen schmatzen, warme Spucke rinnt ihr aus dem Mundwinkel und sammelt sich an meinen Eiern.

Die Hitze, die mich eh schon zu verbrennen droht, nimmt zu, ich fühle mich, als würde ich in Flammen stehen. Als hätte jemand meinen Schädel mit glühenden Kohlen gefüllt.

„Langsam Mädchen. Langsam!“

Was ich sage, ergibt keinen Sinn. Denn ich bin derjenige, der den Takt und die Geschwindigkeit vorgibt. Ich bin derjenige, der ihr keine andere Wahl lässt als meinen Schwanz zu schlucken. Der nächste Vorstoß geht tiefer als beabsichtigt.

Eine Träne löst sich aus ihren waldgrünen Augen, ich brumme eine Entschuldigung und gehe etwas langsamer vor.

Wobei das nicht wirklich gut funktioniert, dafür will ich Samantha einfach viel zu sehr.

Eine gefühlte Ewigkeit später ist es endlich so weit, meine Hoden ziehen sich puckernd zusammen, meine Sinne geben ihren Dienst auf und meine Hände beginnen zu zittern.

So. Etwas. Habe. Ich. Noch. Nie. Erlebt.

Absolut noch nie.

Aye, den Mund einer Frau zu bumsen, war schon immer gut.

Meistens sogar mehr als das. Aber das hier ist anders, es ist besser, süchtig machender.

Scheiße!

Ich habe keine Ahnung, wie ich das, was in mir vorgeht, beschreiben soll, und in der Sekunde, in der mein Sperma aus meinem Schwanz und tief in Samanthas Rachen schießt, will ich das auch gar nicht mehr.

Denn es ist verdammt noch mal nicht wichtig, es in Worte zu fassen, das Einzige, worauf es ankommt, ist, es zu genießen.

Denn im Gegensatz zu dem, was meine Brüder glauben, bin ich nicht auf der Suche nach einer Hausmaus. Mir gefällt meine Freiheit und ich bin nicht bereit, sie aufzugeben.

Auch nicht für ein Mädchen wie das, was gerade ohne zu zögern mein Sperma schluckt!

Vielleicht kann ich Samantha ja trotzdem behalten, als Spielzeug oder als nette Abwechslung für besonders blutige Tage?

Ja, das würde mir gefallen.

Allerdings kann ich mir mehr als gut vorstellen, was sie davon halten wird.

Diese Frau hat Feuer im Arsch und kein Problem damit, für ihre Interessen einzustehen.

Allein dass sie jetzt hier bei mir ist, zeigt, dass sie mutig ist und um einiges risikofreudiger als gut für sie ist.

Streng genommen braucht diese Frau ganz dringend einen Mann, der sie beschützt und von ihren skurrilen Ideen, wie auf ein Kassenband zu klettern oder auf das Bike eines gewaltbereiten *Wild Bones* zu steigen, abhält.

Ein Teil von mir ist auch mehr als bereit, diesen Posten für sich zu beanspruchen, doch ein anderer hält mich, wohl wissend, dass, wenn ich einen Teil dieses Mädchens für mich beanspruche, ich alles von ihm will, davon ab.

Erst als sie auch den letzten Tropfen meines Samens aus mir herausgelutscht und meinen Schwanz sauber geleckt hat, löse ich die Faust aus ihren Haaren und erlaube Samantha so, sich zurückzuziehen.

Kaum dass sie den Mund frei hat, schnappt sie keuchend nach Luft und sieht unter halb gesenkten Lidern zu mir hoch.

„Das war nicht schlecht, Sergeant."

Nicht schlecht?

Fuck!

Ich habe ihr gerade meine Seele in den Hals gespritzt und sie kommt mir mit nicht schlecht? Ich fasse es nicht!

Diese Frau braucht noch viel dringender einen Mann, der auf sie aufpasst, als bis jetzt angenommen.

Nicht mein Problem! Nicht. Mein. Problem. Nicht mein Problem!

Diesen Satz wie ein gottverdammtes Mantra wiederholend, ziehe ich sie nach oben, werfe sie rücklings auf das Bett und trete mir endlich die Stiefel von den Füßen.

Dann werde ich in Rekordgeschwindigkeit meine Jeans los, reiße ihre Knie auseinander, bringe mich dazwischen in Position und verpasse ihrer Pussy einen langen, tiefen Zungenkuss.

Jetzt ist Samantha diejenige, die ihre kleinen Finger in meinen Haaren vergräbt und mein Gesicht fester gegen ihre Mitte presst.

Und bei Gott!

Ich habe nichts dagegen.

Süß und salzig explodiert ihr Geschmack auf meiner Zunge und macht mich innerhalb eines Herzschlags süchtig.

Die Würze ihrer Lust steigt mir zu Kopf und lässt mich gierig brummen, während ich mit den Fingern ihre Schamlippen öffne und mich durch den kompletten Spalt lecke.

„Reece ..."

Fuck! Fuck!

Sie schreit meinen Namen und meine Sicherungen brennen durch.

Mit dem Ziel, sie so schnell wie möglich kommen zu lassen, fülle ich ihren engen Kanal mit zwei Fingern und reibe gleichzeitig mit dem Daumen über ihren Kitzler.

Das bringt's! Sie bockt und bäumt sich auf, während sie sich meiner Hand willig entgegenpresst. Ich gebe ihr, was sie so hemmungslos einfordert, und tausche meinen Daumen gegen meine Zunge.

Ihre Beine beginnen zu zittern, sie klappt die Knie zusammen, klemmt meinen Kopf ein und hält mich so an Ort und Stelle.

„Mehr! Komm schon Rocker! Mehr!"

Samanthas Stimme ist heiser, ihr Po hebt sich an, ich drücke ihn zurück auf das Bett und lasse sie meine Zähne spüren, während meine beiden Finger an ihrem Eingang ruhen und die Tausenden von Nervenenden, die sich dort befinden, stimulieren.

Ihr Schrei wird lauter, ich warte noch kurz ab und stoße dann zu.
Sie kommt mit einem Knall.
Ihr Körper explodiert regelrecht.
Zufrieden betrachte ich ihre vollen Titten, die Rundung ihrer Hüften und sauge jedes noch so kleine Detail in mich auf.
Wenn sie doch nur nicht so verflucht schön wäre.
Klein, mit weiblichen Kurven und einem Arsch, der es verdient hat, zuerst gefickt und dann angebetet zu werden.
Hungrig nach ihrem Mund lege ich mich auf sie und nagle Samantha unter mir fest.
Sie zu lecken war das Geilste, was ich seit Langem getan habe, mein Schwanz ist längst bereit für die zweite Runde. Er drückt sich dick und geschwollen gegen die Innenseite ihres Schenkels, während ich mich an ihrer Unterlippe festbeiße und eine Sekunde später mit meiner Zunge in sie eindringe.
Samantha schmeckt nach mir und ich nach ihr, während des Kusses vermischen sich unsere Aromen, meine Lust schnellt in ungeahnte Höhen.
Holy Shit!
So etwas habe ich noch nie erlebt.
Alles, was ich wollte, war, ein paar Flaschen Bleichmittel zu kaufen, um die Spuren des Mordes, den ich, kurz bevor mir diese Frau begegnet ist, begangen habe, verschwinden zu lassen, und jetzt?
Jetzt liege ich auf dem schönsten und verrücktesten Mädchen, das mir jemals begegnet ist, und frage mich insgeheim, ob es wirklich so schlimm wäre, mir eine Hausmaus zu nehmen?
Fuck! Fuck! Fuck!
Entschlossen verdränge ich die Frage in den hintersten Winkel meines Bewusstseins, genau wie die Antwort, die mir längst auf der Zunge liegt, und für die ich nicht bereit bin.
Wild Bones forever – forever Wild Bones.
Mein Leben gehört dem Club, ich habe keine Verwendung für eine Frau, schon gar nicht für eine, die mein Leder trägt und die ganz offiziell mein Eigentum ist.
Als Sergeant at Arms sind meine Jahre gezählt.
Die Männer, die bereit sind, sich dieses Patch auf das Leder zu nähen, wissen, dass jeder Tag ihr letzter sein könnte und dass es keinen Sinn macht, sich um so etwas wie eine Altersvorsorge zu kümmern.
Wir *Bones* sterben schnell und blutig ...
Damit habe ich längst meinen Frieden gemacht.

Für uns Männer ist diese Tatsache viel leichter zu akzeptieren als für unsere Frauen. Für Charlotte, Sarah und Emma, den bisher einzigen Old Ladys des Seattle Chapters der *Wild Bones*, wird es viel schwerer zu ertragen sein, wenn Griffin, Kane und Mason sterben als für den Rest für uns.

Der Reaper ist unser ständiger Begleiter, er folgt uns auf Schritt und Tritt, und mehr als einmal hatte ich bereits das eiskalte Blatt seiner Sense in meinem Nacken.

Dass ich noch lebe, gleicht einem Wunder.

Und dass ich diese Frau in den Armen halte, ebenfalls.

„Küss mich, Rocker!"

Samantha schlingt ihre Arme um meinen Nacken, zieht mich zu sich herab und pinnt ihren Mund fordernd auf den meinen. Unsere Zungen treffen sich, ich übernehme die Kontrolle und drücke sie mit meinem Gewicht immer tiefer in die Matratze.

Erst als sie atemlos den Kopf zur Seite dreht und nach Luft schnappt, gebe ich ihre Lippen frei, richte mich zwischen ihren gespreizten Beinen auf und bringe mich vor ihrer Pussy in Position.

„Bist du bereit, Baby?"

Samantha nickt, ich packe sie an den Knien und schiebe meine Eichel in ihre enge Höhle.

Zum Teufel, fühlt sich das gut an.

Zu gut, um wahr zu sein!

Je weiter ich mich in ihr vergrabe, umso lauter wird ihr Stöhnen.

Anfangs schaffe ich es noch, mich zurückzuhalten und einigermaßen langsam vorzugehen.

Ich will jeden verdammten Zentimeter genießen. Doch dann verliere ich die Kontrolle, und ramme mich mit einem Ruck bis zur Wurzel in ihre pochende Möse.

Das Mädchen schreit und reißt die Augen auf. Unsere Blicke begegnen sich, ich lasse mich nach unten fallen, stütze mich mit den Händen neben ihrem wunderschönen Gesicht ab und fange ihren Blick ein, während ich mich zu bewegen beginne und ihren Körper zu meinem Territorium ernenne.

5. Kapitel

Das Mädchen, das versteht, dass Sex nicht immer nur Sex ist ...

Ich fühle mich ausgefüllt und ausgeliefert.

Unzählige Muskeln nageln mich auf dem fremden Bett fest, während starke Arme mein Gesicht einrahmen.

Reece Penis ist dick und lang und füllt mich bis auf den letzten Millimeter aus.

Mir ist heiß, vor meinen Augen tanzen bunte Punkte und meine Mitte zieht sich um seinen Schwanz zusammen.

Es mag sein, dass ich diesen *Wild Bone* nicht kenne, es mag sein, dass wir uns heute zum ersten Mal begegnet sind, und es mag ebenfalls sein, dass sich unsere Wege nach dieser Nacht für immer trennen werden.

Doch jetzt, in diesem Moment, gehöre ich voll und ganz ihm.

Keine Ausflüchte, keine Geheimnisse – zwischen uns liegt eine ganze Welt und dennoch trennt uns nichts.

Wir sind einfach nur ein Mann und eine Frau, die tun, was die Natur für uns vorherbestimmt hat. Wir vereinigen unsere Körper, kommen uns nahe und verlieren uns in einem Akt, der so alt ist wie der Anbeginn der Menschheit.

Und dennoch ist es anders.

Himmel!

Ich hatte schon mit so einigen Männern Sex, aber das, was dieser Rocker mit mir macht, ist unvergleichlich.

Er nimmt mich in Besitz, er erobert nicht einfach nur meinen Körper, sondern auch meine Gedanken.

Um einen weiteren lauten Schrei zu unterdrücken, beiße ich mir auf die Zunge, doch es bringt nichts.

Ich kann nicht still sein, dafür fühlt sich das, was Reece mit mir anstellt, einfach zu gut an.

Wenn ich es nicht besser wüsste, könnte ich fast glauben, dass das mein erstes Mal ist. Aber das stimmt nicht.

Es ist mein erstes Mal mit einem *Wild Bone* und verdammt!

Zwischen dem Sex mit einem normalen Typen und einem Rocker liegen verdammte Welten.

Reece starrt mich an, ich vergesse zu atmen.

Dann stößt er mit aller Kraft zu, sodass ich auf der Matratze nach oben geschoben werde, was ihm einen Fluch entlockt und ihn dazu bringt, sich erneut aufzurichten.

Seine großen, prankenartigen Hände winden sich um meine Taille.

Ab jetzt hält er mich in Position, während er unermüdlich in mich hineinpflügt.

Das Einzige, was ich noch wahrnehme, ist der Rocker auf mir. Wie er riecht, wie er sich anfühlt und welche animalischen Geräusche er von sich gibt, während er mich fickt, als würde sein Leben davon abhängen.

Unsere Körper klatschen in einem schnellen, gnadenlosen Rhythmus aufeinander, das Spiel seiner Muskeln und die Reibung, die bei dem kraftvollen Rein und Raus in meinem Inneren entsteht – das alles ist zu viel. So viel zu viel, dass ich mit einem hilflosen Stöhnen komme.

Ich liege wie eine Puppe unter dem Sergeant und er benutzt mich genau so, wie er es braucht.

Das Wissen, dass ich diesem Biker nichts entgegenzusetzen habe, und dass ich ihm voll und ganz ausgeliefert bin, verstärkt die Empfindungen, die wie ein Tsunami über mich hinwegrollen.

Ich schreie und zittere, kralle mich an dem Mann auf mir fest und schließe die Augen, während ich verzweifelt nach Luft schnappe und darum kämpfe, bei Bewusstsein zu bleiben.

Heilige Scheiße!

Bis heute dachte ich wirklich, dass ich weiß, was Sex ist. Aber dieser Rocker hat mich eines Besseren belehrt.

Bis ich ihm begegnet bin, hatte ich verdammt noch mal keine Ahnung!

Reece ist noch nicht mit mir fertig!

Anstatt seiner Lust nachzugeben und sich Erleichterung zu verschaffen, pumpt er mit schier unermüdlicher Kraft wieder und wieder in mich rein und wird dabei immer schneller und schneller.

Leicht weggetreten betrachte ich das Spiel seiner Muskeln, genieße, wie sich die Hügel an seinem Bauch abwechselnd entspannen und wieder anspannen, und beobachte, wie sich ein einzelner Schweißtropfen von seinem Hals über die Hügel und Täler seines unfassbaren Körpers bis hinab zu seinem, in mir steckenden Schwanz bahnt.

Wenn ich könnte, würde ich dem Tropfen mit meiner Zunge folgen, ich würde seinen Weg nachspuren und ihn schlussendlich kosten.

Doch es geht nicht.

Der Sergeant hat mich unter sich festgepinnt, während er mich immer weiter fickt. Kaum dass der Orgasmus abgeebbt ist, baut sich bereits der nächste auf.

Der Druck in meinem Unterleib wird stärker, das Ziehen in meinen Beinen beginnt von Neuem. Ein Feuerball rollt über mich hinweg und bringt mich dazu, seinen Namen zu schreien, während mich die

Leidenschaft erneut mit sich hinfort reißt und die Welt vor meinen Augen in Dunkelheit versinkt.

Reece „Fuck Baby!“ dringt noch zu mir durch, dann falle ich in einen Strudel aus Farben, der mich emporhebt und in einem süßen Vakuum, bestehend aus nichts als purer Glückseligkeit, herumwirbelt.

Hitze flutet meine Muschi, sie füllt mich aus und wirkt wohltuend auf meinen wunden Eingang.

Mit einem gebrummten „Du machst mich fertig, Mädchen!“ lässt sich der Rocker auf mich fallen und begräbt mich unter einem Berg von verschwitzten, festen Muskeln.

Es dauert einen Augenblick, bis er kapiert, dass er mich mit seinem Gewicht regelrecht erdrückt. Mit einem Ruck seiner Hüfte zieht er sich aus mir heraus, lässt sich neben mir auf das Bett fallen und versucht, wieder zu Atem zu kommen.

Für eine Weile bleiben wir einfach so liegen: befriedigt, erschöpft und laut keuchend.

Dann richte ich mich auf einen Ellenbogen auf und betrachte den Biker neben mir aus zusammengekniffenen Augen.

„Das war gut.“

Leise knurrend dreht er sich zu mir um.

„Nur gut?“

Ich nicke, was mir ein „Du Biest!“ einbringt.

Das Ego dieses *Wild Bones* ist schon aufgeblasen genug, ich denke nicht, dass es schlau wäre, es auch noch mit postkoitalem Geflüster zu füttern.

6. Kapitel

Der Sergeant at Arms des Wild Bones Motorcycle Clubs

„Komm schon Baby, steh auf. Ich zeig dir den Club."

Keine Ahnung woher der Drang kommt, Samantha meine Welt zu zeigen, aber er ist da und ich bin definitiv nicht gewillt, ihn zu hinterfragen.

Dieses Mädchen hat mein Leben auch so schon genug durcheinandergebracht.

Wir haben diese eine Nacht. Nicht mehr, aber eben auch nicht weniger, und ich bin fest entschlossen, die wenigen, verbleibenden Stunden, die wir noch haben, zu genießen.

Doch Samantha scheint da anderer Meinung zu sein, anstatt sich anzuziehen und mir zu folgen, bleibt sie einfach nackt und reglos im Bett liegen und sieht aus funkelnden Augen zu mir hoch. Während ich komplett angezogen vor ihr stehe und den Blick kaum von ihrer nackten, geschwollenen Pussy abwenden kann.

Mein Sperma bedeckt ihre geröteten Falten, es sickert aus ihr heraus und tropft auf das Bett, und Scheiße! Ich habe nie etwas Geileres gesehen, als ihre, mit meinem Saft gefüllte Fotze.

„Was bedeuten die vielen Aufnäher, die deine Kutte zieren?"

Ihre Frage reißt mich aus meinem kurzen Tagtraum, in dem es darum ging, dass ich die Flüssigkeit, die ihre Mitte bedeckt, auf ihrem Arsch verreibe und dann den engen Muskel ficke, der gerade meine gesamte Aufmerksamkeit auf sich zieht.

„Was?"

Samanthas Lippen verziehen sich zu einem wissenden Lächeln, fast so, als ob sie ahnen würde, was gerade in meinem Kopf vorging.

„Ich will wissen, was die Abzeichen auf deinem Leder bedeuten. Was ist das Aufgabengebiet des Sergeant at Arms des legendären *Wild Bones Motorcycle Clubs*?"

Neugieriges kleines Ding.

„Wenn du es wüsstest, würdest du schreiend davonlaufen!"

Meine Stimme ist ernst, genau wie der Ausdruck in meinem Gesicht.

Was auch immer das zwischen ihr und mir ist, eine Sache sollte Samantha möglichst schnell kapieren. Die Antworten, die sie einfordert, werden ihr nicht immer gefallen.

Bullshit!

Ich werde sie nicht anlügen.

Wenn sie etwas wissen will, bitte, dann werde ich es ihr sagen. Auch auf die Gefahr hin, dass ich danach zum Hauptdarsteller ihrer Albträume werde.

„Glaubst du?"

Samantha scheint fest entschlossen zu sein, die Warnung, die in meinem Blick liegt, zu ignorieren.

„Und was, wenn ich es trotzdem wissen will?"

„Dann bist du entweder mutig, verdammt leichtsinnig oder naiv genug zu glauben, dass ich zu den Guten gehöre und meine Aufgaben hauptsächlich aus Blumenpflücken und Ponystreicheln bestehen."

Sie sieht mich wütend an.

„Du glaubst also, dass ich naiv bin?"

Fuck!

Ich kenne den Unterton, der in ihrer Stimme mitschwingt, nur zu gut. Sarah hat genau den gleichen, wenn sie auf Ärger aus ist, und die kleine Schwester unseres Vizepräsidenten ist eigentlich immer auf Krawall gebürstet.

„Hör zu, Süße. Ich will mich nicht mit dir streiten, also beweg deinen Arsch aus dem Bett und komm ..." *Fuck!* „Beweg ihn aus dem Bett oder ich ficke dich so lange von hinten, bis du eine Woche nicht mehr sitzen kannst!"

Sie reißt erschrocken die Augen auf, ihr Blick rutscht zu meinem Hosenbund.

„Du kannst schon wieder?"

„Ich muss nur in dein schönes Gesicht sehen und mein Schwanz wird hart!"

Ihr Kichern erfüllt den Raum.

„Wow! Das war fast schon romantisch."

„Romantik liegt mir nicht."

Sie nickt, wenigstens in dem Punkt scheinen wir uns einig zu sein.

„Das stört mich nicht. Ehrlich. Solange du küssen kannst, bin ich absolut zufrieden."

Ich kneife ihr in den Arsch, was sie zum Quieken bringt, dann vergrabe ich meine Hand in ihren Haaren und ziehe sie grob aus dem Bett.

„Steh auf. Bitte ..." Ich reibe mir über das Gesicht und atme tief ein. „Glaube mir, wenn ich dich noch mal ficke, wird das nicht gut für dich enden."

Samantha sieht mich erstaunt an. Jede Erheiterung ist aus ihrer Mimik verschwunden und zum ersten Mal, seit wir uns begegnet sind, scheint sie zu verstehen, dass ich gottverdammt noch mal kein Märchenprinz bin.

Die Augen auf ihren nackten Arsch gepinnt, zünde ich mir eine Kippe an, inhaliere den warmen Rauch und sehe dabei zu, wie sie ihre überall im Raum verstreuten Sachen aufsammelt und sich anzieht.

Samantha wirft mir immer wieder fragende Blicke zu und ich kann an ihrer Nasenspitze ablesen, dass sie meine Weigerung, ihre Fragen zu beantworten, nur noch neugieriger gemacht hat.

Verdammt!

Aus genau diesem Grund will ich keine Hausmaus. Klar, eine Frau nur für mich zu haben wäre eine gute Sache. Die vielen Nutten, die ich sonst ficke, muss ich schließlich mit dem Rest des Clubs teilen.

Aber Exklusivität ist mir einfach zu anstrengend.

Viel zu anstrengend.

Das jetzt und hier ist der beste Beweis dafür, dass es zwischen Männern und Frauen nie leicht ist.

Klar beim Ficken schon, aber direkt danach beginnen die Probleme.

Sie schlüpft mit den Beinen in ihre Hose, wackelt mit dem Arsch und hüpft zweimal, damit die Jeans über ihr rundes Hinterteil rutscht.

Was ziemlich lustig aussieht.

Kaum dass sie den Knopf an der Vorderseite geschlossen hat, dreht sie sich wieder zu mir um und sieht mich herausfordernd an.

„Okay, hör zu, ich verstehe, dass du mir nicht jeden Aufnäher, der deine Kutte ziert, erklären möchtest. Aber fangen wir doch einfach mit was Leichtem an. Womit warst du heute, bevor wir uns begegnet sind, beschäftigt?“

Fuck!

Fuuucckkkk!

„Glaube mir, Mädchen, das willst du nicht wissen.“

Es ist offensichtlich, dass ihr diese Antwort nicht gefällt.

„Was soll das? Glaubst du, ich bin nur gut zu ficken? Denkst du echt, dass man sich mit mir nicht unterhalten kann?“

Sagte ich es doch: Verdammt kompliziert!

Etwas, das nach Zorn aussieht, blitzt in ihren moosgrünen Iriden auf und mir ist klar, dass sie gleich ausflippen wird.

Vielleicht sollte ich sie einfach noch mal an meinem Schwanz lutschen lassen?

Mit vollem Mund kann sie schließlich nicht reden.

„Und was, wenn ich es doch wissen will?“

In ihren zusammengekniffenen Augen funkelt pure Entschlossenheit und ich bin es leid, wegen Dingen zu streiten, die gottverdammt noch mal nicht mein Problem sind.

Ich wollte kein Arschloch sein.

Ich wollte sie einfach nur beschützen.

Aber das wird mir jetzt echt zu anstrengend.

Sie will wissen, mit wem sie gerade gefickt hat?

Bitte!

Sie will Antworten?

Bitte!

Sie will erfahren, was ich getan habe, bevor ich den beschissenen Supermarkt betreten habe? Okay. Von mir aus.

Aber wenn sie Angst bekommt und panisch davonrennt, werde ich ihr nicht folgen.

Es ist nicht meine Angelegenheit, dafür zu sorgen, dass sie sicher nach Hause kommt.

Diese Frau ist nicht mein Problem und ich werde den Teufel tun und zulassen, dass es jemals so weit kommen wird.

Mit einem Fluch gönne ich mir noch einen Zug von meiner Zigarette und gehe dabei langsam auf Samantha zu,

Ich habe keine Ahnung, was sie in meinem Blick erkennt, doch was auch immer sie darin sieht, es lässt sie zurückweichen.

Sehr schön.

Madam Anstrengend hat also endlich verstanden, dass es nicht besonders ratsam ist, einen *Wild Bone* zu reizen.

„Du willst wissen, womit ich beschäftigt war, ehe ich dich geküsst habe?“

Sie nickt und leckt sich dabei nervös über die Unterlippe.

Mein verräterischer Schwanz wird erneut hart.

Diese Frau ist pures Viagra!

Das Zimmer endet, sie knallt mit dem Rücken gegen die Wand.

Jetzt gibt es kein Entkommen mehr für sie.

Samantha ist klein, geradezu winzig, selbst wenn sie sich auf die Zehenspitzen stellen würde, würde sie mir nicht mal bis zur Schulter reichen.

Die Kippe auf den Boden fallen lassend, stemme ich meine Fäuste links und rechts neben ihr an die Wand und fange sie so ein.

Ihr Kopf wirkt neben meinen Armen klein und zerbrechlich, um ihr wehzutun, müsste ich mich nicht im Geringsten anstrengen.

Aber ich will sie nicht zum Weinen bringen, ich habe kein Interesse an ihrem Blut, das Einzige, was ich von dieser Frau will, sind ihre Lippen, ihr Arsch und ihre heiße, enge Muschi, die mich beinahe in den Wahnsinn getrieben hat.

„Der Grund, warum ich den blöden Laden betreten habe, war der, dass ich chlorhaltiges Putzmittel gebraucht habe. Viel davon.“

Die Menschen, die ich kenne, wüssten mit dieser Antwort viel anzufangen. Samantha hingegen runzelt die Stirn und sieht mich fragend an.

„Warum? Wolltest du dein Bad putzen?“

„Nein Baby, ich habe heute Nacht einen Mann getötet und das Bleichmittel sollte mir dabei helfen, den Tatort zu reinigen.“

Zuerst reißt sie erschrocken die Augen auf, dann kneift sie sie zusammen und plötzlich beginnt sie lauthals zu lachen.

„Ja genau. Natürlich hast du das. Hör auf mich zu verarschen. Verdammt Reece, ich hätte dir diesen Quatsch beinahe geglaubt.“

Samantha denkt echt, dass ich einen Scherz gemacht habe.

Bullshit! Das habe ich nicht ...

„Mit genug Bleichmittel wird die DNA oxidiert, und mit oxidierter DNA funktionieren die gängigen Nachweismethoden nicht mehr. Was bedeutet, dass die Cops, falls sie jemals etwas finden sollten, keinen verwertbaren Beweis haben.“

Ihr Lachen verstummt.

Mein Mädchen scheint langsam zu kapieren, dass ich es absolut ernst meine.

Sehr schön!

Über so etwas wie Mord macht man keine Witze! Nicht mal hier im *Wild Bones Motorcycle Club*.

„Das ist dein Ernst, oder?“

Ich zucke nichtssagend mit den Schultern und sehe sie dabei unverwandt an, was sie zum Erschaudern bringt.

„Ich hatte dich gewarnt.“

„Ja, das hattest du, aber ich konnte ja nicht ahnen, dass du jemanden getötet hast.“

Doch, das hätte sie sehr wohl ahnen können.

Verdammt!

„Siehst du das?“

Mit dem Zeigefinger tippe ich auf das *Sergeant-at-Arms-Patch*, das meine Kutte ziert.

Sie nickt.

„Als solcher bin ich für die Bewaffnung sowie die Sicherheit der *Wild Bones* zuständig. Es ist nicht nur meine Aufgabe, für die Disziplin im Club zu sorgen, sondern auch, unsere Feinde zu finden und unschädlich zu machen, ehe sie uns angreifen oder unsere Geschäfte durcheinanderbringen können.“ Ich mache eine dramaturgische Pause und lasse sie den ersten Schwall an Informationen verarbeiten, ehe ich drei Atemzüge später weiterrede.

„Mein Job ist es, Blut zu vergießen, Knochen zu brechen und unseren Präsidenten zu beschützen. Ich bin ein Richter, ein Henker und zugleich ein Bodyguard. Und was am wichtigsten ist, ich habe absolut kein Problem damit zu töten!“

Kaum dass meine Stimme verhallt ist, tritt eine seltsame Stille ein.

„Du bist also ein Mörder?“

Sie hats kapiert.

„Bin ich.“

„Ich habe also gerade mit einem Mörder geschlafen?“

Als ob das in irgendeiner Art und Weise einen Unterschied machen würde.

„Jep. Du hast einem Killer den Schwanz gelutscht!“

Samantha boxt mir in den Bauch.

„Musst du so ein vulgäres Arschloch sein?“

Echt jetzt?

Sie hat gerade erfahren, dass ich ein Mörder bin und ihr einziges Problem besteht darin, dass ihr mein Wortschatz nicht gefällt?

Frauen!

Ich werde sie wohl nie verstehen!

„Du hast mir Fragen gestellt und ich habe dir geantwortet. Scheiße! Du wusstest in der Sekunde, als du meine Kutte gesehen hast, dass ich keiner von den Guten bin, also tu jetzt, wo sich dein Verdacht bestätigt hat, nicht so überrascht. Wir hatten viel Spaß und jetzt lass uns runtergehen und was trinken. Ich zeige dir den Club, küsse dich noch ein paar Mal, damit du nicht wieder auf irgendwelche Kassenbänder klettern musst, und dann bringe ich dich, wenn du lieb ‚Bitte Bitte‘ sagst, heim.“

Anstatt sich über mein nettes Angebot zu freuen, bückt sie sich unter meinem Arm hindurch und murmelt dabei irgendetwas über arrogante Arschlöcher mit einem Gotteskomplex.

Dann lässt sie mich einfach stehen und verschwindet aus dem Raum.

Fuck!

Was zur Hölle war das denn?

Verwirrt mache ich mich daran, sie zu verfolgen, und hole sie kurz vor dem großen Hauptraum ein.

„Bist du jetzt völlig verrückt geworden, Mädchen?“

„Nein. Ich sehe endlich klar. Und darum gehe ich jetzt! Aber wenn du lieb ‚Bitte Bitte‘ sagst, darfst du mich vielleicht mit ein bisschen Glück nach Hause bringen.“

Hat sie es gerade echt gewagt, mir meine eigenen Worte ins Gesicht zu schleudern?

Was ein Miststück!

Fuck! Dass sie geht, sollte mich nicht stören, schließlich ist es ja nicht so, als ob ich vorgehabt hätte, sie zu behalten. Aber dass sie mich jetzt einfach sitzen lässt, obwohl ich ihr angeboten hatte, die restliche Nacht mit ihr zu verbringen, stößt mir sauer auf.

Verflucht!

Ich bin es nicht gewohnt, abserviert zu werden.

Noch bevor sie mir erneut davonlaufen kann, packe ich sie am Arm und ziehe sie mit einem bestimmenden Ruck an mich.

„Du bleibst!“

In ihren Augen zucken tödliche Blitze.

„Das werde ich nicht!“

„Doch! Wir sind noch nicht miteinander fertig.“

Ihr gezischtes „Und wie wir das sind!“ lässt meine Sicherungen durchbrennen.

In der einen Sekunde steht sie noch vor mir, in der nächsten habe ich sie grob an den Schultern gepackt und meinen Mund auf den ihren getackert.

Anstatt sich mir freiwillig zu öffnen, presst sie ihre Lippen entschlossen zusammen, also packe ich fester zu. Sie keucht gepeinigt auf, ich nutze den Moment und schiebe meine Zunge tief in ihren Hals.

Bis heute Nacht war ich kein großer Küsser.

Allein bei der Vorstellung, die Lippen der vielen Clubbitches mit den meinen zu berühren, läuft es mir eiskalt den Rücken runter. Diese Weiber haben jede Nacht unzählige Schwänze im Mund, wer will die küssen? Also ich nicht.

Aber Samantha ist keine Hure, sie ist ein süßes kleines Ding mit mehr Temperament, als gut für sie ist, und einem Mund, der mich an das verdammte Paradies erinnert.

Ihre Gegenwehr dauert genau so lange an, bis ich damit beginne, ihre Zunge zu einem leidenschaftlichen Tanz aufzufordern und meine Finger, die sich tief in ihr Fleisch gegraben haben, etwas zu lockern.

Jetzt sinkt sie mit einem Seufzen gegen mich und Holy Shit!

Ihre Kapitulation ist der süßeste Sieg seit Langem, und das macht mir Sorgen.

Es sollte mir egal sein, ob dieses Mädchen geht oder bleibt, ich sollte mit einem Bier in der Hand und einem Lächeln im Gesicht dabei zusehen, wie es durch das Tor in die Dunkelheit marschiert und das Clubhaus auf Nimmerwiedersehen verlässt.

Doch stattdessen bringe ich Samantha dazu, gegen ihren Willen bei mir zu bleiben, und beiße mich an ihrer Unterlippe fest.

Ich. Bin. Am. Arsch.

7. Kapitel

Das Mädchen, das sich, auch ohne einen Schuh zu verlieren, wie Aschenputtel fühlt ...

Ich stehe mit einem verknitterten Zettel in der Hand vor dem Haus, in dem ich wohne, und sehe dem Sergeant at Arms, der auf seinem fetten Bike gerade um die nächste Kurve biegt, hinterher ...

Halleluja!

Meine Lippen sind von seinen wilden Küssen ganz wund und geschwollen, während die blöden Schmetterlinge in meinem Bauch einfach nicht verschwinden wollen.

Du hast mit einem Mörder geschlafen ...

Mein Gewissen meldet sich zu Wort. Ich bringe es entschieden zum Schweigen und genieße für ein paar Augenblicke das unglaubliche Hoch, auf dem ich gerade schwebe.

Das war die beste Nacht meines Lebens, und das nicht nur wegen den grandiosen Küssen und dem genialen Sex, sondern weil ich endlich einen Mann kennengelernt habe, der es schafft, mich völlig aus der Bahn zu werfen.

Ja! Einen Mörder!

Mein Gewissen versucht erneut, mir meine gute Stimmung zu nehmen, doch das lasse ich nicht zu.

Ich meine, verdammt!

Es ist ja nicht, so als ob ich den *Wild Bone* geheiratet hätte, wir hatten einfach nur Sex. Wilden, hemmungslosen, grandiosen Sex. Zuerst in einem Bett und dann draußen auf dem Hof, direkt neben seinem Motorrad an einem Ort, an dem uns alle möglichen Leute hätten beobachten können, oder haben, oder wie auch immer ...

Ganz ehrlich?

Selbst wenn, ist es mir vollkommen egal.

Diese Nacht war verrückt und einmalig und ich werde nichts von dem, was in den letzten Stunden passiert ist, bereuen oder schlechtreden.

Es war gut, nicht einfach nur gut, sondern phänomenal, und es wird nie wieder passieren.

Also wo ist das Problem?

Dass diese Kuttenträger nicht zu den Guten gehören, wusste ich, bevor ich mich dazu entschieden habe, auf die Harley des Sergeants zu steigen. Es wäre scheinheilig, wenn ich jetzt so tun würde, als ob es nicht so wäre.

Er hat einen Mann getötet!

Ja, das ist schlimm und heftig und falsch und dafür müsste er eigentlich auf Nimmerwiedersehen im Gefängnis landen, aber ich kenne die Hintergründe nicht.

Ich weiß ja gar nicht, was der Mann, den Reece angeblich umgebracht hat, getan hat, um so etwas Schlimmes zu verdienen.

Und außerdem besteht ja auch noch die Möglichkeit, dass der Rocker das nur erfunden hat, um mich abzuschrecken?

Ich meine, dieses ganze Gerede über Chlor, DNA und Bleichmittel kann er genauso gut aus dem Internet haben oder aus irgendeinem schlechten Kriminalfilm.

Vielleicht ist das Reece Masche, um Frauen loszuwerden, oder um dafür zu sorgen, dass sie sich nie wieder bei ihm melden?

Es ist kein Geheimnis, dass die meisten Männer von Natur aus eine Beziehungsphobie besitzen. Es wäre also nur logisch, dass er mich damit abschrecken wollte.

Aber wieso sollte er mir dann seine Handynummer geben?

Verwirrt starre ich auf den Zettel in meiner Hand und frage mich, was ich von all dem halten soll.

Am besten verbrennst du das Ding und streichst den Biker aus deinen Gedanken!

In dem Fall stimme ich meinem Gewissen tatsächlich mal zu, doch bevor ich den Sergeant at Arms aus meinem Leben radiere, schicke ich ihm nur kurz eine Textnachricht, in der ich mich bei ihm dafür bedanke, dass er mich nach Hause gebracht hat. Immerhin hätte er das absolut nicht tun müssen. Richtig?

Du belügst dich selbst!

Zufrieden grinsend gehe ich in meine Wohnung, stecke mein Handy am Ladekabel an und warte, bis es zum Leben erwacht.

Gott wie sehr ich es hasse, wenn mein Akku leer ist.

Wenige Sekunden später geht das Display an und ich tippe eine kurze Textnachricht.

>> Danke fürs Heimbringen (Smiley), und danke, dass du mich nicht umgebracht hast! <<

Nein, Quatsch! Das kann ich so auf keinen Fall schreiben.

Ich meine, das ist psycho ...

Doch so müde und erschöpft, wie ich bin, schicke ich das Ding aus Versehen los, anstatt es zu löschen.

Scheiße! Scheiße! Scheiße!

Und jetzt?

Was jetzt?

Entsetzt kneife ich die Augen zusammen und beginne zu tippen.

>> Sorry. Ich wollte das nicht schreiben, oder doch? Ja ich habe es geschrieben, aber ich wollte es nicht losschicken. Ehrlich. Also ignorier die Nachricht einfach. <<

Ich tippe auf Senden und in der Sekunde, in der die SMS raus ist, bereue ich auch schon, dass ich sie geschrieben habe. Immerhin soll er ja nicht mich, sondern nur die Stelle ignorieren, in der ich geschrieben habe, dass ich dankbar dafür bin, dass er mich nicht getötet und die dabei resultierenden Spuren mit Bleiche beseitigt hat.

Mist!

Vielleicht sollte ich ihm das besser erklären?

Nicht, dass er mich falsch versteht?

Ich dachte, du willst ihn eh nie wieder sehen?

Mein Gewissen hat recht. Das will ich nicht. Auf. Gar. Keinen. Fall.

Und das, obwohl er der einzige Mann auf dem Planeten ist, der weiß, wie man eine Frau um den Verstand küsst. Trotzdem muss ich klarstellen, wie ich es gemeint habe.

>> Also, du sollst nicht mich, sondern nur meine Nachricht ignorieren. <<

So. Erledigt.

Jetzt ist es gut. Oder?

Mit wild flatternden Schmetterlingen im Bauch lege ich das Mobiltelefon beiseite, ehe ich mich noch um Kopf und Kragen schreibe, und verschwinde im Bad, um mir eine heiße Dusche zu gönnen.

Das war der animalischste und härteste Sex, den ich je hatte.

Meine Mitte ist voller Sperma und an meinem Hals entdecke ich einen violetten Bissabdruck. Es spricht wohl für sich, dass ich nicht genau sagen kann, wann er ihn mir verpasst hat?!

Ich glaube, es war draußen auf dem Hof, als er mich neben seinem Motorrad an die Hauswand gedrückt und um den Verstand gevögelt hat.

Himmel!

Auch wenn ich keinen gläsernen Absatzschuh verloren und auch nicht beim zwölften Glockenschlag vor dem Rocker davongelaufen bin, fühle ich mich doch ein klein wenig wie Cinderella, nachdem sie mit ihrem Prinzen getanzt hat und dann von dessen Ball geflohen ist.

Nur dass ich eben keinen Märchenprinzen, sondern einen Mörder geküsst habe, und dass wir auf keinem Ball waren, sondern in einem Outlaw Motorcycle Club.

Ein wirklich klitzekleiner, fast schon unbedeutender Unterschied.

Findet ihr nicht?

Nach der Dusche wickle ich mich in ein Handtuch, checke mein Handy – er hat mir natürlich nicht zurückgeschrieben – und texte Mia, dass es mir gut geht, dass ich sicher zu Hause angekommen bin und dass sie sich keine Sorgen machen braucht.

Dann falle ich erschöpft und müde in mein Bett und schlafe innerhalb weniger Sekunden ein.

8. Kapitel

Der Sergeant at Arms des Wild Bones Motorcycle Clubs

„Verdammt Reece, was machst du hier?"

Zayn sieht mich überrascht an. Der intensive Gestank des Chlors verbrennt mir bei jedem Atemzug die Luftröhre.

„Sehen, wie ihr vorankommt. Ich dachte, ihr wärt schneller."

Die Äußerung bringt mir einen vernichtenden Blick des Captains ein.

„Fick dich Bruder. Du machst hier eine Riesensauerei und verpisst dich dann, um irgendeine Verrückte zu küssen, und wir können schauen, wie wir die Reste des Typen von den Wänden kratzen."

Okay. Er ist wütend.

„Das mit dem Mädchen war nicht geplant. Genauso wenig wie der Tod des Bastards."

Das scheint Jacob nur wenig zu beruhigen.

„Du scheinst die Dinge gerade auf dich zukommen zu lassen, was Alter?"

Wenigstens der Vollstrecker versteht mich.

Aber das ist nur wenig beruhigend, immerhin ist Zayn ein verdammter Psychopath. Neben ihm bin ich so harmlos wie ein beschissener Hundewelpe.

Irritiert sehe ich mich um.

Etwas fehlt, etwas, das ich mitten im Zimmer liegend zurückgelassen habe.

„Wo habt ihr die Leiche hin?"

Jacob lacht und Zayn schüttelt einfach nur den Kopf.

„Leiche? Wohl eher Stücke!"

„Was soll diese Wortspalterei? Du weißt verdammt gut, wovon ich rede."

Tate, der gerade dabei war, die Hirnmasse wegzuwischen, zieht sich die schwarzen Latexhandschuhe aus und zündet sich eine Kippe an.

Klasse! Chlorgeruch und Rauch – nicht mehr lang und wir werden alle ersticken.

„Der Prospect hat die einzelnen Teile aufgesammelt, in eine Tüte geworfen und ist damit raus aus der Stadt. Wir dachten uns, dass es nicht schaden kann, etwas mehr Abstand zwischen die Reste des Wichsers und den Club zu bringen."

Aye. Eine gute Idee.

„Sicher ist sicher."

Er nickt mir zu.

„So schaut's aus, Alter. Keine Leiche kein Problem!"
Mein Handy piept, die angezeigte Nummer kenne ich nicht, doch die Nachricht kann eigentlich nur von Samantha sein.
Wer sonst würde mir eine SMS mit einem Smiley schicken und sich bei mir dafür bedanken, dass ich ihn nicht umgebracht habe?
„Deine Hausmaus?"
Tate grinst mich blöd an.
„Du bist zu neugierig!"
„Fick dich, Sergeant. Wir haben geputzt, damit du ficken kannst. Du schuldest uns Details."
Das sehe ich anders.
Ganz anders.
Es piept erneut, dieses Mal ergibt die Nachricht noch weniger Sinn als die erste.
What a Fuck!
Eine Minute später kommt auch schon die nächste SMS, in der sie mich bittet, sie nicht zu ignorieren.
Diese Frau ist so was von verrückt.
„Falls die Kleine noch nicht genug hat und einen weiteren Fick braucht, sag mir nur, wo ich sie finden kann. Ich spring gerne für dich ein."
In der einen Sekunde steht Tate noch seine Zigarette rauchend vor mir, in der nächsten liegt er mit blutender Nase auf dem in Chlor schwimmenden Boden.
„Wenn du sie anrührst, töte ich dich!"
Und Holy Shit!
Das ist keine leere Drohung – ich meine es vollkommen ernst.
Allein der Gedanke, dass ein anderer Typ das verrückte Mädchen anrührt, sehe ich rot und bin kurz davor, durchzudrehen.
„Fuck Reece, was soll denn das?"
Jacob stellt sich schützend vor den noch immer desorientiert wirkenden Kassenwart und sieht mich wütend an.
Was ist nur los mit mir?
Ich kenne Samantha kaum, ich habe sie nur gefickt und dann zu Hause abgeliefert. Nicht mehr und auch nicht weniger, und trotzdem würde ich ihr am liebsten meinen Namen und den Skull der *Wild Bones* in die Stirn ritzen, damit jeder Mann auf diesem verfluchten Planeten weiß, dass diese Frau vergeben ist und dass ich ihm das Genick brechen würde, wenn er sie anfasst!
Verwirrt und genervt lasse ich meine Brüder mitten in dem Dreck stehen, steige auf mein Bike und fahre zurück zum Club.

Samantha ist nicht vergeben. Zumindest nicht an mich. Und je schneller ich das kapiere, umso besser ist es für mich, für sie und für die ganze beschissene Welt!

Doch am besten wird es für Tate sein, er wird froh sein, wenn mein Bedürfnis, ihm wieder und wieder die Nase zu brechen, nachlässt.

Knochen brauchen Zeit zum Heilen, selbst die von uns *Wild Bones* ...

9. Kapitel

Das Mädchen, das den verdammten Rocker einfach nicht vergessen kann ...

„Alles, was ich mag, ist entweder zu teuer, macht dick oder schreibt nicht zurück!"

Mia, die mich bis gerade eben besorgt gemustert hat, fängt zum Lachen an, was nicht gut ist, denn der Weißwein, den sie gerade runterschlucken wollte, kommt ihr plötzlich aus der Nase und spritzt mir ins Gesicht.

Iiiiiigit ...

„Sag mal, spinnst du?"

Anstatt eines schlechten Gewissens lacht sie nur noch lauter, verschluckt sich dabei und hustet, als würde sie jede Sekunde ersticken.

Frustriert starre ich sie an, nehme ihr sicherheitshalber das Glas ab und stelle es beiseite. Sie lacht so hart, dass sie gleich zu heulen anfängt. Was ich wiederum absolut nicht lustig finde.

Es dauert eine gefühlte Ewigkeit, bis sie sich endlich wieder beruhigt hat, und sich mit dem Ärmel ihres Pullis den Mund abwischt.

„Sorry, Süße. Aber du bist echt total bescheuert."

„Nein, bin ich nicht."

Ihr „Doch!" kommt wie aus der Pistole geschossen.

„Du kannst doch nicht echt traurig sein, weil sich ein Mörder, dem du übrigens geschrieben hast, dass er dich ignorieren soll, nicht bei dir meldet? Meiner Meinung nach kannst du verdammt froh sein, dass du die Nacht mit diesem Reece überlebt hast. Mach einen Haken hinter die Sache und such dir irgendeinen netten Typen, der ungefährlich ist. Glaube mir. Das ist viel besser für dich als ein Member des *Wild Bones Motorcycle Clubs*."

Sie hat gut reden.

„Das sagst du nur, weil du keine Ahnung hast, wie gut er im Bett ist. Seine Bauchmuskeln sind unterteilt wie eine Tafel Schokolade. Verstehst du? Wie. Schokolade!"

Nur um sicherzugehen, dass sie mich auf alle Fälle versteht, betone ich die letzten beiden Worte ganz besonders. Ich meine, ein ordentliches Sixpack entschädigt für vieles. Richtig Mädels?

„Außerdem wissen wir nicht, ob er wirklich jemanden umgebracht hat. Vielleicht hat er das ja auch nur gesagt, damit ich mich vor ihm fürchte und mir keine romantischen Hoffnungen mache? Wäre doch möglich?"

Mia kommt aus dem Kopfschütteln nicht mehr raus.

„Er ist der Sergeant at Arms eines gefährlichen Rockerclubs. Was denkst du also? Hat er gelogen?“

Nein, ich glaube, er hat mir die Wahrheit gesagt.

Scheiße!

Es ist kein Wunder, dass Mia mich für völlig durchgedreht hält. Ich kann ja selber nicht verstehen, warum ich Reece einfach nicht vergessen kann.

Ob es so etwas wie einen Rockerfluch gibt?

Oder lag es an seinem Talent, mir die Seele aus dem Leib zu küssen?

Keine Ahnung.

Was ich jedoch ganz genau weiß, ist, dass ich mich ablenken muss, ehe ich noch etwas schrecklich Dummes mache ...

Etwas Dummes, wie zu den Bikern fahren und erneut den Sergeant zu küssen.

„Hör zu Süße, ich weiß, dass dir dieser Biker gehörig den Kopf verdreht hat, aber Jonas ist wirklich ein toller Kerl. Gib ihm eine Chance, okay.“

Jonas ... *Würg!*

Jonas ist Mias Cousin und sie ist der festen Überzeugung, dass er genau der richtige Mann für mich ist.

Ich habe da meine Zweifel. Aber was soll ich tun? Verzweifelte Situationen erfordern verzweifelte Maßnahmen. Richtig?

„Wann hast du noch mal gesagt, holt er mich ab?“

Mia schaut auf die goldene Uhr an ihrem Handgelenk und grinst zufrieden.

„In genau dreißig Minuten. Also mach dich hübsch.“

Blöderweise verspüre ich nicht das Bedürfnis, mich für ihren Cousin hübsch zu machen. Also bleibe ich einfach in meiner Jeans und ziehe mir dazu ein tief ausgeschnittenes Top an.

Dazu ein wenig Make-up und ein paar Ohrringe und fertig.

Mia, die mich beobachtet hat, zieht indigniert eine Augenbraue nach oben.

„Sag mir bitte, dass du dir zumindest die Beine und die Muschi rasiert hast.“

Habe ich nicht.

„Glaube mir, die Wahrscheinlichkeit, dass ich heute Nacht mit deinem Cousin Sex habe, ist gleich null.“

Und das nicht, weil ich nicht bereit für ein wenig Spaß wäre, sondern weil Jonas nicht zu der Sorte Mann gehört, die schon beim ersten Date irgendwelche Tricks versucht.

So wie ich ihn einschätze, wird er nicht mal probieren, mir einen Abschiedskuss zu geben, und das ist echt traurig ...

Denn wie in Gottesnamen soll ich den Biker je vergessen können, wenn es außer ihm einfach keine gescheiten Kerle in dieser Stadt gibt?

„Hast du eigentlich schon gehört, dass sich Jason Momoa scheiden lässt?“

Mia beobachtet mich dabei, wie ich etwas Lippenstift auftrage.

„Na und?“

„Was, na und? Wie wäre es, wenn du versuchen würdest, mich mit ihm zu verkuppeln. Für ihn würde ich glatt versuchen, einen gewissen Sergeant zu vergessen.“

„Du bist bekloppt, Samantha. Ehrlich. Wenn du nicht für alle Zeit Single bleiben willst, dann schraub deine Ansprüche runter und ignoriere die bösen Jungs, ansonsten wirst du nie glücklich werden.“

Sagt die Frau, die selber Single ist.

Dass ich nicht lache.

„Hast du schon mal versucht, deine ganzen schlauen Tipps bei dir selbst zu probieren?“

Ihr Schweigen ist mir Antwort genug.

Genervt drehe ich mich zu ihr um.

„Hör zu, ich weiß wirklich zu schätzen, dass du mir helfen willst, aber bist du schon mal auf die Idee gekommen, dass es mehr als einen Weg zum Glück gibt?“

Unser Gespräch wird von dem Ring-Ring meiner Klingel unterbrochen.

Das Licht im Bad ausschaltend, mache ich mich auf den Weg zur Tür.

„Sei bitte nett zu ihm. Okay? Er ist mein Lieblingscousin.“

„Bin ich.“

Erleichterung huscht über ihre Gesichtszüge.

„Danke.“

„Nicht dafür.“

„Ich gehe dann auch nach Hause. Also falls du ihn mit zu dir nehmen willst ...“

Teufel!

Mia ist echt mit Abstand der hartnäckigste Mensch, den ich kenne!

Jonas ist nett, aufmerksam und er hat gute Tischmanieren.

Ach Scheiße!

Das klingt, als wäre er ein Hundewelpe, für den ich ein neues Zuhause suchen würde.

Aber so ist es nicht.

Klar. Ich habe nicht vor, ihn zu behalten, aber zumindest kann man sich gut mit ihm unterhalten, und das macht mir den Abend leichter als gedacht.

Wir sitzen direkt am Fenster eines kleinen italienischen Restaurants, auf dessen Tischen rot karierte Tischdecken liegen. Eine Kerze steht zwischen uns, doch die kleine Flamme schafft es nicht, für eine romantische Stimmung zu sorgen.

Dafür ist mein Interesse an meinem Date einfach viel zu gering.

Der Kellner bringt uns zwei göttlich duftende Pizzas und eine neue Flasche Rotwein.

Wir essen und trinken und zu meiner Überraschung scheinen uns nie die Gesprächsthemen auszugehen.

Wäre er nicht so offensichtlich an mir interessiert, wäre es fast möglich, dass wir Freunde werden könnten. So aber? Ich habe nicht vor, dem Lieblingscousin meiner besten Freundin das Herz zu brechen.

Ich mag meine Fehler haben, aber ich bin kein gemeines Miststück.

Jonas hat eine anständige, nette Frau verdient, die sich gerne mit ihm über Albert Einsteins Relativitätstheorie und die unlösbaren Fragen dieser Welt unterhält. Aber ich bin nicht die richtige für ihn.

Und als wir eine Stunde später beim Dessert angekommen sind, scheint er das auch endlich zu merken.

„Du bist nur wegen Mia hier, oder?“

Mist! Erwischt ...

Mit seinen hellbraunen Haaren und den blauen Augen, die denen von seiner Cousine verdammt ähnlich sind, ist er wirklich attraktiv. Jonas gehört definitiv zu der Sorte Mann, die wir Frauen guten Gewissens mit zu unseren Familientreffen nehmen und die man sich gut beim Elternabend seiner noch nicht geborenen Kinder vorstellen kann. Aber eben nicht bei wildem, orgastischem Sex ...

Und schon gar nicht auf einer silbernen Harley Davidson ...

Jonas ist perfekt, aber absolut nicht das, was ich suche.

„Hast du ein Motorrad?“

Falls es ihn stört, dass ich seine Frage einfach übergehe, so lässt er es sich nicht anmerken.

„Nein.“ Er schüttelt den Kopf. „Diese Dinger sind viel zu gefährlich. Statistisch gesehen ...“

Oh Hilfe!

Ich hasse es, wenn Menschen ihre Aussagen mit Statistiken untermauern.

Es wird Zeit für meine Antwort, also falle ich ihm einfach ins Wort.

Mein Benehmen ist eben nicht annähernd so gut wie das seine.

„Ja, du hast recht, ich bin nur wegen Mia hier."
Er verstummt.

Und es tut mir fast schon leid, so ehrlich gewesen zu sein.

Aber manchmal muss man eben die Reißleine ziehen, ehe es zu einem harten, unschönen Aufprall mit möglicher Todesfolge kommt.

Der Aufprall kommt trotzdem, zehn Minuten später, nachdem Jonas es sich nicht nehmen lassen hat, die Rechnung zu übernehmen.

Denn kaum als wir das Restaurant verlassen und den Gehweg davor betreten, laufe ich in eine harte, warme Wand bestehend aus Leder und Muskeln, die mich aus dunklen Augen wütend anstarrt.

10. Kapitel

Der Sergeant at Arms des Wild Bones Motorcycle Clubs

Als ich das Mädchen, das mir nicht mehr aus dem Kopf gehen wollte, mit einem anderen Typen hinter der Scheibe des verfickten Italieners sitzen sah, sind mir beinahe die Sicherungen durchgebrannt.

Holy Bullshit!

Warum zur Hölle musste die Ampel auch genau in diesem Moment von Grün auf Rot schalten? Warum musste ich genau jetzt und hier anhalten und wieso in drei Teufels Namen habe ich nur nach links gesehen?

Nicht gesucht und doch gefunden!

Falls es einen Gott gibt, dann scheint er meine nicht gesprochenen Gebete erhört zu haben.

Seit unserer Nacht vor sechs Tagen konnte ich an nichts anderes als an Samantha denken.

An. Verdammt. Noch. Mal. Nichts. Anderes.

Und ich habe es versucht, mehr als das.

Aye. Zugegeben. Egal wo hin ich auch gefahren bin, unterbewusst habe ich die Straßen dieser Stadt nach dem Mädchen abgesucht. Ein Teil von mir hat gehofft, dass ich es durch Zufall wiederfinde.

Und der Zufall war nötig.

Denn ich habe mir geschworen, dass ich nicht so verrückt sein und zu ihr fahren werde.

Seattle ist groß.

Hier leben mehr als 700 000 Einwohner.

Die Chance, dass ich ausgerechnet die eine Frau wiedersehen werde, die ich dringender will als den nächsten Atemzug, war also verschwindend gering.

Und darum habe ich es auch dem verfickten Schicksal überlassen, ob ich Samantha wiedersehe oder eben nicht.

Aber hey, das Schicksal ist ein mieser Verräter und darum habe ich sie auch in einem Restaurant, bei Kerzenschein und in Begleitung eines anderen Mannes wiedergefunden.

Natürlich hätte ich auch einfach weiterfahren und so tun können, als ob ich Samantha nicht gesehen hätte.

Klar!

Aber genauso gut hätte ich auch versuchen können, nie mehr zu atmen oder mir selbst das Herz aus der Brust zu schneiden.

Seit ich Samantha in meinem Bett hatte, hole ich mir jede Nacht mit den Gedanken an sie einen runter.

Egal wo ich stehe – egal wo ich gehe – ich muss einfach immer wieder an diese Frau denken.

Es ist so schlimm geworden, dass der Präsident mir damit gedroht hat, das Mädchen für mich ausfindig zu machen, wenn ich nicht endlich damit aufhöre, alles und jeden zu bedrohen.

Er hat recht.

Heute Morgen bin ich aufgewacht und habe meinem Spiegelbild eine verpasst.

Meinem. Verdammten. Spiegelbild.

Ist das zu fassen?

Nein.

Ist es nicht. Ich kann ja selber nicht verstehen, was mit mir los ist.

Meine Sehnsucht nach dieser Frau ist wie eine Krankheit, sie hat sich in mir ausgebreitet und zwingt mich nach und nach immer mehr in die Knie.

Und trotzdem war ich bereit, Samantha gehen zu lassen, ich war bereit, es dem Zufall zu überlassen, und dann sehe ich sie mit einem anderen Mann.

Noch bevor die Ampel erneut ihre Farben wechseln konnte, habe ich mein Bike herumgerissen und Gas gegeben.

Griffin und Kane, mit denen ich gerade zu einem unserer Casinos unterwegs war, konnten nicht so schnell wenden. Das ist gut. Das verschafft mir genug Zeit, dem Wichser, der einen Arm um mein Mädchen gelegt hat, klarzumachen, dass er seine Hand verlieren wird, wenn er sich nicht sofort verpisst.

Ich bin bereit zu töten!

Was nicht sonderlich überraschend ist, denn ich bin seit sechs Tagen dabei durchzudrehen. Als ich endlich mein Bike geparkt habe und mich auf den Weg mache, um mir zu schnappen, was längst mir gehört, erlaubt sich das Schicksal einen weiteren Streich, denn es lässt Samantha direkt in mich reinrennen.

Wämmm!

Noch bevor ich mich darauf vorbereiten konnte, bin ich von ihrem süßen Duft umgeben.

Mein Schwanz wird sofort hart, während sich all meine Muskeln anspannen.

Das Mädchen stößt einen erschrockenen Schrei aus, stolpert zurück und sieht mich aus weit aufgerissenen Augen an.

Die. Ganze. Verdammte. Welt. Steht. Still.

Die Geräusche verstummen – nichts außer Samantha ist mehr von Bedeutung.

Und das alles nur wegen einer gemeinsamen Nacht.

Der Teufel hat definitiv seine Finger im Spiel.

Wenn Gott an diesem Plan beteiligt war, dann nur, um sich an mir zu rächen.

„Reece?"

„Baby!"

„Was ... Wie? Was machst du hier?"

Das ist eine verdammt gute Frage.

So wie ich das sehe, bin ich dabei, Nägel in meinen eigenen Sarg zu schlagen.

„Ich hole mir, was mir gehört."

Mein Mädchen wirkt überrascht.

„Hast du dir eine Pizza bestellt?"

So süß, so schön und so naiv ...

„Nein."

„Und was holst du dann?"

Welch eine Frage.

„Dich!"

Ihr Mund klappt auf und ich beschließe spontan, ihn noch heute Nacht mit meinem Schwanz zu füllen. Aber bevor ich das tun kann, muss ich dem Wichser, der viel zu nah bei ihr steht, klarmachen, dass ich kein Problem habe, den Prospect erneut mit einer Tüte voller menschlicher Überreste in den Wald zu schicken.

Samantha fest an mich ziehend, mache ich zuerst meinen Besitzanspruch deutlich und drehe mich dann langsam zu dem Typen mit dem Allerweltsgesicht um.

„Diese Frau hat schon einen Mann!"

Samanthas erstauntes „Ach wirklich!" überhöre ich geflissentlich.

Ich hatte weiß Gott nicht vor, mir eine Hausmaus zu nehmen, aber was soll ich tun?

Wahnsinnig werden ist keine Option.

Und wenn ich Samantha nun wieder laufen lasse, wird genau das passieren.

„Lass die Frau los, oder ich rufe die Polizei."

Sehr witzig.

„Fehlgeleitete Zivilcourage kann schnell zum Tod führen!"

„Übertriebene Arroganz ebenfalls."

Respekt. Er ist mutiger, als er aussieht.

Gerade als ich zu meiner Waffe greifen will, tauchen der Präsident und sein Vize neben mir auf. Griffin merkt, wo meine Hand ist, und sieht mich fragend an.

„Alles klar bei dir, Bro?"

Wenn ich das mal wüsste.

„Außer dass ich gerade dabei bin, meinen Schwanz an eine goldene Leine zu legen? Ja verdammt!"

Kane beginnt laut zu lachen.

Griffin hingegen sieht mich abwägend an.

„Bist du dir sicher, dass du das tun willst?"

Mit dieser Frage spielt er nicht nur auf die Frau neben mir, sondern auch auf meinen Plan, den Wichser einfach umzulegen, an."

„Vollkommen."

Er zögert kurz, hebt dann die Hände und tritt einen Schritt zurück.

Doch noch bevor ich dem Typen, der mir mein Mädchen vor der Nase wegschnappen will, eine Kugel verpassen kann, passiert etwas Unerwartetes. Samantha reißt sich von mir los, wirft mir einen tadelnden Blick zu und dreht sich zu ihrem Date um.

„Hör zu Jonas, der Abend war wirklich schön und ich danke dir für alles, aber du solltest jetzt besser gehen."

Oh ja, und wie er das sollte!

„Du willst, dass ich dich mit diesen Gestalten alleine lasse?"

Dem Arschloch fallen vor Überraschung fast die Augen aus dem Kopf.

Samantha nickt tapfer.

„Ja, genau das will ich!"

Der Typ namens Jonas zögert, was mich erneut dazu bringt, ihn abknallen zu wollen.

Allein die Vorstellung, was er in den letzten sechs Tagen mit Samantha gemacht hat, bringt meinen Schädel beinahe zum Platzen.

„Bist du dir sicher?"

„Fuck! Bist du suizidgefährdet, oder was? Der Sergeant hat gesagt, dass du dich verpissen sollst. Also worauf wartest du noch?"

Kane klingt verärgert, Griffin grinst amüsiert und Samantha scheint mit all dem irgendwie überfordert zu sein.

Kein Wunder.

Während unserer Nacht hatte sie es nur mit mir zu tun, sie hat keine Ahnung, wie weit Griffin und Kane gehen würden, nur damit ich kriege, was ich will.

Sie sind bereit, Gräber auszuheben und Knochen zu brechen ...

Wild Bones schrecken vor nichts zurück.

Vor absolut nichts und wir tun, was immer notwendig ist, nur um zu kriegen, was wir wollen.

Seattle gehört dem Club, diese Stadt ist unser Territorium, was bedeutet, dass Samantha faktisch längst mir gehört.

11. Kapitel

Das Mädchen, das nicht gesucht und dennoch gefunden wurde

Die Gewaltbereitschaft, die von Reece und seinen Brüdern ausgeht, lässt mir das Blut in den Adern gefrieren.

Ich weiß nicht, was dass alles soll, oder was den Sergeant dazu bringt, sich so zu verhalten? Aber wenn ich nicht will, dass Mia ihren Cousin verliert, muss ich Jonas irgendwie dazu bringen, zu gehen und mich den Rockern zu überlassen.

Scheiße!

Jetzt und hier zweifle ich keine Sekunde daran, das Reece den Mord, von dem er mir erzählte, begangen hat.

„Bitte Jonas. Auch wenn es nicht so aussieht, aber es ist echt alles okay. Geh einfach."

Er zögert noch immer, dann wendet er sich endlich ab und mir wird ganz schwindelig vor Erleichterung.

Doch um Schwäche zu zeigen, ist jetzt der falsche Zeitpunkt, und darum reiße ich mich zusammen und drehe mich zu dem Biker, der sich sechs lange Tage nicht bei mir gemeldet hat, um.

„Sag mal, bist du eigentlich von allen guten Geistern verlassen?"

Der Präsident neben mir beginnt zu lachen, ich ignoriere ihn genau wie den Biker mit dem Vizepräsidentenabzeichen auf der Brust und starre Reece weiter wütend an.

„Was denkst du dir eigentlich? Erst ignorierst du mich völlig und tust so, als ob es unsere Nacht nie gegeben hätte, und dann, als ich mich mit einem anderen treffe, drehst du völlig durch und machst einen auf gnadenlosen Outlaw? Spinnst du?"

Anstatt etwas zu sagen, hält er meinem Blick einfach nur stand.

An der Art, wie sich sein Brustkorb bei jedem tiefen Atemzug ausdehnt, kann ich erkennen, wie wütend er gerade ist.

Sehr schön. Das passt gut. Ich bin es nämlich ebenfalls ...

Jonas hat mit dem, was zwischen mir und dem Sergeant at Arms der *Wild Bones* ist, nichts zu tun, und trotzdem wäre er gerade beinahe zum Kollateralschaden geworden.

Verdammt!

„Dass du mir gehörst!"

Was? Wie bitte?

Das ergibt keinen Sinn.

„Wovon redest du?"

„Du hast mich gefragt, was ich mir denke, und ich habe dir geantwortet. Ich denke, dass du mir gehörst!"

Mein gezischtes „Die erste Stufe des Wahnsinns!", bringt den Präsidenten erneut zum Lachen. Wie schön, dass sich zumindest einer von uns amüsiert.

„Die Kleine hat Temperament, das gefällt mir."

Arrogantes Arschloch!

„Wenn du denkst, dass ich dir keine klatsche, nur weil du der Präsident bist, täuschst du dich gewaltig, Biker."

Anstatt wütend zu werden, zwinkert mir besagter Oberrocker einfach nur frech zu und schlendert betont lässig zu seinem Motorrad.

Sein Vizepräsident folgt ihm und so lassen mich die beiden mit dem vor Zorn und Eifersucht bebenden Sergeant zurück.

„Lass uns fahren."

Was?

„Vergiss es! Denkst du echt, dass du mich fast eine Woche lang ignorieren und dann so eine Show abziehen kannst, und ich dann immer noch mit dir mit gehe?"

Er nickt selbstbewusst.

„Jep, das denke ich!"

Um seinen Standpunkt zu unterstreichen, verschränkt er seine muskelbepackten Arme vor der Brust, was seinen beeindruckenden Bizeps perfekt zur Geltung bringt.

Halleluja!

Wenn er doch nur nicht so verdammt heiß wäre.

Ich erinnere mich noch ganz genau, wie gut es sich angefühlt hat, von all dieser Kraft umgeben zu sein. Und zu meinem Pech will ich das wieder ...

Mia hat recht.

Ich bin soooooo dumm.

Dumm und verrückt und unbelehrbar, denn anstatt so schnell ich kann davonzulaufen, bleibe ich stehen und fange beinahe zu sabbern an.

„Warum hast du dich nicht gemeldet?"

„Du hast mich gebeten, dich zu ignorieren."

„Nein, habe ich nicht, und das weißt du ganz genau."

Er brummt und kneift die Augen zusammen.

„Ich habe es dem Schicksal überlassen, ob wir uns wiedersehen."

Echt jetzt?

„Du bist ein Arsch!"

Seine Mundwinkel ziehen sich amüsiert nach oben.

„Ich gehöre nicht zu den Guten, Baby. Ich wollte dir die Möglichkeit auf ein normales Leben lassen, auf ein normales Leben mit einem durchschnittlichen Mann, der kein Blut an den Händen kleben hat."

Soll ich jetzt dafür Danke sagen, oder was?

Mein Blick schnellt instinktiv zu seinen sauberen Fingern.

Kein Blut zu sehen.

Eine seltsame Erleichterung breitet sich in mir aus.

Reece bemerkt, wo meine Augen ruhen, und knirscht mit den Zähnen.

„Dafür gibt es Wasser."

„Wasser und Bleiche, richtig?"

„Du lernst schnell!"

„Ich bin nicht auf den Kopf gefallen, *Wild Bone*. Und daher weiß ich auch, dass ein Mann, der es dem Schicksal überlässt, ob er eine Frau wiedersieht, kein wirkliches Interesse an ihr hat!"

In dem einen Moment stehe ich noch sicher auf meinen Füßen, im nächsten werde ich gepackt und durch die Luft gewirbelt. Um mich herum dreht sich alles und dann ist da nichts als Hitze auf meinem Mund.

Reece Lippen teilen die meinen, er fordert Einlass und stiehlt mir gekonnt den Atem.

Ich schnappe nach Luft und baumle hilflos in seinen Armen, während unsere Zungen aufeinandertreffen und in meinem Bauch die längst tot geglaubten Schmetterlinge, wie durch ein Wunder, zum Leben erwachen.

Eine angenehme Hitze steigt in mir auf, zwischen meinen Schenkeln wird es feucht und mein Herz beginnt zu rasen.

Da ist es wieder, dieses ganz spezielle Gefühl, das der Biker in mir auslöst und das schuld daran ist, dass ich kein Interesse an Mias Cousin habe ...

Reece küsst mich so lange, bis ich froh bin, in seinen Armen zu hängen, weil mich meine Beine längst nicht mehr tragen könnten.

Unsere Zungen haben Sex, unsere Lippen tauschen wortlose Versprechen und unsere Sinne verknoten sich.

Erst als ich längst nicht mehr weiß, wo oben und unten ist, gibt er meinen Mund wieder frei und sieht mich aus halb geschlossenen Augen an.

„Hat sich das so angefühlt, als ob ich kein Interesse an dir hätte?"

Nicht fähig auch nur eine Silbe zu formulieren, schüttle ich verneinend den Kopf.

„Ich wollte dich tausend Mal anrufen, ich wollte zu dir fahren und bei dir einbrechen. Ich wollte mich nachts in deine Wohnung schleichen und dich so lange ficken, bis du meinen Namen schreist. Ich wollte dich! Die ganze verdammte Zeit über. Wage es ja nie wieder, daran zu zweifeln ...!“

Wow. *Himmel!* Wow.

„Okay, ich glaube dir.“

Seine Stirn sinkt gegen die meine.

„Komm mit mir! Bleib bei mir. Lass uns herausfinden, was das zwischen uns ist.“

Heilige Verdammnis!

Genau davon habe ich in den letzten Nächten geträumt.

Ehrlich. Ich wollte diesen Rocker wieder, gegen jeden Verstand.

„Hättest du Jonas wirklich erschossen?“

Der Sergeant beschließt zu schweigen und ich beschließe, dass es besser ist, keine Antwort einzufordern.

„Wie gesagt, ich bin keiner von den Guten, Baby.“

Ich schlucke. Das ist hart. Ehrlich ...

Doch was noch viel härter ist, ist die Tatsache, dass ich trotzdem mit ihm mitgehen und herausfinden will, was das zwischen dem Sergeant der *Wild Bones* und mir ist, und was mit der Zeit noch daraus werden kann.

Bis jetzt war ich der festen Überzeugung, dass Träume nicht wahr werden können, doch na ja, vielleicht ist das Schicksal endlich bereit, mich vom Gegenteil zu überzeugen ...

Epilog

Das Mädchen, das verstanden hat, dass Böse auch Gut bedeuten kann ...

„Und er hat sich wirklich für dich eine pinke Giraffe auf den Arsch tätowieren lassen?"

Emma, die Frau von Kane, dem Vizepräsidenten der *Wild Bones*, grinst mich glücklich an.

„Hat er, sogar mit Herzen, und das, obwohl er absolut kein Fan von Tätowierungen ist."

Wow!

„Das nenne ich mal einen Liebesbeweis."

Sie strahlt über das ganze Gesicht und streicht über die lederne Weste, die sie stolz über ihrem Pullover trägt, und die sie als Eigentum ihres Mannes auszeichnet.

„Und es stört dich gar nicht, einem Mann zu gehören?"

„Nein. Überhaupt nicht."

Das ist schräg.

„Ich finde diese ganze ‚Property of ...' Sache ziemlich seltsam."

„Und warum?"

Die Frage kommt von Charlotte, der Old Lady des Präsidenten, die, wie sollte es auch anders sein, ebenfalls eine lederne Weste, die sie als Griffins Besitz auszeichnet, trägt.

„Na ja, weil die Männer so tun, als ob ihr ihnen gehört."

„Sie tun nicht nur so, weißt du."

Sarah, die nicht nur die Lady von Mason, sondern auch die kleine Schwester des Vizes ist, schupst mich freundschaftlich mit der Schulter an und reicht mir ein Bier, während sie nur an einem Orangensaft nippt. Sie ist im sechsten Monat schwanger und gerade dabei, das Kinderzimmer einzurichten, was auch den Klecks Farbe auf ihrer Stirn erklärt.

„Erinnerst du dich noch an die Szene vor dem Restaurant?"

Wie könnte ich nicht. Auch wenn es sich so anfühlt, als wäre es eine Ewigkeit her, sind seitdem gerade mal drei Wochen vergangen.

Im Nachhinein betrachtet war das, glaube ich, der Moment, in dem ich mich Hals über Kopf in den furchteinflößenden und teuflisch gut küssenden Sergeant at Arms verliebt habe.

„Natürlich."

„Du warst damals noch nicht mal richtig mit Reece zusammen und hast trotzdem schon ihm gehört. Im Grunde genommen ist das Leder nicht wichtig. Wenn sich ein *Wild Bone* in den Kopf setzt, dass du seine Frau bist, dann ist das auch so. Glaube mir, wir alle hatten im Grunde genommen nie eine Chance, unserem Schicksal zu entkommen."

Sie zwinkert mir verspielt zu, dann spricht sie weiter.

„Die Kutte rundet die Sache nur ab, sie ist nichts weiter als ein sichtbares Zeichen für das Band, das uns mit unseren Männern verbindet. Fast wie ein Ehering, und gegen den hättest du ja schließlich auch nichts einzuwenden. Oder?"

Sarah hat recht. Wie immer.

Verdammt!

„Dafür, dass du in einem Motorradclub aufgewachsen bist, bist du ziemlich klug!"

„Und dafür, dass du nicht in einem Motorradclub aufgewachsen bist, verstehst du ziemlich schnell, wie es läuft."

Oh ja, und wie ich das tue.

Scheiße!

Die erste Zeit bei den *Bones* war nicht leicht für mich. Hier gibt es so viele Regeln, die ich erst lernen musste, aber inzwischen habe ich verstanden, wie die Biker ticken, und ich habe diese Welt und die Old Ladys, die ganz klar der Mittelpunkt dieser wilden Gemeinschaft sind, lieben gelernt.

Charlotte, Sarah und Emma sind einfach toll. Sie sind ganz wunderbare Frauen und sie sind mir in den vergangenen Wochen gute Freundinnen geworden, und vielleicht habe ich ja eines Tages das Glück, eine von ihnen zu werden ...

Entführt von einem Rocker

Prolog

Das Mädchen, dass genau weiß, dass man sich nie, nie, wirklich niemals mit dem Wild Bones Motorcycle Club anlegen darf ...

„Du bist genauso blöd wie zehn Meter Feldweg!"

Mein Bruder reißt entsetzt die Augen auf und sieht mich fassungslos an.

„Komm schon, Isi, woher hätte ich denn wissen sollen, dass die mich gleich umbringen wollen?"

Echt jetzt?

„Na ja ... Weil das der *Wild Bones Motorcycle Club* ist, vielleicht?"

Brandons Schultern sacken herab, er rauft sich die Haare und sieht auf den Boden vor seinen Füßen.

Und auch wenn ich mir geschworen habe, nie wieder Mitleid mit ihm zu haben, spüre ich das vertraute Ziehen in meiner Brust.

Der Drang, zu ihm zu gehen und ihn in die Arme zu nehmen, wird beinahe übermächtig, doch ich kämpfe ihn nieder und bleibe hart.

Dieses Mal hat er sich wirklich bis zum Hals in die Scheiße geritten!

Ja, er ist mein kleiner Bruder, aber verdammt, wir sind keine Kinder mehr, und außerdem ist er gut einen Kopf größer als ich. Mag sein, dass ich drei Jahre älter bin, aber er ist mit seinen 22 Jahren genauso erwachsen wie ich. Ganz davon abgesehen wusste er genau, worauf er sich da eingelassen hat.

Wir sind in dieser Stadt aufgewachsen, Seattle ist unser Zuhause.

Er kann also nicht behaupten, dass er nicht wusste, dass es eine wirklich schlechte Idee ist, im Revier der *Wild Bones*, dem Rockerclub, der in Seattle das Sagen hat, ohne deren Erlaubnis Drogen zu verkaufen.

Verflucht!

Drogen zu verkaufen ist immer eine blöde Idee!

Immer! Ohne Ausnahme!

Aber solange man das synthetische und in Pillenform gedrückte Gift nicht selbst konsumiert, bringt es einen zumindest nicht um.

Außer natürlich man dealt damit ohne die Erlaubnis der *Bones* in deren Revier.

Dann ist es tödlich!

Ganz egal ob man die Pillen schluckt oder eben nicht ...

Jeder Mensch in dieser Stadt weiß, was passiert, wenn man sich mit diesen Bikern anlegt: Man verliert Körperteile, verschwindet spurlos oder stirbt.

Es ist also nicht so, als ob Brandon nicht gewusst hätte, worauf er sich da eingelassen hat.

Er wusste es und hat es trotzdem getan.

Gott! Der Drang, ihn an den Schultern zu packen und zu schütteln, wird beinahe übermächtig.

„Was soll ich denn jetzt machen?"

Echt jetzt? Das fragt er mich?

„Um ganz ehrlich zu sein, habe ich absolut keine Ahnung, wie du deinen Arsch dieses Mal aus der Scheiße ziehen kannst. Du hast Mist gebaut! Riesengroßen Mist! Wenn ich an deiner Stelle wäre, würde ich meinen Mut zusammenkratzen, zum Club gehen und mich entschuldigen. Ich würde die Wahrheit sagen und hoffen, dass die Rocker Gnade walten lassen."

Anstatt meinen Vorschlag in Betracht zu ziehen, beginnt Brandon nur laut zu lachen.

„Gnade? Bist du jetzt völlig durchgedreht, Isi? Diese Typen kennen keine Gnade."

„Tja! Dann wünsche ich dir ein fröhliches Sterben."

Meine Stimme trieft nur so von Ironie, doch das scheint mein bescheuerter Bruder überhaupt nicht zu bemerken.

Denn anstatt sich endlich mal selbst darüber Gedanken zu machen, wie er seinen Kopf aus der Schlinge ziehen kann, packt er mich grob am Arm und drückt so fest zu, dass mir die Tränen in die Augen steigen.

„Findest du das etwa lustig?"

Lustig?

Nein!

Ganz bestimmt nicht!

Aber ich bin es so leid, dass Brandon Scheiße baut und dann, in der Hoffnung, dass ich ihn rette, zu mir gerannt kommt.

„Falls es dir noch nicht aufgefallen ist, ich bin keine gute Fee! Ich habe keinen Zauberstab, mit dem ich irgendwelche Probleme lösen oder gefährliche Biker in harmlose Plüschbären verwandeln kann. Du wusstest, worauf du dich einlässt. Du wusstest es und du hast es trotzdem gemacht. Also sollte ich wohl eher dir die Frage stellen, ob du einen gewissen Todeswunsch mit dir herumschleppst. Weil anders kann ich mir nicht erklären, warum du so blöd warst, dich mit den *Wild Bones* anzulegen!"

Der Blick, den er mir zuwirft, ist so hasserfüllt, dass ich getroffen zusammenzucke, und nicht zum ersten Mal steigt in mir die Frage auf, ob mein Bruder die Drogen wirklich nur verkauft und nicht selbst genommen hat?

Brandon hat sich in den letzten Wochen total verändert.
Er ist nervös und sprunghaft geworden. Seine Gedanken sind wirr und unlogisch und seine Handlungen impulsiv. Ja. Zugegeben. Er war noch nie der Zuverlässigste. In der Schule hatte er nur Ärger und wenn er in der Vergangenheit einen Job hatte, dann hat das nie lang gehalten. Entweder wurde er rausgeworfen, oder aber er ist einfach nicht mehr hingegangen.
Brandon ist ein Chaot, der sein Leben nicht im Griff hat.
Wenn es im Umkreis von zehn Meilen irgendwo Probleme gibt, die nur darauf warten, einen Besitzer zu finden, dann landen sie garantiert bei ihm.
Sie springen ihn regelrecht an.
Und es ist auch nicht gerade hilfreich, dass all seine schlechten Entscheidungen vom Universum meistens noch mit einer Prise Pech gewürzt werden.
Himmel!
Selbst wenn ich so dumm wäre und Drogen verkaufen wollte, würde ich gar nicht wissen, wie so etwas geht.
Ich meine, dafür gibt es ja wohl kaum irgendwelche Stellenanzeigen.
Um in so eine Scheiße reinzugeraten, braucht man einen gewissen Umgang.
Mein Bruder hatte schon immer die falschen Freunde.
Versteht mich nicht falsch. Ich weiß genau, dass er kein Unschuldslamm ist, aber na ja ...
Wenn man nur mit Idioten abhängt, wird man irgendwann eben selber zu einem.
Seine Finger drücken sich noch immer schmerzhaft in meinen Oberarm. Um ihn dazu zu bringen, mich endlich loszulassen, sehe ich demonstrativ auf seine Hand.
Was ihm nur ein schadenfrohes Grinsen entlockt.
„Tut weh, oder?“
„Ja, tut es! Und jetzt lass mich sofort los!“
Anstatt es zu tun, legt er den Kopf leicht schief. Waren seine Pupillen schon die ganze Zeit so unnatürlich groß?
Warum ist mir das nicht früher aufgefallen?
„Hast du was genommen?“
Ich versuche mich von ihm loszureißen – es klappt nicht.
„Ein guter Verkäufer testet seine Ware erst, bevor er sie an seine Kunden weitergibt.“
Oh verdammt!
Nein. Bitte nicht!

„Du musst damit aufhören. Verstehst du mich, Brandon? Das Zeug richtet dich zugrunde!“

Anstatt meine Warnung ernst zu nehmen, beginnt er nur laut und irre zu lachen. Die Angst, die ihm noch vor wenigen Minuten ins Gesicht geschrieben stand, scheint wie weggeblasen zu sein.

Keine Ahnung, warum ich dachte, dass er dieses Mal auf mich hören würde, immerhin hat er das ja noch nie getan. Aber ich kann ihn doch nicht einfach so aufgeben!

Er ist mein Bruder.

Aber so langsam geht mir die Kraft aus.

Ich habe einfach keine Energie mehr, um ihn wieder und wieder aus der Scheiße zu ziehen. Unsere Eltern haben längst aufgegeben, ihm helfen zu wollen. Sie haben ihn aufgegeben und so langsam kann ich ihnen deswegen gar nicht mehr böse sein.

Manche Menschen sind einfach hoffnungslos verloren, und mein Bruder scheint einer von ihnen zu sein.

Endlich gelingt es mir, meinen Arm zu befreien, mit einem Fluch reibe ich über die schmerzenden Stellen, an denen jetzt schon rote Fingerabdrücke zu erkennen sind, bis morgen werden sie garantiert blau sein.

„Verschwinde aus meiner Wohnung und lass dich hier nie wieder blicken. Nie wieder. Verstehst du?“

Sein verrücktes Lachen verstummt, er kneift die Augen zusammen und sieht mich aufgebracht an.

„Du schmeißt mich raus?!“

„Ganz genau!“

„Aber das kannst du doch nicht machen. Ich meine, wir wissen doch noch gar nicht, was ich jetzt tun soll.“

Jetzt klingt er wieder wie ein kleines Kind und nicht wie ein erwachsener Mann, der gerade seine Schwester angegriffen hat.

Diese Stimmungsschwankungen sind echt angsteinflößend.

„Stimmt. Aber weiß du was? Diese Drogen-Wild-Bones-Motorcycle-Club-Geschichte, in die du da reingerutscht bist, ist dein Problem und nicht meins. Also musst *du* eine Lösung finden und nicht wir. Ich habe dir oft genug geholfen, damit ist jetzt Schluss. Mir reicht's!“

Es dauert einen Moment, bis er endlich versteht, dass ich es dieses Mal vollkommen und zu 100 Prozent ernst meine.

„Bitte Isi. Bitte, lass mich nicht im Stich.“

„Die einzige Chance, die du hast, ist die, zu den *Wild Bones* zu gehen, sei ehrlich. Gib ihnen so viele Informationen wie möglich und hoffe, dass sie dich am Leben lassen. Eine andere Möglichkeit hast du nicht!“

Etwas, das nach Furcht aussieht, blitzt in seinen Augen auf.
Das altbekannte Mitleid breitet sich erneut in mir aus, ich bin kurz davor nachzugeben und ihn anzubieten, ihn zu begleiten.
Nur mit aller Entschlossenheit gelingt es mir, hart zu bleiben.
Wenn ich ihm jedes Mal wieder den Arsch rette, wird er nie sein Leben auf die Reihe kriegen. Vielleicht muss er dieses Mal tief fallen und hart aufkommen, um zu kapieren, dass es so nicht weitergehen kann ...
„Das kann ich nicht machen. Wenn ich zu den Bikern gehe, bin ich so gut wie tot."
„Und wenn du es nicht tust, bist du tot. Dieses ‚*so gut wie*' ist deine einzige Hoffnung."
Wobei ... Mir kommt da noch eine Idee.
„Du könntest auch einfach zur Polizei gehen."
„Dann lande ich im Knast."
Ach, was er nicht sagt.
„So wie ich das sehe, ist der Knast besser als irgendein Friedhof."
Brandon sieht mich traurig an, dann verlässt er das Wohnzimmer und geht Richtung Flur. An der Türe meiner Wohnung angekommen, dreht er sich ein letztes Mal um.
„Es tut mir leid, dass ich so ein beschissener Bruder bin, Isabella."
Dazu sage ich nichts, sondern sehe ihn einfach nur an, wie er aus dem Haus verschwindet. Kaum dass er weg ist, breche ich in Tränen aus. Voller Wut und mit einer gehörigen Portion Verzweiflung knalle ich die Türe zu und lehne mich mit dem Rücken gegen das harte Holz.
Wie zum Teufel konnte er nur so dumm sein und im Revier der *Wild Bones* die Drogen der *Crazy Devils* verkaufen?
Diese beiden Motorradclubs sind schon immer verfeindet, und auch wenn es keinen offenen Krieg gibt, ist es kein Geheimnis, das die *Bones*, jeden *Devil*, der es wagt, in ihr Territorium zu kommen, einfach verschwinden zu lassen.
Es ist fast wie Magie ... Schwarze Magie ...
Denn diese Rocker haben das unheimliche Talent, Menschen wie durch Zauberhand verschwinden zu lassen.

1. Kapitel

Der Vollstrecker des Wild Bones Motorcycle Clubs

Mit fest zusammengebissenen Zähnen beobachte ich mein Zielobjekt und kann einfach nicht glauben, dass ich zögere.

Bullshit!

Ich bin der Vollstrecker eines der gefährlichsten Rockerclubs des Landes, ich habe schon Dinge getan, die selbst Jack the Ripper in Angst und Schrecken versetzt hätten.

Also wieso zum Teufel stehe ich hier und tue nicht einfach das, was getan werden muss?

Warum zögere ich?

Ganz einfach! Weil mir die Sache nicht gefällt!

Und ich tue nie Dinge, die mir nicht gefallen.

Dank des Leders, das ich trage, und der Position, die ich mir im *Wild Bones Motorcycle Club* hier in Seattle erarbeitet habe, bin ich ein freier Mann. Ich treffe meine eigenen Entscheidungen und lebe nur nach meinen Gesetzen. Die normale Gesellschaft, die verfickten Zehn Gebote und das Strafgesetzbuch, nach dem sich die Allgemeinheit richtet, interessieren mich nicht.

Für mich zählen nur der Club und mein freier Wille!

Doch in diesem speziellen Fall kollidieren die Interessen der *Wild Bones* mit dem, was ich tun will, und Fuck! So eine Scheiße gab es noch nie.

Nie!

Ich liebe den Club, also war es auch immer in meinem Interesse, zu tun, was notwendig war, um die Gemeinschaft, der ich seit über zehn Jahren angehöre, zu beschützen.

Aber das geht zu weit!

Viel zu weit!

Meine Optionen abwägend, ziehe ich das Mobiltelefon aus meiner Tasche, gehe auf Anruflisten und suche nach der Nummer des Präsidenten.

Doch bevor ich auf Wählen drücke, betrachte ich das Panzertape und die Kabelbinder, die neben mir auf dem Beifahrersitz liegen.

Es wäre so leicht – so verflucht einfach. Ich müsste nur die Straße überqueren, mir das Zielobjekt schnappen, es fesseln und hinten in den Van schmeißen.

Auftrag erledigt.

Sobald ich das Objekt im Clubhaus abgeliefert hätte, könnte ich mir einen Whisky und eine Bitch gönnen und den ganzen Scheiß einfach vergessen.

Fuck!

Mit dem Daumen auf das Display des iPhones tippend, rufe ich Griffin an. Er ist der Präs, er muss wissen, dass ich den Plan nicht durchführen werde.

Von mir aus soll er Reece, den Sergeant at Arms unseres Chapters, oder Kane, unseren Vizepräsidenten, damit beauftragen. Meinetwegen auch einen der beschissenen Prospects – es ist mir egal – Hauptsache ich hab mit der ganzen Angelegenheit nichts zu tun.

Es läutet zwei Mal, dann tönt seine vertraute Stimme durch den Hörer.

„Hast du die Sache erledigt, Bro?"

„Nein."

Stille.

„Gab es Komplikationen?"

Griffin klingt verwundert. Kein Wunder. Komplikationen gibt es bei mir normalerweise nicht. Davon abgesehen wäre diese ganze Aktion prinzipiell ein verdammtes Kinderspiel.

„Aye, gibt es."

Er flucht. Was ich ihm nicht verübeln kann.

„Und welcher Art?"

„Sie hat bunte Haare."

Ich höre ihn ausatmen.

„Wo ist das Problem, Enforcer?"

Der Präsident klingt verwirrt.

„Sie sind pink und blau und lila und na ja einfach bunt. Ich kann doch kein Mädchen mit bunten Haaren entführen. So was macht man einfach nicht!"

Durch den Hörer dringt ein Zischen.

„Willst du mich verarschen, Alter?"

Schön wär's!

„Nein. Das ist mein Ernst! Ich kann kein Mädchen mit rosa Haaren entführen."

„Und wieso nicht?"

Keine verdammte Ahnung!

„Die Kleine trägt blauen Lidschatten und ihre Lippen sind pink. Echt jetzt, Bro. Sie ist ein verfickter lebender Regenbogen!"

Dazu scheint Griffin nichts einzufallen.

„Was, wenn sie schwarze Haare hätte?"

Gute Frage.

„Dann würde sie längst mit auf dem Rücken gefesselten Händen im Van liegen."

„Gut. Dann stell dir einfach vor, dass sie schwarz sind, und erledige deinen scheiß Job!"

Er hat leicht reden.

„Hast du dir schon mal vorgestellt, dass deine Kutte bunt und rosa ist?"

Griffin stößt ein Zischen aus.

„Nein. Warum sollte ich das verdammt noch mal tun?"

„Etwas, das bunt ist, kann nicht einfach schwarz sein. Und dieses Mädchen ist bunt. Ich werde ihr kein Haar krümmen."

Nicht ein einziges.

Dafür ist die Schwester des Wichsers, auf den wir es eigentlich abgesehen haben, einfach viel zu besonders.

Die Stadt ist grau und meine Existenz besteht aus purer, farbloser Dunkelheit.

Und das ist okay. *Fuck!* Ich wollte es ja so.

Aber nur weil ich sämtliche Farbschattierungen aus meinem Leben verbannt habe, bedeutet das noch lange nicht, dass ich die Farben dieses Universums nicht zu schätzen weiß.

Diese Frau ist besonders und ich will keine Gefahr für sie darstellen.

So einfach.

„Hör auf, in ihr ein Mädchen zu sehen, sie ist nichts anderes als ein Zielobjekt. Ein Gegenstand, den wir brauchen."

Das kann Griffin nur sagen, weil er das Mädchen noch nie in echt gesehen hat.

„Glaube mir, Präs. Sie ist alles, nur kein Gegenstand."

„Hast du mal darüber nachgedacht, was mit dem Zielobjekt passiert, wenn es sich die *Crazy Devils* schnappen?"

Zugegeben, das habe ich nicht.

„Sag nicht Zielobjekt."

Ich presse die Worte durch meine zusammengebissenen Zähne, während ich den Blick weiter auf das Fenster richte, durch das ich das Mädchen beobachte.

„Was? Willst du, dass ich sie beim Namen nenne? Von mir aus. Also was denkst du, was Isabella passiert, wenn die *Crazy Devils* den gleichen Plan haben wie wir?"

Als ich nicht antworte, spricht er einfach weiter.

„Sie werden sie schnappen, schlagen und vergewaltigen. Und dann werden sie anfangen, ihr ein Körperteil nach dem anderen abzuschneiden. Erst einen Finger, dann vielleicht die ganze Hand. Und das werden sie so lange tun, bis sie Brandon dazu gebracht haben, sich zu stellen, und so, wie ich den Bastard einschätze, wird er eher zulassen, dass seine Schwester in ein verficktes Puzzle verwandelt wird, als dass er seinen eigenen Hals riskiert."

So beschissen es auch sein mag, Griffin hat recht.

Die *Wild Bones* sind definitiv die bessere Option für das Mädchen. Trotzdem widert es mich an, dass es überhaupt in diese Angelegenheit mit reingezogen wird.

Isabella hat nichts falsch gemacht und trotzdem stehe ich jetzt hier und diskutiere mit meinem Präsidenten darüber, ob ich sie entführe.

„Wenn du das Zielobjekt also besch..." Ich unterbreche ihn. „Sag nicht Zielobjekt. Sag Mädchen!"

Griffin räuspert sich.

„Also gut. Wenn du das *Mädchen* beschützen willst, bist besser du derjenige, der ihr das verfluchte Panzertape auf den Mund klebt. Verstanden?"

Ich habe verstanden.

Trotzdem!

Das alles gefällt mir nicht.

Ganz und gar nicht.

Wütend kneife ich die Augen zusammen, zwinge mich innerlich zur Ruhe und versuche, mich auf das Wesentliche zu konzentrieren: Das Zielobjekt zu entführen.

Als ich die Augen wieder öffne, sehe ich gerade noch, wie Isabella das Haus verlässt.

Fuck!

Es ist Anfang Dezember, letzte Woche ist der erste Schnee gefallen und das Mädchen trägt einen verdammten Rock, der weit über ihren Knien endet, darunter befindet sich eine pinke Strumpfhose, die so gar nicht zu den grünen Stiefeln an ihren Füßen passen will.

Ihr Schal ist blau und ihre Jacke gelb.

Diese Frau ist die reinste Farbexplosion.

Dieses ganze *Bunt* sollte mir eigentlich in den Augen wehtun, doch stattdessen kann ich mich kaum an ihr sattsehen.

Ich erinnere mich daran, dass der Präsident immer noch in der Leitung hängt.

„Zu spät. Das Zielobjekt ist gerade gegangen."

„Bullshit! Reiß dich gefälligst zusammen! Sie ist einfach nur ein Mädchen. Ein verdammtes Mädchen! Schnapp es dir und bring es in den Club!"

Nein. *Fuck!* Nein, ich kann nicht.

Außer ... *Verflucht!* Außer es kommt freiwillig mit.

Das würde die Sachlage ändern.
„Ich werde es fragen."
„Fragen?"
Griffin brüllt regelrecht in den Hörer, mein Trommelfell klingelt.
„Was soll das, Zayn? Das hier ist kein Kindergarten und du bist kein Priester. Muss ich dich etwa daran erinnern, dass du letzte Woche, ohne mit der Wimper zu zucken, sechs Männer getötet hast? Sechs! Und jetzt stellst du dich an, weil du eine Frau entführen sollst? Das kann doch echt nicht wahr sein!"
Es ist wahr.
„Sie hat bunte Haare."
„Ja, das sagtest du bereits!"
„Diese Isabella ist anders als unsere sonstigen Zielobjekte."
Der Präsident flippt beinahe aus.
„Das interessiert mich einen Scheißdreck! Wir müssen an Brandon rankommen und dafür brauchen wir seine Schwester. Also kassier die Tussi ein und bring sie her!"
Ich werde sie nicht zwingen.
Nicht sie.
„Wie gesagt, ich frage sie, ob sie mitkommen will, wenn sie Nein sagt, werde ich sie zu nichts zwingen und wenn dir das nicht gefällt, dann Fuck! Zieh deinen Schwanz aus deiner Old Lady und mach es einfach selber!"
Mit hart pochendem Puls lege ich auf.
Zum Teufel!
Ich hätte nicht so mit Griffin reden sollen.
Aber wie gesagt, das Mädchen ist ein verdammter Regenbogen und ich werde ihm keins seiner bunten Haare krümmen.
Nicht eines.
Ein lautes „Fuuucckkk!" brüllend, schlage ich mit den Händen auf das Lenkrad ein, dann starte ich den Motor und folge Isabellas, wie sollte es auch anders sein, rosarotem Smart.
Sie biegt mehrfach ab, in der Stadtmitte hätte ich sie beinahe verloren. An einer roten Ampel hole ich sie ein.
Ihr Ziel ist die große Shoppingmall, sie parkt zwei Reihen vor mir, selbst hier wäre es unglaublich einfach, das Mädchen zu entführen.
Ich müsste mit dem Van nur direkt vor ihr anhalten, aussteigen und die hintere Schiebetüre öffnen.
Einen Schups später würde sie mir gehören.
Nur mir!

Falsch! Sie würde dem Club gehören, und der würde sie dazu benutzen, an Brandon ranzukommen.

Der Wichser hat den Fehler gemacht, die Drogen eines verfeindeten MCs in unserer Stadt zu verkaufen. Und dafür wird er sterben. Aber erst, wenn er uns die Informationen gegeben hat, die wir brauchen, um sämtliche Dealer der *Crazy Devils*, die in unserem Revier ihr Unwesen treiben, aufzuspüren und unschädlich zu machen!

Die Angelegenheit ist ernst! Es ist also kein Wunder, dass Griffin wütend ist.

Uns rennt die Zeit davon.

Die *Crazy Devils* haben ihre Ware nicht nur so gestreckt, dass ihre Kunden sterben wie die Fliegen. Oh nein, sie unterbieten auch noch unseren Preis, sodass unsere Umsätze in den letzten Wochen um mehr als zwanzig Prozent gesunken sind.

Die Gesamtsituation ist also mehr als unbefriedigend.

Dennoch fahre ich nicht vor, um das Mädchen kurzerhand auf meine Ladefläche zu werfen, sondern beobachte, wie es aussteigt und sich die bunten Locken aus dem Gesicht streift. *Scheiße!*

So. Wunderschön.

Ihre pinken Lippen glänzen in der Wintersonne, und ohne es zu wollen stelle ich mir die Frage, wie dieses Mädchen wohl riecht?

Bestimmt nach etwas Fruchtigem wie reife Erdbeeren oder grüne Äpfel.

Wobei die Süße eines Pfirsichs auch gut zu ihrer glatten Haut passen würde.

Was ist nur los mit mir?

Über mich selbst verwundert, reibe ich mir über den Nacken und versuche so, die schmerzhafte Anspannung zu lösen, die sich in der letzten Stunde an diesem einen Punkt festgesetzt hat.

Es bringt nichts.

Ich bin so auf Isabella fixiert, dass ich den schwarzen Lieferwagen, der sich dem Mädchen viel zu schnell nähert, erst kommen sehe, als es faktisch schon zu spät ist.

Zwei Typen mit Kutten sitzen hinter dem Lenkrad.

Beide tragen lederne Kutten mit dem Coulor der *Crazy Devils*.

Fuck! Fuck! Fuck!

Der Beifahrer, ein Kerl in den Zwanzigern, springt aus dem Wagen und richtet die schwarze Glock, die er in der rechten Hand hält, direkt auf das Mädchen, das ich längst hätte entführen sollen.

Bullshit!

Ich hatte gefühlt tausend Möglichkeiten, genau das zu tun, und jetzt?

Jetzt wird mir das Zielobjekt direkt vor der Nase weggeschnappt.

Allein die Tatsache, dass sich die *Devils* am helllichten Tag in das Revier der *Bones* trauen, ist der beste Beweis dafür, dass wir dabei sind, Boden zu verlieren.

Wir müssen hart durchgreifen oder diese Scheiße wird uns mit einem gewaltigen Knall um die Ohren fliegen.

Doch bevor ich mich um dieses Problem kümmern kann, muss ich verhindern, dass die zwei Arschlöcher das Mädchen kriegen.

Mit einem Fluch hole ich die nicht registrierte Waffe aus dem Handschuhfach, checke blitzschnell das Magazin und grinse breit, als ich feststelle, dass es voll ist.

Dann springe ich ohne zu zögern aus dem Van, gehe auf den schwarzen Transporter zu, hebe den Arm und betätige zweimal hintereinander den Abzug.

Peng! Peng!

Die Geschosse durchbrechen mühelos die Frontscheibe und bohren sich anschließend in den Brustkorb des *Devils*.

Seine vor Schreck weit aufgerissenen Augen starren mich an, keine sechzig Sekunden später kippt er nach vorne.

Das ist nicht gut.

Sein Schädel landet auf der Hupe, der durchdringende und nicht verstummende Lärm lenkt jede Menge Aufmerksamkeit auf uns.

Falls wir Zuschauer haben, werde ich mich später um sie kümmern, jetzt geht es erst mal darum, das zweite Arschloch, das es gewagt hat, mein farbenfrohes Zielobjekt mit einer Waffe zu bedrohen, unschädlich zu machen.

Der Wichser, der kapiert hat, dass er vom Jäger zum Gejagten wurde, hat, anstatt den Tod seines Clubbruders zu betrauern, blitzschnell reagiert und sich das Mädchen gepackt, das mit der Situation ganz offensichtlich mehr als nur ein bisschen überfordert ist.

Angst spiegelt sich in ihren vor Panik weit aufgerissenen grünen Augen, sie zittert und bebt am ganzen Körper, während ihr der *Devil* den Lauf seiner Knarre gegen die Schläfe drückt.

„Einen Schritt weiter und die Schlampe ist tot!“

Bingo!

Mit diesem Satz hat sich der Wichser gerade den Hauptgewinn gesichert.

Und der ist ... *Yeah!*

Zuerst eine Kugel in den Bauch und gleich danach eine in den Kopf.

„Du bist in meinem Revier, *Devil*. Dir ist doch klar, dass das hier nicht gut für dich ausgehen wird. Oder?“

Trotz des Zorns, der mich beinahe zu verbrennen droht, halte ich meine Stimme betont locker.

Es braucht mehr als einen *Devil*, um mich in Angst und Schrecken zu versetzen.

Nämlich einen Devil, der das schönste Mädchen, das dir je begegnet ist, mit seiner Waffe bedroht. Richtig?

Die Stimme in meinem Schädel klingt schadenfroh.

Ich blende sie einfach aus und konzentriere mich auf das Wesentliche.

Den Bastard zu töten und das Mädchen zu retten.

„Bitte ... Bitte tu mir nichts! Bitte ...“

Isabella schluchzt, ein paar Tränen lösen sich aus ihrem Augenwinkel und was tue ich?

Anstatt mich auf das, was ich tun muss, zu fokussieren, sehe ich einfach nur dabei zu, wie einer dieser salzigen Tropfen an ihrer pinken Oberlippe ankommt, und frage mich instinktiv, wie es wohl wäre, ihn abzulecken.

Mit einem Fluch zwinge ich meine Augen wieder nach oben.

„Lass sie los oder ich töte dich!“

Der Devil lacht.

„Du wirst mich so oder so töten.“

Er ist also doch nicht so dumm, wie er aussieht.

„Richtig! Aber wenn du sie gehen lässt, verspreche ich dir, dass es schnell gehen wird.“

Eine glatte Lüge.

Ich werde das Arschloch, solange es die Umstände erlauben, leiden lassen!

„Geh beiseite, Enforcer, oder die Schlampe stirbt.“

Bingo!

Der Hauptgewinn wurde gerade um eine weitere Kugel in seine Kniescheibe erweitert. Also erst Bauch, dann Knie und dann Kopf.

Mir solls recht sein.

„Letzte Warnung! Lass das Mädchen los! Sofort.“

Er ignoriert meine Warnung, was mich dazu zwingt, meine Strategie zu ändern.

„Siehst du deinen Bruder?“

Sein Blick zuckt kurz zu dem Toten, der für das Dauergehupe verantwortlich ist.

„Dich wird gleich dasselbe Schicksal ereilen, wenn du die Frau nicht sofort loslässt.“

Anstatt mich ernst zu nehmen und um Gnade zu betteln, beginnt der *Devil* laut zu lachen.

Er bewegt sich leicht zur Seite, was mir die Möglichkeit gibt, sein Leder zu lesen und welche Überraschung: Der Typ ist eine Null. Ein Niemand. Ein Nichts.

Ich tippe, dass er gerade sein Anwärterjahr hinter sich gebracht hat und sich mit dieser Aktion beweisen will.

Was ein Pech, dass er jetzt und hier auf dem dreckigen Parkplatz irgendeiner beschissenen Mall ausbluten wird.

Anstatt endlich zu tun, wozu ich ihn bringen will – seine Waffe von der Schläfe des Mädchens zu nehmen und auf mich zu richten – drückt er den Stahl weiter gegen ihre weiche Haut.

Die Wut, die sich deswegen in mir ausbreitet, gleicht einer verfickten Feuersbrunst.

So wie jetzt habe ich mich noch nie gefühlt.

Noch nie! Und ich habe schon so einige, wirklich beschissene Situationen durchgestanden. Situationen, in denen die zuerst abgefeuerte Kugel mir gegolten hat und nicht irgendeiner fremden Frau mit bunten Haaren, die mir egal sein sollte, und die es mir, warum auch immer, einfach nicht ist.

„Fick dich, *Bone*!“

Oh, ich werde ficken, bald. Und zwar das Mädchen, das mich gerade aus weit aufgerissenen Augen hilfesuchend ansieht.

Moment! *Fuck!* Wo kam das denn gerade her?

Ich bin nicht hier, weil ich eine Frau suche, sondern weil ich die Schwester eines Typen entführen soll, der dem Club ans Bein gepisst hat.

Dass es überhaupt so weit gekommen ist, dass Isabella jetzt eine Knarre am Kopf hat, ist meine Schuld. Hätte ich einfach getan, was der Präsident wollte, würde die Kleine jetzt als handlich verschnürtes Päckchen im Van liegen und wir wären längst auf dem Weg zurück zum Clubhaus.

„Hör zu, Arschloch! Nur weil du deinen Schwanz nicht mehr hochkriegst, musst du noch lange keine unschuldigen Frauen bedrohen. Sie können nichts für deine Impotenz.“

Und Wämm!

Wie durch Zauberei dreht sich der Lauf seiner Knarre in meine Richtung.

Endlich.

Isabella scheint das wenig zu beruhigen. Anstatt mit dem Geheule aufzuhören, wird ihr Schluchzen immer lauter.

Der tote Drecksack im Laster hupt noch immer – was für eine skurrile Situation.

„Halt dein Maul, Enforcer! Halt dein Maul!“

Warum er seine Zeit damit verschwendet, mich anzuschreien, anstatt einfach abzudrücken, verstehe ich nicht.

Aber so ist es meistens. Anstatt die Scheiße, die ansteht, einfach zu erledigen und den Abzug zu drücken, beginnen die Leute zu reden und zu schreien, zu bedrohen und zu lachen, und kapieren dabei meistens nicht, dass sich das Blatt wendet.

So auch jetzt!

Während er damit beschäftigt ist, seine scheinbare Überlegenheit auszukosten, ziele ich auf seine rechte Schulter und drücke ohne zu zögern ab.

Peng!

Die Kugel trifft ihr Ziel, durchbohrt das Leder und die Haut, zerschmettert Knochen und zerfetzt Muskelgewebe. Blut spritzt durch die Luft.

Das Mädchen kreischt!

Der Arm des Wichsers fällt kraftlos herab. Er versucht zwar noch abzudrücken, aber die Kugel verfehlt mich um mehrere Meter.

„Ich hatte dir einen schnellen Tod angeboten, aber du hast dich dafür entschieden, zweimal Bullshitbingo zu spielen.“ Ich zucke gelangweilt mit den Schultern. Das Mädchen schafft es endlich, sich aus seinem festen Griff zu befreien. Kaum dass es davonrennen will, fange ich es blitzschnell ein.

„Dein Gewinn? Eine Kugel ins Bein, eine in den Bauch und eine in den Schädel.“

Kaum dass meine Stimme verhallt ist, mache ich mein Versprechen auch schon wahr.

Linkes Knie, dann die Bauchmitte und anschließend durchschlägt die dritte Kugel die Stelle direkt zwischen seinen Augen.

Der Wichser kippt einfach um und die Frau in meinen Armen flippt nun endgültig aus.

Sie schreit und brüllt um Hilfe, tritt wie wild um sich und versucht, mir einen Schlag zu verpassen.

Mein „Reg dich ab!“ erzielt nicht wirklich die gewünschte Wirkung.

Das „Verdammt, Isabella!“ hingegen schon.

„Du kennst meinen Namen?“

„Tue ich.“

„Woher?“

Um sicherzugehen, dass sie mir nicht davonrennt, hebe ich sie hoch.

„Das spielt gerade keine Rolle!“

Sie zieht die Nase kraus und sieht dabei so unfassbar süß aus, dass ich kurz davor bin, sie einfach abzulecken.

„Du hast gerade zwei Menschen getötet!"

Ach, was sie nicht sagt.

„Keine Menschen – *Crazy Devils*. Das ist etwas völlig anderes."

„Diese Männer waren wie du."

Oh nein.

„Ganz bestimmt nicht."

„Aber sie trugen die gleichen Kutten."

„An uns ist gar nichts gleich. Sie waren *Devils*, ich bin ein *Bone*!"

„Wo ist der Unterschied?"

Echt?

„Das willst du jetzt wissen?"

Unsere Blicke begegnen sich.

„Ich will, dass du mich abstellst!"

Wie um ihr zu zeigen, dass ich das absolut nicht vorhabe, trage ich sie weiter zum Van.

„Lass mich sofort los!"

„Nein!"

„Warum nicht?"

Sie beginnt erneut zu zappeln.

Es kostet mich einiges an Anstrengung, sie festzuhalten.

„Du kommst mit mir!"

Sie schüttelt vehement den Kopf.

„Keine Chance. Du bist ein Killer. Ich werde die Polizei rufen!"

Aye, so etwas dachte ich mir schon.

„Nein, wirst du nicht."

„Ach?"

Wie die meisten Frauen hat auch Isabella dieses fragwürdige Talent, mit nur einer Silbe so viel Verachtung und Provokation auszudrücken, für die wir Männer einen ganzen Satz oder besser gesagt eine ganze Konversation brauchen.

Ihre kleine Faust knallt mit voller Wucht auf meine Schulter, was mich zum Lachen bringt. Eine Sekunde später landet ihre flache Hand mit Wucht in meinem Gesicht.

Mein Lachen verstummt sofort.

Ich sehe sie ernst an, Panik flackert in ihren katzenhaften Augen auf.

„Tu das besser nie wieder, Baby."

Meine Warnung perlt einfach an ihr ab.

Was bedeutet, dass sie entweder verdammt mutig oder einfach nur beschissen lebensmüde ist.

Was davon zutrifft, werde ich sicher bald herausfinden.

„Was hast du mit mir vor?"

Ich öffne die Beifahrertür, sie entdeckt das bereitliegende Panzertape und die Kabelbinder und schüttelt panisch den Kopf.

„Du bist genauso ein Arschloch wie die Typen, die du kaltgemacht hast!"

Damit liegt sie nicht ganz falsch.

„Ich bin ein *Wild Bone*."

Ihr gezischtes „Es interessiert mich einen Dreck, wer du bist!" geht beinahe in den stetig lauter werdenden Sirenen der sich nähernden Polizei unter.

„Du hast die Wahl. Benimm dich und du darfst vorne sitzen – ohne dass ich dich fessle. Oder du benimmst dich nicht und landest schön verschnürt hinten auf der Ladefläche. Such es dir aus. Aber mach schnell. Die Bullen kommen!"

Noch immer in meinen Armen hängend, mit in der Luft baumelnden Füßen, sieht sie mich an. Und ihre Augen …

Fuck!

Das Grün bildet den perfekten Kontrast zu dem Pink ihrer Haare.

Alles an Isabella erinnert mich an einen verdammten Regenbogen. Und was mache ich? Ich drohe ihr damit, sie zu fesseln und wie Dreck auf die Ladefläche zu werfen.

Ich bin ein emotionsloser Hurensohn.

„Deine Zeit läuft."

Sie starrt mich weiter direkt an, mir wird heiß und kalt, ein Schauer rieselt an meinen Armen nach unten und mein Schwanz wird hart.

„Du kennst meinen Namen ... Du warst nicht zufällig hier, richtig?"

Schlau und schön, welch gefährliche Kombination.

Ich beschließe, ehrlich zu sein, was würde es mir auch bringen, zu lügen?

„Nein, war ich nicht."

„Was zur Hölle willst du von mir?"

Was ich will?

Sex. Harten, tiefen, guten und nie endenden Sex. Ich will dieses Mädchen kosten, lecken und schmecken. Ich will mir ihre bunten Haare um die Faust wickeln, sie vor mir auf den Boden drücken und meinen Schwanz zwischen ihren pinken Lippen verschwinden lassen.

Aber deswegen bin ich nicht hier.

„Es geht um deinen Bruder."

Sie zuckt entsetzt zusammen.

„Brandon?"

„Hast du noch einen anderen?"
Ihr geflüstertes „Nein, zum Glück nicht" dringt trotz des Lärms in mein Ohr.
„Hör zu. Ich will dir nichts tun, aber ich werde dich mitnehmen. Also, hast du deine Wahl getroffen?"
„Lass mich einfach gehen."
Das kann ich nicht.
„Sorry, das steht nicht zur Option."
„Ach und warum nicht? Du hast selbst gesagt, dass es um meinen Bruder und nicht um mich geht. Ganz egal, welche Probleme dein Club mit Brandon hat, es sind verdammte Scheiße nicht die meinen!"
Schon lustig, dass so ein süßer Mund so fluchen kann.
„Wenn ich dich nicht entführe, dann tun es die *Crazy Devils*."
Isabella schürzt die Lippen – ich komme fast in meiner Hose.
„Und? Soll das jetzt schlimmer sein?"
„Allerdings! Die *Devils* sind brutale Bastarde, die sich einen Spaß daraus machen, dich in Stücke zu hacken, während sie dich vergewaltigen."
Kaum dass ich den Satz fertig gesprochen habe, bereue ich es auch schon.
In Isabellas Blick liegt pures Entsetzen.
„Ach, und was habt ihr *Bones* mit mir vor? Ich bezweifle, dass ihr mich zum Tee einladen und mit Kuchen füttern werdet."
Nope!
„Es wird keine Tea-Party geben."
„Eben. Ob *Devils* oder *Bones*, für mich seid ihr alle die gleichen Arschlöcher!"
Na, wenn das so ist?
„Bullshit!"
Ich habe keine Zeit, hier noch länger rumzustehen und mich von irgendeinem Mädchen, das mir verflucht noch mal am Arsch vorbei gehen sollte, beleidigen zu lassen.
„Du denkst, ich bin ein Arschloch?"
Sie nickt ohne zu zögern, also beschließe ich, ihre Erwartungen zu erfüllen. Den kleinen Regenbogen zu enttäuschen, ist schließlich das Letzte, was ich will.
Noch bevor Isabella auch nur kapiert, was ich vorhabe, stelle ich sie ab und drücke sie eine Sekunde später mit dem Gesicht gegen den Van.
Dann schnappe ich mir das Panzertape und klebe ihr, wie es sich für einen guten Entführer gehört, den Mund zu. Als Nächstes biege ich ihr

die Hände auf den Rücken und binde sie mit zwei Kabelbindern zusammen.

Voilà und fertig ist das Paket.

Doch Isabella ist nicht bereit, so einfach aufzugeben und beginnt nach mir zu treten, also wickle ich das Tape mehrfach um ihre Beine, dann werfe ich mir das Mädchen über die Schulter, öffne die Schiebetüre und werfe es auf die Ladefläche.

Sie will ein Arschloch? Bitte schön!

Dann kann sie gerne eins haben.

„Anschnallen ist nicht, festhalten auch nicht. Aber keine Sorge, ich werde langsam fahren.“

Damit zwinkere ich ihr nett zu und ich bin mir sicher, hätte sie die Hände frei, würde sie mir den Mittelfinger ins Gesicht halten. So aber gibt sie sich damit zufrieden, mir den tödlichsten aller Blicke zuzuwerfen. Was ein Pech, dass er, dank den pinken Strumpfhosen, den grünen Stiefeln und den bunten Haaren eher niedlich statt bedrohlich wirkt.

Fuck!

Dieses Mädchen ist wie ein süßes Erdbeerbonbon, an dem ich nur zu gerne lutschen würde.

2. Kapitel

Das Mädchen, das sich plötzlich in einem der gefährlichsten Rockerclubs des Landes wiederfindet ...

Verdammt! Verdammt! Verdammt!

Ich bin nicht dumm, ich habe natürlich geahnt, dass die *Wild Bones* versuchen würden, über mich an meinen Bruder ranzukommen. Aber ich hatte natürlich gehofft, dass es nicht so kommen wird.

Tja!

Wie ihr seht, habe ich Pech gehabt, und zwar noch schlimmeres Pech, als ich es jemals für möglich gehalten habe.

Denn mein idiotischer Bruder hat es geschafft, sich nicht nur mit einem, sondern gleich mit zwei Motorcycle Clubs anzulegen.

Das muss man auch erst mal schaffen.

Aber das ist typisch Brandon!

Er überlegt nicht, was sein Handeln bewirken könnte.

Er macht einfach immer nur, worauf er Lust hat, und das, ohne jemals an die Konsequenzen zu denken.

Scheiße!

Das ist nicht das erste Mal, dass er mich in seine Probleme mit reinzieht, aber dieses Mal wirkt es auf mich so, als ob es durchaus das letzte Mal sein könnte.

Himmel!

Der *Wild Bone*, der mit verschränkten Armen in der Dunkelheit hinter seinem Präsidenten an der Wand lehnt, hat mich einfach so gefesselt und wie einen Sack Kartoffeln in seinen beschissenen Transporter geworfen.

Was ein Arschloch!

Ehrlich!

Wenn meine Hände nicht immer noch mit zwei Kabelbindern zusammengebunden wären, würde ich jetzt aufstehen und ihm die Augen auskratzen.

Denn ich wette, dass er mich gerade ansieht, dass er mich beobachtet und jede meiner Regungen abschätzt und einzuordnen versucht.

Ich weiß, dass es so ist, und dass, obwohl die Schatten sein Gesicht verdecken ...

Aber ich kann seinen intensiven Blick spüren, ich spüre ihn auf meinen Lippen und zu meinem Pech kann ich mich nur zu gut daran erinnern, wie sich seine großen, starken Hände auf meinem Körper angefühlt haben, während er mich gefesselt hat.

Meine Brustwarzen sind immer noch klein und steif und meine Atmung hat es noch nicht geschafft, wieder in ihren normalen Rhythmus zu finden.

Bis jetzt habe ich es tunlichst vermieden, über die Reaktion meines Körpers auf diesen Biker nachzudenken. Und das werde ich auch nicht.

Denn dafür ist jetzt echt nicht der richtige Zeitpunkt.

Teufel!

Ich hasse mich selbst dafür, dass ich mir mehr als einmal die Frage gestellt habe, wie es sich wohl anfühlen würde, von dem Enforcer der *Wild Bones* geküsst zu werden.

Ich meine, verdammte Hölle!

Dieser Mann hat mich entführt und ich denke daran, ihn zu küssen oder besser gesagt von ihm geküsst zu werden.

Es ist so weit, ich bin auf dem besten Weg, endgültig den Verstand zu verlieren.

Aber das ist keine große Überraschung, denn während ich von dem einen Rockerclub entführt wurde, ist einer der ranghöchsten Mitglieder eines anderen Clubs aufgetaucht, doch nicht um mich zu retten, sondern um zwei Männer direkt vor meinen Augen zu töten und um mich dann selbst zu kidnappen.

Das ist nicht nur heftig, das ist sogar zu viel, viel zu viel.

Es ist also kein Wunder, das mein Hirn mit der Situation völlig überfordert ist und dem ganzen Ärger aus dem Weg geht, indem es darüber fantasiert, den gefährlichen Vollstrecker der legendären *Wild Bones* zu küssen.

Wie es sich wohl anfühlt, verrückt zu werden?

Gott!

Ihr fragt euch, woher ich weiß, dass mein Entführer einen hohen Rang bekleidet?

Das war ganz einfach herauszufinden.

Ich meine, ich kenne mich mit der Hierarchie in einem MC nicht besonders gut aus, aber es war der Respekt, den hier alle meinem Entführer entgegengebracht haben, der mich zu dem Entschluss gebracht hat, dass der Rocker, dem ich die Kabelbinder verdanke, ein ziemlich hohes Tier sein muss.

Ein hohes Tier, das kein Problem damit hat, unschuldige Frauen zu entführen.

Oh ja, ich hatte recht: Er ist ein verdammtes Arschloch!

„Sobald du uns sagst, wo wir deinen Bruder finden, kannst du gehen."

Ja, von wegen ...

Genervt zwinge ich mich dazu, den Blick auf den Präsidenten, der auf der anderen Seite eines wuchtigen Holzschreibtischs sitzt, zu richten, und lächle ihn künstlich an.

„Die Zeit, in der ich an Märchen geglaubt habe, ist längst vorbei.“

Auf der Stirn des Rockers bilden sich zwei tiefe Falten, fast so, als ob er nicht verstehen würde, worauf ich hinauswill.

Wenn es so ist, würde es mich nicht wundern.

Ich meine, er ist groß, stark und auf eine düstere Art ziemlich sexy.

Der schneeweiße Stoff seines Shirts spannt sich auf beeindruckende Weise über seinen harten Muskeln, und sein Gesicht ...

Zu behaupten, dass er einfach nur attraktiv wäre, wäre die Untertreibung des Jahres. Ich meine, Mutter Natur kann auch keine Wunder bewirken.

Vielleicht verhält es sich ja bei Bikern genau wie bei Fledermäusen, deren Männchen entweder ein großes Hirn oder aber große Hoden haben.

Beides ist nicht möglich.

Fledermauskerle sind entweder intelligent oder potent.

Und Rocker?

Na ja, sie sind anscheinend alle zusammen heißer als die verdammte Hölle, aber dafür genauso dumm wie zehn Meter Feldweg.

Genau wie mein Bruder, was bedeutet, dass sie sich eigentlich ganz gut mit ihm verstehen müssten.

Und trotzdem! Egal wie heiß der Präsident auch sein mag, sein Vollstrecker, also das Arschloch, das mich entführt hat, ist noch viiieeelll heißer!

Und genau darin liegt das Problem! Wäre ich nicht schon seit einer gefühlten Ewigkeit Single und hätte ich nicht schon immer auf Fesselspiele im Schlafzimmer gestanden, würde es mir vielleicht gelingen, mich zu beherrschen und mich auf das Wesentliche zu konzentrieren: Nämlich den *Wild Bones* klarzumachen, dass ich ihnen, was meinen Bruder betrifft, nicht helfen kann. So aber bin ich dezent abgelenkt.

In diesem dämlichen Büro ist der Testosteronspiegel einfach zu hoch, um einen klaren Kopf zu behalten.

„Ich hab schon verstanden, warum ihr mich entführt habt. Ehrlich. Ich weiß, dass mein Bruder ein Idiot ist, und ich weiß auch, dass er ohne eure Erlaubnis in eurem Revier die Drogen der *Devils* verkauft hat. Aber Scheiße! Das hat absolut nichts mit mir zu tun! Versteht ihr? Absolut nichts! Ich weiß weder, wo mein Bruder wohnt, noch wo ihr ihn finden könnt. Wir treffen uns nicht oft, genau genommen taucht er nur bei mir auf, wenn er mal wieder Mist gebaut und sich in Schwierigkeiten gebracht hat. Keine Ahnung wie er auf die bescheuerte Idee kommt, dass ich ihn retten kann, aber na ja ... In seinem Hirn läuft irgendetwas falsch, und seitdem er angefangen hat, zu konsumieren, was er eigentlich verkaufen sollte, verstehe ich ihn überhaupt nicht mehr."

Wow! Das war eine lange Ansprache.

Tief Luft holend sehe ich den Präsidenten direkt an, ehe mein Blick zu der Stelle gleitet, an dem ich die langen Beine des Vollstreckers erkennen kann.

Ob er mich gedanklich schon an sein Bett gefesselt hat?

Stopp!

Zurück zum Wesentlichen!

Das hier ist kein Speed-Dating! Diese Typen haben mich auf offener Straße entführt.

Ich bin nicht hier, um einen Mann zu finden oder um endlich mal wieder gevögelt zu werden, und mein Augenmerk sollte besser darauf liegen, wie ich aus dieser Katastrophe lebend wieder rauskomme.

Denn dass diese Rocker kein Problem damit haben, Menschen zu töten, habe ich heute mit eigenen Augen gesehen.

Das Blut, das Knallen der Waffe, die Leichen und das laute Hupen!

Verdammt!

Mir wird schlecht. Bittere Galle steigt in meinem Hals nach oben.

Wenn ich nicht sofort an etwas anderes denke, muss ich mich übergeben.

„Geht es dir nicht gut?"

Die Frage kommt von dem *Wild Bone* mit dem Vizepräsidentenpatch, der sich bis jetzt komplett aus der Unterhaltung rausgehalten hat.

„Nein, tut es nicht."

„Bist du krank."

Er klingt besorgt, der dunkle Schatten hinter dem Präsidenten bewegt sich leicht.

„Ja, ich leide unter Entführungsritis und soweit ich weiß, kann das durchaus tödlich enden."

Der Vize sieht mich ernst an, dann beginnt er auf einen Schlag lauthals zu lachen.

„Du bist ja mal 'ne Nummer."

Von wegen.

„Ich bin keine Nummer, sondern eine Frau, und ich will jetzt sofort nach Hause!"

Der Vizepräsident kommt auf mich zu, mein Blick fällt auf den langen Dolch, der in einer ledernen Scheide an seinem Oberschenkel baumelt.

Hilfe!

Das Ding könnte schon fast als Schwert durchgehen.

Damit könnte man an Weihnachten einen verdammten Truthahn tranchieren oder einen Menschen in feine, kleine Stücke schneiden.

Öhm. Shit!

Er baut sich vor mir zu seiner vollen Größe auf und es gelingt ihm tatsächlich, mich mit seiner Präsenz einzuschüchtern.

„Hör auf, irgendwelches Zeug zu labern, und verrat uns, wo wir deinen beschissenen Bruder finden."

Ist er taub?

„Hast du Probleme mit deinen Ohren? Ich habe euch bereits gesagt, dass ich keine Ahnung habe, wo Brandon sich aufhält. Wahrscheinlich liegt er sturzbetrunken in einer schäbigen Kneipe oder aber er steckt bis zum Anschlag in irgendeiner todkranken Nutte und holt sich die Pest."

Und das ist mein Ernst.

Inzwischen traue ich Brandon einfach alles zu.

Der Vize glaubt mir nicht, was ihn dazu bringt, den Dolch aus der ledernen Scheide zu ziehen und mit der scharfen Klinge viel zu dicht vor meiner Nase herumzuwedeln.

Er sagt kein Wort, er bedroht mich nicht und tut auch sonst nichts.

Aber das muss er auch gar nicht. Meine Fantasie ist durchaus in der Lage, mir einen Horrorfilm nach dem anderen abzuspielen.

Diese Biker sind zu absolut allem fähig, das sollte ich besser nie vergessen.

Meine Nerven liegen so blank, dass ich, als plötzlich die Türe aufgestoßen wird und eine junge, hochschwangere Frau hereingeplatzt kommt, erschrocken zusammenzucke.

Was den stellvertretenden Präsidenten ein Schmunzeln entlockt.

Idiot!

„Was zur Hölle soll das werden?"

Die Frau ist schön und wild und trägt genau wie die Männer eine lederne Weste, auf der in geraden Lettern *Wild Bones* geschrieben steht.

Interessant.

Ich dachte immer, nur Kerle können Mitglieder werden?!

Ihr Blick fliegt von mir zu dem Mann mit dem Messer und dann wieder zu mir.

„Bist du von allen guten Geistern verlassen? Scheiße, Kane!"

Anstatt auf eine Antwort zu warten, marschiert sie unerschrocken auf den Vize zu, nimmt ihm den Dolch ab und schupst ihn beiseite.

Keine Ahnung, was ich verwunderlicher finde? Dass die Frau wegen meiner Anwesenheit so ausflippt, oder dass sich der VP das alles gefallen lässt?

Egal.

Denn jetzt geht sie vor mir in die Hocke und wirft mir einen entschuldigenden Blick zu.

„Tut mir echt leid, aber Männer sind manchmal ganz schöne Arschlöcher!"

Wow! Sie hat echt Mumm. Das muss ich ihr lassen.

„Heb deine Hände und halt still, ich befreie dich von den Dingern."

Sie deutet auf die Kabelbinder und schenkt mir einen freundlichen Blick.

Mit einem *Danke* halte ich ihr meine Hände hin und es gelingt ihr tatsächlich, das Plastik durchzuschneiden, ohne mich dabei zu verletzen.

„Ich bin Sarah, die Old Lady von Mason und die kleine Schwester von dem Idioten, dem das Spielzeug hier gehört."

Sie hebt den Dolch, der definitiv kein Spielzeug ist, in die Höhe und sieht mich entschuldigend an.

„Hey Sarah, ich bin Isabella."

Sie legt den Dolch weg und macht sich als Nächstes daran, das Klebeband von meinen Beinen zu wickeln.

„Tut mir echt leid. Wirklich. Ich hab nicht damit gerechnet, dass sich drei gestandene Kerle so vor einer Frau fürchten, dass sie sie gefesselt verhören müssen. Solche Weicheier!"

Ihre ehrliche Entrüstung entlockt mir ein Schmunzeln.

Kaum dass sie mich befreit hat, steht sie auf, stemmt die Hände in die Hüften und sieht den VP herausfordernd an.

„Ist das dein Ernst? Ist das echt euer Ernst?" Sie dreht sich zu dem Präsidenten und dem Vollstrecker, der noch immer im Schatten lehnt, um.

„Ihr macht eine Frau für die Taten ihres Bruders verantwortlich? Wollt ihr mich verarschen? Bin ich dann in euren Augen auch an jedem Mord und an allem, was mein Bruder jemals getan hat, schuld? Ja? Stecke ich in allem, was du jemals getan hast, mit drin?" Jetzt sieht sie wieder ihren Bruder an. „Darf mich auch einfach jeder Mensch auf dieser beschissenen Welt für deinen Mist zur Rechenschaft ziehen? Das ist mir neu. Ehrlich. So viel Scheiße habe ich ja schon lange nicht mehr gehört und ich bin von euch schon so einiges gewöhnt!"

Sie lässt ihren Bruder, den Vizepräsidenten, nicht zu Wort kommen, sondern bringt ihn mit einem Blick, der der verstorbenen Queen von

England würdig gewesen wäre, zum Schweigen und dreht sich zu mir um.

„Ich kann leider nicht entscheiden, dass du gehen darfst, aber ich kann dich auf einen Drink an der Bar einladen. So wie ich die Sache sehe, hast du den jetzt dringend nötig."

Jep! Meine Nerven liegen blank.

Etwas Alkohol könnte echt nicht schaden.

„Habt ihr Wodka?"

Sie nickt.

„Habt ihr auch Brause?"

Sie nickt wieder und grinst mich dabei verschwörerisch an.

„Aber Hallo? Ist die Erde rund?"

Das heißt dann wohl ja.

„Also meine Erde war heute eher eine Scheibe."

Mit einem Lachen hakt sie sich bei mir ein und führt mich ohne einen Blick zurück aus dem Büro.

Ich rechne die ganze Zeit damit, dass jemand Stopp schreit oder versucht, uns aufzuhalten. Aber es passiert nicht. Die drei Rocker tun nichts, um Sarah davon abzuhalten, mich vor dem Verhör und dem Truthahnmesser zu retten.

Heilige Scheiße!

An der Bar setzt sie sich auf einen der Barhocker und klopft auf den freien neben sich.

„Setz dich. Fühl dich wie ein Gast und nicht wie eine Gefangene."

„Ähm danke, aber das ist nicht so leicht."

Sie nickt.

„Ja, das glaube ich dir. Ich kann immer noch nicht glauben, dass die Männer das getan haben."

„Mein Bruder hat echt Mist gebaut."

„Du sagst es. Dein **Bruder** und nicht du."

Sie reibt sich über den Bauch und verzieht das Gesicht.

„Alles okay?"

„Ja. Aber das Baby muss dringend raus, es wird echt eng da drinnen."

„In welchem Monat bist du?"

Anstatt mir zu antworten, bestellt sie mir bei der Frau, die hinter der Bar steht, eine Flasche Wodka und mehrere Tüten Brause.

„Hör mal, ich vertrage nicht allzu viel, eine Familienpackung wäre also echt nicht nötig gewesen."

Sarah zuckt mit den Schultern und grinst mich an.

„Du bist wegen der Familie hier, also hast du dir auch eine Familienpackung an nervenberuhigendem Zeug verdient."

Eine wirklich nachvollziehbare Logik.

Die Frau mit den langen braunen Haaren stellt den Wodka vor mir ab und nickt Sarah respektvoll zu.

Sie ist schön und vielleicht in meinem Alter und passt rein optisch nicht wirklich in einen Motorcycle Club wie den der *Wild Bones*, sondern eher in eine nette kleine Kneipe oder so was.

Scheiße!

Sie wirkt auf mich eher wie eine Kindergärtnerin oder so was in der Art.

Aber nicht wirklich wie eine Person, die an diesen Ort gehört.

Bevor ich mir den Wodka schnappe, werfe ich Sarah einen Seitenblick zu.

„Danke, dass du mich gerettet hast."

Ihre Hand landet in einer freundschaftlichen Geste auf meiner Schulter.

„Kein Thema. Ehrlich nicht. Ich weiß, wie es ist, mit einem Bruder aufzuwachsen, der die Gesetze dieses Landes als Witz ansieht."

Mag sein. „Aber deiner scheint sein Leben zumindest im Griff zu haben." Also falls man das über einen Mann, der eine Frau mit einem Monstermesser bedroht, überhaupt sagen kann.

„Kane ist durch und durch ein *Wild Bone* ..." Sie wendet sich mir zu, sodass wir uns direkt gegenübersitzen, und schnappt sich eines der Brausepäckchen. „Auch wenn das gerade anders auf dich gewirkt haben mag, aber er hätte dir nie wehgetan. Ehrlich nicht. Kane gehört nicht zu den Männern, die Frauen schlagen oder verletzen, er wollte dir nur Angst machen."

Oh, das ist ihm gelungen!

Ich war kurz davor, mir in die Hose zu machen.

„Und was ist mit dem Vollstrecker? Gehört er auch zu der Kategorie Mann, die keine Frauen schlägt."

Die Schwester des Vizepräsidenten runzelt die Stirn.

„Warum fragst du?"

„Na, weil er der *Bone* ist, der mich entführt hat."

Falls sie mich durchschaut und erkannt hat, dass viel mehr hinter meiner Frage steckt, als ich zugeben will, lässt sie es sich nicht anmerken.

„Zayn ist anders als die meisten Menschen. Er ist äußerst brutal und seine Effizienz, wenn es darum geht, Leute auszuschalten, ist rekordverdächtig. Wenn es eine passende Kategorie im Guinnessbuch geben würde, dann würde da sein Name stehen ..."

Oh du heiliges Halleluja!

Das war jetzt nicht unbedingt das, was ich hören wollte.

Sarah macht eine kurze Pause, reißt das Tütchen auf, und schüttet sich etwas von der Brause in den Mund.

Eine Sekunde später steigt mir der künstliche Waldmeistergeruch in die Nase und erinnert mich an den giftgrünen Wackelpudding, den mein Bruder und ich als Kind so gerne gegessen haben.

Oh ja! Ich habe durchaus auch gute Erinnerungen an Brandon, dummerweise sind die unter einer dicken Staubschicht begraben.

Sarah schluckt die Brause runter und nimmt unser Gespräch wieder auf.

„... Zayn gehört zu den wenigen Menschen, vor denen ich mich fürchten würde, wenn er nicht mein Freund wäre. Er ist niemand, den man sich zu seinem Feind machen will. Glaube mir. Aber hat man das Glück, ihn zu seinen Freunden zu zählen, kann man beruhigt schlafen. Er würde für jeden von uns durch die Hölle marschieren. Barfuß. Hin und zurück. Und das verfluchte tausendmal, wenn es sein muss."

Das klingt genauso interessant, wie er mit seinen kurzen rabenschwarzen Haaren und den nebelgrauen Augen aussieht. Dazu die Muskeln, die hohen Wangenknochen und die streng wirkende Kieferpartie, die von seiner geraden Nase und dem virilen Hals betont wird.

An diesem Biker ist alles gefährlich und alles verdammt heiß.

So heiß, dass ich mir garantiert die Finger an ihm verbrennen würde, wenn ich ihn denn anfassen täte. Was ich natürlich nicht tun werde, weil ich ja eine intelligente junge Frau bin, die schlau genug ist, sich auf keinen Fall auf den Mann einzulassen, der vor ihren Augen zwei Männer getötet und sie anschließend in seinen verdammten Club entführt hat.

Warum denke ich dann an ihn und warum bilde ich mir ein, seine großen, starken Hände immer noch auf meinem Körper zu spüren?

Was verdammte Scheiße ist nur mit mir los?

Bin ich von allen guten Geistern verlassen oder einfach nur kurz davor durchzudrehen?

Ich denke, es ist Ersteres, oder na ja ... Vielleicht auch Letzteres?

Himmel! Ich habe keine Ahnung.

Mit einem gemurmelten Fluch schnappe ich mir den Wodka, drehe ihn auf und gönne mir einen großen Schluck direkt aus der eisgekühlten Flasche.

Kaum dass die klare Flüssigkeit meinen Gaumen berührt, zucke ich erschrocken zusammen.

Ufff! Ich habe ganz vergessen, wie das Zeug schmeckt.

Früher habe ich oft getrunken, aber dann waren meine wilden Zeiten vorbei und mein Alkoholkonsum hat sich auf Weißwein und Bier beschränkt.

Der heutige Tag jedoch schreit nach dem harten Zeug, dem richtig harten Zeug, das genug Kraft hat, um meine blank liegenden Nerven und meine seltsamen Sehnsüchte den Vollstrecker betreffend zu beruhigen, beziehungsweise zu vernichten. Letzteres muss definitiv vernichtet werden, und zwar so schnell wie möglich.

Nach einigen großen Schlucken stelle ich die Flasche wieder ab und schnappe mir die Brause.

„Du hast mich von meinen Fesseln befreit, schaffst du es auch, mich hier rauszubringen?"

Sarah, die mich beobachtet hat, schüttelt ohne zu zögern den Kopf.

„Nein, sorry. Dein Bruder hat echt Mist gebaut. Hätte er einfach nur auf eigene Faust in unserem Revier Drogen verkauft, könnte ich vielleicht mit Kane reden, aber er hat sich mit unseren Feinden verbündet, was ihn ebenfalls zu unserem Feind macht."

Ich wusste, dass es übel ist, aber es laut zu hören, macht mir klar, wie heftig die Probleme sind, in die mich mein Bruder mit reingezogen hat.

Sarah beugt sich zu mir rüber.

„Du weißt, was die *Wild Bones* mit ihren Feinden machen?"

„Kurzen Prozess."

Sie nickt und mir wird schlecht.

„Was passiert mit mir?"

„Kane und Griffin müssen Brandon so schnell wie möglich finden und das nicht nur, weil er für die *Crazy Devils* arbeitet, sondern auch, weil die Ware, die er auf unseren Straßen verkauft, gepanscht ist."

Gepanscht?

„Was bedeutet das?"

„Dass die Drogen mit Chemikalien gestreckt wurden, die absolut tödlich sind."

Heilige Verdammnis!

Bis vor einer Sekunde dachte ich noch, dass es nicht schlimmer kommen kann ...

„Die Menschen, die bei deinem Bruder kaufen, sterben wie die Fliegen. Nicht alle. Aber die meisten."

Ich. Brauche. Mehr. Wodka.

Mein völlig überfordertes Gehirn schickt eine Warnung los.

Irgendetwas passt an dieser Geschichte nicht zusammen ...

„Aber wenn das, was du sagst, stimmt, warum ist er dann so verrückt und konsumiert das Zeug selber?"

Sarah wirkt überrascht.

„Bist du dir sicher?“

„Absolut. Das letzte Mal, als ich ihn gesehen habe, war er voll drauf!“

Sie verzieht das Gesicht und reibt sich, während sie nachdenkt, über die Stirn.

„Das bedeutet, dass er keine Ahnung hat, welches Gift ihn die *Devils* verkaufen lassen.“

Anscheinend.

„Ändert das irgendetwas an seiner Situation?“

Ich entdecke die Antwort in ihren Augen, es ist ein klares Nein.

Wieso sollte es auch? Ich meine, jeder Dealer nimmt den Tod seiner Kunden in Kauf, ganz egal, ob seine Ware mit irgendwelchen giftigen Substanzen vermischt wurde oder nicht, denn streng genommen sind alle Drogen irgendwann tödlich.

So läuft das nun mal.

Dealer handeln nicht mit Vitaminbomben.

„Sei ehrlich, Sarah. Eurem Club geht es nicht darum, dass die Menschen sterben, sondern dass er seine Scheiße auf euren Straßen verkauft, ohne dass ihr einen Anteil davon bekommt.“

Ihr Blick wird hart.

„Auch. Aber der Hauptgrund, dass wir ihn jagen, ist der, dass er für die *Crazy Devils* arbeitet und dass seine Kunden, die eigentlich unsere Kunden sind, sterben. Tote Menschen kaufen nicht, sie konsumieren nicht und sie bringen dem Club kein Geld.“

Wow!

Und das aus dem Mund einer hochschwangeren Frau.

Das will in meinen Augen einfach nicht zusammenpassen.

„Du trägst diese Kutte mit Recht.“

Sie nickt.

„Allerdings. Ich bin Masons Old Lady und Kanes Schwester und meine Loyalität gilt den *Wild Bones*. Trotzdem bin ich der Meinung, dass es falsch war, dich zu entführen. Du kannst nichts für die Verfehlungen deines Bruders.“

Oh wie nett!

„Hast du mir den Wodka gegeben, um meine Zunge zu lockern? Damit ich dir verrate, wo Brandon ist?“

Sie wirkt wie ein Kind, das man dabei erwischt hat, wie es sich ohne zu fragen aus der Süßigkeitenschublade bedient.

„Nicht nur. Aber auch. Trotzdem. Du wurdest von Zayn entführt, die Flasche hast du dir also mehr als verdient.“

„Egal ob Wodka oder Messer – ich habe keine verdammte Ahnung, wo sich mein Bruder aufhält, und wenn ich ehrlich sein soll, will ich es auch gar nicht wissen. Er und ich, stehen uns schon lange nicht mehr nah. Er lässt sich bei mir eigentlich nur blicken, wenn er Ärger am Arsch hat oder Geld braucht. Bei unserer letzten Begegnung habe ich ihn aus meiner Wohnung geschmissen und weggeschickt. Wie du siehst, habt ihr euch völlig umsonst die Arbeit gemacht, mich zu entführen."

Drei große Schlucke später bin ich mir sicher, dass sie mir glaubt. Ich sehe es in ihren Augen.

„Es war nicht ganz umsonst, immerhin gibt es jetzt zwei *Devils* weniger auf dieser Welt."

Sie sagt das so, als ob der Mord an zwei Menschen etwas Gutes wäre.

„Lässt du mich jetzt gehen?"

„Nein."

„Warum nicht?"

„Erstens, weil wir dich immer noch als Lockmittel benutzen können, und zweitens, weil es nicht in meiner Macht steht, das zu entscheiden. Zayn hat dich einkassiert, nach unseren Gesetzen gehörst du somit ihm."

Wie bitte ...?

„Was? Habe ich mich verhört oder hast du gerade echt gesagt, dass ich eurem Vollstrecker gehöre?"

Sarahs Mundwinkel biegen sich amüsiert nach oben.

"Wer's findet, darf's behalten. Richtig?"

Richtig. Nur dass ich nicht gefunden, sondern entführt wurde, und das ist ein ganz gewaltiger Unterschied!

Die Männer kommen aus dem Büro, der Vizepräsident trägt den Dolch an seinem Bein und die Augen des Vollstreckers gleiten instinktiv in meine Richtung.

Unsere Blicke begegnen sich, mir wird heiß und kalt.

Eine fatale Kombination aus Furcht und Interesse flutet meinen Kreislauf und bringt mich endgültig durcheinander.

Wie kann das sein?

Was hat dieser verdammte Rocker an sich, das mich so anzieht?

Scheiße!

Ist es die Entschlossenheit, die ihm aus jeder Pore dringt?

Ich fand Männer, die wissen, was sie wollen, und die kein Problem damit haben, es sich zu nehmen, schon immer verdammt heiß.

Ehrlich.

Ich hab da eine Art Schwäche ...

Was nicht gut ist. Schon gar nicht unter den gegebenen Umständen.

Anstatt Mitleid mit mir zu haben, hält besagter Vollstrecker meinen Blick weiter gefangen, ich kann nicht mehr atmen, geschweige denn denken.

Meine Lippen beginnen zu kribbeln und mein Herz fängt Feuer.

Nicht bereit, einfach so zu verbrennen, schnappe ich mir den Wodka und lösche das Feuer.

Es hilft.

Jeder. Verdammte. Schluck. Hilft.

3. Kapitel

Der Vollstrecker des Wild Bones Motorcycle Clubs

Fuck! Fuck! Fuck!

„Das ist aber ziemlich viel Wodka für so wenig Frau!"

Kane sagt das ganz trocken.

Ich muss ihm zustimmen.

Seit Sarah den Regenbogen aus dem Büro geholt hat (wofür ich ihr übrigens verdammt dankbar bin), sitzen die beiden Frauen an der Bar, naschen Brause und unterhalten sich.

Wobei Isabella sich mehr auf den Wodka als auf die Brause konzentriert.

Bullshit!

Ich kann es ihr nicht verübeln.

Als Kane damit begonnen hat, mit seinem scheiß Messer vor ihrem wunderschönen Gesicht herumzufuchteln, war ich kurz davor, es ihm abzunehmen und es ihm in seinen verdammten Bauch zu rammen.

Das Bedürfnis, Isabella zu beschützen, hat mich nicht nur überrascht, es hat mich in eine verfickte Schockstarre fallen lassen.

Meine Loyalität galt bis heute einzig und allein dem *Wild Bones Motorcycle Club*.

Wild Bones forever –forever Wild Bones.

So verdammt einfach!

So unkompliziert!

Aber jetzt ist da diese zuckersüße Farbexplosion, die völlig unerwartet in meiner Existenz detoniert ist und mich wahnsinnig macht.

„Willst du sie einfach weitertrinken lassen?"

Der Präsident klingt amüsiert, meine Faust will in sein Gesicht.

Entschlossen, mir meinen wachsenden Unmut nicht anmerken zu lassen, halte ich meine Mimik betont desinteressiert, und das, obwohl ich am liebsten zu Isabella gehen und ihr den Alkohol abnehmen würde.

„Sie ist deine Gefangene ..."

Ich zucke nichtssagend mit den Schultern, was Griffin dazu bringt, fragend eine Augenbraue hochzuziehen.

„Willst du mich verarschen, Bro?"

„Nein. Wieso?"

„Du stehst da und fickst sie die ganze Zeit über mit deinen Augen und jetzt tust du so, als ob dir das Schicksal dieser Frau egal wäre."

Erwischt.

„Mit den Augen kann man nicht ficken."

Griffin lacht.
„Ach nein?“
„Nein!“
„Und was machst du dann da mit deinen Augen?“
Nichts.
„Ich beobachte nur eine potenzielle Gefahr.“
Kane grunzt und nippt an seinem Bier.
„Wer's glaubt, wird selig.“
Genervt fische ich die total zerknautschte Schachtel Kippen aus der Hosentasche und zünde mir eine an.
„Was habt ihr jetzt mit dem Mädchen vor?“
Obwohl es mir gelungen ist, desinteressiert zu klingen, bringt mich der Gedanke, dass sie Isabella auch nur eines ihrer bunten Haare krümmen werden, beinahe um.
„Wir werden sie dazu benutzen, ihren Bruder aus der Reserve zu locken.“
„Und wie willst du dabei vorgehen?“
„Griffin legt den Kopf in den Nacken und lehnt sich auf der Couch, auf der er sitzt, zurück.“
Es kostet mich unfassbar viel Kraft, nicht erneut nach dem Regenbogen zu sehen.
Ich will wissen, was das Mädchen macht, ich will wissen, ob es weint oder lacht, aber vor allem will ich ihm die Angst nehmen.
Die Angst vor mir.
„Die übliche Vorgehensweise?“
Er nickt.
Das Blut in meinen Adern verwandelt sich in dickflüssige Melasse.
„So, wie ich die Frau einschätze, wird sie da nicht einfach mitspielen.“
Griffins Blick zuckt zu mir.
„Dann sorg dafür, dass sie es macht. Die Lage ist zu ernst, um kostbare Zeit zu verlieren.“
Ich verstehe, worauf er hinauswill.
Wenn das Mädchen nicht kooperiert, wird die Sache unschön. Noch unschöner als sie es eh schon ist.
Bloody Hell!
Ich wollte den Regenbogen nicht entführen.
Ich wollte es nicht und ich habe es dennoch getan.
Ich musste. Hätte ich Isabella einfach laufen lassen, wäre sie bei den *Crazy Devils* gelandet und das konnte ich nicht zulassen.
Nur über meine Leiche.

Wäre ich nicht eingeschritten, hätte ich die Bastarde nicht auf dem Parkplatz der Mall erledigt, würde das Mädchen jetzt mit weit gespreizten Beinen auf irgendeiner dreckigen Matratze liegen.

Aye, Kane mit seinem Messer zu beobachten, war unangenehm, aber es war erträglich. Zum einen, weil ich wusste, dass er nie eine Frau verletzen würde, und zum anderen, weil ich in ihrer Nähe war.

Ich hatte sie im Blick – ich habe über sie gewacht – auch wenn es für alle Anwesenden anders ausgesehen haben muss. Ich war nicht ihr Wächter, ich war ihr Beschützer.

Und Fuck!

Genau das werde ich auch weiterhin sein.

„Diese Frau ist nicht meine Angelegenheit."

Die Worte fühlen sich falsch an und der bittere Nachgeschmack, den sie auf meiner Zunge hinterlassen, lässt sich nicht einfach runterschlucken.

„Sie wurde in dem Moment zu deiner Angelegenheit, in dem du dich geweigert hast, meinen Befehl zu befolgen und sie vom Fleck weg zu entführen."

Griffin klingt zornig.

Ich kann es ihm nicht verübeln.

Befehlsverweigerung ist eine ernste Sache.

„Sagt der Mann, der seine Lady bei einem verfickten Blind Date kennengelernt hat."

Die Augen des Präsidenten werden hart wie Stein.

„Worauf willst du hinaus, Enforcer?"

Verdammt!

Ich hätte mein Maul halten sollen.

„Auf nichts!"

Er nickt.

„Und das ist auch besser so."

Trotzdem. Insgeheim weiß ich genau, worauf ich hinauswollte.

Nämlich darauf, dass nicht jeder von uns das Glück hat, der Frau, die ihm unter die Haut geht, bei einem romantischen Dinner mit Kerzenschein zu begegnen.

Das Schicksal ist eine Hure, und sie fickt uns alle nur zu gern in den Arsch!

Ich wollte keine Old Lady, ich wollte keine Frau, und ich wollte schon gar keinen pink-blau-grünen Regenbogen, den ich gedanklich wieder und wieder an meinem Schwanz lutschen lasse.

Die nächste halbe Stunde halte ich mich bedeckt und erlaube mir nur wenige Blicke in Isabellas Richtung.

Doch dann, als sie sich kaum noch auf den bescheuerten Barhocker halten kann und mit einem der Prospects zu flirten beginnt, ist meine Geduld am Ende.

Gerade als ich auf Griffins Meinung scheißen und mir das Mädchen schnappen will, steht der Präsident auf und wirft seinem Stellvertreter einen amüsierten Blick zu.

„Was sagst du, Kane?"

„Wozu?"

„Zayn hat das Mädchen angeschleppt, also ist er verantwortlich."

Kane bleckt die Zähne und nickt.

„Jep, das sehe ich auch so."

Der VP steht ebenfalls auf, die beiden verschwinden und lassen mich mit der Scheiße, die mir jede Sekunde um die Ohren zu fliegen droht, allein zurück.

Sarah, die ebenfalls kapiert, dass Isabella genug von dem Wodka hatte, wirft mir einen hilfesuchenden Blick zu.

Mit einem Fluch gehe ich auf die beiden Frauen zu und nehme dem Regenbogen die zu einem Drittel geleerte Flasche ab.

„Es reicht!"

Der Regenbogen ist nicht begeistert.

„Waaas, erst entführhhhrst du mich und dann willllst du mir auch noch verbieten, zu triiinken?"

Sie hickst und bekommt Schluckauf, und Fuck!

Betrunken ist sie noch viel süßer als nüchtern.

Sarah steht auf, murmelt ein „Danke" und verschwindet den Gang entlang.

Wie es scheint, ist sie genau wie Griffin und Kane der Überzeugung, dass unsere Gefangene in mein Aufgabengebiet fällt.

Klasse!

Echt klasse!

Isabella vom Hocker ziehend, presse ich sie an meine Seite, was sie dazu bringt, sich gegen mich zu wehren. Dabei wird ihr Arsch gegen meinen Schritt gedrückt und ihre Brust streift meinen Arm.

Mein. Schwanz. Wird. Hart.

Zu hart, um noch klar denken zu können.

Entschlossen umfasse ich ihre Schultern und schaffe eine Armlänge Abstand zwischen uns.

Der weiche, fruchtige Duft von Frau und reifem Pfirsich steigt mir in die Nase und benebelt meine Sinne.

Alles, woran ich noch denken kann, ist sie zu nehmen, gegen die Wand zu pressen und zu ficken.

Doch das geht nicht.
Isabella ist nicht freiwillig hier.
Sie ist meine Beute und ich bin ihr Entführer – wir sind Feinde – das sollte ich besser nicht vergessen.
„Wasss jetzt, Bikeeer?“
Sie lallt und hickst und sieht mich aus glasigen Augen an.
„Willllst du mich nooch malll entfüühren? Geht dasss üüüberhaupt?“
Sie legt den Kopf schief und sieht dabei so verflucht süß aus, dass ich sie am liebsten ablecken würde.
„Eeeine Doooopelllentführung?“
Mit einer Kombination aus Hicksen und Lachen lässt sie sich plötzlich gegen mich fallen, was mich kurz aus dem Konzept bringt.
„Ich finde euch Biker echt so was von komisch ...“
Isabellas Knie knicken ein, ich fange sie instinktiv auf und drücke sie noch etwas fester an mich.
Ihre pinken Haare kitzeln mich in der Nase, während das feste Fleisch ihrer Titten gegen meinen Oberkörper gedrückt wird.
Wenn das so weitergeht, komme ich jetzt und hier in meiner Hose.
Das. Ist. Nicht. Gut.
Vor allem nicht, weil ich mir der vielen neugierigen Blicke nur allzu bewusst bin.
Tate, unser Kassenwart mag sich zwar im hinteren Bereich des großen Hauptraums, der den Mittelpunkt des Clubs darstellt, aufhalten, aber ich wette darauf, dass ihm nichts entgeht.
Jacob, unser Road Captain, sitzt mit einem breiten Grinsen am anderen Ende der Bar und macht sich nicht die Mühe, seine Erheiterung zu verbergen.
Schadenfrohes Arschloch!
Ich hätte gute Lust, ihm Isabella einfach auf den Schoß zu setzen und ihm die Verantwortung für sie zu übertragen.
Das wäre das Einfachste. Allerdings bringt mich allein die Vorstellung, dass er sie anfasst und ihren Pfirsichduft einatmet, beinahe dazu, ihm eine Kugel zu verpassen. Und da ein toter Captain keine gute Idee ist, werfe ich mir den betrunkenen Regenbogen kurzerhand über die Schulter und trage ihn die Treppen nach oben, an den vielen Gästezimmern vorbei bis zu dem Apartment, in dem ich wohne.
Isabella wehrt sich, hickst, kichert und heult – alles auf einmal – während sie ihre Hand wieder und wieder auf meinen Hintern knallen lässt.
„Waaaass hast duuuu jeetzt mit mir voor?“
Nichts! Absolut nichts!

Fuck ja! Ich will sie ficken!

Aber sie ist betrunken, und darum werde ich sie nicht anrühren.

Ich mag ein Killer und ein Entführer sein, aber ich bin kein Arschloch, das betrunkene junge Frauen ausnutzt.

In meiner Wohnung, die nur aus Wohn- und Schlafzimmer besteht, angekommen, trage ich sie direkt ins Badezimmer, stelle sie vor der Toilette ab und streiche ihr die farbenfrohen Haare aus dem Gesicht.

„Wenn du kotzen musst, mach."

Sie runzelt die Stirn.

„Waaarumm sollte ich mich übbbergeben müssen?" In ihren Augen blitzt es belustigt auf. „Vielleicht weeeil ich dich zum Koootzen finde?"

Dann beginnt sie laut zu gackern und mir wird klar, dass mir eine verdammt lange Nacht bevorsteht.

Holy Shit!

Wie konnte es nur passieren, dass ich innerhalb kürzester Zeit vom Entführer zum Babysitter wurde?

In der einen Sekunde lacht sie sich noch über ihren beschissenen Witz tot, in der nächsten beginnt sie wie verrückt zu heulen.

Von dem Stimmungswechsel überrascht, sehe ich sie irritiert an.

„Was ist los?"

„Ihr weeerdet mich uuumbringen. Odeer?"

Nein. Niemals.

So nervig Sarah manchmal auch sein mag, mit einer Sache hat sie recht.

Isabella kann nichts für die Fehler ihres Bruders.

Sie zu entführen, war falsch, ich hätte auf mein Bauchgefühl hören und sie einfach in Ruhe lassen sollen.

Wahrscheinlich hätte ich das sogar getan, wenn sich nicht die *Devils* ins Spiel eingemischt hätten.

„Dir wird nichts passieren! Das verspreche ich dir!"

„Eine Eentfüüüührung ist also nix?"

Allein welche Mühe sie hat, Entführung richtig auszusprechen, zeigt mir, dass sie viel zu viel Wodka intus hat.

„In meiner Welt ist das tatsächlich nichts Dramatisches. Und hey, du hast Wodka und Brause gekriegt. Das ist doch etwas, oder?"

Ich verheimliche ihr wohlweißlich, dass eine Entführung bei den *Wild Bones* normalerweise anders abläuft. Wäre sie ein Mann – wäre sie ihr Bruder – würde sie jetzt mit zertrümmerten Kniescheiben und abgetrennten Fingern in einem fensterlosen Loch sitzen und sich vor Schmerzen einpissen.

Aber sie ist nicht Brandon, sondern eine verdammte Farbexplosion, und darum wird sie heute Nacht in meinem Bett schlafen, während ich es mir auf der Couch gemütlich machen werde.

Eine besonders dicke Träne rinnt ihr aus dem Augenwinkel über die Wange und bleibt an ihrer Oberlippe hängen.

Der Drang, mich vorzubeugen und sie abzulecken, ist so stark, dass ich einen Schritt zurücktreten muss, um der Versuchung widerstehen zu können.

„Tausche meine Freiheeit gegen Woodkabrauuuuseeee."

Sie lacht und schnieft und weint und legt dabei eine Hand auf meine Brust, dummerweise auf genau die Stelle, an der sich mein Herz befindet.

Auf einen Schlag ist jede Spur eines Lächelns aus ihrem Gesicht verschwunden. Ihre Augen wirken so groß und klar wie moosgrüne Planeten und sie füllen mein komplettes Universum.

„Ich spüreee deinen Herzschlaaag."

„Warum verwundert dich das?"

Isabella zuckt mit den Schultern und leckt sich kurz über die Unterlippe.

„Weeeil ich dachteee, dass du gaar kein Heeerz hast."

Kaum dass die Bedeutung ihrer Worte in mein Hirn gesickert ist, bricht sie ohnmächtig zusammen.

Holy Shit!

Echt jetzt?

Ja, sie hat Wodka getrunken, doch nicht so viel, dass sie deswegen gleich umkippt.

Mit dem bewusstlosen Mädchen in den Armen stehe ich in meinem Badezimmer und werfe meinem Spiegelbild einen genervten Blick zu.

Und wenn es könnte, würde es mich schadenfroh anlächeln.

So vorsichtig wie möglich lege ich Isabella in mein Bett, platziere ein Kissen unter ihrem Kopf und hole mir dann einen Stuhl aus dem Wohnzimmer. In diesem Zustand kann ich sie auf keinen Fall aus den Augen lassen.

In der Sekunde, in der ich sie gepackt und gefesselt habe, habe ich die Verantwortung für diese Frau übernommen, und ich werde nicht zulassen, dass ihr in meiner Obhut etwas passiert.

Fuck!

Das könnte ich mir nie verzeihen.

Die Beine ausstreckend, zünde ich mir eine Kippe an, inhaliere den warmen Rauch und lasse den Kopf in den Nacken fallen.

Meine Schultern schmerzen, meine Sinne sind voll und ganz auf den betrunkenen Regenbogen in meinem Bett gerichtet und mein Schwanz presst sich hart und unnachgiebig gegen den Stoff meiner Jeans.

Für einen Moment zögere ich, dann klemme ich mir die Zigarette in den Mundwinkel, öffne meinen Gürtel, ziehe die Hose nach unten und hole meine Erektion hervor.

Dick und hart drückt sich mein Glied nach oben. Ich bin so hart, dass sich meine Adern deutlich abheben und der erste Tropfen aus dem Schlitz an der Spitze perlt.

Isabella dreht sich seufzend zur Seite, wobei ihr Rock leicht nach oben rutscht.

Sie ist immer noch angezogen, die verdammte Strumpfhose verhindert, dass ich auch nur einen Fetzen nackte Haut sehen kann, aber dafür schmiegt sie sich wie eine zweite Haut an ihren runden Arsch und heizt meiner Fantasie so richtig ein.

Die Augen auf das Mädchen gerichtet, umfasse ich meinen zuckenden Penis mit der rechten Faust, drücke fest zu und beiße zischend die Zähne zusammen.

In meinem Schädel läuft ein schmutziger Kurzfilm.

Isabella steht auf, sinkt vor mir auf den Boden und platziert ihre Hände auf meinen Oberschenkeln, während sie langsam den Kopf senkt und die Wulst meines Schwanzes mit den Lippen berührt.

Sie haucht einen Kuss auf das empfindliche Fleisch, dann öffnet sie den Mund und lässt mich mit einem Ruck tief in ihren Hals gleiten. Immer tiefer und tiefer und tiefer, so weit, bis ihre Nasenspitze meinen Bauch berührt und ihr die Tränen in die Augen steigen. Um sie an Ort und Stelle zu halten, vergrabe ich meine Faust in ihren bunten Locken, wickle mir das Pink und das Blau um die Finger und halte sie so in Position, während ich mit der Hüfte hochstoße und beginne, ihren Mund, ihre Zunge und ihre Kehle zu ficken. Sie wehrt sich leicht, stöhnt und würgt, und ich? Fuck! Ich mache immer und immer weiter, so lange, bis ich meinen Samen in ihren Schlund spritze und ihr keine andere Wahl lasse, als meine Lust zu schlucken.

Allein die Vorstellung reicht aus, um mich beinahe zum Höhepunkt zu bringen.

Doch anstatt mich einfach gehen zu lassen, beiße ich die Zähne so fest zusammen, dass es sich so anfühlt, als würden sie brechen, und bearbeite meinen Penis immer schneller und schneller mit meiner Faust. Ich gehe grob vor. Ein leichter Schmerz zuckt in meine Eier – das ist so verdammt gut.

Die Tatsache, dass mir Isabellas Pfirsichduft in die Nase steigt, und dass sie in meinem verdammten Bett liegt, wirkt wie ein Brandbeschleuniger.

Meine Oberschenkel spannen sich an, meine Körpertemperatur steigt.

Die Augen noch immer auf ihrem Arsch festgepinnt, zerreiße ich gedanklich die verfluchte Strumpfhose, schiebe den Rock hoch und befreie ihre Pussy.

Sie ist rosa – was sonst? – und nass und geschwollen und kann es kaum erwarten, von mir ausgefüllt zu werden. Und genau das tue ich, ich ficke das Mädchen gedanklich, bis es zum Orgasmus kommt.

Und erst als ihr Schrei durch mein Hirn dröhnt, gebe ich mit einem Zischen nach und lasse zu, dass mein Sperma aus mir herausgeschossen kommt und über meine Faust rinnt.

Das. War. Gut.

Fassungslos betrachte ich meinen Schwanz und kann nicht glauben, dass es sich so gut angefühlt hat, den kleinen Regenbogen gedanklich zu ficken.

Es war besser als jeder echte Fick, den ich jemals hatte, und das macht mich fertig.

Denn es zeigt mir, dass ich bis zum Hals in der Scheiße stecke.

Ich sollte es nicht, doch ich will diese Frau. Ich will alle ihre Farben, ihre Lippen, ihren Körper und das Grün ihrer Augen.

Ich. Will. Verdammt. Noch. Mal. Alles. Von. Ihr.

Und ich will es für mich.

Über mich selbst verwundert, stehe ich auf, um ins Bad zu gehen, und stelle dabei fest, dass meine Kippe auf den Boden gefallen ist und ein Loch in den verdammten Plastikboden gebrannt hat.

Shit!

In der Nähe dieses Mädchens könnte ich den ganzen Club abfackeln und ich würde es nicht mal bemerken.

Es gibt nicht viele Dinge auf dieser Welt, die mir gefährlich werden könnten, aber dieses Mädchen gehört definitiv dazu!

Das sollte ich besser nicht vergessen ...

4. Kapitel

Das Mädchen, das keine verdammte Ahnung hat, was es von dem Vollstrecker der Wild Bones halten soll ...

„Ruf deinen Bruder an, sag ihm, dass er hierher kommen soll, und du kannst gehen."

Der Präsident verzieht das Gesicht und verbessert sich.

„Du kannst gehen, sobald Brandon hier auftaucht und seinen Arsch gegen den deinen eintauscht."

Und ganz genau das wird nie passieren.

Es mag Brüder geben, die sich um ihre Schwestern kümmern, meiner gehört da nicht dazu.

Meiner würde mich, bildlich gesehen, über die Klippe springen lassen, wenn es sein Leben retten würde.

„Brandon interessiert sich nur für einen Menschen auf der Welt und das ist er selbst. Ihr könntet mir einen Finger nach dem anderen abhacken, es wäre ihm egal. Das Einzige, was er machen würde, wäre die Ringe abzuziehen und sie zur nächsten Pfandleihe zu bringen."

Das mag heftig klingen, aber es ist nichts als die Wahrheit.

„Du verarschst mich, oder?"

Ich sehe Griffin, also den Präsidenten, nicht an, sondern betrachte den Goldring, den ich von meiner Oma geerbt habe.

„Nein. Das ist mein voller Ernst!"

Selbst mir fällt auf, wie belegt meine Stimme klingt, aber was soll ich tun?

Ich bin traurig, mir dröhnt der Schädel und die Tatsache, dass ich die letzte Nacht im Bett des Vollstreckers der gefährlichen *Wild Bones* verbracht habe, macht es auch nicht besser.

Gut. Okay.

Er war zum Glück nicht mit mir in diesem Bett, aber Scheiße!

Als ob das noch einen Unterschied machen würde?

Als ich heute Morgen die Augen aufschlug, war er das Erste, was ich gesehen habe. Er saß groß und stark und frisch geduscht in einem Stuhl direkt vor dem Bett, eine Kaffeetasse in der Hand und die Beine lässig ausgestreckt.

Und er sah so verflucht sexy aus, dass ich an nichts anderes als an Sex denken konnte. Zumindest bis sich das dumpfe Dröhnen hinter meinen Schläfen bemerkbar machte und ich einfach nur noch sterben wollte.

Nie, nie wieder Wodka!

Das schwöre ich euch bei meinem Leben. Falls das denn überhaupt noch was wert ist?!

Jetzt steht der Vollstrecker mit einer Zigarette im Mundwinkel direkt neben mir, fast so, als ob er Wache halten würde.

Was ich irgendwie witzig finde, denn wo sollte ich jetzt noch hin?

Nach Hause?

Lieber nicht, da warten bestimmt die *Crazy Devils* schon darauf, mich einzukassieren. Zu Mum und Dad?

Nein, das geht nicht! Ich will die beiden auf keinen Fall in diese ganze Angelegenheit mit reinziehen. Ich will ja nicht mal, dass sie erfahren, dass ihr Sohn mal wieder Mist gebaut hat. Verdammt großen Mist, um genau zu sein.

Seit Dad vor einem Jahr einen Herzinfarkt hatte, versuchen Mum und ich ihn von allen schlechten Nachrichten abzuschirmen.

Was nicht besonders leicht ist.

Wenn er jetzt noch erfährt, dass Brandon sich mit den *Crazy Devils* eingelassen hat und so zwischen die Fronten zweier Motorcycle Clubs gekommen ist, würde ihn das sofort wieder ins Krankenhaus befördern.

Verdammt!

Ich habe solche Kopfschmerzen, dass ich kaum einen klaren Gedanken fassen kann.

Der einzige Gedanke, zu dem ich fähig bin, ist der, dass ich im Bett des Vollstreckers geschlafen habe und irgendwie traurig darüber bin, dass er nicht mit *mir geschlafen* hat.

Also nicht mit mir, so wie Sex haben, sondern einfach nur mit mir unter derselben Decke.

Schön blöd, ich weiß!

Was sagt es wohl über einen Mann aus, der eine betrunkene Frau in seinem Schlafzimmer hat und nicht mal versucht, mit ihr zu schlafen?

Dass er dich hässlich findet! Dummchen!

Mein Unterbewusstsein hat recht.

Würde er mich attraktiv finden, hätte er versucht, mich zu ficken. Doch stattdessen hat er lieber auf einem Stuhl geschlafen.

Auf einem beschissenen Stuhl!

Ich weiß ja, dass ich kein Topmodel bin, aber das kränkt mich schon ein wenig.

Ehrlich. Er hätte es ja zumindest versuchen können.

Oder?

Himmel! Was ist nur los mit mir?

Ich sollte froh sein, dass er mich nicht vergewaltigt oder meine Trunkenheit ausgenutzt hat. Ich sollte es wirklich.

Wahrscheinlich sollte ich mich dafür sogar bei ihm bedanken?!

Nein, das würde nun wirklich zu weit gehen.

Man bedankt sich nicht bei seinem Entführer!

Unter keinen Umständen.

Der Präsident sieht mich wegen dem, was ich über Brandon gesagt habe, noch immer fassungslos an.

„Tut mir echt leid Mädel, dass du so einen beschissenen Bruder hast."

Es tut ihm leid? Das ich nicht lache!

„Aber dass du mich entführt hast, tut dir nicht leid?"

Seine Mimik entgleist ihm kurz, dann fängt er sich wieder, zieht wie aus dem Nichts meine Handtasche hervor und knallt sie vor mir auf den Tisch.

Wow. Wo kommt die denn her?

Die habe ich, seitdem Zayn mich in den blöden Van gesteckt hat, nicht mehr gesehen.

„Ruf deinen Bruder an. Vielleicht steckt doch etwas mehr Menschlichkeit in dem Arschloch, als du denkst."

Die Chancen stehen auf null.

„Eher lernen Einhörner fliegen."

Der VP lässt seine bis eben vor der Brust verschränkten Arme fallen und kommt einen Schritt auf mich zu. Seitdem ich weiß, dass er eine Schwester hat, kommt er mir irgendwie menschlicher vor.

„Es gibt keine Einhörner, Mädchen."

Ich nicke.

„Eben. Sie werden nie fliegen."

Es tritt eine seltsame Stille ein. Obwohl ich mich nicht bewege, fühlt sich mein Hirn an, als würde es Achterbahn fahren.

„Wisst ihr was? Warum bringt ihr mich nicht einfach um? Dann habe ich das alles hinter mir."

Kanes Lippen bilden einen dünnen Strich, der Präsident brüllt ein „Fuck!" an die Decke seines Büros, das mich erschrocken zusammenzucken lässt. Der Einzige, der überhaupt nicht auf meine Äußerung reagiert, ist der Vollstrecker.

Er sieht mich einfach nur aus seinen geheimnisvollen Augen an, fast so, als ob er mich doch schön finden würde, was ich mir sicherlich nur einbilde, immerhin hatten wir keinen Sex.

Und kein Sex bedeutet, dass er mich nicht will.

So einfach.

Das Gute an der Sache ist jedoch, dass ich gerade dabei bin, mir ebenfalls einzureden, dass ich ihn auch nicht will.

Also passt das schon. Irgendwie zumindest.

„Was redest du da, Mädchen?“
Der Präsident klingt wütend.
„Na ja, darauf läuft es doch sowieso hinaus. Oder? Ihr wollt Brandon, aber Brandon wird nicht kommen. Also bringt ihr mich um.“
Es fühlt sich merkwürdig an, über meinen eigenen Tod zu reden.
Zayn reißt sich ruckartig aus seiner Starre, lässt seine Fäuste direkt vor mir auf den Tisch knallen und starrt mich dabei so wütend an, dass es sich so anfühlt, als hätte jemand einen Eimer voller Eiswasser über mir ausgeleert.
Ich zucke zusammen und verfluche mich dafür.
„Verdammt! Ruf deinen beschissenen Bruder an! Bring ihn dazu, hierher zu kommen, und alles wird gut. Kapiert?“
Sein zornerfülltes Brüllen hallt in meinem Brustkorb wider.
„Tu nicht so, als ob dir mein Wohlergehen am Herzen liegen würde. Ich bin dir egal. Wenn es nicht so wäre, hättest du mich letzte Nacht schließlich gef...“
Ich schaffe es gerade noch rechtzeitig, mir auf die Zunge zu beißen und mich so davon abzuhalten, den Satz fertig zu sprechen.
Das Blöde ist nur, dass sich jeder der Anwesenden denken kann, was ich sagen wollte.
Gott! Wie peinlich ...
Zayn reißt die Augen auf, selbst der Vizepräsident wirkt überrascht.
„Du wolltest, dass ich dich ficke?“
„Nein, natürlich nicht.“
Keiner der Rocker glaubt mir auch nur ein Wort.
„Baby, du bist in meinen Armen bewusstlos zusammengebrochen. Und ich stehe nicht auf Nekrophilie.“
Nekro… was?
Der Vollstrecker kann an meinem Gesicht ablesen, dass ich kein Wort verstehe.
„Ich stehe nicht darauf, Leichen zu ficken.“
Das bringt den Präsidenten zum Lachen. Ich hingegen will mich einfach nur in Luft auflösen.
„Vergiss einfach, dass ich was gesagt habe.“
An Zayns Mimik kann ich jedoch ablesen, dass er nichts vergessen wird.
„Ruf deinen Bruder an. Sofort!“
Und bevor ich mich noch mehr in die Scheiße reite, indem ich Dinge sage, die ich besser für mich behalten sollte, ziehe ich meine Tasche zu mir, hole mein Handy raus und wähle Brandons Nummer.

Währenddessen lässt Zayn mich nicht aus den Augen, es wirkt fast so, als ob er absolut nicht verstehen könnte, was in mir vorgeht.

Na dann willkommen im Club ...

Ich verstehe es ja selbst nicht!

5. Kapitel

Der Vollstrecker des Wild Bones Motorcycle Clubs

Das Telefonat von Isabella und ihrem Bruder lief beschissen. Das Mädchen hatte recht, Brandon wird einen Dreck tun, um es zu retten.

Bullshit!

Welcher Bruder lässt zu, dass seine Schwester für seine Sünden büßt?

Wenn ich eine Schwester hätte, würde ich alles für sie tun. Ich würde sie beschützen und für sie sorgen und nie, niemals zulassen, dass sie wegen mir in Gefahr gerät.

Fuck!

Ich habe diesen Brandon schon gehasst, bevor ich wusste, wie er mit Isabella umgeht, aber jetzt? Jetzt beschreibt Hass nicht annähernd das, was ich fühle, wenn ich an diesen Wichser denke.

Isabella hat ihrem Bruder erklärt, was Sache ist, dass sie wegen ihm vom *Wild Bones Motorcycle Club* entführt wurde und dass wir sie nur laufen lassen, wenn er sofort herkommt. Und was hat ihr Bruder getan?

Er hat gelacht, was mich dazu brachte, ihr das Telefon aus der Hand zu reißen und das Gespräch zu übernehmen.

Ich habe dem Arschloch unmissverständlich mitgeteilt, dass er heute um fünf Uhr abends am Tor stehen soll, wenn er will, dass seine Schwester am Leben bleibt.

Jetzt ist es sechs Uhr und von Brandon fehlt noch immer jede Spur.

„Ich habe dir gleich gesagt, dass er nicht kommen wird."

Aye, das hat sie, aber das macht die ganze Scheiße auch nicht besser.

„Er wird kommen."

Isabella schüttelt traurig den Kopf.

„Nein, wird er nicht. Brandon interessiert sich nur für einen Menschen, und der ist er selbst. Ganz egal, was ihr jetzt mit mir vorhabt, es wird euch nicht dabei helfen, an meinen Bruder ranzukommen."

Sie schenkt mir einen traurigen Blick und nippt an dem frisch ausgepressten Orangensaft. Weil es nämlich ganz normal ist, dass ich für unsere Gefangenen einen Prospect losschicke und ihn diese Orangen dann auspressen lasse. Genau wie es normal ist, dass unsere Entführungsopfer in meinem Bett schlafen und sich frei auf unserem Gelände bewegen dürfen.

Ironie off!

An Isabella ist nichts normal. Sie ist ein kleiner, sexy Regenbogen, der meine schwarze Existenz mit bunten Farben füllt.

„Dir wird nichts passieren!"

Keine Ahnung warum ich ihr das ausgerechnet in diesem Moment zusichere. Aber ich will, dass sie weiß, dass sie sich nicht vor mir zu fürchten braucht.

„Ach ja? Bist du dir da sicher?“

Ich nicke.

„Bin ich. Mach dir keine Sorgen.“

Ein freudloses Lachen perlt über ihre pinken Lippen.

„Immer wenn mir ein Mann gesagt hat, dass ich mir keine Sorgen zu machen brauche, ist danach etwas verdammt Schlimmes passiert.“

Ich werde sie alle töten ...

„Dann hattest du bis jetzt eben die falschen Männer.“

Und das meine ich ernst.

Sie waren alle falsch, weil ich der einzig Richtige für diese Frau bin.

„Daran besteht kein Zweifel.“

Zumindest sind wir uns in diesem Punkt einig, wobei ich bezweifle, dass sie damit bestätigen wollte, dass ich der Richtige für sie bin.

Denn der kann ich nicht sein.

Nicht in diesem Leben.

Fuck! Fuuucccckkk!

Was ist nur los mit mir?

Ich will und brauche keine Old Lady. Weder heute noch irgendwann in der Zukunft.

Mir geht es gut. Ich habe alles, was ich brauche, und eine eigene Frau gehört nicht dazu.

Muschis haben die unschöne Angewohnheit, alles zu verkomplizieren.

Aber sie machen das Leben auch schöner!

Was wäre ein Leben ohne Muschis?

Die Stimme in meinem Schädel ignorierend, zünde ich mir eine Kippe an, kaum dass ich den ersten Zug tief in meine Lunge gesogen habe, streckt Isabella die Hand aus und klaut sie mir aus dem Mund.

Ganz schön frech!

„Du rauchst?“

Sie schüttelt den Kopf.

„Nur nach dem Sex oder wenn ich zu viel gegessen habe.“

Bloody Hell!

Zu hören, dass sie mit anderen Männern gefickt hat, bringt mich mental an einen düsteren Ort, der der Hölle verdammt nah kommt.

„Hattest du heute Sex?“

Wenn sie jetzt ja sagt, flippe ich aus.

„Ihre Augen huschen in meine Richtung, ich fange ihren Blick ein, eine leichte Röte überzieht ihre Wangen.

„Okay. Vielleicht rauche ich auch, wenn ich entführt wurde."

„Weil das auch so oft vorkommt."

Ihre Mundwinkel ziehen sich amüsiert nach oben.

Ganz Gentleman überlasse ich ihr meine Zigarette und zünde mir eine neue an, ihren Blick hat sie wieder auf das Tor geheftet. Fast so, als ob sie insgeheim hoffen würde, dass ihr Bruder doch kein so ein riesiges Arschloch ist.

Ihre Hoffnungen werden zerstört.

„Wie geht es jetzt weiter?"

Isabellas Stimme zittert.

Der Drang, meine Hände nach ihr auszustrecken, sie auf meinen Schoß zu ziehen und zu trösten, wird beinahe übermächtig.

„Da bin ich mir noch nicht so sicher."

Es wäre nicht allzu schwer, Griffin dazu zu bringen, den Regenbogen freizulassen. Fuck! Wir alle wissen, dass wir der Frau nichts tun werden, nur weil es uns nicht gelungen ist, mit ihrer Hilfe ihren Bruder anzulocken.

Wir mögen gnadenlose Outlaws sein, aber wir verstümmeln und töten keine unschuldigen Frauen.

Niemals!

Ganz davon abgesehen würde uns Sarah alle umbringen, wenn wir Isabella etwas antun. Masons Old Lady hat unsere Gefangene sofort ins Herz geschlossen.

Was garantiert an den Schwangerschaftshormonen liegt.

Sarah ist voll im Nestbaumodus.

Aber zurück zum Thema – ich will Isabella noch gar nicht freilassen.

Zum einen sind die *Crazy Devils* garantiert noch hinter ihr her, und zum anderen bin ich nicht bereit, den kleinen Regenbogen schon wieder zu verlieren.

„Bitte Zayn, sei ehrlich zu mir. Wie geht es jetzt weiter?"

Wenn ich das nur wüsste.

Ich weiß, was ich will, aber ich weiß nicht, was passieren wird.

Und Fuck!

Anstatt mich darauf zu konzentrieren, Antworten zu finden, umfasse ich mit der rechten Hand ihr wunderschönes Gesicht, reibe mit dem Daumen über ihre weichen Lippen und knurre zufrieden, als ich feststelle, dass sie genauso weich und samten sind, wie ich es mir vorgestellt habe.

Ihre Zunge schnellt vor, touchiert meinen Daumen und entlockt mir ein Stöhnen.

Der Drang, ihr meinen Finger in den Mund zu schieben und ihr zu befehlen, an ihm zu lutschen, wird mit jedem Atemzug stärker, und genau deswegen ziehe ich die Hand zurück, stehe auf und lasse meine Gefangene alleine sitzen.

Abstand.

Ich brauche Abstand oder ich drehe durch!

Zurück im Clubhaus kommt mir Jacob entgegen.

„Du solltest sie wirklich ficken."

Was?

„Wen?"

Er bleibt stehen und grinst blöd.

„Na wen wohl? Dein kleines neues Spielzeug?"

Shit!

Ich kapiere nicht, worauf er hinauswill.

„Was willst du von mir Alter?"

„Nichts ... Gar nichts ..."

Das will ich ihm auch geraten haben.

Falls er gerade auf Isabell angespielt hat, sollte er das besser nicht noch mal tun.

Zumindest nicht, wenn er keine in die Fresse kriegen will.

Die nächsten vier Tage vergehen ereignislos.

Von Brandon fehlt jede Spur und Isabella schläft weiterhin in meinem Bett.

Inzwischen bin ich von dem Stuhl auf das Sofa im Wohnzimmer umgezogen. Und das nicht, weil der Stuhl höllisch unbequem ist, sondern weil meine Selbstbeherrschung mittlerweile fast aufgebraucht ist.

Fuck!

Ich fühle mich wie ein Verhungernder, vor dessen Nase eine verfickte Sahnetorte steht.

Eine perfekte Sahnetorte mit Kirschen und Schokolade und allem Drum und Dran ...

Es fehlt nicht mehr viel und ich packe mir die Torte und beiße einfach rein.

Letzte Nacht war ich kurz davor, der Versuchung nachzugeben.

Das friedlich in meinem Bett schlafende Mädchen hat nicht gemerkt, dass ich ihm die Decke weggezogen und die Rundungen seines Körpers bestaunt habe.

Ich habe es eingeatmet, bin mit der Nase an ihrer Schulter und ihrem Schlüsselbein entlanggestrichen und mit den Fingern durch ihre seidigen Haare gefahren.

Es wäre so leicht gewesen, mich auf sie zu legen, mit meinem Knie ihre Schenkel zu teilen und mich mit einem tiefen Stoß bis zum Anschlag in ihr zu versenken.

Zwischen dieser Frau und mir hat von Anfang an eine gewisse Anziehung geherrscht.

Gut, zugegeben, dass ich sie entführt und direkt vor ihren Augen die zwei *Devils*-Wichser umgebracht habe, war nicht gerade hilfreich. Aber das Leben ist kein Märchen.

Und Isabella wirkt auf mich, als ob sie das längst wüsste.

Meine Laune hat einen echten Tiefpunkt erreicht, während sich Isabella so langsam mit ihrem Schicksal abgefunden hat.

Sie und die Ladys meiner Brüder sind auf dem besten Weg, Freundinnen zu werden.

Keine Ahnung, was ich davon halten soll?!

Für den Fall, dass ich sie behalten wollte, wäre das ein Zeichen, dass sie sich mit der Zeit gut in unserer Gemeinschaft einleben würde.

Aber da ich das nicht will ...

Um es mir leichter zu machen, bin ich den ganzen Tag unterwegs, treibe Schutzgeld ein, verprügle Dealer und tue, was immer nötig ist, um den sexy Regenbogen aus dem Kopf zu bekommen.

Genervt warte ich, bis der wachhabende Prospect das Tor für mich öffnet. Kaum dass ich auf dem Gelände bin, stechen mir auch schon bunte Haare ins Auge.

Verdammt!

Diese Frau zieht mich an wie ein Magnet.

Vereinzelte Flocken fallen vom Himmel.

Wie ich den Winter hasse!

Diese Jahreszeit ist die Hölle für alle Biker.

Doch solange die Straßen einigermaßen befahrbar sind, bleibe ich meiner Maschine treu.

Der Geruch von Schnee liegt in der Luft, nicht mehr lange und mir wird nichts anderes übrig bleiben, als auf meinen Pick-up-Truck umzusteigen.

Kaum dass ich den Ständer ausgeklappt und mir den Helm vom Kopf gezogen habe, tönt Isabellas Lachen über den Hof.

Noch bevor ich es verhindern kann, drehe ich mich auch schon zu dem Mädchen um. Es unterhält sich mit Charlotte, Emma und Samantha und wirkt dabei fast schon glücklich.

„Fick die Farbexplosion, solange du noch kannst. Wir haben heute ein ziemlich gutes Angebot für die Kleine erhalten."

Jacob, der sich neben mir an die Mauer lehnt, hält einen Joint zwischen den Fingern. Der süße Geruch des Haschs steigt mir in die Nase.

„Von was für einem Angebot sprichst du?"

„Die *Crazy Devils* bieten uns 100 000 Dollar im Austausch für Brandons Schwester."

Dass ich nicht lache.

„Die Arschlöcher sind ja noch dümmer, als ich dachte."

Der Road Captain zuckt mit den Schultern.

„Griffin denkt darüber nach, den Deal abzuschließen."

Niemals!

„Das glaube ich nicht. Die *Devils* sind unsere Feinde und nicht unsere Geschäftspartner."

Er nickt.

„Jep, aber wir haben dieselben Interessen!"

Wohl kaum.

„Und welche sollen das sein?"

„Den Bruder der Kleinen. Anscheinend hat der Idiot die Ware, die er vertickt hat, nie bezahlt."

Das überrascht mich nicht.

„Das ist nicht unser Problem!"

„Richtig, aber das ist das Mädchen auch nicht. Isabella konnte uns nicht dabei helfen, an ihren Bruder ranzukommen. Also warum sollten wir nicht abkassieren? Wenn wir sie an die *Devils* verkaufen, ist das ein lukratives Geschäft."

Falsch!

„Das ist Bullshit! Den *Devils* wird es nicht gelingen, Brandon mit seiner Schwester zu ködern. Das hat bei uns ja auch nicht funktioniert. Dem Wichser ist Isabella egal!"

Jacobs Grinsen wird breiter.

„Ganz genau. Wir wissen das, die *Devils* nicht. Klar sie könnten es sich denken, aber na ja, die Typen sind blöd wie ein Stück Scheiße. Sie zahlen und sie bekommen das Mädchen, aber nicht, was sie wollen. Gut, oder?"

Gut? Gut???

Ich erkenne absolut nichts Gutes an diesem Plan.

Wenn wir die 100 000 Dollar nehmen, machen wir Isabella zu einem Kollateralschaden.

Fuck!

„Das ist ihr Todesurteil!"

Jacob wird ernst.
„Höchstwahrscheinlich. Aber das kann uns egal sein. Diese Frau gehört nicht zum Club. Sie ist eine Außenstehende. Also machen wir das Beste aus der Situation und kassieren das Geld. Das Geld, dass uns die *Devils* zuvor gestohlen haben, indem sie ihre Ware in unserem Revier verkauften."
„Das alles ist nicht Isabellas Problem!"
Unterdrückter Zorn schwingt in meiner Stimme mit.
„Fuck, Zayn! Es ist in der Sekunde, in der du sie entführt hast, zu ihrem Problem geworden."
Die Tatsache, dass er recht hat – dass ich an der ganzen Scheiße schuld bin – lässt mir die Sicherungen durchbrennen. Noch bevor ich weiß, was ich tue, landet meine Faust in seinem Gesicht. Wieder und wieder und wieder und erst als warmes Blut von meinen Fingern tropft, lasse ich von Jacob wieder ab.
Sein gezischtes „Bist du bescheuert, Alter? Du hast mir die Nase gebrochen!" ausblendend, marschiere ich in den Club und mache mich auf den Weg zu Griffin.
Mag sein, dass er der Präsident ist, aber ich bin derjenige, der das Mädchen entführt hat, also entscheide ich – nur ich – wie es mit dem Mädchen weitergeht.
Zur Hölle!
Wofür habe ich es vor den *Devils* gerettet, wenn wir es jetzt an eben diese verkaufen?
Das ergibt doch alles überhaupt keinen Sinn!

6. Kapitel

Das Mädchen, der Vollstrecker und einhunderttausend verfluchte Dollar ...

Das etwas nicht stimmt, habe ich schon vor Stunden festgestellt, die Frage ist nur, was?

Sarah wirkt traurig und geht mir den ganzen Tag schon aus dem Weg, und jetzt hat Zayn auch noch den Captain niedergeschlagen und ihm, wenn ich es von meiner Position aus richtig erkannt habe, dabei die Nase gebrochen.

Charlotte, die die Szene genau wie ich mit großen Augen beobachtet hat, wirkt entsetzt.

„Heute liegt Blut in der Luft."

Samantha, die, obwohl sie keine Kutte trägt, als die Old Lady von Reece, dem Sergeant at Arms der *Wild Bones* gilt, wirft mir einen prüfenden Blick zu.

Ich habe keine Ahnung, ob die Ladys wissen, was da im Hintergrund abläuft, aber wenn, dann hat keine von ihnen es für nötig gehalten, mich aufzuklären.

Scheiße!

Ich bin nicht dumm, ich weiß, dass mein komplettes Leben gerade in der Schwebe hängt, und dass ich nicht für immer hierbleiben kann, aber na ja ...

Was soll ich sagen?

Von Zayn entführt zu werden, war nicht annähernd so schlimm, wie ich anfänglich befürchtet hatte.

Ich weiß, das klingt verrückt, aber hier, bei den *Bones*, in dem Rockerclub, der mich gekidnappt hat, fühle ich mich zum ersten Mal seit einer Ewigkeit wieder sicher und beschützt.

Ihr schüttelt den Kopf. Kein Wunder.

Glaubt mir, ich hatte das am allerwenigsten erwartet.

Aber das ist der einzige Ort, an dem mir weder Brandon noch dieser andere Motorcycle Club etwas anhaben können. Die Old Ladys sind toll, sie sind nett und hilfsbereit und verurteilen mich nicht für das, was mein Bruder getan hat, und dafür bin ich ihnen wirklich dankbar, und Zayn ... Ja ... Zayn ist einfach unglaublich.

Er ist wild und gefährlich, aber auch beschützend und fürsorglich.

Okay. Gut. Er hat mich entführt, aber ich bin mir sicher, dass meine Entführung anders abgelaufen ist, als das sonst bei den *Bones* der Fall ist.

Bis auf Kane, der mich gleich nach meiner Ankunft mit seinem Monstermesser bedroht hat, wollte mir keiner der Rocker wehtun, was ich sicher dem Vollstrecker zu verdanken habe.

Und auch wenn ich keinen Beweis dafür habe, weiß ich einfach, dass ich Nacht für Nacht nicht nur in seinem Bett schlafe, sondern auch unter seinem Schutz stehe.

Heute ist Tag fünf bei den *Wild Bones*, und obwohl ich meiner Chefin natürlich nicht viel sagen konnte (Wüsste sie, dass ich entführt wurde, hätte sie garantiert die Polizei gerufen und das wäre aus mehreren Gründen keine gute Idee gewesen!), hat sie mir freigegeben. Ich verbringe also gerade meinen Jahresurlaub in einem Rockerclub, in dem alle Männer immer und ständig bewaffnet durch die Gegend rennen und in dem mehr Whisky als Wasser getrunken wird.

Und trotzdem.

Glaubt mir, das alles hätte auch wesentlich schlimmer ausgehen können.

Viel schlimmer.

Der Schmerz darüber, dass mich mein eigener Bruder einfach so im Stich gelassen hat, ist groß, aber ich hatte nichts anderes von ihm erwartet.

Sollten Griffin und die anderen Brandon irgendwann in die Finger kriegen, werde ich nichts tun, um ihm zu helfen.

Für mich ist mein Bruder ein für alle Mal gestorben.

Mit rasendem Puls drehe ich mich zu Samantha um. „Wenn du weißt, was los ist, dann sag es mir."

Ihr Blick huscht zu Charlotte, was mir verrät, dass die beiden sehr wohl etwas wissen.

„Bitte, Samantha. Ich weiß, dass mein Bruder Scheiße gebaut hat, aber ich habe dem Club nie etwas getan. Es tut mir leid, dass alles so blöd ist, und ich wünschte, wir hätten uns unter anderen Umständen kennengelernt."

Emma schüttelt den Kopf und zieht mich in eine kurze, jedoch freundschaftliche Umarmung.

„Glaub mir Isi, wir Frauen wissen, dass du uns nie geschadet hast. Wir machen dich für die Fehler deines Bruders ganz bestimmt nicht verantwortlich."

Auch ohne, dass sie es ausspricht, höre ich das **Aber**, das wie ein Damoklesschwert über meinem Kopf schwebt und mich zu erschlagen droht.

„Ich weiß nicht viel, nur dass die *Crazy Devils* angeboten haben, dich den *Bones* abzukaufen."

Wow!

Woooowww!

Das ist heftig. Mir wird auf einen Schlag schlecht.

„Und wie viel bin ich in der Welt der Motorcycle Clubs wert?"

Charlotte senkt verlegen den Blick.

Ich kann nicht fassen, dass die Ladys es wussten und es vor mir verheimlicht haben.

„Einhunderttausend Dollar."

Heilige Scheiße!

Auf den ersten Blick mag das nach viel klingen, aber das ist es nicht.

Streng genommen ist das gar nichts.

„Auf dem Schwarzmarkt wäre mein Herz schon mehr wert!"

Das weiß ich dank der Netflixserie, in der es um illegalen Organhandel ging, und die ich mir neulich erst angesehen habe, ganz genau.

„Das ist ein schlechtes Angebot. Ihr habt euch also über den Tisch ziehen lassen."

Emma wirkt erschrocken.

„Wir haben gar nichts, meine Liebe."

„Ihr solltet nachverhandeln!"

Damit lasse ich die drei Frauen stehen und eile davon.

Charlotte folgt mir, packt mich von hinten und hält mich fest.

„Ich kann verstehen, dass du dir jetzt verraten vorkommst, aber wir haben es dir nur nicht gesagt, weil wir nicht wollten, dass du dir Sorgen machst."

Oh, wie nett ...

„Ach, soll ich euch jetzt auch noch dankbar sein, oder was?"

Ich glaub, ich muss kotzen.

„Du schläfst in Zayns Bett, richtig?"

„Was hat das denn jetzt damit zu tun?"

Sie lächelt mich siegessicher an.

„Und er gibt dir jeden Tag ein Glas frisch gepressten Orangensaft, richtig?"

Ja, tut er.

„Na und? Er hat sich halt um seine Geldanlage gekümmert."

Das bringt die Old Lady des Präsidenten laut zum Lachen.

„Hör zu Isabella, seit ich zu Griffin in den Club gezogen bin, haben die *Bones* so einige Personen entführt, und ich bin keiner davon begegnet. Keiner einzigen! Und das liegt nicht daran, dass das Gelände so groß ist, sondern weil diese Personen nicht frei herumlaufen dürfen. Sie werden in irgendeinen Bunker gesperrt, in dem sie gefangen gehalten und getötet werden.

Für gewöhnlich schlafen die Leute, die vom Club entführt wurden, nicht im weichen Bett des Vollstreckers und sie werden auch nicht mit frisch gepresstem Saft verwöhnt. Sie werden gefoltert und ermordet.

Also bitte ... Denk doch mal nach. Ich habe keine Ahnung, was zwischen dir und Zayn läuft, aber ich garantiere dir, dass er nie zulassen wird, dass dir etwas passiert. Nie. Schon gar nicht, dass du für einen Schnäppchenpreis an den Feind verkauft wirst!"

Ich lasse das Gehörte sacken und spüre, wie sich eine verräterische Wärme in meiner Brust ausbreitet.

„Es ist schon irgendwie heftig, wie du über die Machenschaften deines Mannes sprichst."

Charlotte sieht mich aus ihren großen blauen Augen an.

„Wenn du bei den *Bones* glücklich werden willst, musst du die Tatsachen akzeptieren und deinen Mann lieben. Ansonsten klappt es nicht."

Da gibt es nur ein Problem: „Ich habe keinen Mann."

„Doch, hast du. Es ist mir egal, dass Zayn noch nicht kapiert hat, dass du seine Zukunft bist und dass du dir immer noch einzureden versuchst, dass du irgendwann wieder von hier verschwinden wirst. Für mich und die anderen Ladys, ist klar, dass ihr beiden zusammengehört!"

Zusammengehört ... Zusammengehört ... Zusammengehört ...

Ihre letzten beiden Worte kreisen wieder und wieder durch meinen Kopf.

Was, wenn sie recht hat?

Ich weiß, dass Zayn bei mir in seinem Schlafzimmer war.

Zuerst habe ich ihn nur gehört, dann gerochen und zum Schluss sogar gespürt.

Er hat an mir geschnuppert, er hat mich berührt und gestreichelt.

Scheiße!

Ich war so perplex und ich wusste nicht, wie ich reagieren sollte, also habe ich mich einfach schlafend gestellt und abgewartet, was passiert. Und glaubt mir, das habe ich inzwischen schon mehrfach bereut, weil in mir immer wieder die Frage aufkeimt, was wohl geschehen wäre, wenn ich genug Mut gehabt hätte, die Augen zu öffnen, ihn anzusehen und die Hand nach ihm auszustrecken.

So wie ich das sehe, hätten wir Sex gehabt.

Guten, wilden, harten Sex, und dieser hätte die ganze Chemie verändert.

Denn auch wenn das alles ziemlich viel ist und ich von dem Angebot der *Devils* entsetzt bin, weiß ich instinktiv, dass er mich, wenn ich ihn erst mal in meinen Körper eingeladen habe, nicht mehr gehen lassen wird.

Dann wird die Sache zwischen uns ernst und real, und genau davor habe ich Angst. Die Angst, mich in ihn zu verlieben und mich angreifbar zu machen.

Brandon hat mich so oft verletzt und enttäuscht, und jetzt, wo ich endlich mit ihm abgeschlossen habe, will ich nicht, dass das mit einem anderen Mann wieder passiert.

Für einen Moment spiele ich mit dem Gedanken den Präsidenten zur Rede zu stellen, aber dafür fehlt mir der Mut.

„Mit einem „Sorry, ich muss nachdenken“ lasse ich Charlotte stehen und renne regelrecht in die Wohnung des Vollstreckers, der mich vor fünf Tagen entführt und sich dabei irgendwie in mein Herz geschlichen hat.

Mag sein, dass hunderttausend Dollar kein Vermögen sind, aber verdammt, mein Bruder hat mich schon für viel weniger verraten, also warum sollte das der Biker nicht auch tun?

7. Kapitel

Der Vollstrecker des Wild Bones Motorcycle Clubs

„Wir müssen das Angebot in Betracht ziehen."

Fassungslos sehe ich Griffin an und kann nicht glauben, dass er ernsthaft darüber nachdenkt, mit dem Feind Geschäfte zu machen.

„Du weißt aber schon, dass es hier um dieselben Wichser geht, die in unserem Revier gepanschte Drogen verticken. Oder?"

Der Präsident wirft mir einen vernichtenden Blick zu.

„Glaube mir, das ist mir mehr als bewusst. Und genau deswegen denke ich darüber nach. Die *Devils* haben uns schon genug Geld gekostet, wenn sie einen Teil davon ausgleichen wollen – Bitte. Hunderttausend sind Hunderttausend."

Aye, das ist mir klar.

Mit einem Zischen lasse ich mich in einen der Stühle fallen und kneife mir mit zwei Fingern in den Nasenrücken.

„Wenn du mir einen guten Grund nennen kannst, aus dem der Club das Angebot nicht annehmen sollte, spuck ihn aus."

Blöder Bastard!

Griffin ist unter anderem so ein guter Präsident, weil ihm nichts entgeht. Er sieht alles, und er beobachtet alles, und darum weiß er auch ganz genau, dass ich das Mädchen für mich will. Der süße Regenbogen gehört mir. Mir ganz allein. Scheiß auf das Geld! Selbst wenn die verfickten *Devils* eine Million für Isabella geboten hätten, würde ich nie auf die Idee kommen, sie einfach zu verkaufen und Griffin weiß das. Fuck! Wenn es nach mir ginge, könnte fürs Erste alles so bleiben, wie es ist. Aber das geht nicht. Dafür ist die Situation einfach zu kompliziert.

„Fick dich, Bro."

Anstatt wütend zu werden, beginnt er laut zu lachen.

„Reservieren ist nicht, Bruder."

Aye, ich weiß.

„Entweder ganz oder gar nicht. Richtig?"

Er nickt.

„So schaut's aus."

„Und was würdest du mir raten, großer, weiser Präsident?"

Griffin überhört den Spott in meiner Stimme und stemmt seine Ellenbogen auf dem Schreibtisch ab.

„Schnapp dir die Kleine, ehe es jemand anderes tut."

„Das wird nicht passieren!"

„Was? Dass du sie dir schnappst?"

„Nein, dass sie mir jemand wegnimmt."

Und genau mit diesem Satz habe ich mein Schicksal besiegelt.

Ich habe gerade, ohne es zu wollen, zugegeben, dass ich die Schwester des Mannes, der uns so viel Ärger bereitet hat, für mich will.

Wobei das eh schon der halbe Club weiß.

Immerhin habe ich gleich in der ersten Nacht allen *Bones* unmissverständlich klargemacht, was passiert, wenn sie es wagen sollten, Isabella wegen dem, was ihr Bruder getan hat, schlecht zu behandeln.

Diese Frau stand von der ersten Sekunde unter meinem Schutz, das tat sie schon zu dem Zeitpunkt der Geschichte, an dem Griffin mir befohlen hat, sie einzukassieren, und ich es nicht konnte. Oder besser gesagt, als ich es nicht wollte ...

Die sexy Farbexplosion hätte nie einen Schritt in meine Welt setzen dürfen.

Sie ist einfach zu gefährlich und zu düster für ein Mädchen mit bunten Haaren und pinken Lippen.

Doch jetzt ist es passiert, ich habe sie entführt und in mein Bett gelegt, und genau darin will ich sie auch behalten.

„Wenn der Club das Geld braucht, zahle ich es aus eigener Tasche."

„Bist du jetzt völlig bescheuert, Alter? Hier geht es nicht ums Geld, sondern um Schutz. Solange du dich weigerst, die Frau offiziell zu der deinen zu machen, wird sie in Gefahr sein. Die *Devils* sind sicher nicht die Einzigen, mit denen sich ihr beschissener Bruder angelegt hat. Wetten?"

Fuck!

Daran habe ich noch gar nicht gedacht ...

„Fick sie, beiß dich an ihr fest und verpass ihr dein Zeichen. Sobald du das erledigt hast, kann sich dein Mädchen auf die geballte Macht der *Wild Bones* verlassen, und die wird verdammt noch mal auch nötig sein. Aber wenn du zögerst, sind mir die Hände gebunden. Und das weißt du!"

Ja, das weiß ich.

Griffin hat recht. Ich habe schon genug Zeit verschwendet.

Fünf beschissene Tage, um genau zu sein.

Für manche mag das nicht lang sein. Für mich schon.

Es ist sogar verflucht lang, wenn man bedenkt, dass ich eigentlich seit der ersten Sekunde weiß, dass ich Isabella will ...

Ich habe gezögert und so das Mädchen, das längst mir gehören sollte, in Gefahr gebracht.

Damit ist jetzt Schluss!

Ich stehe so schnell auf, dass der Stuhl, in dem ich bis eben gesessen habe, kippt, und krachend auf den Boden schlägt.

„Wo gehst du hin?"

Als ob er das nicht wüsste?!

„Ich muss was erledigen."

Sein zufriedenes „Wird auch höchste Zeit, Bro" verfolgt mich.

An der Bar treffe ich auf Charlotte, Emma und Samantha, doch von Isabella fehlt jede Spur.

„Wo ist sie?"

Charlotte sieht mich herausfordernd an.

„Vielleicht ist sie gerade dabei, sich ein Preisschild um den Hals zu hängen."

Emma wirft mir einen zornigen Blick zu, während Samantha mir am liebsten eine knallen würde.

Weiber ...

„Wo zur Hölle ist sie?"

Am warnenden Unterton, der in meiner Stimme mitschwingt, erkennt die First Lady unseres Chapters, dass ich nicht in der Stimmung für dumme Spielchen bin.

„Ich glaube oben in deiner Wohnung."

„Danke."

Damit lasse ich sie stehen und renne regelrecht hoch in den zweiten Stock.

Noch nie zuvor ist mir der Weg zu meinem Apartment so verdammt lang vorgekommen ...

Die Treppe fühlt sich an wie der verfickte Himalaya, und meine Füße scheinen auf den Stufen irgendwie festzukleben.

Doch dann habe ich es endlich geschafft.

Im Wohnzimmer finde ich Isabell mit gepackten Sachen vor. Ihre Augen sehen verheult aus, ihre Haut ist fleckig.

„Was zum Teufel?"

Sie drückt mutig die Schultern durch, doch der Killer in mir kann ihre wachsende Furcht wittern.

„Hast du mich schon verkauft?"

Die Bedeutung der Worte explodiert in meinem Schädel, ich sehe rot. Mein Blut wird heiß und zähflüssig – es scheint meine Adern regelrecht zu verstopfen.

In der einen Sekunde stehe ich noch im Türrahmen, in der nächsten liegt Isabella keuchend in meinen Armen, während ich sie regelrecht auffresse.

Ich sollte zärtlich sein, oder sanft, oder so was, aber Fuck!

Ich kann nicht. Ich. Kann. Einfach. Nicht.
Dafür brauche ich meinen sexy Regenbogen einfach viel zu sehr ...

8. Kapitel

Das Mädchen, etwas Glück, ein wenig Liebe, dazu heiße Küsse und eine Prise Ewigkeit ...

Zayns Hände scheinen überall zu sein, an meinem Gesicht, auf meinen Schultern, bei meinem Hintern ... Seine Zunge trifft auf die meine. Der Kuss ist genauso ungezähmt wie der Biker in meinen Armen.

Und er ist gut, so gut, dass ich sofort süchtig bin und mehr fordere.

Was Charlotte zu mir gesagt hat, ergab durchaus einen Sinn.

Trotzdem war ich mir fast sicher, dass Zayn mich zu Geld machen würde. Brandon hätte das bestimmt getan. Er hätte mich einfach an den Höchstbietenden verkauft und keinen weiteren Gedanken an mich verschwendet.

Aber der Vollstrecker der *Wild Bones* ist nicht wie mein Bruder.

Er ist anders, besser, loyaler und besitzergreifender.

Doch das kapiere ich erst jetzt, wo ich in seinen starken Armen liege und spüre, wie sehr er mich will.

Dieser Rocker wird dich nie verkaufen. Nie. Nie. Niemals.

Die Stimme in meinem Kopf hat recht, etwas, das sich wie pures Glück anfühlt, ergreift von mir Besitz und verdrängt die Zweifel, die sich gerade in meinem Herzen ausbreiten wollten. Seine Lippen lösen sich von den meinen, er hebt mich hoch und fällt mit mir in seinen Armen auf die Couch.

Jetzt bin ich zwischen seinen harten Muskeln und dem weichen Polster gefangen.

Seltsamerweise spüre ich nicht den Drang, mich zu befreien.

Von mir aus könnten wir für immer so daliegen.

„Meins."

Mehr sagt er nicht. Nur dieses eine Wort. Dann küsst er mich erneut und beginnt damit, mich auszuziehen.

Mein Pullover fällt zuerst, gefolgt von meinem BH und meiner Jeans.

Zayn zerfetzt meinen Slip, jetzt sind mir nur meine dicken Wollsocken geblieben. Ich streife sie mir ab, jetzt bin ich vollkommen nackt, während er noch komplett angezogen ist.

„Meins."

Da ist es wieder, dieses eine Wort, das die Risse in meiner Seele kittet.

„Du gehörst mir, Baby. Du und alle deine Farben ..."

Nicht sicher, was er mit meinen Farben meint, lecke ich mir seinen Geschmack von den Lippen und sehe zu ihm rauf.

„Ich will, dass du meine Finsternis bunt anmalst."

Jetzt verstehe ich es ...

Süchtig nach dem Rocker auf mir, umfasse ich zärtlich sein kantiges Gesicht, genieße die rauen Stoppeln seines Drei-Tage-Barts und ziehe ihn zu mir runter, damit er mich erneut küssen kann.

Unsere Zungen finden sich, sie beginnen einen süßen Tanz, der ganz schnell zu etwas Wildem wird, das wir nicht mehr kontrollieren können.

Von einer flammenden Ungeduld angetrieben, schiebe ich dem Vollstrecker das Leder von den Schultern, was ihn dazu bringt, die Waffe, die sich darunter befindet, abzulegen.

Dann schlüpft er aus dem Holster und zerrt sich den dunkelblauen Hoodie über den Kopf.

In den vergangenen Tagen hatte ich schon mehrfach das Vergnügen, seinen nackten Brustkorb zu bewundern, doch nie hatte ich die Gelegenheit, ihn anzufassen und zu erkunden.

Muskeln, straffe Haut und schwarze Tinte.

Der Skull der *Wild Bones* nimmt seinen kompletten Oberkörper ein, Dutzende Narben überziehen seine massiven Schultern, in seinen Armen zeichnen sich die Sehnen deutlich ab.

Bläuliche Adern winden sich um seine angespannten Bizepse – mir läuft das Wasser im Mund zusammen. Wie kann ein Mann, der solch eine Zerstörungswut in sich trägt wie der Enforcer der *Bones*, nur zugleich so schön sein?

Vorsichtig und nicht sicher, ob ich es darf, lege ich meine beiden Hände auf seiner Brust ab, spreize die Finger und wage mich dann langsam Richtung Hosenbund vor.

Er kapiert sofort, was ich will, steht auf, legt eine weitere Waffe ab und zieht sich aus.

Lange Beine, ein verdammt geiles Sixpack und dann dieser Schwanz ...

Wenn ich es nicht besser wüsste, könnte ich fast meinen, dass ich gestorben und in den Himmel gekommen bin.

Zayn ist gut gebaut, sehr gut.

Er hat definitiv mehr als die sonst angepriesenen zwanzig Zentimeter zu bieten.

Sein Penis ist dick und lang und leicht nach oben gebogen, was bedeutet, dass er meinen G-Punkt wie von selbst finden wird. Violette Adern bilden eine Art Kunstwerk auf der Basis, ehe sie in der runden, glatten Spitze verschwinden.

Ich will ihn in den Mund nehmen. Doch bevor ich dazu komme, liegt der Rocker auch schon wieder auf mir und nagelt mich mit seinem Gewicht unter sich fest.

Dann packt er sich meine Beine, legt sie sich auf die Schultern und streift mit seinem Glied durch meine bereits feuchten Falten.

Von ihm geküsst zu werden und seine Muskeln zu bestaunen, war Vorspiel genug.

Um ehrlich zu sein, kann ich es kaum erwarten, von ihm genommen zu werden.

„Fick mich."

„So schön und so ungeduldig."

Und obwohl er sich über mich lustig macht, bringt er sich vor meiner zuckenden Öffnung in Position.

Ich spüre die dicke Spitze an meinem Eingang und weiß, dass es mir beim ersten Mal nicht leichtfallen wird, ihn komplett in mir aufzunehmen.

Sein Blick bohrt sich in den meinen, dann dringt er langsam, jedoch stetig in mich ein. Selbst als die Dehnung zu intensiv wird und ich mir auf die Unterlippe beiße, um ein Wimmern zu unterdrücken, macht er weiter.

Mein Rocker zeigt keine Gnade und stoppt erst, als er bis zur Wurzel in mir vergraben ist und es mir längst den Atem verschlagen hat.

Heilige Scheiße!

Sein Schwanz ist beinahe zu lang, das ist fast zu viel. Und trotz des leichten Schmerzes, der mein Inneres in Brand setzt, will ich nicht, dass er jemals wieder damit aufhört, mich zu ficken.

„Ist es gut?"

Ich schüttle den Kopf.

„Du bist zu groß. Zu dick."

Zayn bleckt die Zähne.

„Deine Pussy muss sich eben noch an mich gewöhnen."

Oh ja.

„Das muss sie definitiv."

„Tut es weh?"

Ich nicke.

„Willst du mehr von dem Schmerz?"

Ich nicke wieder und er gibt mir, wonach ich jetzt schon süchtig bin.

Mein gepeinigter Schrei hallt durch das Wohnzimmer, während Zayn einen schnellen, unglaublich tiefen Rhythmus vorgibt, der mich immer fester in die Couch presst.

Die Zeit steht still, die Welt hört auf sich zu drehen, und all die Probleme, die uns zusammengeführt haben, werden unwichtig.

Mein Bruder, die Drogen, das Geld und die *Crazy Devils*, das alles wird völlig unwichtig und das Einzige, was noch zählt, sind er und ich und die Tatsache, dass sein Penis tatsächlich bei jedem Vorstoß direkt auf diesen einen Punkt in mir trifft, der mir die Tränen in die Augen steigen lässt.

Zayn bemerkt es und stoppt sofort.

„Tut es so weh?"

Er klingt entsetzt.

„Nein. Es ist gut. Alles ist gut. Du bist perfekt. Mach weiter. Bitte."

Er zögert, ich spanne meine Scheidenmuskeln an, was ihm ein Zischen entlockt.

„Fick mich, *Wild Bone*."

Mehr muss ich nicht sagen, Zayn legt los und ich bin zu keinen zusammenhängenden Gedanken mehr fähig.

„Jetzt gehörst du endgültig mir."

Seine Worte klingen wie ein Schwur und ich spüre bis in den hintersten Winkel meines Herzens, dass er recht hat, während ich am ganzen Körper zitternd komme.

Der Orgasmus, der wie ein Wirbelsturm über mich hinwegfegt, lässt mich fliegen und reißt den Rocker auf mir mit sich. Flüssige Hitze flutet meine Vagina, der Rocker markiert mich von innen heraus als sein Eigentum, und verdammt. Es mag verrückt klingen, aber ich war noch nie zuvor so glücklich wie in diesem Moment.

Entführt von einem Rocker ...

Mit unregelmäßig kommendem Atem tupft Zayn tausend Küsse auf meine Haut und raunt mir mit dunkler Stimme ins Ohr, dass ich bei ihm sicher bin und dass er mich nie, niemals in Gefahr bringen wird. Dann schlingt er seine muskulösen Arme um mich und dreht uns beide um, sodass ich erschöpft und glücklich auf ihm liege und meinen Kopf auf seiner Brust ablegen kann.

Bumm – Bumm – Bumm – Bumm.

Sein Herzschlag ist kräftig und gleichmäßig, während der meine völlig aus dem Takt geraten ist.

Und auch wenn ich die Frage nicht stellen will, auch wenn ich die Realität am liebsten für immer ausblenden will, muss ich einfach wissen, wie es nun weitergehen wird ...

„Was passiert jetzt?"

Mein Rocker haucht mir einen Kuss auf die Stirn.

„Ich behalte dich."

Sehr witzig.

„Das habe ich nicht gemeint." *Auch wenn ich es natürlich sehr gerne gehört habe ...*

„Du bist bei mir sicher, Baby. Dein Bruder, die *Devils* – die ganze beschissene Welt muss erst an mir vorbei, ehe sie auf dich trifft, und glaube mir, das wird sie nicht schaffen. Ich beschütze meinen kleinen Regenbogen."

Regenbogen?

„Warum nennst du mich so?"

„Weil du Farbe in meine aus Sturm und Zerstörung bestehende Welt bringst."

Wow!

Für einen Biker wie ihn war das echt poetisch.

Es hätte sogar romantisch sein können, wenn ich nicht spüren würde, wie sein noch in mir steckender Schwanz erneut hart wird. Ich bin wund und leicht eingerissen, trotzdem setze ich mich auf, stütze mich auf dem Totenkopf, der seinen Brustkorb ziert, ab, und beginne ihn ganz langsam zu reiten.

Sein Penis gleitet aus mir heraus und bohrt sich wieder in mich rein.

In dieser Stellung stößt er noch etwas tiefer als zuvor.

Instinktiv lege ich mir eine Hand auf den Bauch und prüfe, ob ich spüren kann, wie er sich in mir bewegt.

Was natürlich Quatsch ist, aber trotzdem, es fühlt sich so an, als würde er mich in zwei Teile zerreißen – auf eine gute, erregende Art natürlich.

9. Kapitel

Der Vollstrecker des Wild Bones Motorcycle Clubs

Seit meinem Entschluss, Isabella zu meiner Frau zu machen, sind zwei Wochen vergangen. Zwei Wochen, in denen sich mein Leben von Grund auf verändert hat.

Es ist bunt und schön geworden. Ein Teil der Dunkelheit, die bis zu dem Tag, an dem ich meine Süße entführt habe, meine Existenz dominiert hat, hat sich in Luft aufgelöst und einem hellen Pink Platz gemacht.

Der Club hat meine Entscheidung, Brandons Schwester zu meinem Eigentum zu ernennen, akzeptiert.

Die Ladys meiner Brüder sind begeistert und das Angebot der *Devils* ist vom Tisch.

Ein paar *Bones* stößt der Umstand, dass Isabella nun mir gehört, sauer auf. Aber solange sie schweigen, ist mir das egal.

Sollte ich allerdings jemals mitbekommen, wie irgendjemand meinem Mädchen blöd kommt, werden Knochen brechen.

So viel steht fest.

Dass von Brandon noch immer jede Spur fehlt, ist suboptimal, ganz besonders, weil ich weiß, dass sich meine Frau Sorgen wegen diesem Arschloch macht.

Fuck!

Die mache ich mir auch, aber aus einem völlig anderen Grund.

Während Isabella sich darüber den Kopf zerbricht, ob es dem Arschloch, das es nicht verdient hat, sie zur Schwester zu haben, gut geht, befürchte ich vielmehr, dass Brandon erneut ein paar schlechte Entscheidungen trifft, die nicht nur die angespannte Lage zwischen den *Devils* und den *Bones* verschlechtern, sondern die auch meine zukünftige Old Lady in Schwierigkeiten bringen werden.

Doch selbst wenn sich mein Verdacht bestätigt, ist das okay.

Ich bin bereit und ich werde meinen kleinen Regenbogen beschützen, selbst wenn dabei ein paar von meinen Knochen gebrochen werden ...

Verkauft an einen Rocker

Prolog

Das Mädchen, eine wilde Nacht und ein Problem im Wert von 600 000 Dollar ...

Die schwere, alte Holztüre hinter mir zuwerfend, ziehe ich mir die High Heels von den Füßen und stöhne erleichtert auf, als meine gequälten Fußsohlen auf den kalten Steinboden treffen.

Himmel!

Diese Schuhe waren obszön teuer und sie sind wunderschön, aber nicht gerade gemütlich.

Aber wie heißt es so noch mal?

Ja genau. Wer schön sein will, muss leiden, und heute Nacht wollte ich schön sein.

Meine Freundin Charly hat zwei Eintrittskarten für die Fight-Night im *Danger Zone* ergattert, dem angesagtesten Nachtclub der ganzen Stadt.

Den Gerüchten nach gehört dieser Club einem Club, genauer gesagt dem *Wild Bones Motorcycle Club*, der hier in Seattle sein Unwesen treibt.

Wobei Unwesen vielleicht das falsche Wort ist.

Die Rocker kontrollieren die komplette Stadt, und wenn ich sage komplett, dann ist das keine Übertreibung, sondern eine schlichte Tatsache.

Die Politik, die Polizei und die Wirtschaft, diese Biker mischen überall mit und geben den Ton an. Und sollte sich mal jemand trauen, den *Bones* zu widersprechen oder sich ihnen in den Weg zu stellen …

Puff!

Dann ist dieser Jemand kurze Zeit später wie durch Zauberhand verschwunden.

Einfach so, er löst sich auf Nimmerwiedersehen einfach in Luft auf.

Manchmal kommt es vor, dass ein paar Jahre später irgendwo Knochen gefunden werden, aber die meisten Opfer der *Bones* bleiben für immer verschollen.

Was ich persönlich ziemlich unheimlich finde.

Unheimlich, aber auch heiß ...

Also, dass Menschen verschwinden, finde ich natürlich nicht heiß, das ist eher gruselig. Was ich jedoch garantiert heiß finde, sind die Kutten tragenden, muskelbepackten, mit Tattoos verzierten und motorradfahrenden Biker.

Genauer den einen von ihnen, der heute an der Fight-Night teilgenommen und alle seine Herausforderer in Grund und Boden gestampft hat.

Wer glaubt, dass es ein Mann nicht mit zwölf direkt aufeinander folgenden Gegnern aufnehmen kann, täuscht sich.

Denn Scheiße!

Dieser *Wild Bone* mit den schwarzen Augen, der heute Nacht in dem extra für diese Veranstaltung aufgebauten Käfig stand, hatte kein Problem damit, alle an dem Kampf angemeldeten Typen fertigzumachen.

Das Prinzip des heutigen Abends war einfach.

Der erste Kämpfer steigt in den Käfig und er bleibt da so lange drinnen, bis er besiegt wurde, der Sieger nimmt dann seinen Platz ein und bleibt wieder so lange in dem verdammten Ding, bis auch er besiegt wurde.

Das Problem ist nur, dass es keiner der zwölf Herausforderer geschafft hat, den Rocker zu besiegen. Er war also nicht nur der Erste in dem Käfig, sondern auch der Letzte.

Und die Tatsache, dass es knapp die Hälfte seiner Gegner, nachdem er mit ihnen fertig war, nicht mehr aus eigener Kraft aus dem Käfig geschafft hat, spricht für sich.

Oder?

Dieser Mann kein Mensch, sondern eine Art Maschine. Er scheint weder Schmerz noch Erschöpfung zu kennen. Im Gegenteil.

Als der Fight vorüber war, sah er nicht so aus, als ob er sich darüber freuen würde.

Er hat auf mich eher den Eindruck gemacht, als wäre er enttäuscht, dass es vorbei ist.

Der Applaus, der Jubel und die Siegesfeier waren ihm egal.

Er hat sich nichts aus seinem Triumph gemacht. Es ging ihm anscheinend nicht darum, das Preisgeld von einer halben Million Dollar einzukassieren.

So wie ich das sehe, ging es ihm einfach nur ums Kämpfen.

Mann gegen Mann in einem verschlossenen Käfig und nur einer kann als Sieger hervorgehen.

Nach einer knappen Stunde wurde der Boden des Käfigs mithilfe von Sägespänen von den Blutflecken befreit. Dann ging es ohne große Pause weiter.

Dieser Biker war wild aufs Kämpfen, er war wie besessen ...

Irgendwann ist es dann einem seiner Herausforderer gelungen, ihm mitten ins Gesicht zu schlagen, sein Auge ist leicht zugeschwollen, der

Typ, der das geschafft hat, wurde schlussendlich mit einer Schubkarre beseitigt.

Allein die Erinnerung daran, lässt mich erschaudern.

Ich habe in meinem Leben schon so einiges erlebt und gehört, was daran liegt, dass mein Dad, genau wie die Rocker, nicht unbedingt zu den Guten gehört und ich auf der Schattenseite der Gesetze aufgewachsen bin.

Aber diese Nacht?

All diese Brutalität, die Gnadenlosigkeit aber vor allem diese Entschlossenheit, mit der sich dieser Biker in dem Käfig gehalten hat, war unfassbar.

Angsteinflößend, aber auf eine primitive und finstere Weise ziemlich sexy.

Ich meine, welche Frau träumt nicht heimlich davon, mit einem starken Mann zusammen zu sein, der sie beim Sex mühelos an die Wand drücken und im Ernstfall beschützen kann?

Hach ja ... Wir alle sind ja so emanzipiert und wir reden ja immer alle nur von der Gleichberechtigung. Aber Scheiße!

Wir Frauen lieben es, wenn uns ein Mann die Tür aufhält, wenn er uns die schweren Einkäufe abnimmt oder einfach seine Kraft spielen lässt.

Ich persönlich mag es zum Beispiel, wenn der Mann beim Küssen die Kontrolle hat.

Ich liebe es, wenn er mich packt, auf den Bauch dreht und hart von hinten nimmt.

Mein letztes, nein Quatsch, mein vorletztes Date war ein sehr gefühlvoller junger Mann, der mich ständig nach meiner Meinung gefragt und sehr bemüht war, mir alles recht zu machen. Und ganz ehrlich? Er hat mich in den Wahnsinn getrieben.

Als er mich dann noch fragte, ob er mir einen Abschiedskuss geben darf, bin ich kopfschüttelnd gegangen.

Dieser Rocker aus dem Käfig, ich wette mit euch, dass er nicht fragen würde, und ich garantiere euch, dass die Frau an seiner Seite absolut sicher ist.

Vor allem – außer natürlich vor ihm.

Und während ich ins Wohnzimmer gehe und an den Fighter denke, breitet sich zwischen meinen Schenkeln ein sehnsüchtiges Prickeln aus.

Vielleicht hätte ich ihm doch meine Nummer in den Käfig werfen sollen?

Nur mal so für alle Fälle ...

Ihr fragt euch, warum ich es nicht getan habe?

Ich erkläre es euch.

Wir alle gehen gerne in den Zoo und betrachten die wilden, fleischfressenden Raubtiere durch dickes Glas und wir fühlen uns sicher, weil sie in ausbruchssicheren Gehegen gefangen gehalten werden.

Diesen *Wild Bone* durch die Stangen seines Käfigs zu beobachten, war eine Sache, aber es wäre eine ganz andere, ihm einfach so gegenüberzustehen. Oder gar mit ihm allein zu sein.

Dieser Rocker ist kein Mann, er ist eine Bestie, und ich habe keine Lust, zu seinem Mitternachtssnack zu werden.

Das ‚Sailor', die Kneipe meines Vaters, in der ich aufgewachsen bin, liegt im Dunkeln. Kein Wunder, es ist kurz nach sechs, es sind längst alle nach Hause gegangen.

Und obwohl der Gastraum im Dunkeln liegt, brennt hinten noch Licht.

Erschöpft und müde gehe ich an der Bar entlang, lasse auf dem Weg zu meinem Dad die High Heels fallen und zünde mir eine Zigarette an.

Von den Ereignissen der letzten Stunden noch immer viel zu aufgekratzt, kann ich trotz meiner Müdigkeit nicht einfach so ins Bett gehen.

Mein Dad sitzt wie erwartet in dem kleinen Büro, das sich zwischen Hinterausgang und Küche befindet, und starrt mit weit aufgerissenen Augen ins Nichts.

Irgendetwas stimmt nicht.

„Dad?"

Er zuckt erschrocken zusammen und scheint mich erst jetzt zu bemerken.

„April?" Seine Augen huschen über mein Outfit. Ein enges, ziemlich kurzes, feuerrotes Minikleid. „Was zum Teufel?"

Das bringt mich zum Lachen. Ganz egal wie alt ich bin oder welche Probleme er auch haben mag, er wird einfach nie damit aufhören, mich wie sein kleines Mädchen zu behandeln. Er mag weiß Gott kein Vorzeigevater gewesen sein, aber er war der beste Dad, den sich ein Kind nur wünschen kann.

Ehrlich. Selbst nachdem Mum überfallen und dabei getötet wurde, hat er sich nicht hängen lassen, sondern war immer für mich da.

„Bist du so unterwegs gewesen?"

„Nicht ganz. Bis vor ein paar Minuten hatte ich noch Schuhe an."

Mein Versuch, ihn aufzuheitern, schlägt fehl.

„Du darfst so nicht rumlaufen, ehrlich, April. Diese Stadt ist gefährlich, besonders nachts. Hier lauern hinter jeder Ecke gefährliche Monster."

Mag sein, aber ... „Die Zeiten, in denen ich mich vor dem Monster unter dem Bett gefürchtet habe, sind längst vorbei."

Er nickt.

„Ich weiß, dass du kein kleines Kind mehr bist, aber das macht die Monster nur noch gefährlicher."

Leise seufzend gehe ich auf ihn zu, schlinge von hinten meinen Arm um seinen Hals und hauche ihm einen Kuss auf den Scheitel.

„Mir wird nicht das Gleiche wie Mum passieren. Versprochen. Ich kann auf mich aufpassen."

Das scheint ihn nur wenig zu beruhigen, was mich nicht verwundert.

Mum war schön, jeder Mann, der sie sah, hat sich nach ihr umgedreht.

Mein Vater hatte alle Hände voll damit zu tun, ihre Verehrer abzuwehren, und ich sehe aus wie sie. Nur dass ich Dads dunkle Haare geerbt habe, während meine Mutter blond war.

Aber ansonsten bin ich ihr absolutes Ebenbild.

Für eine Weile stehen wir einfach nur so da, während ich die Unterlagen, die vor uns auf dem Tisch liegen, anschaue.

„Was ist los? Haben wir Probleme?"

Auch wenn mein Dad immer darauf bestanden hat, dass ich mich aus dem Geschäft raushalte, weiß ich sehr wohl, dass das ‚Sailor' nicht einfach nur eine ganz normale Hafenkneipe ist.

Ich bin nicht dumm, ich kenne das Lager, das sich hinter dem Kühlraum befindet, und in dem er die Waffen deponiert, mit denen er handelt.

Zu meinem Pech kenne ich keine Details, aber so viel wie ich beobachten konnte, bezieht er seine Ware von den *Wild Bones* und verkauft sie dann gewinnbringend weiter.

„Wir haben keine Probleme. Geh ins Bett mein Schatz und schlaf."

Argh ...

So lieb ich meinen Vater auch habe, aber es treibt mich in den Wahnsinn, dass er mich immer noch wie ein kleines Kind behandelt, das er vor der Realität beschützen muss.

Verdammt! Ich bin sechsundzwanzig.

„Wenn etwas nicht stimmt, muss ich das wissen."

„Das musst du nicht!"

Daran, dass er mich beinahe anbrüllt, erkenne ich, dass wir knietief in der Scheiße stecken.

„Was ist los?"

Er schweigt, ich rauche meine Zigarette fertig und lasse mich in den alten Holzstuhl fallen, der sich auf der anderen Seite seines Schreibtischs befindet.

„Ich habe Scheiße gebaut."

Wow. Okay.

Überrascht, dass er mit mir darüber redet, lehne ich mich leicht zu ihm vor.

„Was für Scheiße?“

„Ich habe etwas verkauft, ohne wie sonst Vorkasse zu verlangen, und jetzt wurde ich um mein Geld betrogen.“

Das klingt nicht gut.

„Was hast du verkauft und an wen?“

Als er nichts antwortet, verdrehe ich genervt die Augen.

„Ich bin keine zwölf mehr. Ich weiß von den Waffen also spucks schon aus.“

Dad reißt die Augen auf.

Keine Ahnung, was ihn mehr überrascht, dass ich keine zwölf mehr bin, oder dass ich von seinem ‚kleinen‘ Nebengeschäft weiß.

„Woher?“

Ah, es geht also immer noch um die Waffen.

„Ich wohne hier, ich arbeite hier und ich bin nicht blind. Außerdem hast du einmal vergessen, dein Lager abzusperren und die Fässer davor zu stellen.“

Die Türe zum Lager ist immer hinter leeren Bierfässern versteckt.

Immer.

Er senkt erschöpft den Kopf.

„Es tut mir leid, Kleines.“

„Was tut dir leid?“

Der Drang, mit meiner Hand die seine zu berühren, wird immer mächtiger, doch ich kämpfe ihn nieder und bleibe stattdessen ganz ruhig sitzen.

„Dass ich dich in diese Situation gebracht habe.“

So langsam bekomme ich echt Angst.

„Von wie viel Geld reden wir?“

„600 000 Dollar.“

Oh Hilfe …

„Mehr als eine halbe Million Dollar?“

„Richtig.“

Das muss ich erst mal sacken lassen.

Uns ging es nie schlecht. Die Kneipe und Dads diverse Geschäftszweige haben uns ein angenehmes Leben ermöglicht.

Aber wir sind nicht reich. Sonst würden wir ja wohl kaum in einer kleinen Wohnung direkt über dem ‚Sailor‘ wohnen, sondern in einem der schicken Hochhäuser, die in den letzten Jahrzehnten aus dem Boden geschossen sind.

„Woher hattest du so viel Geld?“

Noch während ich die Frage stelle, ahne ich, dass mir die Antwort nicht gefallen wird.

„Hatte ich nicht. Ich habe die Ware selbst noch nicht bezahlt."

Jetzt wird es richtig übel.

„Was bedeutet das?"

„Ich habe die Waffen dem *Wild Bones MC* für 500 000 abgekauft und einen Tag später für 600 000 weiterverkauft."

Er schüttelt den Kopf.

„Es war riskant, aber schnell verdientes Geld."

Und das aus seinem Mund?

„Warst nicht immer du derjenige, der gesagt hat, dass schnell verdientes Geld nur Ärger macht?"

Sein Kopf ruckt hoch, seine Augen bohren sich in die meinen. Mein Dad mag Mitte sechzig sein, aber in ihm brennt noch immer mehr Feuer als in den meisten Männern, die ich kenne.

„Werd jetzt ja nicht frech, April."

Frech? Echt?

„Was sollen wir jetzt tun? Hast du einen Plan?"

In seinen vertrauten Augen, die mehr braun als grün sind, und die mich seit jeher an die dichten Wälder, die an unsere schöne Stadt grenzen, erinnern, steht pure Verzweiflung.

„Du musst dir keine Sorgen machen. Ehrlich, Kleines. Ich werde das schon regeln."

Ja genau.

„Und wie? Mit einem Lottogewinn?"

Die Zeiten, in denen er mir ein Eis gekauft hat, um mich abzulenken, sind längst vorbei.

„Ich werde so viel Geld wie möglich zusammenkratzen und dich außer Landes schaffen."

Holy Shit!

Dass es seiner Meinung nach nicht reicht, wenn ich einfach nur die Stadt verlasse, zeigt, wie ernst die Lage ist.

„Ich werde nicht gehen."

„Doch! Du musst. Wenn du bleibst, wirst du unweigerlich in die Angelegenheit mit reingezogen.

Dass ich nicht lache.

„Ich stecke da genauso drin wie du."

Dad schüttelt entschieden den Kopf.

„Nein tust du nicht. Offiziell weißt du nichts, verstanden?"

„Und inoffiziell wissen wir beide, dass das nicht stimmt."

Frustriert klappe ich den Mund wieder zu und atme tief durch. Bis in die Knochen erschöpft stehe ich auf, meine Feierlaune hat sich verflüchtigt.

Immer wieder erstaunlich, wie schnell man auf dem harten Boden der Realität aufschlagen kann.

„Wir sind eine Familie." Ich lege meine Hand auf seine Schulter und drücke sie leicht. „Wir schaffen das zusammen. Versprochen."

Er schüttelt den Kopf und sieht müde zu mir hoch.

„Wenn du bleibst, wirst du diejenige sein, auf die es die *Bones* absehen werden. Mag sein, dass sie mir ins Knie schießen oder ein paar Finger abschneiden, aber diese Biker sind nicht blöd, sie müssen nur einen Blick auf dich werfen und werden sofort wissen, dass du viel wertvoller für sie bist, als ich es je sein kann."

Seine ehrlichen Worte lassen mich erschaudern, dennoch schafft er es nicht, meine Meinung zu ändern.

Ich liebe meinen Dad. Er ist meine einzige Familie und darum würde ich ihn nie, niemals im Stich lassen.

„Ich bleibe."

Er will etwas sagen, doch ich schüttle entschieden den Kopf.

„Ich. Bleibe!"

Wir starren uns an, er senkt als Erster den Blick, was bedeutet, dass ich mich durchgesetzt habe.

Unglaublich!

Das ist mir bis jetzt nie gelungen.

Den winzigen Sieg auskostend, wünsche ich ihm eine gute Nacht und mache mich auf den Weg hoch in den ersten Stock.

Mir fallen die Augen zu.

Die Nacht war lang und nervenaufreibend und ganz egal, was die Zukunft auch für meinen Dad und mich bereithalten mag, es wird völlig ausreichen, wenn ich mich darum erst in ein paar Stunden kümmere ...

1. Kapitel

Der Member des Wild Bones Motorcycle Clubs

Die Augen auf das Gebäude vor mir gerichtet, ziehe ich mir den Helm vom Kopf, hänge ihn über den Lenker und streife mir mit den Fingern durch die langen Haare.

Im Knast habe ich sie wachsen lassen, davor habe ich sie kürzer getragen. Jetzt reichen sie mir bis auf die Schultern. Zehn Jahre sind eben eine verdammt lange Zeit.

Warum ich gesessen habe, spielt keine Rolle.

Es war für den Club und ich habe es durchgezogen – nur darauf kommt es an.

Jetzt bin ich seit drei Wochen draußen, es ist Mitte Dezember, Weihnachten steht vor der Türe.

Es ist schon seltsam. Während meiner Zeit im Knast konnte ich an nichts anderes denken, als endlich rauszukommen. Und jetzt, wo ich draußen bin, denke ich nur an meine Zeit hinter Gittern.

Für Sträflinge, wie ich es war, steht die Zeit still. Sekunden, Minuten, Stunden – das alles spielt im Gefängnis keine Rolle.

Man tritt auf der Stelle. Aufstehen, Essen, Hofgang. Tag für Tag für Tag für beschissenen Tag. Ich war ein verfickter Hamster in einem Laufrad, aus dem es kein Entkommen gab.

Das Einzige, worauf es ankam, war zu überleben.

Das habe ich geschafft. Und wozu?

Fuck!

Die Welt hat sich im letzten Jahrzehnt verändert, nur ich bin der Gleiche geblieben.

Das Einzige, was ich noch verstehe, ist das Kämpfen. Das ist drinnen wie draußen dasselbe, und zu meinem Glück bin ich noch immer verdammt gut darin, anderen Männern die Knochen zu brechen.

Meine Fäuste haben mir im Knast das Leben gerettet.

Wer sich nicht verteidigen kann, stirbt. So einfach.

Doch jetzt bin ich draußen und leichter Nieselregen prasselt auf mein Gesicht. Griffin und Zayn fluchen, sie kotzt das Wetter so richtig an.

Ich hingegen genieße es, den Wind, die Sonne und die Kälte zu spüren.

Schon verrückt, aber diese Kleinigkeiten wie das Wetter habe ich am meisten vermisst.

Viel mehr als den Whisky und die Frauen.

Wobei es so einige Nächte gab, in denen sich meine Faust um meinen Schwanz geschlossen hat und ich alles für eine heiße, enge Pussy gegeben hätte.

Jetzt kann ich so viele Muschis haben, wie ich will, und doch stehe ich hier auf der Straße, vor einer kleinen Kneipe, anstatt in der feuchten Fotze irgendeiner Bitch zu stecken und mich an ihrem Hals festzubeißen.

Woran das liegt?

Darüber will ich gar nicht erst nachdenken.

Mein Schädel ist mit einer Art zähflüssigem Nebel gefüllt, der mir das Denken erschwert.

Wobei es mir dank letzter Nacht schon bedeuten besser geht.

Die Fight-Night im *Danger Zone* hat mir dabei geholfen, den Druck und den Frust, dass ich zehn verdammte Jahre meines Lebens verloren habe, abzubauen.

Meine Fäuste sehen aus, als hätte ich mich mit einem Schnellzug angelegt. Die Haut an meinen Fingerknöcheln ist aufgeplatzt und blutig, und es fühlt sich verdammt gut an.

Seit meiner Entlassung fühle ich mich ruhelos.

Um ganz ehrlich zu sein, weiß ich nichts mit meiner neu gewonnenen Freiheit anzufangen.

Die Frage, was ich mit meiner Zukunft anstellen will, wirbelt durch mein Hirn und bereitet mir Kopfschmerzen.

Damals, als das Urteil gefallen ist, bin ich nicht davon ausgegangen, dass ich die Inhaftierung überleben würde.

Der *Wild Bones Motorcycle Club*, dem ich angehöre und dessen Leder ich trage, ist verflucht mächtig und hat extrem viele Feinde.

Wir haben im Knast keine großen Unterstützer, sondern eigentlich nur Gegner.

Feinde, die es geschafft haben, mir ein Messer zwischen die Rippen zu stoßen und es mehrmals umzudrehen.

Und trotzdem bin ich hier, der Sensenmann hat mich verschont und das, obwohl mir mehr als bewusst ist, dass ich mir dank meiner Taten längst einen Platz in der Hölle reserviert habe.

Fuck!

Ich mag das Feuer, mich faszinieren die Flammen und die unfassbare Zerstörungskraft, die in ihnen wohnt.

Mit der Hölle habe ich kein Problem, genauswenig wie mit dem Teufel.

Ich fürchte mich auch nicht vor ihr, das Einzige, was mir Angst macht, ist der Blick in die Zukunft, die seltsamerweise leer und trostlos erscheint.

Ich fühle mich wie ein Kind, das auf einem Rummel steht und das die Taschen voller Geld hat. Das Problem ist nur, dass das Kind weder die Musik hören noch die Süße der Zuckerwatte schmecken kann.

Es ist blind und taub und weiß nichts mit sich anzufangen ...

„Hey Cole, bist du bereit?"

Griffin reißt mich aus meinen düsteren Gedanken und erinnert mich daran, dass ich kein kleiner Junge auf einem Jahrmarkt, sondern ein Member der *Wild Bones* bin, der nur zu einem Zweck mitgekommen ist, nämlich den, einem alten Mann die Scheiße aus dem Leib zu prügeln.

Im Gegensatz zu Griffin, dem Präsidenten, oder Zayn, dem Vollstrecker des Seattle Chapters der *Bones*, trage ich kein schickes Patch auf dem Leder, das definiert, wer ich bin. Und das ist auch gar nicht nötig, ich kenne meinen Platz in dieser aus Gewalt und Motorrädern bestehenden Gemeinschaft.

Ich bin der Rausschmeißer, der Knochenbrecher – der gottverdammte schwarze Mann.

Wenn es Probleme gibt, bin ich zur Stelle, um diese zu beseitigen.

Und das heutige Problem ist ein Mann namens Henry und der Inhaber der Kneipe, vor dem in der Dunkelheit zusammen mit dem meinen insgesamt drei Bikes stehen.

Henry hat beim Club Waffen gekauft und nicht bezahlt, und wenn er uns weder das Geld noch eine andere Vergütung anbieten kann, dann wird heute die Nacht sein, in der er sterben wird.

Das letzte Mal, dass ich einen Mann getötet habe, ist zehn verflucht lange Jahre her, und auch wenn sich seitdem scheinbar alles verändert hat, ist das Morden sicher gleich geblieben.

Ein Messer ins Herz, eine Kugel in den Kopf oder ein gebrochenes Genick?

Ganz egal, was Griffin sich vorstellt, ich bin mir sicher, dass es kein Problem darstellen wird.

Der Meinung bin ich genauso lang, bis ich an der Seite des Präsidenten das ‚Sailor'' betrete und das Mädchen hinter dem Ausschank stehen sehe.

Wämmmm!

Ich schaue es an, und der Nebel in meinem Kopf lichtet sich.

Es ist keine 1,70 Meter groß und bringt vielleicht sechzig Kilo auf die Waage. Dazu dunkle lange Haare, geheimnisvolle Augen und Lippen, die jeden Mann einfach alles auf Erden vergessen lassen könnten.

Allein um diesen Mund an meinem Schwanz zu spüren, würde ich zehn weitere Jahre in irgendeiner beschissenen Zelle absitzen.

Kaum dass dieser Gedanke durch meinen Schädel geschossen ist, balle ich wütend auf mich selbst die Fäuste.

Was zur Hölle ist nur los mit mir?

Ich mache mir gar nicht erst die Mühe, eine Antwort auf diese Frage zu finden, sondern lasse meine Augen an ihrem Körper hinabgleiten.

Je näher wir ihr kommen, umso mehr kann ich erkennen.

Diese Frau ist schön. Aber es ist nicht nur ihre Optik, die mir gefällt, es ist die Angst in ihrem Blick, die mich die Zähne fletschen lässt.

Wer auch immer sie ist, sie wirkt genauso verloren, wie ich mich fühle, und das zieht mich wie magisch an.

Die Kneipe ist gut besucht, bis auf einen Tisch in der hinteren Ecke sind alle besetzt.

Bis auf das Mädchen, das sich gerade auf den Weg macht, ein paar Bier an die Tische zu tragen, ist hier keine Frau.

Die Stimmung um uns herum ist ausgelassen. Es wird gelacht und geflucht, drei Kerle spielen Karten, ein Stapel Geldscheine liegt auf ihrem Tisch. Mindestens zwei von ihnen sind bewaffnet.

Woher ich das weiß?

Es ist mein Job, genau so etwas zu wissen.

Ich bin weder der Vollstrecker noch der Sergeant at Arms der *Bones*, ich bin irgendetwas dazwischen und ich bin bedeutend gefährlicher als Zayn und Reece zusammen. Wäre ich nicht eingefahren, hätte ich nicht zehn Jahre in einer winzigen Zelle gesessen, wäre ich jetzt der Präsident und dieser Henry würde mir die halbe Million schulden, wegen der Griffin so aufgebracht ist.

Damals war ich ambitioniert, der Platz am Tischende der *Wild Bones* hätte mir durchaus gefallen. Heute kann ich auf so viel Verantwortung sehr gut verzichten.

Alles, was ich will, ist meine Ruhe, meine Ruhe und jemanden, an dem ich meine Fäuste wetzen kann. Die Gewalt, die mein Denken kontrolliert, fließt wie flüssiges Pech durch meine Adern und färbt meine Träume schwarz ...

„Was ist der Plan, Präs?"

Griffin steuert zielsicher auf den letzten verbleibenden Tisch zu, erst als wir bei ihm ankommen, entdecke ich den Skull, der in das Holz geritzt wurde.

Das erklärt, warum er leer ist, dieser Tisch gehört dem Club.

Interessant, das ist neu, oder zumindest hat es dieses Arrangement vor zehn Jahren noch nicht gegeben.

Das Mädchen wirft uns einen verängstigten Blick zu, mein Schwanz wird hart.

Und das nicht nur wegen der verdammt engen Lederhose, die sich wie eine zweite Haut an ihren Arsch schmiegt und meiner Fantasie nicht allzu viel Spielraum überlässt.

„Ihr Arsch ist der Hammer!"

Das kam von Zayn, der sich hungrig die Lippen leckt und bei dem Anblick, der sich uns bietet, offensichtlich kurz vergessen hat, dass im Club seine Old Lady auf ihn wartet.

Isabella ist eine ziemlich bunte Erscheinung.

Ihre rosa, blau und lila Haare sind nur ein kleiner Teil der Farbpalette, die sie darstellt.

Ihre Lippen sind pink und ihre Augen malt sie blau an.

Kein Wunder, dass er sie seinen Regenbogen nennt.

Doch Isabella ist nicht die einzige Lady, es gibt vier weitere davon.

Sogar Kanes nervige Schwester Sarah hat sich einen *Wild Bone* geschnappt.

Mason war damals, als ich von den Bullen erwischt wurde, noch ein Nomad, jetzt hingegen lebt er fest in Seattle und die beiden haben ein winziges Baby bekommen.

Matt, ihr Sohn, ist erst sieben Tage alt und so zerbrechlich, dass ich mich nicht traue, ihn anzufassen.

„Pass auf, dass dich deine Lady nicht hört."

Griffin klingt amüsiert.

„Und selbst wenn? Was sollte passieren?"

Der Präsident sieht den Vollstrecker grinsend an.

„Ganz einfach, Isabella würde deinen Schwanz pink einfärben, mit Glitzer und so ... Dass er aussieht wie ein beschissenes Einhornhorn."

„Ein Einhornhorn? Echt jetzt? Gibt es dieses Wort überhaupt?"

Griffin zuckt mit den Schultern.

„Logo. Warum nicht?"

Ich mische mich nicht ein und ich sage auch nicht, dass es keine Einhörner und somit auch keine Einhornhörner gibt.

„Ich denke, man sagt, das Horn eines Einhorns."

Als ob das einen Unterschied machen würde.

„Wenn dein Schwanz erst mal pink ist und glitzert, als hätte ihn eine Fee angepisst, wird dir die verschissene Grammatik auch egal sein."

Von einer Fee angepisst?

„Woher willst du wissen, dass Feenpisse glitzert?"

Zayn stellt die Frage, die mir ebenfalls auf der Zunge liegt, von der ich mich aber weigere, sie laut auszusprechen.

„Schaust du kein Fernsehen?"

Das Lachen, das aus mir herausbricht, bringt das Mädchen dazu, in meine Richtung zu schauen.

„Was ist so witzig, Cole?“

Alles. Fucking alles!

„Seid ihr alle bescheuert geworden, während ich im Knast war?“

Zayn und Griffin sehen sich fragend an und nicken synchron.

„Schon möglich. Die Welt ist verrückt, glaub mir, Bruder. Du wirst das schon noch merken.“

Ich zweifle keine Sekunde an der Richtigkeit dieser Aussage.

„Jetzt vergesst mal euren Disneyscheiß und konzentriert euch wieder auf den Grund unseres kleinen Ausflugs. Wir sind schließlich nicht zum Spaß hier.“

„Nicht?“

Zayn wirkt überrascht.

„Und ich dachte, es würde dir Spaß machen, wieder mit uns abzuhängen.“

Verdammt!

Ich sage nichts mehr, sondern beobachte stattdessen das Mädchen, das mit einer Flasche Whisky und drei Gläsern auf uns zukommt.

Dieser Arsch in dieser Hose ... *Fuck*

Mein Schwanz zuckt, die Kleine stellt den Whisky ab und sieht unsicher zu Griffin, ehe ihr Blick zu mir gleitet und sie verängstigt die Augen aufreißt.

Bullshit!

Was soll das?

Wir kennen uns nicht, es gibt keinen Grund für sie, mich mehr zu fürchten als meine Brüder. Also warum zum Teufel sieht sie mich so an?

Sie will sich zurückziehen, oder besser gesagt die Flucht antreten, ich halte sie davon ab, indem ich sie blitzschnell packe und meine Finger um ihr Handgelenk winde.

Es ist so schmal und zerbrechlich, dass ich mich nicht mal anstrengen müsste, um ihre Knochen zu zermalmen.

„Was soll das?“

Sie scheint nicht zu verstehen, worauf ich hinauswill.

„Was soll was?“

„Warum fürchtest du dich vor mir?“

Griffin und Zayn halten ausnahmsweise mal die Klappe. Wofür ich echt dankbar bin.

Ein blödes Wort und ich hätte nicht gezögert, ihnen die Zähne auszuschlagen.

Das Mädchen zögert, ihre Pupillen werden immer größer und größer und verdrängen beinahe sämtliches Grün aus ihren Augen.

Ein Smaragdgrün, wie ich es noch nie zuvor gesehen habe ...

„Ihr seid wegen meines Vaters hier."

Sie sagt das so, als ob es eine Antwort wäre.

Aber das ist es nicht. Zumindest nicht für mich.

„Wer ist dein Vater?"

Der Präsident räuspert sich.

„Ihr Vater ist der Typ, der uns eine halbe Mille schuldet."

Fuuuuuckkkkk!

Fuck!

Das ist viel Geld. Genauso viel wie ich letzte Nacht bei der Fight-Night gewonnen habe.

Das Preisgeld liegt in dem Zimmer, in das ich nach meiner Entlassung gezogen bin, in einer Mülltüte unter dem Bett. Im Gegensatz zu den meisten Menschen habe ich keine Ahnung, was ich damit anfangen soll.

Vielleicht kaufe ich mir ein neues Bike.

Was aber Schwachsinn wäre – ich liebe meine alte Maschine.

Vielleicht lasse ich es auch einfach, wo es ist.

So etwas Beschissenes wie Geld hat in den letzten Jahren für mich an Bedeutung verloren. Klar brauche ich ein paar grüne Scheine, um den Tank meiner Harley aufzufüllen oder um mir etwas zu essen zu kaufen. Aber im Gegensatz zu den meisten Menschen ist es für mich nichts Elementares. Nicht mehr.

Die Währung, mit der ich das letzte Jahrzehnt bezahlt habe, war meine Lebenszeit.

Das Einzige, was für mich zählt, ist meine Freiheit.

Meinen vierzigsten Geburtstag habe ich in einer vier mal vier Meter großen Zelle verbracht und dabei an eine graue Wand gestarrt.

„Hol deinen Dad. Wir müssen mit ihm reden."

Das Mädchen will loslaufen, um zu tun, was ich ihm gesagt habe, doch es kommt nicht weit, meine Finger liegen noch immer an ihrem Handgelenk.

Unsere Blicke treffen sich, dann gleiten ihre Augen demonstrativ zu der Stelle, an der ich sie festhalte.

Anstatt sie sofort loszulassen, genieße ich noch eine Sekunde die Beschaffenheit ihrer Haut und das schnelle Klopfen ihres Pulses, das sich unter meinen Fingern regelrecht überschlägt.

Erst als sie zu zittern beginnt, zwinge ich mich, den Griff zu lösen, kaum dass sie frei ist, rennt sie regelrecht davon.

Süß.

Als ob sie irgendwo in dieser verfluchten Stadt vor mir sicher wäre ...
„Was soll das werden, Bro?"
Nicht sicher, worauf Griffin hinauswill, sehe ich ihn an.
„Was soll was werden?"
„Was hast du mit April vor?"
April?
„Wir haben Dezember."
„Ich rede nicht von dem Monat, sondern von Henrys Tochter, du Idiot."
„Das Mädchen heißt April?"
Er nickt.
„Warum interessierst du dich dafür? Du bist hier, um ihrem Vater klarzumachen, was passiert, wenn man den Club bestiehlt, nicht um dir eine Hausmaus zu suchen."
Eine Hausmaus?
Eine nette Idee.
„Wieso nicht? Scheiße, Präs! Nach gestern könnte er sich das Mädchen einfach kaufen."
Kaufen?
Zayn hat recht, das könnte ich tatsächlich.
Mein Schwanz will in den Arsch dieser Frau. Und so wie es aussieht, kostet dieser Arsch genauso viel, wie ich beim Kämpfen gewonnen habe.
„Mach keine Witze, Zayn."
Griffin klingt genervt.
„Die Idee gefällt mir."
Beide Augenpaare rucken zu mir.
„Willst du mich verarschen, Alter?"
Ich verstehe die Aufregung nicht.
„Nein."
„Gut. Dann sag mir, dass du nicht ernsthaft mit dem Gedanken spielst, für Henrys Tochter 500 000 Dollar zu bezahlen."
Doch, genau das tue ich.
„Und selbst wenn?"
Der Präsident reibt sich mit der rechten Hand über die Stirn.
„Hast du während deiner Zeit im Knast dein Hirn verloren, oder was ist los mit dir? Keine Pussy ist so viel Kohle wert?"
Die Aussage überrascht mich.
„Nicht mal deine Old Lady?"
Griffins Augen werden zu schmalen Schlitzen.
„Ganz dünnes Eis, Cole. Ganz dünn."

Zayn lacht und schüttelt den Kopf.

„Keine Ahnung wie es dir geht, Griff, aber ich würde für Isabella jeden fucking Dollar stehlen und bezahlen."

Interessant.

Griffin flucht und sieht zwischen dem Vollstrecker und mir hin und her.

„Aye, natürlich würde ich für Charlotte so viel Geld zahlen. Aber das ist doch wohl was ganz anderes. Verdammt, Cole. Für so viel Asche könntest du dir ein Jahr lang gut ein Dutzend Nutten kaufen."

Ganz genau: Nutten.

„Warum hast du aufgehört, Nutten zu ficken?"

Von meiner Frage überrumpelt, lehnt der Präsident sich zurück.

„Mir war nicht klar, dass es hier um mich geht."

Tut es auch nicht. Es geht um das Mädchen und ihren prachtvollen, in Leder gekleideten Arsch.

„Ich habe dieses Scheißgeld gewonnen und ich kann es ausgeben, wofür ich will."

Stille.

Zayn zündet sich eine Kippe an, Griffin schenkt sich etwas von dem Whisky ein und kippt sich einen Atemzug später die bernsteinfarbene Flüssigkeit in die Kehle.

Sein gezischtes „Mach doch was du willst, Alter!" wird von Henrys Ankunft begleitet.

Ich habe mit einem alten Mann gerechnet, und auch wenn der Mann, der jetzt vor dem Tisch steht, locker sechzig ist, wirkt er auf mich nicht kraftlos oder senil.

Sondern eher wie jemand, der noch ein paar verdammt gute Jahre vor sich hat.

Also warum zur Hölle war er so blöd, den Club zu bescheißen. Er muss wissen, dass darauf die Todesstrafe steht – das weiß die ganze Stadt!

Seine Augen zucken zu mir, seine Pupillen sind mit Hass gefüllt.

„Fass meine Tochter noch mal an und du bist tot, Arschloch!"

Fuck!

Echt jetzt?

„Die Kleine hat gepetzt?"

Alleine die Vorstellung, wie die Kleine, kaum dass ihr ein großer, böser Biker ein wenig zu nahe gekommen ist, zu ihrem Daddy rennt und ihn um Hilfe bittet, bringt mich zum Lachen.

Ich hatte das Mädchen anders eingeschätzt.

Ich meine, Fuck! Das hier ist eine heruntergekommene Hafenkneipe, ich werde wohl kaum der Erste sein, der sie anfasst.

Arrrrrrgh ...

Allein bei der Vorstellung, wie ein anderer Kerl sie berührt, bin ich kurz davor, mit den Zähnen zu knirschen.

Das Bild, das dabei in meinem Schädel entsteht, gefällt mir nicht.

„Ich habe es beobachtet."

Ah ja, das passt schon eher.

Zayn setzt sich aufrechter hin und mischt sich in das Gespräch ein.

„Du befindest dich nicht in der Position, einem von uns zu drohen, alter Mann."

Sein Gesicht verliert an Farbe.

„Ich bin ihr Vater, ich habe jedes Recht, auf sie aufzupassen."

In dem Fall stimme ich ihm zu.

Es ist sogar seine gottgegebene Pflicht. Doch das hier ist eine Ausnahmesituation und wenn der alte Mann nicht aufpasst, wird er in wenigen Minuten an seinem eigenen Blut ersticken und wer passt dann auf sein kleines Töchterchen auf?

„Setz dich!"

Des Präsidenten Stimme ist arktisch, Henry sinkt wie eine Marionette, bei der die Fäden durchgeschnitten wurden, auf den noch freien Stuhl.

Ich werfe einen Blick über seine Schulter und entdecke seine Tochter.

Sie steht mit bleichem Gesicht hinter der Bar, die Hände an der Theke festgekrallt wirkt sie fast so, als würde sie gleich in Tränen ausbrechen.

Sie weiß, was los ist.

Sehr schön. Dann wird es keine allzu große Überraschung für sie sein, wenn ihr Vater ihr gleich ein Preisschild mit fünf Nullen auf den Arsch kleben wird.

„Du weißt, warum wir gekommen sind?"

Der alte Mann nickt.

„Hast du unser Geld?"

Dieses Mal schüttelt er verneinend den Kopf.

Oh ... Oh ... Oh ...

Das ist nicht gut. Zumindest nicht gut für ihn. Für mich ist es perfekt – zumindest, wenn ich Ernst machen und mir das Mädchen kaufen will.

Zayn wird wütend.

„Wenn du deine Tochter beschützen willst, legst du jetzt besser 500 000 Dollar auf den Tisch."

Henrys Finger beginnen zu zittern, um seine wachsende Furcht vor uns zu verstecken, zieht er schnell seine Hände vom Tisch.

„Hast du dann zumindest noch die Waffen?"

Meine Frage lässt Griffin eine Augenbraue hochziehen, anscheinend ist unser Präsident noch gar nicht auf die Idee gekommen, die Ware einfach wieder zurückzufordern.

Gespannt, was Henry sagen wird, sieht Griffin zu ihm.

Noch bevor er zu reden anfängt, weiß ich, was wir gleich zu hören bekommen werden.

„Nein. Die habe ich verkauft."

„Und wo ist dann das Geld?"

Die Frage kommt von Zayn.

„Ich habe es nicht bekommen. Ich wurde geprellt."

Dumm! Dumm! Dumm!

Dank seines Fehlers wird seine Tochter mir gehören.

„Vorkasse oder Barzahlung bei der Übergabe, du kennst das Business, Henry."

„Ich ... Es ... Es ... tut mir leid. Ehrlich. Ich ... es war falsch. Bitte Griffin. Du kennst mich ..."

Falls er auf so etwas wie Mitleid oder Gnade hofft, muss ich ihn enttäuschen.

Hier geht es nicht wirklich um das Geld, der Club verdient genug. Wir könnten diesen Verlust verschmerzen, aber das wollen wir gar nicht. Hier geht es ums Prinzip!

Niemand bestiehlt oder verarscht die *Wild Bones*!

Diese Message muss verbreitet werden. Denn falls sich herumspricht, dass wir bei Henry nachsichtig waren, wird schnell erzählt, dass wir schwach sind, und Schwäche kann man sich in unserer Welt nicht leisten. Die führt immer und unweigerlich zum Tod!

Ihr ahnt es. Selbst wenn ich Henry seine geliebte Tochter abkaufe und die Clubkasse dank meinen 500 000 Dollar wieder ausgeglichen ist, wird diese Scheiße nicht ohne Blutvergießen ablaufen.

Das ist einfach nicht möglich.

So arbeiten wir nicht.

„Wer auch immer deine Ware hat, er wird sich Zukunft einen anderen Händler suchen müssen."

Der Alte schüttelt verzweifelt den Kopf.

„Nein. Bitte. Wenn ich nicht mehr bin, wer passt dann auf April auf? Die Stadt ist zu gefährlich für eine Frau ohne Schutz."

In dem Punkt kann ich ihm nur zustimmen. Die Straßen von Seattle sind voller Raubtiere. Woher ich das weiß? Ganz einfach, ich bin eines davon.

„Daran hättest du früher denken sollen!"

Griffin ist mitleidlos. Genau wie Zayn und ich. Emotionen sind nicht gerade eine Stärke der *Wild Bones*.

Das Töten hingegen schon.

Um zu zeigen, dass ich bereit bin, ziehe ich den Dolch aus der Scheide, die ich hinten an meinem Gürtel befestigt habe, und lege ihn demonstrativ auf den Tisch.

Dem Vater des Mädchens fallen beinahe die Augen aus dem Kopf.

Was ich witzig finde.

Was hat er denn gedacht, wie das hier endet?

Mit einer Gruppenumarmung und Liebesschwüren?

Lächerlich!

„Wenn ihr mich tötet, dann lasst April zumindest das ‚Sailor', sie muss von irgendetwas leben."

Oh, ich hätte da ein paar alternative Ideen ...

Sie kann an meinem Schwanz lutschen, oder sich einfach mehrmals täglich auf mein Bett knien und mir ihren Arsch entgegenstrecken.

Uhhhh ...

Allein bei der Vorstellung will ich mir am liebsten in die Hose fassen und mir einen wichsen.

„Keine Sorge, sie wird leben. Diese Angelegenheit betrifft nur den Club und dich. Außer natürlich, sie wird dein Geschäft übernehmen. Dann kann ich ihr nur raten, deinen Fehler nicht zu wiederholen."

Oh, ich werde persönlich dafür sorgen, dass sie sich intelligenter anstellt als ihr Vater. Sobald ich sie erst mal gekauft und ihr meinen Namen auf den Arsch geschrieben habe, bin ich für sie verantwortlich und ich werde auf meine Investition gut aufpassen.

Mag sein, dass ich mir nichts aus Geld mache.

Aber eine Pussy für eine halbe Million ist nicht gerade ein Schnäppchen.

Henry sieht so aus, als müsste er jede Sekunde kotzen.

Kein Wunder!

Ich kann mir nicht mal ansatzweise vorstellen, wie es sich anfühlt sein eigenes Fleisch und Blut in Gefahr zu wissen.

Sollte ich jemals eine Tochter haben, werde ich wie ein Adler über sie wachen.

Kinder sind heilig. Die eigenen sowieso. Nichts ist kostbarer als das Leben, das man selbst erschaffen hat.

Besonders für Männer wie mich, Griffin oder Mason zum Beispiel, der dank Sarah eben erst Vater geworden ist. Wir sind Männer des Todes, wir wissen das Leben derjenigen, die wir lieben, zu beschützen.

„Leg deine Hände auf den Tisch. Die Finger gespreizt!"

Der Präsident nickt mir zu, ich mache mich bereit, dem alten Mann zuerst die Finger und dann die Hände abzuhacken.

„Wie, ihr wollt das jetzt und hier machen?"

Henry wirkt entsetzt.

„Was hast du denn gedacht? Dass wir jetzt alle unsere Terminkalender rausholen und nach einem geeigneten Datum suchen?"

Zayn beginnt laut zu lachen.

Nach einigem Zögern und einem verängstigten Blick auf seine Tochter, kommt er dem Befehl nach. Seine Hände zittern so sehr, dass es mich wundert, dass der Tisch nicht zu wackeln beginnt.

„Bevor wir entscheiden, wie es jetzt weitergeht, will dir unser Bruder hier noch ein Angebot machen."

Griffin nickt mir zu, das ist meine Gelegenheit, um mein Geld ins Spiel zu bringen.

„Ein Angebot?"

Der alte Mann klingt verwirrt, meine Augen ruhen auf seinem aschfahlen Gesicht.

„Ich biete dir einen Ausweg."

„Was für einen."

Ein winziger Schimmer Hoffnung huscht über seine Mimik.

„Ich kaufe dir deine Tochter für 500 000 Dollar ab. Du könntest deine Schuld begleichen und würdest nicht deine Hände, sondern nur ein paar Finger verlieren."

Es wundert mich nicht, dass er mein Angebot, ohne eine Sekunde zu zögern, ablehnt.

Welcher Vater will schon sein Mädchen an einen Mann wie mich verkaufen?

„Niemals!"

Zayn knirscht mit den Zähnen.

„Dir ist aber schon klar, dass sich unser Bruder hier April, auch ganz ohne einen Penny für sie zu bezahlen, schnappen kann? Das hier ist unsere Stadt und du hast uns betrogen, er hat jedes Recht, sich zu nehmen, was er will. Dass er dir dennoch das Geld anbietet, ist reine Freundlichkeit."

Fuck! Das ist neu!

Seit wann bin ich freundlich?

„Ich bin nicht dumm, Enforcer. Ich weiß, dass sein Besitzanspruch auf April erst legitim ist, wenn ich dem Verkauf zustimme. Ohne meine Erlaubnis hat er sie einfach nur geraubt. Ohne mein Ja hat er keinen legitimen Anspruch auf sie, dann ist sie nur seine Beute."

Zayn grinst von einem Ohr zum anderen.

„Mag sein. Aber ficken kann er sie trotzdem."

Henry sieht zu mir, er schaut mir direkt in die Augen und erkennt, was ich wirklich bin.

„Du würdest sie zerstören."

Ich schüttle den Kopf.

„Ich beschütze, was mir gehört!"

Je länger wir darüber reden, je stärker wird mein Wunsch, das Mädchen tatsächlich zu kaufen. Das einzig Wertvolle, was ich je besessen habe, war mein Bike.

Diese Frau mein Eigen nennen zu können, wäre einfach unglaublich.

„Aber April gehört mir. Lieber lasse ich mir die Hände abhacken, als dass ich mein Mädchen an ein Monster wie dich verkaufe!"

Alles klar.

Bullshit!

Dann soll es so sein!

Ganz davon abgesehen, hat Zayn völlig recht, wenn ich das Mädchen will, kann ich es mir einfach nehmen und das, ohne einen verfickten Dollar dafür zu bezahlen.

„Letzte Worte?"

Henry hebt den Kopf und sieht mich dabei hasserfüllt an.

„Eure Seelen werden im Höllenfeuer brennen."

„Nicht nur unsere Seelen ..."

In der Sekunde, in der ich mich bereit mache, ihm die ersten Finger abzutrennen, stürmt das nicht zum Verkauf stehende Mädchen mit tränenüberströmtem Gesicht auf unseren Tisch zu und stellt sich zwischen den alten Mann und mich.

„Wir nehmen dein Angebot an. Für 500 000 Dollar und das Leben meines Vaters gehöre ich dir, *Wild Bone*."

Trotz der Furcht, die wie Fische in dem Opalgrün ihrer Iriden schwimmt, ist ihre Stimme klar und deutlich.

Respekt!

In dem kleinen Ding steckt mehr Mut, als ich dachte.

„Dir ist klar, was das bedeutet?"

April nickt.

„Dass ich am Arsch bin."

„Falsch! Dass ich in deinem Arsch sein werde!"

Entsetzen zuckt über ihr wunderschönes Gesicht. Am liebsten würde ich aufstehen, und mit der Zunge die salzigen Tropfen von ihrer hellen Haut lecken.

Ihr Vater hingegen reißt sich aus dem Schock los, springt auf und zerrt April von mir weg.

„Bist du verrückt, Tochter?"

Sie sieht ihn an.

„Mein Verstand ist klar."

„Ich werde nicht zulassen, dass du dich wegen mir an einen Typen wie ihn verkaufst. Lieber sterbe ich!"

Sie schüttelt den Kopf, ihre dunklen Locken fliegen durch die Luft, eine davon berührt meinen Hals.

Meine Faust will sich in den langen Strähnen vergraben, doch ich widerstehe der Versuchung und halte stattdessen weiter den Dolch fest.

„Das lasse ich nicht zu. Du bist mein Dad. Wir sind eine Familie. Ich würde alles für dich tun. Alles!"

Mit dieser uneingeschränkten Loyalität ihrem Vater gegenüber verdient sich die Kleine meinen Respekt.

„Und ich würde alles für dich tun, April. Also lass mich sterben."

Ihr geschrienes „Niemals!" hallt durch die Kneipe. Inzwischen hat jeder der anwesenden Männer kapiert, dass wir nicht zum Spaß hier sind.

Einer von ihnen ist sogar dumm genug, aufzustehen und sich schützend vor April zu stellen.

„Macht dir einer dieser Biker Probleme, Baby?"

Der Typ ist knapp 1,90 groß, circa hundert Kilo schwer und hat den Körper eines Arbeiters. Er stellt keine Herausforderung für mich dar.

Wenn er den Helden spielen will, bitte, aber das wird ihn teuer zu stehen kommen.

Zayn, der die Szene mit zuckenden Mundwinkeln beobachtet, lehnt sich entspannt zurück und genehmigt sich ebenfalls etwas von dem Whisky.

„Halt dich da besser raus, Ty."

Ty? Der Wichser hat also einen Namen.

„Ja Ty, verschwinde!"

Besagter Wichser baut sich drohend vor mir auf, ich stecke kurz den Dolch weg, balle eine Faust, hole aus und schicke ihn ohne große Anstrengung auf den dreckigen Boden.

April kreischt, Ty stöhnt und Zayn lacht.

Der Held rappelt sich auf und reibt sich über den Kiefer.

„Echt jetzt?"

Er nickt.

Ich strecke ihn erneut nieder.

Der Vorgang wiederholt sich vier Mal, dann bleibt das Arschloch endlich liegen.

„Ziemlich hartnäckig."

Griffin verpasst dem nun ausgeknockten Kerl einen Tritt, doch es kommt keine Reaktion.
„Ist er tot?“
April klingt entsetzt.
„Nein, nur bewusstlos.“
„Du bist ein Monster!“
Jep, bin ich.
„Willst du immer noch, dass ich dich kaufe?“
Das Mädchen nickt tapfer, damit ist die Sache beschlossen.
„Alles klar, deines Vaters Schulden sind hiermit beglichen.“
April wirkt erleichtert.
„Das heißt, ihr werdet ihm nicht wehtun?“
Nein, das heißt es nicht.
„Das heißt, dass er am Leben bleiben wird.“
Ich sehe zu Zayn, der kapiert, was ich will, kippt den Whisky in sich hinein, steht auf und packt das Mädchen am Arm, ehe er es aus der Kneipe zerrt.
Es wehrt sich und schlägt wie wild um sich, was unseren Vollstrecker nur wenig interessiert.
„Was hast du vor?“
Ihr Vater sieht ihr entsetzt nach.
„Es ist besser, wenn sie das, was jetzt kommt, nicht sieht.“
Er überlegt kurz und nickt.
„Ja, das sehe ich auch so.“
Wunderbar.
„Wir sind uns also einig.“
„Warum tust du das?“
Er stellt mir die Frage, während er sich setzt und seine Hände wieder auf den Tisch legt.
„Wie gesagt, ich beschütze, was mir gehört.“
Henry wirkt überrascht. Kein Wunder.
Ich wirke nicht gerade wie der fürsorgliche Typ, aber das ist okay.
Es ist mir egal, was die Menschheit von mir denkt.
„Bereit?“
Griffin sieht mich an, ich erkenne den unausgesprochenen Befehl in seinem Blick.
Wenige Minuten später liegen fünf abgetrennte Finger neben dem bewusstlosen Helden auf dem Boden.
Ein Finger pro Hunderttausend Dollar.
Der alte Mann wirkt bleich und bricht beinahe auf dem Stuhl zusammen.

Schweiß perlt ihm von der Stirn, während sein Blut den Tisch einfärbt.

Meine Arbeit ist erledigt, ich stecke den blutigen Dolch ein, gönne mir einen großen Schluck Whisky direkt aus der Flasche und mache mich dann auf den Weg zu meinem neuen Besitz.

Im ‚Sailor' ist es vollkommen still geworden.

„Wenn du nicht verbluten willst, musst du die Stummel mit Feuer veröden."

Griffin wirft dem alten Mann ein Feuerzeug auf den Tisch und folgt mir aus der Kneipe raus an die frische Nachtluft.

Kaum dass ich den ersten Schritt auf den vom Schneeregen nassen Asphalt gesetzt habe, tönt ein lautes Klatschen durch die Nachtluft.

Holy Shit!

April war verrückt genug, dem Vollstrecker der Bones mitten ins Gesicht zu schlagen.

Griffin wirft mir einen warnenden Blick zu, während Zayn fassungslos wirkt.

Er starrt das Mädchen an – ich rechne mit dem Schlimmsten und bin bereit, dazwischen zu gehen.

Doch anstatt ihr, wie erwartet, wehzutun, schüttelt Zayn lachend den Kopf und sieht mich grinsend an.

„Wie mir scheint, musst du deiner Hausmaus erst mal Manieren beibringen."

Damit steigt er auf sein Bike und startet mit einem Kick den Motor.

Verwundert packe ich das zickende Mädchen und ziehe es an meine Seite.

Was ist jetzt los?

Der Zayn, den ich kenne – der von vor zehn Jahren – hätte anders reagiert.

Er wäre ausgeflippt.

Die Zeit und die Frauen meiner Brüder scheinen einen positiven Einfluss auf ihn zu haben. Anders kann ich mir das, was ich gerade erlebt habe, nicht erklären.

Griffin steigt ebenfalls auf und zieht sich den Helm an.

„Kommst du klar, Cole?"

„Yeah, fahrt ihr ruhig vor."

Die beiden verschwinden und lassen mich mit meinem kampfbereiten Besitz vor dem ‚Sailor' stehen.

„Falls du denkst, dass ..."

Anstatt mir ihr Gezeter anzuhören, halte ich ihr kurzerhand den Mund zu.

„Willst du wissen, warum ich dich gekauft habe?"

Sie zeigt keine Reaktion, klar ich halte ihr den Mund zu, aber sie hätte zumindest nicken können. Ich erzähle es ihr trotzdem.

„Wegen deinem Arsch! Dein Hintern war mir eine halbe Million Dollar wert. Und wenn du ein schlaues Mädchen bist, nutzt du das zu deinem Vorteil."

Tief Luft holend mache ich eine kurze Pause und gebe ihr einen Moment, um diese Information sacken zu lassen.

„Ich werde dich weder vergewaltigen noch gefangen halten. Du warst mit meinem Angebot einverstanden, also tu, was ich von dir erwarte. Wenn du dich wehrst, abhaust oder dich mir verweigerst, werde ich den Kauf rückabwickeln und dein Vater wird nicht einfach nur ein paar Finger, sondern sein Leben verlieren. Verstanden?"

Sie reißt die Augen auf, ich nehme meine Hand runter.

„Du wirst mich nicht fesseln?"

April klingt überrascht, mein Schwanz saugt sich erneut mit Blut voll.

„Willst du das denn?"

Entschlossen meinen neuen Besitz zu kosten, dränge ich sie an die Wand, jetzt ist sie zwischen mir und der Hausmauer gefangen.

„Willst du, dass ich dich fessle, während ich dich in deinen geilen Arsch ficke?"

Anstatt mir ein entschiedenes Nein entgegenzuschleudern, sieht sie einfach nur aus weit aufgerissenen Augen zu mir hoch.

„Du bist ein Schwein."

Fuck!

„Ich bin ein *Wild Bone*."

„Na und? Dann bist du halt ein wildes Schwein!"

Mutig. Wirklich sehr mutig.

„Du gehörst mir."

„Niemand kann einen Menschen kaufen, nicht mal ein Biker wie du."

Ach ja?

„Ich denke, ich habe dich die letzten Minuten eines Besseren belehrt. Oder?"

Ihre Lippen bilden einen dünnen Strich. Es ist offensichtlich, dass sie mir am liebsten ebenfalls eine knallen will, sich das aber aus irgendeinem Grund nicht traut.

Bullshit!

Warum nicht?

Warum ist sie tapfer genug, Zayn eine zu verpassen und mir nicht?

April hat mich gesehen und sich von Anfang an vor mir gefürchtet.

Mag sein, dass sie vor Griffin und dem Vollstrecker ebenfalls Angst hatte, aber in mir hat sie etwas gesehen, das sie wirklich verschreckt hat.

Die Frage ist nur, was?

Zur Hölle!

Bin ich jetzt echt auf Zayn eifersüchtig und das nur, weil ihm das Mädchen eine geknallt hat und mir nicht?

Was ist nur los mit mir?

„Du hast meinen Körper gekauft, nicht meine Seele."

Meine Mundwinkel biegen sich zuckend nach oben.

„Na was ein Glück, da habe ich ja genau den richtigen Teil von dir erwischt. Eine Seele lässt sich schließlich nur schwer ficken."

Mir ist bewusst, dass ich mich gerade wie ein riesiges Arschloch aufführe.

Aber verdammt!

Ich kann nicht anders.

April reizt den Teufel in mir.

„Leck mich, *Bone*."

„Mein Name ist Cole."

Sie zuckt nichtssagend mit den Schultern, fast so, als ob ihr mein Name am Arsch vorbeigehen würde, an demselben, den ich so dringend ficken will, dass meine Finger zu zittern beginnen.

Meinen Blick auf ihren vollen Lippen festtackernd, atme ich tief ein.

Ich kann es kaum erwarten, sie das erste Mal zu schmecken.

„Küss mich!"

„Niemals!"

„Küss mich!"

„Nein!"

Stures kleines Ding.

„Küss mich oder ich küsse dich!"

„Mach doch."

Sie wirkt trotzig, ihre Augen rutschen zu meinem Mund.

Mag sein, dass sie sich weigert, aber ich kann ihr an der Nasenspitze absehen, dass sie von mir geküsst werden will.

Vielleicht ist das auch nur Wunschdenken.

Egal.

Denn in der Sekunde, in der ich den Kopf senke, meine großen Hände auf ihrer Hüfte platziere, sie so festhalte und ihre Lippen für mich beanspruche, verliert das alles an Bedeutung.

Ihr Mund ist weich und fest und fühlt sich an wie Samt.

Die Tatsache, dass er ganz leicht nach reifen Erdbeeren schmeckt, ist die Krönung des Ganzen und sorgt dafür, dass sich meine Hoden pochend zusammenziehen.

Holy Shit!

Bis zu diesem Moment war mir nicht klar, dass ich in den letzten Jahren den Geschmack dieser Früchte vermisst habe.

Das kapiere ich erst jetzt.

Das Gefühl ihres kleinen, festen Körpers an dem meinen, ihre Haare, die dank dem Wind gegen meinen Hals wehen und ihre Hitze ... diese unglaubliche Hitze, die mich zu verschlingen droht.

Aprils ganz eigenes Aroma explodiert auf meiner Zunge und macht mich süchtig.

Ich brauche mehr, so viel mehr ... Also vertiefe ich den Kuss, teile mit der Zunge ihre Lippen und dringe in die seidene Höhle, die sich dahinter befindet, ein.

Das Mädchen erstarrt und wehrt sich, ich ignoriere seinen Unwillen und küsse es einfach weiter und immer weiter.

Mit Erfolg.

Ihre starre Haltung löst sich in Luft auf und nach einer kleinen Ewigkeit gibt sie endlich nach und sinkt mit einem leisen Seufzen an mich.

Der Sieg ist besser als alles, was ich jemals erlebt habe.

Eine weitere Minute später beginnt sich ihre Zunge zu bewegen und in dem Moment, in dem sie ihre passive Haltung aufgibt und mich aktiv zurückküsst, kippt meine Welt zur Seite, die Anziehungskraft der Erde wird außer Kraft gesetzt und das Einzige, was mich noch am Boden hält, ist die Frau in meinen Armen, die mir ab jetzt auf Gedeih und Verderb ausgeliefert ist.

April gehört mir.

Ganz allein mir und auch wenn sie mich für ein Monster hält, werde ich ihr nichts tun. Ich werde sie nicht zum Sex zwingen – ich werde sie zu gar nichts zwingen, ich werde sie einfach nur behalten, wie einen hübschen Goldfisch in einem runden Glas, und mich an ihrer Gegenwart erfreuen.

2. Kapitel

Das Mädchen, das von einem Rocker gekauft wurde ...

Was passiert hier gerade?

Was bei allen Göttern ist nur los?

Ja, klar, theoretisch weiß ich genau, wie ich auf das Motorrad dieses Bikers gekommen bin, aber praktisch sieht es da ganz anders aus.

Noch vor einer Stunde war meine Welt einigermaßen okay.

Klar wusste ich, dass mein Dad ein dickes Problem hatte und dem *Wild Bones Motorcycle Club* Geld schuldete, aber ich war mir sicher, dass wir das schon irgendwie geregelt kriegen würden.

Himmel!

Das war so naiv!

In dem Augenblick, in dem die drei Rocker das ‚Sailor' betreten haben, wusste ich, dass wir am Arsch sind.

Der Präsident kam immer mal wieder vorbei, der Vollstrecker auch, aber nie zusammen und nie mit diesem finsteren Gesichtsausdruck. Und dann dieser dritte Biker, den ich aus der Fight-Night im *Danger Zone* kenne.

Heilige verfluchte Scheiße!

Dieser Mann ist ein Biest, ein Tier, eine echte Killermaschine. Ich habe noch genau vor Augen, wie er all seine Herausforderer innerhalb kürzester Zeit fertiggemacht hat.

Sein Sieg war unglaublich und faszinierend.

Zum Schluss stand er triumphierend in dem mit dem Blut seiner Opfer besudelten Käfig. Vor seinen Füßen lag sein letzter Gegner, reglos – vielleicht sogar tot. Hätte mir in dieser Nacht jemand gesagt, dass ausgerechnet dieser *Wild Bone* in die Kneipe meines Vaters kommen und mich für eine halbe Million kaufen wird, hätte ich ihm nicht geglaubt.

Das wäre einfach zu verrückt gewesen!

Eine. Halbe. Million. Dollar.

Shit!

Ist das zu fassen?

Ich weiß, welche Wirkung ich auf Männer habe, schließlich bin ich Nacht für Nacht von ihnen umgeben, aber mir war nicht klar, dass ich einem von ihnen jemals 500 000 Dollar wert sein könnte.

Das ist verrückt!

Verrückt und pures Glück!

Denn wenn es nicht so gewesen wäre, dann wäre mein Dad jetzt tot.

So ungern ich es mir auch eingestehe, aber Coles Angebot hat mich und meinen Vater gerettet. Schon klar, die Situation, in der ich mich befinde, ist nicht gerade optimal. Aber was solls?

Ich kenne Kerle wie ihn, sie sind wie kleine Kinder.

In der einen Sekunde ist ihr neues Spielzeug noch das tollste überhaupt, und am nächsten Tag interessieren sie sich nicht mehr dafür und kaufen sich ein anderes.

So wird es mit dem Rocker auch sein.

Nur weil er mich heute will, bedeutet das nicht, dass das für immer so sein wird.

Und an dem Tag, an dem er sich die nächste Frau kauft, kann ich zurück zu meinem Dad und in mein altes Leben.

500 000 Dollar! Eine halbe Million! 500 000 Dollar!

Die unglaubliche Summe kreist wieder und wieder durch meinen Kopf.

Er hat gesagt, dass er mich nur gekauft hat, weil er mit mir Analsex haben will.

Aber stimmt das?

Scheiße!

Das hätte er woanders garantiert günstiger haben können.

Cole setzt mir seinen Helm auf, starrt mich dabei finster an und reißt mich so aus meinen wirren Gedanken.

„Wir müssen den Verschluss noch auf deine Länge einstellen, sonst ist es nicht sicher."

Nicht sicher?

„Soll das ein Witz sein?"

Er legt die Stirn in Falten.

„Was ist ein Witz?"

„Dass ich wegen diesen blöden Helms plötzlich in deiner Nähe sicher bin."

Etwas, das nach Zorn aussieht, blitzt in seinen holzbraunen Iriden auf.

„Du bist bei mir sicher."

Das bezweifle ich.

Ich denke, es wird Zeit, die Karten auf den Tisch zu legen.

Ich meine, was habe ich denn schon zu verlieren.

„Ich habe dich im *Danger Zone* gesehen."

„Na und?"

„Bei der Fight-Night."

Cole scheint nicht zu verstehen, worauf ich hinauswill.

„Da waren viele Menschen."

„Stimmt. Aber vor allem waren da viele Kämpfer."

Er nickt.

„Worauf willst du hinaus, Mädchen."
„Du hast sie alle fertiggemacht. Es war brutal und blutig."
Er nickt wieder.
„Es war Fight-Night. Kämpfen ist immer brutal."
Damit mag er recht haben. Trotzdem.
„Wo hast du gelernt, so zu kämpfen?" *Und so zu küssen?*
Letzteres spreche ich nicht aus, dennoch muss ich zugeben, dass das, was er mit seinen Lippen und seiner Zunge mit mir gemacht hat, mehr als nur ein wenig verstörend und heiß war.
Himmel!
Ich wollte nicht weich werden, ich wollte nicht nachgeben und dann ...
Dann bin ich regelrecht dahingeschmolzen.
Seine Zunge ist teuflisch! Genau wie der Rest von ihm.
Trotzdem sollte ein so gnadenloser Mann nicht so zärtlich sein können. Das widerspricht sich, das passt nicht zu dem Bild, das ich mir von ihm gemacht habe.
Und es bringt mich total durcheinander.
„Das willst du nicht wissen!"
Verdammter Mist!
Die Erinnerung an das Gefühl von seinen Lippen auf den meinen hat mich abgelenkt. Worüber haben wir uns gerade noch mal unterhalten?
„Was will ich nicht wissen?"
„Wo ich so kämpfen gelernt habe."
Stimmt, da waren wir.
„Doch, will ich schon."
Anstatt unser Gespräch weiterzuführen, stellt er fürsorglich den Verschluss des Helms ein. Die Art, wie seine rauen, schwieligen Finger dabei über die empfindliche Haut unter meinem Kinn gleiten, bringt mich total durcheinander.
Warum zum Teufel muss er so fürsorglich sein?
Wäre er brutal und gemein, würde es mir viel leichter fallen, ihn weiter als das zu sehen, was er ist: einen gewaltbereiten Outlaw.
„Was habt ihr mit meinem Vater gemacht?"
Der Verschluss rastet ein.
„Am Leben gelassen."
Damit lässt er von mir ab und schwingt sich direkt vor mir auf die Maschine.
Cole fasst nach hinten, packt mich an den Kniekehlen und zieht mich so dicht an seinen massiven Rücken, dass es fast schon obszön ist.

Ich versuche instinktiv, wieder etwas nach hinten zu rutschen und Abstand zwischen ihm und mir zu schaffen, aber das lässt der *Wild Bone* natürlich nicht zu.

„Halt still!"

„Fick dich!"

Aus seiner Kehle löst sich ein animalisches Knurren.

„Nähe bedeutet Sicherheit! Verstanden?"

Was ich verstehe, ist, dass seine Nähe eine Wirkung auf mich hat, die absolut und vollkommen falsch ist.

„Schwimmwesten bedeuten Sicherheit, du hingegen bist der sichere Tod!"

Mit einem gebrummten „Wie kann so ein kleiner Mensch nur so anstrengend sein?" klappt er den Ständer der Harley ein und startet mit einem Kick den Motor.

Das Bike dröhnt und vibriert vor Kraft.

Eine Gänsehaut überzieht meine Arme.

„Halt dich an mir fest oder du fällst und brichst dir dein Genick!"

„Keine Sorge, ich kenn mich aus, mein Ex hatte auch ein Motorrad."

Diese Info scheint dem Rocker vor mir nicht besonders zu gefallen.

Woran ich das erkenne?

Daran, wie sich sein Kiefer anspannt und zu mahlen beginnt.

Er gibt Gas, ich lege meine Arme um seine Mitte und die Maschine macht einen Satz nach vorne.

Die Fahrt zum Club ist ein Erlebnis für sich.

Coles massiver Körper schirmt mich weitestgehend vor dem kalten Fahrtwind ab, wofür ich echt dankbar bin. Wir haben Dezember, aber an eine Jacke habe ich leider nicht gedacht.

Wir stoppen erst vor den massiven Toren des Clubhauses. Eine mit einem Maschinengewehr ausgestatteten Wache öffnet es für uns und lässt uns passieren.

Auf dem weitläufigen Gelände, das rundum von einer hohen Mauer, die mit Natodraht versehen ist, eingerahmt wird, stehen lodernde, in Ölfässern brennende Feuer.

An der grauen Mauer des viereckigen Betonbaus prangt als stummer Wächter der von Knochen umrahmte Totenkopf, der das Colour der *Wild Bones* darstellt.

Dieser Ort hat eine seltsame Ausstrahlung.

Um die Feuer stehen kleine Grüppchen aus kuttentragenden Membern und halb nackten, für die Jahreszeit viel zu leicht bekleideten Frauen.

Cole lenkt seine Maschine nach rechts, dann reiht er sich mit dem Hinterreifen Richtung Hauswand in der langen Schlange atemberaubend schöner Motorräder ein.

Der Motor verstummt, mein Herz beginnt wie verrückt zu rasen.

Ohne zu warten, steige ich von seinem Bike ab, löse den Helm und gebe ihn ihm zurück.

Abstand. Ich brauche Abstand zu dem Mann, der mich, aus welchen Gründen auch immer, für eine halbe Million Dollar gekauft hat.

Cole, den mein seltsames Verhalten zu amüsieren scheint, sieht mich aus zusammengekniffenen Augen an.

„Angst?"

Blöde Frage.

„Sollte ich etwa welche haben?"

Noch bevor er mir antworten kann, kommen plötzlich zwei andere *Bones*, die ich noch nie zuvor gesehen habe, auf uns zu,

Auf dem Leder des einen erkenne ich ein Road-Captain-Abzeichen auf dem des anderen steht in geraden Lettern *Treasurer* geschrieben.

„Zayn braucht dich."

„Jetzt?"

Der Treasurer nickt, der Kämpfer flucht.

„Ich komme gleich, ich bring nur schnell meinen Einkauf rein."

Seinen Einkauf?

Noch bevor ich nachdenken kann, noch bevor ich weiß, was ich da eigentlich tue, hole ich aus und verpasse ihm eine schallende Ohrfeige.

Wämmm!

Meine Hand beginnt zu brennen, Coles Kopf wird nach hinten geschleudert.

Scheiße!

Was habe ich nur getan?

Das „Sorry!", das mir auf den Lippen liegt, schafft es nicht, ausgesprochen zu werden, denn noch ehe ich weiß, wie mir geschieht, tackert Cole seine Lippen auf die meinen und küsst mich so intensiv und stürmisch, dass mir Hören und Sehen vergeht.

Erst als ich atemlos nach Luft schnappe, gibt er meinen Mund wieder frei und sieht mich aus beinahe schwarzen Augen an.

„Fuck, Mädchen. Fuck!"

Mehr sagt er nicht, sondern packt mich einfach nur am Arm und zieht mich in das Innere des Clubhauses, durch einen großen, mit Billardtischen, Sandsäcken, Flipperautomaten und einer Bar ausgestatteten Raum, zu einer Treppe und nach oben.

Seine Schritte sind so groß, dass ich rennen muss, um mit ihm mithalten zu können.

Wir bleiben vor einer verschlossenen Türe stehen, Cole dreht sich zu mir um.

„Jedes Mal, wenn du mich schlägst, küsse ich dich. Verstanden?"

Und das aus dem Mund eines brutalen Kämpfers, der ohne große Mühe zwölf Gegner ausschalten kann.

„Und was, wenn ich dich nie wieder schlage?"

Er grinst mich an.

„Dann werde ich dich trotzdem küssen!"

Ohhhhh ...

Cole sperrt die Türe auf, schupst mich in das dahinter liegende Zimmer und knallt die Türe wieder zu.

Allein und verwirrt taste ich die Wand nach einem Lichtschalter ab und finde ihn endlich.

In dem Raum stehen ein Bett, ein Stuhl und ein gigantischer Fernseher, an dem eine Spielekonsole angesteckt ist. Sonst nichts.

Typisch Mann.

Ob Cole hier irgendwo eine Waffe versteckt hat?

Falls ja, wäre es nicht schlecht, zu wissen, wo.

Neugierig taste ich den Bettrahmen ab und hebe die Matratze an.

Doch anstatt einer Waffe finde ich eine graue Mülltüte.

Nicht sicher, was sich darin befindet, hebe ich sie hoch und mache sie auf.

Ich rechne mit allem: Drogen, abgetrennten Körperteilen oder den Plänen für einen Banküberfall. Doch das, was ich dann darin finde, raubt mir schlichtweg den Atem.

Die Tüte ist voller Geld.

Hunderterscheine, Fünfhunderter und Tausender ...

Oh mein Gott!

Wie viel das wohl ist?

Ich leere den Inhalt auf das Bett und beginne zu zählen, bei sechzigtausend höre ich auf.

Warum? Ganz einfach, weil mir mein Verstand längst zugeflüstert hat, dass die Summe genau 500 000 Dollar beträgt und dass diese Tüte der Grund ist, aus dem mein Dad noch lebt.

Gott verdammt!

Ich wusste natürlich, dass eine halbe Million Dollar verflucht viel ist, aber das Geld mit eigenen Augen zu sehen, ist noch mal eine ganz andere Nummer.

Die Frage, warum ich dem Rocker so viel wert bin, will mir einfach nicht mehr aus dem Kopf gehen.

Ja, er hat gesagt, dass er mich kauft, weil er mich seinen Worten nach ‚in den Arsch ficken will', aber jetzt mal ehrlich?!

So viel Geld für ein bisschen Analsex?

Das ist nicht realistisch.

Ehrlich nicht.

Müde setze ich mich auf das Bett, betrachte die zerknitterten Scheine in meinen Händen und schließe die Augen.

Wie es wohl meinem Dad geht?

Warum habe ich nicht daran gedacht, mein Handy einzustecken, ehe ich auf die grandiose Idee gekommen bin, des Rockers Angebot anzunehmen?

Nicht sicher, wie es jetzt weitergeht oder was Cole (außer Sex?) von mir erwartet, starre ich auf die Türe.

Soll ich hierbleiben?

Er hat nicht gesagt, dass ich dieses Zimmer nicht verlassen darf.

Vielleicht kann ich ja irgendwo ein Telefon auftreiben und zu Hause anrufen?

Nervös stopfe ich das ganze Geld zurück in die Tüte, platziere sie wieder unter dem Bett und lecke mir über die trockenen Lippen, ehe ich mich auf eine Rundreise durch den *Wild Bones Motorcycle Club* begebe.

3. Kapitel

Der Member des Wild Bones Motorcycle Clubs

„Wer ist dieser Wichser?“

Das zerschlagene Gesicht des auf den Boden liegenden Typen betrachtend, versuche ich zu erraten, wie alt er wohl ist.

Aber das ist dank seines Zustands unmöglich.

„Das ist Isabellas nichtsnutziger Bruder Brandon.“

Bei dem Namen klingelt etwas in meinem Kopf.

„Warte mal ... ist er nicht der Typ, der die Drogen der *Crazy Devils* in unserem Revier vertickt hat?“

Zayn nickt und reibt sich über die aufgeplatzten Fingerknöchel.

Die Tragweite des Ganzen sickert in mein Hirn, ich stoße einen Fluch aus.

„Die Angelegenheit ist ziemlich delikat, was?“

Zayn zieht eine Grimasse.

„Der Bastard muss sterben und verschwinden.“

Ich höre das unausgesprochene ‚Aber‘, das in seinen Worten mitschwingt. Und ziehe fragend eine Augenbraue in die Höhe.

Unser Vollstrecker flucht und verpasst dem Typen einen harten Tritt in die Rippen.

„Das Problem ist, dass ich meiner Old Lady versprochen habe, dass ich ihrem Bruder kein Haar krümmen werde.“

Wow!

Gegen das Lachen, das in mir aufsteigt, ankämpfend, betrachte ich das blutige Gesicht des Mannes.

„So sieht es also aus, wenn du jemandem kein Haar krümmst?“

Zayn fletscht die Zähne.

„Seine Haare habe ich nicht angerührt.“

Das ist dann wohl Auslegungssache ...

„Wo hast du ihn gefunden?“

„Das ist ja das Witzige, er lag auf der Straße vor dem Club.“

„Weiß deine Lady, dass ihr Bruder hier ist?“

Er schüttelt den Kopf.

Nein, das wissen nur du, ich, Jacob und Tate.

„Lass mich raten, du willst, dass ich den Wichser kaltmache, damit du dein Versprechen nicht brechen musst.“

„Gut erkannt.“

„Respekt! Du bist moralisch verdammt flexibel!“

Er übergeht meinen Kommentar.

„Was meinst du? Waren das die *Crazy Devils*?“

Seine Frage überrascht mich.

„Warum sollten sie uns den Typen wie ein Geschenk auf die Türschwelle legen, wenn sie selbst noch ein paar Rechnungen mit ihm offen haben?“

Darauf hat er keine Antwort.

Ich zünde mir eine Kippe an und sehe ungeduldig zur Tür.

Der Bunker hier ist nun wirklich der letzte Ort, an dem ich jetzt sein will.

In meinem Zimmer sitzt das schönste Mädchen der ganzen verdammten Welt und ich bin hier ... *Fuck!*

„Hör zu.“ Ich fülle meine Lungenflügel mit dem warmen Nikotin. „Es interessiert mich nicht, wie der Bastard hierher gekommen ist.“ Den Rauch durch meine Nase entweichen lassend, betrachte ich das zerschlagene Gesicht von Isabellas Bruder.

Was eine Scheiße!

„Sag mir einfach, wie das Arschloch sterben soll, und ich erledige es! Du hältst dein Versprechen und ich kümmere mich wieder um meine Angelegenheiten.“

Zayn lacht.

„Du meinst deinen kürzlich getätigten Einkauf?“

„Meine ich!“

Seine Augen funkeln belustigt.

„Das Mädchen war nicht gerade ein Schnäppchen.“

Ach, was er nicht sagt.

„Das Mädchen geht dich verdammt noch mal nichts an, Bro!“

Er nickt.

„Schieß ihm einfach in den Kopf!“

Schnell und schmerzlos!

Das gefällt mir.

Die Glock aus dem Holster, das sich eng an meine Rippen schmiegt, ziehend, löse ich die Sicherung und lege den Finger auf den Abzug.

„Letzte Worte?“

Zayn schüttelt den Kopf, der Wichser auf dem Boden regt sich und stöhnt.

Was er zu sagen hat, interessiert keine Sau, also ziele ich direkt zwischen seine geschlossenen Augen und drücke ab.

Das laute *Peng!* hallt von den, mit dem Blut unserer vorherigen Gäste bespritzten Wänden wider.

„Die Angelegenheit wäre damit erledigt.“

Zayn nickt.

„Danke Cole, das weiß ich echt zu schätzen!“

Mit einem Nicken stecke ich die Knarre wieder ein, verlasse den Bunker und rauche meine Kippe fertig.

Was der Vollstrecker jetzt mit dem Toten macht, ist nicht mein Problem.

Fuck!

Er hat seiner Lady nur versprochen, ihren Bruder nicht zu töten, davon, seine sterblichen Überreste zu vergraben, war nie die Rede ...

4. Kapitel

Das Mädchen, der Wodka und der Rocker ...

Zugegeben, ich hatte mir den *Wild Bones Motorcycle* Club irgendwie anders vorgestellt.

Keine Ahnung wie ... Vielleicht mit Knochen an den Wänden und Totenköpfen, die in gläsernen Vitrinen stehen.

Aber der Club ist im Grunde genommen nichts anderes als eine große Kneipe, zu der nur eine gewisse Klientel Zutritt hat.

An den Wänden hängen große Poster von nackten Blondinen mit prallen Titten, die so tun, als ob sie mit Motorrädern Sex haben könnten.

Die verspiegelten Regale hinter dem Bartresen sind über und über mit Spirituosen gefüllt und an den Billardtischen ist die Hölle los, während einer der *Bones* direkt neben der Eingangstüre einen geblasen kriegt.

Sein Mund steht offen, seine Mimik ist von Lust gezeichnet und seine Hände hat er in den feuerroten Haaren der Frau vergraben, deren Kopf in einem schnellen Rhythmus vor und zurück wippt.

Die Tatsache, dass niemand außer mir dem Pärchen seine Aufmerksamkeit schenkt, verrät mir so einiges über den Club und seine Mitglieder.

Der Präsident unterhält sich im hinteren Teil des großen Hauptraums mit seinem Vize. Er bemerkt mich. Für eine lange Minute bin ich mir sicher, dass er zu mir kommen und mich zurück in Coles Zimmer bringen wird. Doch er wendet seine Augen einfach wieder ab und interessiert sich nicht weiter für mich.

Was ich sehr komisch finde.

Was hat das zu bedeuten?

Dass du den Kämpfer gehörst ...

Die geflüsterte Antwort, die leise durch meinen Kopf surrt, lässt mich erschaudern.

Halleluja!

Wie konnte es nur so weit kommen?

Entschlossen meinen Plan umzusetzen und mir ein Telefon zu organisieren, um meinen Dad anzurufen, suche ich die Gesichter der anwesenden Biker nach einem ab, das mir keine Angst einjagt oder zumindest ein wenig freundlich wirkt.

Ich finde keins!

Gerade als ich kurz davor bin, zu verzweifeln, kommt mir eine Frau mit bunten Haaren und noch viel bunterer Schminke im Gesicht entgegen.

Sie ist jung und auf eine ganze besondere Art und Weise wunderschön.
Ich habe keine Ahnung, was so eine farbenfrohe Person wie sie an einem dunklen Ort wie diesem macht, aber die Kutte, die sie trägt, verrät mir, dass sie zu einem der Biker gehört.
Was mich überrascht.
„Entschuldige?“
Sie hört mich, sieht in meine Richtung und mustert mich von oben bis unten.
„Du bist neu hier, richtig?“
Ich nicke.
„Richtig.“
„Du siehst nicht wie eine Bitch aus.“
Okay ...
„Danke, schätze ich.“
Sie lacht.
„Sorry, ich glaube, das ist jetzt falsch rübergekommen. Was ich damit sagen wollte, ist, dass du gut aussiehst und nicht wirklich wie die Tussis, die hier sonst so rumlaufen. Abgesehen von den Old Ladys, natürlich.“
„Hast du ein Handy?“
Falls sie meine Direktheit überrascht, lässt sie es sich nicht anmerken.
„Musst du telefonieren?“
Ich nicke.
„Es wäre echt dringend und dauert auch nicht lange.“
Das bunte Mädchen zögert nicht und zieht ein schwarzes Samsung heraus, so eins, das man mittig aufklappen kann.
„Wie ist die Nummer?“
Ich gebe sie ihr, sie tippt sie ein, wofür ich echt dankbar bin, denn das Riesentelefon in ihrer Hand wirkt auf mich wie ein UFO.
Als es läutet, reicht sie es mir.
„Telefonier so lange du willst, ich bin an der Bar.“
Damit geht sie einfach davon und lässt mich, eine Wildfremde, mit ihrem bestimmt verdammt teuren Telefon allein.
Wow!
Mit so viel Hilfsbereitschaft habe ich gar nicht gerechnet.
Um etwas Ruhe zu haben, gehe ich raus auf den Hof, halte mich dabei aber von den Lagerfeuern und den anderen Menschen fern.
Bei jedem Läuten, das aus dem Hörer tönt, wächst meine Sorge.
Was ist, wenn Cole gelogen und meinen Vater doch getötet hat?
Hilfe!
Daran darf ich gar nicht denken.

Allein die Vorstellung, meinen Dad verloren zu haben, treibt mir die Tränen in die Augen.

Es dauert eine Ewigkeit und gerade, als ich aufgeben will, höre ich endlich seine vertraute Stimme.

„Dad?“

Vor Erleichterung schnürt sie mir die Kehle zu.

„April? Bist du es?“

Ich nicke, dann fällt mir ein, dass er mich nicht sehen kann, und gebe ein geschluchztes „Ja, ich bin’s“ von mir.

„Warum weinst du? Geht es dir gut? Ich schwöre dir, wenn dir diese Arschlöcher was getan haben, dann ...“

Ja, was dann?

Dann nichts!

Wenn mein Dad auch nur die geringste Chance gegen den Club hätte, dann hätte ich mich nie von einem von ihnen kaufen lassen. Aber er hat keine Chance und deswegen stehe ich jetzt hier, auf dem Hof des Rockerclubs, und habe keine Ahnung, wie meine Zukunft aussieht.

„Mir geht es gut. Ehrlich. Ich mache mir nur Sorgen um dich. Was haben sie dir getan?“

Die eintretende Stille zerrt an meinen Nerven.

„Nichts, was ich nicht auch verdient hätte. Glaube mir. Es ist okay. Mir geht es gut. Ich lebe, jetzt versuch du, ebenfalls am Leben zu bleiben.“

Komischerweise bringt mich das zum Lachen.

So gefährlich und gnadenlos dieser Fighter auch sein mag, glaube ich nicht, dass von Cole eine Gefahr für mich ausgeht.

Allein wie gründlich er seinen Helm für mich eingestellt hat, verrät mir so einiges über den Mann, der bereit war, 500 000 Dollar für eine Frau zu bezahlen, die er sich auch einfach so hätte nehmen können.

Dass mein Vater noch lebt, verdanke ich nur Cole.

„Was ist so lustig, Tochter?“

„Dass du dir wegen mir Sorgen machst.“

„Natürlich mache ich mir Sorgen. Es ist meine Schuld, dass du jetzt bei diesem Biker bist.“

Das entspricht der Wahrheit, trotzdem werde ich meinem Vater deswegen keine Vorwürfe machen.

Das Leben spielt manchmal ein dreckiges Spiel!

„Ich muss jetzt aufhören, ich melde mich wieder bei dir.“

Es dauert eine Ewigkeit, bis er etwas sagt.

„Ich hab dich lieb, Kleines.“

„Ich dich auch, Dad.“

Damit lege ich auf und mache mich auf den Weg, das Handy zurückzugeben. Ich komme genau drei Schritte weit, ehe ich in eine warme Mauer laufe.

„Was zur Hölle?"

Coles raue Stimme dringt in meine Ohren. Der Geruch von Mann, Leder und Schießpulver steigt mir in die Nase und löst ein leichtes Kribbeln in meinem Bauch aus.

„Was machst du hier, Kleines?"

„Nichts!"

Er sieht das Telefon in meiner Hand und flucht.

„Hast du die Bullen gerufen?"

Echt jetzt?

„Nein. Warum sollte ich?"

„Damit sie dich retten."

Hält er mich wirklich für so dumm?

„Dann würdest du meinen Dad töten."

Der Rocker schweigt, seine Hände legen sich auf meine Schultern, der Kontrast zu der Hitze, die sein muskulöser Körper ausstrahlt, und zu der eisigen Winterluft, lässt mich erschaudern. Cole bemerkt es, seine Mimik verfinstert sich.

„Du musst rein. Hier draußen wirst du krank."

Und da ist sie wieder, diese verwunderliche Fürsorge, die so gar nicht zu dem Bild des knallharten Outlaws passen will.

„Warum machst du das?"

Er hebt mich hoch und trägt mich mit wenigen großen Schritten zurück ins Clubhaus.

„Was?"

„Dir Sorgen um mich zu machen."

Cole versteinert mitten in der Bewegung.

Wir sehen uns an, und für einen kostbaren Moment erkenne ich den Mann in ihm, also den, der er tief in seinem Inneren ist, und der die meiste Zeit unter der harten Schale verborgen zu sein scheint.

„Weil du jetzt mir gehörst und ich für dich verantwortlich bin."

Das Kribbeln in meinem Bauch wird stärker und stärker ...

So ungern ich es auch zugebe, aber dieser Biker übt eine unerklärliche Anziehung auf mich aus. So war es im *Danger Zone* auch, ich konnte kaum die Augen von dem gnadenlosen Kämpfer im Käfig abwenden.

„Wirst du mir wehtun?"

Die Worte sprudeln aus mir heraus, noch ehe ich es verhindern kann.

Coles Kieferpartie wird hart, genau wie seine Arme, mit denen er mich an sich presst. Meine Füße baumeln noch immer in der Luft, während ich mich in den Tiefen seiner braunen Augen verliere ...

„Nein Mädchen, das werde ich nicht."

Zum Glück hänge ich in seinen Armen, denn ganz ehrlich? Würde ich auf meinen eigenen Beinen stehen, würden die vor lauter Erleichterung einfach einknicken.

„Warum hast du mich gekauft?"

Seine Pupillen weiten sich, Cole atmet geräuschvoll ein, wobei sich seine Nasenflügel wie die Nüstern bei einem wilden Hengst blähen.

„Weil ich dich, seit mein Blick dich das erste Mal gestreift hat, besitzen wollte."

Das wäre fast schon romantisch gewesen, fast – hätte er einfach die Klappe gehalten. Aber nein, er redet weiter und zerstört so den intimen Moment.

„Und weil ich dich in den Arsch ficken will!"

Damit zerplatzt die Blase, die sich um uns herum gebildet hat, die laute Musik und die Stimmen der anderen prasseln wieder auf mich ein.

Cole stellt mich langsam wieder ab, indem er mich an seinem harten Körper hinabgleiten lässt, Und er ist hart, besonders zwischen den Beinen.

Der Rocker hat nicht gelogen, er will mich ...

Das Kribbeln zwischen meinen Beinen wird stärker.

„Lass uns Isabella ihr Handy zurückgeben."

„Isabella? Die Frau mit den bunten Haaren?"

Er nickt.

„Woher weißt du, dass das Telefon ihr gehört?"

Zu meiner Überraschung beginnt er zu lachen,

„Weil sonst keiner von uns dieses bekloppte Klappsamsung hat."

Das bringt selbst mich zum Schmunzeln.

„Das Ding sieht aus wie ein UFO."

Cole windet in einer unmissverständlich besitzergreifenden Geste seine Finger um mein Handgelenk, die mir nicht unangenehm ist, sondern mir inmitten dieser fremden Welt ein Gefühl von Sicherheit vermittelt.

Ja, dieser Rocker ist gefährlich, aggressiv, impulsiv und gewaltbereit, aber er ist noch so viel mehr als das. Er ist mehr als der Kämpfer aus dem Käfig ...

Und je mehr Zeit ich in seiner Nähe verbringe, umso bewusster wird mir, dass dieser Biker ein Rätsel darstellt, das ich unbedingt lösen will!

5. Kapitel

Der Member des Wild Bones Motorcycle Clubs

Mehr oder weniger geduldig sehe ich Isabella und April dabei zu, wie sie die Wodkaflasche abwechselnd an den Mund setzen und sich betrinken.

Und so gern ich meinen Einkauf auch nüchtern und mit allen Sinnen in meinem Bett gehabt hätte, kann ich verstehen, warum sie etwas Alkohol braucht, um die Ereignisse der letzten Stunden zu verarbeiten.

April landet wegen der Fehler ihres Vaters in meinem Bett ...

So mancher würde das als unfair betiteln, ich hingegen nenne das verdammtes Schicksal.

Seit ich aus dem Knast raus bin, fühle ich mich orientierungslos und einsam.

Fuck ja! Einsam!

Klar bin ich den ganzen Tag von meinen Brüdern umgeben, aber die haben ihr eigenes Leben. Sie haben ihre Ladys oder irgendwelche Lieblingsnutten – sie hatten die letzten zehn Jahre eine Vergangenheit und sie feilen an ihrer Zukunft.

Meine Zeit hingegen war stillgestanden, ich war wie eingefroren und jetzt, wo ich Stück für Stück auftaue und mein Hirn begreift, dass mir wieder die ganze beschissene Welt zur Verfügung steht, will ich eigentlich nur eins.

Eine Frau. Eine, die mir gehört, um die ich mich kümmern und für die ich sorgen kann, und die mir dabei hilft, in dieser neuen Welt, in der ich eigentlich zu Hause sein sollte, Fuß zu fassen.

Holy Shit

Das klingt so bescheuert.

Fast so, als ob ich einen Knacks hätte und zu einem dieser Psychodoktoren gehen sollte.

Aber das kommt nicht infrage.

Ich denke, es ist normal, dass man sich nach einem Jahrzehnt hinter Gittern erst wieder neu orientieren muss, besonders wo sich die ganze verschissene Welt so verändert hat, dass ich sie kaum wiedererkannt habe.

Und April? Sie könnte die Lösung für all meine Probleme sein.

Diese Frau ist loyal, mutig, wunderschön und hat den perfektesten Arsch auf diesem Planeten.

Wenn ich mit so einem Mädchen nicht neu beginnen kann, dann schaffe ich es nie.

Der Grund, aus dem ich in der Fight-Night in den verfluchten Käfig gestiegen bin, ist der, dass ich mich ruhelos fühle. Ruhelos und wütend, und wenn ich April anschaue, ist diese Wut weg. Sie löst sich einfach in Luft auf und zurück bleibt nichts als Lust und eine Sehnsucht, die ich nicht beschreiben kann oder will.

Was zutrifft, spielt keine Rolle, das Ergebnis ist das Gleiche.

Ich brauche diese Frau, also habe ich sie gekauft.

Für manche *Wild Bones* mag das, was ich getan habe, nicht nachvollziehbar sein.

Eine halbe Million für ein Mädchen, das mich eigentlich nicht will.

Ich sehe das anders.

Ich habe einfach nur eine Tüte voll bedrucktem Papier gegen ein unvergleichliches, unbezahlbares Geschöpf eingetauscht. Ein Geschöpf, das meiner Existenz endlich wieder einen Sinn gibt.

Falls April hofft, dass ich schon bald mein Interesse an ihr verliere und sie wieder gehen lasse, muss ich sie enttäuschen. Die Zeiten, in denen sie Nacht für Nacht umringt von zwielichtigen Typen in einer schäbigen Hafenkneipe gearbeitet hat, sind vorbei.

Eher stelle ich mich Woche für Woche in einen Fight-Club, als dass ich zulasse, dass sie jemals wieder auf diese Art Geld verdient.

Aber das wird nicht passieren, ich habe genug Geld, um für dieses Mädchen zu sorgen und um ihm ein schönes Leben zu bieten.

Die Zähne so fest aufeinanderbeißend, dass es in meinem Kiefer unheilvoll zu knacken beginnt, sehe ich dabei zu, wie April erneut den eisgekühlten Wodka an den Mund setzt und trinkt.

„Genug!"

Ich nehme ihr die Flasche ab, drücke sie Isabella in die Hand und schnappe mir die Frau, die mir nach den Gesetzen des Clubs auf Gedeih und Verderb ausgeliefert ist.

Zayns Old Lady grinst mich frech an und wünscht uns viel Spaß.

Wenn sie wüsste, dass ich vor weniger als einer Stunde ihren Bruder getötet habe, würde sie mir an die Gurgel gehen. Aber sie weiß es nicht und von mir wird sie es auch nie erfahren.

Brandon war ein beschissener Wichser, der das Leben seiner Schwester, ohne mit der Wimper zu zucken, in Gefahr gebracht hat.

Er hat die Kugel, die ich ihm verpasst habe, verdient, Isabella ist ohne ihren Bruder definitiv besser dran.

Mit dem Mädchen über der Schulter baumelnd, steige ich die Treppe nach oben und zwinge mich dabei, ruhig zu bleiben.

April ist keine unbedeutende Bitch, sie ist die Frau, mit der ich mir eine Zukunft aufbauen will, diese Nacht ist also entscheidend.

Wenn ich mich nicht zusammenreiße, wenn ich es nicht schaffe, mich zu beherrschen und ihr wehtue, ist das Fundament unserer Beziehung zerstört und sie wird mich für immer hassen!

Wenn ich aber sachte vorgehe und mich gut um sie kümmere, haben wir vielleicht eines Tages die Chance, miteinander glücklich zu werden.

Fuck!

Vielleicht schafft sie es dann, darüber hinwegzusehen, dass ich ihrem Vater heute Nacht fünf Finger abgeschnitten habe.

Wenn ich Henry wäre, würde ich lieber auf fünf Finger verzichten als auf mein Leben ...

Ich denke, der alte Mann stimmt mir in diesem Punkt uneingeschränkt zu.

Hassen wird er mich trotzdem, immerhin habe ich mir heute Nacht seine wunderschöne Tochter gekauft!

In meinem Zimmer angekommen, trete ich die Türe zu und stelle das beschwipste Mädchen vor mir ab. Es wankt leicht und sieht mich aus großen, glasigen Augen an.

„Wirst du mich jetzt in den Arsch ficken?"

Meine Lippen werden trocken.

„Willst du, dass ich dich in den Arsch ficke?"

Sie zögert – sagt weder ja noch nein, sondern scheint über ihre Antwort erst nachdenken zu müssen.

„Ich weiß es nicht."

Ihre Ehrlichkeit zieht mir beinahe den Boden unter den Füßen weg.

Meine Gier nach ihr herunterschluckend, umfasse ich mit meinen beiden, auf Kampf trainierten Händen so zärtlich wie nur möglich ihr Gesicht und reibe mit den Daumen über ihre vollen Lippen.

„Ich werde nichts tun, was du nicht willst."

Sie schnappt überrascht nach Luft, wobei sich ihr Mund leicht öffnet und ihr warmer, feuchter Atem über meine Finger streift.

Mein Schwanz zuckt, er will die feuchte Hitze ebenfalls spüren.

„Du wirst mich nicht zwingen?"

Fuck, nein!

Ich mag ein Arschloch sein, das hübsche Mädchen in Not kauft, aber ich bin kein Vergewaltiger!

„Das werde ich nicht."

„Warum?"

Ihre Frage zeigt mir, dass sie mich für ein Monster hält.

„Ich habe es dir schon mal gesagt: Du gehörst jetzt mir und ich beschütze, was mir gehört – zur Not auch vor mir selbst!"

April schüttelt den Kopf, ich lasse meine Hände fallen und sehe sie einfach nur an.

„Du bist ein außergewöhnlicher Mann, Cole.“

„Ich bin leicht zu verstehen.“

„Ich verstehe dich nicht.“

Und damit küsst sie mich, sanft, vorsichtig und mit viel Zurückhaltung.

Holy Shit!

So. Wurde. Ich. Noch. Nie. Geküsst.

Ehrlich nicht.

Diese Frau bringt einfach alles durcheinander.

Mein Plan war es, sie zu kaufen, in mein Bett zu legen und zu ficken.

Die ganzen Gefühle, die sie dabei in mir auslöst, bringen mich total durcheinander.

Von dem Ansturm der Emotionen überwältigt, trenne ich meinen Mund von dem ihren und kneife die Augen zusammen.

„Was ist los? Willst du mich nicht küssen?“

Nicht wollen?

Ist diese Frau des Wahnsinns?

Am liebsten würde ich für den Rest meines Lebens nichts anderes mehr tun.

Fuck! Ehrlich! *Fuuuuccccckkkkkk!*

„Das Problem ist eher, dass ich es viel zu sehr will.“

Mein Eingeständnis scheint sie zu überraschen.

„Was passiert hier?“

Ihr von Wodka durchzogener Atem streift meinen Hals.

„Ich weiß es nicht.“

Sie zittert leicht.

Um sie mit meinem Körper zu wärmen, ziehe ich April besitzergreifend an mich, sammle all meinen Mut und bedecke dann ihre Lippen mit den meinen.

Dieses Mal bin ich vor dem Ansturm der Emotionen gefeit, ich weiß, dass er kommen wird, und komme mit ihm klar, auch wenn er mich in meinen Grundfesten erschüttert.

Nicht fähig, mich noch länger zurückzuhalten, hebe ich sie hoch und lasse mich mit ihr in meinen Armen ins Bett fallen.

Zur Hölle!

Selbst wenn in diesem Moment die Welt untergehen würde, es würde mich nicht interessieren.

Nicht. Im. Geringsten.

Mit der Zunge die Konturen ihrer Lippen nachspurend, dränge ich sie schlussendlich auseinander und tauche in die samtene Höhle dahinter ein.

In meinem Kopf beginnt sich alles zu drehen.

Ich bin wie high!

April ist wie eine Droge für mich ...

In der Sekunde, in der sie ihre kleinen Finger unter meine Kutte schiebt, bin ich verloren. Sie stößt auf meine Waffe, trennt ihre Lippen von den meinen und sieht mich aus verschleierten Augen an.

„Schwöre mir, dass du meinen Vater nie töten wirst. Ich kann nicht mit dem potenziellen Mörder meines Dads schlafen."

Bullshit!

Vorhin konnte ich nicht nachvollziehen, wie Zayn seiner Lady versprechen konnte, dass er ihrem beschissenen Bruder nie auch nur ein Haar krümmen wird, und jetzt?

Jetzt befinde ich mich in einer ganz ähnlichen Situation und verstehe, dass er gar keine andere Wahl hatte, als zu tun, was Isabella von ihm verlangt hat.

„Ich schwöre es dir!"

„Wenn du den Schwur brichst, schneide ich dir den Schwanz ab."

Ich bin nicht verrückt genug, das Mädchen, das zwischen mir und der Matratze gefangen ist, darauf hinzuweisen, dass es das eh nie schaffen würde.

„Du kannst dich auf mich verlassen!"

Und. Das. Meine. Ich. Auch. Ganz. Genau. So.

Ich werde tun, was immer nötig ist, um ihren Dad zu beschützen, und keinem meiner Brüder den Auftrag geben, den alten Mann kaltzumachen, nur weil mir dank des Schwurs die Hände gebunden sind.

„Dann küss mich."

Fuck!

Das muss sie mir kein zweites Mal sagen.

Fast schon grob dringe ich mit meiner Zunge in ihren Mund ein und beginne gleichzeitig, sie auszuziehen.

Als Erstes entferne ich den viel zu dicken Pullover, dann den nur aus Spitze bestehenden BH und endlich – eeennnnndddlllliiicchhhhh – kann ich ihr die Lederhose vom Arsch ziehen.

Das wollte ich schon seit der allerersten Sekunde machen.

April schiebt mir die Kutte von den Schultern, ich richte mich auf, um sie abzulegen.

Dann entferne ich das Holster mit der darin steckenden Glock und schaffe den Dolch beiseite, auf dessen Klinge sich das getrocknete Blut ihres Vaters befindet.

Etwas, das sich nach einem schlechten Gewissen anfühlt, versucht sich in mir auszubreiten. Ich kämpfe es nieder.

Was ich getan habe, musste ich tun.

Allen voran bin ich den *Wild Bones* verpflichtet!

Der Club ist mein Leben, er ist meine Existenz, für ihn bin ich zehn verdammt lange Jahre im Knast gesessen.

Ganz davon abgesehen, wäre ihr Vater ohne mich längst tot.

Hätte ich April nicht gekauft, hätte der Präsident auf dessen Exekution bestanden.

Die störenden Gedanken beiseiteschiebend, konzentriere ich mich wieder voll und ganz auf das Mädchen, das mir auf Gedeih und Verderb ausgeliefert ist, und das ich nicht nur hart ficken, sondern auch anbeten will.

Es liegt nur noch in einem durchscheinenden Slip vor mir und ist so schön, dass es mir den Atem verschlägt.

In Aprils ovalem Bauchnabel ruht ein glitzernder Stein und auf ihrem Hüftknochen sitzt ein farbenfroher Schmetterling.

Fuck!

Keine Ahnung wieso, aber ich bin nicht davon ausgegangen, dass sie tätowiert ist.

Dass sie es doch ist, verschlägt mir den Atem.

April liegt entblößt und schutzlos unter mir und mir wird klar, dass ich mich beherrschen muss, wenn ich sie nicht unbeabsichtigt verletzen will.

Ihre Augen sind groß, ihr Atem kommt flach und ihre rosa Nippel betteln mich regelrecht an, von mir geleckt und gebissen zu werden.

„Du bist so verdammt schön."

„Zieh dich aus, ich will dich sehen."

Ihr Wunsch ist mir Befehl. Ohne den Blick von ihr abzuwenden, lege ich die Klamotten ab.

Als sie meinen über und über mit schwarzer Tinte und Narben übersäten Körper sieht, richtet sie sich auf die Ellenbogen auf, um mich besser betrachten zu können.

Dann tut sie etwas, womit ich nicht gerechnet habe, sie streckt die Arme nach mir aus, ruft mich so wortlos zu sich und beginnt, jede meiner verheilten Verletzungen zu küssen.

Das tote Narbengewebe beginnt unter ihren Lippen zu glühen.

All die Schmerzen, all die Qualen der Vergangenheit fallen einfach so von mir ab und zurück bleibt nichts weiter als eine bittersüße, alles verzehrende Sehnsucht nach der Frau, die jeden verdammten Dollar, den ich für sie bezahlt habe, wert ist.

6. Kapitel

Das Mädchen, dessen Herz sich auf einmal ganz seltsam und warm anfühlt ...

Ist es die Wirkung des Wodkas oder des Rockers, dass ich mich plötzlich so sicher und begehrt fühle?

Es muss der Wodka sein. Ich meine, dieser Rocker ist schließlich einer der gewaltbereiten und tödlichen *Wild Bones*.

Wie sollte mir ein Mann wie er das Gefühl geben können, beschützt und gewollt zu sein?

Klar. Es wäre viel einfacher, mich selbst zu belügen und das, was ich fühle, auf den Alkohol zu schieben. Aber verdammt!

So viel habe ich gar nicht getrunken.

Ganz davon abgesehen kennt mein Herz die Wahrheit längst.

Es ist der Mann, der dieses Gefühlschaos in mir auslöst.

Das zwischen ihm und mir, das läuft so ganz anders ab als gedacht.

Anstatt wild und grob über mich herzufallen und sich einfach zu nehmen, was er will – meinen Arsch – lässt Cole sich Zeit. Er küsst mich, berührt mich, er verführt mich und mein einsames Herz schafft es nicht, sich ihm zu entziehen.

In der Vergangenheit hatte ich so einige Affären.

Wieso auch nicht?

Immerhin stehe ich Nacht für Nacht in einer Kneipe voller Männer.

Aber keiner von ihnen, keiner von den Kerlen, die ich hatte, haben mich das fühlen lassen, was dieser Biker in mir auslöst.

Lieber Gott ...

So war das nicht geplant.

Ich dachte, ich lasse mich kaufen, verbringe eine gewisse Zeit mit dem Biker, und dann, wenn er das Interesse an mir verliert, kann ich zurück in mein altes Leben.

Das hier ist mehr, als ich erwartet habe, und es ist zugleich so viel besser als alles, was ich bis jetzt erlebt habe.

Mit den Lippen all seine Narben liebkosend, nehme ich seinen Geschmack in mich auf, halte mich an seiner Hüfte fest und genieße, wie die Hügel seiner Bauchmuskeln zu zucken beginnen.

Coles Körper ist hart, trainiert und auf eine düstere, zerstörerische Art sexy.

Ehrlich!

Ich habe noch nie einen so muskulösen Mann gesehen wie ihn.

Seine Oberschenkel sind stark und massiv wie Baumstämme, und seine Arme ...

Sie versprechen Sicherheit und das, obwohl ich weiß, welchen Schaden dieser Outlaw mit seinen Fäusten anrichten kann.

Wahrscheinlich ist es verrückt.

Aber nachdem ich mit eigenen Augen gesehen habe, dass Cole absolut keine Probleme damit hat, zwölf Männer hintereinander fertigzumachen, weiß ich, dass dieser Rocker definitiv in der Lage ist, für meine Sicherheit zu sorgen.

Und das beruhigt mich nicht nur, es turnt mich auch unheimlich an.

Mein Mund wandert über seinen Körper, dabei gleite ich immer tiefer, bis zu dem Bund seiner Boxershorts.

Sie ist, genau wie ich nur noch meinen String trage, das letzte Kleidungsstück, das ihm geblieben ist.

Tief einatmend hake ich meine Daumen in den Bund und ziehe ihn Stück für Stück nach unten.

Der Rocker stößt ein wildes Knurren aus, doch anstatt mich davon abzuhalten, streift er mit seinen Fingern nur durch meine Haare und zieht dabei leicht an ihnen. Ein erregender Schauer rieselt an meiner Wirbelsäule nach unten, das dumpfe Pochen zwischen meinen Schenkeln gewinnt an Intensität.

Ich bin bereits so feucht, dass er sich einfach in mir vergraben könnte.

Aber bevor er das macht ...

Sein dicker Schwanz schnellt mir entgegen, die Shorts hängt an seinen Kniekehlen.

Ich lasse sie los, umfasse seine lange Erektion und staune nicht schlecht, als sich meine Fingerspitzen wegen seines enormen Umfangs kaum berühren.

Holy Shit!

Der herbe, zutiefst maskuline Geruch seiner Lust steigt mir in die Nase, mir läuft das Wasser im Mund zusammen.

Doch bevor ich ihn zwischen die Lippen nehme, reibe ich ein paar Mal über die komplette Basis, massiere die runde Krone und bringe die Muskeln meines Bikers damit zum Zucken.

Er knurrt und flucht, und als ich seine Eichel dann endlich in den Mund nehme, brüllt Cole meinen Namen gegen die Zimmerdecke.

Ein machtvolles Gefühl breitet sich in mir aus, es gefällt mir, diesen starken Mann so durcheinanderbringen zu können.

Es gefällt mir sogar verdammt gut!

„Fuck April, nimm ihn in den Mund."

Ich tue es und lasse sein Glied immer tiefer in meinen Rachen gleiten.

Dass er so gut gebaut ist, macht es mir nicht gerade leicht, aber ich schaffe es, ihn komplett zu schlucken, was ihm ein primitives Stöhnen entlockt.

Seinen Penis mit den Lippen, der Zunge und meinem Gaumen bearbeitend, gebe ich alles, um Cole in den Wahnsinn zu treiben, und das scheint mir auch zu gelingen.

Sein Atem kommt unregelmäßig und abgehackt, sein Sixpack zuckt vor meinen Augen, während er sich meine Locken um die Faust windet.

„Fick mich mit dem Mund.“

Ich tue, was er will, wippe vor und zurück und kämpfe dabei wieder und wieder gegen meinen Würgereiz an.

Tränen sammeln sich in meinen Augen, Cole stößt vor und beginnt sich zu nehmen, was er braucht. Mich. Wieder und wieder und wieder.

Ich kann kaum noch atmen und hätte ich keinen Slip an, würde meine Erregung wahrscheinlich an den Innenseiten meiner Schenkel herabtropfen.

„Du bist der Hammer, Mädchen.“

Er fickt meinen Mund, vergräbt sich bis zum Anschlag in meinem Hals und sieht dabei aus dunklen, fast schwarzen Augen auf mich herab.

„Du bist unglaublich, Baby!“

Er macht weiter und weiter, ich beginne seine Hoden zu kneten und in die Länge zu ziehen, was dafür sorgt, dass sein Glied nur noch härter wird.

Und gerade als ich denke, dass er mich seinen Samen schlucken lässt, zieht er sich so abrupt aus mir heraus, dass ich beinahe umkippe.

„Nicht so schnell, Süße.“

Ich werde gepackt und auf das Bett geworfen.

Einen Atemzug später ist er auch schon auf mir, stößt zwei Finger in mich hinein und bereitet mich auf das, was gleich kommen wird, vor.

Sein gezischtes „Fuck, bist du eng!“, klingt gequält.

Erst als er sich sicher ist, dass ich es schaffe, seinen dicken Schwanz in mir aufzunehmen, bringt er sich vor mir in Position und dringt langsam, jedoch unfassbar tief in mich ein.

Bei Gott!

Ich kann nicht mehr atmen, ich kann mich nicht bewegen und was ich fühle, ergibt leider keinen Sinn.

Diese Zugehörigkeit zu diesem *Wild Bone* kann nicht echt sein, und wenn doch, dann muss der Wodka daran schuld sein.

Ich wurde an diesen Rocker verkauft. Daran ist nichts Romantisches.

Da werdet ihr mir wohl zustimmen.

Und dennoch fühlt es sich so an, als wäre mein Platz auf dieser Welt bei ihm. In seinem Bett auf seinem Schwanz und in seinen starken Armen ...

Bis heute, bis jetzt, bis zu diesem Moment habe ich nie an so etwas Kitschiges wie das Schicksal geglaubt, doch das beginnt sich jetzt zu ändern.

Vielleicht sollte all das, was meinem Dad und mir passiert ist, genau so sein?

Cole beginnt sich zu bewegen, er zieht sich zurück, stößt wieder vor und lässt mich allein damit beinahe kommen.

Sein Penis ist so dick, dass er über die Tausenden von Nervenenden reibt, die direkt an meinem Eingang liegen, und mich zum Schreien bringen.

So geht es weiter und immer weiter, bis ich es nicht mehr aushalte.

Der Druck in meinem Bauch wird stärker – unerträglich, und gerade als ich den Mund aufmache, um den Biker auf mir um Gnade anzubetteln, passiert es.

Ich explodiere vor Lust, zittere und kralle mich nach Halt suchend an seinen Schultern fest.

Cole flucht und fletscht die Zähne, doch anstatt mir in den Himmel zu folgen, bleibt er hart, zieht sich aus mir zurück und legt sich meine Füße auf die Schultern. Sein Blick ist auf meine Muschi gerichtet.

Er teilt meine Schamlippen, entblößt so meinen Hintereingang und stöhnt gequält auf.

„Ich muss einfach deinen Arsch ficken. Ich muss!“

Meine Gedanken zucken wie Blitze hin und her, während er auf meinen Po spuckt, die zusätzliche Flüssigkeit auf meinem Anus verreibt und seine dicke Eichel vor dem engen Eingang positioniert.

„Das wird kurz wehtun.“

Einen Atemzug später flammt der brennende Schmerz auch schon auf, als er sich gnadenlos in mir vergräbt und mich mit seinem riesigen Penis aufspießt.

Es fühlt sich beinahe so an, als würde er mich zerreißen.

Ich kreische und will stopp rufen, doch dann ist er komplett und bis zur Wurzel in mir und hält ganz still.

Die Pein löst sich auf, wird weniger und verwandelt sich in reine, glühende Lust.

Ich verbrenne, stöhne und sehe zu dem starken *Wild Bone* nach oben.

„Nimm mich!“

Mehr Aufforderung braucht er nicht, Cole bewegt sich in meinem Po, füllt ihn aus und lässt mich innerhalb weniger Herzschläge erneut kommen.

Sein gezischtes „Das ist das Paradies!“ ist das Letzte, was ich höre, ehe er mir folgt und wir zusammen über die Klippe in ein süßes Nichts stürzen.

Ich befinde mich im freien Fall, Cole bricht auf mir zusammen, sein Penis in meinem Po und seine Lippen, die die meinen finden, und meinen lauten Schrei trinken.

Der Biker hat recht, das ist das Paradies ...

Es ist süßer, besser, schöner und gefährlicher, als ich es je für möglich gehalten habe ...

7. Kapitel

Der Member des Wild Bones Motorcycle Clubs

Seit ich April ihrem Vater abgekauft habe, sind drei Wochen vergangen, drei Wochen, die meine komplette Existenz auf den Kopf gestellt haben.

Falls ihr wissen wollt, ob ich es je bereut habe, für diese Frau eine halbe Million Dollar zu bezahlen?

Nein! *Fuck!* Nein!

Ich habe es nie bereut, nicht eine verfluchte Sekunde lang.

Dieses Mädchen ist meine Sonne, sie ist mein Mond und der Mittelpunkt meines Lebens. Sie ist der Grund, aus dem ich fliegenden Kugeln ausweiche und aus dem ich jetzt in dieser beschissenen Halle stehe und dem Wichser vor mir Batteriesäure ins Auge träufle.

Ich kann regelrecht beobachten, wie seine Netzhaut verbrennt und er erblindet.

Tja! Pech! Ich habe dem Bastard gesagt, was passieren wird, wenn er mir nicht sagt, wo das Geld ist, dass er Aprils Dad schuldet.

Er hat geschwiegen und sich so für den schmerzhaften Weg entschieden.

Er brüllt und schreit, zerrt an seinen Fesseln und versucht, sich von mir loszureißen.

Zayn, der hinter mir steht, zischt und flucht.

„Verdammt Cole, erinnere mich zukünftig bitte daran, dass ich dich besser niemals wütend machen sollte."

Kane und Reece lachen, Griffin hingegen bleibt ernst.

Dass meine Brüder jetzt mit mir hier sind und mir den Rücken stärken, bedeutet mir viel.

Es verrät mir, dass sie hinter mir und meiner Entscheidung, April für alle Zeit an mich zu binden, stehen.

Diese Scheiße hier ist keine Clubangelegenheit. Damit, dass ich April gekauft und somit die Schulden ihres Vaters getilgt habe, hat sich die Waffensache für die *Wild Bones* erledigt.

Aber für mich nicht.

Bullshit!

April gehört mir, ich habe für sie bezahlt und sie gefickt, ich liebe diese Frau mehr als alles auf der Welt und ich werde sie zu meiner Old Lady machen.

Es ist für mich also nur selbstverständlich, dass ich mich um die Angelegenheiten ihres Vaters kümmere.

Diese vier Drecksäcke, von denen nur noch einer übrig ist, haben Henry und April verraten und das Mädchen so in eine gefährliche Situation gebracht.

Ja klar, sie ist bei mir in Sicherheit. Trotzdem.

Das konnten diese Schweine schließlich nicht wissen!

„Ich bin hier, weil ich die 600 000 Dollar suche, die ihr Henry schuldet. Also sag mir, wo das Geld ist, oder du verlierst dein zweites Auge auch noch!"

Der Typ ist so in seinem Schmerz gefangen, dass er mich kaum versteht.

Also fasse ich mich kurz.

„Wo ist das Geld? Sag es mir und du kannst dein zweites Auge behalten."

Er schreit und versucht, sich von den Fesseln, mit denen ich ihn auf dem Tisch festgeschnallt habe, loszureißen.

Doch das wird ihm nicht gelingen. Und selbst wenn?

Wo will er hin? Hier stehen vier *Wild Bones*! Er hat verdammt noch mal keine Chance, aus dieser Angelegenheit lebend rauszukommen.

Und das habe ich ihm auch nie versprochen.

Ich sagte, ich lasse ihm sein zweites Auge, und das entspricht der Wahrheit.

Der Tod ist unausweichlich, die Batteriesäure hingegen nicht.

„Wo ist das Geld?"

Keine Antwort.

Zäher Hurensohn!

Erst als ich mich daran mache, ihm das zweite Auge ebenfalls zu verätzen, winselt er um Gnade.

„Es ist in einem Schließfach."

Na endlich.

„In welchem Schließfach? Wo genau?"

„Am Bahnhof."

„Die Nummer?"

Er nennt sie mir und den Code, mit dem ich es öffnen kann, kaum dass seine Stimme verhallt ist, bringe ich ihn mit dem Messer, mit dem ich auch des alten Mannes Finger abgeschnitten habe, um.

Die Klinge gleitet durch seine Kehle – die Angelegenheit wäre damit erledigt.

Reece, der mich aus zusammengekniffenen Augen beobachtet hat, kommt auf mich zu und klopft mir auf die Schulter.

„Verdammt Bro, neben dir wirke ich wie ein Chorknabe."

Das wage ich zu bezweifeln.

„Ich beschütze nur, was mir gehört."

Und das werde ich auch immer tun.

„April ist mein und sie liebt ihren Dad, also werde ich mich um den alten Mann kümmern, Hauptsache meine Süße ist glücklich."

So fucking einfach ist das.

Griffin nickt zustimmend. Sie alle: der Vollstrecker, der Präsident und der Sergeant at Arms, wissen genau, wie es in mir aussieht. Sie wissen, was in mir vorgeht, denn sie haben ebenfalls eine Frau, die sie von ganzen Herzen lieben.

„Lasst uns das Geld holen."

Wir machen uns auf den Weg, das Geld ist tatsächlich im Schließfach, der Betrag ist beinahe komplett. Es fehlen lächerliche vierzig Dollar.

Aber das wird Henry sicher verschmerzen können.

Mit Reece, der mich begleitet, und der Tasche voller Geld mache ich mich auf den Weg zum ‚Sailor'. Der alte Mann steht hinter der Bar, er sieht mich kommen und wirkt besorgt.

„Ist etwas mit April?"

Ich schüttle den Kopf.

„Nein, meiner Frau geht es gut."

Dass sie jetzt mir gehört, betone ich besonders. Es ist für beide Parteien besser, wenn daran nie ein Zweifel aufkommt.

Ohne ein Wort lasse ich die Tasche auf den Tresen knallen.

„Was ist das?"

Henry wirkt verwirrt.

„Dein Geld."

Seine Stirn legt sich in Falten.

„Aber du hast doch schon für April bezahlt. Das Geld ging doch direkt an den Club."

Stimmt.

„Aye, aber das ist dein Geld, das, das dir die Wichser, die deine Waffen gekauft haben, noch schuldeten."

Ich erkenne, wann er versteht, was Sache ist.

„Wo hast du es her?"

Dazu sage ich nichts.

Es spielt keine Rolle. Henry muss nicht wissen, wozu ich fähig bin.

Er öffnet den Reißverschluss einen Spaltbreit und atmet geräuschvoll aus.

„Behalte es. Nimm du es und gib mir dafür meine Tochter zurück."

Es war absehbar, dass er mir damit kommen wird. Reece beginnt zu lachen.

„Niemals. April gehört mir!"

Henry wirkt enttäuscht. Dachte er echt, dass ich ihm den Sinn meines Lebens zurückgebe?

Dummer alter Mann!

„Eine Frage, Cole."

Ich nicke.

„Welche?"

„Willst du nicht, dass deine Frau aus freien Stücken bei dir bleibt und dir nicht nur das Bett wärmt, weil sie sich dazu verpflichtet fühlt."

Fuck!

Damit hat er die einzige Sache getroffen, die mich verletzlich macht.

Die Frage, ob April auch bei mir bleibt, wenn sie es nicht muss?

Wenn sie die Option hat, zu gehen ...

Vielleicht war es ein Fehler, nach dem Geld zu suchen?

„Fick dich!"

Damit lasse ich den alten Mann stehen und verlasse zusammen mit Reece die Kneipe.

Der Sergeant steigt auf sein Bike und sieht mich nachdenklich an.

„Auch auf die Gefahr hin, dass du mich gleich töten wirst, aber mich würde es umbringen, wenn ich nicht wüsste, dass Samantha bei mir ist, weil sie es will."

Er hat recht. Ich will ihn töten, aber auch wieder nicht.

Das Problem ist nur, dass er mit seiner Aussage gar nicht mal so falsch liegt.

„Du kannst dich ebenfalls ficken!"

Damit steige ich auf meine Maschine, klappe den Ständer ein und starte den Motor. Dann rase ich, wütend auf mich selbst, auf Reece und den alten Mann, davon.

Es schneit und ich fahre viel zu schnell.

Was keine gute Kombination ist. Doch das ist mir egal, ich brauche den Fahrtwind, wenn er mir nicht den Schädel frei bläst, verliere ich noch den Verstand.

Zurück am Club parke ich das Bike und schenke dem Weihnachtsbaum, den die Ladys mitten im Clubhaus aufgebaut haben, keine Beachtung.

Fuck! Fuuuuck!

Ich hasse Weihnachten und den Schnee und einfach alles, was mit dem Winter zu tun hat.

Aber vor allem hasse ich, dass Reece recht hat.

Mir geht es genau wie ihm – ich muss ebenfalls wissen, dass April bei mir ist, weil sie es will, und nicht, weil sie es muss.

Ich finde meine zukünftige Old Lady auf meinem Bett liegend vor, ein Buch in der Hand und dicke Wollsocken an den Füßen.
„Hey, Biker."
Als sie meine finstere Stimmung bemerkt, legt sie den Roman weg und sieht mich besorgt an.
„Was ist los? Gibt es Probleme?"
Weil ich nicht weiß, wie ich anders an die Sache rangehen soll, und weil es sich so anfühlt, als würde meine Brust beinahe platzen, komme ich direkt zum Punkt.
„Ich habe heute vier Männer getötet."
Ihre Pupillen weiten sich, ich beobachte ihre Reaktion ganz genau.
Natürlich hätte ich ihr das jetzt nicht erzählen müssen, es spielt keine Rolle, wie ich an das Geld von ihrem Vater gekommen bin. Aber ich will, dass sie es weiß, ich will, dass sie versteht, wer ich bin und sich dann schlussendlich trotzdem dafür entscheidet, mir zu gehören.
Keine Spielchen mehr!
Nie wieder!
Dafür ist das zwischen uns einfach zu wichtig.
„Warum hast du sie getötet?"
Sie setzt sich gerade hin, die Beine im Schneidersitz.
„Weil sie deinem Vater 600 000 Dollar geschuldet haben."
Ihr Mund klappt auf.
„Du hast das Geld?"
„Aye, ich habe es deinem Vater gegeben."
Jetzt wird es heikel ...
Holy Shit!
Wenn sie mir jetzt sagt, dass ich es behalten soll, weil es mir gehört und sie nun wieder frei ist, flippe ich aus.
April schüttelt den Kopf.
„Ich verstehe nicht ganz, was hat das alles zu bedeuten?"
An ihrer Mimik kann ich ablesen, dass sich die Gedanken in ihrem hübschen Köpfchen in Rekordgeschwindigkeit überschlagen.
„Das bedeutet, dass dein Vater den Club nun selbst bezahlen kann."
Furcht blitzt in ihren opalgrünen Augen auf.
„Und dein Geld? Also das, was du für mich bezahlt hast? Hast du das jetzt wieder zurückgekriegt?"
Hätte ich ... Wenn ich das wollte.
„Dein Vater hat es mir angeboten, aber ich habe es nicht angenommen."
Meine Süße ist intelligent, sie versteht genau, was ich ihr damit sagen will.

„Das bedeutet, du hast mich immer noch gekauft?“

Ich nicke.

Beobachte genau, wie sie reagiert. Sie steigt aus dem Bett, kommt auf mich zu und schmiegt sich vertrauensvoll an mich. Mein Herz schwillt an und überschlägt sich regelrecht.

„Ich will, dass du das Geld annimmst. Ich will nicht, dass du mich noch länger gekauft hast.“

Mein Blut kocht und meine Hände ballen sich zu Fäusten.

Der Drang, zu töten, der Drang, etwas zu zerstören, wird beinahe übermächtig.

Sie will mich nicht!

Meine Frau will nicht mir gehören!

Ich sollte meine Waffe ziehen, ich sollte den Lauf gegen meine Stirn drücken und eine Kugel hindurch jagen.

April bemerkt die Veränderung, die in mir vorgeht, und sieht verwirrt zu mir nach oben. Ihr Blick trifft den meinen, sie erkennt den Schmerz und die Hoffnungslosigkeit, die mir garantiert ins Gesicht geschrieben stehen.

„Du verstehst mich falsch, Cole. Ich will nicht zurück. Ich will bei dir bleiben! Aber als deine Frau und nicht als das Mädchen, das du für 500 000 Dollar gekauft hast.“

Heilige blutige Hölle!

Nicht sicher, ob mir mein Hirn einen Streich spielt, um mich davon abzuhalten, es aus meinem Schädel zu pusten, trete ich einen Schritt zurück und schaffe etwas Abstand zwischen der Frau, die ich dringender als den nächsten Atemzug brauche.

Anders kann ich nicht klar denken.

„Sag das noch mal!“

Ein sexy Lächeln umspielt ihren Mund.

„Ich werde dich nicht verlassen. Du musst mich nicht kaufen. Ich gehöre dir, auch ohne dass du dafür bezahlst.“

Es dauert, bis die Bedeutung ihrer Worte, in meinen Verstand sickern.

„Du bleibst bei mir?“ Sie nickt, überwindet erneut den Abstand zwischen uns und schlingt ihre zierlichen Arme um meinen Nacken.

„Ich gehöre dir und du gehörst mir. Für immer.“

Und dann küsst sie mich und macht meine Welt einfach so mit ihren Lippen perfekt.

Vernascht von einem Rocker

1. Kapitel

Das Mädchen, das überhaupt keinen Bock auf wilde Biker hat ...

Die Musik ist laut, die Männer sind zu muskulös und über und über tätowiert, und selbst das Bier ist absolut nicht nach meinem Geschmack.

Ganz ehrlich?

Ich habe keine Ahnung, warum ich eigentlich hier bin.

Was mache ich auf der Weihnachtsparty des *Wild Bones Motorcycle Clubs*, wenn ich Rocker überhaupt nicht ausstehen kann?

Ich mag weder die Waffen noch die Gewalt, noch diese zur Schau gestellte Gesetzlosigkeit.

Diese Biker sind brutale Idioten, die denken, dass es toll ist, frauenfeindliche Machos zu sein und ihre Freundinnen wie ihr Eigentum zu behandeln.

Scheiße!

Wir sind nicht mehr im Mittelalter!

Die Zeiten, in denen Männer ihre Frauen einfach so besitzen konnten, sind längst vorbei.

Zum Glück!

So wie ich das sehe, sind wir Frauen den Männern von Natur aus überlegen.

Wir sind schöner, intelligenter, gefühlvoller und na ja ... eben einfach besser.

Wir können Leben schaffen, Männer hingegen? Besonders die Männer dieses Motorcycle Clubs sind nichts weiter als gnadenlose Mörder.

Ich verabscheue Gewalt und ich vertraue auf das Gesetz.

Selbstjustiz ist keine Lösung.

Regeln sind das Einzige, was uns Menschen von Tieren unterscheidet.

Und darum hasse ich es, wenn diese einfach so gebrochen werden.

Was mich erneut zu der Frage bringt, warum in drei Teufels Namen ich so dumm war, hierher zu kommen?

Die Antwort darauf ist schnell gefunden.

Weil meine beste Freundin hierher wollte, und na ja, ich dachte mir, wenn ich ihr schon nicht ausreden kann, an einen Ort wie diesen zu gehen, komme ich wenigstens mit, um auf sie aufzupassen und zu verhindern, dass sie einen Fehler macht und mit einem dieser tätowierten Kuttenträger ins Bett steigt.

Das war zumindest der Plan.

Die Realität sieht dummerweise ganz anders aus.

Denn anstatt auf Mia aufzupassen, sitze ich alleine in der gigantisch großen und überraschend sauberen Küche des MCs, tauche meinen Finger wieder und wieder in das Glas mit der Schokocreme, die ich in einem der Schränke gefunden habe.

Wenn ich gestresst bin, esse ich.

So war es schon immer.

Und im Moment bin ich sehr gestresst.

Ich meine, Scheiße!

Mia ist verrückter und bedeutend waghalsiger als ich.

Sie ist leichtsinnig, steht auf Bad Boys und hat eine Schwäche für bedeutungslosen Sex.

Streng genommen sind wir beide komplett verschieden.

Und aus genau diesem Grund verstehen wir uns auch so gut.

Ich bremse sie ein wenig aus und sie? Na ja, sie schleppt mich auf wilde Biker Partys ...

Nein, mal im Ernst.

Wir ergänzen uns in vielen Bereichen des Lebens perfekt.

Diese Nacht ist eine echt bescheuerte Ausnahme.

Aber woher hätte ich denn auch wissen können, dass wir gleich nach unserer Ankunft bei den *Wild Bones* getrennt werden?

Die Straße vor dem Club war so mit Autos und unzähligen Motorrädern überfüllt, dass uns das Taxi eine Kreuzung weiter vorne rausgelassen hat.

Auf dem riesigen Hof der *Bones* flackern nicht nur ein halbes Dutzend Lagerfeuer, oh nein, da steht auch ein gut sechs Meter großer, mit Luft gefüllter Santa Claus.

Die meisten Männer tragen zu ihrer typischen Motorradkluft rote Zipfelmützen mit weißen Bommeln, während unzählige halb nackte Tussis als Weihnachtsengel verkleidet sind, was bedeutet, sie tragen glitzernde Bikinis, echt krasse High Heels und dazu durchscheinende Flügel – sonst nichts.

Und. Das. Im. Dezember.

Ernsthaft.

Das ist total verrückt.

Aber was habe ich erwartet?

Das hier ist einer der gefährlichsten Outlaw Motorcycle Clubs des Landes, und wenn die Gerüchte, die über die *Wild Bones* im Umlauf sind, stimmen, dann sind sie die Könige von Seattle.

Dann kontrollieren sie nicht nur den Drogen- und Waffenhandel, sondern auch einen Großteil der Polizei.

Was, wenn ihr mich fragt, kein besonders beruhigender Gedanke ist.

Verdammt!

Ich hätte nie hierher kommen sollen.

Aber Mia wollte unbedingt ...

Frustriert tauche ich meinen Finger in die Schokocreme, stecke ihn in den Mund und lecke ihn ab.

Vielleicht sollte ich mir an der Bar irgendeinen Wein oder einen Cocktail holen?

Gibt es an einem Ort wie diesen überhaupt so etwas Ausgefallenes wie Cocktails?

Ich schätze nicht.

Und das ist sicherlich auch besser so, an einem Ort wie diesen kann es nicht schaden, nüchtern zu bleiben.

Die Frauen scheinen allesamt Bier zu trinken, während die Männer mit viereckigen Whiskyflaschen durch die Gegend rennen.

So lächerlich.

Ich meine, jetzt mal ehrlich? Würde ein Glas nicht auch reichen?

Muss es unbedingt gleich eine Flasche sein?

Das. Geht. Mich. Nichts. An.

Meinen Finger ablutschend, beschließe ich, dass das alles nicht mein Problem ist.

Sollen sich die Biker ruhig besaufen und die nackten Engel sich eine fürchterliche Erkältung holen ...

Dieser Ort ist verrückt und der einzige Grund, aus dem ich noch hier und nicht längst gegangen bin, ist Mia.

Das Problem ist nur, dass mir der verdammte Mut fehlt, diese Küche, die ich glücklicherweise ganz für mich alleine habe, zu verlassen.

Hinter dieser silbernen Schwingtüre erwartet mich eine wilde Mischung aus Testosteron, Sex und Zügellosigkeit.

Bevor ich mich hier drinnen versteckt habe, stand da ein Pärchen bei den Billardtischen, die sich im hinteren Bereich des großen Hauptraums befinden, und hatte einfach so Sex.

Ich meine, vor aller Augen.

Nennt mich ruhig prüde, aber na ja ... Ich kann mir nicht vorstellen, dass ich mir einfach so vor gefühlt zweihundert Leuten meinen Rock ausziehe und mich vögeln lasse.

Das hier ist eine völlig andere Welt, die ich einfach nicht verstehe.

Und das muss ich auch nicht, denn alles, was ich will, ist so schnell wie möglich nach Hause zu fahren. Aber dafür brauche ich Mia, und um sie finden zu können, muss ich diese Küche verlassen, und dafür fehlt mir gerade dummerweise der Mut.

Seufzend tauche ich meinen Finger erneut in die Schokolade, lecke ihn ab und schließe kurz die Augen.

Als ich sie geschätzt dreißig Sekunden später wieder aufmache, bin ich nicht mehr allein.

Verdammt!

In der Tür steht einer dieser Biker und sieht mich mit hochgezogenen Augenbrauen an.

„Findet hier eine Küchenparty statt, von der ich nichts weiß?"

Küchenparty?

„Sorry, aber das ist eine Party für zwei."

Der Rocker sieht sich suchend um, kann jedoch niemanden außer mir entdecken.

„Für zwei?"

„Ja. Für die Schokolade und mich."

Ich hoffe, er hat den Wink, dass er mich in Ruhe lassen soll, verstanden.

Anscheinend hat er das nicht.

Denn anstatt einfach wieder zu verschwinden, kommt er zwei Schritte auf mich zu und gibt mir so die Möglichkeit, ihn genauer zu betrachten.

Er ist geschätzt 1,80 Meter groß, gut gebaut, dabei jedoch nicht übertrieben muskulös, und hat ein attraktives Gesicht, das beinahe als schön bezeichnet werden kann.

Dazu grüne Augen, eine gerade Nase, karamellbraune kurze Haare und volle Lippen, Lippen wie sie gut zu einem Mann passen würden, der gerne küsst.

Aber ich bezweifle, dass das der Fall ist.

Immerhin ist er einer der gefürchteten *Wild Bones*, und diese Kriminellen sind für vieles, jedoch sicher nicht für ihre Vorliebe fürs Knutschen bekannt.

Er trägt, wie sollte es auch anders sein, eine dieser ledernen Westen, dazu ein eng anliegendes schwarzes Shirt, das seine breiten Schultern und seinen trainierten Oberkörper betont, eine ausgewaschene Bluejeans und schwere Biker Boots.

Und auch wenn sein Gesicht wirklich umwerfend ist, besteht kein Zweifel daran, dass er durch und durch ein *Wild Bone* ist und dass es das Beste für mich wäre, ihm das Schokocreme-Glas ans Hirn zu werfen und davonzulaufen,

Doch anstatt genau das zu tun, bleibe ich einfach im Schneidersitz auf der Arbeitsplatte sitzen und starre ihn unverhohlen an.

Verdammt! Verdammt! Verdammt!

„Und wo ist meine Einladung?"

„Wahrscheinlich bei der Post verloren gegangen.“

Mein Witz bringt ihn zum Lachen, dass volltönende, dunkle Geräusch hallt in meinem Inneren wider.

„Hast du Griffin gesehen?“

Griffin?

Keine Ahnung, wer das ist, aber dieser Biker setzt aus irgendeinem Grund voraus, dass ich ihn kennen sollte.

„Nein. Wie gesagt, das ist eine Party für zwei.“

„Wir sind zwei.“

Oh toll, der kriminelle Outlaw kann also zumindest bis zwei zählen. Das ist ja schon mal ein Anfang ...

„Dieser Griffin, nach dem du suchst, ist nicht hier, vielleicht ist er ja schon nach Hause gegangen?“

Was ich übrigens auch möglichst schnell tun sollte.

„Das bezweifle ich.“

Er sagt das mit einer ordentlichen Portion Spott in der Stimme.

„Und warum?“

„Weil er hier zu Hause ist.“

Was?

„Du meinst, er wohnt in diesem Clubhaus?“

Der Fremde nickt.

„Das ist ja schrecklich.“

Jetzt lacht er wieder.

„Warum sollte das schrecklich sein?“

Ich zucke nichtssagend mit den Schultern und betrachte meine mit Schokoresten beschmierten Finger.

„Weil dieser Club schrecklich ist.“

Seine Mimik wird ernst, fast so, als ob ich etwas ganz Böses gesagt hätte, das mich das Leben kosten könnte.

„Dieser Club ist mein Leben, pass auf was du sagst, Mädchen.“

„Dann hast du wohl ein ziemlich schreckliches Leben.“

Seine Hand zuckt vor, und noch ehe ich ihm ausweichen kann, haben sich seine langen Finger schraubstockartig um mein Handgelenk gewickelt.

Autsch ...

„Respektlosigkeit ist etwas, was wir Bones nicht dulden.“

Okay ...

„Gut zu wissen. Du kannst mich jetzt wieder loslassen.“

Seinem eindringlichen Blick so selbstsicher wie nur möglich standhaltend, gebe ich mein Bestes, mir meine wachsende Angst nicht anmerken zu lassen.

Das Dumme ist nur, dass sein Daumen direkt auf der Stelle an meinem Handgelenk ruht, an der sich mein Puls wie verrückt überschlägt.

Und an dem amüsierten Zucken seiner Mundwinkel kann ich ablesen, dass er das sehr wohl bemerkt.

„Hör zu, Biker. Nur weil du bis zwei zählen kannst, bedeutet das noch lange nicht, dass du das Recht hast, mich anzufassen. Also lass mich jetzt sofort los."

Anstatt zu tun, was ich will, hält er mich einfach weiterhin fest.

„Oder was?"

„Was, oder was?"

Ich bin so verwirrt, dass ich einfach nicht verstehe, worauf er hinauswill.

Was sicher nichts damit zu tun hat, dass er mir viel zu nah gekommen ist und dass mir dieser unglaubliche Geruch von Mann, Seife und Minze in die Nase steigt und mir zu meinem Leidwesen die Sinne verwirrt.

Shit!

Dass Kerle wie er so gut riechen, sollte verboten gehören.

In seinen Augen funkelt es belustigt.

„Lass mich los oder ich schreie!"

„Ahhh ... da ist es ja."

Was will dieser Biker von mir?

„Da ist was?"

„Dein oder."

Himmel!

„Was soll das? Warum bringst du mich so durcheinander."

„Tue ich das etwa?"

Er wirkt zufrieden, der ungewohnte Drang, ihn schlagen zu wollen, steigt in mir auf. Was echt untypisch für mich ist, ich verabscheue Gewalt. Aber jetzt und hier würde ich ihm am liebsten mit meiner Hand sein arrogantes Grinsen aus dem Gesicht wischen.

„Ja."

„Nur zu deiner Info, wenn du schreist, interessiert das hier kein Schwein."

Seine Augen bohren sich in die meinen.

Wenn ein Blick wehtun könnte, würde ich jetzt vor Schmerzen in die Knie gehen.

„Lass. Mich. Sofort. Los."

„Nein."

„Warum nicht?"

„Weil du, ohne zu fragen, meine Schokocreme gegessen hast."

Oh nein!

„Das ist deine?"
Er nickt.
„Lass mich los und ich entschuldige mich bei dir."
Ein sehr faires Angebot.
Findet ihr nicht?
„Und was bringt mir deine Entschuldigung?"
Die Frage bringt mich völlig aus dem Konzept.
Oder ist das doch sein Geruch?
Scheiße!
Ich habe absolut keine Ahnung!
„Ich bezahl sie dir."
„Ich will dein Geld nicht."
„Was willst du dann?"
Anstatt es mir einfach zu sagen, bewegt er meine, noch immer in seinem Griff gefangene Hand und führt sie zu seinen sinnlichen Lippen.
Nicht gut. Gar nicht gut.
„Meinen Anteil."
Waaaaasssss?
Entsetzt sehe ich dem Rocker dabei zu, wie er meinen Finger in den Mund nimmt und die restliche Schokolade, die sich darauf befindet, ablutscht.
Oh. Mein. Gott!
Sein Mund ist warm und feucht, seine Zunge rau und seine Zähne scharf.
Er beißt mich nicht, sondern tut nichts anderes, als an meinem Finger zu saugen.
Eine seltsame Hitze flutet meine Venen und sammelt sich direkt zwischen meinen Schenkeln.
Das bedeutet nichts.
Rein gar nichts.
Ich stehe nicht auf Typen wie diesen Rocker, sondern auf gebildete, anständige Männer, die sich an das Gesetz halten und ihre Steuern bezahlen.
Und trotzdem ist da dieses drängende Pochen, das sich verdammt nach Erregung anfühlt.
„Lass mich los oder ich schreie."
Keine Ahnung, warum ich jetzt nur flüstere. Immerhin sind wir noch immer allein in der Küche.
Der Biker lässt viel zu langsam meinen Finger aus seinem Mund gleiten, für einen Moment befürchte ich, einfach in Ohnmacht zu fallen.
„Wie gesagt, wenn du schreist, interessiert das keine Seele."

„Auch nicht diesen Griffin, den du gesucht hast?“
Seine Pupillen weiten sich und funkeln wie schwarze Monde.
„Den schon gar nicht.“
Meine Neugierde ist geweckt.
„Ach, und warum nicht?“
„Weil er der Präsident von diesem ach so schrecklichen Club ist.“
Mist!
Wenn das eine Schachpartie wäre, dann hätte er mich gerade mit einem Zug matt gesetzt.
Und darum schaffe ich es auch nicht, ihm auszuweichen, als er mir näher und näher und noch immer näher kommt und mit seiner rauen Zunge über meinen Mundwinkel leckt.
Heilige verdammte Scheiße!
Was soll das?
Warum macht er das?
Und wieso zum Teufel will ich nicht nach Hilfe schreien?
Das Brummen, das sich aus seiner Kehle löst, lässt mich erschaudern.
Die feinen Härchen in meinem Nacken stellen sich auf, dann zieht der Rocker auch schon wieder den Kopf zurück und streicht sich mit dem Daumen über die Unterlippe.
„Lecker. Fuck! Ich habe keine Ahnung, was süßer ist, du oder die Schokolade.“
Wie bitte?
„Ich bin kein Nahrungsmittel!“
Himmel und Hölle!
Was rede ich denn da?
Dieser Biker weiß genau, dass ich nichts Essbares bin, und dennoch hat er mich gerade vernascht.
„Bist du dir sicher, Mädchen? Für mich siehst du verdammt essbar aus.“
Okay. Alles klar. Er macht sich über mich lustig.
Ich muss hier weg. Sofort!
Ehe noch etwas ganz Schlimmes passiert!
Schon als ich den ersten Schritt auf das Gelände des *Wild Bones Motorcycle Clubs* gesetzt habe, war mir klar, dass diese Rocker gefährlich sind. Aber dieses muskulöse, ungemein attraktive Exemplar stellt mit Abstand die größte Gefahr für mich dar.
Und wenn ich nicht sofort die Flucht antrete, wird er schon bald an ganz anderen Körperteilen lutschen als nur an meinem Finger.
„Lass mich los.“
Keine Reaktion.

Ich versuche es mit dem Zauberwort.
„Bitte."
Der *Wild Bone* hat endlich Erbarmen mit mir und löst seine Finger von meinem Handgelenk.
Geht doch ...
Mit wackeligen Knien klettere ich von der Arbeitsplatte, lasse die Schokocreme einfach stehen und vermeide es tunlichst, dem Biker neben mir, der mich gespannt beobachtet, noch mal in die Augen zu schauen.
„Was hast du vor?"
„Ich gehe."
„Wohin?"
Als ob ihn das etwas angehen würde.
Na ja! Er hat an deinem Finger gelutscht und dir gesagt, dass du lecker bist. Ich würde also behaupten, es geht ihn was an. Ganz besonders weil er der erste Mann seit Langem ist, der dich geleckt hat, wenn auch an der falschen Stelle.
Mein Unterbewusstsein ignorierend, schüttle ich über mich selbst verwundert den Kopf.
Das ist nicht hilfreich. Besonders weil ich mich jetzt ungewollt frage, wie es wohl wäre, von diesem Biker an der richtigen Stelle (an der zwischen meinen Schenkeln) geleckt zu werden?!
„Wohin willst du, Mädchen?"
Hartnäckig ist er ja.
„Nach Hause!"
Er folgt mir zu der Schwingtüre, was mich nur noch schneller laufen lässt, was dank meinen wackeligen Knien gar nicht so leicht ist, wie es das in so einer Notsituation sein sollte.
Und dass das hier eine Notsituation ist, steht ja mal unumstritten fest, immerhin werde ich von einem der legendären *Wild Bones* verfolgt.
Für einen kurzen Moment spiele ich mit dem Gedanken, mich auf die Suche nach Mia zu machen, verwerfe diesen aber schnell wieder.
Mia mag meine Freundin sein, aber sie ist auch eine erwachsene Frau, und sie wird schon wissen, was sie tut. Wobei ich da so meine Zweifel habe.
Ganz davon abgesehen hat es ihr auch nicht gerade geholfen, dass ich naschend in der Küche gesessen bin ...
Wie auch immer, jetzt muss ich erst mal meinen eigenen Arsch in Sicherheit bringen.
Mit den Ellenbogen bahne ich mir einen Weg durch die feiernde Menge und schaffe es endlich aus dem Clubhaus raus auf den Hof.

Silbrig schimmernde Sterne überziehen den klaren Nachthimmel. Es ist kalt, die Luft riecht nach Schnee. Eiskristalle überziehen die knorrigen Äste der Bäume und verleihen der Natur etwas Magisches.

Und trotz der niedrigen Temperaturen stehen unzählige dieser halb nackten Engel hier draußen und wackeln mit ihren glitzernden Ärschen vor den Augen der Rocker herum.

Wie kann man nur so bescheuert sein?

„Was erhoffen sich die Weiber? Sex? So gern ich auch mal wieder mit einem Mann schlafen würde, bin ich definitiv nicht bereit, mir wegen so etwas Lapidarem wie einem Orgasmus eine fiese Erkältung einzufangen. Da bleibe ich lieber untervögelt aber gesund."

Erst als der Biker, der mir noch immer folgt, ein bellendes Lachen von sich gibt, wird mir klar, dass ich das laut ausgesprochen habe, und dass er jedes verdammte Wort gehört hat.

Scheiße!

Das ist wirklich unheimlich peinlich.

„Wenn du gefickt werden willst, sag's einfach."

Überrascht drehe ich mich zu ihm um.

„Soll das etwa ein Angebot sein?"

Er nickt, sein Blick ruht auf meinem Mund.

„Danke, ich verzichte."

Sein gebrummtes: „Das dachte ich mir schon" vibriert in meinem Inneren wider.

Täusche ich mich oder schwingt da so etwas wie Bedauern in seiner Stimme mit?

Ich muss mich täuschen. Denn im Gegensatz zu diesen Engeln bin ich mit meiner Jeans und meinen Turnschuhen angezogen wie eine Nonne. Von meinem Pullover mal ganz abgesehen.

Apropos angezogen! Wo ist eigentlich meine Jacke?

Genervt sehe ich zum Club. Zu meinem Pech habe ich keine Ahnung, wo ich sie abgelegt habe, was bedeutet, dass ich sie verloren habe, und das in dieser eiskalten Dezembernacht.

Klasse!

Ganz große Klasse!

Das hast du toll gemacht, Olivia.

Dieses Mal muss ich der Stimme in meinem Kopf leider zustimmen.

„Also, es war irgendwie nett, dich kennengelernt zu haben. Mach's gut."

Mit dieser mehr oder weniger freundlichen Verabschiedung lasse ich den Biker stehen, marschiere auf das Tor zu und lasse das Gelände der *Bones* hinter mir.

„Was heißt da, es war *irgendwie* nett?"

Verdammt!

Ich habe gar nicht mitbekommen, dass mir der Rocker immer noch an den Fersen klebt.

„Na ja irgendwie eben."

Frustriert lasse ich meine Augen über die total zugeparkte Straße gleiten und ziehe mein Handy aus der Hosentasche.

Ich brauche ein Taxi.

„Definiere das *irgendwie*."

„Du bist ein krimineller Outlaw, der sich nicht im Geringsten um die Gesellschaft oder deren Gesetze kümmert. Du machst, was du willst, selbst wenn das bedeutet, dass du Menschen umbringst. Also bist du nicht nur kriminell, sondern auch gewaltbereit. Das sind beides Tatsachen, die ich echt scheiße finde! Also irgendwie. Kapiert?"

Okay. Das war jetzt ziemlich direkt.

Nicht sicher, wie der Rocker auf so viel ungefilterte Wahrheit reagiert, sehe ich ihn prüfend an.

Wenn es dumm läuft, werde ich jetzt gleich die 911 und nicht die Nummer der Taxizentrale wählen.

„Wenn du mich und meinen Lebensstil so verabscheust, was machst du dann in meinem Club?"

Eine wirklich gute Frage.

„Meine Freundin hat mich hierher geschleppt."

Das mag nach einer schlappen Ausrede klingen, aber es ist die Wahrheit.

„Wo ist deine Freundin jetzt?"

Es ist offensichtlich, dass mir der Biker nicht glaubt.

„Wir haben uns kurz nach unserer Ankunft aus den Augen verloren."

„Und jetzt lässt du sie einfach so bei uns kriminellen, gewaltbereiten Arschlöchern allein?"

Der Vorwurf, der in seiner Frage mitschwingt, ist kaum zu überhören.

„Ja."

„Wow! Mag sein, dass ich ein gesetzloser Outlaw bin, aber ich würde meine Freunde nie allein an einem Ort zurücklassen, den ich selbst als gefährlich einstufe."

Der Punkt geht an ihn.

„Was ein Glück, dass dich das einen Scheißdreck angeht. Richtig?"

Damit lasse ich ihn stehen und gehe die Straße entlang, während ich versuche, mir ein Taxi zu rufen.

Zu meinem Pech bleibt es bei dem Versuch, denn ich habe absolut kein Netz.

Für einen Moment befürchte ich noch, dass mir der Rocker weiter folgt, doch als ich einen prüfenden Blick über die Schulter werfe, stelle ich erleichtert fest, dass er weg ist.

Kein Wunder, so wie du ihn angezickt hast!

Mein Unterbewusstsein ist beleidigt.

Was ich bis zu einem gewissen Grad durchaus nachvollziehen kann.

Denn so ungern ich es mir auch eingestehe, aber dieser Rocker war der erste Mann seit Langem, der es geschafft hat, mein Interesse zu wecken.

Dieses Kribbeln im Bauch ...

Wämmmm!

Das war der Hammer!

Wäre er nicht der, der er ist, sondern irgendjemand anderes gewesen, hätte ich vielleicht mein Glück bei ihm versucht und endlich mal wieder Sex gehabt.

So aber stehe ich alleine und ohne Jacke auf der anderen Seite der Mauer, hinter der eine wilde X-Mas-Party steigt, und ärgere mich darüber, dass mein dummes Telefon keinen Empfang hat.

Laute Musik, glückliches Gelächter und das Bimmeln von Glöckchen ...

Oh ja, es scheinen sich wirklich alle ganz prächtig zu amüsieren.

Alle außer dir!

Die Stimme in meinem Kopf hat recht.

Vielleicht hätte ich einfach meine Klappe halten, meine Prinzipien über Bord werfen und meinen Spaß haben sollen?

Aber dafür ist es jetzt zu spät.

Ich bin nicht einfach nur gegangen, oh nein, ich habe einem der *Bones* natürlich auch noch meine Meinung sagen müssen.

Umdrehen ist also keine Option.

Verdammt!

Verwirrt und über mich selbst verärgert bleibe ich stehen und lasse die Geschehnisse des Abends noch mal gedanklich Revue passieren.

Das Ergebnis ist einfach:

Ich bin wirklich eine ganz furchtbare Zicke!

Frustriert und über mich selbst genervt, setze ich nach einer halben Ewigkeit meinen Weg fort, ich komme nur ein paar Meter weit, ehe hinter mir Schritte laut werden.

Mein Magen zieht sich warnend zusammen, ein ganz schlechtes Gefühl breitet sich in mir aus. Einen weiteren Blick über meine Schulter riskierend, entdecke ich eine komplett in schwarz gekleidete Gestalt hinter mir.

Zufall? Ich meine, das hier ist eine öffentliche Straße, hier kann jeder langgehen.

Das Dumme ist nur, dass mir mein Instinkt verrät, dass diese Gestalt nicht einfach nur an mir vorbeilaufen wird. Ich stecke in Schwierigkeiten und von dem *Wild Bone*, den ich mit meiner vorlauten Klappe in die Flucht geschlagen habe, ist weit und breit nichts zu sehen.

Scheiße! Scheiße! Scheiße!

Ich beginne zu rennen, die Gestalt macht es mir nach und bestätigt damit meine Vermutung, dass sie es auf mich abgesehen hat.

Das hast du wirklich ganz toll gemacht, Olivia.

Jetzt bist du so was von im Arsch!

2. Kapitel

Der Kassenwart des Wild Bones Motorcycle Clubs

Zurück im Club hole ich mir ein Bier, trinke einen großen Schluck und spüle damit den Geschmack der Zicke, der bis eben auf meiner Zunge lag, runter.

Was für eine blöde Kuh!

Wieso geht sie auf eine unserer Partys, wenn sie uns doch eigentlich verabscheut?

Die Antwort auf diese Frage sollte mir egal sein, genau wie die Tatsache, dass sie in einer Nacht wie dieser ganz allein in der Dunkelheit herumläuft.

Heute sind allerhand Gestalten unterwegs.

Unsere Feiern sind legendär, aber unsere Weihnachtsparty, die hat es besonders in sich.

Ich denke, es gibt keine Drogen, die heute Nacht nicht im Umlauf sind, und auch wenn ich für jeden einzelnen meiner Brüder meine Hand ins Feuer legen würde, gibt es hier auch jede Menge andere Gäste, denen ich keine zwei Schritte weit über den Weg traue.

Wäre die Zicke eine Old Lady, hätte ich sie nie allein zurückgelassen.

Fuck!

Ich wäre ihr, wenn nötig, bis ans Ende der Welt gefolgt, nur um sicherzustellen, dass sie heil und unbeschadet an ihrem Ziel ankommt.

Aber sie ist keine Lady, sie ist einfach nur irgendeine Tussi mit einer vorlauten Klappe, die kein Problem damit hat, mich und meinen Lebensstil zu verurteilen.

Wie kann etwas, das so süß ist, zugleich so sauer sein?

Normalerweise mag ich unsere Partys, aber heute wollte in mir keine Feierlaune aufkommen. Die Musik war mir zu laut, die Nutten waren mir zu anstrengend und die Gespräche, die geführt wurden, zu langweilig.

Keine Ahnung, weshalb ich schlussendlich in der verdammten Küche gelandet bin.

Aber dann war ich da und sah sie.

Mit verschränkten Beinen auf der Küchenplatte sitzend, das Gesicht und die Finger voller Schokolade – meiner Schokolade – und so schön und anders als all die anderen anwesenden Frauen.

Keine Ahnung wie, aber dem Mädchen ist es innerhalb einer Sekunde gelungen, mein Interesse zu wecken.

Bullshit!

Das soll was heißen.

Denn das ist seit langer Zeit keiner Frau mehr gelungen.

Ich habe an ihrem Finger gelutscht und ihr die Schokocreme aus dem Gesicht geleckt und ich hätte noch viel mehr getan, wenn sie nicht so verflucht zickig gewesen wäre.

In meiner Fantasie habe ich sie mehr als einmal über die Küchenplatte gebeugt und sie von hinten gefickt.

Wobei es wahrscheinlich besser gewesen wäre, ihre vorlaute Klappe mit meinem Schwanz zu füllen und sie so zum Schweigen zu bringen.

Dieses Mädchen weiß echt nicht, wann es besser ist, den verdammten Mund zu halten.

Seltsamerweise hatte ihre Frechheit etwas Erfrischendes.

Die meisten Frauen, mit denen ich zu tun habe, sehen meine Kutte, erkennen meinen Rang und sind so erpicht darauf, mich um ihre Finger zu wickeln, dass sie einfach alles tun und sagen würden, nur damit ich sie mir packe, sie ficke und irgendwann in naher Zukunft zu meinem Eigentum ernenne.

Diese Fremde hingegen, sie hatte kein Interesse an mir, es war ihr egal, was ich von ihr halte, sie war ehrlich und hat einfach so ihre Meinung kundgetan, selbst wenn sie damit ein gewaltiges Risiko eingegangen ist.

Sie hatte Glück, dass sie an mich geraten ist, den Kassenwart der Seattle *Wild Bones* und nicht an Zayn, unseren Vollstrecker, oder Reece, den Sergeant at Arms unseres Chapters.

Das hätte für Miss-Große-Klappe sonst ein ganz böses Ende nehmen können.

Sie sind die Killer unter uns, sie kennen keine Gnade und töten, ohne mit der Wimper zu zucken, jeden, der es wagt, sich ihnen oder dem Club in den Weg zu stellen.

Wobei die beiden, seitdem sie ihre Old Ladys gefunden haben, ruhiger geworden sind.

Ruhiger, jedoch nicht weniger blutrünstig.

Versteht mich nicht falsch, ich bin genau wie sie ein Mörder.

Wenn es sein muss, schrecke ich nicht davor zurück, zu tun, was immer notwendig ist, um meine Brüder zu beschützen.

Dennoch hat es seinen Grund, warum das *Treasurer-Patch* meine Kutte ziert.

Meine Liebe gilt den Zahlen und nicht dem Töten.

Trotzdem! *Bullshit!* Trotzdem ist die Fremde jetzt ganz allein da draußen ...

Mit einem Fluch schlage ich den Weg zu meinem Büro ein, lasse mich auf den Ledersessel hinter meinem Schreibtisch fallen, lege die Füße hoch, trinke das Bier und zünde mir eine Kippe an, während ich die an der Wand hängenden Bildschirme anschalte und so die Liveübertragungen der Überwachungskameras abrufe.

Klick für Klick gehe ich die einzelnen Kameras durch, so lange, bis ich bei den außerhalb des Geländes ankomme, die nicht nur die Straße, sondern jeden Winkel einfangen und uns so den größtmöglichen Rundumblick erlauben.

Es dauert etwas, bis ich die Frau entdecke, die scheinbar vor irgendetwas davonzurennen scheint. Alarmiert beuge ich mich vor, um mehr zu erkennen.

Ihr Gesichtsausdruck zeigt pures Entsetzen, eine Sekunde später bemerke ich auch den Grund für ihre Angst: Jemand verfolgt sie.

Ich kann nicht sagen, wer genau hinter ihr her ist, die Person ist komplett in schwarz gekleidet. Aber der Statur nach würde ich tippen, dass es sich dabei um einen Mann handelt, was bedeutet, dass die kleine Zicke nicht die geringste Chance hat.

Bloody Hell!

Diese Frau hat nicht nur meine Schokocreme gegessen, sondern mir auch unverblümt ins Gesicht gesagt, dass sie nicht nur mich, sondern auch meine Lebensweise echt scheiße findet.

Es sollte mir verflucht noch mal egal sein, ob sie in Schwierigkeiten steckt oder nicht.

Sie. Ist. Nicht. Mein. Problem.

Und trotzdem knalle ich mein Bier auf den Tisch und stürme aus dem Büro.

Mag sein, dass die Kleine eine zu große Klappe hat, es mag auch sein, dass sie mich hasst, aber es ist eben auch so, dass ich sie verflucht süß finde und dass ich nicht einfach so zulassen kann, dass sie irgend so ein Bastard durch die Nacht jagt und verletzt, vergewaltigt, oder im schlimmsten Fall vielleicht sogar tötet.

Fuck!

Fuuuucckkkk!

Dank der Kameraaufnahmen weiß ich, dass sie Richtung Norden rennt und sich somit bereits auf der Rückseite des Geländes befindet.

Ich nehme die Abkürzung durch die Küche (wie passend), stoße die Feuerschutztüre auf, renne über den Hinterhof und reiße die in der Mauer versteckte Türe auf, für die nur wenige von uns einen Schlüssel besitzen.

Kaum dass ich die Straße betrete, höre ich auch schon einen lauten Schrei durch die Nacht hallen. Das Blut in meinen Adern gefriert, ich hetze nach rechts und was ich sehe, macht mich einfach nur extrem wütend.

Die Zicke liegt auf dem Boden und hält sich die Hände schützend vor das Gesicht, während der Wichser auf ihr sie mit einer im Mondlicht schimmernden Klinge bedroht.

In der Sekunde, in der mir klar wird, worauf das hinausläuft, interessiert es mich nicht mehr, dass mich dieses Mädchen, dass mich überhaupt nicht kennt und dass die Welt, in der ich lebe, nicht versteht, schon vor unserer ersten Begegnung vorverurteilt hat.

Das Einzige, was noch zählt und woran ich denken kann, ist, dass ich nicht zulassen werde, dass irgendein Bastard dieser süßen Zicke auch nur ein Haar krümmt.

Wenn jemand das Recht hat, sie anzufassen, sie abzulecken oder an ihr zu lutschen, dann bin ich das!

Nur. Fucking. Ich.

Bevor der Wichser sie verletzen kann, stehe ich hinter ihm.

Er ist so auf sein Opfer fixiert, dass er mich nicht mal kommen sieht.

Ein klassischer Anfängerfehler.

Mit so viel Wut im Bauch, wie noch nie zuvor, ziehe ich meine Waffe, entsichere sie und lege den Finger auf den Abzug.

Würde nicht die Möglichkeit bestehen, dass ich die Frau treffe, würde ich den Wichser nicht einmal warnen, sondern einfach nur wie einen räudigen Köter abknallen.

So aber zwinge ich meine fest zusammengebissenen Zähne auseinander.

„Lass das Mädchen in Ruhe."

Der Typ kapiert, dass er in Schwierigkeiten steckt, springt überraschend behände auf die Füße, zieht seine Beute dabei mit sich hoch und hält ihr die Klinge an den Hals.

Fuck!

Die Frau schreit und weint, ein dünnes Rinnsal Blut perlt aus ihrer weißen Haut.

Der Zorn, der sich in mir ausbreitet, hat das Zerstörungspotenzial eines Hurrikans.

Verrückt!

Ich kenne das Mädchen kaum und dennoch bin ich so wütend wie noch nie zuvor in meinem Leben.

„Lass die Frau los, oder du stirbst hier und jetzt!"

Der Kerl grinst mich siegessicher an, mein Puls schnellt in die Höhe.

Entweder hat er keine Angst vor dem Tod oder er ist schlichtweg wahnsinnig.

„Fick dich, Tate."
Er kennt meinen Namen?
„Bist du ein Freund des Clubs?"
Der Angreifer nickt.
„Wenn du es bleiben willst, lass das Mädchen los."
„Wie gesagt, fick dich, Tate."
Der Lärm der Party tönt über die Mauer hinweg zu uns rüber und verpasst der Situation etwas ungewollt Komisches.
Das Mädchen heult, der Wichser lacht und ich? *Fuck!* Ich ziele mitten auf seinen Schädel, während *Chris Rea* mit *Driving Home for Christmas* durch die kalte Nacht hallt.
Dieses Lied haben wir alle bestimmt Charlotte zu verdanken. Die Old Lady des Präsidenten hat eine Schwäche für diese ganzen uralten X-Mas-Songs.
Wahrscheinlich sitzt sie gerade mit einem von Isabellas selbst gebackenen Plätzchen in der Hand auf dem Schoss ihres Mannes und singt laut und falsch mit.
Wie auch immer ...
„Du hast drei Sekunden, Arschloch!"
Anstatt sich eingeschüchtert zu zeigen, beginnt der Typ doch glatt, laut und selbstsicher zu zählen.
Bullshit!
Die Zicke heult immer lauter und fleht mich schluchzend an, ihr zu helfen.
Schon verrückt, wie das Leben so spielt.
Noch vor wenigen Minuten hat sie mir vorgeworfen, dass ich ein gewaltbereites Schwein bin, und auch wenn sie das Wort Selbstjustiz nie in den Mund genommen hat, bin ich mir sicher, dass das in dem Gesamtpaket von Dingen, die sie verurteilt, enthalten war.
Ich meine, immerhin scheiße ich in ihren Augen auf die Gesellschaft und breche nur zu gerne sämtliche Gesetze.
Wenn ich ein selbstgerechtes Arschloch wäre, würde ich jetzt meine Knarre runternehmen und einfach nur die Bullen rufen.
Immerhin ist es deren Job, schönen Frauen in Not zu helfen.
Richtig?
Doch ich bin kein selbstgerechtes Arschloch und mein Vertrauen in die Polizei war noch nie sonderlich stark ausgeprägt.
Der Typ kommt bei eins an, bis null lasse ich ihn nicht kommen, sondern senke blitzschnell meine Waffe und ziele auf seine Kniescheibe.

Dann drücke ich ab, der Knall hallt durch die Luft, keine Sekunde später übertönt sein schmerzerfülltes Brüllen Charlottes geliebte Weihnachtsmusik.

Sein Arm zuckt und bevor er dem Mädchen den Hals aufschneiden kann, entwinde ich ihm die Klinge und ramme sie ihm bis zum Heft in den Bauch, dann schnappe ich mir die kleine Zicke und ziehe sie beschützend an mich.

Sie zögert nicht, sondern schlingt sofort ihre Arme um meinen Hals und drückt ihr tränenüberströmtes Gesicht an mich.

Der Wichser bricht gurgelnd und mit weit aufgerissenen Augen zusammen, die Hände um den Griff des Messers gelegt.

Blut rinnt aus seinen Mundwinkeln.

Und noch ehe er etwas sagen kann, verlässt ihn die Kraft und sein Schädel knallt auf den nassen Asphalt der Straße.

„Ist er tot?"

Des Mädchens leises Flüstern dringt in mein Ohr.

„Noch nicht."

Es beginnt wie verrückt zu zittern.

„Warum?"

„Warum was?"

Wenn sie mich jetzt fragt, warum ich sie selbst gerettet habe, anstatt ihren Tod in Kauf zu nehmen und in aller Ruhe die Cops zu rufen, flippe ich aus.

Ich sehe auf die total verängstigte Frau in meinen Armen herab.

„Warum hat er das getan?"

Bloody Hell!

Ich hätte nur allzu große Lust, den Bastard danach zu fragen, dummerweise glaube ich nicht, dass er noch in der Lage ist, mir zu antworten.

„Ich weiß es nicht und es spielt auch keine Rolle."

Ihr stures „Doch, das tut es" lässt meine Mundwinkel zucken.

Sogar jetzt, verletzt und zu Tode verängstigt, muss sie mir noch widersprechen.

„Drogen, Alkohol, Blödheit ... Such dir etwas aus. Ich tippe auf eine Kombination der aufgezählten Dinge."

Sie schnieft leise, sieht zu mir nach oben und *bämmmm*!

Meine Welt hört auf sich zu drehen.

Ihre langen braunen Haare streichen über meinen Arm, ihre Wimpern sind vom Heulen verklebt und ihre großen, braunen Augen sehen direkt in die meinen.

In meinem ganzen Leben habe ich noch nie ein schöneres Mädchen gesehen ...

Noch fucking nie!

Und ich hatte schon mit jeder Menge Mädchen zu tun.

Der *Wild Bones Motorcycle Club* unterhält nicht nur Nachtclubs, Casinos und Pfandleihen, sondern auch verschiedene Bordelle. Und die Nutten, die da arbeiten, sind erstklassig.

Wir geben uns nicht mit durchschnittlichen Huren zufrieden – wir haben die besten!

Nicht dass ich das Mädchen in meinen Armen auch nur eine Sekunde lang für käuflich gehalten habe. Was ich damit sagen will, ist, dass ich verflucht viele schöne Frauen kenne – aber die, die ich gerade gerettet habe, ist die schönste!

„Wir müssen die Polizei rufen."

„Nein, müssen wir nicht."

Die Zicke versucht, sich aus meiner Umarmung zu befreien, ich halte sie weiter fest, hebe sie hoch und trage sie die Straße entlang, durch die Türe zurück auf das Clubgelände.

Diese Frau ist den Tod nicht gewöhnt, sie muss nicht sehen, zu was ich imstande bin.

Sie wehrt sich, tritt mir gegen das Schienbein und befiehlt mir, dass ich sie sofort loslassen soll.

Kaum dass ich die Türe hinter uns abgesperrt habe, komme ich nur allzu gern ihrem Wunsch nach.

Ihren zappelnden Körper an dem meinen zu spüren, ist verdammte Folter.

Die Zicke mag klein sein, aber sie hat perfekte Rundungen.

Ihr Arsch und ihre Titten ... *Verdammt!*

„Aber du hast den Mann verletzt."

Falsch!

„Ich habe ihn mit seinem eigenen Messer getötet!"

Sie erschaudert.

„Bist du da etwa stolz drauf, Rocker?"

Frech. Frech. Frech.

„Du willst wissen, ob ich stolz darauf bin, eine unschuldige Frau vor einer Vergewaltigung mit Todesfolge bewahrt zu haben?"

Sie bleibt stumm und starrt mich einfach nur aus ihren riesigen Augen an, also rede ich weiter.

„Ja verflucht! Das bin ich!"

„Es war Notwehr."

Für die Polizei hätte der Schuss ins Knie gereicht. Kein Richter der Welt würde das Messer im Bauch als notwendig einstufen.

„Das spielt keine Rolle. Das Einzige, was zählt, ist, dass du sicher bist."

An ihrem Gesichtsausdruck kann ich erkennen, dass sie kurz davor ist, durchzudrehen.

Entschlossen packe ich sie an den Schultern, halte sie bestimmend fest und schüttle sie leicht.

„Hör auf in Schwarz und in Weiß zu denken. Er hat dich angegriffen, ich habe ihn gewarnt und er wollte nicht hören. So einfach!"

„Und das rechtfertigt einen Mord?"

„Allerdings."

Dazu sagt sie nichts, sondern übt sich das erste Mal, seitdem wir uns begegnet sind in Schweigen.

„Komm mit, ich bring dich rein. Wir müssen den Schnitt an deinem Hals verarzten."

Sie nickt und lässt zu, dass ich sie ins Innere des Clubs führe.

In meinem Büro angekommen, hebe ich sie hoch und setze sie auf dem Schreibtisch ab.

Dann hole ich den Erste-Hilfe-Kasten und biege vorsichtig ihren Kopf nach hinten, sodass ich den Schnitt besser begutachten kann.

Er ist nicht tief und wird keine Narbe hinterlassen,

Trotzdem! *Bullshit!* Trotzdem macht es mich verdammt wütend, dass so ein dahergelaufenes Arschloch es gewagt hat, Hand an sie zu legen.

Ich hätte sie nicht allein in der Dunkelheit stehen lassen sollen.

Ich wusste es besser und habe es dennoch getan.

An dem, was diesem Mädchen passiert ist, bin ich schuld. Sie sieht mich an, mir wird heiß. Nennt mich ein Arschloch, aber mein Schwanz ist noch immer hart und einsatzbereit.

Diese Frau hat etwas an sich, das mich auf instinktive Weise anspricht. Und damit meine ich nicht ihr vorlautes Mundwerk – wobei sich ihre vollen Lippen nur zu gut an meinem Schwanz machen würden. Ich meine ihren runden Arsch, die festen Titten und den Schwung ihrer Hüfte.

„Was ist mit der ... der ... der ..." Sie bricht ab, leckt sich über die Unterlippe und fängt sich dann wieder. „Was ist mit den Resten?"

Es dauert einen Moment, bis ich kapiere, worauf sie hinauswill.

„Mach dir deswegen keine Sorgen, ich schicke einen Prospect, der das erledigen wird."

Ihr Blick zuckt zu meinem Leder, sie scheint den Patches, die sich darauf befinden, zum ersten Mal ihre Aufmerksamkeit zu schenken.

„Du bist der Treasurer?"

Sie klingt überrascht.
„Bin ich."
„Ach, deshalb warst du in der Lage, bis zwei zu zählen."
Freches kleines Ding!
„Als Schatzmeister wird es wohl kaum zu deinen Aufgaben gehören, Frauen in Not zu helfen."
Nein, normalerweise nicht.
„Ich entscheide selbst, was zu meinem Aufgabengebiet gehört."
Jetzt sieht sie mir wieder direkt in die Augen und in meiner Brust breitet sich ein seltsames warmes Gefühl aus.
Sie zu retten, war das Beste, was ich seit Langem getan habe.
„Danke."
„Wofür?"
„Dafür, dass du mir geholfen hast, obwohl ich nicht besonders nett zu dir war."
Zumindest redet sie nicht mehr davon, die Bullen zu rufen.
„Wild und zickig hast du mir besser gefallen."
Ihre kaffeebraunen Augen blitzen kampflustig.
„Ich bin nicht zickig."
Nein, natürlich nicht ...
„Das behaupten alle Zicken!"
Sie öffnet den Mund, ganz sicher, um mir etwas Gemeines an den Kopf zu werfen, schließt ihn dann jedoch wieder und betrachtet ihre zitternden Hände.
„Mein Name ist Olivia."
„Ich bin Tate."
Ihr gewispertes „Ja, ich weiß" überrascht mich.
„Woher?"
„Der Mann mit dem Messer hat dich so genannt."
Stimmt.
„Er kann dir nie wieder etwas antun."
Sie nickt und ich mache mich endlich daran, den Schnitt an ihrem Hals zu versorgen.
Fuck!
Es sollte sich nicht so gut anfühlen, Olivias weiche Haut an meinen Fingerspitzen zu fühlen und ihren angenehmen, zutiefst weiblichen Geruch einzuatmen.

3. Kapitel

Das Mädchen, das einem der gefährlichen Wild Bones sein Leben verdankt ...

Warme Luft strömt aus der Belüftung des Pick-ups, auf dessen Ladefläche eine riesige Tanne liegt.

Als Tate mir verraten hat, dass die *Wild Bones* jedes Jahr dem städtischen Kinderheim einen Weihnachtsbaum schenken, wäre ich fast vom Glauben abgefallen.

Ehrlich!

Bis heute Nacht habe ich in diesen Bikern immer die Bösen gesehen. Die seelenlosen Killer, die nur an sich selbst denken und niemals etwas für andere tun.

Damit lag ich falsch!

Scheiße!

Der Kassenwart hat mir heute im wahrsten Sinne des Wortes den Arsch gerettet, und das, obwohl ich mich ihm gegenüber wie eine blöde Kuh verhalten habe.

Wenn ich an seiner Stelle gewesen wäre, hätte ich keinen Finger gerührt, um mich zu retten. Und dann diese Sache mit dem Weihnachtsbaum und dem Kinderheim ...

Kann es sein, dass ich eine voreingenommene Zicke war oder bin?

Durchaus möglich.

Wir alle tragen, bewusst oder unbewusst, so viele Vorurteile mit uns herum, dass wir der Wirklichkeit oft gar keine Chance geben.

Dieser Rocker hat heute einen Mann getötet!

Mein Unterbewusstsein hat recht. Und es hätte mich an diesen Umstand garantiert nicht erinnern müssen.

Der Schuss hallt wie ein nie endendes Echo durch meinen Kopf, genau wie die Geräusche, die der Angreifer gemacht hat, als er gestorben ist.

Dieses Gurgeln ... „Ich glaub, ich muss mich übergeben!"

Tate, der groß und stark neben mir sitzt, haut sofort die Bremse rein und bleibt am Straßenrand stehen. Ich schaffe es gerade noch so, aus dem Wagen zu springen, ehe ich auf den Randstein kotze.

Das Würgen will gar nicht mehr aufhören. Anstatt genervt in dem Auto sitzen zu bleiben, steigt der Biker aus, kommt zu mir und hält mir fürsorglich die Haare aus dem Gesicht, während er geduldig wartet, dass es mir wieder besser geht.

Oh mein Gott!

So schlecht mir in diesem Moment auch sein mag, ist mir schmerzhaft bewusst, dass ich gerade direkt neben dem attraktivsten Mann, der mir seit einer Ewigkeit begegnet ist, lautstark auf die Straße kotze.

Peinlicher geht wohl nicht mehr ...

Mein Magen beruhigt sich.

Wegen dir ist heute Nacht ein Mann gestorben!

Ich blende die fiese Stimme in meinem Kopf einfach aus, wische mir über den Mund und hoffe, dass ich nicht annähernd so beschissen aussehe, wie ich mich gerade fühle.

„Geht es dir besser?"

„Ja, danke."

Verschämt schaue ich wirklich überall hin, nur nicht in sein schönes Gesicht.

„Mach dir keine Gedanken. Du hattest eine harte Nacht."

Das kann man wohl sagen.

Tate hilft mir zurück in den Pick-up, schnallt mich an und umrundet dann den Wagen, um auf der anderen Seite wieder einzusteigen.

Die restliche Fahrt verläuft schweigend, worüber ich verdammt froh bin, denn ganz ehrlich, ich fühle mich total durcheinander und habe keine Ahnung, ob ich in der Lage bin, ein anständiges Gespräch zu führen.

Wegen dir ist heute Nacht ein Mann gestorben.

Ja verflucht, ich weiß!

Aber ganz ehrlich?

Vielleicht ist es ganz gut, dass Tate sich um dieses Arschloch gekümmert hat.

Diese Stadt ist ohne Männer, die durch die Nacht laufen und Frauen mit Messern bedrohen, definitiv besser dran!

Ich meine, dieser Kerl hat mich nicht einfach nur überfallen, er wollte nicht meine Uhr oder meine Handtasche, er wollte mich.

Wow! Seit wann bin ich ein Verfechter der Selbstjustiz?

Noch vor wenigen Stunden war ich ein absoluter Gegner davon.

Die Gänsehaut, die meine Arme überzieht, bleibt, bis wir ein letztes Mal abbiegen und wir direkt vor dem Wolkenkratzer, in dem sich im dreizehnten Stock meine Wohnung befindet, anhalten.

„Wir sind da."

Wirklich sehr geistreich, Olivia ...

„Soll ich dich noch reinbringen?"

In seiner Frage schwingt nichts als Hilfsbereitschaft mit. Unter anderen Umständen hätte ich gedacht, dass er in meinem Bett landen will. So aber?

Wahrscheinlich nicht.
Einer Frau beim Kotzen zuzusehen ist wohl eher ein Abturner.
„Nein danke. Das musst du nicht."
Ich werfe meine Scham über Bord und sehe ihn an.
„Du hast schon genug für mich getan."
Und das meine ich ernst. Erst habe ich ihn beleidigt, dann hat er mich gerettet und jetzt auch noch sicher nach Hause gebracht.
Das ist nicht selbstverständlich.
„Du meinst, dass ich meine Schokocreme mit dir geteilt habe?"
Tate zwinkert mich frech an.
Ihn scheinen die Ereignisse der letzten Stunden nichts anhaben zu können.
Aber gut, als *Wild Bone* ist man Mord und Totschlag wohl gewöhnt.
Stopp!
Ich tue es schon wieder, ich habe Vorurteile und das, obwohl ich es inzwischen wirklich besser wissen sollte.
„Ich meine, dass du mich gerettet hast."
„Ehrensache."
Holy Shit!
Trotz des Schocks und der Übelkeit kann ich nicht umhin zu bemerken, wie verdammt sexy dieser Rocker ist.
Muskeln. Der markante Kiefer. Diese moosgrünen Augen. Seine starken Hände.
Himmel!
Ich habe einfach eine Schwäche für große, gepflegte Männerhände.
Und dann kommt mir dieser Biker auch noch mit so etwas Kostbarem und leider selten Gewordenem wie Ehre.
„Nein, das war es nicht. Ich schulde dir etwas."
An seinen Augenwinkeln bilden sich ein paar Lachfältchen, der Zug um seinen Mund hingegen wird ernst, wirkt fast schon streng.
„Du schuldest mir gar nichts, Mädchen."
„Sicher?"
„Absolut."
Nicht sicher, wie ich mich von dem *Wild Bone* verabschieden soll, fasse ich mir an den Hals und spüre den Verband, der mich daran erinnert, dass sich dieser Rocker um meine Wunden gekümmert hat.
„Wie verabschiedet man sich von seinem Retter?"
Tate lehnt sich ein Stück zu mir rüber, seine eine Hand ruht lässig auf dem Lenkrad, während er mir mit der anderen eine verirrte Haarsträhne aus dem Gesicht streift.

Mein Herz steht still, während ich mit jedem Atemzug mehr und mehr von seinem herben Duft einatme. Minze. Leder. Rauch und Schießpulver.

„Wie wäre es mit einem *Auf Wiedersehen*?“

Nicht fähig zu reden, nicke ich einfach nur.

Das klingt gut ...

Es dauert einige Sekunden, bis ich mich so weit zusammengerissen habe, dass ich nach dem Griff taste und die Türe aufstoße.

„Auf Wiedersehen, Tate.“

„Auf Wiedersehen, Olivia.“

Ich steige aus und gehe ohne einen Blick zurück Richtung Haustüre.

Die Tatsache, dass der Pick-up so lange mit laufendem Motor am Straßenrand steht, bis ich im Haus und somit in Sicherheit bin, löst ein angenehmes Kribbeln in meinem Bauch aus, ein Kribbeln, das selbst während ich dusche nicht weggeht, und das immer noch da ist, als ich ins Bett steige und nach einer kleinen Ewigkeit endlich einschlafe.

Es löst sich erst in Luft auf, als ich von einem Biker mit dunkelgrünen Augen, gepflegten Händen und einer Vorliebe für Schokocreme träume ...

4. Kapitel

Der Kassenwart des Wild Bones Motorcycle Clubs

„In welches Restaurant geht ihr heute Abend?“

Kane nippt an seinem Kaffee und grinst mich blöd an.

Am liebsten würde ich ihm die Fresse polieren, oder noch besser eine seiner Nieren rausschneiden – ich kann mich gerade noch beherrschen.

„Keine Ahnung! Olivia hat es ausgesucht.“

Des VPs blödes Grinsen wird noch breiter, die Sache mit der Niere kommt mir immer verführerischer vor.

Vielleicht könnte ich sie ja auf dem Schwarzmarkt verkaufen?

Was bringt eine Niere ein?

Neugierig zücke ich mein Handy und beginne zu recherchieren.

In Indien 900 Dollar, hier in den USA knapp 240 000 Dollar. Nicht schlecht, besonders wenn man bedenkt, dass unser Vizepräsident gleich zwei davon hat.

„Was meinst du? Wieso hat dich die Zicke zum Essen eingeladen?“

Die Frage kommt von Zayn, der gerade dabei ist, den Dreck unter seinen Fingernägeln mit der Spitze seines Messers rauszukratzen.

„Vielleicht will Miss Liv einfach mal so richtig gefickt werden?“

Reece wackelt mit den Augenbrauen, gedanklich biete ich seine Nieren ebenfalls auf dem Organschwarzmarkt an.

4-mal 240 000 Dollar sind 960 000 Dollar. Ein netter, kleiner Nebenverdienst.

„Miss Liv ist für dich immer noch Olivia und nein, hier geht es nicht ums Ficken. Ich schätze, sie will einfach nur Danke sagen.“

Zumindest denke ich das. *Fuck!*

Ihre Einladung kam so überraschend, dass ich mir selbst noch nicht sicher bin, was ich davon halten soll.

Sie stand gestern Nacht einfach vor den Toren des Clubs, der Prospect hat sie reingelassen und dann, na ja, dann war sie hier und hat mich aus ihren großen Bambi-Augen angesehen. Um ehrlich zu sein, hätte sie mich um alles bitten können, um absolut alles, ich wäre nicht in der Lage gewesen, Nein zu sagen.

Selbst wenn sie meine zwei Nieren gewollt hätte, kein Problem.

Ich hätte an Ort und Stelle mein Messer gezogen und sie mir bereitwillig aus dem Leib geschnitten. Diese Frau hat irgendetwas an sich, das mich fertigmacht.

Aber auf eine gute Art und Weise.

In ihrer Nähe will ich ein besserer Mensch sein. Es ist fast so, als ob ich ihr beweisen wollte, dass ich nicht der scheiß Biker bin, für den sie mich hält.

Wie auch immer, sie hat mich zum Essen eingeladen und ich habe Ja gesagt, und dann, dann wollte sie einfach wieder zu Fuß nach Hause gehen, oder besser gesagt zur nächsten Bushaltestelle.

Fast so, als ob sie von dem, was ihr passiert ist, nichts gelernt hätte.

Verrücktes Weib!

Anstatt meinen Fehler zu wiederholen und sie einfach laufen zu lassen, habe ich ihr kurzerhand meinen Helm auf den Kopf gesetzt und sie mit meiner Maschine nach Hause gefahren.

Seitdem habe ich einen Dauerständer.

Ich wusste gar nicht, dass so etwas anatomisch möglich ist.

Inzwischen habe ich drei verdammte Male mit dem Gedanken an sie gewichst – es hat nicht geholfen. Kaum dass ich abspritze, wird mein Schwanz wieder hart. Das Gefühl, sie auf meinem Bike zu haben, war einfach zu geil, als dass ich es ohne einen guten Fick vergessen könnte.

Das Dumme ist nur, dass ich es gar nicht vergessen will.

Stattdessen wünsche ich mir das Mädchen wieder und wieder auf meine Maschine, ihre Schenkel an den meinen und ihre winzigen Arme Schutz suchend an meinem Bauch.

Fuck! Fuck! Fuck!

Ich bin so was von am Arsch!

Während Kane und Reece weiter über Olivias Beweggründe diskutieren, rauche ich meine Zigarette fertig und blende die beiden Wichser einfach aus.

„Denk dran, wir müssen noch die AK‘s montieren."

Mason klingt müde, dunkle Ringe liegen unter seinen Augen.

„Du solltest schlafen, Bro. Ehrlich, du siehst aus wie ein Zombie."

„So ist das, wenn man ein Baby hat."

Er klingt glücklich, so als könnte er sich nichts Besseres vorstellen, als Vater zu sein.

Was ich verdammt wahnsinnig finde.

Volle Windeln, dieses Geschreie und schlaflose Nächte.

„Ab jetzt werde ich meinen Schwanz gleich doppelt eintüten."

Das bringt ihn zum Lachen.

„Eine eigene Familie zu haben, ist das Beste, was einem Mann passieren kann, glaub mir, Tate. Nach all den Jahren auf der Straße weiß ich mein neues Leben zu schätzen."

Mason war eine lange Zeit ein Nomad der *Wild Bones*, was bedeutet, dass er kein festes Heimatchapter hatte, sondern im Auftrag des Clubs im ganzen Land unterwegs war.

Als er dann beschlossen hat, sich niederzulassen, ist er nach Seattle gekommen und hat um eine Aufnahme gebeten.

Es hat geklappt, und das, obwohl er in seiner ersten Nacht bei uns gleich mal die kleine, total betrunkene Schwester des Vizepräsidenten gebumst und geschwängert hat.

Wie er diese Scheiße überleben konnte, ist für mich ein echtes Wunder.

Mason ist wie eine Katze, er hat neun verdammte Leben.

„Wann willst du die Waffen montieren?"

Er zuckt mit den Schultern.

„Die Übergabe findet morgen statt."

Bullshit!

„Echt?"

„Jep, die Zeit drängt also."

Mit einem Fluch erhebe ich mich aus dem Sessel und spiele ein letztes Mal mit dem Gedanken, mein Messer zu ziehen und dem Sergeant, genau wie dem VP, die Nieren rauszuschneiden.

Dann gebe ich Mason mit einem Nicken zu verstehen, dass wir die Scheiße angehen können, und schnippe meine halb gerauchte Kippe in Reece Gesicht.

Der springt überrascht auf und funkelt mich zornig an.

„Was zur Hölle soll diese Scheiße?"

„Noch ein Wort über Olivia und ich verkaufe deine Organe wirklich auf dem Schwarzmarkt."

In seinen Augen bilden sich zwei Fragezeichen.

„Bist du jetzt total bescheuert, Alter?"

Nicht bescheuert.

Nur verrückt nach einem zickigen, kleinen, wunderhübschen und nach Schokocreme süchtigen Mädchen, das nach den Gesetzen des *Wild Bones Motorcycle Clubs* längst mir gehört. Wir steigen die Treppen in den Keller runter, gehen am Bunker vorbei und bleiben vor der, mit einem elektrischen Zahlenschloss gesicherten Türe stehen.

„Es sind vier Kisten a zwölf AK's."

Also insgesamt 48, das sollten wir innerhalb weniger Stunden geschafft haben.

Vielleicht ganz gut, sich jetzt darum zu kümmern. Wenn meine Hände beschäftigt sind und mein Hirn abgelenkt ist, gelingt es mir vielleicht endlich, Olivia für ein paar Stunden aus meinem Schädel zu bekommen.

Ich hole sie um acht bei ihr zu Hause ab, und wenn es mir nicht gelingt, endlich ruhiger zu werden und meinen Schwanz unter Kontrolle zu bekommen, wird das eine verdammt anstrengende Nacht.

Drei Stunden später sind wir fertig, es ist kurz vor acht, wir liegen perfekt in der Zeit. Die sowjetischen Sturmgewehre sind zusammengebaut und ich bin etwas ruhiger geworden. Wobei ich nicht versprechen kann, dass ich das Mädchen nicht auf der Stelle packe und ficke, sobald ich es sehe.

Olivia! *Fuck!*

Bis jetzt habe ich keine Ahnung, ob diese Frau ein Fluch oder ein Segen ist, aber ich bin mir verdammt sicher, dass mir die nächsten Stunden eine Antwort zeigen werden.

Auf dem Weg nach oben beginnt mein Handy zu vibrieren, noch bevor ich nachsehen kann, vom wem die eingehende Textnachricht ist, dringt das vertraute Geräusch von Schüssen in mein Ohr.

Reece, der bis eben noch entspannt neben mir gegangen ist, wirft mir einen irritierten Blick zu, ehe er den Rest der Treppe raufstürmt und dabei seine Knarre zieht.

„Wir werden angegriffen!“

Zayn rennt an uns vorbei, aus seiner rechten Schulter sickert Blut.

Verdammte Scheiße!

5. Kapitel

Das Mädchen im schwarzen Abendkleid, das von einem Rocker versetzt wurde ...

So nervös wie noch nie zuvor in meinem Leben, versuche ich den Perlenstecker durch das winzige Loch in meinem Ohr zu fädeln – es gelingt mir nicht.

Meine Finger zittern und mein Puls rast.

In den letzten drei Stunden war ich zu keinem logischen Gedanken fähig und meine Stimmung hat gefühlt tausend Mal zwischen superglücklich und wütend hin und her geschwankt.

Ihr fragt euch, auf wen ich wütend war?

Na auf mich.

Immerhin hatte ich die glorreiche Idee, zum *Wild Bones Motorcycle Club* zu gehen und den Kassenwart, als Dankeschön dafür, dass er mich gerettet hat, zum Essen einzuladen.

War das jetzt schön blöd?

Oder eher doch die Beste Idee meines Lebens?

Himmel halleluja! Ich weiß es nicht und genau das macht mich noch verrückt.

Diese Wankelmütigkeit bin ich von mir nicht gewöhnt. Normalerweise weiß ich immer ganz genau, was ich will. Doch in diesem Fall ist das anders ...

Tate ist ... Er ist ... *Gott!*

Dieser Biker ist so facettenreich, dass ich es mir nicht gelingt, ihn mit wenigen Worten zu beschreiben.

Ich meine, er ist groß, stark, gefährlich und garantiert böse.

Er. Hat. Einen. Mann. Getötet.

Aber eben nur, um mich zu retten. Er hat also einen gefährlichen Mann getötet, und nicht, dass das seine Tat irgendwie entschuldigt, aber sie rechtfertigt das, was er getan hat, zumindest ein bisschen.

Ehrlich.

Vergewaltiger sind neben Pädophilen mit die schlimmsten Menschen auf dieser Welt, und je weniger es von ihnen gibt, umso besser.

Trotzdem hätte er das natürlich nicht tun dürfen, es war ganz klar gegen das Gesetz.

Doch darum geht es gerade nicht, es geht um Tate und darum, dass er zwar böse, aber eben auch gut ist. Dieser Biker ist knallhart und dennoch fürsorglich.

Er hat mir nicht nur die Haare aus dem Gesicht gehalten, als ich mich im Schock übergeben musste, sondern er hat mich auch nach Hause gebracht und so lange gewartet, bis in Sicherheit war.

Das mag selbstverständlich klingen, ist es aber nicht.

Ich hatte in den vergangenen Jahren genug Dates, um zu wissen, dass die meisten Männer nicht mal genug Anstand besitzen, einer Frau sicheres Geleit zu geben, und wenn doch, dann hat keiner von ihnen gewartet, bis ich im Haus war.

Der Rocker schon.

Dennoch war ich heute ein paar Mal kurz davor, die Polizei anzurufen und das, was passiert ist, zu gestehen. Es wäre das Richtige gewesen. Einzig die Angst, dass der Kassenwart dann wegen mir Probleme bekommen und im schlimmsten Fall sogar wegen Mordes verhaftet werden könnte, hat mich dazu gebracht, mein Telefon jedes Mal wieder wegzulegen.

Und jetzt?

Jetzt stehe ich hier, kämpfe mit meinen Ohrringen und trage in der Hoffnung, dem *Wild Bone* zu gefallen, mein kleines Schwarzes. Das, das meinen Hintern so perfekt in Szene setzt und meinen Bauch ein wenig kaschiert. Es zaubert ein schönes Dekolleté und das ganz, ohne dabei nuttig zu wirken. Ich liebe dieses Kleid, ich ziehe es nur bei Dates an, bei denen ich hoffe, dass vielleicht mehr daraus wird.

Mehr wie Sex.

Was nun wirklich total verrückt ist, denn weder der Biker noch ich haben das Wort Date auch nur einmal in den Mund genommen.

Himmel!

Ich habe ihn einfach nur zum Dank zum Essen eingeladen.

Nicht mehr, aber eben auch nicht weniger.

Ist das dann so etwas wie eine richtige Verabredung?

Keine Ahnung!

Was ich jedoch mit Sicherheit weiß, ist, dass ich noch nie zuvor so aufgeregt und nervös war wie heute Nacht.

Nachdem es mir endlich gelungen ist, meine Ohrstecker anzulegen, betrachte ich mein Make-up und bin mit meinem Erscheinungsbild mehr als zufrieden.

Dank dem grau-silbernen Lidschatten und dem schwarzen Mascara wirken meine Augen groß und geheimnisvoll, ein Hauch Rosa bedeckt meine Lippen und das Rouge verpasst meinem Gesicht etwas mehr Kontur.

Bis auf die Perlen in meinen Ohren habe ich komplett auf Schmuck verzichtet.

Die ebenfalls schwarzen High Heels lassen meine Beine optisch etwas länger wirken, außerdem hoffe ich, dass ich in ihnen neben dem Rocker nicht mehr ganz so winzig aussehe und wir uns so etwas mehr auf Augenhöhe befinden. Wobei ich bezweifle, dass die sechs Zentimeter hohen Absätze viel bewirken.

Tate ist groß, er überragt mich um mehr als eine Kopflänge, was mir insgeheim ganz gut gefällt.

Je näher der Uhrzeiger der Acht kommt, umso unruhiger werde ich.

Mia weiß nichts von dem, was gestern vorgefallen ist. Erstens, weil ich mich nicht auf ihre Verschwiegenheit verlassen kann (sie konnte noch nie ein Geheimnis für sich bewahren), und zweitens, weil ich nicht will, dass sie sich Sorgen um mich macht.

Ich habe ihr auch kein Wort von dem Date oder eben Nicht-Date erzählt.

Was würde es auch bringen, schlafende Hunde zu wecken.

Außerdem würde es sich komisch anfühlen, ihr jetzt zu sagen, dass ich mich mit einem der Biker treffe, vor denen ich sie ausdrücklich gewarnt habe.

Solange ich nicht weiß, was das zwischen mir und Tate ist, halte ich meine Klappe.

Es ist acht, doch von dem Rocker fehlt jede Spur.

Dann ist es fünf nach acht und ich bin kurz davor, die Wände hochzugehen.

Klar. Jeder kann sich mal verspäten, aber ich hasse, hasse, hasse Unpünktlichkeit.

Ehrlich, das ist für mich genauso schlimm wie lügen.

Oder Menschen töten?

Es war ja so klar, dass die Stimme in meinem Kopf noch ihren Senf dazugeben musste.

Ich blende sie entschlossen aus, gehe immer unruhiger auf und ab, um halb neun ziehe ich mir die Heels aus und bin kurz davor, in Tränen auszubrechen.

30 Minuten sind nicht einfach nur irgendeine Zeitangabe, sie sind ein Statement, und das sagt mir, das Tate es unmöglich ernst mit mir meinen kann, oder auch nur den Hauch eines Interesses an mir hat.

Denn wenn ich an einem Mann interessiert bin, dann komme ich keine halbe Stunde zu spät. Das ist wie ein Schlag ins Gesicht.

Ehrlich.

Obwohl ich es nicht will, spüre ich, wie mir die Tränen in die Augen steigen.

Dieses verdammte Arschloch!

Wenn er keine Lust hat, warum hat er mir dann nicht einfach gesagt, dass er nicht mit mir essen gehen will?

Wie konntest du nur so naiv sein und denken, dass dich dieser Biker sexy findet, nachdem er dir beim Kotzen zusehen musste?

Gute Frage.

Aber na ja ... ich dachte wirklich, dass da eine gewisse Anziehung zwischen uns wäre ...

Dumm. Dumm. Dumm. Dumm.

Dieser Mann ist ein beschissener, gesetzloser, unzuverlässiger, Leder tragender, Motorrad fahrender, mit Waffen herumspielender, Menschen tötender Biker.

Wie konnte ich nur jemals glauben, dass in ihm ein Hauch Anstand vergraben wäre?

Eine Träne läuft über, ich wische sie zornig weg, ohne darauf zu achten, ob ich mir dabei mein Make-up ruiniere.

Mein erster Impuls ist es, mir einfach etwas Gemütliches anzuziehen und mich dann mit einer großen Tafel Schoki auf die Couch zu setzen und mir Bridget Jones – Schokolade zum Frühstück – anzuschauen. Aber dann steigt in mir eine Welle des Zorns auf und ehe ich überhaupt weiß, was ich da tue, ziehe ich meine High Heels wieder an, schnappe mir meine Handtasche und schmeiße die Wohnungstüre hinter mir ins Schloss.

Wenn dieser Rockerarsch meint, mich versetzen zu müssen, bitte.

Aber dann muss er sich zumindest anhören, was ich ihm zu sagen habe ...

Und das ist eine ganze Menge. Denn verdammt! Um ihn zu schützen, habe ich mich strafbar gemacht, ich habe gegen das Gesetz verstoßen und so dabei geholfen, einen Mord zu vertuschen.

Einen Mord! *Verflucht!*

Wie konnte ich nur so blöd sein?

Warum habe ich das getan?

Muskeln. Leder. Und wegen des Geruchs von Schießpulver, Mann und Minze ...

Mein Unterbewusstsein hat recht. Die Frage ist nur, ob irgendein Staatsanwalt dieser Welt diese Argumente ebenfalls zählen lassen würde?

Wahrscheinlich nicht ...

Zu meinem Glück kommt mir, noch bevor ich die Bushaltestelle erreiche, ein Taxi entgegen, ich winke es zu mir, nenne dem Fahrer die gewünschte Adresse und erhalte dafür einen verwunderten Blick.

„Sind sie sich sicher, dass sie dahin wollen Ma'am?"

Ob ich sicher bin?

„Ja, bin ich."

Aber so was von sicher. Heute Nacht wird einer dieser arroganten Rocker sein blaues Wunder erleben.

„Alles klar."

Er fährt los, kurz vor dem Gelände der *Wild Bones* stoppt er plötzlich.

„Näher ran geht leider nicht."

Wie bitte?

Verwundert riskiere ich einen Blick aus der Frontscheibe, die Straße ist frei.

„Warum nicht? Sie müssen einfach nur weiterfahren."

Der Fahrer schüttelt den Kopf.

„Keine Chance. Ich bin nicht lebensmüde und wenn Sie das auch nicht sind, sollten Sie umdrehen."

Mein gemurmeltes „Sehr witzig!" lässt den Typen hinterm Steuer eine Augenbraue in die Höhe ziehen.

„Diese *Bones* sind keine normalen Menschen."

Ach nein?

„Und was sind sie dann? Aliens?"

Ich für meinen Teil finde meinen Witz lustig, mein Gesprächspartner leider nicht so.

„Sie sind gesetzlose Killer."

Verdammt, wie recht er doch hat ...

Mein Mund geht wie von alleine auf, keine Ahnung woher der Drang kommt, Tate zu beschützen? Aber dann fällt mir ein, warum ich hier bin und dass er mich einfach so versetzt hat, und klappe ihn wieder zu.

Dieser Biker hat meine Fürsprache nicht verdient.

Schon gar nicht, weil er meine Handynummer hat, ich habe sie ihm gegeben, er hätte mir also einfach absagen können.

Aber das hat er nicht, oh nein ... Er hat es vorgezogen, gar nicht erst zu kommen, und mich schick angezogen einfach warten zu lassen.

Zum Teufel!

Ich komme mir so was von blöd vor.

Ich hätte es wirklich besser wissen müssen!

Wenn ich seine Nummer ebenfalls hätte, hätte ich ihn angerufen und ihm die Meinung gesagt, aber weil ich sie eben nicht habe, stehe ich jetzt hier und diskutiere mit einem feigen Taxifahrer darüber, ob er mich bis zum Tor fährt, oder schon dreihundert Meter vorher rauslässt.

Verflucht!

Während wir reden, läuft das Taxameter die ganze Zeit weiter.

Frustriert hole ich einen Zwanzigdollarschein aus der Tasche, bezahle ihn und steige aus.

Männer!

Gottverdammte Männer!

Je näher ich dem Tor komme, umso schneller beginnt mein Herz zu schlagen.

Ein Schuss fällt, ich zucke entsetzt zusammen.

Was zur Hölle ist nur los mit diesen Typen?

Warum müssen sie wie kleine Kinder ständig in die Luft schießen?

Woher willst du wissen, dass es die Luft war?

Die Möglichkeit, dass gerade erneut ein Mord verübt wurde, löst einen unangenehmen Schauer aus, der mir eiskalt über den Rücken läuft.

In meiner Wut habe ich total vergessen, mir eine Jacke anzuziehen, was ich jetzt dank der kalten Winterluft bereue.

Einzelne Schneeflocken tanzen vom schwarzen Nachthimmel und fallen auf meine nackten Schultern.

Die halterlosen Strümpfe, die ich trage, bieten auch keinen wirklichen Schutz vor der eisigen Luft.

Klasse!

Echt klasse!

Morgen bin ich krank.

Der Abend kann wohl kaum noch schlimmer werden.

Kaum dass mir dieser Gedanke durch den Kopf gezuckt ist, knallt es erneut, dieses Mal gleich mehrmals in schneller, fast schon wütender Reihenfolge.

Peng! Kurze Pause. Peng! Peng! Peng!

Jemand schreit, hinter der meterhohen Mauer werden Schritte laut.

Mehrere Männer brüllen sich etwas zu – das klingt nicht gut.

Irgendetwas stimmt nicht.

Unsicher sehe ich zurück, das Taxi ist natürlich, wie sollte es auch anders sein, längst verschwunden.

Scheiße! Scheiße! Scheiße!

Ich hätte niemals hierher kommen dürfen.

Es war falsch.

Total falsch.

Aber jetzt, wo ich schon mal hier bin, werde ich meinen Plan durchziehen und dem Kassenwart der *Wild Bones* meine Meinung sagen.

Typen wie er brechen im Laufe ihres Lebens Dutzende Frauenherzen und wissen gar nicht, welchen Schaden sie dabei anrichten.

Peng!

Der einzelne Schuss bringt mein Herz endgültig aus dem Takt.

Er klingt so endgültig, als würde die Zeit ab jetzt für immer stillstehen.

Mein Atem bildet vor meinen Lippen kleine weiße Wölkchen – es ist echt bitterkalt.

Ich komme mir vor wie in einem falschen Film.

„Was wohl als Nächstes passiert?"

So leise wie nur möglich gehe ich auf das Tor zu, das zu meiner großen Überraschung nicht bewacht ist. Es steht offen, also betrete ich mit durchgedrückten Schultern das Gelände des Motorcycle Clubs und sehe mich neugierig um.

Heute brennen in den verrosteten Fässern keine lodernden Feuer, es gibt auch keine halb nackten Engel oder laute Musik.

Dafür aber eine beängstigende Stille.

Wo sind all die Menschen hin?

Am Rand der Mauer scheint sich jemand zu bewegen, ich kneife die Augen zusammen, um mehr sehen zu können, doch da sind nichts als Silhouetten in der Dunkelheit.

Peng! Peng!

Erneut fallen Schüsse.

Verschwinde von hier, solange du es noch kannst!

Mein Unterbewusstsein scheißt sich vor Angst fast in die Hose, was ich echt witzig finde.

Anstatt abzuhauen, gehe ich weiter auf das Clubhaus zu. Seltsame Flecken bedecken den grauen Betonboden. Ich stoppe und betrachte sie genauer.

Ist das Blut?

Wie um meine Vermutung zu bestätigen, knallt es erneut.

Peng!

„Kane! Hierher ... Ich hab ihn erwischt."

Erwischt? Wen?

Die Stimme, die durch die Finsternis hallt, klingt zornig und zugleich selbstgefällig.

Keine Ahnung wieso, aber anstatt ins Clubhaus, folge ich dem Ruf.

Meine Absätze klackern auf das Pflaster, ein weiterer Schuss fällt.

Irgendetwas stimmt hier ganz und gar nicht.

Mein Atem kommt schneller und schneller, er kondensiert und meine Finger zittern, ich sehe um die Ecke. Drei der Rocker stehen nah beieinander, vor ihnen liegt etwas auf dem Boden, während sich von hinten drei Schatten nähern.

Zuerst denke ich, dass es sich bei dieser Gruppe um weitere *Wild Bones* handelt, doch dann erkenne ich die Waffen in ihren Händen und weiß es besser ...

Wer auch immer sie sind, sie sind hier, um die Rocker zu töten.

Mein Blut gefriert, meine Körpertemperatur sinkt.

Allein die Vorstellung, dass jemand Tate ermordet, bevor ich die Möglichkeit hatte, ihm meine Meinung zu sagen, macht mich unsagbar wütend.

Wobei es natürlich auch sein könnte, dass ich einfach nicht will, dass der Kassenwart der *Bones* hinterlistig abgeknallt wird.

So oder so – noch bevor ich das Für und Wider meiner Zivilcourage abgeschätzt habe, höre ich meine Stimme auch schon über den Hof schallen.

„Vorsicht!"

Die Biker, von denen ich nicht einmal weiß, ob Tate bei ihnen ist, wirbeln herum und sehen erst zu mir, ehe sie die Gruppe entdecken.

Und dann? *Heilige Scheiße!* Dann bricht die Hölle los ...

Arme schnellen in die Höhe, Waffen blitzen im hellen Mondlicht.

Ich komme mir vor wie in einem verdammten Western.

Keine Ahnung wer zuerst feuert, die Rocker oder die anderen?

Schreie werden laut, dann gehen die Männer, die es auf die *Bones* abgesehen haben, einer nach den anderen zu Boden. Die *Bones* hingegen stehen alle noch – grenzenlose Erleichterung flutet meine Venen. Sie hält genauso lange an, bis ich sehe, wie einer der Biker zusammenbricht.

Gott! Nein! Bitte nicht ...

Ich mache einen Schritt nach vorne, stoppe dann für einen Moment und beginne nach kurzem Zögern auf die Biker zuzulaufen.

Sie sehen mich kommen, plötzlich bin ich diejenige, die sich mit den tödlichen Läufen konfrontiert sieht.

Sind denn jetzt alle wahnsinnig geworden?

„Nicht schießen!"

„Wer bist du?"

Die Stimme klingt zornig und fremd und lässt keinen Zweifel daran, dass sie fest entschlossen ist, alles und jeden, der eine Gefahr für den Club darstellt, zu beseitigen.

„Ähm, ich bin Olivia."

Trotz der Furcht, die wie Säure durch meinen Kreislauf pumpt, komme ich mir auf einen Schlag ziemlich blöd vor.

Es war eine echt beschissene Idee, hierher zu kommen.

Dieser MC mag sich zwar in derselben Stadt befinden, wie die, in der ich lebe, doch er hat nichts mit der normalen Welt gemein.

Das hier ist wie ein Paralleluniversum, und ich fühle mich wie eine verfluchte Außerirdische, die ungefragt in fremde Galaxien eingedrungen ist und sich nun einer feindlichen Armee gegenübersieht.

„Was willst du hier, Frau?“

Frau? Echt?

„Ich bin auf der Suche nach Tate.“

Stille.

„Bist du bewaffnet?“

Ganz ehrlich? Das hat mich bis jetzt noch niemand gefragt. Ich sehe nicht gerade aus wie eine Killerbraut.

„Nein, natürlich nicht.“

Die Hände, in denen sich die Knarren befinden, fallen herab und jetzt, wo nicht mehr die Gefahr besteht, jede Sekunde von Kugeln durchsiebt zu werden, kann ich endlich wieder atmen.

Hinter mir kommt jemand, ich drehe mich um und stehe plötzlich einem ziemlich wütend wirkenden Tate gegenüber.

Seine Augen stehen in Flammen, der Zug um seinen Mund ist hart, rote Spritzer bedecken sein Gesicht.

Oh Hilfe ...

Dieser *Wild Bone* mag im Prinzip derselbe Mann sein, der in der Küche die Schokocreme von meinem Finger gelutscht hat, dennoch haben die beiden Personen nichts miteinander gemein.

Zum ersten Mal habe ich die Chance, einen Blick auf den wahren Tate zu werfen, und was ich entdecke, macht mir Angst.

„Olivia? Fuck! Was willst du hier?“

Die Frage tut weh.

Wie konnte ich nur jemals glauben, dass zwischen dem Biker und mir irgendetwas laufen könnte?

Dumm. Dumm. Dumm.

Er ist, was er ist. Und ich? Na ja, ich bin, wer ich bin. Und darum passen wir einfach absolut nicht zusammen.

Dieser Mann besteht nur aus Finsternis und Gewalt ... Blöderweise sieht er jetzt, als knallharter, bedrohlicher Outlaw, nur noch heißer aus als der nette Rocker, der mit mir in der Küche steht und sich von mir anzicken lässt.

Was ist nur los mit mir?

Seit wann stehe ich bitte schön auf die bösen Jungs?

Als ich nicht sofort antworte, gleitet sein Blick an meinem Gesicht nach unten, und ganz egal wie hart seine Mimik auch sein mag, ich erkenne sehr wohl, dass ihm gefällt, was er sieht.

Er betrachtet mein Dekolleté etwas länger, als es der Anstand erlaubt, dann wandern seine Augen über meine Hüfte hinab zu der Stelle, an der mein kleines Schwarzes endet und meine Beine frei gibt. Zu guter Letzt sieht er meine High Heels, der Zug um Tates Mund wird noch einen Ticken härter.

Das gezischte „Fuck!“, das er von sich gibt, lässt mich zusammenzucken.

Es ist durchtränkt von männlicher Begierde.

Mir bleiben jetzt genau zwei Möglichkeiten.

Entweder ich ziehe mich zurück und trete die Flucht an, was definitiv die schlauere Möglichkeit wäre, oder aber ich bleibe und tue, weswegen ich hergekommen bin.

Ich sage dem Kassenwart der *Wild Bones*, ungeachtet der Waffe in seiner Hand und den Blutflecken in seinem Gesicht, die Meinung.

Verrückterweise gefällt mir Punkt zwei besser, also kratze ich all meinen Mut zusammen und hole tief Luft.

„Gefällt dir, was du siehst?“

Seine Augen gleiten nach oben, jetzt sieht er mich wieder direkt an.

„Das hätte alles dir gehören können, Arschloch!“

Er zuckt überrascht zusammen.

„Aber anstatt mich wie verabredet abzuholen, hast du mich einfach sitzen lassen. Ich habe auf dich gewartet. Und was machst du?“ Ich schüttle den Kopf.

„Du machst lieber einen auf wilden Cowboy und knallst irgendwelche Idioten ab, anstatt mit mir den Abend zu verbringen.“

Ich kann echt nicht glauben, dass diese Worte tatsächlich gerade meinen Mund verlassen haben.

„Vergiss es einfach. Okay. Es war sowieso kein Date, ich wollte mich einfach nur bei dir bedanken und das kann ich auch genauso gut hier tun. Also Danke!“

Damit wende ich mich von ihm ab und gehe aufs Tor zu. Wobei ich nicht weit komme, denn kaum habe ich zwei Schritte gemacht, packt Tate mich am Arm und wirbelt mich zu sich herum.

„Bist du von allen guten Geistern verlassen, Mädchen?“

Das fragt er mich?

„Also ich bin nicht diejenige, die das reale Leben mit einer Version von Call of Duty verwechselt.“

Tate sieht mich überrascht an, dann beginnt er laut zu lachen.“

„Verdammt Liv, du bist der Hammer.“

Liv? Das gefällt mir.

Es dauert etwas, bis er sich wieder eingekriegt hat, doch dann wird sein Gesicht sofort wieder hart wie Granit.

„Es war verflucht gefährlich von dir, hierher zu kommen. Wir wurden angegriffen. Du hättest verletzt oder sogar getötet werden können."

„Wurde ich aber nicht, ich wurde lediglich versetzt!"

In seinen grünen Augen blitzt es belustigt.

„Es tut mir leid. Glaube mir. Ich hatte nicht vor, dich sitzen zu lassen."

Wow!

Wooowww!

„Hat sich der große, böse Biker etwa gerade bei mir entschuldigt?"

Tate nickt.

„Hat er."

Die anderen Rocker kommen auf uns zu, sie sind genau wie der Kassenwart mit Blut bespritzt. Warum ich dennoch nicht ausflippe, sondern für meine Verhältnisse ziemlich ruhig bleibe, ist mir ein Rätsel.

Vielleicht liegt es daran, dass ich bereit Zeugin eines Mordes wurde und das irgendwie abhärtet? Vielleicht ist es auch die von Leder, Schießpulver und Kerosin getränkte Luft, die ich einatme?

Doch anstatt in Panik auszubrechen und sofort die Polizei zu rufen, erwidere ich den Blick des Rockers, der vor mir steht, mit einem Selbstbewusstsein, das ganz und gar untypisch für mich ist.

„Du hast uns den Arsch gerettet, Mädchen."

Tate sieht seinen Clubbruder überrascht an.

Der Rocker bemerkt die unausgesprochene Frage des Kassenwarts und beginnt es ihm zu erklären.

„Hätte uns dein Mädchen nicht gewarnt, wäre diese Scheiße anders für uns ausgegangen."

Der *Bone*, der spricht, hält mir seine Hand entgegen, ich ergreife sie.

„Danke. Und ich bin übrigens Mason."

„Öhm ... Kein Ding. Ehrlich."

Tate, der auf unsere miteinander verschränkten Hände starrt, wirkt wütend, fast wie ein zähnefletschender Wolf.

„Reg dich ab Bro, ich hab schon eine Old Lady."

Tates gezischtes „Fick dich!" bringt Mason zum Lachen.

„Oh Mann, Alter, dich hat es echt übel erwischt."

Obwohl ich höre, was die beiden sagen, werde ich aus dem Gespräch nicht schlau.

Die beiden Rocker unterhalten sich weiter, der Präsident kommt ebenfalls auf uns zu, genau wie sein Stellvertreter. Woher ich das weiß? Ganz einfach, ich habe mir die Aufnäher durchgelesen ...

Diese Dinger sind wirklich praktisch, fast wie Namensschilder, nur dass sie eben den Rang anstatt des Namens verraten.

Und der Rang scheint in dieser aus Kutten und Gewalt bestehenden Welt so viel wichtiger zu sein als irgendwelche Namen.

„Und das ist also Olivia?“

Das klingt so, als hätte er schon so einiges über mich gehört.

Was wohl kaum sein kann, immerhin scheine ich für den Kassenwart nicht wirklich eine Rolle zu spielen. Denn wenn ich es täte, hätte er mich wohl kaum versetzt.

Wahrscheinlich weiß er, wer ich bin, weil wegen mir auf der Weihnachtsfeier ein Mann erschossen wurde.

Wobei das, wenn ich mich hier so umsehe, nichts Außergewöhnliches zu sein scheint.

Wie auch immer, ich habe gesagt, was ich sagen wollte – irgendwie zumindest – jetzt wird es Zeit zu gehen.

„Schau gut hin, Rocker, das alles hättest du haben können, wenn du pünktlich gewesen wärst.“

Damit lasse ich Tate und seine Brüder stehen und verlasse mit schwingenden Hüften das Gelände des *Wild Bones Motorcycle Clubs*.

6. Kapitel

Der Kassenwart des Wild Bones Motorcycle Clubs

Holy Shit!

„Was zum Teufel war das denn?"

Mason klingt amüsiert und zugleich überrascht – mir geht es genau wie ihm.

„Deine Miss Liv ist einfach unglaublich."

Zayn, der die Szene aus zweiter Reihe beobachtet hat, schüttelt lachend den Kopf.

„Sie ist nicht meine Miss Liv."

Griffin nickt.

„Stimmt, und sie wird es auch nie, wenn du sie jetzt einfach so davonstolzieren lässt."

Damit hat er recht.

Aber was soll ich sonst tun?

Dem Mädchen hinterherlaufen?

Nicht fähig, den Blick von Olivias schwingendem Hinterteil zu lösen, spüre ich, wie mein Schwanz erneut hart wird.

Gott verdammt!

„Diese Frau macht mich fertig."

„Die Kleine hat echt Klasse. Du versetzt sie, sie taucht hier auf, warnt uns, scheißt dich dann zusammen und macht sich vom Acker. Und das alles, ohne die Nerven zu verlieren oder auszuflippen."

Ich weiß genau, worauf der Präsident hinauswill.

Olivia hat heute Nacht bewiesen, dass sie echtes Old-Lady-Material ist.

Doch das ändert nichts an der Tatsache, dass ich nicht auf der Suche nach etwas Festem bin.

Wenn mein Schwanz lachen könnte, würde er es jetzt tun, denn der ist definitiv auf der Suche nach etwas Festem.

Er hat seine Wahl längst getroffen.

Dieses Kleid, diese Beine und die Schuhe ...

Fuck! Fuck! Fuck!

Ich wusste, dass Olivia schön ist, aber heute Nacht hat sie einfach nur unglaublich ausgesehen.

Die perfekte Wichsvorlage! Die perfekte Old Lady! Die perfekte Frau!

„Worauf wartest du, Bro?" Mason sieht mich fassungslos an. „Die Kleine ist fast weg!"

Das weiß ich.

„Sie ist einfach so mitten in eine verdammte Schießerei reingeplatzt!"
Ich bin fassungslos.
„Und das nur, um dir die Meinung zu sagen."
Kane grinst breit.
Kein Wunder, dass er das lustig findet, in dieser Hinsicht sind sich Olivia und Kanes kleine Schwester Sarah verdammt ähnlich.
Sarah würde es mit einer ganzen Armee aufnehmen, wenn sie wütend ist.
Frustriert reibe ich mir über den Nacken und versuche so, die Verspannungen zu lösen, es funktioniert nicht.
Allein die Tatsache, dass Olivia mal wieder durch die Dunkelheit läuft, treibt mich in den Wahnsinn.
Dieses Mädchen lernt es einfach nicht ...
Die Möglichkeit, dass sie erneut angegriffen oder verletzt wird, treibt meinen Puls in die Höhe.
„Fuck!"
Mein Brüllen hallt über den Hof.
„Jetzt tu schon, was du tun musst, wir kümmern uns ums Aufräumen."
Mit Aufräumen meint er, die Leichen der Wichser zu beseitigen, die dumm genug waren, sich mit den *Wild Bones* anzulegen.
Die Typen stammen von einer Straßengang aus dem Osten der Stadt, die wir bis vor Kurzem noch mit Heroin beliefert haben.
Sie sind gierig geworden und haben unsere Ware so gestreckt, dass sie kaum noch als Betäubungsmittel durchgegangen ist.
Ihr Gewinn hat sich dadurch vervierfacht, doch die Zahlungen an uns sind gleich hoch geblieben.
Kurz: Sie haben uns verarscht.
Wir haben sie also aus dem Geschäft genommen und das war ihre Rache.
Eine Rache, die sie das Leben gekostet hat.
Solche Bastarde!
Über so viel Blödheit würde ich im Normalfall lachen.
Doch dank der Scheiße mit Liv bleibt mir das Lachen im Halse stecken.
Das Mädchen passiert das Tor und biegt ab, jetzt ist es aus meiner Reichweite verschwunden.
Tief einatmend beiße ich die Zähne so fest zusammen, dass ich schon befürchte, sie mir aus dem Kiefer zu brechen, und stürme los.
Kane, Griffin und die anderen pfeifen und johlen laut – die Idee mit den Nieren und dem Organhandel wird immer verlockender.

Ich hole Olivia schnell ein, bei ihr angekommen sage ich kein verdammtes Wort, sondern schleudere sie einfach nur gegen die verdammte Mauer, die das Clubgelände vor der nervigen Außenwelt abschirmt und tackere meinen Mund grob auf den ihren.

Ich bin heute nicht in der Stimmung für zärtlich, doch das scheint das Mädchen nicht im Geringsten zu stören. Anstatt gegen mich anzukämpfen oder sich sonst irgendwie zu wehren, sinkt es mit einem leisen Seufzen gegen mich, öffnet ihre Lippen und heißt meine Zunge mit der ihren willkommen.

Holy Shit!

Das ist perfekt.

Dieser Kuss ist perfekt.

Diese Frau ist perfekt.

So perfekt, dass sie mit diesem Kuss unser Schicksal besiegelt.

Scheiß auf Mason, Kane und all die anderen ... Sie hatten recht.

Mir dieses Mädchen durch die Lappen gehen zu lassen, wäre ein riesiger Fehler gewesen.

7. Kapitel

Das Mädchen, das nicht Nein sagen wird!

Tates Hände scheinen plötzlich überall zu sein. Warm und fest streichen sie über meine kalten Arme, über meine Hüfte und meinen Bauch.

Ich weiß nicht wie, aber eine davon schafft es unter mein Kleid und umfasst meinen Po.

Ich erschaudere, winde meine Zunge um die seine und werde mit einem Knurren belohnt, das an meinen Lippen vibriert und mir klarmacht, dass ich dabei bin, mich auf ein Raubtier einzulassen.

Tate mag vieles sein, aber er ist kein normaler Mann.

Ganz klar, er ist groß, böse und gefährlich.

Aber er ist eben auch beschützend, leidenschaftlich und so verdammt attraktiv, dass ich in seiner Nähe keinen klaren Gedanken fassen kann.

Seine zweite Hand umfasst meinen Hintern, er hebt mich hoch, presst mich noch etwas fester an den kalten Stein und bringt sich zwischen meinen Schenkeln in Stellung.

Ich reagiere instinktiv, winde meine Beine um seine Taille, vergrabe meine Finger zeitgleich in seinen weichen Haaren und ziehe leicht an ihnen.

„Fuck Mädchen! Du bist so heiß!"

Mir wird klar, dass mein Kleid dank meiner eher unanständigen Position ziemlich weit nach oben gerutscht und so der mit Spitze besetzte Rand meiner halterlosen Strümpfe zum Vorschein gekommen ist.

Schamlos.

Dieses Wort beschreibt wohl am besten, wie ich mich gerade fühle.

Schamlos und begehrt und von Lust erfüllt.

Das hier mag falsch und verrückt sein, aber es fühlt sich eben auch so verflucht gut an, dass ich nicht will, dass es jemals wieder endet.

Unsere Münder verschmelzen, seine Zähne finden meine Unterlippe und beißen sie leicht. Der Schmerz hat auf mich dieselbe Wirkung wie ein Streichholz auf einen Benzinkanister. Mit den Beinen ziehe ich den Biker noch etwas näher zu mir herab.

Seine Gürtelschnalle drückt sich gegen meine empfindliche Mitte, ich erschaudere und stöhne leise.

Tate dreht den Kopf zur Seite, beendet so unseren Kuss und sieht mich dann aus dunklen Augen an.

„Sag, dass du mich willst."

Was würde es bringen, es noch zu leugnen?

„Ich will dich!“

Er brummt, flucht, fasst zwischen uns und macht sich an seinem Gürtel zu schaffen. Er öffnet ihn, genau wie seine Jeans, und mir wird klar, worauf das hier hinausläuft.

Auf Sex. Sex in der Öffentlichkeit, direkt neben der zum Club führenden Straße.

Oh Hilfe ...

Will ich das? Definitiv!

Bin ich mutig genug, das auch durchzuziehen?

Keine Ahnung!

Wenn ich das Mia erzähle, sie wird es mir nicht glauben.

Das hier bin nicht ich, das ist eine wilde Version meiner Selbst, von der ich nicht wusste, dass sie in mir existiert.

„Noch kannst du Nein sagen.“

Tate starrt mich an, während seine Finger meine Mitte finden, den Slip beiseiteschieben und in mich eindringen.

Anstatt ein Nein, kommt mir nur ein lustvolles Keuchen über die Lippen.

Halleluja!

Er stößt tiefer in mich, touchiert dabei meinen G-Punkt und beginnt mit der rauen Spitze seines Daumens über meinen Kitzler zu reiben. Meine Augen fallen zu, es fühlt sich so an, als würde ich schweben.

Der Orgasmus, der sich in Rekordgeschwindigkeit in mir aufbaut, übernimmt die Kontrolle.

Meine Beine beginnen zu zucken, ich japse nach Luft und dann ... Dann passiert es.

Ich zerspringe in tausend Teile und fliege zu den Sternen über unseren Köpfen.

„Holy Shit! Du bist unfassbar schön, wenn du kommst.“

Tates Stimme ist so rau und dunkel, dass ich sie kaum wiedererkenne.

Wie beiläufig bekomme ich mit, dass ein Auto an uns vorbeifährt, doch das scheint den Rocker nicht zu stören. Anstatt aufzuhören, zieht er seine Finger aus mir heraus, drückt sein Gesicht an meinen Hals und stößt seine Härte in mich hinein.

Dick und hart bohrt sich seine Erektion in mich, dehnt meinen engen Kanal und reibt dabei über Millionen von empfindlichen Nervenenden.

Mein Stöhnen wird lauter, sein Griff wird fester und die Lust baut sich von Neuem in mir auf ...

Unmöglich!

Bis jetzt habe ich multiple Orgasmen immer für ein Märchen gehalten, ich habe nie einen erlebt. Es war eher so, dass ich froh war, wenn ich beim Sex überhaupt gekommen bin. Aber jetzt ... Jetzt spüre ich, wie sich der Druck in meinem Schoß erneut aufbaut und als der Rocker sich dann zu bewegen beginnt und mich in einem schnellen, tiefen Rhythmus gegen die Mauer nagelt, verliere ich den Bezug zur Realität und kapiere, dass manche Märchen wirklich wahr werden ...

Tausend Küsse prasseln auf mich nieder, bedecken meinen Hals und meinen Kiefer.

Tate raunt mir unanständige Dinge ins Ohr. Er flüstert mir zu, wie unfassbar dringend er mich ficken will, und dass er sich letzte Nacht mehrmals einen runtergeholt und dabei an mich gedacht hat.

Sein Schwanz wird härter, er schwillt tief in mir noch weiter an und raubt mir den Atem.

„Ich kann nicht langsam."

Als ob wir bis jetzt besonders langsam gewesen wären ...

Doch dann legt er erst richtig los und ich verstehe, dass er sich bis jetzt tatsächlich zurückgehalten hatte.

Jetzt fickt er mich hart und dringt dabei so unglaublich tief in mich ein, dass ein leichter, jedoch angenehmer Schmerz entsteht.

Ich kreische, er beißt sich wie Dracula an meiner Kehle fest und beginnt zu saugen.

Die Lust, die Nähe und die Millionen von Gefühlen, die er in mir auslöst, lassen mich erneut kommen. Tief in meinem Bauch explodiert ein Feuerwerk der Leidenschaft. Meine Nervenbahnen beginnen zu brennen, während er wieder und wieder und wieder in mich stößt.

Dann hält er auf einmal ganz still und etwas Heißes flutet meine Vagina.

Der Kassenwart der *Wild Bones* ist gerade tief in mir vergraben zum Höhepunkt gekommen.

Ein kleiner Miniorgasmus lässt mich erneut zucken, dann breche ich erschöpft auf ihm zusammen.

Das hier hatte eigentlich ziemlich wenig Märchenhaftes und dennoch fühle ich mich gerade wie eine echte Prinzessin, die nach einem langen Schlaf endlich bekam, was sie sich schon seit gefühlt hundert Jahren gewünscht hat.

Richtig. Guten. Sex.

Seit der Nacht, in der Tate mich versetzt hat, ich in eine Schießerei reingestolpert bin und wir draußen an der Mauer Sex hatten, ist einige Zeit vergangen.

Weihnachten liegt hinter uns und heute ist der letzte Tag des Jahres.

Silvester!

Bis Tate mich gefragt hat, ob wir zusammen in das neue Jahr reinfeiern wollen, war ich irgendwie der Ansicht, dass das zwischen uns beiden nichts weiter als Spaß ist.

Spaß gewürzt mit jeder Menge gutem Sex und einer Prise Abenteuer.

Aber dann?

Himmel!

Dann stand der Biker einfach mit einem Strauß roter Rosen vor meiner Türe und hat mich für heute in seinen Club eingeladen.

Er hat nicht viel gesagt, nichts außer: Willst du mit mir Silvester feiern?

Aber es waren auch nicht die Worte an sich, sondern eher die Art, wie er sie ausgesprochen hat.

Keine Ahnung, wie ich das beschreiben soll.

Doch der Ausdruck, der dabei in seinen geheimnisvollen, waldgrünen Augen lag, war so viel mehr, als ich mir jemals erhofft hatte, und es hat die Frage, was ich eigentlich von dem *Wild Bone* will, in mir aufgeworfen.

Ist das, was wir haben, nichts weiter als eine lockere Affäre oder der Anfang von einer echten Beziehung?

Wie weit bin ich bereit zu gehen?

Und ganz wichtig: Habe ich überhaupt genug Mut für das, was wir da begonnen haben?

Scheiße!

Ich weiß es nicht.

Ich weiß es ehrlich nicht!

Und trotzdem stehe ich jetzt in meinem Schlafzimmer vor dem bodentiefen Spiegel und drehe mich prüfend hin und her, während ich kritisch meinen Po betrachte und mich frage, ob ich in diesem Kleid auf die Silvesterparty des *Wild Bones Motorcycle Clubs* gehen kann?

Für jede andere Feier wäre ich mehr als passend gekleidet, aber na ja ...

Wir reden hier von einem MC, in dem an Weihnachten bei eisigen Temperaturen fast nackte Engel durch die Gegend gerannt sind.

Wobei ich jetzt, nachdem ich einen etwas besseren Einblick in die Welt der Biker bekommen habe, verstehe, dass es bei den *Bones* zwei verschiedene Arten von Frauen gibt. Die Old Ladys und die Nutten.

Die Old Ladys werden mit dem größten Respekt behandelt, sie scheinen so etwas wie der Mittelpunkt des Clubs zu sein und jeder, wirklich absolut jeder Member, würde diese Frauen, ohne zu zögern, mit seinem Leben beschützen.

Die Nutten hingegen …

Puhhhh ...

Das zu erklären wird nicht leicht.

Sie sind wie Freiwild.

Sie gehören allen und keinem und jeder *Bone*, der Lust auf sie hat, kann sie sich einfach nehmen. Auf sie hat niemand Anspruch erhoben, und so, wie es aussieht, wird das wohl auch keiner tun.

Die Nutten helfen, wo immer sie gebraucht werden. Sie putzen und arbeiten hinter der Bar, sie geben Alibis und holen die Rocker im Polizeirevier ab, falls sie mal wieder eine Nacht in der Arrestzelle verbringen mussten.

(Was allem Anschein nach ziemlich häufig passiert)

Das ganze Arrangement kommt mir ziemlich unfair vor, aber wie soll ich das schon beurteilen können? Trotzdem kann ich irgendwie verstehen, dass kein Mann eine Frau zu seinem Eigentum machen will, mit der schon all seine Kumpels gevögelt haben.

Andersherum geht es mir ja nicht anders.

Was eine Frau dazu bewegt, sich so unter ihrem Wert zu verkaufen, ist für mich ein absolutes Rätsel.

Was haben diese Nutten davon?

Nichts. Denn soweit ich weiß, werden sie von den Rockern nicht mal dafür bezahlt.

Das Einzige, was sie im Ausgleich für ihre Leistungen erhalten, ist im Notfall ein Dach über den Kopf. Sie trinken und essen umsonst und genießen den Schutz und die Macht der *Bones*. Für manche Frauen scheint das tatsächlich genug zu sein.

Mir hingegen wäre es zu wenig.

Ich brauche das Gesamtpaket, um glücklich sein zu können, und auch wenn es anders gewirkt haben mag, bin ich prinzipiell kein Fan von One-Night-Stands oder lockeren Affären.

Ich schlafe nur mit Männern, wenn die Hoffnung auf ein *mehr* besteht.

Ein *mehr* wie eine Beziehung, ein *mehr* wie eine gemeinsame Zukunft.

Warum ich mich in dieser verrückten Nacht auf den Rocker eingelassen habe, kann ich nicht genau sagen, es war spontan und impulsiv und leichtsinnig und ...

Keine Ahnung was noch alles.

Wenn das mit Tate und mir funktionieren soll, muss ich bereit sein, mich voll und ganz auf seinen MC einzulassen.

Und ganz ehrlich, ob ich das kann, weiß ich nicht.

Aber dann sind da die Old Ladys und ja, insgeheim kann ich mir sehr gut vorstellen, eine von ihnen zu werden.

Charlotte, die Lady des Präsidenten, ist einfach eine klasse Frau. Genau wie Sarah, die kleine Schwester von Kane, dem VP, die zugleich mit Mason zusammen ist. Und dann wären da natürlich noch Emma und

Samantha, genau wie Isabella mit ihren bunten Haaren, die die Lady des Vollstreckers Zayn ist.

Als Isabella, die hier von allen nur Isi genannt wird, ihre Geschichte erzählt hat, konnte ich meinen Ohren kaum glauben.

Zayn hatte Isabella entführt, weil ihr Bruder sich mit dem Club angelegt hat.

Und dann haben sich die beiden verliebt und aus der Entführung wurde eine Beziehung.

Die Geschichte ist alles, nur gewiss kein romantisches Märchen, und dennoch kann sie noch getoppt werden.

April zum Beispiel wurde von ihrem Rocker gekauft.

Cole hatte sie ursprünglich für eine halbe Million Dollar von ihrem Vater abgekauft, weil dieser seine Schulden beim MC nicht bezahlen konnte.

Das mag brutal und barbarisch klingen, aber auf diesen Weg hat Cole Aprils Dad das Leben gerettet.

Die beiden haben sich verliebt und sie wurde zu seiner Old Lady.

Jetzt sind sie ein glückliches Paar, das kaum die Hände voneinander lassen kann.

Wie ihr also seht, hat das mit Tate und mir noch ziemlich harmlos angefangen, wenn man die Tatsache, dass ich überfallen wurde, er mich gerettet und den Typen, der mich angriff, kurzerhand ermordet hat, einfach mal ausblendet.

Die dunklen Erinnerungen beiseiteschiebend, nicke ich meinem Spiegelbild zufrieden zu, verschwinde im Bad und kümmere mich um mein Make-up.

Tate hat versprochen, mich abzuholen, und verdammt, es fühlt sich an wie ein Déjà-vu.

Nur dass er mich das letzte Mal versetzt hat.

Sollte sich das heute wiederholen, kann sich dieser Biker zum Teufel scheren.

Als ich fertig bin, ist es kurz vor acht – und noch bevor der tickende Zeiger die Stunde vollmachen kann, klingelt es auch schon an der Türe.

Pünktlich auf die Minute.

Da hat der Kassenwart aber noch mal Glück gehabt ...

Mit vor Aufregung wild klopfendem Herz betätige ich den Summer und lasse ihn rein, während ich schnell in meine Peeptoes schlüpfe, meinen Mantel anziehe und mir meine Handtasche schnappe.

Kaum dass ich fertig bin, steht Tate auch schon im Türrahmen und stößt einen langen, lauten Pfiff aus.

„Fuck Sweetheart! Du siehst zum Anbeißen aus.“

Sweetheart ...

Jedes Mal, wenn er mich so nennt, erwachen tausend kleine Schmetterlinge in meinem Bauch zum Leben.

Er kommt auf mich zu, packt mich, schließt seine starken Arme um mich und platziert seine, mit schwarzen Lederhandschuhen bedeckten Hände auf meinem Hintern.

Sein Mund findet den meinen, ich öffne mich ihm bereitwillig und heiße seine gierige Zunge willkommen.

In der Sekunde, in der sein herber Geschmack an meinem Gaumen explodiert, ist es um mich geschehen. Das Verlangen, das von mir Besitz ergreift, ist so stark und intensiv, dass ich nicht mal auf die Idee komme, es zu ignorieren.

Tate versteht sofort, was ich brauche, verpasst der Türe einen Tritt, hebt mich hoch und trägt mich mit großen Schritten in mein Schlafzimmer.

Wow!

Wir hatten schon so gut wie überall Sex, an der Mauer des Clubs, auf seinem Bike, im Badezimmer, in seinem Büro, auf seinem Küchentisch, auf meiner Waschmaschine und auf dem Fußboden.

Bis in ein Bett haben wir es allerdings noch nie geschafft ...

Meine Handtasche fällt zu Boden, ich verliere wie Cinderella einen Schuh, und der Mantel gleitet von meinen Schultern.

Wir fallen auf das Bett, ich quietsche leise, Tate versiegelt meine Lippen.

Ich lande unter ihm, er ist auf mir, sein Knie teilt meine Schenkel, der Stoff des roten Kleides wird auf diese Weise nach oben geschoben und entblößt so meine Beine.

„Wenn du wüsstest, wie sehr ich dich will, würdest du um Gnade betteln."

Der Klang seiner dunklen Stimme vibriert in meinem Unterleib wider.

In dem einen Moment ist er noch auf mir, in der nächsten Sekunde richtet er sich vor mir kniend zu seiner vollen Größe auf und sieht aus zusammengekniffenen Augen auf mich herab.

Das Schwarz seiner Pupillen hat beinahe sämtliche Farbe aus seinem Blick vertrieben und an seinem Kiefer beginnt ein Muskel zu zucken. Mir wird heiß, meine Lippen prickeln und meine Brustwarzen ziehen sich sehnsüchtig zusammen.

Der Rocker lässt seinen Blick ganz langsam an mir herabgleiten, in der Sekunde, in der er meine Strapshalter sieht, blähen sich seine Nasenflügel.

„Holy Shit! Du bist verpackt wie ein Geschenk."

Das bringt mich zum Kichern.
Tate hat nie auch nur den geringsten Zweifel daran gelassen, wie schön er mich findet.
Diese düstere und zum Teil ziemlich derbe Rockerromantik hat sich von Anfang an in mein Herz geschlichen.
Für gewöhnlich stand ich immer auf Männer, die sich auszudrücken wissen und die nicht ständig fluchen. Doch bei dem Kassenwart der *Wild Bones*, passt es einfach perfekt zum Gesamtpaket, zu dem ich von Anfang an nur schwer Nein sagen konnte ...
„Ich bin dein Geschenk."
Er versteht, was ich ihm damit sagen will, und ballt, wie um sich selbst zurückzuhalten, die Fäuste.
„Wir müssen reden."
Oh oh, das klingt nicht gut.
„Kann das nicht warten?"
Er schüttelt entschieden den Kopf.
„Nein, kann es nicht."
„Warum?"
„Weil ich mir geschworen habe, dich erst wieder zu ficken, wenn du mir versprochen hast, dass du mir gehörst. Und zwar nur mir. Ich dulde keine anderen Männer in deinem Leben!"
Heilige Scheiße!
Er spricht das aus wie eine Kriegserklärung.
„Du willst also die Exklusivrechte?"
Tate nickt, ohne zu zögern.
Mir wird klar, worauf das hinausläuft ... Mein Puls schnellt in die Höhe, pures Glück flutet meine Adern.
„Du kriegst sie aber nur unter einer Bedingung."
Seine Augenbrauen zucken in die Höhe.
An der Art, wie er seine muskelbepackten Arme vor der Brust verschränkt, erkenne ich, dass er kampfbereit ist.
„Ich fordere ebenfalls Exklusivität. Ich teile dich nicht mit diesen ganzen Nutten, die anscheinend immer durch euer Clubhaus rennen."
Das Grün seiner Augen wird eine Nuance heller.
„Eine Beziehung?"
Ich schlucke, als er es so deutlich und ehrlich ausspricht.
„Ja. Eine echte Beziehung."
Himmel Herr Gott! Was tue ich hier nur?
„Abgemacht! Damit gehörst du ab jetzt mir."
Es war ja so klar, dass er das so sieht.
„Und du gehörst mir!"

An seinen Mundwinkeln zupft ein Lächeln.
„Fuck Sweetheart, das habe ich von der ersten Sekunde an."
Während er spricht, lässt er sich auf mich herabfallen, stemmt sich in letzter Sekunde mit seinen Händen neben meinem Gesicht ab und fordert meine Lippen zu einem wilden, harten und verdammt guten Kuss auf. Einem Kuss, der die Macht hätte, Dornröschen aus ihrem hundertjährigen Schlaf zu reißen ...

8. Kapitel

Der Kassenwart des Wild Bones Motorcycle Clubs

Noch bevor ich weiß, was ich tue, habe ich auch schon Olivias Kleid zerrissen.

Rote Fetzen rahmen ihre weiße Haut wie Rosenblüten ein.

Jetzt, wo feststeht, dass diese Frau mir gehört, kann ich endlich wieder richtig atmen.

Die Ungewissheit hat mich beinahe fertiggemacht.

Fuck!

Der Teufel ist mein Zeuge.

Ich war nie auf der Suche nach einer Old Lady, aber das waren meine Brüder auch nicht.

So langsam habe ich das Gefühl, dass wir *Wild Bones* zwar über diese Stadt herrschen, aber dass wir keine Chance haben, wenn das Schicksal uns das richtige Mädchen in den Weg stellt.

In dem Fall sind wir vollkommen machtlos.

Zumindest bis zu dem Moment, in dem wir uns eingestehen, dass wir keine Wahl haben – bis zu dem Moment, in dem wir verstehen, dass wir uns diese eine Frau auf keinen Fall durch die Lappen gehen lassen dürfen.

Und sobald wir das getan haben, nehmen wir die Zügel wieder selbst in die Hand und erlangen die Kontrolle über unser Leben zurück.

Holy Fuck!

Und dieser Moment ist jetzt gekommen.

Meine zukünftige Old Lady liegt nackt und zitternd unter mir, sie trägt keinen BH und ihr String ist nicht wirklich erwähnenswert.

Ich zupfe leicht an ihm, der Stoff gibt nach und das weiche Dreieck zwischen ihren Beinen ist mir schutzlos ausgeliefert.

Sie keucht leise, ich kämpfe gegen meine Ungeduld an und tauche, mit meiner Zunge über ihren Bauch leckend, nach unten.

Meine Süße windet sich leicht und vergräbt in der Sekunde, in der ich an ihrem Kitzler zu saugen beginne, ihre Finger in meinen Haaren. Sie zieht und zerrt, doch ich lasse mich nicht beirren und lecke durch den kompletten Spalt.

Das würzige Aroma ihrer Lust bedeckt meine Lippen, ich schlucke es herunter, mein Schwanz ist so hart, dass es wehtut.

Ich ignoriere ihn, umkreise träge ihre Pussy und stoße dann meine Zunge tief in das zuckende Loch. Olivia schreit vor Lust, ihre Knie fangen meinen Kopf ein. Ich drücke sie auseinander, bringe meine

Finger ins Spiel und mache so lange weiter, bis sie mir ihren ersten Orgasmus schenkt.

Es folgt ein zweiter und dritter, und kurz vor dem vierten bettelt sie tatsächlich um Gnade. Doch anstatt von ihr abzulassen, steige ich nur kurz aus dem Bett, ziehe mich aus und bringe mich dann vor ihrer Mitte in Position.

„Tate ..." Meinen Namen aus ihrem Mund zu hören, ist wie Musik in meinen Ohren. „Fick mich!" Das muss sie mir nicht zweimal sagen. Ohne kostbare Zeit zu verlieren, gleite ich in einer geschmeidigen Bewegung komplett in sie hinein, fülle meine Lady vollständig aus und gebe ihr einen Moment, um sich an die Dehnung zu gewöhnen. Erst als sie wieder zu atmen anfängt, beginne ich mich zu bewegen und ficke sie mit tiefen, kraftvollen Stößen.

Sie schließt die Augen, ich befehle ihr, mich anzusehen, und fordere ihren Blick für mich.

Der Moment, das, was da zwischen uns ist, ist so intensiv, dass ich es kaum fassen kann.

Fuck!

Ich war mein ganzes Leben lang der Überzeugung, dass ich nichts weiter als mein Bike und den Club brauche, um glücklich zu sein, das Schicksal hat mich nun eines Besseren belehrt.

Ich brauche diese Frau.

Ich brauche sie wie die Luft in meiner Lunge – dringender noch als den nächsten Atemzug.

„Du bist so groß."

„Und du so verdammt eng."

Stoß. Stoß. Stoß.

„Mehr. Fick mich härter."

Ich tue es, sie rutscht auf dem Bett nach oben.

Um sie in Position zu halten, umfasse ich sie besitzergreifend und koste meine Exklusivrechte so richtig aus.

Olivia keucht und wimmert, ich gebe ihr alles, was ich habe, was sie erneut zum Schreien bringt.

Der Orgasmus, der sie zittern lässt, reißt mich gnadenlos mit sich.

Wir kommen zusammen.

Wir bleiben zusammen.

Für immer.

9. Kapitel

Das Mädchen, der Rocker und die Zukunft ...

Erschöpft und zutiefst befriedigt kuschle ich mich an meinen Rocker, schließe die Augen und genieße den Moment.

Ich fühle mich zu Hause, beschützt und geliebt ...

Tate ist anders als alle Männer, mit denen ich bis jetzt zu tun hatte.

Er ist selbstsicherer, gefährlicher und besitzergreifender, und das gefällt mir. Genau wie die Tatsache, dass er nichts so dringend haben will wie mich.

Es war nie geplant, mich in einen Member des *Wild Bones Motorcycle Clubs* zu verlieben. *Scheiße!*

Eigentlich war ich in besagter Nacht nur da, um Mia davon abzuhalten, etwas mit einem dieser Biker anzufangen.

Und was hat es gebracht?

Über die seltsamen Wege des Universums schmunzelnd, drehe ich mich auf den Bauch, hauche meinem *Bone* einen Kuss auf die Kerbe an seinem Kinn und komme nicht gegen das breite Grinsen an, zu dem sich meine Lippen verziehen.

„Alles okay bei dir, Baby?“

Ich nicke.

„Mehr als okay.“

„Bist du bereit für die Party?“

Seine Hand landet auf meinem Po, es klatscht, ich werde erneut feucht.

„Wie wäre es, wenn wir vorher noch kurz ...“

Um meine Absichten klarzumachen, setze ich mich rittlings auf ihn und stütze mich an seinem massiven, mit Tinte überzogenen Brustkorb ab, während ich meine Mitte an seinem bereits hart werdenden Glied reibe.

„Hast du noch nicht genug?“

Er klingt überrascht.

Ich schüttle den Kopf.

„Du bist wirklich unersättlich.“

Bin ich. Aber nur bei ihm, nur bei meinem Rocker.

„Hast du etwa ein Problem damit? Ich meine, wenn du dich der Aufgabe nicht gewachsen fühlst, dann ...“

Mit einem lauten Knurren wirbelt er mich herum, sodass ich wieder unter ihm begraben bin, und sieht mir streng in die Augen.

„Ich teile dich nicht. Niemals.“

Daran besteht kein Zweifel.

„Ich werde jeden Mann, der dich anfasst, mit Freude umbringen."
Das ist heftig ... *Wirklich!*
Besonders weil ich weiß, dass es sich dabei nicht einfach um eine leere Drohung handelt.
Tate meint jedes Wort vollkommen ernst.
„Das musst du auch gar nicht."
Er fletscht mit den Zähnen, beugt sich zu mir herunter und vergräbt sein Gesicht an meinem Hals. Dann spüre ich sie an meiner Kehle und er beißt zu.
Dieser Outlaw liebt es, seine Spuren auf mir zu hinterlassen: Bisse, Handabdrücke, Knutschflecken ...
Und ich liebe es, seine Male auf meinem Körper zu tragen und mich, wann immer ich sie sehe, an unsere gemeinsamen Nächte zu erinnern.
Hätte mich vor einem Monat jemand gefragt, wie meine Zukunft aussieht oder was ich mir für das neue Jahr wünsche, hätte ich ihm nicht antworten können.
Warum?
Ganz einfach, weil ich einfach nicht wusste, was ich mir wünschen soll, oder was ich brauche, um wunschlos zufrieden zu sein.
Es ist ja schließlich nicht so, dass man sich dafür eine Anleitung aus dem Internet downloaden kann.
Wir alle haben einen ganz eigenen Weg zum Glück, und so wie es aussieht, habe ich meinen nach langer Suche endlich gefunden.
Silvester, das neue Jahr und die Zukunft können kommen.
Ich bin bereit.
Bereit für den Rocker, der in dieser Sekunde bis zum Anschlag in mich eindringt, und bereit für alles, was das Universum für uns beide vorbereitet haben mag ...
Er und ich – zusammen werden wir glücklich sein!

Ende

Buchempfehlung

Kennt Ihr schon alle Romane von Bärbel Muschiol?

LESEEMPFEHLUNG: „Vom Mafiaboss verführt. Mafiaroman“

Klappentext:
Francesco Esposito ist der Capo di famiglia des mächtigsten Mafia-Syndikats Italiens. Eine Familie zu gründen hatte für ihn bis jetzt keine Priorität. Aber der letzte Wunsch seines verstorbenen Vaters lässt ihm keine andere Wahl. Da kommt der Zufall ihm plötzlich zu Hilfe: Eine verzweifelte Braut auf der Flucht vor ihrem treulosen Verlobten stolpert in sein Leben. Das muss Schicksal sein! Er entführt sie in sein Reich und kennt sich bald selbst nicht mehr wieder. Diese Frau weckt Emotionen in ihm, die er bis jetzt nicht kannte! Lena ist hin- und hergerissen. Denn dieser Mafiaboss ist einerseits ein Macho, wie er im Buche steht. Er ist arrogant, anstrengend, selbstverliebt und einfach unmöglich. Doch er ist zugleich wild, zärtlich, besitzergreifend und die Nächte mit ihm so unglaublich gut, dass sie es kaum glauben kann. Obwohl sie es nicht will, begehrt sie ihn wie noch keinen Mann zuvor. Alles könnte perfekt sein, doch Francesco weiß nicht, wie Lena reagieren wird, sobald er sie mit seiner dunklen Seite konfrontiert. Kann sie sich damit abfinden oder wird sie sich für immer von ihm abwenden? Ein Happy End oder eine Tragödie – das Schicksal steht auf des Messers Schneide!

Taschenbuch ISBN: 978-3-96586-719-2
eBook ISBN: 978-3-96586-719-2

Klarant Verlag

Lernen Sie die Titel des Klarant Verlages kennen und besuchen Sie uns im Internet unter:

www.klarant.de

Sie können dort Näheres über unsere Autoren erfahren, viele weitere interessante Bücher und eBooks finden und Leseproben herunterladen.

Mit dem kostenlosen Newsletter unter

www.liebe-lesen.de

erhalten Sie aktuelle Informationen rund um das Verlagsprogramm, wie beispielsweise spannende Neuerscheinungen und Gewinnspiele.